漢英對照

 西洋文學 39

抒情旋律
上古希臘與近代英美詩選

Lyrical Melody
Selected Ancient Greek and Modern English Poems

呂健忠 譯注

國家圖書館出版品預行編目(CIP)資料

抒情旋律：上古希臘與近代英美詩選 = Lyrical Melody:
Selected Ancient Greek and Modern English Poems ／呂健忠
譯注一版, 臺北市：書林出版有限公司，2024.12
面； 公分 . —（西洋文學；39）
中英對照
ISBN 978-626-7605-02-8（平裝）

813.1   113016474

西洋文學 39
抒情旋律：上古希臘與近代英美詩選（漢英對照）
Lyrical Melody: Selected Ancient Greek and Modern English Poems (Bilingual Edition)

譯　　　　注	呂健忠
執 行 編 輯	張麗芳
校　　　　對	王建文
出　版　者	書林出版有限公司
	100 台北市羅斯福路四段 60 號 3 樓
	Tel (02) 2368-4938・2365-8617 Fax (02) 2368-8929・2363-6630
台北書林書店	106 台北市新生南路三段 88 號 2 樓之 5　Tel (02) 2365-8617
學校業務部	Tel (02) 2368-7226・(04) 2376-3799・(07) 229-0300
經銷業務部	Tel (02) 2368-4938
發 行 人	蘇正隆
郵　　　　撥	15743873・書林出版有限公司
網　　　　址	http://www.bookman.com.tw
經 銷 代 理	紅螞蟻圖書有限公司
	台北市內湖區舊宗路二段 121 巷 19 號
	Tel (02) 2795-3656（代表號）　Fax (02) 2795-4100
登 記 證	局版臺業字第一八三一號
出 版 日 期	2024 年 12 月 一版初刷
定　　　　價	580 元
I　S　B　N	978-626-7605-02-8

欲利用本書全部或部分內容者，須徵得書林出版有限公司同意或書面授權。
請洽書林出版部，Tel (02) 2368-4938。

目次

引論 ◆ 11

- 古今歌詠盪胸懷 ◆ 11
- 英詩美詩同根生 ◆ 14
- 抒情抒懷共源流 ◆ 18
- 念舊憶往無非愛 ◆ 23
- 瞻前顧後皆是美 ◆ 29

第一輯：記憶女神的孫女 ◆ 35

—— 憶記憶 ——

莎芙（公元前約 630 - 約 570）.. 36

- 至愛最美 ◆ 36
- 火苗 ◆ 40
- 殘篇 26、47、48、51、102、130 ◆ 42
- 【評論】虛擬莎芙抒情自傳：心靈史的觀點 ◆ 44
  - 虛筆實情 ◆ 44
  - 抒情寫真 ◆ 49
  - 真相揣摩 ◆ 52

安提帕特（公元前 2 世紀）.. 58

- 虛擬莎芙墓誌銘 ◆ 58
- 【評論】速寫安提帕特 ◆ 60

伊莉莎白・勃朗寧（1806-1861）《葡萄牙人十四行詩》選譯 62

- 第五首：捧起沉鬱的心 ◆ 62
- 第六首：請離開我 ◆ 64

第十三首：無聲保剛毅 ◆ 66

第十四首：如果非愛不可 ◆ 68

第二十一首：要一說再說 ◆ 70

第二十二首：人生福地 ◆ 72

第二十四首：世界的鋒利像摺刀 ◆ 74

第二十九首：我想念你 ◆ 76

第四十三首：我怎麼愛你 ◆ 78

【評論】勃朗寧夫人評傳：一則愛情傳奇 ◆ 81

英詩教母速描 ◆ 81

文學批評的解救論述 ◆ 83

伊莉莎白‧貝瑞特小姐初試啼聲 ◆ 84

貝瑞特小姐的追尋 ◆ 86

貝瑞特小姐成為勃朗寧夫人 ◆ 93

《葡萄牙人十四行詩》 ◆ 95

勃朗寧夫人的追尋 ◆ 98

羅伯特‧勃朗寧（1812-1889） 106

夜間幽會 ◆ 106

清晨分離 ◆ 108

【評論】尋愛餘響：羅伯特‧勃朗寧小品兩首賞析 ◆ 110

第二輯：愛琴餘響 ◆ 115

—— 愛慾緣起 ——

阿基洛科斯（公元前約 680- 約 640） 118

心弦千千結 ◆ 118

【評論】阿基洛科斯小傳 ◆ 120

阿凱俄斯（公元前約 620 生） 122

星星火熱 ◆ 122

【評論】阿凱俄斯評傳 ◆ 124

泰奧格尼斯（公元前 6 世紀） 128

漂流船 ◆ 128

阿納克瑞翁（公元前約 570- 約 485）..................130

- 人生有趣 ◆ 130
- 愛樂夢 ◆ 132
- 戀愛的感覺 ◆ 134
- 眼神的俘虜 ◆ 136
- 弦歌改調 ◆ 138
- 愛情淬煉、癡情、潛愛波 ◆ 140
- 車夫、向心途 ◆ 142
- 追憶愛樂 ◆ 144
- 致春燕 ◆ 146
- 愛情狂想曲 ◆ 148
- 【評論】虛擬阿納克瑞翁抒情自傳：移琴別戀說愛魂 ◆ 150
  - 說抒情 ◆ 150
  - 說詩魂 ◆ 153
  - 說愛樂 ◆ 159
  - 說流變 ◆ 163

席莫尼德斯（公元前 556 - 約 476）..................166

- 聖美峰 ◆ 166
- 【評論】席莫尼德斯簡介 ◆ 168

索福克里斯（公元前約 496-406）..................170

- 愛樂頌（《安蒂岡妮》781-800） ◆ 170
- 【評論】讀〈愛樂頌〉解愛樂 ◆ 173
  - 悲劇高岡上陰陽交鋒 ◆ 173
  - 父權論述中愛樂誕生 ◆ 178
  - 愛樂誕生後個體蛻變 ◆ 183
  - 愛樂走調時語體變色 ◆ 186
  - 尾聲 ◆ 192

阿斯克列皮阿德斯（公元前約 320 生）..................196

- 黑美人、有請三思 ◆ 196
- 情場勝地 ◆ 198

阿波羅尼俄斯（公元前約295-215）..................................200

　　愛在心裡口難開（《阿果號之旅》3.1008-24）◆ 200

　　【評論】〈愛在心裡口難開〉賞析：上古浪漫愛情的典範 ◆ 202

梅列阿葛（公元前2-1世紀）..................................208

　　酒杯開懷 ◆ 208

　　愛樂賞 ◆ 210

第三輯：情界慾海 ◆ 213

── 甜蜜的定義 ──

馬婁（1564-1593）..................................214

　　一瞥見真情（《希蘿與李安德》167-76）◆ 214

　　【評論】〈一瞥見真情〉賞析：鍾情餘話 ◆ 216

莎士比亞（1564-1616）..................................218

　　眼中情（《威尼斯商人》3.2.63-72）◆ 218

　　【評論】〈眼中情〉探微：情感個人主義的徵兆 ◆ 220

江森（1572-1637）..................................224

　　歌贈席莉雅 ◆ 224

　　且來體驗情可歡（《胡禮》3.7.196-213）◆ 228

　　【評論】情感個人主義的春雷：醉情可掬 ◆ 231

　　　　結緣莎士比亞 ◆ 231

　　　　〈歌贈席莉雅〉補筆 ◆ 232

　　　　為席莉雅而唱 ◆ 233

鄧恩（1572-1631）..................................236

　　出神 ◆ 236

　　【評論】愛樂魂出竅 ◆ 248

　　　　〈出神〉賞析 ◆ 248

　　　　情塚英雄魂：德萊登的音樂之道 ◆ 251

馬佛爾（1621-1678）..................................256

　　致怯情人 ◆ 256

【評論】〈致怯情人〉賞析：詩人失戀三部曲 ◆ 263
　　　　　情人怯情當何如 ◆ 263
　　　　　庭園之樂 ◆ 265
　　　　　愛情的定義 ◆ 267
　　　　　失戀餘話──情到深處寡言時 ◆ 270

布雷克（1757-1827） 272
　　生病的玫瑰 ◆ 272
　　【評論】布雷克素描 ◆ 274

濟慈（1795-1821） 276
　　分享夏娃的蘋果 ◆ 276
　　【評論】〈分享夏娃的蘋果〉賞析：羞怯心理解剖 ◆ 280

惠特曼（1819-1892） 282
　　雙鷹調情 ◆ 282
　　【評論】〈雙鷹調情〉賞析：詩體解放 ◆ 284

柏朗（1830-1897） 288
　　愛慾果 ◆ 288
　　【評論】〈愛慾果〉賞析：愛慾情 ◆ 290

葉慈（1865-1939） 292
　　麗妲與天鵝 ◆ 292
　　【評論】〈麗妲與天鵝〉賞析：人神之戀的真相 ◆ 296

第四輯：沉吟時間 ◆ 301

── 航渡記憶海 ──

莎士比亞 304
　　默思法庭（十四行詩第三十首） ◆ 304
　　【評論】〈默思法庭〉賞析：莎體十四行詩 ◆ 307

衛爾比（1574-1638） 310
　　愛我別因為婉麗 ◆ 310

雪萊（1792-1822） 312

　　愛情之道 ◆ 312

　　【評論】〈愛情之道〉賞析：情懷自然浪漫 ◆ 314

　　【附錄】奧維德《變形記》的浪漫情 ◆ 319

　　　　大河戀（5.572-641）◆ 319

　　　　水體交合（4.285-388）◆ 320

丁尼生（1809-1892） 324

　　永悲吟（〈提壽納斯〉1-10, 64-76）◆ 324

　　【評論】〈永悲吟〉賞析：黎明神宮不死情 ◆ 328

惠特曼 334

　　滾滾人海一水滴 ◆ 334

　　【評論】〈滾滾人海一水滴〉譯後感：人潮湧浪聚水珠 ◆ 336

馬修‧阿諾德（1822-1888） 340

　　多佛海濱 ◆ 340

葉慈 346

　　飲酒歌 ◆ 346

　　望天衣 ◆ 346

　　久無音訊之後 ◆ 348

　　桑榆暮景 ◆ 350

　　【評論】相見時難未必百花殘：葉慈情詩譯後感 ◆ 352

佛洛斯特（1874-1963） 360

　　看不遠也望不深 ◆ 360

　　雪夜林畔小駐 ◆ 364

　　【評論】佛洛斯特的意境：情景交融蘊哲理 ◆ 366

艾美‧羅威爾（1874-1925） 370

　　十年 ◆ 370

　　【評論】意象詩之美：〈十年〉賞析 ◆ 372

第五輯：光陰記憶體 ◆ 375

—— 網路一景 ——

【評論】〈網路一景〉後記：記憶在時光陰影中顯像 ◆ 378

馬婁 384

美為何物（《帖木兒大帝》上篇 5.1.160-73） ◆ 384

就是這張臉（《浮士德博士》5.1.98-117） ◆ 386

【評論】馬婁雄渾詩行的美感磁場與莎士比亞劇場的傳奇人生 ◆ 390

美的沉思 ◆ 390
美的印象 ◆ 395
傳奇之美 ◆ 398

莎士比亞 400

歸塵的路（《馬克白》5.5.18-27） ◆ 400

【評論】馬克白的歸塵路：悲劇英雄變調曲 ◆ 402

華滋華斯（1770-1850）.. 406

我心雀躍 ◆ 406

參觀劍橋大學國王學院教堂有感 ◆ 408

【評論】華滋華斯評介：自然的啟示 ◆ 410

惠特曼 422

〈我歌頌帶電的身體〉第五首 ◆ 422

〈自我之歌〉第五首 ◆ 426

擺動不停的搖籃 ◆ 430

【評論】民主詩人惠特曼 ◆ 450

惠特曼的草葉性格 ◆ 450
詩人的搖籃 ◆ 453

佛洛斯特 458

沒走的路 ◆ 458

火與冰 ◆ 462

【評論】〈火與冰〉賞析與英詩中譯的修辭等效原則 ◆ 464

第六輯：戀戀空間 ◆ 471

── 事實與真相：都會寓言一則 ──

濟慈《蕾米雅》選譯 474

    《蕾米雅》上篇 ◆ 474

    《蕾米雅》下篇 ◆ 494

    【評論】《蕾米雅》賞析：浪漫實情 ◆ 518

        浪漫風潮中的濟慈 ◆ 518

        蛇女戀情的浪漫困境 ◆ 523

        濟慈的空靈意境 ◆ 527

艾略特（1888-1965）.. 530

    普儒夫若克的情歌 ◆ 530

    【評論】〈普儒夫若克的情歌〉賞析：荒原之愛 ◆ 560

        現代主義詩宗與〈普儒夫若克的情歌〉 ◆ 560

        普儒夫若克與哈姆雷特 ◆ 565

        現代文明的情場哀歌 ◆ 570

        舊律新腔譜前衛 ◆ 573

書目 ◆ 576

詞彙雙語索引 ◆ 588

作家、作品及評介索引 ◆ 592

引論

　　舉凡對西洋文化史、西洋文學,尤其是對希臘文學和英美詩有興趣的人士,都是本書潛在的讀者,入門與欣賞兩相宜。藉這本書,我也希望能夠跟同好分享個人浸淫西洋文學超過半個世紀的見地,見地反映在編選的觀點以及賞析評論的見解,兩者同樣別出心裁,絲毫無愧於分享的心意。使用中英對照的版式則是因為,我考慮到文學翻譯和文學欣賞的相關課程和自我進修都可以派上用場。也是基於同樣的考量,不論深入剖析或蜻蜓點水,我同樣盡可能預留解讀的空間,俾便學子拾階登堂。

古今歌詠盪胸懷

　　本書發想的初衷是作為情慾四書的完結篇。先前已出版《情慾幽林:西洋上古情慾文學選集》(2002;2011)、《情慾花園:西洋中古與文藝復興情慾文選》(2002;2010)和《情慾舞台:西洋戲劇情慾主題精選集》(2013)。多年使用這三本書當通識教材,我深刻領略到特定史觀的優缺點。優點是聚焦明確,視野清晰;缺點是視野受限,見地難免偏狹。

　　不妨具體說明西洋文學情慾史觀的優缺點。讀者從情慾三書輕易可以掌握西洋文學發源於上古希臘,羅馬作家如何承先啟後,基督教信仰如何適時挹注活水,終於得以儲存足夠的能量,在羅馬帝國壽終正寢之後,在兵荒馬亂的歲月蟄伏長達五個世紀,在封建制度的沃土孕育騎士文學,為枝繁葉茂的文藝復興奠定根深蔭廣的基礎,開啟近代文學從新古典主義經浪漫運動到現代主義的誕生。缺點卻也顯而易見:除非有足夠的閱歷,一般讀者難免以偏概全,誤以為西方果然開放,文學總是描寫情慾。

　　既知前車之鑑,覆轍理當避免,所以本冊抒情詩的編選不再自我設限。然

而,史觀無法像翻書那樣一翻就換頁,更何況我向來力行不從俗也不跟風,所以也不避諱主觀的偏好。以下十首無關乎情慾,就是前述取捨的結果:席莫尼德斯〈聖美峰〉;莎士比亞〈默思法庭〉和〈歸塵的路〉;惠特曼〈滾滾人海一水滴〉和〈擺動不停的搖籃〉;佛洛斯特〈看不遠也望不深〉、〈雪夜林畔小駐〉和〈沒走的路〉;華滋華斯〈我心雀躍〉和〈參觀劍橋大學國王學院教堂有感〉。

詩選不稀罕,中英對照的詩選也不稀罕,附有注釋的詩選同樣不稀罕,附有賞析的詩選照樣不稀罕。四個不稀罕前後左右包夾,還是可以有破口。本書第一個稀罕:如副標題所表明,選材範圍是上古希臘與近代英美的抒情詩,這樣的組合至少我個人閱歷所及沒見過。第二個稀罕:別開生面的評論賞析足以形成明確的見識,從而展現本抒情詩選獨特的見地。組合不等於拼湊。拼湊是把零碎的東西放在一起,即使也可能有創意,但明顯不同於組合。組合是把個別獨立的部分組成整體,有整體感才有見地可言。本書的分輯與評論賞析即是著眼於此。增加前面提到的十首詩,對於抒情視野的擴大雖然有限,重新分類相信有助於提高見地的解析度。加上評論賞析所提供寬廣的視窗,本詩選必能展現趣味盎然的景觀。這樣的一冊詩選,我有信心不至於辜負期待大開眼界的讀者。六輯各自的標題身負重責大任,兼有標示共同主題和拓展欣賞視野的雙重作用。各輯標題之後附有一段性質殊異的題詞,或闡述,或紀實,或感懷,或託寓,我希望能夠在揭示主題和拓展視野的同時,獲致聚焦的效果。

和書中的評論賞析相得益彰的是翻譯的部分。原文是詩體一律附出英譯,僅有的例外是第四輯雪萊〈〈愛情之道〉賞析〉的附錄,即奧維德(Ovid,公元前43—公元後17)《變形記》詩中的〈大河戀〉與〈水體交合〉兩段插曲,我在書中有說明。上古希臘詩以英文呈現,當然是為了佔絕對多數的讀者,我參考的英譯本都列在卷末的書目,有所更動是我個人的詮釋不同所致。不同的詮釋源自理解與感受方面的差異,遂有不同的翻譯文本。因其如此,本詩選的附文本,包括譯注、評論和賞析,都是中譯文本不可分割的一部分,卻也有各自的主體性。或有必要說明的是,詩的譯注編號是依照該詩的行碼,評介賞析的注釋則是按照流水編號。領略林相之美有賴於見樹又見林雙管齊下,以此期勉讀者。

林有林相,詩有詩境。與讀者分享個人領會的意境向來是我的翻譯原則。詩的意境由外在(external)和內在(internal)兩種結構(structure)組織而成。

外在結構的要素包括詩節形式、詩行格律、押韻模式、節奏和意象，內在結構的要素包括背景、主題、說話者、情境、措詞、語氣、聲調和象徵。外在結構與內在結構的搭配適合呈現特定的主題，這是形式（form）美感的張本。我提到的這些造境要素與修辭手法，都是我在翻譯時極力關注的細節，譯註、評論或賞析將會適時說明。這些詩作，體裁的呈現和創作的旨趣各有千秋；我的翻譯有早有晚，前後橫跨超過二十年；更何況我的翻譯觀有常有變，必要時我會在附文本說明。

概括而言，主題的呈現是第一要務，這是所有以文字為媒介的藝術創作無法迴避的課題。再者，比起其他文學形式，詩具有更強烈的音樂性格和情感潛能，這方面的特色卻也是語言表達的一大罩門。此處無法細表，留待附文本適時說明。只就犖犖大者來說，我從事翻譯，僅次於文義考量的基本原則是忠實呈現原詩的行尾韻（end rhyme）模式。秉持前述的翻譯常道，難免會有山窮水盡時的變通作法。更還有隨個人翻譯觀的改變而採取不同的翻譯策略。只就聲韻來說，我早年譯詩，原文押行尾韻，我的譯文就要求音節數對應，每一行的漢字數對應英文的音節數。例如勃朗寧的〈夜間幽會〉和〈清晨分離〉，以及鄧恩的〈出神〉，我謹守各行音節數對應的策略。可是這一點堅持有時候顧此失彼，使得譯文的節奏和原文有落差。因此，後來我改用比較有彈性的做法，以每行詩的中文詞組的數目對應英文音步的數目，即各行節拍（cadence）的數目彼此對應。伊莉莎白・勃朗寧的《葡萄牙人十四行詩》和濟慈的《蕾米雅》即是合乎節拍對應的翻譯實踐。這兩首都是依傳統格律寫成，因此中譯和原文的行尾韻模式完全相同。使用自由詩（free verse）體裁創作的詩，如散見於第三、四、五各輯的惠特曼的詩，以及第四輯阿諾德的〈多佛海濱〉和第六輯艾略特的〈普儒夫若克的情歌〉，我就給了自己較多的彈性。然而，即使是自由詩，我的中譯仍然力求呈現原作的聲韻美感與結構修辭。

傳統詩有固定的格律，也因此有相對應的前置作業，即韻律分析（scansion），也就是分別標示輕讀音節和重讀音節，作為判斷格律的依據。英詩格律是輕讀音節與重讀音節規則性出現的模式。英詩的格律是透過喬叟輾轉來自希臘。希臘詩歌卻不押韻，而且格律取決於長音節和短音節的配置。本詩選既然以英譯呈現，希臘抒情詩的格律就此按下不表。

有規則可循則好辦事，這是我譯詩的一大心得。原文格律嚴謹表示規則明確，翻譯的難處相對容易克服。自由詩沒有固定的規則，譯筆無法可循，所以

也會有較多的權變。無論如何，格律分析沒有標準答案，無法淺嘗竟功，請參考我在〈〈普儒夫若克的情歌〉賞析・現代文明的情場哀歌〉結尾處的建議。下面兩點感想，謹供參考。

　　2023諾貝爾醫學獎得主卡塔林・卡里科（Katalin Kariko），在2022年獲頒第五屆唐獎生技醫藥獎。她終身鑽研冷門的mRNA（信使核糖核酸），研究被看衰四十年，大學教職遭到降級處分，申請不到研究經費，實驗室被迫關門，甚至兩度失業。她來台受獎時，在一場演講這麼說：「只要不停練習、不停閱讀、不停思考，你就會成為一個領域的專家，看事情的角度就會不同。即使再無趣的主題，你越精熟，自然就越樂在其中。」欣賞詩和分析格律，道理相同，只要多一個動作：朗讀並傾聽。

　　卡里科的研究心得，卑之無甚高論，實踐才是硬道理。水建馥譯《古希臘抒情詩選》頁258，是公元前四世紀希臘喜劇詩人米南德（Menander）的四行殘篇：

> 人在生活中遇到不幸，沒什麼
> 比一門技藝會給人更好的安慰，
> 因為當他一心鑽研那門技藝時，
> 船已不知不覺越過了重重危難。

格律分析無異於一門技藝，師傅領入門之後，熟能生巧。我以師傅自許，有心人盍興乎來！書末附詞彙索引，方便讀者按圖索驥。

英詩美詩同根生

　　近代英美詩和上古希臘詩合輯，乍看突兀，從文學和文化的歷史觀點來看，其實有脈絡可尋。箇中道理將在評論賞析部分有所論述，且先簡述歷史脈絡與抒情源流如下。

　　英詩，顧名可以思義，是使用英文書寫的詩。美國人的書寫表達也是使用英文。即使美國文學自成一個傳統，美語和英語也已分流，文化同源卻使得英美兩地的書寫維持相當高的同質性。此一高度同質的特色使得「英美詩」之稱名正言順。文藝復興時期的莎士比亞到現在仍然是美國本土英文教學的基本教

材，二十世紀的艾略特同時出現在英、美兩國的文學選集，1934年成立的非營利組織「美國詩人學會」（The Academy of American Poets）的官方網站（<Poets.org>）也收錄英國詩人的作品，信手舉出這三件事實勝過千言萬語。

英美兩地的語文分流始自莎士比亞（1564-1616）去世之後四年，一批清教徒搭乘五月花號前往美洲新大陸尋找新生活。那個時期是歐洲文藝復興的尾聲，也是現代英文定型的年代。我常聽到或讀到「莎士比亞寫的是古英文，所以難懂」這樣的訛傳，其實莎士比亞寫的是現代英文（Modern English），他的詩和其他的經典文學同樣淺嘗無功，那是詩體、修辭、精緻的結構和深刻的人性洞察所致，這從本書所譯他的十四行詩第三十首和悲劇《馬克白》第五幕第五景的一段獨白，不難見微知著。

現代英文是相對於古英文（Old English）而言。古英文又稱盎格魯薩克遜英文（Anglo-Saxon English），是盎格魯人和薩克遜人在英格蘭所使用的語音拼寫系統。這一批日耳曼部落從德國北部和丹麥向西渡海遷居，在公元五世紀逐漸取代原住民凱爾特人（Kelts = Celts，又稱塞爾特人）成為新主人。他們的新居地，古英文稱為 Englaland，意思是「盎格魯人之地」（land of the Angles），今稱 England（英格蘭）。他們的語言是低地德語（Low German）的西支，書寫形態和後來的英文最根本的差異在於詞彙和文法，此一差異反映截然不同的生活方式與思考習慣。

古英文的代表作《貝奧武夫》（Beowulf）是歐洲第一部使用在地語（vernacular）創作的史詩。「在地語」是相對於拉丁文的地方語言，這些方言在現代「國家」出現以後都成了「國語」，拉丁文則是歐洲基督教地區的知識分子通用的語文。《貝奧武夫》歌頌標題英雄斬水妖又翦除惡龍。故事本身屬於北歐神話的傳統，但是在抄寫過程中摻入了基督教的觀念。其詩歌形式的特色可以歸納如下：每行有四個重讀音節，輕讀音節無定數；沒有行尾韻，押頭韻（alliteration），相當於中文的雙聲，即重讀音節開頭的子音相同，母音一概視為相同的頭韻；行中停頓（caesura）把詩行一分為二，各自包含兩個重讀音節。

盎格魯薩克遜人在公元七世紀改宗基督教。一個世紀之後，北歐人開始南下劫掠歐洲沿海地區。後來以「維京人」（Vikings）之名廣為人知的這一批北歐人，又稱為 Norseman，「來自北方的人」。這個名稱是法國「諾曼第」（Normandy）這個地名的詞源，其統治者即諾曼第公爵。公元1066年，諾曼第公爵征服英格蘭，史稱「諾曼征服」（Norman Conquest）。外來的諾曼第貴

族取代傳統的英格蘭貴族成為統治階層，羅馬字母成為新的書寫符號，英格蘭開始融入南歐文化的傳統。這一場軍事勝利最深遠的影響是中古英文（Middle English）問世。

　　中古英文的代表作家喬叟（Geoffrey Chaucer, 1340-1400）先後受法國和義大利文學的影響。透過他的詩心文筆，十二世紀法國封建社會騎士文學形塑的宮廷愛情（courtly love），以及民間社會爆發的抒情衝動（lyrical impulse），越過英吉利海峽產生外溢效果。他晚期的創作改採英國本土的題材，其文學生涯充分反映英文現代化的歷程。「總而言之，他是個在文化界四海為家的詩人，理所當然悠遊於歐洲傳統」（Bush 3）

　　前一句引文所稱的「歐洲傳統」，指的是從上古希臘經羅馬帝國與義大利傳入法國的南歐傳統，不同於盎格魯薩克遜人從原鄉帶入古英文的日耳曼／北歐傳統。喬叟的《卓伊樂與柯瑞襲》（*Troilus and Criseyde*），篇幅超過八千行，標題主角就是莎士比亞在標題相同的劇本 *Troilus and Cressida* 取材相同的希臘神話角色，我在《情慾花園：西洋中古時代與文藝復興情慾文選》選譯其中 546 行，題為〈烽火情〉。有別於莎士比亞描寫亂世兒女的亂愛現象，喬叟筆下洋溢中古風情。特洛伊王子卓伊樂在白天展現戰場騎士的楷模，在夜間則體現情場騎士的風範。然而，喬叟文心雕龍的重點卻是柯瑞襲的情慾心理，現代的婚姻傳奇呼之欲出：背叛婚姻的女人成為兩性三角關係的支點，男人則成為情慾關係的受害人。喬叟開創詩體小說的先河，以詩的體裁從事小說創作，也就是五個世紀後勃朗寧夫人成果豐碩的敘事詩體裁，我在第一輯〈勃朗寧夫人評傳：一則愛情傳奇〉文中〈貝瑞特小姐的追尋〉和〈勃朗寧夫人的追尋〉有介紹。

　　從《卓伊樂與柯瑞襲》可以看到喬叟對於現代英文抒情詩的體裁與格律影響之深遠。先說體裁。文人創作，除了說理，無非是抒情或敘事。在寫實主義小說於十七世紀誕生以前，敘事創作也是使用詩體，俗稱故事詩。由於詩的抒情本質，敘事詩（narrative poem）無可避免是「抒情為體，敘事為用」，詩人的本意是抒情，讀者卻普遍只看到故事。《卓伊樂與柯瑞襲》使用「皇家韻詩節」（rhyme royal stanza）的體裁。詩有詩節猶如散文有段落。皇家韻詩節使用抑揚五步格（iambic pentameter），七行一節，行尾韻模式為 ABABBCC。行尾押韻不稀奇，本土的中古英文抒情詩就有押韻的先例，但是長篇詩作透過行尾韻賦予形式美感則是新猷。

喬叟從法國引進的這個體裁，在十五、十六世紀文藝復興時期，英國詩人寫長篇敘事詩情有獨鍾，包括莎士比亞的《魯克麗絲受辱記》（*The Rape of Lucrece*, 1594）。詩節體後來雖然式微，但是一直到十九世紀結束，始終是英詩長篇敘事的通用體裁，雖然形式（各節的行數、各行的格律，以及行尾韻模式）不盡相同，卻有共同的特色：一個詩節呈現一個鏡頭。

皇家韻詩節的行尾韻值得分析：開頭四行隔行押韻（ABAB），結尾二行同韻（CC）；前四後二的結構透過第五行的韻腳 B 銜接，效果有如羚羊掛角。詩節韻（stanza rhyme）最精緻的表達形式出現在十四行詩聯套（sonnet cycle，又稱 sonnet sequence），由呈現戀愛經驗的系列十四行詩組成一個聯套，當中的每首詩就是個獨立的詩節。十四行詩這個皇家韻詩節最廣為人知的變體出自莎士比亞筆下。他雖然因襲佩脫拉克（Francesco Petrarca, 1304-1374）使用聯套的形式，卻不拘一格，創造嶄新的風格，如我在《情慾花園》書中〈莎士比亞·十四行詩〉乙節的介紹。他總共寫了 154 首，形式為三個隔行押韻的四行段（ABAB CDCD EFEF）之後接雙行體（GG）。這個形式特具盎格魯薩克遜民族風，因而有「英式十四行詩」的別稱。請參考第四輯莎士比亞〈默思法庭〉的賞析一文論莎體十四行詩，或余光中〈鏽鎖難開的金鑰匙〉。詩節韻直到二十世紀中葉，吹響自由詩號角的惠特曼去世已經半個世紀，仍有佛洛斯特在大西洋對岸寫得生龍活虎而且雅俗共賞。

和皇家韻的形式同樣值得關注的是抑揚五步格這個詩行格律。從喬叟一直到十九世紀結束，抑揚五步格始終是英詩的主流格律，是無韻詩（blank verse）、英雄雙行體（heroic couplet），以及種種詩節韻的基礎。本詩選有許多機會一再提到這個格律。相關專有名詞的釋義，請見書末詞彙雙語索引。

喬叟的《坎特伯里故事集》沿襲《卓伊樂與柯瑞襲》使用抑揚五步格，卻通篇兩行一韻。這個格律在《卓伊樂與柯瑞襲》只是詩節最後兩行同韻，在《坎特伯里故事集》發展出雙行體（closed couplet）。同樣是兩行一韻，雙行體的文法和意義都完整自足，無需仰賴上下文。喬叟首創的雙行體是最精煉的詩節韻，也是他本人最喜歡的體裁。抑揚五步格雙行體又稱英雄雙行體（heroic couplet），可以說是理性形式在詩歌表達的極致，十七世紀中葉開始成為英文詩壇重要的格律，原因之一是其中蘊含的理性之美。在新古典主義祭酒波普（Alexander Pope, 1688-1744）筆下，英雄雙行體臻於化境，特稱為「對句」，是英文最接近中文對聯的表達形式，明顯的行中停頓使節奏趨於靈活。這個體

裁廣受詩人歡迎，直到浪漫主義興起才式微。雖然「雙行體」和「對句」普遍被視為同義詞，但細加區別對於欣賞英詩的演變有利無弊。

當代文學史家稱喬叟為英詩之父，實至名歸。他把英詩現代化的先期工程是浸淫法國當代文學，而且親炙義大利蓄勢待發的文藝復興運動。「文藝復興」本義「重生」。這個詞源透露「復興」暗示復古，從古代汲取養分創造新生命；這裡說的「古代」是上古時期的羅馬及其繼承的活水源頭希臘。打比方說明喬叟的歷史定位。歐尼爾（Eugene O'Neill, 1888-1953）博採歐洲大陸古今戲劇的傳統，然後運用美國的本土素材加以融會貫通，自己成為一代宗師，促成美國現代戲劇和歐洲大陸的前衛運動無縫接軌。由於喬叟為現代英文與英詩鋪設的坦途，文藝復興之後繼踵出現新古典主義、浪漫主義和現代主義，似乎顯得順理成章。這一段歷程的詩歌景點及其導覽構成本書的主要內容。

同源分流的詩歌傳統，本書選了英國的重量級詩人 17 位共 46 首，美國入選的卻只有 4 位 12 首。比例懸殊是歷史使然。這 4 位美國詩人當中，惠特曼靠一支筆揚起詩壇革命的大纛，思幽懷而抒深情，意義重大可比擬於當年五月花號遠渡重洋，或挪威劇作家易卜生（Henrik Ibsen, 1828-1906）開創中產階級寫實劇的現代戲劇傳統。羅威爾投效意象主義時期，渡海前往倫敦取經，透過凡我人生的日常飲食活動呈現歐洲大陸抒情思懷源遠流長的傳統。艾略特後來入籍英國，〈普儒夫若克的情歌〉是他第一首正式發表的詩，是連皮帶骨的道地美國詩。佛洛斯特年紀最輕，體裁的運用卻最保守。英詩美詩共擁一個傳統，其理甚明。這個傳統，一如其他萬紫千紅的源流，無不是為了抒發情懷，故稱抒情。抒情源流同根生，同樣有脈絡可尋。

抒情抒懷共源流

本書分六輯。六輯之分透露我個人譯注這一冊詩選的抒情史觀。文學是以文字展現篇章之美的見地成果，其媒介是男性發明用於記錄與書寫男性社會活動的符號。因其如此，文字書寫難以避免挾帶關乎性別的種種成見、偏見，甚至謬見，因為傳統社會有意無意間把男性觀點當作唯一的觀點。我在《陰性追尋：西洋古典神話專題之一》書中，採取女性主義的視角，探索神話世界普遍被忽視的面向，希望有助於平衡讀者的神話視野。現在我把同樣的心態應用在抒情詩這個領域。個體經驗的記憶累積沉澱成為集體記憶，這是文明的張本。

文明的相關記憶主要是為了維繫種族繁衍與社會運作，因此強調現實的理性原則，強調「人同此心而心同此理」。然而人性是理性和感性的合體，而且文學以發抒感性的價值為第一要務，強調的是人際關係與人情聯結，著重在「人同此情而情同此感」。

第一輯綱舉目張，收錄上古希臘文與現代英文最重要的兩位女詩人，莎芙與伊莉莎白・勃朗寧。兩位女詩人有志一同，同樣因情生愛而起意抒懷。輯中兩位男性詩人的三首詩，同樣是「以女人之名」出現在讀者眼前。「記憶女神的孫女」這個標題揭示全書的主題：記憶是情感之根，是感情之源。兩篇評介從情、憶一體探討其名山事業。所謂「情、憶一體」，借用紐約大學神經科學中心講座教授約瑟夫・李竇（Joseph LeDoux）的措詞，可以說是「腦中有情」（the emotional brain）。對於這兩位女詩人的評介，我採取截然不同的體裁：前一篇使用心靈史的觀點，為莎芙代筆書寫虛擬自傳，嘗試呈現傳主的內隱記憶（implicit memory），呼應上古希臘特有的虛擬墓銘詩（pseudo-epitaph）這個文學體裁；後一篇使用追尋神話的觀點，為詩國的現代才女書寫傳記，嘗試呈現傳主的「外顯記憶」（explicit memory），呼應近代歐洲新興的傳記書寫。

綱目既舉，第二輯收錄上古希臘抒情寫愛的傑作，按年代編排──這也是本書各輯的通例──多少可以從特定主題看出抒情詩發展的一個趨勢，也就是本輯〈讀〈愛樂頌〉解愛樂〉一文所揭櫫的愛樂世俗化。標題「愛琴餘響」的「愛琴」一語雙關，音譯 Aegean 具體指涉引人無限浪漫遐想的愛琴海，那是歐洲文學的搖籃；字面則是喜「愛」唱詩不可或缺的伴奏用七弦「琴」。希臘悲劇以笛代琴為伴奏樂器，繼起的抒情詩人以書寫代替歌唱為創作媒介，但文字的音樂潛能始終是詩的本質。此一本質不因時空位移或素材變異而有不同，因此暗扣本書的標題「抒情旋律」。

愛琴餘響兩次激發高亢的回音，一前一後同樣蓋過戰場的喧囂，外邦入侵的烽火無法席捲抒情的香火。第一次是北方的馬其頓王國統一希臘各城邦，而後在亞歷山大大帝（Alexander the Great，公元前 356-323）領軍之下，建立環地中海的帝國。隨亞歷山大去世，歷史的巨輪進入希臘化時期（Hellenistic period），為期兩個世紀。第二場烽火點燃乾柴烈火。羅馬共和國在公元前 146 年征服希臘本土。羅馬人收編希臘神話時，把阿芙羅狄特（Aphrodite）視同維納斯，因此希臘化時期奠定的阿芙羅狄特與愛樂（Eros）這一對愛神母子也羅馬化，就是讀者普遍不陌生的維納斯與丘比德。

希臘抒情詩的一大母題是愛樂的功德。在抒情詩誕生之後，愛樂這位元始神就和阿芙羅狄特密不可分，分別體現兩性關係在婚禮之前（異性相吸）和之後（互許忠誠）兩個階段。羅馬神話收編希臘神話之後，奧維德筆下的丘比德，拉丁文稱 Cupido（「愛慾」），就是透過英文廣為讀者熟悉的 Cupid。其實希臘的愛樂在羅馬神話另外有個分身：阿摩（Amor，「愛戀」），這兩個分身的意涵，我在《情慾幽林：西洋上古情慾文學選集》的引論〈森森密林探幽微〉乙節有詳細的分析，此處只從抒情詩的傳統敘論。

經過這兩次外族入侵的戰火洗禮，愛樂的意義先是在希臘本土從生活信念變成文字遊戲，然後在羅馬從文字遊戲變成遊戲人間。此期間，哀歌律（elegiacs）舉足輕重。

哀歌律是把六音步體（hexameter）的偶數行減少一個音步，使得六步格和五步格交替出現，因此又稱哀歌雙行體（elegiac couplet = elegiacs），使用這個格律寫成的詩歌即是「哀歌」（elegy），不必然表達哀思悲情，解釋為「情懷失落感所思有得」或許比較容易理解。抒情無法和記憶脫鉤，自古已然。希臘抒情詩廣泛使用的哀歌律，從公元前 7-6 世紀古風時期的墓銘詩到希臘化時期的情詩，無不以展現輕巧玲瓏的意境為主旋律，詩人廣泛應用在經驗沉澱繼之以情感過濾之後，發抒胸中塊壘。羅馬的詩人，一如在文化其他領域，有意識地效法希臘，力圖展現青出於藍的成果。

猶如希臘詩先有莎芙而後有哀歌律，羅馬詩先有卡特勒斯（Catullus，公元前約 84—約 54，亦作「卡圖盧斯」）而後有奧維德。單就抒情寫愛的主題而論，卡特勒斯師法莎芙的格律，甚至把沙芙的故鄉 Lesbos 改為陰性詞尾 Lesbia，為自己寫詩寄愛的有夫之婦命名。關於卡特勒斯，我在《情慾幽林：西洋上古情慾文學選集》有介紹、選譯。哀歌對偶體在奧維德筆下臻於爐火純青，既可提煉現實經驗的吉光片羽，又可發掘記憶寶礦的一鱗半爪。他把希臘的抒情傳統帶往新的方向，詳見我譯注的奧維德《變形記》第二版附文本的介紹，包括出版緣起和引論的附錄〈變形見史識，餘響聞初衷〉。

卡特勒斯和奧維德同樣對心靈沒興趣，心理感受卻使他們感到興味盎然。在洋溢奧維德風格的一則愛情故事，《變形記》1.452-67 描寫西洋古典神話的經典故事〈阿波羅與達芙妮：月桂情〉，背景是男權大革命的畢功之役，阿波羅發揮神弓的威力，射死女神的守護靈，名為「皮同老蛇」的一條蟒蛇——關於「男權大革命」，見我在《陰性追尋》書中 3.7〈男權大革命〉乙節。故事

開始的時候,阿波羅得意洋洋,邂逅維納斯的兒子丘比德,嘲笑他小毛頭拿大人的武器不自量力。丘比德不服氣,頂嘴道:「你的長弓利箭或許可以征服萬物,我這支短箭卻能夠刺穿你大吹大擂的胸膛」(you may conquer all the world with your strong bow and arrows, but with this small arrow I shall pierce thy vaunting breast)(1.463-5)。於是,丘比德拿出點燃情火的金鏃箭射中阿波羅,接著拿出效果恰恰相反的一支箭,撲滅情火的鉛鏃箭,射中達芙妮。結果,身兼真理神、光明神與預言神的阿波羅展開愛情長跑,窮追猛攻卻徒勞無功。

前文提到丘比德另有個分身,歐洲大陸習用的稱呼是「阿摩」。「阿摩」就是後來但丁(Dante Alighieri, 1265-1321)所繼承的宮廷愛情(courtly love)之「愛」。宮廷愛情是中古時代騎士文學的一大抒情貢獻(見拙作《荷馬史詩:儀軌歌路通古今》6.3.2〈宮廷愛情的理念〉),深受基督教意識形態的制約,只承認神聖之愛,狹義特指愛亞衛(舊稱「耶和華」)。此一愛情理念可以說是基督教三達德(信、望、愛)之「愛」的世俗化,也可以說是丘比德所象徵的世俗之愛昇華的結果。無論如何,但丁把宮廷愛情的抒情傳統推到高峰,如我在《荷馬史詩:儀軌歌路通古今》6.4.1〈但丁《神曲》〉所論。也是這一位童子神使得佩脫拉克擔綱演出「普天同悲的戲碼」(《情慾花園》書中選譯佩脫拉克十四行詩之三〈太陽無光〉),從此揭開文藝復興十四行詩的苦情戲傳統。

但丁和佩脫拉克不同之處正反映羅馬神話的「阿摩」和「丘比德」之不同:前者在情界之內,而後者在慾海之上。奧古斯丁(Augustine of Hippo, 354-430)畫出那一條看不見卻真實無比的海岸線。他在《上帝之城》(The City of God)14.16寫道:「性驅力可以有很多目標;一旦沒有特定的目標,『性驅力』這個詞在心中通常暗示生殖器官的性慾刺激。這種性驅力不只控制整個身體和外部器官,而且在體內感覺得到,使整個人騷動,激發一種熱情要結合心靈的情感和身體的渴求,因此產生身體所感受最強烈的快感。這種快感使人著迷,以致於達到高潮時,心智完全停擺。」

在但丁所承襲的吟遊詩人(troubadours)傳統中,宮廷愛情的理想女人觸發愛慕者的天性最高貴的一部分,還進一步加以淬鍊,卻也同時刺激他,鞭策他陷入不能自己的激情,那股激情卻又可能轉為怨懟,導致女方名譽受損。到了但丁筆下,仕女的純潔把本我的驅力清滌殆盡,因此貝雅翠采能引導他跨越至福心境的門檻。但丁在這方面的成就獨一無二,然而他的抒情詩在情慾文學史標記基督教的憂鬱論述戰勝吟遊詩人的歡樂論述。正如司帖屯(Henry Staten）在《愛樂傷逝》（*Eros in Mourning: Homer to Lacan*）書中所論，「如果有血有肉的女人點燃的愛樂火苗不能培育，愛樂就成了傷逝」（96）。

但丁為愛感到迷惘，預告佩脫拉克為愛感到苦惱。但丁在《神曲》把官感記憶昇華為宗教情操，因此得以領悟「宇宙散落四處的紙張／被〔上帝的〕愛心裝釘成一本書」（by love into a single volume bound,/ the pages scattered through the universe）（《神曲・天界》33.86-7）；佩脫拉克耽溺於世俗化的愛樂，只能在嚴冬深夜盲目「橫渡無情海」（sails on a bitter sea）（《情慾花園》所譯佩脫拉克十四行詩189.3）。這兩位劃時代的義大利詩人，一個總結中古時代，一個開創文藝復興，一前一後繼踵有功，引出後續九個世紀的歐洲抒情史，同時也為情慾海疆標出陸界。所以有第三輯為情慾界定畛域。

佩脫拉克把我們帶回宮廷愛情那種善惡相生相剋的主流傳統。他繼承但丁的憂鬱傳統，雖然翻出新氣象，卻也擺脫不了但丁那片烏雲。但丁的筆尖得以穿透烏雲，關鍵在於他採取超越情界慾海的觀點，視血肉之軀為靈性之愛的化身。那樣的觀點卻是佩脫拉克有所不為之處。佩脫拉克採取現實觀點所奠定的抒情典範成為文藝復興時期十四行詩的魔咒，直到莎士比亞才完成除魅大業。莎士比亞十四行詩130.1寫「我情人的眼睛根本不像太陽」（My mistress' eyes are nothing like the sun）的文字遊戲，在挖苦佩脫拉克之餘，也是和歐洲文藝復興時期的浪漫傳統決裂，同時也預告寫實精神的來臨。他的抒情筆法，所愛唯情，性別和外貌全都無關緊要，要緊的是情根記憶。

第四輯〈沉吟時間〉以記憶為抒情的主體：記憶不因時間而消逝，所以值得抒發情懷。第五輯〈光陰記憶體〉則是以記憶為抒情的載體：時間銘刻在記憶，因回首往事而體會出時光中的陰影自有詩意。是否確有必要如此區別？未必。記憶有效連結過往與當前。凡經驗必留下痕跡，當事人未必意識得到，此所以記憶有外顯與內隱之分，但是只要有機緣喚醒沉睡的記憶，往事絕對不只是一縷輕煙。這兩輯同樣以身體隱喻記憶的世界，同樣是深入記憶空間的情思錄。時間和空間同樣有容乃大，所以容許深入，深入才能探微。創作與欣賞同樣要從記憶汲取養分，唯有沉吟時間才能促使意識記憶和情感激發同時湧現，因而得以領略記憶空間的種種美感趣味。

沉吟時間為的是便於深入記憶體。沉吟時間和深入記憶體兩者旨趣有別，自然而然關注不同的記憶美感，所以有第六輯〈戀戀空間〉的兩首詩。不同的取徑導向共同的體悟：記憶不論如何美好，終究是鏡花水月。相對於實體經

驗，記憶空間本是「空」，卻足以使人念念不忘。「念念」和「戀戀」諧音，雖是文字遊戲（pun），莎士比亞的才識和才情充分證實文字遊戲足以激發想像，因此意味雋永。

念舊憶往無非愛

　　抒情詩，英文稱 lyric，源自希臘文 lyrikos，「以 lyra 伴奏歌唱」，是公元前七到五世紀最主要的文學體裁。lyra（= 英 lyre）這種樂器指涉以海龜殼作共鳴板的七弦琴，是公元前八世紀口傳史詩沒落之後才從近東傳入的新樂器。樂器彈奏該有弦律。英文稱「弦律」為 melody，源自希臘文 melos，「唱詞」。前述的詞源足以概括抒情詩的本質，亦即以文詞呈現音樂之美。那種美感孕育有成的林園最早出現在愛琴海東岸離島的希臘殖民社區。

　　抒情詩源自希臘詩人開始探究「靈魂」，他們探究的結果顯示記憶構成靈魂的本質。抒情詩所抒之情是通古貫今的經驗之泉，記憶是此一源泉的地脈。記憶形象化而成為詩，基本前提是記憶產生銘刻的作用。記憶的銘刻作用也許是海馬迴生成的短期記憶儲存在前額葉皮質而形成長期記憶，也可能是，如晚近的科學家所主張，人腦把訊息「備份」，同時儲存兩份同樣的記憶版本，一份供當下使用，另一份則永久保存。無論如何，記憶得以銘刻無非是經驗有感而蘊情。一旦外在世界的訊息吻合個人身體內部的記憶，情感就發生了。情感，不論正面或反面，只要啟動就能引發感情的連鎖反應，歷歷在目也罷，音容宛在也好，甦醒和重生都成為具體的經驗。「我們活著的每個片刻都是我們當下狀態和過去記憶的複合產物」（Amen 206）。前文提到的「外顯記憶」是「有意識的回憶」，可以用語言來描述；可能一時想不起來，其實一直都存在意識界。有別於外顯記憶的基本條件是有意識的自覺，內隱記憶受到潛意識因素的影響，是不自覺的回憶。所謂「腦中有情」，從腦神經和精神醫學的觀點來看，腦根本就是精密的感情器官，也是人生尋找意義的化學工廠。意義的產生則取決於過去的記憶、當下的感受和未來的想像三者的連動關係。

　　人生經驗以種種情感的形態貯存於無意識。那些記憶，包括聽覺、觸覺、味覺、嗅覺、視覺和意念等類別，構成個體人格的根柢。船過不可能水無痕，差別只在於有人記得波浪，有人記得船的材質或海風的感覺，有人記得景色或情境，有人記得馬達聲或人語，有人記得海天之際的靈思或領悟，也有人因疏

於回味,或新的感覺沒能連結到過去的記憶,感到興味索然。不論形態為何,有感有受才可能沉澱成為潛意識的材料。

在不知覺的情況下溜進意識的記憶通常以感覺的形式表現在意識層面,而且能夠喚起潛意識中相關的經驗;即使屬於意識作用的回憶系統受損,潛意識的記憶還是可以透過情感表現出來(Evans 127-8)。換句話說,從外部接收的訊息即使無法喚醒以記憶形式儲存於潛意識的經驗,看似模糊的感覺卻能有效連結當下與過去的現實經驗。上述的感覺記憶沉澱在潛意識的最底層,說來不足為奇:感覺是個人一生中最早的經驗,胎兒早在五官發育之前就透過羊水感覺到母體的活動,包括心跳的節奏,那是最原始的記憶形式。隨胎兒成長,感官經驗不斷累積,先是聲波透過羊水傳遞給胎兒,分娩的過程開始有嗅覺和觸覺,最後是視覺,終於看見光明世界。

不論感覺經驗為何,怡情悅性就有美感。美感經驗使人覺得舒暢、歡欣、愉悅、安詳、平和,或是引發共鳴而導致神入或移情。這種種美感經驗的產生,在初發階段是透過具體的感官系統的察覺,後來發展出抽象的思維系統的認知,其過程有如生物演化史,從具體的感官經驗昇華為抽象的思維經驗,只用腦子「想」就能經由想像體驗「心」的感受。所謂想像,無非就是具體而微的感官經驗所不可或缺的「形像」經由「想」而形成抽象的「形象」。美感激發愛意,凡所愛必定怡情悅性。這「情性」使人因情起意,即「情意動」。情意啟動無非是界定人與人或人與事物之間的關係,界定的範圍是抒情詩的活水源頭。這個活水源頭的變遷標示抒情詩發展史的一次大轉向,變遷的背景直指人生與人類雙重歷史的起源。分子生物學家和腦神經科學家告訴我們,短期記憶一旦轉化成分子形式,甚至能進入 DNA 的結構。

深層記憶和情感關係密切,這是我在《荷馬史詩:儀軌歌路通古今》書中探討歐洲史詩傳統所闡述的一個主題。美感經驗的發展顯示感覺記憶也有深度。心理學揭露美感印象在心理結構的深度,這是個人的小歷史。本書嘗試藉由抒情詩在族群的大歷史探索美感縱深。

美感誠可貴,情感價更高。契訶夫(Anton Chekhov, 1860-1904)在《凡尼亞舅舅》(*Uncle Vanya*)劇中第二幕,藉阿斯措夫醫生之口發出感慨:

> 阿斯措夫　人生應該美不勝收:容貌、衣服、心態、思想……。難道你
> 　　　　　沒注意過,如果在夜晚坐馬車穿越幽暗的樹林,看到前方有

　　　　　微弱的燈光，你是怎麼忘掉疲倦、黑暗和劃過臉上又細又尖的樹枝？我不喜歡人群。我對人動情是很久以前的事了。
索尼雅　　沒有一個你愛的人？
阿斯措夫　一個也沒有。只有你的老奶媽，我感受到古早時候的溫馨。我們的好朋友，一個個都是瑣碎、空洞，看不到自己的鼻子以外的距離。人與人還有人與自然之間單純、自然的關係不見了。只有美還能使我感動，甚至感到激動。葉蓮娜是有可能一天就改變我的想法，如果她想要的話。可是，那不是愛，那不是情意──

　　阿斯措夫醫生說的「古早時候的溫馨」，其實就是感覺的記憶；他雖然提到以前和現在生活方式上的對比，所說畢竟不是特定的人或事，而是整體印象。那種印象形塑他對美的判斷。前引這段台詞的潛文本是阿斯措夫醫生感嘆葉蓮娜慵懶的生活方式糟蹋她自己的天生麗質，硬是化美為醜。其實葉蓮娜風韻猶存，外在美依舊。醫生的感嘆提醒我們，記憶系統一旦啟動，油然甦醒的美感意識必定超越感官層面的意義，不論把一時遺忘的記憶召喚出來的線索是具體又主觀如普魯斯特（Marcel Proust, 1871-1922）《追憶逝水年華》（*Remembrance of Things Past*）所描寫蛋糕浸在茶中飄出的香氣，或主觀又抽象如狄福（Daniel Defoe, 1660-1731）的小說《莫兒・法蘭德絲》（*Moll Flanders*）標題人物對於淑女生活方式的想像，或具體又客觀如索福克里斯（Sophocles, 496-407 BC）的悲劇《伊底帕斯王》（*Oedipus Tyrannus*）的三岔路口，或客觀卻抽象如荷馬史詩《伊里亞德》的榮耀。

　　然而，不論情感多麼值得珍惜，記憶不容耽溺。貝克特（Samuel Beckett, 1906-1989）在《克拉普最後的錄音帶》（*Krapp's Last Tape*）劇中描寫克拉普已經老態龍鍾，自知來日不多，想重溫舊時光，於是拖著疲憊的身子，找出年輕時候保存在錄音帶裡的記憶。那麼多記憶盒，哪一卷才是他要找的呢？他拿出一根香蕉，那是他最喜歡的水果，端詳了一陣，咬了一口──有了！他從自己的記憶帳簿翻著找到了。借科技之助，他開始回憶，或者說請出錄音機幫自己回憶。如煙的往事點點滴滴在心頭。最後，錄音帶把他帶回一段刻骨銘心的經驗，他忍不住聽了兩遍。錄音帶放完了，克拉普有感而發：「或許我最美好的歲月已經過去了。那時候還有幸福快樂的機會。可是我不要它們回來，即使熱情還在。不，我不要它們回來。」

克拉普這段獨白迴響奧德修斯的人生智慧。奧德修斯在歸鄉之旅的迷航途中，經過人首鳥身的席王姐妹（Sirens）盤據的島嶼，她們以迷魂的歌聲引誘奧德修斯重拾英雄的榮耀（《奧德賽》12.184-91）。引我在《奧德賽》引論的詮釋：「經驗不容遺忘，因為那是記憶的養分，是人格成長的動能，可是也不能耽溺，因為耽溺於記憶無異於作繭自縛，把人生囚禁在閉塞的空間而任其萎縮」（14）。

　　記憶就像生命樹，往下紮根於潛意識，往上發芽可以廣茂枝椏並升高樹冠。出現在本書的抒情詩人，無一說得出箇中道理，但是他們對於活化記憶能美化未來的想像知之甚詳，而且善用文字表達。莎芙的殘篇50：「外表俊美的人看來順眼，／因此好人自然俊美（he that is beautiful is beautiful as far as appearances go, while he that is good will consequently also be beautiful）」。容貌的視覺記憶和人品的意識判斷有效連結，傳達的意趣超越「情人眼裡出西施」的愛情心理，古典時期「善即是美，美即時善」哲學理念呼之欲出。本書第一輯譯出的殘篇，雖然沒有上下文，我們能夠明確判斷莎芙使用一貫的筆法回答「情為何物」的大哉問。這「一貫的筆法」其實就是想像的心理機制：當下的情境勾引出過去的經驗，回憶激發情感共鳴，共鳴甚至產生外溢效果，在讀者的心裡發出迴響。例如殘篇130，當下的生理反應（顫抖）引燃舊情火的記憶（又一次），激發味覺隱喻的心理感受（苦中含蜜），觸動外顯記憶中愛樂無從抗拒的形象，讀者因此產生移情心理。這樣的愛樂，莎芙說是阿芙羅狄特的僕人（Campbell 2: 167），說來不足為奇。愛樂侍候阿芙羅狄特，促成青少年轉骨結縭成為法律認可的配偶。兩位愛神的主從關係反映社會意識：屬於個體記憶的青春戀情是為屬於集體記憶的婚姻禮制服務。

　　亞里斯多德（Aristotle，公元前384-322）在《修辭學》（*Rhetoric*）闡述三種說服的策略，一種是理性訴求，主要強調傳播內容必須講道理；另一種是道德訴求，主要強調訊息來源的可信度；最後一種是感性訴求，強調用感情去說服。換個說法，這三種說服策略依次為說之以理、人格保證和動之以情。說之以理是把客觀的事實嵌進三段論法（syllogism），標誌古希臘思辨精神發展的高峰。人格保證是以說話者的人品確保說話內容的可信度，如荷馬史詩描寫的聶斯托，年高德劭因此聞者咸信其所言；這個技巧後來成為威權體制灌輸政治信仰的主要伎倆。動之以情是說話者訴諸憐憫，使受話者心生同情而信其所言，如荷馬《伊里亞德》24.486-806，特洛伊王普瑞阿摩斯為了安葬赫克托，

懇求阿基里斯接受贖金交還屍體;這個技巧,柏拉圖(公元前 427-347)在《蘇格拉底答辯辭》(*The Apology*)透過蘇格拉底之口說是法庭答辯所常見。以上三種說服的策略反映記憶的三個面向。說之以理是:我們都相信這些事實,也相信共同的推理方式,所以你們可以接受我的說法。人格保證是:你們都記得我過去所做所為值得你們信任,所以我現在說的也值得你們信任。動之以情是:你們都記得類似的處境,所以你們會接受我現在的訴求。

亞里斯多德取為哲學論題的「說服」(peitho = persuasion),擬人化就是莎芙詩中的「媚娘」,是阿芙羅狄特的女兒(Campbell 2:166;見第一輯安提帕特〈虛擬莎芙墓誌銘〉4 行注和第二輯〈讀〈愛樂頌〉解愛樂〉注 29)。「媚娘」之「媚」,使用白話措詞是「善於談情說愛」。在這方面,女性比男性擅長,這不是現代的偏見。亞里斯多德在《修辭學》1.9.20 引述一段對話,阿凱俄斯說:「我有話想對你說,／可是怕難堪,開不了口」(I would like to say something to you,/ but shame prevents me)。莎芙這麼回答:

> 如果你想要說的話悅耳有格調,
> 如果你攪動舌頭沒有難聽的話,
> 你的眼睛不會流露難堪的神情;
> 倒是你說出口的話會名正言順。

> Had you desired what was good or noble,
> and had not your tongue stirred up some evil to utter it,
> shame would not have filled your eyes;
> but you would have spoken of what is right.

引文的「難堪」即「羞」,然而「難堪」是使別人難以忍受,「羞」卻是當事人意識到自己不堪見人(其原文 aidos,詳見我譯注的《荷馬史詩:伊里亞德》1.149 行注)。「名正言順」的原文 dikaio,普遍釋義為「正義」,最近似的中文措詞或許是「宜」(詳見我譯注的《荷馬史詩:奧德賽》4.690 行注)。早在第一代抒情詩人,我們就看到由意識主導的外顯記憶使得以情感為主的內隱記憶有所不為。

其實,按赫希俄德的《神統記》所列希臘神譜,「不死神族當中俊美無匹的愛樂」(Eros, fairest among the deathless ones)(120)是陰性單體繁殖

的第四代,因變性而成為陽性神的始祖,促成天父和地母的結合,揭開兩性生殖與父系單偶婚制的序幕。這樣的一位元始神,在莎芙詩中卻成為天與地之子(Campbell 2: 185)。由於普天之下、大地之上的男男女女都是天父和地母的孩子,因此愛樂是天與地之子的說法,可以從文化史的角度理解為愛樂世俗化的發軔,也可以從神話學的角度理解為愛樂是人間神,和人間男女密不可分的一位神,與地母無異。莎芙所理解的這位愛樂,也可以從心理學角度理解為男男女女心中都有愛樂神,一旦顯靈足使當事人對自己感到陌生。文學史的發展證實希臘悲劇詩人尤瑞匹底斯(Euripides, 485-407 BC)的先見之明,他在《米蒂雅》(Medea)劇中 429-30 透過歌隊唱詞說「漫長的歲月有故事數不清,男男女女／同樣值得傳唱」(The long expanse of time can say many things of men's lot/ as well as of women's),而且談情說愛的成分越來越高,一個個爭先恐後要當事後諸葛。在人類的集體記憶銘刻個體經驗不再是男性貴族的專利。

愛樂見證神話世界由英雄叱咤風雲的戰場讓位給人間社會由男女尋歡逐愛的情場。《希臘銘彙》收錄席莫尼德斯的一首箴銘詩〈觀 Praxiteles 的愛樂石雕像〉(16.204),虛擬愛樂夫子自道:

> Praxiteles 完美呈現他苦惱的那個愛樂,
> 從他自己的心找到模特兒,為了示愛
> 把我自己送給 Phryne。可我產生熱情
> 已經不再靠射箭,而是靠投注眼光。

> Praxiteles perfectly portrayed that Love he suffered,
> finding his model in his own heart, giving me
> to Phryne in payment for myself. But I give birth to passion
> no longer by shooting arrows, but by darting glances.

借用分析心理學開宗祖師榮格(Karl Jung, 1875-1961)的術語,這位模特兒可陰可陽,其為陰性稱作「阿尼瑪」(anima),其為陽性稱作「阿尼姆斯」(animus)。英國當代文化藝術評論家、詩人兼劇作家約翰·伯格(John Berger)在 1972 年出版《觀看的方式》,書中寫道:「陷入愛河之際,戀人的目光就是一切,再多的言語和擁抱,都比不上戀人的凝視:這種充盈一切的感覺,唯有做愛可以暫時比擬」(Berger 11)。曾經弓箭在握無敵手的愛樂,在後神話時代

其實是眼光觸電的感覺。

中箭與觸電，不同的隱喻殊途同歸指向浪漫的情趣。阿凱俄斯說愛樂是彩虹女神伊瑞絲（Iris）和西風神（Zephyrus = Zephyr）的兒子，公元一到二世紀的希臘作家普魯塔克（Plutarch）說愛樂的這個身世「對應熱情的多采多姿」（Campbell 1: 369）。伊瑞絲是奧林帕斯神族的信使，溝通天界與人間；西風則是冬去春來萬象更新時吹送的和煦之風。此情有趣無不是因為極其主觀又難以捉摸的愛。問世間，愛為何物？深情摯意而已矣。情到深處則記憶生根，意到摯誠則記憶盤根，相信這一冊詩選有助於讀者領略詩人組織情和思的墨妙，進而欣賞抒情之際有如羚羊掛角的個體記憶和集體記憶如何共同鋪陳具有說服力的移情媒介。

瞻前顧後皆是美

深情記憶能盤根，盤根記憶有真情。記憶引發的情感反應有正面的，也有負面的，同樣銳不可當，同樣屬於枝繁葉茂的一顆知識樹。情根記憶長出的那一株知識樹，結出的果子不只是善惡知識果，更有光陰知識果。光明知識屬於意識／理性的領域，是口條文筆馳騁的空間；陰暗知識屬於潛意識／感性的領域，是蘊情積愫涵蓄的所在。光明知識和陰暗知識共同構成記憶體的空間。在那個空間，光影錯雜；有光有影即是光陰。光陰即時間，時間是經驗和想像賴以累積成為記憶體空間的前提。

感情確實值得記憶，但是不容揮霍。揮霍感情只有一個下場：承受無情果。莎士比亞筆下的哈姆雷特是箇中顯例。雖然佛洛伊德批評理論早就注意到哈姆雷特的「情慾反胃」（erotic nausea）現象，他憎恨女人水性楊花的心理癥結多虧女性主義學者才成為分析的重點。女性主義精神分析觀點對於長達四個世紀的懸案有明確的解答：哈姆雷特因何延誤復仇大業？對這位王子來說，先王與叔父分別代表善與惡兩個父親形象，哈姆雷特的身分認同面臨困擾，為了化解隨之而來的焦慮，下意識把成為父親形象兩個分身競爭對象的母后視為王國脫序的罪魁禍首，連帶產生恨女情結。既然都是女人惹的禍，他沒有必要殺叔父，因為他已把自己對母后的情感投射在叔父身上，亦即透過叔父滿足替代性的戀母情結，殺叔父無異於殺自己。這也說明了為什麼他能夠裝瘋裝到逼死奧菲莉雅的地步。一切都因記憶而起，記憶難捨是因為其中有真情。對亡父的

記憶成了他的執念，也就是心理學所稱的強迫觀念（obsession）。執念無異於記憶繭，認同父親的形象在記憶中把那個形象理想化，認定那才是人生，因此人生形同囚房。

哈姆雷特確實，借用丹尼爾・亞蒙結合臨床神經科學和精神醫學兩個領域的科普讀物標題，「滿腦子性」（"Sex on the Brain"）導致他身陷人生的困境。對亡父強烈的認同心理使他無法容忍母后匆匆改嫁。誘惑源自人的心智「偏離」意識的正道（Staten 108-36），他必定認同這樣的論點。莎士比亞看出性觀念是嚴肅的話題，所以將之寫進悲劇；也看出性觀念足以呈現心理癥結，所以在哈姆雷特裝瘋的場景一再重複。可是性觀念、性心理和寫實精神三合一的文學意境，還得等到莎士比亞去世之後半個世紀，才由米爾頓（John Milton, 1608-1674）寫《失樂園》（*Paradise Lost*）攤開在讀者眼前。

在米爾頓的時代，尚未墮落的夏娃在藝術和文學就已融入女誘惑者或有瑕疵的人這個類別。米爾頓嘗試把但丁的精神屬性和吟遊詩人的感官屬性融為一體。從文化史的角度來看，他的一大成就在於，透過宮廷愛情傳統中善惡相生相剋的人性觀呈現尚未墮落的夏娃。她純潔如馬利亞，卻有能力激起並滿足慾望，這是馬利亞無能為力之處。因此，米爾頓想像出一個但丁或佩脫拉克無法想像的女人：一個絕對純潔的女人，可能想像作愛，也可能從中得到樂趣。

一部《失樂園》可以說是為亞當的墮落提供背景框架。如果只有夏娃墮落而亞當沒有，那麼根據神話邏輯，人類不會墮落。所以說，就情慾史觀而論，這部基督教史詩寫的是夏娃掌握了亞當的情感和想像。米爾頓的創作無非是構想使亞當和夏娃分不開的聯結（bond），即情慾心理三階段在經歷性吸引力和身體親密感之後的心理歸屬感。那種聯結是整部詩篇的核心要義：米爾頓必須在想像亞當和夏娃尚未墮落的情慾關係時，既吻合情慾理想的最高標準以保留其純真，又能顯現他們情慾聯結的吸引力大到足使亞當不惜違背亞衛的誡令而選擇夏娃。

因此，米爾頓面臨心理動機的大哉問：亞當為什麼接受夏娃的誘惑？為了呈現可信為真的選擇，他的語言面臨莫大的張力。《失樂園》第八卷，亞當和拉斐爾一席談記錄了亞當最感困惑的一刻，真誠卻費解，因為和情慾記憶有關。感情記憶是人性之本，情慾記憶是物種之根。米爾頓嘗試重新定義人這個物種在情慾關係中的主體性。他落筆的難處在於，尚未墮落的人在仍然不知惡為何物的時候，如何把因為心智產生惡的慾望而造成墮落這件事描寫得合情合

理。換句話說,米爾頓必須使讀者相信墮落源自亞當和夏娃的情慾聯結,卻不能有蛛絲馬跡暗示這份聯結在墮落之前已感染惡。

米爾頓白紙黑字告訴我們,亞當了解夏娃的媚力源自外表。可是一旦夏娃出現在眼前,他馬上感受到她內在的力量。他不由自主愛上夏娃是因為,引他對拉斐爾的親口告白(8.546-50):

> 我往前趨近
> 她的可愛,她似乎那麼美滿、
> 那麼自如完整,對自己通透
> 了解,因此她所要說或要做
> 似乎最明理,萬萬不會有閃失。

> when I approach
> Her loveliness, so absolute she seems
> And in her self compleat, so well to know
> Her own, that what she wills to do or say,
> Seems wisest, vertuousest, discreetest, best;

亞當向拉斐爾描述他仰慕一個比自己優秀許多的女人,這樣的情感和拉斐爾主張亞當比夏娃優秀的觀點衝突,他的天使觀點無法體認兒女私情的複雜,也完全忽略人對美的沉思可能影響人的思考與判斷。美雖然是知性沉思的終極理想,這個過程的第一步卻是因為看到具體的身體。抽象的美感其實源自具象的視覺記憶。亞當從拉斐爾獲知上帝創造世界的過程,接著想起自己在伊甸園的孤單,想像和記憶交互作用所形成的心像(mental imagery)塑造了他心中的阿尼瑪。

從拉斐爾所採取的新柏拉圖主義(Neoplatonic)觀點,亞當的感受只是幻覺。這正是亞當的疑惑:我的感受只是幻覺?稍前的時候,亞當提到自己初見夏娃(8.470-99),接著引夏娃進洞房(500-11),在聖婚(hieros gamos,詳見《陰性追尋》3.5〈聖婚儀式〉和3.6〈聖婚儀式的迴響〉)的氛圍中第一次和夏娃發生關係(510-20)。他總結那一次的經驗,心蕩神馳超乎所有的感官經驗:「我出神注目╱出神觸摸;我第一次感受到激情」(transported I behold, / Transported touch; here passion first I felt)(529b-30)。「伊甸園」即「樂園」;在亞當眼中,夏娃是「樂園中的樂園」。怪不得亞當在園子裡有上帝為伴,米

爾頓卻讓他借用宮廷愛情的語言說他寧可放棄一切選擇死亡。

　　米爾頓把視覺和觸覺連結在一起，而且先有視覺經驗。視覺印象使得觸覺歡樂聚焦在特定對象，這不但合乎現實經驗，也合乎宮廷愛情的傳統。朝聖者但丁在煉獄山的山腰，一時胡思亂想，打盹入夢，夢見奧德修斯也打過交道的席王。這段插曲出現在《神曲・淨界》，19.1-33，詩人但丁以極其生動的意象闡明觀念作用（ideation）在感官經驗扮演的角色：席王以惑人耳目的歌聲和媚態引誘但丁，維吉爾即時伸手撕破她的衣裳，撲鼻的惡臭把但丁驚醒。同樣的道理，佩脫拉克寫的十四行詩聯套，幾乎都是根據他自己對蘿拉的視覺印象所形成的心像加以鋪陳。沒有觸覺的印證，視覺心像只是幻覺，此情其苦無比。反之，觸覺可以強化視覺心像，也可以戳破視覺幻象。

　　《失樂園》的尾聲是，夏娃懷著腹中孕育的胎兒，偕同亞當穿越神話樂園，走進歷史現實。引我在《荷馬史詩：儀軌歌路通古今》的一句話（頁242）：「記憶從此永別沒有時間的神話世界，從此進入光陰常相伴的現實人生。」吃禁果一事，從主體性來看，招致死亡是因為性激情使人失去自我；從生理角度來看卻是隱喻性創造生命。有生必有死是現實有別於神話的大關鍵。因為有死亡，所以有重生，記憶扮演觸媒的作用，因為其中有情。

　　夏娃吃禁果的動機是獲取知識，這一點沒有疑問。懸而未決的問題是：她知道知識的本質嗎？蛇在引誘夏娃時已明白告知，引蛇自己的說法（8.598-601）：

> 嚐鮮之後，沒多久我就察覺到
> 身上發生奇異的變化，開始
> 發揮推理的能力，張開嘴巴
> 會說話，雖然依舊是這樣的形體。

> Sated at length, ere long I might perceive
> Strange alteration in me, to degree
> Of Reason in my inward Powers, and Speech
> Wanted not long, though to this shape retain'd.

知識包括人類自己創造生命的性知識，以及運用語言進行思考的理體知識。擁有知識是一回事，知道知識的本質是另一回事。一如性知識有善有惡，知識的

運用包括善用與誤用，這正是夏娃有所不知之處。

在《失樂園》這部歐洲史詩傳統的絕響之作，亞當看夏娃確實是情人眼裡出西施，他眼中所見果然見真情。情種是記憶根，記憶長知識。其中的光陰知識樹和本書關係尤其密切，抒情寫意的芽苗盡在其中。

記憶的內容無法自主決定，面對記憶的態度卻可以。米南德的喜劇有殘篇三行（Menander 467）：

> 不幸的老人忘記他的苦惱，
> 你卻翻攪他的記憶
> 使他想起自己以前的財富。

> You've stirred an old unfortunate's memory
> Of ills he was forgetting, and thereby
> Awaked him to his fortunes.

財物的記憶是喜劇的題材，本書開啟的記憶窗展現的是心情紀事。千般情萬種寫意；歡迎繼續翻頁，大可盡情攬美景。

第一輯

記憶女神的孫女

憶記憶

記憶使經驗不至於被遺忘。史前時代母系部落的知識仰賴女性的記憶;希臘人把記憶神格化成為記憶女神,說她有九個女兒,即文藝女神九繆思,分別主管一個知識領域,史詩和抒情詩是其中的兩個。莎芙是歐洲第一位女詩人,開創抒情詩這個獨立的文類;在她的詩中,反映歐洲歷史最前端的荷馬史詩的世界僅存一鱗半爪。伊莉莎白・貝瑞特・勃朗寧則是英國第一位進入文學正典的女詩人,兼擅抒情詩和敘事詩;浪漫運動在她的詩中留下深刻的烙印,身體力行的結果開出女性主義先驅的詩壇奇葩。這兩位詩人都是繆思的女兒,所以都是記憶女神的孫女。

莎芙（公元前約 630 – 約 570）

至愛最美

有人說戰車部隊，也有人說步兵，
另有人說船隊是這片黑土地
最美的景象，可我認為
至愛最美。

5　把這道理說明白並不難：
海倫美貌出色超越
凡胎眾生，拋棄丈夫──
他是世間第一好男人──

　　渡海奔向特洛伊，並不思念
10　自己的孩子和親愛的父母，

---

1. 戰車：兩匹馬共拉一輛雙輪車，站板上配備馭手和矛手各一名。車戰是荷馬《伊里亞德》詩中描寫的主要戰爭形態。
2. 這片黑土地：雖然不能排除「這個烏煙瘴氣的世間」之意，但是以「黑」當作描述詞，如《伊里亞德》18.548，可能隱含「肥沃」之意，如古埃及人稱尼羅河谷為 kmt，即「黑土地」（顏 57）或稱自己的國家為 Kemi，「黑鄉」，指的是河水氾濫帶來的沃土（蒲 2001:21）。埃及以五種顏色為象形符號分類，其中地是黑的（顏 130）。也有可能「黑」是古印歐語族人指稱土地的傳統描述詞，如西臺（Hittite，公元前二千年古印歐語族人的一支在今安那托利亞高原所建立的文明）史詩所見（Kramer 156）。近東神話則稱人類為「黑頭人」，不無可能古印歐語族人帶來光明 vs. 黑暗 ＝ 善 vs. 惡 ＝ 高貴 vs. 低賤這樣的二元論，反映他們對於膚色較黑而身材較矮的南方人所流露的優越感（Merlin Stone 66）。

Sappho (c. 630 - c. 570 BC)

Loving the Fairest Sight

Some say an army of horse, others say on foot,
still others say a fleet is the most beautiful sight
on the dark earth, but I say it is
whatever you love best.

5   Easy to make this understood by all:
Helen, outshining all mortality
in beauty, abandoned her husband,
the lordly of all men,

sailing off to Troy without a thought
10   on her child or beloved parents,

---

4. 愛：名詞形態 eros 神格化即「愛樂」（Eros，羅馬神話稱丘比德），是「性愛／愛慾」的擬人化，女神單性生殖第四代，促成天父與地母結合，揭開兩性生殖的序幕。

7-10. 海倫在莎芙筆下不是「慾望的客體」，而是「慾望的主體」。和莎芙同時代又同鄉的阿凱俄斯也在詩中提到（殘篇 283.3-6）「阿果斯的海倫迷戀／那個欺騙東道主的特洛伊男人，／搭他的船陪他渡海／離家棄子」（the heart of Argive Helen is excited in her breast and crazed/ by the Trojan man, the deceiver of his host,/ she accompanied him over the sea in his ship,/ leaving in her home her child）。埃斯庫羅斯（Aeschylus，公元前 525/524-456/455）的悲劇《阿格門儂》62 說海倫是「水性楊花一女人」（a woman with many husbands），是晚起的說法。

因為愛情女神蠱惑她
　　　使她迷心竅。

　　　新婚少婦輕易可說服，
　　　悸動的心本多情，
15　　像我現在想起你安娜妥瑞雅
　　　不在我身邊。

　　　我寧可看到眼前有
　　　你可愛的步態和煥發的容光
　　　更甚於呂底亞戰車和步卒
20　　戎裝赴沙場壯盛的軍威。

---

8. 傳統社會定義的「好男人」特指好家世，隨之而來的權勢、地位與財富是不可或缺的條件；然而，在抒情的世界，莎芙的殘篇 50 寫道「外表俊美的人看來順眼，／因此好人自然俊美」（he that is beautiful is beautiful as far as appearances go,/ while he that is good will consequently also be beautiful）。7-12 吻合公元前約 800 年荷馬史詩《奧德賽》4.261-3 海倫自己的說法。

11-2. 海倫看到特洛伊王子派瑞斯，一見鍾情。這樣的經驗使用神話表述即是「愛情女神附身」所致，後來漸形普遍的說法則是中了愛樂／丘比德的情箭。愛情女神：阿芙羅狄特，羅馬神話稱維納斯，誕生於塞普路斯外海，故有「塞普路斯娘娘」（the lady of Cyprus）之稱。莎芙的殘篇 50 可以有對於「一見鍾情」富含心理洞識的譯法：「只有凝視看得見美，／可是人好也很快散發美」（Beauty is beauty only when you gaze on it./ But one who is good will soon be beautiful as well）。

for the lady of Cyprus seduced her wits
and left her to wander;

Young brides tend to be persuaded,
their hearts palpitant to passion
15   as am I, recalling you Anactoria,
who is not here.

I would rather see your lovely step
and the bright sparkle of your face
than Lydian chariots and foot soldiers
20   armed for battle in all their glory.

---

15. 你：本詩以書信體裁寫成，受信人安娜妥瑞雅看來是追隨丈夫從軍前往呂底亞（Santos 170）。由於 anax 是「主公，君主」，Anactoria（安娜妥瑞雅）可能隱含「公主」之意。
19. 呂底亞：安納托利亞境內特洛伊東方的古王國。

火苗

在我看來他匹配天神,那個人
不管他是誰坐在你對面
挨近傾聽你說話
輕聲細語甜蜜蜜

5 笑聲迷心魂——可我真是
一顆心在胸膛裡翻攪。
我看著你,只那一眼,
再也說不出話,

舌頭折斷了,瞬間
10 皮膚底下微火四竄;
眼前空無一物,
耳內雷聲響不停,

冷汗把我包覆,渾身
打顫,臉色蒼白勝過
15 綠草在烈日下;我動不了,
覺得自己和死人沒兩樣。

Thin Fire beneath My Skin

    In my eyes he matches gods, that man
    whoever he is who sits there facing you
    and close enough as you talk listens
    to your sweet voice and

5   your enticing laughter—indeed
    that has stirred up the heart in my breast.
    For when I look at you, even a moment,
    I can speak no longer,

    my tongue snaps, and all at once
10   thin fire is stealing beneath my skin;
    with my eyes I see nothing,
    thundering fills my ears,

    cold sweat covers me, shaking
    grips me all, greener than grass
15   in summer I am, and dead,
    or almost, it seems to me.

---

1. 匹配：幸福的程度足以相提並論。
14. 蒼白：這個形容詞表達的是嫉妒之情。
16. 死亡是情慾文學常見的高潮隱喻，如莎士比亞十四行詩 129.14 稱性愛為「引人下地獄的天國」（the heaven that leads men to this hell），莎芙卻用在嫉妒的場合。即使在這樣的情況，說話者仍然明白自己的熱情的本質。

殘篇

26
我好意善待的人偏偏是
傷害我最深的人。

47
愛樂搖撼我的心,
強風落在山上的橡樹。

48
你來了,使我癲狂,
冷卻我焦炙渴望的心思。

51
一個胸膛兩顆心,我不知道怎麼辦。

102
親愛的娘,我在織布機前坐不住;
纖纖阿芙羅狄特使我盼望一個男生的心碎滿地。

130
融化肢體的愛樂又一次使我激動,
桀驁不馴的東西苦中含蜜溜進來。

Fragments

Fragment 26
Whomever I do well by, they are the very ones
Who injure me most of all.

Fragment 47
Eros shakes my mind,
a mountain wind falling on oaks.

Fragment 48
You came and I was crazy for you:
You cooled my mind that burned with longing.

Fragment 51
I do not know what to do: I am of two minds.

Fragment 102
I cannot work the loom, sweet mother,
I am broken with longing for a boy by slender Aphrodite.

Fragment 130
Eros the melter of limbs once again stirs me—
The sweetbitter unmanageable creature who steals in.

102.2 阿芙羅狄特:性愛美神,羅馬神話稱維納斯。心碎滿地:因此無心織布。
130.2 桀驁不馴:見第二輯索福克里斯〈愛樂頌〉開頭兩行。

【評論】
虛擬莎芙抒情自傳:心靈史的觀點

　　本文標題的「抒情自傳」有典故。英國文學浪漫主義元老柯律治(Samuel Taylor Coleridge, 1772-1834)的自傳《文學傳記》(*Biographia Literaria*),副標題「以傳記體材素描我的文學生涯與見解」(*Biographical Sketches of My Literary Life and Opinions*)可以顧名思義。具體而言,他提出一套想像的理論,藉以說明創作的藝術。初發想像(primary imagination)篩選經驗的細節,使得知覺(perception)能夠發生作用;續發想像(secondary imagination)則是有意識的詮釋與創作。詩人的天職無非是結合這兩種想像力,把零散統合成整體,因此產生宏觀與微觀相輔相成的見解。

　　「虛擬自傳」則另有所本。上古希臘時興墓誌銘,在希臘化時期(Hellenistic period)發展出獨立的詩類。墓碑題詩不外銘記墓主生平最值得紀念或最令人感懷之事,可能是詩人自撰,更常見的是出資請詩人代勞。最特殊的類別卻是虛擬墓誌銘(pseudo-epitaph),即詩人自出心裁為子虛烏有的墓碑創作,不再侷限於實際的墓銘功能。本輯所附安提帕特的〈虛擬莎芙墓誌銘〉即是一例。墓誌銘可以虛擬,自傳何嘗不可?

虛筆實情

　　又有人翻譯我的詩?數不清多少人了,都是好事,畢竟不是每個人都懂古希臘文。尤其這次的版式是漢英對照,而且內容的呈現獨一無二,要透過故事指引讀者進入抒情詩的世界。說到這,後續的話要分兩頭說。

　　先說漢英對照的版式。如果我自己選擇,希漢對照當然是我的首選。可是我能理解書要出版總得考慮讀者的需求。就拿我自己的情況來說,我用古希臘文唱詩——沒錯,是「唱」;我們雖然使用字母拼寫希臘語一百多年了,還是不習慣說「寫詩」,不自覺就「唱」起詩來,所謂「詩」絕大多數是我自己唱的歌詞——因為我的讀者只聽懂古希臘語。可如今是網路時代,網路是使用英

文的人發明的，發明家使用自己的母語作為發明的媒介是天經地義，所以英文成為網路世代的通用語，我也不好說長道短。倒是對「網路」這東西，我有話如鯁在喉。說到路，我習慣的是小路，就是你們說的羊腸小徑。連馬走的路都難得一見，得要上城裡才看得到，網路就更別提了。我沒看過網路，聽說是隱形的，這一點我無法理解。荷馬的隱形術是天神變出濃霧包覆要隱形的對象，你們的神難道撒濃霧籠罩人走的路？顧名思義應該是路多得像蜘蛛網四通八達才叫網路。真是費解。克里特的米諾斯王只是要在王宮後院建個迷宮，就得迢迢千里請來雅典首屈一指的建築師戴達洛斯；他建好之後連自己也走不出去，只好發明翅膀飛出迷宮。王宮庭院四通八達的小路都使人迷路了，聽說你們還家家戶戶隨時可以上網路，甚至人在馬路上還要繼續上網路，我光是想到這裡就開始迷路了。這事我不懂，少說為妙。有另一頭的話還沒說。

　　說到內容的呈現，我熟悉的詩集排列方式是依照格律，可惜現在懂格律的人越來越少了，更何況格律無法翻譯。後來的詩集都是按照年代、詩人、類別或主題，有的加上背景介紹，頂多再加上注解，無不是力求客觀又具體的框框。詩，尤其是抒情詩，特別是情詩，怎麼能夠那樣子框限呢？多虧這本詩集有創新的想法，要用故事印證抒情詩，單是這樣的點子就讓人覺得有趣。

　　有趣歸有趣，我擔心有人喜歡掉書袋。說故事還掉書袋，很可能把趣味也給掉光光。沒有趣味的故事不如不說，所以我一定要跳出來親自上陣，像《伊里亞德》描寫海倫的丈夫向情敵單挑，從青銅盔跳出來的籤當然是帕瑞斯，所以帕瑞斯一定先出手[1]。我的故事由我自己現身說法。不過我年紀大了，大到我自己也搞不清楚多大歲數。今年是公元紀年 2023，有人說我出生於公元前大約 630，那就算 2600 歲好了——數字兜不攏？這也難怪：我們習慣用四年一屆的泛希臘奧林匹亞運動會紀年，那是從公元前 776 開始算起，而且是使用陰曆，更何況我是女人，講到年紀不妨馬虎一下取個下限的整數。年記大，記憶差，很多事沒必要斤斤計較。記憶不只會退化，甚至可能不知不覺扭曲事實，各位就擔待一些。畢竟 2600 這個歲數，在植物是神木，在人類就是神人；莎士比亞十四行詩（18.12）寫的「你在永恆的詩篇和時間共同成長」（in eternal lines to time thou grow'st）就是我的寫照。那行詩承襲荷馬極力歌頌的不朽形象，把時

---

[1] 見呂健忠譯注《伊里亞德》3.245-347，其中 314-25 煞有介事描寫抽籤以示公平的場景，其實只是文學想像的障眼筆法。

間帶入神話的世界，就是神界，有光無陰，歲月依舊輪轉，時間其實靜止。

一個人說自己的故事，你們叫做傳記。「傳記」顧名思義不就是「傳說的記敘」？傳說當然是別人甚至後世流傳的口碑，哪有人自認足以為典範就為自己傳說起來？我們那個年代確實不曾有過那樣的想法。即使覺得有哪個祖先值得垂範後世，我們會把他套進傳統的人生模式，藉以呈現大家熟悉的生命景象。再舉我最熟悉的荷馬來說好了——我聽過唱史詩的人不止他一個，可是其他的不值得佔據我的記憶空間。他用史詩的格律歌頌英雄事跡，詩中的英雄一個個或多或少都具有我們熟悉的情態，所以具有典範的意義，所以我們會想要一聽再聽。用你們的措詞來說，那些人物和他們的故事具備「寓意」，就是英文說的 allegorical。我有個小老弟，名叫普魯塔克（Plutarch，公元前46-119），生逢羅馬時代，年紀足足比我小六個世紀。他開創歐洲的傳記書寫，寫了一部《希臘羅馬名人傳》（*Parallel Lives*），他寫的傳記是你們所謂的「他傳」，意思是他發現有些歷史人物的生平事跡足以藏之名山，所以他要傳之後世，因此下筆作傳。他把立傳的希臘和羅馬名人逐一配對，透過比較讓讀者看到性格上的差異如何造成不同的後果，為的就是要建立新的典範。年紀還要再小四個世紀的羅馬作家奧古斯丁（Augustine of Hippo, 354-430），第一個寫自傳的人，對自己懷有無窮的信心，卻同時在原本叫耶和華的亞衛——真有意思，神居然也要改名字，難道是為了改運[2]？——面前無比謙虛，因此以羅馬人的身分躋身亞伯拉罕和雅各的嫡系傳人。他寫《懺悔錄》（*Confessions*）不是要表揚自己，而是要揭露自己，使自己成為「瞧，那個人」的對象——就是少數我認得的拉丁文 Ecce Homo。提到這些典故是不得已，非這樣不足以強調一個重點：我被為數不少的白髮學究套上各式各樣的框框，足以寫成一部變形記，害我幾乎認不得自己，所以我堅持要親自下海——我的意思是跳下文字海；字母這個了不起的發明，對我可是比剛出爐的麵包還新鮮。

其實，我的生平值得記錄的都寫進詩裡了；讀我的詩，我的生命景觀一覽無遺。承另一個小老弟溢美，小我二百歲的柏拉圖（Plato，公元前427-347）

---

[2] 改名字：希伯來人使用沒有母音字母的書寫符號，他們崇拜的天父之名，使用拉丁字母書寫是 JHVH（= YHWH），傳統認為完整的拼音是 Jehovah，音譯「耶和華」，但是現代學者普遍相信正確的發音近似 Yahweh（亞衛）。改運：古希臘人相信命名定命運，如埃斯庫羅斯的《阿格門農》681-8，歌隊唱海倫的名字「真實得要命」（682），參見呂健忠譯注的荷馬史詩《奧德賽》9.15 和 19.409 各行注。

說我是第十位繆思。按照我們所習慣數大為美的思維，他的意思是我最多產。可是這話有語病：古人不時興統計排行，憑什麼認定我最多產？他當然知道《伊里亞德》寫阿基里斯和阿格門儂一架吵得不可開交，女俘虜只是導火線，衝突的關鍵在於兩種價值觀水火不容，各自堅持無形的內在價值如榮耀和有形的外在價值如財物。他自己提出的唯心論哲學，我總覺得就是他個人對於荷馬史詩的創意閱讀的副產品，所以他的溢美應該另有解讀。在我們的觀念中，十這個數字代表完整，特洛伊戰爭打了十年，以及奧德修斯流浪十年，都是這個意思，柏拉圖當然知道這道理。既然神界有九位繆思，都是記憶女神的女兒，求其完整就少一個女兒，偏偏奧林帕斯神族在酒神認祖歸宗以後開始宏觀控管神口，記憶女神的女兒在父系社會不可能增加[3]。我是柏拉圖能夠讀到的女詩人當中最年長的一個，只好推我出來充數。他真正的意思是這樣：記憶女神的么女已經誕生在人間，深情在肉身結成珠胎，以後寫詩不用再勞駕記憶女神賞賜靈感，要靠自己努力，就是該用心多讀、多聽、多感受、多思考、多寫，而且要講求深度——淺嘗無功，一定要「用心」才能深入閱讀、深度傾聽與深刻感受，加上思考獨具慧眼而且練習恆心不斷，才可能開口迴腸盪氣或下筆入木三分。鑽之彌深才會知道如何仰之彌高；仰之彌高才會曉得可以如何站上別人的肩膀更上一層樓。

我寫了很多詩，稱得上車載斗量。很多人讀我的詩，你們當今的現代、我那個時候的古代以及這兩個時代之間數不清的時時代代，都有。古時候的人比你們幸運，他們能夠讀到我大多數甚至全部的作品。不像你們，談得上完整的只能讀到三首[4]；我在圖書館翻過我自己的詩集，有的只是幾個字，連不完整的詩行也被當成寶，都是來自古人的引用。會有這樣的情況，當然是因為越來有越多人不懂得珍惜書籍。為什麼呢？除了抒發個人情懷的歌詞在古代不受統治

---

[3] 酒神信仰源自克里特，宙斯卻是北方南下的印歐人崇拜的天父。公元前五世紀，酒神取代火塘女神赫絲緹雅成為奧林帕斯神族的成員，因此成為天父宙斯的兒子。參見呂健忠《尤瑞匹底斯全集I》引論〈狄奧尼索斯神話的歷史背景〉乙節。

[4] 也就是呂健忠譯注《情慾幽林：西洋上古情慾文學選集》收錄的三首。其中，〈我心在顫抖〉就是本輯所錄〈火苗〉，已修改。這首詩多虧公元 1-2 世紀龍吉諾斯（Longinus）在《論雄偉》（*On the Sublime*）的引用才流傳下來。可是 Longinus 的引文還有沒頭沒尾的第 17 行「大可放手一搏，因為即使窮光蛋」（but all is to be dared, because even a person of poverty），因此不少學者認為是本詩是殘篇。就詩論詩，其實不必狗尾續貂。本書譯出的 16 行當作一首詩欣賞，充分自足。

當局重視以致於大量失散,另一個重大的理由是,性別意識早自荷馬史詩就很嚴重。在以前,創作、閱讀和研究文學的人幾乎清一色是男性,他們好像比較喜歡男作家,難以欣賞女性的經驗和表達方式,所以對女作家往往視而不見。唉,男人又怎麼樣?女人又怎麼樣,不都是人嗎?挪威第一個揚名世界的作家,開創現代戲劇傳統的易卜生(Henrik Ibsen, 1828-1906),創作生涯後半期寫了 25 年的中產階級寫實劇[5],不就是闡明這個淺顯的道理?

　　性別對你們似乎是大困擾。把我的故鄉列斯博斯(Lesbos)變成「蕾絲邊」(lesbian),也真難為你們這樣挖空心思。第一次聽到有人討論我的性別是在希臘化時期,說我喜歡和女生溺在一起。就在那個年代,你們說的「談戀愛」開始在希臘流行,甚至演變成家庭裡的代溝,以至於要勞駕喜劇作家把愛情糾紛搬上舞台,社會上也開始把同性相吸當成異類。再過七百年,公元十世紀時,我第一次聽到有人說我和我的姊妹淘,或是我這個女老師和我的女學生,有不可告人的曖昧關係。雪球滾到女性主義風起雲湧的 1980 年代,竟然滾出「莎芙大哉問」這樣的標籤,說我的性向真相無解,真是欲貼標籤何患無辭。對於這段歷史,我只有一句話:欣賞詩大可不必理會詩人的性向。羅馬人稱演戲使用的面具為 persona,就是英文 person 的詞源,心理學家借用為「人格面具」,蠻恰當;文學評論借用為「虛構人」,在詩中特稱「說話者」(the speaker),是詩人想像出來書寫所思所感的虛構角色,沒必要和作者畫上等號。就像看電影不應該把演員和角色混為一談,欣賞詩沒必要把詩人和說話者劃上等號。

　　其實我有結婚,夫妻恩恩愛愛,還生了個女兒,我在詩裡都提過。我的詩也讚美男人。我聽到有人竊竊私語:「原來莎芙是雙性戀。」拜託,愛也要分性別?只要你對一個人有深入的了解,怎麼可能不發現他或她的可愛之處?在深入了解的過程中,不知不覺付出更多的感情,自然而然就愛上了。我只是把自己的感受寫出來,就是「真」;真發自內心,言之成詩就是「誠」,如此而已。我在詩國的小老弟佩脫拉克(Francesco Petrarch, 1304-1374)和莎士比亞(William Shakespeare, 1564-1616)也寫情詩,他們以假作真,真得讓人心有戚戚,了不起。可是以假作真再怎麼真頂多只是逼真,「逼真」當然不等於真。虛構的手法我們也懂:《奧德賽》寫奧德修斯講述自己在海上流浪的故事,就

---

[5] 總共十三部,都收在呂健忠譯注的五冊本《易卜生戲劇集》。該集另外有《伯朗德》(*Brand*)和《愛情喜劇》(*Love's Comedy*)兩部詩劇。

是一派胡言；他回到伊塔卡老家，見到闊別二十年的妻子和父親，照樣編故事騙得對方哭到稀里嘩啦。我是聽著這些故事長大的，當然懂虛構的妙用。只是我不喜歡那樣。

抒情寫真

　　我喜歡打開天窗說亮話。〈至愛最美〉就是個例子——打個岔，我們的短詩既沒有標題，也沒有編號；編號是現代學者為了研究方便而使用，短詩也有獨立的標題則是中國文學的一個特色。我的好朋友安娜妥瑞雅新婚，她先生要去內陸叫做呂底亞的王國做生意，她當然跟著去[6]。有人說他丈夫去打仗，也沒啥不對，古代男人多的是打仗兼作生意。荷馬史詩描寫的那些勇士，進入戰鬥的現場是英雄，戰時的休閒活動主要是當海盜土匪，擄人換贖金就是作生意。言歸正傳，安娜妥瑞雅寫信給我，說那裡有一樣新發明，叫做「錢」，是用名為琥珀金的天然金銀合金製成錠子，上面還蓋了獅頭徽章——我們稱琥珀金為 elektron，羅馬人把它拉丁化成為 electrum，後來英文一直沿用。這項發明使得商業交易方便、快速又可靠，原本就位居歐亞交通要衝的呂底亞因此更加大發利市，富上加富聽說遍地琥珀金淹腳目。到了後來克瑞索斯（Kroesos，你們熟悉的英語拼成 Croesus）當國王時，富甲一方的名聲傳到希臘，所以更晚的英文才有 as rich as Croesus 這個成語，就是中文說的「富敵陶朱」。安娜妥瑞雅還在信上說，呂底亞王國因為多金，為了成為強國而拼命增加軍事預算，不但有傳統的步兵和馬拉戰車，還有騎兵，甚至由政府出錢造船組成海軍艦隊，聽說可以和遠征特洛伊的希臘聯軍比壯觀。甚至當兵的人不用自己帶裝備，都由公家免費提供，這是沒有前例的創舉。

　　安娜妥瑞雅很喜歡逗小女克蕾依絲。我想念她，思念之情可以比美我想像中海倫想念她心目中的大帥哥帕瑞斯，信中的新聞成為我創作的素材，於是有〈至愛最美〉這首詩。至於女性主義學者說我那首詩以女性的觀點為海倫平反，說真的扯遠了：我只是乘便利用我身邊的人都知道的典故。所謂海倫被拐騙或被劫持的說法，我生前不曾聽過，用膝蓋想也知道絕無可能——都是男人惹的禍。我有個同鄉，是男性詩人，叫阿凱俄斯，本書第二輯有他的詩。他寫

---

[6] 我的故鄉在愛琴海東北的大島列斯博斯，是安納托利亞（Anatolia）西北岸的離島，所以我說的「內陸」是安納托利亞。

過一首詩，也提到海倫拋夫棄子和帕瑞斯私奔；他雖然多寫到一條線索，說帕瑞斯「欺騙主人」，也就是我們希臘人說的違背主客情誼[7]，可是沒提細節。人抗拒不了愛的吸引力：就只是這樣。

所以，沒必要讀到莎士比亞的十四行詩讚美男人就說他是同志，又看到詩中也有對女人的愛戀就說他是雙性戀。我也養寵物，是狗——不信？你們養狗經的五種狗兒形象，富貴狗、哈巴狗、流浪狗、虛榮狗、裝飾狗，荷馬《奧德賽》詩中樣樣都有[8]。我比荷馬年輕將近 200 歲——我並沒有先問狗的性別再決定要不要把牠升格為愛狗。同樣的道理，我愛的是人，我愛我的丈夫，也愛我的女兒，也愛沒事就溺在一起的那群姊妹淘，還有常跑來跟我們鬼混的那些男人。甚至像《奧德賽》15.415-84 描寫的那種腓尼基商人，憑欺心術騙得女性人財兩失，連那種你們所謂以市場為祖國的奴隸販子，照樣有人愛。我愛過的那許多男男女女、老老少少，一個個都是我生命的一部分，所以出現在我的生命景觀的現場。有很多時候，我明明寫我輾轉聽來甚至憑空想像的情景，卻把自己當作詩中的「我」，透過第一人稱的嘴巴唱出我親眼看到、親耳聽到、親心領會的情感，是我憑想像力設身處地唱出的成果。〈火苗〉就是個例子。

〈火苗〉是我自己挺喜歡的一首詩，幸虧小我六百歲的文學批評家龍吉諾斯《論雄偉》引用，才保存下來。他這麼說：「莎芙總是從相關的情況和實際的境遇選擇因愛而癡的情感。她的才華表現在什麼地方呢？就在於她擅長去蕪存菁，然後把最重要和最強烈的相關情境結合起來。」接著引〈火苗〉為證。現在由我來現身說法。

〈火苗〉的創意得從荷馬說起。《伊里亞德》和《奧德賽》這兩部史詩的身體觀很單純，就只是頭顱加上肢體：荷馬雖然意識到人的肉體裡面另有生命，卻無法說清楚那個肉眼看不見的生命是什麼東西，只能使用許多不同的字眼指涉人對外界種種反應的不同器官、機制或緣由。史詩出現大量天神干預人事的描寫，都是為了說明詩人無法以「眼見為真」加以界定的現實經驗：荷馬

---

[7] 主客情誼（xenia ＝ 英文 hospitality）：提供食宿接待人生地不熟的外鄉人是義務，並在客人離去時贈送禮物，主客因此建立的情誼甚至世代承傳，如荷馬史詩《伊里亞德》6.215-231 言簡意賅所述。此一饒富文化特色的希臘習俗，甚至具有律法的位階。離鄉背井的人受到宙斯的保護，宙斯職司此一禮節的神相稱為 Zeus Xenios。荷馬在《奧德賽》就是透過假冒身分的客人探討主客情誼的種種可能情況，詳見該詩《奧德賽》1.118 行注釋義。

[8] 呂健忠譯注《奧德賽》17.292 行注。

知道人的行為會有超乎想像的表現,卻不知道如何說明白潛能或瞬間的爆發力從何而來,因此勞駕天神出面。按他的認知,經驗的吸收是透過眼睛所見,因此數量向來是他從事判斷的標準,也就是所謂「數大為美」的傳統觀念,認定量大壯觀就等於質美[9]。

我們寫抒情詩的這一代對人有了不一樣的看法。我們還是喜歡聽唱詩人歌唱英雄的故事,可是我們注意到史詩人物只曉得拼命反應,而且是透過行動在反應,卻不曉得人生需要反省——反應只是你來我往,像反射作用;反省是你來我受,把外界的事事物物當成自己的鏡子,鏡子裡看得到自己的影像。這兩種人生觀有一大差別。反應型以自己為中心,放眼所見無非是大大小小程度不一的異己——「異己」就是1980年代台灣一群不求甚解的學者看到英文the Other一時筆塞,硬生生「擠」出來的「他者」,甚至連海峽對岸的文化古國也見異心喜而熱烈擁抱。反應型的人生觀獨沽一味「眼見為真」,看到兩副肢體配上兩顆頭顱形成的兩個人不可能共有一對眼睛,除非是妖怪,像蛇髮女妖果珥貢(Gorgon)三姊妹共用一隻眼睛。在相對的一端,反省型一方面意識到人的個體性,開始設想在肉眼看得到的身體之外應該另有心眼才看得到的生命成分,那個成分應該是人同此心而心同此理。我說的這個「理」,希臘文寫作logos,荷馬是從一個人說的話聽出來,話語在他聽來具體如身體,所以有「語體」這樣的概念;抒情詩人卻是透過前面說的鏡中映像進行推理,設身處地的推理在我們的想像中具體如身體,所以照樣有「理體」這樣的概念。我們抒情詩人對於不同的個體所共同擁有的那個理體,概念雖然模糊,但感受非常深刻,也可以說是非常強烈。不論表達程度的深刻或表達密度的強烈,兩者同樣是抒情詩的情感特色。所以我們抒情詩人不會像荷馬那樣越唱越長就越 high。

對於情感價值的認知使得我們不得不和史詩傳統分道揚鑣。荷馬知道凡人都有主管節制的理性和主管激情的感性,卻認為這兩種人性卻互相獨立,借用你們熟悉的措詞簡直可以說是人格分裂;我們看出這兩種人性雖然各自獨立,卻也同時彼此統合成一個整體的生命。我這一代的抒情詩人開始描寫身體裡面那個沒有實體卻完整而且無邊無際的生命,就像奧德修斯深入陰間,那是地理世界的黑暗心地,抒情詩人描寫的是生命世界的黑暗心地——我們不識其真相的一片領域,因為看不見而「黑暗」,如此具體卻不可捉摸又在身體裡面,故

---

[9] 數大為美,見呂健忠譯《伊里亞德》11.670-84 行注。

稱「心地」，無形無相所以無邊無際。我們不只「深度感受」，更要「深入思考」，借用空間意象的這些措詞為的就是探索荷馬無法具體表達的觀念。我們了解到每個人不只是與眾不同的個體，我們還注意到不同的個體卻有共通的東西，英語說是 common，我們說是 koinon，荷馬史詩找不到這個字，因為他用肉眼無法看到不同的物象會有共同的特性，無法看到兩個人可以有共同的眼睛或身體或心思。抒情詩卻是描寫不同的個體在不同的時空都能體會的共同的情感反應。

真相揣摩

後來我聽說有位 sophistes，英文寫作 sophist，有人譯作「智士」，果然不愧為有智慧的人士，名叫赫拉克列托斯（Heraclitus of Ephesus，公元前約 535-475），率先把荷馬指涉「臨終氣息」的 psukhe，就是英文的 psyche，用於稱呼「靈魂」或「心靈」；借用分析心理學的開創者容格（Carl Gustav Jung, 1875-1961）的話來說，「呼吸既然是生命的徵兆，自然而然成為生命的代表」。赫拉克列托斯說過這麼一句名言：「靈魂極其深邃，你走遍每一條路也找不到盡頭」（Traveling on every path, you will not find the boundaries of soul by going; so deep is its measure）。他借用空間概念描述靈魂本質的這句話隱含「深度」的觀念，和我們抒情詩人看到的生命景觀不謀而合。靈魂有深度的空間觀使我能夠寫出「甘苦攙雜的愛樂」（bitter-sweet Eros）這樣的詩句，就像公元前一世紀羅馬詩人卡特勒斯（Gaius Valerius Catullus）在〈戀刑〉詩中寫的「我又恨又愛[10]」。其實荷馬也知道這樣的矛盾情感，可是他會說「我愛你，可是我的感情不愛」，使用比較像現代中文的措詞可以說是「我跟你在一起像吃冰淇淋，可是我胸膛裡那顆心長出黃蓮」：他看到人有兩個「自我」彼此無法合併，他用那樣的視覺意象表達你們說的「愛恨交織」之類的矛盾情感。雖然希臘文多的是首綴詞、尾綴詞和詞根組合而成的單字，荷馬無法理解英文把 bitter 和 sweet 兩個獨立的反義單詞合併成「單獨一個」bittersweet 或 sweetbitter。

多虧赫拉克列托斯，希臘人終於能夠名正言順用 psukhe 稱呼跟肉體相對的那個肉眼不可見的生命。棲息在身體的那個靈魂，按亞里斯多德的定義是

---

[10] I hate and love. 卡圖盧斯的詩，中譯見呂健忠譯註《情慾幽林：西洋上古情慾文學選集》，其中含〈戀刑〉。

「生命的源頭」,可見凡人都有,而且每個人的靈魂彼此有同有異,就像每個人的身體都和別人的身體有同有異。肉體和靈魂相輔相成造就完整的個體。既然這樣,肉體會物化,那麼靈魂理當會不朽,箇中道理不難說清楚。身體有出生的過程,所以一定有死亡。反觀靈魂,沒有出生,當然不會有死亡,和神沒有兩樣,所以不朽不知從何而來,幾千年後還是同樣不為人知的模樣。所以說靈魂是人性天生就有,是人的神性潛能。我們那個年代大為流行的密教都在講這個道理。密教是相對於顯教的稱呼:顯教指的是貴族、官方、統治階層所崇拜的奧林帕斯神族,崇拜儀式是做給別人看的;密教是民間信仰,儀式不公開,最廣為人知的是對戲劇有興趣的人一定不陌生的酒神密教,以及女性主義會特別感到興趣的埃萊夫西斯密教,是我們那時候非常熱門的話題,不過在目前的場合是題外話,只好略過不表[11]。

前面提到靈魂如何進入希臘文化的視野,為的是說明〈火苗〉這首詩的創意表現,也就是描寫人的靈魂。我在那首詩綜合很多人在不同情境的不同感受,包括熱戀、嫉妒、失戀以及發現自己「陷溺情海」的經驗,有我自己的,可是大部分是我看過和聽過的情景。我想有過創作經驗的人都知道想像就是那麼一回事。可是我在世時沒聽過也沒讀過有人寫詩既要表達一個人在特定情境的獨特情感,又要使那種情感具有普同性,使得沒有經驗過的人也能了解自己可能會有的遭遇和感受。我嘗試用文字描繪立體的生命視野——有深度的生命視野不就是靈魂?後來取代抒情詩成為文壇主流的小說家也描寫靈魂,不過他們把重點擺在感官經驗的呈現,我則是把重點擺在感官經驗背後隱而不顯的情感動力。

打個比方來說明〈火苗〉和靈魂的關係。普羅米修斯(Prometheus)所盜的天火使得世界有了光,那是宇宙之光的火苗。人間因為有情有愛而光明,我描寫情感的發端,那是感情的火苗。對荷馬繼承的史詩傳統而言,光使得眼睛能夠看見物理景象,光產生的熱(能)使人能夠具體行動。對我們這個抒情詩的原生世代而言,光照亮黑暗心地,光產生的熱使人有溫度,就是有感情,因為有感而產生各式各樣的情態。溫度有高有低,用你們的措詞可以說是有正有負——我們那時候還沒有負數的觀念。情態領域的低溫現象就是種種負面情感

---

[11] 有興趣的讀者不妨參考呂健忠的《尤瑞匹底斯全集I》引論〈巴可斯信仰的現實意義〉(「巴可斯」是酒神狄奧尼索斯的別名),以及《陰性追尋》第四和第八兩章關於埃萊夫西斯密教。

的表現，從輕微的不喜歡到嚴重的恨有如一道光譜。〈火苗〉就是描寫希臘文 thumos 統稱的那一道情態光譜。靈魂，不論其為亞里斯多德所描述生命的源頭，或是容格所理解整個生命渾成一體的意象，最主要的特性是為凡人所共有，卻使人人各有不同。正是這樣的特性使得不同時代、不同文化、不同年齡的人都感同身受，感受卻各不相同，因為我詩中的文字在不同的靈魂點燃不同的火苗。後來很多詩人跟我一樣相信情感的熱力是生命的首要驅力，本於這樣的信念寫出來的詩都可以歸類為抒情詩——英文的 lyric，既是抒情詩，也是歌詞，是抒發情懷的歌詞，字源就是希臘文的 lurikos，不過我們的意思卻是指「用 lyra 伴奏的歌詞」——lura（＝英文 lyre）是荷馬時代還沒有的樂器。

〈火苗〉描寫的感情是真的，詩中的情境卻是我發揮想像的結果。情境是這樣：有個人看到熱戀的對象跟另一個人在說悄悄話的距離談笑自若，腦中透過聯想產生移情別戀的圖像，心中感覺到自己必須有所反應，卻又同時判斷自己沒有立場要對方跟著自己的節拍起舞，於是動能反射到自己身上，這樣的情景使我聯想到炎炎夏日豔陽下的枯草。荷馬當然也懂得想像：enoese（看見）現實世界的種種，在 thumos（心）激起想要有所行動的反應，在腦中形成具體的圖像，產成 noos（意念），用嘴巴把 noos 說出來就是 muthoi（有權威的話語，單數 mythos ＝ 英文 myth），相對於 epos（＝英文 epic）不強調言而有據[12]。眼睛接收外界的訊息之後，其他動物也有 thumos，可是只有人有 noos（理解力），這是我們相信人有靈魂的一大依據；可是荷馬把 thumos 和 noos 當成互不相干的兩種器官與作用，我們那個時代的人卻「看出」兩者密不可分，使人和動物不一樣，所以說我的詩和後人所稱的靈魂有關，因此比荷馬的 epos 更能反映我們所理解的現實經驗。也所以，沒有人說荷馬是男神的兒子，我卻被稱為女神的女兒。

有人說〈火苗〉結尾的死亡意象太誇張。恕我直言，那是因為讀詩想像的感受不夠深刻。即使無法感同身受，不妨把它當成誇飾（hyperbole）。誇張的修辭手法是為了生動，戲劇化容易使人有感，也方便讀者看清細節。誇張之事只要能反映現實經驗，賺人眼淚還使人高高興興掏荷包，像羅蜜歐與茱麗葉或梁山伯與祝英台那樣，這不是皆大歡喜嗎？

12　noos 和 enoese 同源，見呂健忠譯注的荷馬史詩《伊里亞德》9.408 行注和《奧德賽》22.49 行注，並參見《奧德賽》17.301 行注。muthoi 是複數形態，其單數 muthos 即英文 myth（見《奧德賽》3.23 行注）。

我的愛情故事都寫成詩了，可是你們讀到的幾乎都是斷簡殘篇，我的記憶也已支離破碎，只好對為了聽故事而翻這本詩集的讀友說一聲抱歉。有人認為故事比抒情吸睛，也有人主張抒情比故事賞心，互相尊重不同的偏好倒也無妨。可是聽說閱讀大眾的「大」越來越小，這事讓我百思不得其解。我們沒有書，要不是在現場加入聽眾，就得乖乖一筆一劃謄寫才有東西可讀，無法想像有那麼方便又內容豐富的書竟然視若無睹。

　　費解歸費解，我還是忍不住佩服發明「書」這東西的仁人義士。書很多，不過這本詩集不一樣，聽故事和欣賞詩可以互相搭配。只要願意花點時間靜下心，保證讀得懂。用常識讀就夠了，沒必要因為我在詩中只呼告阿芙羅狄特（你們似乎比較熟悉她的羅馬名字「維納斯」）就以為我們有一個女性團體不崇拜宙斯。其實，宙斯整天板著大家長高高在上的臉，哪個有情人需要他！阿芙羅狄特就是不一樣，照《奧德賽》8.362 的說法，她的婚外情被捉姦在床，好不容易逮到機會遁逃，照樣一臉笑咪咪，所以荷馬稱她「愛笑娘娘」。我寫的是情詩，自然想到和感情生活有關的神。更何況阿芙羅狄特喪失大女神的身分以後，在我們希臘的一個重要職掌是保佑互有承諾——未必要口頭承諾——的情誼永矢弗諼，不論其為兄弟或姊妹情誼。這份情誼因為沒有性別意識，所以也包括接受女神的引導進入婚姻關係的女性，雖然我們都知道，借用你們的措詞來說，婚姻神的名字其實只是婚禮或護送新娘前往夫家的親友一路所唱祝婚歌的神格化。這麼說來，阿芙羅狄特成為婚姻神 Humenaios 的母親可謂合情合理[13]。

　　宙斯是荷馬世界的主神，我寫抒情詩雖然努力和荷馬劃清界線，還是不知不覺受到他的影響。〈火苗〉破題的天神意象，把親耳聽到意中人喃喃訴愛的人比喻為神，裡頭就有荷馬的影子。荷馬習慣把始料未及或超乎現實的經驗和天神掛鉤，又認為人神之別在於唯獨天神有福。從小耳濡目染，自然把他的表達方式內化，像這樣承襲傳統有助於確保聽眾能夠領略我的歌詞。不過，請現代的讀者注意，我不至於因為有舊規而盲目因襲。我不至於像奧德修斯看到瑙溪卡雅，開口就說她是女神下凡[14]。〈火苗〉詩中聽「你」喃喃訴愛的那個人不是天神下凡，而是和天神平等，同樣有福。我不認為有福是神界專利。

---

[13] 這位婚姻神的名字，拉丁文拼法寫作 Hymenaeus，後來截尾成為 Hymen，再演化為 hymn，就是英文的「讚美詩」。

[14] 見《奧德賽》6.149-61。

或者，換個說法，在愛情的世界，互相仰慕的男男女女都是天神，而且互為主體。對於這種人間至福，我了然於胸，可是沒辦法交代清楚。箇中緣由，我的詩國小老弟，在本書第二輯出現的阿納克瑞翁，有一篇抒情自傳，一定會提到。

　　我知道很多人喜歡各式各樣的內幕，傳記的一大賣點就是滿足偷窺癖。像我這樣的「老神人」卻只說內心情事，幕內之事一無著墨，未免掃興。各位看官既已讀到這裡，先別急著閣書。我也曉得揭密有賣點。我是邁提連（Mytilene）的名媛，我的頭像曾經出現在故鄉發行的錢幣。各位不難想像我可能看到的男人現形記。所以我有這樣的兩行詩（殘篇 138），受話者只敢偷偷瞄我：「站住，你如果愛我，／大大方方把眼光神采展現」（Stand, if you love me, ／and spread abroad the grace that is on your eyes）。另外一首，就是本書引論〈念舊憶往無非愛〉乙節提到，亞里斯多德《修辭學》1.9.20 引用的一首對話詩其中的六行，也是根據切身的經驗。他論述美德與邪惡，前者是受到讚揚的事，是高貴；後者則是受到譴責，是卑賤。為別人著想的言、行或心意足以身後留芳。反之，如果為的只是自己眼前的好處，會使人感到羞慚。就是在這個節骨眼，亞里斯多德引用我的詩為例。有學者對號入座，主張詩中和我對話的男人是阿凱俄斯。不能說沒有道理。更合理的說法是，我寫的是詩；據我所知，沒有人會用詩寫傳記。更適合在我的傳記提到的詩人其實是阿納克瑞翁，各位翻到本書的第二輯自然明白箇中道理。亞里斯多德的老師柏拉圖，在他的哲學對話錄《斐德羅篇》（*Phaedrus*）235c 把我和阿納克瑞翁相提並論，美言一番，就是因為我和這位小老弟有志一同，「捕捉並生動表達愛帶給人的震撼」（have captured and expressed so vividly the shock of love）（Pender 1）。

安提帕特（公元前2世紀）

虛擬莎芙墓誌銘

　　埃俄利亞的土地啊，你庇護莎芙
　　　　以凡胎繆思躋身繆思不死族，
　　由塞普路斯娘娘和愛樂共同撫育，
　　　　媚娘偕同編皮艾瑞雅長春花圈，
5　　帶給希臘喜悅，帶給你榮耀。命運啊
　　　　你們撚三股紗纏繞紡錘，
　　怎麼沒有紡出永生線賞賜唱詩人
　　　　為赫利孔娘娘創作不朽的禮物？

---

1. 埃俄利亞（Aeolia）位於愛琴海東岸，安納托利亞北部；上古希臘語四大方言族群之一的埃俄利亞人在其地廣建殖民城市，故名。土地：gaia，擬人化 Gaia 而為「地母」蓋雅，是希臘神譜的始祖母，和「天空」擬人化的烏拉諾斯（Ouranos）配對，結束女神單性生殖而開啟兩性生殖與父系制度。葬禮以「土」覆蓋屍體（《伊里亞德》23.256），以及四元素之一的「土」（《伊里亞德》7.99），都是 gaia，顯然指涉陸地表層的土壤。出現在《奧德賽》23.256 的同義詞 chthon，明顯指涉「陸地」的實體空間，為幽冥世界之所在。其神話意義是和天界成對比的「地府」，因可「容納」而有別於可覆蓋的「土地」。此所以希臘族群父系社會強調自己是原住民（而非外來族群）時，用的是 chthonic（土生）這個詞，不是女人或女神所生。庇護：「覆蓋，隱藏」。呼告土地「輕輕覆蓋」墓主是墓誌銘常見的起首套語，此處卻不然。
2. 稱美莎芙是第十位繆思。繆思：複數統稱記憶女神的九個女兒，分掌文藝九個領域，包括史詩、抒情詩、歷史、音樂、悲劇、讚美詩、舞蹈、喜劇與天文。不死族：荷馬史詩用於稱呼天神。
3. Cypris = Lady of Cyprus. 塞普路斯娘娘：阿芙羅狄特（Aphrodite，希臘神話的性愛美神）誕生於塞普路斯外海，在該島上岸後接受人間膜拜。愛樂：見本輯所錄莎芙〈至愛最美〉3 行注；按莎芙自己的說法（殘篇 198），愛樂是地母和天父的孩子。阿芙羅狄特和愛樂在羅馬神話依次稱維納斯和丘比德。
3-4. 愛是莎芙創作的原動力，每首詩歌就是一朵花，她的詩歌編成的花圈永不枯萎。

Antipater of Sidon (2nd century BC)

Pseudo-Epitaph on Sappho

O Aeolian earth, you cover Sappho,
    the mortal Muse who joined immortal Muses,
whom Cypris and Eros together reared, with whom
    Peitho wove the undying wreaths of Pierian song,
5 to Hellas a joy and to you a glory. O Fates,
    twirling the triple thread on your spindle,
why did you not spin an everlasting life for the bard
    who devised the deathless gifts of the Muses of Helicon?

---

4. 媚娘：Peitho，英文通常譯為 Persuasion（說服）或 Temptation（誘惑）；參見埃斯庫羅斯的悲劇《阿格門儂》385 行注。相對於 logos 是以說理服人，peitho 是以談情服人，其擬人格在莎芙的抒情詩世界常以阿芙羅狄特的隨身伴侶出現。莎芙甚至說（殘篇 200）媚娘是阿芙羅狄特的女兒。皮艾瑞亞：Pieria，繆思女神誕生之地，也是繆思女神信仰的發源地，因此用於代稱。花圈：榮耀的象徵，見第二輯阿納克瑞翁〈戀愛的感覺〉1 行注。「皮艾瑞雅長春花圈」可以指涉莎芙寫詩獻給繆思女神，或繆思女神保佑莎芙；無論如何，媚娘有功與焉。

5. 希臘：Hellas，詳見《伊里亞德》2.530 行注。你：埃俄利亞之地。榮耀：見荷馬史詩《奧德賽》1.95 行注。

5-6. 命運：命運女神三姊妹（Moirai）分別紡紗、丈量長度、剪紗線，隱喻人出生到死亡的天命；參見荷馬《奧德賽》1.17 和 7.198 各行注。然而，此一神話典故明顯和「三股紗」（由三股單紗撚成的合紗）之說有出入；詩人創作，寫意重於寫實。

7. 唱詩人：如荷馬之輩的「口傳詩人」，希臘文 aoidos 見荷馬史詩《奧德賽》1.154 行注，參見拙作《荷馬史詩：儀軌歌路通古今》2.4.1〈唱詩人荷馬〉。

8. 赫利孔：山名，今稱 Zagaro-Vouni，位於希臘中部維奧蒂亞（Boeotia）境內毗鄰佛基斯（Phocis），是繆思女神的故鄉。赫利孔娘娘：繆思女神。中譯省略英譯 8 的限定用法關係代名詞 who，7-8 可以改寫如下：莎芙為繆思女神創作不朽的詩歌，命運女神怎麼沒有以永生回報她？

【評論】
速寫安提帕特

聽過「上古世界七大奇蹟」的人不在少數，但是少有人知道安提帕特是第一個提到這件事的人。知道他是詩人的，大概只能用鳳毛麟角來形容。廣泛蒐錄古希臘箴銘詩（epigram）的《希臘銘彙》（*Greek Anthology*，亦作「希臘詩選」），從公元前七世紀到公元後約 1000 年，多達 3,700 首，其中 91 首歸在他名下，不能說少。我們對他的認識卻只是聊勝於無，只知道他生逢羅馬共和時代末年，故鄉在腓尼基人的大本營西頓（Sidon，今黎巴嫩境內的濱海古城），虛擬的碑銘和墓銘佔他傳世作品相當的比例。

箴銘詩源自墓碑和還願碑的銘詩，到了公元前四世紀成為詩人的雅興，因此出現「虛擬墓銘詩」這個次類。不論實體或虛擬，箴銘詩貴在筆觸精練富機鋒，墓銘尤其著重一針見血鉤勒墓主生平行誼，可以稱為文字速描[1]。其體裁之精緻，和文藝復興時期的十四行詩難分軒輊。

安提帕特比莎芙年輕五個世紀，他虛擬的這首墓銘詩深具修辭特色。詩中讚美莎芙的詩歌造詣，呼應柏拉圖所稱第十位繆思的美譽，深情之真，摯誠可感；悼念之思，躍然紙上。詩中荷馬式的措詞（不死族、塞普路斯娘娘、榮耀、唱詩人、赫利孔娘娘）散發典雅，莎芙式的措詞（媚娘、禮物）則喚起思古之幽情，民俗典故（編花圈、命運女神三姊妹）卻又流露親切感。詩人以「凡胎」對比「不死族」之後，一連引出「長春」、「永生」、「不朽」三個同義描述詞，強烈的對比修辭無形中放大凡胎之生涯被希臘的「喜悅」和為女神增輝的「榮耀」，因此凸顯最後兩行詩國的「天問」之沉重。

---

[1] 我曾撰文介紹並選譯其中特具希臘風格的幾首，〈簡論墓誌銘〉和〈《希臘銘彙》墓銘拾掇〉發表在《中外文學》9.8（1981 年 1 月）：139-159、160-180。

伊莉莎白・勃朗寧（1806-1861）

《葡萄牙人十四行詩》選譯

第五首：捧起沉鬱的心

　　我把沉鬱的心鄭重捧起，
　　　　就像伊烈翠手中捧起骨灰罐，
　　　　凝視你的眼睛，骨灰打翻
4　　在你的腳前。請你看個仔細，
　　　　多少悲傷埋藏在我的心裡，
　　　　野火苗一派紅冬冬幽幽蔓延
　　　　爬滿灰堆。如果你認為輕賤
8　　可以抬腳把它們徹底踩熄，
　　　　或許也沒啥關係。可是如果
10　　你偏要留在我身邊等待風吹
　　　　死灰復燃，桂冠縱使覆額，
12　　愛人啊，照樣無法遮身防危，
　　　　下面的頭髮會被這些火
14　　燒焦斷根。所以站遠些！後退。

---

1. 捧起：具體的動作引申為具有儀式意味的宣示。
2. 伊烈翠是特洛伊戰爭希臘聯軍統帥阿格門儂的次女。阿格門儂為求遠征船隊順利出海，殺自己的長女祭神。阿格門儂之妻克萊婷以替女兒報仇為名，在丈夫凱旋歸來後聯手情夫加以殺害，事見埃斯庫羅斯的《阿格門儂》。阿格門儂之子奧瑞斯和姊姊伊烈翠密謀報父仇。他易容扮裝，謊稱受託報喪並送回奧瑞斯的骨灰，復仇成功。事見埃斯庫羅斯的另一部悲劇《奠酒人》和索福克里斯的《伊烈翠》。改寫 1-2：我向來心事重重，如今因為你而感到振奮，有如希臘悲劇描寫的伊烈翠因為奧瑞斯謊稱的骨灰罐而感到振奮，振奮之情同樣莊重。原文 Electra 之後省略動詞片語 lifted up。
3. thine 是第二人稱複數的代名詞所有格，其單數形態為 7 的 thy，當代英文使用 your 不區別單複數。第二人稱代名詞的主格是 thou（10），受格是 thee（12）。這是現代英文初期的寫法，有意營造古風的場合仍沿襲。
7-8. 抬腳：具體的 foot（「腳」，可數名詞）因為原文的 tread 而引申為抽象的步態或步履（不可數名詞），呼應 14「後退」（go，見 6.1 行注）的語氣。

Elizabeth Barrett Browning (1806-1861)

Sonnets from the Portuguese

V

I lift my heavy heart up solemnly,
    As once Electra her sepulchral urn,
    And, looking in thine eyes, I overturn
4   The ashes at thy feet. Behold and see
What a great heap of grief lay hid in me,
    And how the red wild sparkles dimly burn
    Through the ashen greyness. If thy foot in scorn
8   Could tread them out to darkness utterly,
It might be well perhaps. But if instead
10 Thou wait beside me for the wind to blow
The grey dust up, . . . those laurels on thine head,
12   O my Belovèd, will not shield thee so,
That none of all the fires shall scorch and shred
14   The hair beneath. Stand farther off then! Go.

---

11. 桂冠：以月桂的枝葉編成的頭冠，象徵勝利與榮耀。取典於奧維德《變形記》1.452-567：阿波羅愛上達芙妮，緊追不捨，達芙妮變形為月桂樹，寄望擺脫糾纏，卻被阿波羅折斷樹枝，編成榮冠。

12. shield 作動詞，影射像盾牌那樣發揮防護的作用。so 指防護的程度，即後續 13-4a 以 That 引導的子句（直譯「這些火苗沒有一個不會把桂冠下面的頭髮連根燒焦」）所具體描述。Belovèd 尾音節的音標記號表示 -ed 應視為獨立的音節，唸作 /ɪd/，這一來本行有 10 個音節；然而第四個音步是揚揚格，使得本行格律不工整。以 ˇ 代表輕讀音節（該母音所代表的音節音量相對低沉，故稱「抑」），′ 代表重讀音節（該音節音量相對高昂，故稱「揚」），| 分隔音步，本行格律分析結果如下：
    Ŏ mý Bĕlóvĕd, wĭll nót shíeld thĕe só = ˇ ′ | ˇ ′ | ˇ ′ | ′ ′ | ˇ ′
試比較行 13 是工整的抑揚五步格：
    Thăt nóne ŏf áll thĕ fíres shăll scórch ănd shréd = ˇ ′ | ˇ ′ | ˇ ′ | ˇ ′ | ˇ ′

14. 斷根：原文是 13 的 shred，現代通用的意思是「撕成碎片」，這裡採取古意。從「站遠些」到「後退」，語氣從毅然決然的命令轉為緩和，彷彿下達命令之後心念一轉，覺得還是不要站太遠才好，以便為日後保留機會——只要退到安全距離，不至於被燒焦就好。

第六首：請離開我

    離開我吧。可是我覺得我將會
      活在你的陰影中。從此不堪,
      單獨在我個別人生的門檻
4   挺身站立,自由自在支配
    自己的心魂,再也無法展臂
      沐浴陽光享受恬謐像以前,
      竟然察覺不到我克制的觸感——
8   你摸我的掌心。以最寬的地壘
    命運把我們分開,心一起逗留
10   脈博同步跳動。我所作所為
    夢中所見都有你的份,像酒
12   要能品出葡萄。我禱告是為
    我自己,上帝卻聽到你的需求,
14   還在我眼中看到兩人的淚水。

1-8a. 說話者要求對方離去,可是預感到自己擺脫不了對方的身影(1-2a)。後續六行(2b-8a)想像對方真的離開以後,自己單獨面對人生會失魂落魄,再也沒有機會面對蒼天擁抱陽光享受心境的安詳;回想那時候手牽著手的「觸感」,沉醉其中根本沒察覺到當時極力克制自己才免於失態。

1. 原文 Go 上承第五首煞尾的重出詞 go,有「頂真」的修辭效果。「頂真」是以上一句的結尾作為下一句的起頭,使鄰接的句子頭尾蟬聯。這是個證據,意味著《葡萄牙人十四行詩》全部四十四首應該視為起承有序的完整詩篇,這是但丁和佩脫拉克的十四行詩聯套共同的特色。第五首的重出字眼譯成「後退」,主要考量是為了押韻。我的譯文反映原文的押韻模式 ABBA ABBA CD CD CD,是佩脫拉克式的八六體和莎士比亞的英國體兩種體裁的合成。關於佩脫拉克以八行段(octave)之後接六行段(sestet)構成的體裁,詳見我在《情慾花園:西洋中古時代與文藝復興情慾文選》書中〈佩脫拉克十四行詩〉的介紹;關於莎士比亞以三個四行段(quatrain)之後接一組雙行體構成的英國體,詳見第四輯〈莎體十四行詩〉。但是,勃朗寧夫人使用大量的跨行句(釋義見本輯〈勃朗寧夫人評傳:一則愛情傳奇〉注 18),透露激動的情緒,遠非表露理性思維的行尾韻模式所能框限;參見 13.11 行注。

VI

  Go from me. Yet I feel that I shall stand
    Henceforward in thy shadow. Nevermore,
    Alone upon the threshold of my door
4 Of individual life, I shall command
  The uses of my soul, nor lift my hand
    Serenely in the sunshine as before,
    Without the sense of that which I forbore,
8 Thy touch upon the palm. The widest land
  Doom takes to part us, leaves thy heart in mine
10   With pulses that beat double. What I do
  And what I dream include thee, as the wine
12   Must taste of its own grapes. And when I sue
  God for myself, He hears that name of thine,
14   And sees within my eyes, the tears of two.

3-4a. 這是插入句,兼具時間(站在你眼前的時候)與空間(在門檻)雙重情境。

8b-10a. 情人不在身邊就是最寬闊的陸地;命運雖然如此捉弄人,卻又把你的心留在我心中。

12. 「品出葡萄」當然不只是喝得出葡萄的味道。品酒考量的因素至少包括葡萄的品種、產地與年份,甚至從釀造的風格喝出酒體,是輕盈、飽滿或中等。兩個人的心經過愛的醞釀渾為一「體」,雖然徹底交融(8-11),卻是像鄧恩〈早安〉寫情侶纏綿結合為一體的結論("The Good-Morrow" 14):「讓我們共擁一世界,各歸各,一大千」(Let us possess one world; each hath one, and is one)。

13. thine = yours. 你的需求:that name of thine,「我在禱告中所提到你的名字」,或「我以你的名義所作的禱告」。

14. 兩人的淚水:我流淚,不只是為我自己,同時也是為你。說話者請求對方一刀兩斷,卻流露自己戀戀不忘這份情緣。

第十三首：無聲保剛毅

  你會要我使用語言塑造
    我對你的愛，找出足夠的詞彙，
    然後舉火炬，不顧野風狂吹，
4 在我們兩張臉之間，各有光照？
  我把它丟在你腳邊。我無法教導
    我的手把我的心魂往外推
    遠離我自己，對你改用文字堆
8 提證據——愛藏在我的深處搆不著。
  不如讓我的女人身默默推薦
10   我的女人愛以便使你相信——
    既然我不為所動，任你求見，
12 還撕毀我人生的外套，一言而盡，
  以無比無畏、默默無聲的志堅，
14   避免這心一摸就透露傷神。

---

1. wilt：will 的第二人稱單數古風體，主詞為 thou（見 5.3 行注）。
3-4. 我的愛心瘋狂如野風，難道你會要我在你面前舉起火炬般的熱情照亮兩張臉？狂風象徵理性原則或社會人格失控，荷馬《奧德賽》10.1-55 和但丁《神曲‧冥界》5.26-138 均有先例。參見莎士比亞十四行詩 20.6 讚美所愛對象的眼神「目光凝注就使得物象發亮」（Gilding the object whereupon it gazeth）。
5. 它：3「火炬」，影射語言所表達烈焰般的情火。
6. 往外推：形之於外，彷彿為了示眾。心魂在「我自己」（7）的身體裡，近在咫尺，卻因為身心一體，根本無法剝離。
7. 文字堆：原文在 8 複數的「字」（words），中譯呼應 2「足夠的詞彙」，同時隱含「堆砌」。摯愛無形又無聲，有形的文字和有聲的語言都無法呈現。
8. 深處：可以是「心」的深處，也可以是「魂」的深處，總之是在最幽深之處；參見本書第二輯〈虛擬阿納克瑞翁抒情自傳：移情別戀說愛魂〉所述後荷馬時代的靈魂觀。「藏在我的深處搆不著」的「愛」，原文 of love (which is) hid in me out of reach，是修飾 7 的 proof（證據）。hid：hide 的過去分詞，當代英文寫作 hidden。

XIII

    And wilt thou have me fashion into speech
        The love I bear thee, finding words enough,
        And hold the torch out, while the winds are rough,
4   Between our faces, to cast light on each?
    I drop it at thy feet. I cannot teach
        My hand to hold my spirit so far off
        From myself—me—that I should bring thee proof
8   In words, of love hid in me out of reach.
    Nay, let the silence of my womanhood
10   Commend my woman-love to thy belief,—
    Seeing that I stand unwon, however wooed,
12   And rend the garment of my life, in brief,
    By a most dauntless, voiceless fortitude,
14   Lest one touch of this heart convey its grief.

---

9. 不如：Nay，在舊式語法用於強調「不只這樣」。後續六行所說是針對前面八行加以補充或是修正。女人身：womanhood 指傳統所認為女人該有的「婦德」形象，主要是跟「身體」有關，此處用於對比 10 的 woman-love（女人愛）。「推薦」意在言外暗示說話者的主體地位：雖然是女性的身體，卻有自主能力從事「推薦」。推薦之舉只能「默默」為之，不是說話者有顧忌，而是如 7 行注所言，此時無聲勝有聲。

11. 不為所動：站穩立場（stand），沒有成為「被贏取」（unwon）的錦標或戰利品，參見 5.11「桂冠」。任你求見：「不論你如何追求」。本詩的行尾韻模式（兩個四行段 ABBA ABBA 之後，接三組對偶體 CD CD CD）和語意的表達（反映在行末藉標點符號表達結句行的文法結構）若合符節，透露本詩的主題（請對方接納無聲勝有聲的真情摯愛）源自理性的自制；參見 6.1 行注。然而，在另一方面，本詩大量出現插入句，透露說話者思緒紛陳，有如野火亂竄。

12. 撕毀我的人生外套：不顧我的「女人身」在世間的形象。一言而盡：套「一飲而盡」的措詞，猶言「一言以蔽之」。

第十四首:如果非愛不可

　　如果你非愛我不可,別找理由,
　　　只要為愛而愛。千萬不要講
　　　「我愛她因為她的微笑、長相、
4　　她談吐優雅,因為氣味相投
　　她和我靈犀相通,確實綢繆
　　　像那天我們同感歡愉舒暢」——
　　　因為,愛人,難免這種種現象
8　　會改變,或因你生變——愛這樣運籌,
　　也可能這樣解離。愛我也不要
10　　　擦乾我的臉頰出於憐憫——
　　生物長久受你安撫免不了
12　　　忘記哭泣,因此失去你的愛心!
　　只要為了愛而愛我,可望確保
14　　　你永遠愛我,愛到綿綿不盡。

4.　十九世紀的英文常見的逗點和破折號連用,如今一律改為單用破折號。

5.　靈犀相通:原文 a trick of thought(4)其實是負面的意思,指的是使人認知或給人印象錯誤的念頭,卻反映原文 5a 限定用法的關係子句 That falls in well with mine(譯文 4b「氣味相投」)所暗示「投我所好」的意涵。

5.　certes = certainly 或 in truth。帶來:brought 使用過去式是因為想到記憶中特定的「那一天」。綢繆:情意殷切;緊密纏縛的男女戀情。

8.　會改變:我不再具備前述的條件。因你生變:你不再認為我吻合那些條件。

10.　「為了(原文 9 行尾的 for)你自己珍貴的憐憫而把我的臉頰擦乾」,譯文為了押韻而倒裝語序:即使我愛不到你,你因為可憐我而「安撫」(11,原文 comfort 在 12 是名詞)我,憐憫之情固然值得珍惜,卻不該和愛混為一談。

XIV

If thou must love me, let it be for nought
 Except for love's sake only. Do not say
 "I love her for her smile—her look—her way
4 Of speaking gently,—for a trick of thought
That falls in well with mine, and certes brought
 A sense of pleasant ease on such a day"—
 For these things in themselves, Belovëd, may
8 Be changed, or change for thee,—and love, so wrought,
May be unwrought so. Neither love me for
10 Thine own dear pity's wiping my cheeks dry,—
A creature might forget to weep, who bore
12 Thy comfort long, and lose thy love thereby!
But love me for love's sake, that evermore
14 Thou may'st love on, through love's eternity.

---

11. 生物：原文 creature 引人聯想惹愛乞憐的寵物之屬，說話者有意劃清界線，強調自己值得被愛與受尊重，不要被視為比人還不如的東西。

11-2. 在散文書寫，who long bore your comfort 是限定用法的關係子句，先行詞為 a creature，「長久受你安撫的生物」。

14. may'st = may. 行尾韻為目視韻（eye rhyme）：眼睛看來押韻，都是 -y，但唸出聲聽起來其實不然。

第二十一首：要一說再說

再說一遍，還是要再說一遍，
　　說你真愛我。雖然重複這麼說
　　會像你認為的似乎在唱杜鵑歌，
4　別忘了，不論丘陵或者是平原、
　河谷或樹林，沒有杜鵑鳴囀
　　春神絕不會帶來鮮綠蓬勃。
　　親愛的，我在冥冥之中聽著
8　疑心精靈打招呼，疑心發顫
　叫喊「再說一遍你愛我！」誰擔心
10　　星星太多，雖然各在天上閃耀，
　花太多，雖然朵朵爭冠春景？
12　　說你真愛我，愛我，愛我──敲
　銀鈴聲聲響！──只是切記，愛人，
14　　也從你的靈魂默默付出愛。

2.　dost = do，助動詞，用於加強語氣，因此譯文有「真（的）」。

3.　杜鵑重複相同的調子。

6.　蓬勃：completed，從動詞 to complete（成就圓滿）的過去分詞轉為形容詞。green (that is) completed，猶言「翠綠臻於圓滿」。

7.　冥冥：心理狀態的黑暗。其為黑暗是因為無知，無從知悉愛心可以信任到什麼程度。著：助詞入韻，呼應原文 greeted，韻腳落在輕讀音節，即詩體論所稱的陰性韻（feminine rhyme；參見第三輯〈愛慾果〉賞析注 5）。請注意 Beloved 常態唸法只有兩個音節，如今寫成 Belovëd 結尾 -ëd 上面的發音記號表示獨立自成一個音節，這一來本行成為正規的抑揚五步格陰性韻，前面四個音步都是一輕一重的抑揚格，最後一個音步由於多出陰性（即輕音節）韻尾而成為抑陽抑格（amphibrach，如 arrangement 三個音節依次是輕重輕）。陰性韻有效傳達陰性特質，箇中道理一如莎士比亞十四行詩第二十首的行尾自始至終使用陰性韻。但是勃朗寧夫人陽中有陰，以陽剛語氣（尤其顯現於首行和結尾三行）的命令句表達陰性意涵（甜言蜜語在心中發酵），因此只在四行段的中間詩行（2, 3, 6, 7）使用陰性韻。

XXI

Say over again, and yet once over again,
    That thou dost love me. Though the word repeated
    Should seem "a cuckoo-song," as thou dost treat it,
4 Remember, never to the hill or plain,
    Valley and wood, without her cuckoo-strain
    Comes the fresh Spring in all her green completed.
    Belovëd, I, amid the darkness greeted
8 By a doubtful spirit-voice, in that doubt's pain
Cry, "Speak once more—thou lovest! " Who can fear
10   Too many stars, though each in heaven shall roll,
Too many flowers, though each shall crown the year?
12   Say thou dost love me, love me, love me—toll
The silver iterance!—only minding, Dear,
14   To love me also in silence with thy soul.

---

9. Cry 的主詞是 7 的 I：I, (who) amid the darkness (am) greeted by a doubtful spirit-voice, in that doubt's pain cry，「我在黑暗中，心懷疑慮的聲音精靈對我打招呼，我身處因那疑慮而來的痛苦，忍不住叫喊」。lovest = love。

11. 冠：反映原文一字雙關，crown 作動詞是「戴上榮冠」，引申為「爭輝」；to crown the year 即「年度爭輝」，把春天比喻為年度榮冠。

14. 《葡萄牙人十四行詩》後六行的行尾韻模式為隔行押韻，即 CDCDCD。準此，本行照理應該和 10、12 押韻（行尾重音節的母音及其隨後的子音完全相同，如 roll 和 toll），soul 卻是以諧韻（consonance，詩行結尾的重音節中最後的子音相同，但前面的母音不同）取代押韻。

第二十二首：人生福地

只要我們倆靈魂堅強直挺，
　　面對面，沉默，靠近更近相依靠，
　　直到伸展的翅膀迸出火苗
4　在各自的弧端――會有什麼苦冤情
世人能加害，長久使我們不能
　　這一生互相滿足？想想看。攀更高
　　會有天使對我們施壓，想要
8　墜下完美歌聲的黃金球寶珍
在深渺可親的靜默中。我們寧可
10　　留在地面，親愛的――在這福地
世人不相容的心情遠離退縮
12　　使純潔的心境遺世孤立，容許
相愛一天挺身立足在歡樂窩，
14　　黑暗與死亡時辰繞行不息。

---

2. 沉默：參見〈第十三首：無聲保剛毅〉。nigh = near 的古風體，包括時間、空間與關係的「接近」。
3. 彼此展臂擁抱，越抱越緊直到兩人合而為一。火：隱喻熱情化成具體的行動，一如第五輯佛洛斯特〈火與冰〉詩中所述。
4. 由於 curvëd 唸成兩個音節，本行是工工整整的抑揚五步格。
6. 這一生：此時此地。
6b-9a. 可以借用鄧恩的〈封聖〉來理解說話者的意思：我們的愛超越世俗的意義，值得進入天堂，可是我們現在相擁翱翔的高度（3-4a）剛剛好，不要更高了，因為在天堂會有天使用聖歌（perfect song，直譯「完美的歌聲」）的結晶（golden orb，直譯「黃金寶珠」）表揚我們超凡入聖，一旦有寶珠落在我們的洞天福地（13「歡樂窩」），我們原本無聲勝有聲的靜謐就給破壞了，這未免得不償失。我譯注的《情慾花園》錄有〈封聖〉一詩。
7. 施壓：要把我們收編為天國的成員。

XXII

When our two souls stand up erect and strong,
    Face to face, silent, drawing nigh and nigher,
    Until the lengthening wings break into fire
4   At either curvëd point,—what bitter wrong
    Can the earth do to us, that we should not long
    Be here contented? Think. In mounting higher,
    The angels would press on us and aspire
8   To drop some golden orb of perfect song
    Into our deep, dear silence. Let us stay
10   Rather on earth, Belovëd,—where the unfit
    Contrarious moods of men recoil away
12   And isolate pure spirits, and permit
    A place to stand and love in for a day,
14   With darkness and the death-hour rounding it.

10b-12a. unfit 和 Contrarious（= perverse, antagonist）同樣修飾 moods，但前者是指涉不適合（unfit）真情摯愛的那種種 moods，後者卻是描寫 moods 本身的性質（乖張，對立）。不相容：世俗人好爭逞強（Contrarious），無法了解我們兩個人二合一小天地的風情（純潔的心境），跟我們格格不入（unfit），不會想打擾我們的清幽，甚至避之唯恐不及（遠離，從詩中人觀點看來就是萎縮，越去越遠越渺小）。

13. love in：不只是 love，而是進一步有「陶醉其中」之意。

13-4. 挺身立足：stand，呼應 1 的「堅強直挺」，無視於種種不相容的心情，雖然我們的洞天福地被黑暗包圍而且死亡隨時可能到來。本詩呈現愛情世界的宇宙觀：「歡樂窩」是宇宙的中心，死亡時辰則是在漆黑無邊的太空環繞那個洞天福地公轉的行星，3 进出的火苗現在蛻變成發光發熱焰焰不滅的恆星。到了這樣的境界，現實已經神話化，因此一天也就夠了，因為一天就是永恆，正是馬婁的浮士德喊出「讓這小時只成為／一年，一個月，一星期，或一個白天」（let this hour be but/ A year, a month, a week, a natural day）（*The Tragedy of Doctor Faustus* 5.2.134b-5）時求之不可得的心願。

第二十四首：世界的鋒利像摺刀

設想這世界的鋒利像一把摺刀
　　收合內斂又有愛神掌握
　　不傷人，密接的手柔軟暖和；
4　再設想我們聽不到人間有爭吵，
　　既然卡答聲響已收合。命命同調
　　　我倚靠你，親親，不會驚愕，
　　　倒覺得安全好像有符咒穩妥
8　防衛世俗的戳刺，多如牛毛
　　也沒有能耐為害。我們的人生
10　　百合仍然非常白，可以確保
　　活根綻放花錦簇，能單獨
12　　承受露珠從天落為數不少，
　　挺拔，人摘不到，長在山頂，
14　　除了神，富足或貧困由他主導。

1-3. 鋒芒：轉喻刀刃，隱喻世間種種勢利。摺疊刀的刀柄有溝槽，收合時刀柄成為刀鞘。世事紛爭都因爭鋒起，心中懷愛有如刀刃收進刀鞘，刀鋒不外露則刀刃無從危害，手輕輕握住刀柄帶來暖意。密接：手輕握刀柄的緊密度。

8. 戳刺：承 1 刀鋒銳利的主題明喻。who if rife: 手握摺刀對我們不懷好意的人（who）即使（if）司空見慣或多如牛毛（rife = common or frequent occurrence）。

10. 百合花象徵愛情，如《舊約．雅歌》2.1b-2 所見：情侶對唱，女方自稱是「山谷裡的百合花」（wild lily of the valleys），男方回應「像荊棘叢中的一朵百合花，／我的愛人在少女當中就是這樣」（like a lily in a field of thistles,/ such is my love among the young women）。

11-2. 根活得好，花梗粗而且花瓣厚，能承受更多的露珠。

XXIV

    Let the world's sharpness like a clasping knife
        Shut in upon itself and do no harm
        In this close hand of Love, now soft and warm,
4   And let us hear no sound of human strife
    After the click of the shutting. Life to life—
        I lean upon thee, Dear, without alarm,
        And feel as safe as guarded by a charm
8   Against the stab of worldlings, who if rife
    Are weak to injure. Very whitely still
10   The lilies of our lives may reassure
    Their blossoms from their roots, accessible
12   Alone to heavenly dews that drop not fewer,
    Growing straight, out of man's reach, on the hill.
14   God only, who made us rich, can make us poor.

---

13. 百合長得筆挺意味著花開時花冠仰面朝向藍天。我聯想到上古希臘有大量瓶繪（vase painting）取材於酒神狄奧尼索斯的狂歡儀式，信女聞笛聲起舞的陶醉情景，她們身體後彎直到仰喉面青天。這樣的姿勢還承受繁露如珠從天滴滴落（12），需要多麼硬朗的「愛情腰桿」！既然能「單獨／承受」（11-2），天天接受神（見14行注）恩沐浴，難怪「人生／百合仍然非常白」（9-10）。人摘不到：參見第二輯席莫尼德斯〈聖美峰〉。
14. 「富足」與「貧困」都是指愛情的資產，參見卡特勒斯的抒情詩第五首〈以愛維生〉把情意「量化」（該詩收入我譯注的《情慾幽林》）。神：原文雖然含糊其詞，說是愛神可謂合情合理——在愛情的世界，愛神主導一切，也只有他摘得到山巔挺拔的人生百合。

第二十九首：我想念你

我想念你！相思把你纏得緊
　　還發芽，像野生的藤蔓，包圍樹幹，
　　長出闊葉，很快啥都看不見
4　除了蔓延的翠綠隱藏樹身。
可是啊我的棕櫚樹，你該認清，
　　與其朝思暮想不如親眼看
　　更親更好的你！寧可瞬間
8　你更新自己的身影；像堅挺的樹身，
沙沙搖撼枝椏把樹幹抖清，
10　　讓包覆你的這層層疊疊綠衣
狠狠摔落，爆裂、四處藤解葉崩！
12　　因為在深度喜悅中看你、聽你
而且呼吸新空氣有你遮蔭，
14　　我不必想念你──我那麼緊貼著你。

2.　發芽：如藤蔓的相思情生生不息，可望集翠疊綠。藤蔓：強調「野生」或許是為了區隔葡萄樹形成的蔓藤。酒神雖然以葡萄為象徵，酒神信徒的狂歡聚會由於地點在野外，頭冠可信是野地現採的攀緣植物。準此，本詩描寫的藤蔓「綠衣」無異於酒神顯靈。
7.　art = are.
11.　藤解葉崩：套「瓦解土崩」。
8.　身：重出，可以有效界定「身影」指涉的對象不是「影子」，而是「身體」。
14.　後半行說明前半行的理由。

XXIX

    I think of thee!—my thoughts do twine and bud
        About thee, as wild vines, about a tree,
        Put out broad leaves, and soon there's nought to see
4   Except the straggling green which hides the wood.
    Yet, O my palm-tree, be it understood,
        I will not have my thoughts instead of thee
        Who art dearer, better! Rather, instantly
8   Renew thy presence; as a strong tree should,
    Rustle thy boughs and set thy trunk all bare,
10   And let these bands of greenery which insphere thee
    Drop heavily down,—burst, shattered, everywhere!
12   Because, in this deep joy to see and hear thee
    And breathe within thy shadow a new air,
14   I do not think of thee—I am too near thee.

第四十三首：我怎麼愛你

我怎麼愛你？且讓我來數數看。
　　我愛你的程度既深又廣且高
　　比美靈魂在超出視野的廣袤
4　體會性命與典範神恩的極限。
　　我愛你的程度正好適合每天
　　　寧靜的需求，不論日照或燭照。
　　　我自由愛你，像有人起義抗暴。
8　我純粹愛你，像有人迴避稱讚。
　　我愛你是在深刻體驗舊悲愁
10　　苦中回甘，回味童年的信心。
　　我愛你似乎是在召喚小時候
12　　對聖徒的愛；我愛妳用我這一生
　　氣息、微笑、淚水；如神允求，
14　　我死後只會愛你比現在更深情。

---

2. 愛的世界是立體的空間。我愛你：高頻率的重出透露高壓之下的飢渴與焦慮，是發自靈魂深處的吶喊。

2-7. 以六行打三種比方，每個譬喻使用的行數依次為3、2、1，密度遞增，有別於荷馬史詩的三段漸強（tricolon crescendo，見荷馬《奧德賽》3.109行注），以字數／篇幅遞增暗示效果漸強。8 凝鍊聚焦的意涵，把前述的效果推向高峰。六行段（9-14）把目前感受的範疇擴大到童年時的記憶（9-12a）和來生的期許（13b-14）。

3-4. 超出視野：out of sight，肉眼不可見。體會：feeling，「感受」，但是具體的感官經驗有窮盡之處，靈魂的心領神會卻無遠弗屆。廣袤：本義土地的面積，引申為範圍、領域。在愛情世界，靈與肉有互補的作用，這是鄧恩的形上詩（見第三輯〈愛樂魂出竅〉）奠定的傳統。但是，說話者在鄧恩的戲劇獨白中渴望異性情侶的身體，在勃朗寧夫人的內心獨白中探索自己的情意。

4. 典範：ideal，「理想的」，是描述詞（epithet），而不是形容詞。描述詞用於描述本質，形容詞則是形容當下的特色。如果把 ideal 當作形容詞，無異於暗示另有「不理想」的神恩。

6. 寧靜的需求：單純，因此所求不多，因此恬適。說話者只需要生命中有他，即使沒有特別的事發生。燭照：燭光照耀的時間，即夜間，猶如日照指日間。

XLIII

 How do I love thee? Let me count the ways.
  I love thee to the depth and breadth and height
  My soul can reach, when feeling out of sight
4 For the ends of Being and ideal Grace.
 I love thee to the level of every day's
  Most quiet need, by sun and candle-light.
  I love thee freely, as men strive for Right;
8 I love thee purely, as they turn from Praise.
 I love thee with the passion put to use
  In my old griefs, and with my childhood's faith.
 I love thee with a love I seemed to lose
12 With my lost saints,--I love thee with the breath,
 Smiles, tears, of all my life!--and, if God choose,
14 I shall but love thee better after death.

---

7. 自由:自願,因發乎內心而強烈又堅定。抗暴:雖是衍文,影射作者為了爭取戀愛自由掀起家庭革命反抗暴君父親倒也恰當——9-10 或可印證這樣的翻譯詮釋,參見本輯〈勃朗寧夫人評傳・勃朗夫人的追尋〉。

7-8. 使用平行結構(parallel structure,同樣的語句結構),呈現愛的方式卻從凝聚情感的密度轉化為擴展情感經驗的幅度。

8. 純粹:不攙雜質,因為真誠,不需要別人的肯定,也不像有的人付出愛是給別人看,是為了博得別人的欣羨或讚美,把愛的對象當作虛榮的資本。

9. 舊悲愁:愛情得不到父親的祝福。put to use:經驗,付諸實踐,這裡的 put 是過去分詞作形容詞使用,可視為 which was put to use(= which was experienced)的簡寫。

10. 苦中回甘:原文 passion(9)源自拉丁文 passus(形容詞形態為 passio),「受苦忍痛」,引申用於稱耶穌受難,那是基於對人類的愛;後來世俗官能之愛凌駕宗教之愛,遂以熱戀中人所受之情苦的意義廣為人知,竟至於「熱情」成為主流定義,但仍保有高密度的感受之意。猶言現在付出的愛和以前經驗的悲痛同樣深入心坎。信心:也可以是「信念」或「信仰」。童年的信心:因不含雜念而清純的信心,包括寫史詩頌頌荷馬的豪情壯志。那種信心隨世故的經驗累積而動搖,甚至喪失。可是 11-4 鋪陳「以前種種譬如昨日死,以後種種譬如今日生」的愛情信心。

11-2a. 召喚小時候／對聖徒的愛:「用我以往（過去時態 seemed）對聖徒的愛,後來年紀大了,那些聖徒似乎消逝了（lost）」。為愛而愛最真誠,不問為什麼。那種信心隨年齡增長似乎無跡可尋（I seemed to lose）,因此需要加以「召喚」。承襲 10 童年的信心,透過回憶理解當下的愛情經驗。

13. 行首可視為省略「所有的」氣息:呼吸的 breath（原文在 12）,語音迴響 2 的 breadth（廣）。古人認為「氣息」是生命的表徵,因此「氣息」成為生命的同義詞;後來靈魂觀漸興,「氣」逐漸和生命解離,終至於特指物理意義上的空氣或大氣,但在語言表達仍有古義可尋,如「靈氣」。前述語意的演變,至少在中文、英文、希伯來文和希臘文都相同。允求:「選擇」（choose）應允所求。

14. 回答 1a 的提問,2-13 以目錄詩（catagogue verse）體裁列出的清單呈現精緻的鏡像效果:每一個行首重複（anaphora）I love thee 引出的詩行數目,依次為 3、2、1、1、2、3。

【評論】
勃朗寧夫人評傳：一則愛情傳奇

英詩教母速描

　　伊莉莎白・貝瑞特・勃朗寧，英國文學史上第一位確實站穩一席之地的女詩人，可以名副其實稱為英詩教母。她更廣為人知的名稱是勃朗寧夫人，此一事實提醒我們女人在傳統社會共同的宿命：女人的名聲寄生於身邊或背後的男人。她和歐洲第一位女詩人莎芙一樣，如日中天的詩名在父權社會一度遭受冷落，女性主義興起之後才全面恢復榮光。莎芙是柏拉圖心目中的第十位繆思，凡胎肉身卻躋身文藝女神之列，可是她的詩只存斷簡殘篇，而且身影模糊不可辨。勃朗寧夫人是英國桂冠詩人的遺珠：1850年華滋華斯（William Wordsworth, 1770-1850）去世，桂冠懸缺，她是熱門的候選人。雖然後來出線的是丁尼生（Alfred Tennyson, 1809-92），她早在1843年的春天就聽說丁尼生的話：「我希望有機會認識的女詩人只有一位⋯⋯就是貝瑞特小姐。」轉述者是出版商Edward Maxon，在1842和1844分別出版丁尼生和貝瑞特的詩集。

　　伊莉莎白・貝瑞特・勃朗寧生前已紅遍大西洋兩岸，代表作是女性主義的先驅小說，以史詩體裁寫成的《奧蘿拉・賴伊》（*Aurora Leigh*, 1856），兩個星期售罄第一刷，在她去世前重印五次，到十九世紀結束發行超過二十刷。負面的批評反應不是沒有，大體上是傳統文學觀念與性別意識的成見，特別是對於文類與性別的越界現象感到不滿。有意思的是文藝名士，包括羅斯金（John Ruskin, 1819-1900）、司溫本（Algernon Charles Swinburne, 1837-1909）、羅塞蒂（Gabriel Charles Dante Rossetti, 1828-1882）、杭特（Leigh Hunt）、喬治・艾略特（George Eliot, 1819-1880），一個個極盡讚美之能事（Mermin 220-4）。王爾德（Oscar Wilde, 1854-1900）和司溫本（Algernon Charles Swinburne, 1837-1909）都是他的書迷。狄瑾蓀（Emily Dickinson, 1830-1886）在1857-61年間讀到這部作品，個人擁有兩個複本，其中一個複本有眉批，使用「深感著迷」（"enchanted"）這樣的字眼描寫閱讀時的感受，說自己

經歷「心靈改宗」("Conversion of the Mind")。如果需要數字說話，也有：狄瑾蓀在1858年寫了約50首詩，1962年卻寫了超過300首，其中不乏迴響伊莉莎白‧貝瑞特‧勃朗寧的意象甚至詩行。

伊莉莎白‧貝瑞特‧勃朗寧的知名度雖然遍及法、義、蘇等國，可是在她去世之後的五十年間，除了《葡萄牙人十四行詩》，她幾乎從文學史的地平線消失，說是「幾乎」還得多虧「勃朗寧夫人」的頭銜和他們之間的浪漫故事。那半個世紀的英國文學史活脫是「沙豬文學批評現形記」，下面引自《愛丁堡評論》的話，在當時算是最善意的評論：「考慮到她〔伊莉莎白‧貝瑞特〕擁有了不起的能力，她的文學生涯或許可以證明女人在想像創作的領域不可能獲致第一流的水準」。倒是她為了愛情離開英格蘭遠赴義大利成了通俗的象徵，象徵對於維多利亞時代父親權威的反抗。

其實伊莉莎白‧貝瑞特小姐在成為勃朗寧夫人之前已經著手建構自己的愛情論述和追尋偉業，婚姻是她尋愛之旅的具體實踐，不愧於英豪的追尋身影卻備受扭曲而一度淪為性別意識形態的祭品。只舉一事即可管窺當時的文學史家如何善於觀察性別意識形態的風向球。新婚之初，羅伯特‧勃朗寧的知名度遠遠不如伊莉莎白‧勃朗寧，於是有人說她的丈夫開始模仿她的缺點，也有人反過來說她在模仿他；到了伊莉莎白去世時，論者的重心轉移到她模仿他，而不是他模仿她。一句話可以引來概括那個風向球的通性：「伊莉莎白‧貝瑞特‧勃朗寧不是偉大的詩人，卻是偉大的情人理想的拍擋」（Marjorie Stone 208）。這一批文學史家坐實了女性主義抨擊不遺餘力的恨女情結。吳爾芙夫人（Virginia Woolf）在1931年對《奧蘿拉‧賴伊》的評價堪稱中肯：發育不良的傑作，因為人物刻畫缺乏實證的經驗。中肯的評論卻淹沒在男性沙文的長舌陣與口水湖，直到1970年代才被女性主義學者解救脫離苦海。在那以後，勃朗寧夫婦的評價主從易位，為她平反的聲浪反映學界對於傳統的陽物理體中心觀感到不滿，那些人未必都是「女性」主義學者。

至於羅伯特‧勃朗寧，他身為英國維多利亞時期主要詩人之一，以戲劇獨白體（dramatic monologue）刻畫人物心理知名於世。他家中的書房掛了一幅十五世紀義大利畫家卡拉瓦喬（Polidoro da Caravaggio, 1499-1543）所繪《安卓美姐》（*Andromeda*）的複製品，那是他文學想像的一大源泉。按希臘神話的說法，安卓美姐是伊索匹亞公主。她的母親自誇貌美勝過海洋仙女，海神因此引發水患肆虐。神諭說解除水患之道唯有將安卓美姐綁在礁石獻給海妖。在千

鈞一髮的時候，佩修斯（Perseus）前往解救，殺死海妖，並娶安卓美妲為妻。這個神話母題在勃朗寧的腦海縈迴不去，化為詩篇卻有截然不同的景象：女人成為男性人魔的囊中物。短篇作品如〈我的前公爵夫人〉（"My Last Duchess"）和長篇作品如《指環與書》（*The Ring and the Book*, 1868-9）都看得到人魔化身為白馬王子的情節。後來，32歲那年，他在現實世界真的上演一齣英雄救美的劇碼，雖然故事中的女主角和傳奇世界所塑造的形象大相逕庭。他們的愛情故事從一開始就是歐洲文壇的傳奇。

文學批評的解救論述

英雄救美的母題在文藝史上枝繁葉茂，蔚成性別論述的一大傳統，安卓美妲的故事為這個論述傳統提供性別意識形態的原型意象。這個意象有兩大要素，一個是女人被縛，另一個是俠士救星，兩者一搭一唱共同演出源遠流長的「解救詩學」（poetics of rescue）。

十九世紀在倫敦市中心的溫坡街（Wimpole Street），有人發現企待救援的弱女子終於盼到英雄救星的當代實例。引法蘭西斯・湯普森（Francis Thompson）廣為人知的譬喻說法：「勃朗寧彎腰拾起鑄造精美卻遺落在淚湖中鏽蝕斑斑的靈魂」（Karlin 10）。由於湯普森踵事增華的文筆，勃朗寧夫婦這對詩國佳偶的傳奇故事更廣為流傳。十九世紀末甚至留傳這樣的版本：伊莉莎白・貝瑞特對性不只沒有好感，甚至帶有「輕蔑」，也就是我們在把女人描寫成軟弱無力的百合花被動等待白馬王子挺身「保衛」的書寫中看得到的形象。那個形象深入人心，甚至連女性主義批評的陣營也有人難以擺脫窠臼，說伊莉莎白・貝瑞特是「躺在病床上等待神采飛揚的勃朗寧現身」，簡直像精神殘廢，幸虧醫生使用嗎啡止痛產生的副作用使她自我陶醉，得以「力抗女性作家得到施捨的失意感」（Battersby 88-90）。根據這樣的論述傳統，父權是神話妖魔在父系家庭的化身，貝瑞特先生是那個家庭的暴君，他把女兒用鐵鍊鎖在礁石上，羅伯特・勃朗寧發揮騎士精神解救無辜受害的伊莉莎白・貝瑞特。於是，後來成為英國文學正典第一位重要的女詩人淪為附屬於勃朗寧的章節，甚至只出現在注解。

相對於前述「解救詩學」的傳統，我們在過去三十年看到女性主義學者積極投入一場學術整容運動，力挽狂瀾解救英國詩壇第一女英豪的形象，大可名

正言順稱為「解救批評」（critics of rescue）。如果只是要為伊莉莎白・貝瑞特尋求恰當的文學史定位，把焦點置於她在 1844 年出版二卷《詩集》，奠定她足以頡頏丁尼生（見第四輯）的地位以後的詩人生涯就夠了。可是如果想要還原她完整的人格形象，勢必不能忽略童年經驗的影響。焦距經這一調整，我們看到的是維多利亞第一位女詩人憧憬真愛追尋詩國桂冠的心路歷程。視野一旦納入她成名以前的生活、思想與寫作生涯，積非成是的種種訛傳不攻自破，我們得以了解到她不是懷才不遇而藥物成癮。事實是，醫生警告她寫詩那種男性活動會危害她的健康，她卻以寫詩挽回自己的性命；驅策的力量不是羅曼史，而是追求名聲。所以，她雖然躺在病床上，其實根本沒有時間「等候」勃朗寧現身，而是以平躺的姿勢持續寫詩，持續閱讀期刊、小說以及拉丁與希臘文本。結果，我們看到大相逕庭的故事：一位女作家為生活與名望奮鬥不休；1840 年養病期間，興趣相投而年輕一歲的弟弟愛德華前往探視卻意外溺斃，雖然面臨這一樁個人的悲劇，並付出健康的代價，她卻奮鬥不休為其他婦女作家披荊斬棘。

伊莉莎白・貝瑞特小姐初試啼聲

貝瑞特家中有十二個小孩，住家所在之地名為望角。老大伊莉莎白，九歲時的塗鴉之作博得父親稱她為「望角桂冠詩人」（the Poet Laureate of Hope End），使她深深引以為傲。小時候她隨著弟弟愛德華學拉丁文和希臘文，由於稍後會提到的個人理由，希臘文學得比拉丁文好。十歲時，她已經打定主意要成為女詩人，引她自己的話來說是要成為「陰性荷馬」（the feminine Homer），「起碼比荷馬高一點」。十一歲時寫的〈繆思姊妹的悲愁〉（"The Sorrows of Muses"）是傳世她最早的詩作，描述希臘的文藝女神繆思反抗天父周夫喜歡羅馬勝過喜歡希臘[1]。她在一封信提到自己對於《埃涅伊德》（Aeneid）第六卷，即我在《情慾幽林》選譯的〈鰥寡戀〉這段插曲的尾聲，深感忿忿不平：詩人維吉爾描寫狄兜殉情之後，安排標題主角埃涅阿斯（Aeneas）入冥讓陰陽兩隔的舊情侶見了一面，竟然不讓狄兜開口說話！在她看來，女人受冤屈當然要表達心聲，這樣的機會卻被男性作者給剝奪了。

---

[1] 周夫（Jove）即希臘神話所稱的宙斯，可是歐洲文人傳統上沿襲羅馬稱呼。

伊莉莎白‧貝瑞特年幼時期的代表作是《馬拉松戰役》[2]，仿新古典主義大師波普（Alexander Pope, 1688-1744）英譯《伊里亞德》的風格寫成四卷史詩，在父親幫助下自費出版，那是她十四歲的事。她在卷首附了一篇長序，一方面呼應她對希臘的偏好，另一方面預告她未來的人生觀：「聽到一個小城邦〔雅典〕，為了捍衛自由膽敢挺身而出，奮戰不計其數的敵人〔入侵希臘的波斯大軍〕，誰能無動於衷默爾而息？」詩中的女性角色主要有兩個，一個是雅典的守護神兼戰爭與智慧女神米娜娃（Minerva），希臘神話稱雅典娜，另一個是為了兒子埃涅阿斯的利益而抗拒自由的維納斯，即希臘神話的阿芙羅狄特（Aphrodite），她們代表爭奪天父之愛的兩種女人類型。詩中明白透露作者本人認同的是米娜娃，維納斯則無疑是波斯的化身。這首詩使她知道自己無法跟荷馬相提並論。可是就她的年紀而論，詩本身足以令人刮目相看。

繼十五歲正式發表第一首詩，她十六歲時模仿波普的〈論人〉（"Essay on Man"）寫出〈論女人〉（"Essay on Woman"），也使用兩行一韻的雙行體。她在詩中抱怨詩人只歌頌男人，質問「為什麼女人必定因弱被愛」（"why must woman to be loved be weak"）。她一向主張胸懷抱負也是女人的美德，在詩中立志要激發女人的抱負，此一信念也見於她詩人生涯最野心勃勃的《奧蘿拉‧賴伊》，下文會介紹。1826 年出版詩集《論人心》（*An Essay on Mind, with Other Poems*），這是她首度以詩人的身分持嚴肅的態度對世界發聲，雖然目標明確，可是立論讓人覺得她心中仍有不少疑慮尚待澄清。在另一方面，這本詩集也使我們了解到她的閱讀範圍不限於文學，洛克（John Locke, 1632-1701）和休姆（David Hume, 1711-1776）之輩的思想家也是她的創作養分。

伊莉莎白小時候身體不好，詳情不知，家人倒是提到她曾騎馬摔傷脊椎，這應該是青少年前半期的事。無論如何，我們確實知道她小時候的世界只有書本和夢想。我們也確知她患肺疾之事，可能是肺結核，1837/38 年嚴重到足不出戶。1838 年遵醫囑前往濱海小鎮 Torquay 養病。1840 年兩個弟弟先後去世，大弟愛德華之死打擊尤其大。1841 年回倫敦，醫生為了舒緩心悸並助眠而開鴉片處方，從此染癮。生病期間，她成了父親眼中的模範女兒，在旁人看來卻無異於睡美人，她自己則說「不是牡蠣卻過著牡蠣的生活」。

---

[2] *The Battle of Marathon*（1820）取材於公元前 590 年的歷史事件。波斯帝國入侵希臘，在雅典西北方 42 公里的馬拉松登陸，揭開長達十年的波希戰爭的序幕。

健康不如意並沒有妨礙她的心靈活動。她透過書信密切交往當代文人，包括喬治桑（George Sand, 1804-1876）和巴爾扎克（Honoré de Balzac, 1799-1850）——這兩位法國作家是當時講究形象的女性讀者的禁忌。她也利用病床時間持續廣泛閱讀的興趣。也是那段期間，她開始嚮往義大利，開始翻譯佩脫拉克，開始寫情詩。1843 年，她幼年時期的夢想復活，接著在生理與文學兩方面經歷重生，進而帶來精神、心理和創作多方面的夢想成真，她自己稱之為 "poetical fit"（詩情突然發作）。這陣發作持續到當年的夏、秋，她也打響了自己在文壇的名聲。愛倫坡（Edgar Allan Poe, 1809-1849）在 1845 年出版《烏鴉》（*The Raven and Other Poems*），題詞就是獻給她，景仰之情溢於言表。

伊莉莎白的女性意識深受喬治桑的啟迪。在她看來，以驚世駭俗知名的這位法國女作家是「男人和女人合體」（man and woman together）。她的詩體小說標題女主角的名字「奧蘿拉」就是取自喬治桑的本名 Aurore Dupin；書中描寫奧蘿拉戴上「長春藤垂懸的花圈」，顯然是學喬治桑頭戴長春藤冠現身在巴黎街頭[3]。那一身酒神扮裝，在上古希臘表示因酒神附身而具備酒神的神性，呈現與阿波羅所代表的理性／禮教世界相對立的精神領域，象徵熱情奔放的生命原則，十九世紀的婦女意識則取其為在男性「集權」的社會尋求解放的心聲[4]。

貝瑞特小姐的追尋

伊莉莎白・貝瑞特在希臘文學發現提坦神族（Titans）有一位具備人性潛能的英雄：盜火給人類的普羅米修斯（Prometheus），個性桀驁不馴，被宙斯禁錮在重重框框的束縛。提坦神是比奧林帕斯神族早一代的神族，英文 titanic 就是源自其名稱，不過貝瑞特小姐的關懷從物理意義的「龐大」轉而聚焦於精神意義的「宏偉」。在戲劇之父埃斯庫羅斯的悲劇《普羅米修斯被縛》（*Prometheus Bound*），她看到敢於放膽反抗的另一個「撒旦」，和米爾頓（John Milton, 1608-1674）在《失樂園》所創造的那位撒旦系出同門，雙雙洋溢叛逆的個性，可是普羅米修斯多了撒旦所沒有的犧牲精神——基督的救贖力量就是源自犧牲

---

[3] 法文 Aurore 源自拉丁文 aurora，「黎明」神格化成為黎明女神，暗示「重生」。

[4] 易卜生《海姐・蓋伯樂》（*Hedda Gabler*）劇中標題主角的幻想，富含心理代償作用的幻想，就是埃列・陸扶博頭戴長春藤冠，目中無人。

的精神。可是1832年她的譯本出版後風評不佳,她也覺得自己的譯文使普羅米修斯「二度被縛」,因此1833重譯。她在新版本的前言指出,撒旦受苦是因為野心,他的自我中心產生罪惡的雄渾感;普羅米修斯受苦是因為人道,他的利他作風產生美德的雄渾感。

也是在1833年,貝瑞特小姐完成〈暴風雨〉("The Tempest")。據她在1844-5年間的一封書信,該詩描寫她二十歲(1826)時親眼看到的景象:她目瞪口呆佇立窗前看暴風雨在戶外發威,雷電打在前方不超過200碼處的一株老樹,事後她聽到兩名婦女的凶耗。在詩中,她做了策略性的改變,描寫一名男子取代兩名婦女,說話者衝入狂風雷雨接受暴力的洗禮,赫然發現受害人是舊識(85-90):

85 雖然黑暗無邊籠罩四周,
   我驚悸明白眼前這個人
   死不瞑目含怒對我瞪視,
   眼皮不眨,眼神沒有表情;
   我無法閉目也無法轉開視線。
90 這個人是我的舊識。

85 Albeit such darkness brooded all around,
   I had dread knowledge that the open eyes
   Of that dead man were glaring up at mine,
   With their unwinking, unexpressive stare;
   And mine I could not shut nor turn away.
90 The man was my familiar.

自傳意味濃厚的這首詩,有人認為詩中的受害人是貝瑞特先生,字裡行間透露女詩人的創作焦慮:他死了,因為詩中的說話者不想滿足於「在家從父」的女兒身分,而是想成為女人,要以女人的身分擁有話語權和年紀相當的情人(Leighton 46-51)。這樣的解讀可以同時從內緣和外緣證據得到支持。在內緣證據,詩中描寫天空神宙斯以雷電威嚇普羅米修斯,「天空的臉顯得像地獄」("the face of Heav'n to show like hell")(54)「天空發怒/大地絕望」("Heaven's wrath/ And Earth despair"）（32-3），簡直像暴風雨對大自然展開無情的攻勢，強勢陽性與弱勢陰性兩種意象的對立貫串整部詩篇，全面滲透到寫景與敘事。外緣證據指向她對於普羅米修斯的偏愛，因為他認同居於弱勢的人類，展現不屈不撓的意志。誠然，〈暴風雨〉是伊莉莎白‧貝瑞特探討普羅米修斯神話最深刻的領悟（Mermin 51-4）。

〈天鵝巢的傳奇〉（"The Romance of the Swan's Nest," 1844）同樣探討兩性關係，焦點卻從親情轉向愛情，設定的背景則以騎士傳奇取代現實世界；主題不再是擺脫父權宰制的潛意識願望終於實現，而是期待白馬王子的夢想終歸破滅。詩中描寫小艾莉（Little Ellie）幻想公爵的兒子會向她求婚，她會打發他完成英勇事蹟，他必須無怨無悔完成使命才能贏取芳心。她的幻想其實是騎士文學所呈現的宮廷愛情的理想[5]。小艾莉天天在河畔等待，心中珍藏「蘆葦叢中有天鵝巢」的秘密要跟他分享。可是有一天，她發現（95-102）：

95 　看，野天鵝已經離巢，
　　　　老鼠把蘆葦咬爛！

　　艾莉回家緩步傷懷。
　　　她是否找到意中人
　　　　騎棕色馬中之馬，
100 真相不明；可我明白
　　　她永遠不可能帶他
　　　　看天鵝巢在蘆葦叢[6]。

95　　Lo, the wild swan had deserted,

---

[5] 宮廷愛情：courtly love，見我在《情慾花園：中古時代與文藝復興情慾文選》選譯法蘭西的瑪麗（Marie de France）的敘事短詩（lay）和喬叟的《卓伊樂與柯瑞襲》，以及諧擬宮廷愛情的說唱故事（chant-fable）《奧卡桑與尼可烈》（*Aucassin and Nicolette*）。該書介紹佩脫拉克的十四行詩可以看到那個理想如何影響到現代詩人的文學想像，被視為小說鼻祖的塞萬提斯《唐吉訶德》（1605）則讓我們看到騎士的愛情理想在現實世界有多荒謬。

[6] 縮排形式反映行尾韻模式。這意味著 97-102 這個完整詩節的行尾韻為 ABCABC，中譯卻是 ABCACB。

>   And a rat had knawed the reeds!
>
>   Ellie went home sad and slow.
>   If she found the lover ever,
>   With his red-roan steed of steeds,
> 100   Sooth I know not; but I know
>   She could never show him—never,
>   That swan's nest among the reeds!

　　小艾莉是另一個睡美人，她的夢想依附在中古時代封建社會的騎士傳統，卻像病毒在古今中外繁衍無數變體。非分的要求透露不切實際的幻想，這不是單純的愛慾，更攙雜權力、野心和名聲。「她在白日夢把野心投射到白馬王子，卻在夢想中失去她打算和情人分享的秘密」（Mermin 94）。小艾莉中了宮廷愛情的遺毒，設定一個騎士英雄的門檻，然後默默守候奇蹟將臨。她的心態在傳統社會是常態，在現實人生是落寞的溫床。不論天鵝象徵什麼，可以確定的是，隨想像從詩中的傳奇世界回歸現實，騎士和愛情同樣消逸無蹤，徒留艾莉獨自保存破碎的夢想。

　　伊莉莎白‧貝瑞特的「情詩史」構成她在現實世界體驗羅曼史的前奏曲。她像許多小孩，曾經有過自己的秘密花園。她的秘密花園是真實的花園。她的母親在1828年去世後，她有兩年之久沒再進去過。1830年舊園重遊，1838年寫出〈被遺棄的花園〉（"The Deserted Garden"），主題是追尋，獨來獨往的女孩經常出入於荒廢的園地，進入想像的世界追尋失落的記憶。她徜徉其中卻沒有遇到幽會的情侶，而是經歷一場「除魅」（Leighton 69）。詩中的白衣姑娘是死亡的化身，代表傳統婦女形象的威脅：「母親是個冰冷而且死氣沉沉的形象，試圖誘導她獻身於女人的本分，而不是勇闖詩國拯救自己」（Leighton 74）。在詩的結尾，第一人稱的說話者經歷時間的洗禮，成長之後體認到自己無法滿足母親的道德要求，因此毅然決然和白衣姑娘斷絕關係。威脅宣告解除。

　　〈被遺棄的花園〉宣告陰性自我死亡之後，她另又寫了一首和花園有關的詩〈失落的綠蔭〉（"The Lost Bower," 1844），主題仍然是追尋。第一人稱的說話者也是個女孩，她發現自然天成的隱密綠蔭。根據伊莉莎白‧貝瑞特自己

的筆記，詩中背景設在莫爾文丘陵（Malvern Hills），那個背景座落在十四世紀英國詩人藍倫（William Langland）的眼界，也就是英格蘭本土詩歌最古老的園地，是英格蘭的荷馬時代。說話者發覺自己置身於景色怡人的山崗，卻感到煩躁不安：她放眼四周綿延不絕的山丘，一個完全屬於男性的世界，兄弟與父親充斥其間。她從這一大片陽光明媚的領域轉向不為人知的清幽角落，發現樹林一個隱密的處所，枝繁葉茂把天空遮蔽，遠離塵囂不受侵擾。作者特別使用文學措詞描述這一趟探索。探索引向詩標題所稱的「綠蔭」，看來是自然和藝術的綜合體，也就是荷馬描寫、雅典悲劇繼承、羅馬詩人發揚光大的一個母題，人工造景卻自然天成的勝境佳地[7]。驚奇與歡欣過後，說話者卻退縮了，就如同伊莉莎白‧貝瑞特的想像世界一再出現的母題，感受到威脅而不敢走太遠。然而，她在那裡聽到的音樂足以使她脫胎換骨。她回到先前佇立眺望的山崗，同樣的地點，視野卻隨她的心境而豁然改觀。

伊莉莎白‧貝瑞特顯然以進入綠蔭之舉比喻自己的創作。綠蔭代表詩的傳統，詩中的說話者最喜歡的詩人前輩是華滋華斯[8]。追尋的結果使她明白繆思有求於自己的倒影，像華滋華斯那樣從回憶汲取養分。這位追尋者的詩國認同無法接受希臘神話的納基索斯因迷戀自己的倒影而面臨死亡的命運，秘密綠蔭從此失落[9]。〈失落的綠蔭〉「描寫女孩長大成為詩人困難重重，詩人回顧自己所經驗從積極、滿懷抱負到失落、無能為力的過程」（Mermin 100）。她虛構的追尋者以為可以隨時造訪她發現的那一個勝境佳地。可是事與願違，「因為詩中的情境需要兩個人：傳奇世界的追求者及其追求的對象，也就是王子和睡美人」（Mermin 101）。她終於了解到，想要穿越叢林障礙進入勝境佳地，自己雖然扮演起「像王子解救睡美人擺脫沉睡如死亡」（"Like the prince who rescued Beauty from the sleep as long as death," 54.5）那樣的角色，卻沒有劍：沒有女人召喚她，她不是男人，所以她永遠到不了目的地，也永遠回不來。這一場追尋的尾聲，她躺在臥榻上，像睡美人，既不是王子，王子的來臨也不可期。然而，詩人筆鋒一轉，「綠蔭不見了嗎？誰說／綠蔭真的不復可尋？」（"Is the bower lost, then? who sayeth/ That the bower indeed is lost?" 73.1-2）詩篇在歌聲

---

[7] 荷馬《奧德賽》5.63-74，索福克里斯《伊底帕斯在克羅諾斯》（*Oedipus at Colonus*）668-93，奧維德《變形記》5.385-91（見相關行注）、11.229-55。

[8] 華滋華斯的詩與評介，見本書第五輯〈光陰記憶體〉。

[9] 納基索斯（Narcissus）的自戀心理（narcissism），源自奧維德在《變形記》3.339-510的敘事。

中結束:「棕櫚樹傳來聖歌聲:『凡所遺落……又贏得!』」("And a saint's voice in the palm-trees, singing—'All is lost . . . and won!'" 74.5)。英國詩壇因此有機會浮出新天與新地。

身分足以改變命運。伊莉莎白・貝瑞特認識羅伯特・勃朗寧之前就已經成為傳說。勃朗寧在 1845 年 1 月寫給她的第一封信,第一個句子就是「親愛的貝瑞特小姐,我全心全意愛你的詩」,幾行之後重申「我真的全心全意愛這些書,也愛你」。信中他回想三年前經介紹認識她的情景,把她比喻為「禮拜堂或教堂地下室裡的某個世界奇蹟」。她的回函不經意道出充滿反諷的話:「可是……你知道嗎……你如果進入這間『地下室』,說不定會感冒,甚至累死」(Marjorie Stone 1)。後來勃朗寧真的進入「地下室」,並沒有「累死」。

他們認識那一年,羅伯特・勃朗寧 32 歲,伊莉莎白・貝瑞特 38 歲。在那之前,她已讀過他的詩,在寫給朋友的信上稱他是「熱情緊繃的大師」,詩中散發「真正穿透靈魂」的男性魅力使她感到難以抗拒。在另一方面,女詩人和她的詩常被劃上等號,維多利亞時代(Victorian Era, 1837-1901)尤其如此。認識羅伯特・勃朗寧之後,她自己也曾為此焦慮:「他愛上的是我,還是我的詩?」所以,兩人雖然密集書信往來,她數度拒絕見面的要求,還警告他別期望女人如其詩,懷疑他愛的是想像中的她,而她並不想成為他所想像的人。雖然對於〈我的前公爵夫人〉的作者來說,區別兩者並不難,她畢竟花了長時間才克服自己的疑心[10]。

貝瑞特小姐終於在 1846 年 5 月 20 日接受探望。那些所謂的「情書」,由於雙方的詩人本色,感情真誠卻堅守立場,而且各自措詞有差異,剛開始齟齬不斷。誤解的原因還包括彼此對於詩人的優點看法不同,都認為對方比自己優秀。伊莉莎白堅持自己的詩歌造詣不如羅伯特,可是愛心比他豐富;她還主張自己與其被愛,寧可愛人。她為自己爭取愛情主體的立場,反映詩人追尋繆思的傳統:追尋的對象必定是高高在上又深受喜愛的異己。她在情場宣稱愛的權力和她在詩國的主張如出一轍。

1846 年 9 月,這對詩壇情侶秘密結婚,雙宿雙飛前往義大利。伊莉莎白・

---

[10] 勃朗寧〈我的前公爵夫人〉,中英對照附賞析見張錯《英美詩歌品析導讀》頁 141-7。這首詩使用戲劇獨白體這個獨特的第一人稱觀點,因此原標題 "My Last Duchess",該中譯〈前公爵夫人〉省略第一人稱所有格代名詞 my,難謂恰當。關於戲劇獨白體,見第三輯〈情界慾海〉中介紹鄧恩〈出神〉其人其詩。

貝瑞特成為伊莉莎白・貝瑞特・勃朗寧。她和夫婿的羅曼史可以摘要成五個字：「我怎麼愛你」——這是《葡萄牙人十四行詩》第四十三首的破題句。

羅伯特・勃朗寧在1845年出版的詩集《戲劇傳奇與抒情詩》（*Dramatic Romances and Lyrics*），內含前面提到，廣為英詩讀者熟悉的〈我的前公爵夫人〉。該詩集另有兩首呼應伊莉莎白・貝瑞特在現實世界追尋成功。〈公爵夫人逃命〉（"Flight of the Duchess"）詩中的公爵一心一意要重溫中古時代的生活方式，他的妻子過著枯燥難以言喻的日子，生命的活力日漸枯竭，最後和吉普賽人逃跑才救了自己——中古時代就是伊莉莎白・貝瑞特的歌謠中夢想落空的世界，逃命的公爵夫人則和伊莉莎白・貝瑞特同樣嬌小。另一首是〈手套〉（"The Glove"），歌頌一位特立獨行的女士，當眾揭穿情人的空包大話，要他跳進獸欄揀回她的手套，他和整個宮廷異口同聲譴責她使用這個強人所難的考驗，她卻目無俗物和真正愛他卻身無分文的一個年輕人結婚去了，從此可望享有「真實的人生」。這首詩把矛頭對準傳奇世界奉為理想而現實世界視為常識加以繼承的世俗之見，也就是伊莉莎白・貝瑞特在〈天鵝巢的傳奇〉所探討的那種心態，即女性只能默默等候白馬王子現身。勃朗寧的〈手套〉是以輕鬆的筆調為不受傳統遺毒擺佈的女人提出辯護。

伊莉莎白・貝瑞特寫詩呈現她害怕自己被同化的女性形象，羅伯特・勃朗寧的〈公爵夫人逃命〉和〈手套〉則描寫果決的行動帶來幸福的結局，可以說是以樂觀的態度回應她的詩。她陰鬱的眼界可能比較接近人生實況，可是她和羅伯特・勃朗寧於1846年在現實人生檢驗他們的文學想像時，事實證明他的傳奇故事才是真實。兩人風格上的差異說來不意外：他不曾和死亡打過交道，她卻是生活在死亡的陰影下。他們兩人同樣寫傳奇故事，這是浪漫主義的遺風，兩人不約而同以傳奇為幌子，使用舊瓶端出新酒，以不同的方式展現各自的當代關懷。就是這個共同的關懷開出詩國愛情的奇葩。

兩人熱戀期間往來的情書於1899年出版，穩穩奠定伊莉莎白・貝瑞特身為「理想情人」的形象，「愛情故事主角」的身分也取代了「十九世紀英國主要詩人之一」的地位，甚至攻佔主流英國文學批評的想像。她的際遇充分反映「性別意識形態的偏見：對女人而言，愛情比寫作重要」（Leighton 4）。

貝瑞特小姐成為勃朗寧夫人

伊莉莎白・貝瑞特認識羅伯特・勃朗寧以前，她詩中的愛情傳奇往往和死亡分不開，這情況持續到1845-6年間熱戀時寫十四行詩終於打破魔咒。婚後三年她才把詩稿拿給羅伯特・勃朗寧看，對於出版則猶豫不決。和維多利亞男人以自身經驗寫系列抒情詩比起來，《葡萄牙人十四行詩》有一點不同：她無意把人物或故事虛構化，不是要張揚自己的愛情故事，而是要探索自己的感情世界，藉以展現詩人的才情。詩集的標題也是基於類似的策略性考量，以免讀者對號入座。她的障眼法有助於我們了解其人其詩，值得一提。

「葡萄牙人十四行詩」這個標題影射伊莉莎白・貝瑞特取愛情為主題的第一首詩〈卡塔瑞娜致卡莫恩斯〉（"Catarina to Camoens"），詩中描寫卡塔瑞娜對葡萄牙詩人卡莫旭（Luis Camões, 1524-1580）之愛。貝瑞特在1831年11月的日記提到自己正在閱讀卡莫旭的詩。按英譯者 Viccount Strangford 在引言描述，卡莫旭是集詩人、戰士、流浪者與情人於一身的拜倫式英雄[11]，愛上出身葡萄牙宮廷的卡塔瑞娜，可是女方家人反對。卡塔瑞娜有情有意，卻愛在心裡口難開，一直壓抑到卡莫旭被放逐的當天才吐露情愫。後來卡莫旭投效軍旅，在對抗摩爾人的一場海戰瞎掉一隻眼睛，退伍後在救濟院度過餘生，備受尊敬卻貧病交加。卡塔瑞娜在22歲時去世，他和意中人當年匆匆一別之後沒再見過面（Mermin 103-6）。伊莉莎白・貝瑞特從卡塔瑞娜的觀點呈現她臨終前的思緒，寫出在文學和社會兩個領域都被禁聲的女人的心聲。詩中說話者一開始就感嘆自己身為女人是被注視的對象，卻不能看也不能說。不過，她確信是他的愛創造出她的美，因此如果他再看到她，她會再度擁有美。此一信念使得她因為卡莫旭而有話可說，也使得她擁有激發卡莫旭發言與示愛的內在特質[12]：

> 如果**你**對它們俯望，
> 　　如果**它們**仰望你，
> 35　所有遺棄它們的光

---

[11] 拜倫式英雄：把浪漫英雄視為人格類型的一個變體，其特徵為孤傲不群、憤世嫉俗、目無禮教又愛恨分明，即英國詩人拜倫（George Gordon Byron, 1788-1824）其人其詩所體現的人格特質。

[12] "Catarina to Camoens" 33-6。以下引詩中的「它們」指卡塔瑞娜的眼睛。

會重新結合團聚；

> And if *you* looked down upon them,
> And if *they* looked up to *you*,
35   All the light which has foregone them
> Would be gathered back anew;

可是卡莫旭不在場，無法回應，只能在記憶中看她。這麼說來，卡塔瑞娜其實無異於等不到情人現身的睡美人。

伊莉莎白・貝瑞特完成這首詩後幾經修改，1843 年正式發表，相當成功，至少吸引了狄瑾蓀、羅斯金和勃朗寧的注意，後來收入 1844 年的《詩集》。她取典於這首詩為自己的十四行詩聯套訂標題，在相當的程度上有效轉移焦點。可是「相當的程度」也意味著並沒有完全成功。即使如此，我們不難理解詩人的策略考量：依傳統的觀點，男性詩人不論如何呈現，總能理所當然以詩中經驗代表當代社會特定讀者群的心聲，可是女人的個體經驗公認無法承載如此的重責大任。而且，伊莉莎白・貝瑞特也還沒打算這麼做。世界文學史上沒有先例，她自己也知道讀者不會把女人視為人類的代表，也不認為詩人可以代表女人。

她在嘗試過荷馬式史詩、波普式教誨詩（didactic poem）、染上基督教色彩的希臘悲劇，以及揉合文藝復興時代戲劇詩和米爾頓史詩的綜合體之後，轉向最內斂、最個人化、也最意味深長的十四行詩聯套，在她個人的創作生涯和文學史同樣令人耳目一新。

使用一系列情詩呈現長篇愛情故事的十四行詩聯套發源於義大利，早期最廣為人知的是但丁收在《新生集》（*The New Life*, 1293），為貝雅翠采（Beatrice）寫的二十五首情詩。但丁向來生尋求愛的救贖，故名「新生」，那卻是死後的世界。由於佩脫拉克為蘿拉（Laura）創作的系列情詩的影響，十四行詩聯套在文藝復興時代風行全歐，甚至渡海由席德尼（Philip Sidney, 1554-1586）引入英國之後，在莎士比亞筆下發展出獨特的英國風味[13]。伊莉莎白・貝瑞特結合分別代表義大利和英國特色的這兩種形式，前八行是兩組四行段 ABBA，後六行是三組對偶體 CD，充分體現她身為英國詩人卻嚮往義大利的格調。

---

[13] 見《葡萄牙人十四行詩》〈第六首：請離開我〉1 行注介紹義式與英式兩種十四行詩體裁。

《葡萄牙人十四行詩》這系列情詩是勃朗寧夫婦在書信以外的另一個文學產物，主題和情書內容高度相似，可以互相印證，展現浪漫愛情以傳統的詩歌形式表述不必然落入俗套。十四行詩這個體裁是男性詩人書寫愛情的專利，其傳統強調「身為女性該保持沉默」，伊莉莎白・勃朗寧卻從中開創前所未有的新局：以女性主體的身分從事創作，在情詩的領域為女性的心聲尋求立足之地。事情始於 1844 年她翻譯佩脫拉克的抒情詩之後沒幾個月。她先發表二十八首，1850 年結集出版總共四十四首，這時伊莉莎白・貝瑞特已冠上夫姓，成為伊莉莎白・勃朗寧。

《葡萄牙人十四行詩》

在男性沙文的長舌陣與口水湖，伊莉莎白・勃朗寧中只是會寫詩的女人。持這種批評論調的人忽略一件事實：女人寫十四行詩聯套是越界踩進男性專有的詩藝傳統。那個傳統的大師，包括但丁、佩脫拉克、席德尼和莎士比亞，都是男性詩人在書寫中凝視可望不可及的對象，伊莉莎白・勃朗寧卻是以女性情人主動示愛，而且不只是「我要付出愛」，甚至要求對方付出愛。換句話說，讀她的十四行詩可以聽到《舊約・雅歌》的餘韻：情侶雙方以平等的立場互動的愛情經驗。按照維多利亞時期文學的道德常識，完全沒有自覺意識的女性才被視為性純潔。伊莉莎白・勃朗寧當然知道這個常識，卻目無俗物描寫自己，不但意識到自己的愛情能力，而且對自己的性吸引力展現充分的自覺意識（Leighton 101-2）。

「她描寫感受和心境，包括自己的和別人的心境，筆觸極其細膩，語法掌握自如，書寫卻無拘無束，相當仰賴破折號和刪節號——兩者經常難以區別——以及模擬即興、試探性的說話口吻」，意象則是「輕描淡寫，可是不斷累積形成豐富的弦外之音和具體的臨場感」（Mermin 128）。莫爾民（Dorothy Mermin）看出這 44 首詩環繞雙重發現：愛情看似虛幻卻真實無比，談戀愛可以同時成為主體與客體（Mermin 144）。伊莉莎白・勃朗寧筆下十四行詩的意象甚至同時發揮抒情與說理雙重作用。

十四行詩聯套的體裁有言簡意賅從事心理分析的傳統，這正是伊莉莎白・勃朗寧的拿手好戲。然而，這組聯套的自傳色彩、當代背景、洋溢臨場感的情境和語調，在在引人聯想十八世紀的書信體小說（epistolary novel），尤其是

李察森（Samuel Richardson, 1689-1761）以女主角為標題的 *Pamela*（1740）和 *Clarissa*（1749），他是公認奠定英國小說從傳奇風格轉向以分析意識與心理內涵見長的一大功臣。勃朗寧夫人在抒情詩領域為自己創造類似的歷史地位。她使十四行詩聯套這個體裁起死回生的同時，別出心裁從舊途徑走向新目標，即「假定婚姻是愛情恰當的終點，因為愛情需要社會化的肯定，而且感情聯繫有助於社會的穩定」（Mermin 129）。強調社會價值正是維多利亞社會擺脫南歐文化史的一大建樹。

《葡萄牙人十四行詩》的前十五首，說話者描寫自己的心遭受情火猛烈的攻勢。第五首捧起自己受情火煎熬而沉鬱的心，生不如死，「火」卻不是隱喻，而是具體的烈焰，而且不是愛人引燃，是自燃。第六首〈請離開我〉深富鄧恩情詩的形而上意味，尤其是收在我譯注的《情慾幽林》的〈早安〉。可是鄧恩寫情侶一夜纏綿而體悟到靈肉合一的境界，伊莉莎白‧勃朗寧卻因為回憶情濃時光，唯恐失去自我而感到焦慮，整首詩無非是闡明破題短句「離開我」的反諷意趣。沒有譯出的第十首有如維多利亞時代的小說人物，說話者透過別人的眼光看自己，伊莉莎白‧勃朗寧卻堅持隨愛而來的榮耀源於自己心中的情火。

濃情烈焰持續延燒到第十三首〈無聲保剛毅〉。因情火燃燒而沉鬱的心如果強要「使用語言塑造」（13.1），即具體明說／用語言點亮，後果不堪設想。說話者以不無幽默的誇飾修辭維持身為女性該有的沉默，不是不敢揭露愛意，而是因為自己的熱情像狂風，擔心烈焰會燒焦兩張臉。有別於其他女人為了形象不得不矜持，她拒絕對方卻是因為「默默無聲的志堅」（13.13）。此時無聲勝有聲的情境不勝枚舉，本詩獨特之處在於說話者以主體立場保持主動。因其如此，她在第十四首〈如果非愛不可〉對情侶訂下兩情相愛的條件：「只要為愛而愛」（14.2），因為除了愛以外，其餘的附帶條件都會因時空改變而使當事人變心[14]。

經過內心劇烈的掙扎，說話者終於在 16.12-4 屈服了：「我結束鬥爭。如果你進一步邀請，／我恭敬不如從命，當場起身。／請擴大你的愛以便提高我的價值！」（Here ends my strife. If thou invite me forth,/ I rise above abasement at the word. /Make thy love larger to enlarge my worth!）。

說話者的陰性心理在第二十一首〈要一說再說〉透過陽剛口吻表達，強烈

---

[14] 這首詩改編自第四輯所錄衛爾比〈愛我別因為婉麗〉。

要求對方在口頭上不憚其煩宣示愛意，要再三確認情愫，彷彿是靈魂歇斯底里的吶喊，以清晰的邏輯和冷靜的筆鋒敘明理由，陰陽互補的質素表露無遺（參見 21.7 行注）。愛不能只是口頭宣示，第二十二首〈人生福地〉表明其意義貴在人生實踐。伊莉莎白・勃朗寧不像但丁尋求愛的救贖力量是基於對來生的信仰，也不像佩脫拉克記憶所及是一片苦海。莎士比亞也存心展現詩人的才情，雖然描寫真切又具體，情慾內涵卻稍嫌空靈。鄧恩表明愛心足以營造洞天福地，伊莉莎白・勃朗寧進一步確認在一對堅毅的愛心所營造的人生福地，環境的險惡和死亡的威力同樣不足為懼。

鄧恩的洞天福地把現實的喧囂隔絕，伊莉莎白・勃朗寧的人生福地直接面對現實的壓力，抗壓的基礎在於情侶共同享有的愛情足以提供庇護。第二十四首〈世界的鋒利像摺刀〉一落筆就點出的主題意象，以刀鋒比喻外在的種種壓力。真正的愛必然是以兩個獨立個體的平等關係為基礎，這意味著愛必定彼此包容[15]。那樣的關係也意味著在某個程度上對外封閉，這是鄧恩已經闡明過的道理。伊莉莎白・勃朗寧又一次確認鄧恩的愛情見解，卻在八行段以自然主義（Naturalism）的筆觸重申愛情的信念之後，六行段改用古典的意象展現其外溢效果，見證鄧恩在〈封聖〉最後一個詩節（37-46）設想來生成為情聖的情景。同樣以「世界的鋒利」作為起手式，鄧恩從現實的情境引出設想的情況，勃朗寧夫人卻是從設想的情況引出現實的情境[16]。

在佩脫拉克的十四行詩聯套，情慾飽受理性和宗教的聯合勢力掣肘，這也是文藝復興時代繼踵傳人的基調。莎士比亞不落俗套的原因之一是意識形態羈絆的程度大為減輕，鄧恩獨樹一幟是因為把愛情提升為和宗教信仰平分秋色的人生信念[17]。伊莉莎白・勃朗寧早期的詩確實看到上帝反對詩中說話者的愛情觀；即使如此，她從來不認為情慾本身有罪。在她的心目中，情人的地位甚至不下於上帝：「我一心尋找上帝，發現**你**！」（And I who looked for only God, found *thee*!）（27.8）

文藝復興時代的十四行詩一味強調詩人（都是男性）的主體性，一廂情願的結果是，當時文人琅琅上口的「心靈蛻變」（metamorphosis of mind）往往淪

---

[15] 兩性間互為主體的包容性，這是易卜生在他獨立開創的中產階級寫實劇這個傳統中，最浪漫同時也最富革命意味的主題。

[16] 參見 22.6b-9a 行注。鄧恩的愛情觀，另請參見本書第三輯鄧恩的〈出神〉。

[17] 此處所說鄧恩的愛情觀，見《情慾花園》的〈封聖〉和本書第三輯的〈出神〉。

為夢境囈語。伊莉莎白・勃朗寧身兼主體與客體的雙重身分，深切了解到慾望的表達無非是盼望如己所願蛻變成真，弄巧成拙卻可能吞噬慾望投射的目標，從客體得到愛情回報的心願隨之落空。第二十九首〈我想念你〉隱約使用酒神降靈的意象創造一個富含形上機鋒的情慾體驗，說話者甚至要求對方收回他的主體性，一如她已經收回自己的主體性。這樣的經驗，詩人早在 6.8b-12a 就想像過了，把情侶之間的距離比喻為命運作梗形成的陸塊，語調柔和，結合的意象卻隱含威脅，因為葡萄釀酒必經壓榨[18]。

愛到這樣的程度，怎麼用文字來描述呢？語言文字只能表述感官的經驗，可是我的經驗遠遠超出官能世界的邊界。試試看吧。於是有第四十三首〈我怎麼愛你〉的主張：愛是生死以之的情懷，是人生最真誠的信仰與最具體的實踐。把這首詩和莎士比亞的十四行詩第十八首做個比較，不難看出兩位詩人各自的特色：同樣寫情詩，莎士比亞透過寫實的筆觸伸張詩藝不朽的傳統信念，伊莉莎白・勃朗寧藉由浪漫的筆調渲染愛情傳奇的個人經驗。

伊莉莎白・勃朗寧在想像的傳奇世界追尋落空之後，在現實人生追尋自己的愛情傳奇，並以《葡萄牙人十四行詩》見證追尋的結果。她徹底揚棄但丁與佩脫拉克所奠定的苦情戲傳統，改而踵武鄧恩以人生為實踐場的愛情觀。她甚至隔海呼應易卜生在舞台提倡的愛情倫理：兩性關係應該建立在平等的基礎上；沒有愛情基礎的婚姻關係是人倫世界的原罪。

勃朗寧夫人的追尋

伊莉莎白・貝瑞特在 1844 年提到自己的「一大幻想」，「描寫當代生活……面對世俗絕不妥協」。同年十二月又說要寫「一部小說詩之類的東西」（"a sort of novel-poem"）。結果是二十年後出版的《奧蘿拉》，詩中白紙黑字說是奉獻給自己「對人生與藝術最崇高的信念」（"highest convictions upon Life and Art," 4.1）。這部作品難以分類，比較恰當的稱呼或許是有小說趣味的史

---

[18] 這四行半充分表現勃朗寧夫人在十四行詩聯套的一個文體特色：大量使用跨行修辭（參見第五輯〈〈火與冰〉賞析與英詩中譯的修辭等效原則〉釋義），透過跨行句，呼應相思情綿綿不斷而洞天福地一望無垠的意境。跨行句的語意和文法結構並未隨詩行結束而結束，而是連結到下一行，在勃朗寧夫人筆下甚至突破押韻形式（兩組四行段之後接三組兩行段）的限制。

詩。其主題是現代女詩人的誕生，素材包括伊莉莎白・貝瑞特・勃朗寧生平對於才情女子在詩國地位的探討，涉及她對於事業、婚姻、藝術與愛情的思索與分析，凡此種種都是啟悟小說（Bildungsroman）關注的對象。說是「史詩」，不只是篇幅可觀，比米爾頓的《失樂園》還長，更在於眼界宏偉。主角的作為可望創造新的社會秩序，那個秩序是十九世紀下半葉以來，經歷兩波婦女解放運動引導女性主義誕生這段歷史所憧憬的美麗新境界。這意味著寫詩本身就是創造社會新秩序的途徑。

人類學家以「死亡婚姻」稱婚姻在古代社會對女人的意義，這名詞對勃朗寧夫人別具意義，新自我的誕生取代舊自我的死亡成為婚姻隱喻的核心[19]。1846 年婚後，她從義大利不斷寫信尋求父親諒解，全部石沉大海。1851 年返英小住仍不死心，扣門的結果是看到一堆連拆都沒拆封的信。同樣的情況延續到 1857 父親去世。這個經驗當然有意義，伊莉莎白・貝瑞特・勃朗寧自己在《奧蘿拉・賴伊》為我們提供她的觀點。貝瑞特先生在他的詩人女兒生平寄望最高的這部小說體史詩出版之後沒幾個月過世。詩中情節主軸是和傳統英雄生涯緊密掛鉤的追尋主題，作者卻透過追尋父親的線索探討女人尋求獨立與平等的意義[20]。

《奧蘿拉・賴伊》的標題人物出生於佛羅倫斯，義大利籍母親早逝之後，和父親回祖籍英國，由保守又不知變通的姑媽撫養長大。後來，奧蘿拉為了一圓成為詩人的心願，回歸義大利。她事後多年才了解到自己早已愛上心志高尚的表哥戎姆尼・賴伊（Romney Leigh），他也愛她。不過，奧蘿拉為結婚一事定下兩個前提：一是自己能夠以詩人的身分養活自己，二是戎姆尼不切實際的博愛精神能夠導入正途。他們的故事穿插出身低微卻天性善良的瑪瑞安・厄爾，被貴族盯上，慘遭強暴，未婚懷孕，母子被奧蘿拉解救。戎姆尼原本打算娶她，藉以實踐他破除社會階級的革新之舉。另有一位漂亮的貴族沃德馬女士，她矇騙瑪瑞安，試圖陷害戎姆尼。不過主情節是奧蘿拉和戎姆尼終於締結連理，她成為詩人的文學生涯，以及她為了調和工作與婚姻兩個互相衝突的主

---

[19] 死亡婚姻：見諾伊曼（Erich Neumann）《丘比德與賽姬：陰性心理的發展》疏義部分〈死亡婚姻〉乙節。

[20] 追尋母題的神話學意義，見坎伯（Joseph Campbell）的神話學經典《千面英雄》（*The Hero with a Thousand Faces*），以及我補足坎伯性別觀點之侷限的《陰性追尋》，特別是我在該書 2.1〈神話英雄與英雄人生〉所論。

張所做的奮鬥。

奧蘿拉努力要在她自己和戎姆尼的關係中成為主體。這過程始於他們第一次見面。奧蘿拉頭戴常春藤，興高采烈預告自己身後的榮耀，有如希臘悲劇體現詩人對酒神的信仰。戎姆尼見狀，只當作是女性的裝飾，用來迎合他的男性優越感、他對藝術家的輕蔑以及他的愛，寄望他娶她。奧蘿拉尷尬萬分（2.60b-4）：

60 　　　　　我腳下生根——
　　手臂高舉，如立像石柱，落單
　　在廢棄的一座神廟，莫可奈何
　　維持固定的姿勢用來嘲笑
　　舊目標。可我臉紅是因為情火……。

60 　　　　　I stood there fixed--
　　My arms up, like the caryatid, sole
　　Of some abolished temple, helplessly
　　Persistent in a gesture which derides
　　A former purpose. Yet my blush was flame….

行 61 的「立像石柱」指涉古希臘神廟建築做支柱用的女雕像，透過細膩的手法產生視覺上的穩定效果，其表情則以堅毅而高雅為特色。奧蘿拉當場變成戎姆尼眼中的藝術品，此場此景引人聯想奧維德《變形記》10.243-97 所描寫的皮格馬利翁（Pygmalion），和自己創作的女雕像締結連理的雕刻家。奧維德筆下的神話故事是男人如願塑造理想的配偶，勃朗寧夫人詩中的當代女人卻變成雕像。然而，奧蘿拉變成女雕像只是在情人眼中，她還能夠「嘲笑／舊目標」：主體性不會因為別人的眼光而變質。64b 預告這一個愛情故事的結局，也透露「奧蘿拉」（Aurora）這個名字的弦外之音：拉丁文的「黎明」是 aurora，象徵光明在望，可望帶來白日的光輝。

然而，黎明只預告光明可期，這「可期」隱含許多變數，包括戎姆尼由於傳統觀念（物質觀點掛帥、男性政治，以及社會權力的沙文觀點）而變質的博愛理想「立意良善卻齷齪敗事」（"To mean so well and fail so foul," 8.797），

相對於奧蘿拉過度強調高超的精神價值而忽視感情需求有形而下的一面。無論如何，奧蘿拉的目標是成為藝術家，要自己創造藝術，而不是成為別人眼中供男人觀看的藝術品。她在父系血緣的祖國寫作闖出名號之後，最後選擇不上亡父的墳，永別英國，重返精神的母國義大利，徜徉於「壯麗」的異國景象（7.1188-1202）：

    不會有因為交友而遇難的危險，
    被迫誤把冰山當作島嶼！
1190 英國人，在這裡，得要花時間學習
    把說長道短捕捉蒼蠅的蜘蛛網
    高高懸掛。我快樂。真是壯麗，
    外國土地這片完美的孤獨！
    生存，彷彿以前沒有生存過，
1195 那時才出生，只因為你選擇生存：
    騰空跳躍，不是從土地生出來
    像雅典的蚱猛[21]，而且連三跳
    不讓女人來得及向你飛撲
    把你埋入髮絲——擁有你自己，
1200 新世界活生生有生物煥然一新，
    新日、新月、新花朵、新民眾——啊，
    不被他們當中任何人擁有！

    No danger of being wrecked upon a friend,
    And forced to take an iceberg for an isle!
1190 The very English, here, must wait to learn
    To hang the cobweb of their gossip out
    And catch a fly. I'm happy. It's sublime,

---

21 雅典的蚱猛：典出柏拉圖《會飲篇》記述雅典喜劇詩人亞里斯多芬尼斯的發言，讚頌愛樂（羅馬神話稱丘比德）使得人類得以異性結合繁衍後代，相對於「以前的人類生小孩，生殖不是男女交合，倒是像蚱蜢下卵」（見我譯注的《情慾幽林》頁129）。1196譯文刪除逗號，這樣方便看出1196b-7a是插入補敘。

This perfect solitude of foreign lands!
To be, as if you had not been till then,
1195 And were then, simply that you chose to be:
To spring up, not be brought forth from the ground,
Like grasshoppers at Athens, and skip thrice
Before a woman makes a pounce on you
And plants you in her hair!—possess yourself,
1200 A new world all alive with creatures new,
New sun, new moon, new flowers, new people—ah,
And be possessed by none of them!

到達目的地之前，她夢想看到「海王」（"sea king"），這是洋溢情慾幻想的美人魚的男性版本。傍晚時分，幽影幢幢如潮湧的佛羅倫斯在她看來（8.38-44）：

有如魔幻海中淹沒的城市，
從自然隔離——吸引凝望的你，
40 滿懷熱情的慾望，要跳要衝，
要找到波波相連聲綿綿的海王，
一對柔情迷魂眼，鬈髮滑溜
你不能親吻可是你會舔掉
黏在你嘴唇的鹽分。

As some drowned city in some enchanted sea,
Cut off from nature,—drawing you who gaze,
40 With passionate desire, to leap and plunge,
And find a sea-king with a voice of waves,
And treacherous soft eyes, and slippery locks
You cannot kiss but you shall bring away
Their salt upon your lips.

海王的波浪聲，情慾色彩之濃烈絲毫不輸給馬婁《希蘿與李安德》描寫海神騷擾李安德時「笑波淫浪透露深情款款」（And, smiling wantonly, his love bewrayed）[22]。

最後，愛情、志業、名聲、獨立和自由，奧蘿拉悉數獲得。有情人終成眷屬，這樣的結局是作者為自己在現實世界追尋真愛譜出的和弦。《奧蘿拉・賴伊》歌頌「靈魂結合的愛情」（"the love of wedded souls," 9.982），其中包含「性愛熱戀，把肉體吞噬／在靈魂的聖餐中[23]」（"sexual passion, which devours the flesh/ in a sacrament of souls," 5.15-6）。性愛一體而且靈肉合一，這也是《葡萄牙人十四行詩》的一個主題。然而，這部詩篇最璀璨的光芒畢竟源自奧蘿拉的主體認同，包括藝術主體與性別主體雙方面的認同。奧蘿拉的藝術主體認同呼應《葡萄牙人十四行詩》所呈現，作者要使她的情人承認她是藝術家而不是藝術品。

至於性別主體認同，奧蘿拉在承認也接受自己是父女關係斷絕的孤女之後，終於斬草除根走出父權的陰影。文學想像迴響伊莉莎白在現實人生的經驗。承認親情斷絕也反映伊莉莎白／奧蘿拉和文學傳統的絕裂，那個傳統包括歐洲文學所提供的繆思。單舉一事即可看出這部詩小說如何經營女性的觀點。奧蘿拉四歲喪母，那個年紀正是佛洛伊德心理學說所稱的「伊底帕斯情結期」。母親亡故之後，父親成為女兒唯一的感情寄託。奧蘿拉十三歲初經來臨，那一年開始寫作，喪父也在那一年。就是在同樣的年紀，現實世界的伊莉莎白・貝瑞特開始寫作，開始自我表達，也就是開始擁有自己的生命空間。女兒一旦成為女人，生理與感情的需求今非昔比，父親的「死亡」可謂事有必至而理有固然。強勢父親無弱女，「父女衝突如此尖銳，生命似乎是以死亡為代價而獲得勝利」（Leighton 123）。

---

[22] Christopher Marlowe, *Hero and Leander* 2.182.《情慾花園》有該詩選譯。易卜生的《海洋女兒》（*The Lady from the Sea*）也是描寫情慾幻想投射在無邊無際的海洋，同樣的投影在艾略特的〈普如夫若克的情歌〉（見本書第六輯）卻成了死亡的陰影。

[23] 按四福音書（《新約》開頭的〈馬太福音〉、〈馬可福音〉、〈路加福音〉和〈約翰福音〉）記載，耶穌在逾越節和十二門徒共進最後的晚餐，席間舉杯剝餅與大家分享，預言自己的受難，說：「這是我為你們流的血，還有為你們捨命的身體。」宗教信仰的「肉身成道」在詩人的想像蛻變成「丘比德與賽姬」式「道成肉身」的隱喻。關於丘比德與賽姬在文化史、神話學與心理學方面的多重意義，詳見我在《陰性追尋》第四章〈賽姬追尋新生的喜悅〉的分析；分析心理學的詮釋，見諾伊曼《丘比德與賽姬：陰性心理的發展》。

獨立自主的女詩人終於誕生，她僅有的資產與靠山是自己的閱讀、感受、想像與毅力。伊莉莎白‧勃朗寧雖然借用英雄追尋的文學形式，卻以女人特有的身體經驗闡述意義所在。正如我在《陰性追尋：西洋古典神話專題之一》所論，傳統的追尋無非是要見證或強化「神子」（父神的兒子）或「神女」（母神的女兒）的臍帶關係，奧蘿拉卻是剪斷父神和女兒的臍帶。女性主義的先驅詩人正式宣告現代英雌的誕生。伊莉莎白‧貝瑞特成為女詩人的目標就是打破性別疆界與沉默規則，這個目標同樣適用於奧蘿拉，她們也同樣死而無憾。奧蘿拉追尋父母雙雙失敗，因為父權律法和母親形象同樣無法接納她，她也同樣無法接受那套禮制和那個形象。雖然如此，她追尋姊妹情誼卻功德圓滿，這個主題在詩中是透過瑪瑞安的故事呈現。「奧蘿拉實際成為陰性荷馬。也因此，由於她空谷足音的現代故事，伊莉莎白‧貝瑞特‧勃朗寧成為陰性荷馬」（Mermin 217）。

　　奧蘿拉‧賴伊成為史詩版的伊莉莎白‧貝瑞特‧勃朗寧。1861 年 6 月 29 日勃朗寧的一封信述及她臨終的情景：「整夜她睡得很沉，卻斷斷續續──這不是好兆頭。……四點時，我注意到使我心驚的症候。……幾分鐘後，她在我懷裡斷氣，頭靠在我的臉頰。……她最後一句話是──我問她『現在覺得怎樣？』──『美妙。』」

　　伊莉莎白‧貝瑞特‧勃朗寧想必同意莎芙詩中所寫，根據公元前四世紀的瓶繪引文，「我遣詞用句的唱詞，雖只是氣息，卻不朽」（"Although only breath, words which I command are immortal,"）。追尋心靈原鄉，結果看到，借用莎士比亞《暴風雨》5.1.183 的措詞，「美麗新世界」（brave new world），足以死而無憾。

　　在伊莉莎白‧勃朗寧生動上演的愛情傳奇，男主角羅伯特‧勃朗寧是記憶女神的女婿。下面譯出的兩首都收在 1845 出版的《戲劇傳奇與抒情詩》（*Dramatic Romances and Lyrics*）。就是在那一年，他認識伊莉莎白‧貝瑞特小姐。因此，取其為伊莉莎白‧貝瑞特‧勃朗寧尋愛之旅的注腳倒也恰當。

羅伯特・勃朗寧（1812-1889）

夜間幽會

I

灰灰的海，黑長的地；
半月帶黃暈大又低懸；
火光映照下微波驚醒
一陣陣漣漪，輕姿舞踴，
5 　找到隱蔽把船頭掉轉，
熄火減速在泥灘沙地。

II

一哩海濱暖洋的氣息；
越過三塊田，農舍出現；
輕敲窗玻璃，猛然一擦
10 　火柴迸出藍色火花，
一聲細語，喜悅又帶不安，
比心對心拍擊聲更低！

---

4. fiery：可能是說話者點了燈籠，漣漪在燈火映照下呈現火紅，隱喻「熱情」。在首行的背景映襯之下，微波「驚醒」的不只是賞心悅目的「漣漪」，更還有探幽尋愛的心情。3-4 改寫：水面平靜，擬人化的海浪俱已入眠，卻因為說話者的船划過而激起小小的波動，受驚醒來，跳躍形成漣漪，反射燈火。

5. as = when. 停船時必定船頭面海，因此上岸前得要先「掉轉」方向，然後從船艙使力，推船上岸。略譯「我」，一來避免誤導中文讀者以為本行是獨立子句，二來維持譯文與原文的音節數對應。隱蔽：cove 指隱密的小海灣，譯文呼應 gain 在「到達」之外所隱含「得⋯⋯之利」的意思。本詩兩個詩節的行尾韻相同，術語稱詩節韻。行尾韻模式為 ABCCBA，照理 5 的 prow 應該和 2 的 low 壓韻，也就是重音節母音以後的發音應該完全相同，可是這兩個字雖然唸法不同，拼法卻相同（都是 -ow），即目視韻。

Robert Browning (1812-1889)

Meeting at Night

I

The grey sea and the long black land;
And the yellow half-moon large and low;
And the startled little waves that leap
In fiery ringlets from their sleep,
5   As I gain the cove with pushing prow,
And quench its speed i' the slushy sand.

II

Then a mile of warm sea-scented beach;
Three fields to cross till a farm appears;
A tap at the pane, the quick sharp scratch
10   And blue spurt of a lighted match,
And a voice less loud, thro' its joys and fears,
Than the two hearts beating each to each!

---

6. i' = in.
7. warm：客觀而言是陽光的餘溫，但主觀的心境也可能使眼前的景物有暖意。如取前一義，「暖」這個形容詞是感官經驗中的「體感」；如取後一義，「暖」是超越感官的心理感受。中文略譯的 Then（然後）表達時間序列的連續鏡頭。
11. thro' = through，"because of"（由於）之意，說明何以說話的音量如此壓抑，竟至於比心跳聲更低。its 指涉 voice。本行以行中停頓分隔前後節奏對等的兩個半行。
11-2. 心跳比說話的音量更大，「音量」可以量化：心跳聲佔用一整行（12），相對於說話聲只佔半行（11a）。

清晨分離

繞陸岬瞬間大海來迎接,
太陽細心掃瞄山嶺邊緣:
黃金路筆直為他開展,
我的需求是人間一世界。

---

3. 他:前一行擬人化的「太陽」。

Parting at Morning

Round the cape of a sudden came the sea,
And the sun looked over the mountain's rim:
And straight was a path of gold for him,
And the need of a world of men for me.

【評論】
尋愛餘響：羅伯特・勃朗寧小品兩首賞析

　　勃朗寧迄今仍是最難定位的詩人之一。他的詩隨處可見令人無法忘懷的人物，文藝復興時代的義大利在他筆下活靈活現。乍看之下，他創造一個活生生的人物世界，與莎士比亞無異；細審之下不難發現，他筆下的男男女女都不得自由。他們全都生活在一個心靈極權的國度，上帝是國君，勃朗寧則承天命而為肱股，附帶條件是兼任國君在世間的發言人。勃朗寧生平際遇幸運有加，幾乎不識邪惡為何物，也因此，就理論上而言，邪惡令他著迷。他如果有更深刻的人生體驗，可望領悟邪惡之無情足以腐蝕人生。一旦有此領悟，他的詩必定更有深度。

　　評論他的作品，免不了著眼於複雜的內含，因而忽略他是短篇抒情詩的高手。〈夜間幽會〉和〈清晨分離〉足以管窺他的抒情稟賦，精煉、簡樸又不失生動。由於簡潔，長篇詩作通常難免的載道筆觸也無跡可尋。

　　〈夜間幽會〉描寫黑暗籠罩下，一場沒有第三者知道的性愛遊戲，最特殊的是整首詩沒有獨立子句，行3、5和6的動詞 leap、gain 和 quench 依次出現在關係子句和對等的副詞子句。5-6 以 As（當時）開頭的副詞子句說明時間背景：我調轉船頭接著減低速度時，發現 1-4 的景象——言外之意是先前只顧著趕路，匆匆之狀與心情之急可見一般。第二個詩節開頭的 7-8 兩行仍沿用 1-4 的手法，並置名詞片語，直到行尾才看到主詞＋動詞「農舍出現」，詩情畫意靜悄悄，連快船行駛也靜悄悄[1]。怎麼可能？眼前景象是詩中的說話者所見，即使有聲音也聽若無聞。直到 10，一聲輕敲接著火柴一擦才打破寂靜，依舊看不到人影，只聽到彼此共鳴的心跳，如《葡萄牙人十四行詩》6.10 寫的「脈博同步跳動」。至於如何「脈博同步跳動」，也就是從〈夜間幽會〉到〈清晨分離〉跳接剪掉的畫面，可想像而不宜明寫。這是經典文學常見的含蓄手法，我在第

---

[1] 本詩的靜態，差可比擬馬致遠的〈天淨沙・秋思〉（「枯藤老樹昏鴉，小橋流水人家，古道西風瘦馬；夕陽西下，斷腸人在天涯」），〈晨間分離〉的動感則直逼李白的〈下江陵〉（「朝辭白帝彩雲間，千里江陵一日還；兩岸猿聲啼不住，輕舟已過萬重山」）。

三輯〈愛樂魂出竅〉文中提到《羅密歐與朱麗葉》第三幕第四景跳接到第五景，即是文筆留白一例。

〈清晨分離〉可以歸類為晨歌（aubade），即夜間幽會的情侶趕在黎明破曉前分手，那是法國中古時代宮廷愛情的文學慣例。這個古老的詩歌類型，在勃朗寧筆下推陳出新，其情境意趣可以上溯到神話故事〈丘比德與賽姬〉的重生主題[2]。性愛遊戲之後，說話者心滿意足：黑暗中看不到的景色進入視野，幽閉的愛情秘密基地曾經令人屏息，如今陽光取代火花，不只是妝點天際線，甚至普照寰宇。說話者經歷愛的洗禮，信心飽滿踏上黃金路，那是他重回人間世界的康莊大道。短短四行的押韻模式 ABBA，一如〈夜間幽會〉，呈現荷馬史詩環狀結構的鏡像效果[3]。

不同於〈夜間幽會〉透過多重的感官意象呈現特定經驗的懸疑與刺激，〈清晨分離〉完全訴諸視覺意象，結尾揭曉眼界大開的心境，呈現性愛的效果，其意境和莎士比亞十四行詩 129.14 說性是「引人下地獄的天國」大異其趣，倒是和鄧恩的〈早安〉遙相呼應[4]。有情人深入幽暗世界的深處，修成正果，一如勃朗寧夫人的追尋。 即使在情場，追尋有成的英雄只有一條路得以避免葬身黑暗心地的下場：回返出發地。不論神話世界或愛情世界， 追尋之旅一定要回歸人生現實才算功德圓滿[5]朗寧這兩首詩以抒情筆調濃縮伊莉莎白・貝瑞特小姐追尋真愛的歷程。

這兩首詩的意象也值得用心體會。波瑞恩（Laurence Perrine）在問世六十年發行十五版的《音義合體：詩歌引論》（*Sound and Sense: An Introduction to Poetry*）書中，引用〈夜間幽會〉介紹「意象」（Perrine 54-6）。詩人描寫一對熱戀的情侶，詩中從頭到尾沒有出現「愛」或「情」這一類的字眼，可是每一行都有具體的畫面，寫景的筆觸無不是藉感官意象勾勒愛情心理的特定面向。在想像空間無限擴大的背景，我們看到一對情侶共享的期待，在隱秘與浪漫兼

---

[2] 〈丘比德與賽姬〉的神話原典與解析，依次見我的《陰性追尋》第九和第五兩章；其重生主題，見該書 5.7〈賽姬的追尋之旅〉和 5.8〈愛心寶殿〉。

[3] 見行 5 注。荷馬史詩環狀結構的鏡像效果，見我在《荷馬史詩：儀軌歌路通古今》書中 3.2.4〈原型結構〉的介紹，以及我譯注的《伊里亞德》引論頁 35-9 和《奧德賽》11.640 行注。

[4] 莎士比亞十四行詩 129.14，見第三輯布雷克〈生病的玫瑰〉6 行注，完整的中譯見我譯注的《情慾花園：西洋中古時代與文藝復興情慾文選》。該書也收入鄧恩的〈早安〉。

[5] 見〈勃朗寧夫人評傳：一則愛情傳奇〉注 20。

而有之的氛圍中，緊張的時刻與興奮的瞬間躍然紙上，視覺、嗅覺與聽覺的刺激共同醞釀兩個身體的觸感。

英國新古典主義祭酒波普（Alexander Pope, 1688-1744）在《論批評》（*An Essay on Criticism*）行365稱「聲情理當隱隱迴響詩意」（The sound must seem an echo to the sense），道盡傳統詩人戮力以赴的境界。詩意主要透過詩的意象呈現，聲情則是詩意在聲韻和節奏兩方面綜合呈現的聽覺效果。格律分析可以幫助我們體會詩中營造的意境。

先簡述格律分析。有別於漢語聲調的特色在於平聲與仄聲的搭配，英語聲調的特色在於重讀音節和輕讀音節的搭配，輕重音念錯可能造成誤解或不知所云。單字的重讀音節是固定的，通稱「重音」。單音節單字一定念重音。可是一旦有上下文，個別音節讀音的重或輕是相對於緊鄰的音節。一個基本原則：實體字（content word，傳達具體的意義或訊息的單字）應當重讀，如名詞、動詞、形容詞、副詞都是；功能字（function word，意義不具體，卻因文法而不可或缺，如連接詞、代名詞、介系詞與冠詞）通常輕讀。但「通常」也就意味著不是「絕對」，詞意是否重要取決於文義。無論如何，重讀音節必須完整發出母音，音調高揚，故稱「揚」；輕讀音節的母音則含糊帶過，往往簡化成 /ə/ 或 /ɪ/，音調沉抑，故稱「抑」。

接著介紹格律分析的方法。分析格律首先要標示音節的重讀或輕讀。重讀音節通常在音節上方標示重音記號 ˊ，代表「揚」；輕讀音節可以標示為 ˘，代表「抑」。揚聲與抑聲的搭配模式構成詩行的節拍，此即格律。一行詩中的格律單元稱為音步（foot），相當於五線譜的拍子。以英詩最常見的抑揚五步格為例：輕讀音節之後接重讀音節構成抑揚格（iamb），一行詩重複五次這樣的拍子。比較講究的格律分析會以垂直單線 | 分隔音步，垂直平行線 ‖ 表示行中停頓。如〈夜間幽會〉行9標示如下：Ă táp | ăt thĕ páne, ‖ thĕ quíck | shárp scrátch。

為了方便讀者理解勃朗寧的意境，具體標示這兩首詩格律分析的結果，並在行尾注明各音步的格律：

夜間幽會

I

Thĕ gréy séa ănd thĕ lóng bláck lánd; （抑揚格＋揚抑格＋抑揚格＋揚揚格）

Ănd thĕ yéllŏw hálf-móon lárge ănd lów;　　（抑抑揚格＋抑揚格＋揚揚格＋抑揚格）
Ănd thĕ stártlĕd líttlĕ wáves thăt léap　　（抑抑揚格＋3個抑揚格）
Ĭn fiĕrý rínglĕts frŏm theĭr sléep,　　（2個抑揚格＋揚揚格＋抑揚格）
5　Ăs Ĭ gáin thĕ cóve wĭth púshĭng prów,　　（抑抑揚格＋3個抑揚格）
Ănd quénch ĭts spéed ĭ' thĕ slúshў sánd.　　（2個抑揚格＋抑抑揚格＋抑揚格）

　　　　II
Thĕn ă míle ŏf wárm séa-scéntĕd béach;　　（抑抑揚格＋抑揚格＋揚揚格＋抑揚格）
Théee fíelds tŏ cróss tĭll ă fárm ăppéars;　　（揚揚格＋抑揚格＋抑抑揚格＋抑揚格）
Ă táp ăt thĕ páne, thĕ quíck shárp scrátch　　（抑抑揚格＋抑抑揚格＋抑揚格＋揚揚格）
10　Ănd blúe spúrt ŏf ă líghtĕd mátch,　　（抑揚格＋抑抑揚格＋2個抑揚格）
Ănd ă vóice léss lóud, thrŏ' ĭts jóys ănd féars,　　（抑抑揚格＋抑揚格＋抑揚格＋抑揚格）
Thăn thĕ twó héarts béatĭng éach tŏ éach!　　（抑抑揚格＋抑揚格＋2個揚揚格）

清晨分離

Rŏund thĕ cápe ŏf ă súddĕn cáme thĕ séa,　　（2個抑抑揚格＋2個抑揚格）
Ănd thĕ sún lóoked óvĕr thĕ móuntaĭn's rím:　　（抑抑揚格＋揚揚格＋抑抑揚格＋抑揚格）
Ănd stráight wăs ă páth ŏf góld fŏr hím,　　（抑揚格＋抑抑揚格＋2個抑揚格）
Ănd thĕ néed ŏf ă wórld ŏf mén fŏr mé.　　（2個抑抑揚格＋2個抑揚格）

　　這兩首詩雖然各行音節數不一，短者八個音節，長者十個音節，卻都使用四步格（tetrameter），即每行有四個音步，相當於五線譜的四個拍子。四音步詩行的特色是節奏輕快而調性陰柔；傳統情詩以四步格為主流，誠非偶然。這兩首詩也同樣以抑陽格（iamb）為主，間雜陽抑格（trochee）、陽陽格（spondee）和抑抑揚格（anapest）。抑揚格是最富盎格魯撒克遜風的格律，陽剛而沉穩。與之強烈對比的是揚抑格，陰柔而輕巧。揚揚格沉鬱而凝重。抑抑揚格對應於希臘文的短短長格，其調性和荷馬史詩的基本格律長短短格（dactyl）成對比[6]。相對於荷馬史詩的韻律適合營造綿綿不絕之感，抑抑揚格的音感是急促有頓挫。以上述及格律的特質或調性，都是相對的程度，作為比較的基準是荷馬史詩和抑揚五步格。

6　希臘詩以音節發聲所需時間的長或短定格律。英詩沿襲希臘的詩體論，但是以音節的輕或重分別對應音節的短或長。

根據前述的分析,〈夜間幽會〉兩個詩節全部 12 行 48 個音步,其格律分布如下:

詩節	抑陽格	陽抑格	陽陽格	抑抑揚格
I	15	2	2	5
II	12	1	5	6
合計	27	3	7	11
比率	56.25%	6.25%	14.58%	22.92%

上述的統計顯示〈夜間幽會〉的一個特色,在抒情詩的傳統中力求突破抑陽四步格的格局。一段興奮又緊張的情場歷險,由於佔比將近四分之一的抑抑揚格而呈現張弛有致的節奏。揚抑音步聊備一格,說來不足為奇,因為調性不合。揚揚格在第二個詩節增加一倍有餘:情侶終於見面,可是實在輕鬆不起來。

〈清晨分離〉16 個音步的格律數,統計如下:

抑陽格	陽抑格	陽陽格	抑抑揚格
8	0	1	7

仍然以抑揚格為主,8 個佔了一半。差堪平分秋色的抑抑揚格音步有 7 個,緊急分手之後興沖沖,氣象大開。揚揚格只有一個音步,聊勝於無,是朝陽傾瀉山巔的感覺。揚抑格付諸闕如,絲毫不意外。

格律意味著韻律能夠分析,一如押韻模式意味著形式一望可知,這兩者都是傳統詩的通性。〈夜間幽會〉採用詩節韻,兩個詩節的行尾韻展現鏡像效果。〈清晨分離〉動作匆匆,只需要四行,行尾韻絲毫不含糊,ABBA 照樣展現鏡像效果。鏡像效果具有典雅之美

公元前 6-5 世紀的希臘詩人席莫尼德斯,在殘篇 47 說「事物具象成文字」,又說「詩是動用口舌的畫,/畫是沉默不語的詩」。勃朗寧寫詩遙相呼應。再度借用席莫尼德斯(殘篇 593)的措詞,勃朗寧的詩「像蜜蜂,媒合鮮花/調製美夢產生/香氣習習色澤粉黃的蜜」。這六行詩的英譯,見第二輯〈席莫尼德斯簡介〉。

第二輯

愛琴餘響

愛慾緣起

生物演化的一次大躍進是兩性生殖取代單體繁殖,物種進化的一大奇蹟是生理本能發展出感情介面。生物演化大躍進反映在文化史是蘇美人對性的理解採取宗教觀點,賦予超現實的意義,發展出延續長達至少一個千禧年的聖婚儀式[1]。繼聖婚儀式這場性文化發展的大躍進之後,希臘人憑其分析思維重新理解性的意義,其結果濃縮在希臘神話的神譜:女神單性生殖第四代傳到愛樂,從此開啟兩性生殖的時代,為異性配對是他的功德[2]。莎芙說愛樂 mythoplokon,「編織故事[3]」。蘇格拉底則說愛樂是 sophistes,「智士」;又說愛樂不是神,而是人神之間的靈物媒介,和 logos 同樣帶來快樂與美感[4]。抒情詩人和哲學家異口同聲表達性具有超越生物本能的哲理意涵,反映性文化在世俗領域的大突破。兩性結合的超越屬性產生性文化演變史的一大奇蹟,希臘文學史從荷馬史詩到

---

[1] 公元前約 3000-2000 年。聖婚儀式:hieros gamos,見我在《陰性追尋:西洋古典神話專題之一》書中 3.5 乙節的介紹。

[2] 希臘人把 eros(情慾)神格化成為 Eros,中文音譯取義稱「愛樂」,即「愛性之樂」。猶如中文稱「性愛」其實是「愛性」,英文 erotica(情慾,情色)常被當作 pornography(色情)的同義詞。同義詞也意謂其實有差別,只是字詞表面的意義屬於相同的語意範疇。1980 年代以後,「情慾」和「色情」之間的灰色地帶獨立成「情色」。

[3] mythoplokon 的首綴詞 mytho - 即英文 myth(神話故事)的詞源,指涉言而有據因此有權威的故事。

[4] sophistes 即英文 sophist,和 philosophy = philo- + sophy(喜愛+智慧=哲學)詞源相同。logos:語言、邏輯、理體,英文 logic 的詞源。

龍戈斯的田園小說（pastoral novel）《達夫尼斯與柯婁漪》就是個見證[5]。「愛樂」關乎生物本能，結合表達密切情感關聯而且隱含「忠誠」的 philos，在靈魂世界的福地洞天孕育出獨唱抒情詩的傳統。這個傳統加上帶有強烈多瑞斯風格的合唱抒情詩[6]，穿插對話開出世界文學的奇葩：雅典戲劇。餘響入愛琴，綠綺出變聲[7]，文學景觀截然不同。

---

[5] 龍戈斯（Longus，公元二世紀）的田園小說《達夫尼斯與柯婁漪》（*Daphnis and Chloe*），我在《情慾幽林：西洋上古情慾文學選集》有介紹並選譯，題為〈初戀的滋味〉。

[6] 多瑞斯人（Dorians）是上古時代最後一批進入希臘的印歐人移民族群，標示希臘文明從青銅時代進入鐵器時代；詳見我在《荷馬史詩：儀軌歌路通古》一書，或譯注本《伊里亞德》引論，介紹荷馬史詩相關的歷史背景。

[7] 李白〈聽蜀僧濬彈琴〉：「蜀僧抱綠綺，西下峨眉峯，爲我一揮手，如聽萬壑松。客心洗流水，餘響入霜鐘，不覺碧山暮，秋雲暗幾重。」愛琴：心愛之琴，猶言現代人稱愛車、愛狗，譯文和「愛琴海」一詞雙關。有別於合唱抒情詩載歌載舞表達集體意識，獨唱抒情詩自彈自唱，發抒個人的心聲情感。獨唱抒情詩：melic poetry，「適唱詩」，即以絃樂器 lyra 伴奏的「歌詞」，故稱 lyrikos，即英文 lyric 的詞源。

阿基洛科斯（公元前約 680 – 約 640）

心弦千千結

戀情在我的心弦下糾纏不已，
罩濃霧橫亙我眼前，
從我的胸膛偷走柔軟的心。

---

1. 戀情：philotetos eros，直譯「愛慾」，「愛」見《伊里亞德》14.201 行注，「慾」見本輯〈愛慾緣起〉注 2，合而言之，詳見本輯〈讀愛樂頌解愛樂〉一文；有人直接譯成 "the desire of love-making"（Harris 106），「性愛之慾」。英譯 passionate（戀）形容情感的強度或敏銳超乎常情，源自拉丁文 passio，「忍苦受難」，十二世紀借用於描述耶穌「受難」（Passion）。此一宗教意義在佩脫拉克的十四行詩風行之後世俗化，轉用於情火的煎熬。
2. 《伊里亞德》以濃霧籠罩視野描述死亡的前兆。這種客觀的隱喻筆法在《奧德賽》被賦予主觀的心理意義：奧德修斯回到故鄉伊塔卡，一時認不出故土，荷馬說是智慧女神雅典娜「撒下霧把他籠罩」。阿基洛科斯使用同樣的譬喻，主詞卻是擬人化的「戀情」，目的是使詩中的說話者不由自主付出感情。這是放之四海而皆準的戀愛心理：理性無法節制情感。再下一次的突破是兩個世紀以後，悲劇詩人索福克里斯的《伊底帕斯王》，呈現身體足以承載形而上的超現實意義，詳見本輯〈讀〈愛樂頌〉解愛樂〉注 7 引《伊底帕斯王》1386-90 相關的討論。
3. 偷：stealing，一如莎士比亞十四行詩 20.1 描寫美男子 Which steals men's eyes and women's souls amazeth（搶盡男人眼，教女人心魂慌），字面「佔有」的意思（參見第一輯莎芙〈火苗〉英譯 10）引申為「折服」，猶言「搶眼」。心：希臘文 phrenes 是「心智，心神」，詳見《伊里亞德》9.408 和 23.104 各行注。

Archilochus (ca. 680 - ca.640 BC)

Passionate Heartstrings

Passionate love twists beneath my heartstrings
And spreads deep mist across my eyes,
Stealing the soft heart from inside my body.

【評論】
阿基洛科斯小傳

荷馬之後不到一個世紀，希臘抒情詩人輩出。公元前七到六世紀，貴族式微，個人意識興起，需要多元的發聲管道，格律多樣的抒情詩盛極一時。阿基洛科斯屬於那一批開拓歐洲抒情疆域的先行詩人。雖然確實生卒年不得而知，我們確知他以外邦傭兵的身分投身軍旅，後來戰死沙場。他至少在兩方面影響歐洲的抒情傳統：率先擺脫口傳史詩的套式意象語，詩情環繞自己的日常經驗；寫詩從事社會評論，不畏權勢，敢於質疑統治階層的價值觀。他可能是西方世界第一位業餘詩人，寫詩的動機純粹是有感而發，樂於書寫自己的情感世界。可是我們所能讀到他寫的詩，完全仰賴後人片片斷斷的引用和零零星星的莎草紙（papyrus）抄本。

阿基洛科斯提到「我自己擔任過列斯博斯派安贊歌隊的領隊，用雙管笛伴奏」（"I myself the lead singer of the Lesbian paean, to the sound of the aulos"）——列斯博斯是莎芙的故鄉。「派安贊」早見於荷馬史詩，後來泛指合唱凱旋歌[1]；「歌隊的領隊」（exarkhon）這字眼意味著阿基洛科斯仍然沿用傳統以抱琴伴奏的方式唱自己創作的詩歌[2]。可是緊接著提到的「雙管笛」是新元素[3]。雙管笛雖然不像抱琴能奏出和弦，卻有獨特的音色，是後來的酒神節悲劇演出所使用的伴奏樂器。阿基洛科斯的自述很可能是傳統的貴族音樂與新興的民間音樂消長之勢已成定局的一筆文獻資料。同樣產生迷魂的效果，音樂的心理作用卻從「節制」變成「騷動」，雖然談不上取代，卻反映時代潮流，或可視為一次華麗的轉身[4]。

阿基洛科斯的轉身不只華麗，更在詩歌發展史上展現重大的意義。他首開

---

[1] 見荷馬《伊里亞德》1.473 行注和埃斯庫羅斯《奠酒人》151 行注。雙管笛：aulos，見《伊里亞德》10.13 行注。

[2] 抱琴：口傳詩歌的伴奏樂器，見《伊里亞德》1.603 行注。

[3] 雙管笛：顧名思義，一個吹孔歧出兩個管身。

[4] 「流行」音樂更早的一筆文獻資料，見《奧德賽》1.351 行注。

風氣之先，以短長格為體裁寫抒情詩，學界通稱「短長格體詩」（iambic poetry）。短長格後來傳入英詩成為抑揚格，格律本身可能源自西亞，在公元前五世紀的雅典戲劇大放異彩，是演員對白使用的基本格律。他寫出獨步古今的風格就是運用這個詩體，辛辣的諷刺筆調結合目中無人的筆觸呈現情感經驗。

話說阿基洛科斯愛上呂坎柏斯（Lycambes）的女兒奈娥布烈（Neobule）。婚事遭到女方父親的反對，阿基洛科斯因此在短長格體詩大肆詆毀，甚至詳述自己誘姦奈娥布烈的妹妹，導致父女先後自殺。根據維斯特（W. L. West）引述1974年一份莎草紙文獻刊出當今所知阿基洛科斯最長的一首詩，說話者在偏僻的草地邂逅奈娥布烈的妹妹，兩人的對話佔了詩中大量的篇幅[5]。男方試圖說服女方就地同歡，女方企圖把對方的「性」趣引向奈娥布烈。可是說話者玩膩了奈娥布烈，嫌奈娥布烈美色已衰，無鮮可嚐。他終於溫柔地將奈娥布烈的妹妹推進花叢，在自己的衣袍下撫摸她的乳房，最後依照承諾以體外射精的方式如願得逞。這首詩情感熾烈卻又充滿柔情蜜意，工筆的細節描寫刻意使用隱喻取代粗俗的肉體詞彙，例如「別怪我侵門踏戶，一到草叢我必定止步」，「我釋放乳色的力量」，因此尚有意境可言。這很可能是歐洲最古老的情色詩。

---

[5] 這位說話者透露多少阿基洛科斯本人的自傳經驗，不得而知，因為我們有確實的證據，知道他曉得在詩中運用人格面具，也就是詩中的第一人稱說話者（the speaker I）是虛構的角色。

阿凱俄斯（公元前約620生）

星星火熱

　　喝酒潤肺吧！天狼星繞一圈再度
　　升空散發暑氣，把萬物盡情燒烤；
　　蟬翼下甜美的鳴唱綿綿傳自綠葉叢，
　　菜薊花盛開。女人熱情正熾烈，
5　　男人卻虛脫，星威使腦力膝蓋皆萎縮。

---

1. 天狼星：英文稱 Sirius，源自希臘文 Seirios，是亮度最高的恆星，在每年七月最熱的時段（三伏天）與太陽同升同落；屬於大犬座，因此又稱狗星（Dog Star）。這首詩改編自赫西俄德（Hesiod，公元前約700）的《歲時記事》（*Works and Days*）582-7：「菜薊花開（六月），蟬在樹上從翅膀下方不停傾瀉嘹亮的鳴聲，在這暑熱逼人倦怠的季節，山羊最肥而葡萄酒最醇；女人最放肆，男人卻最虛弱，因為天狼星把頭和膝蓋都烤焦了，皮膚乾巴巴」（When the artichoke flowers, and the chirping cicada sits in a tree and pours down his shrill song continually from under his wings in the season of wearisome heat, [585] then goats are plumpest and wine sweetest; women are most wanton, but men are feeblest, because Sirius parches head and knees and the skin is dry through heat）。
3. 蟬翼下：雄蟬鳴叫主要是吸引雌蟬，其聲並非發自口腔，而是腹部的肌肉收縮，震動腹部的鏡膜（鳴腔）而發出共鳴。甜美的蟬鳴：古希臘人對蟬鳴獨特的審美觀，見荷馬《伊里亞德》3.151-2 行注。
4. 英譯的 flower 是動詞，「開花」。
5. 腦力萎縮則理性判斷失去作用，膝蓋萎縮則體力不濟：荷馬史詩的生理觀以膝蓋為體力的源頭。晚起的抒情詩傳統以「四肢無力」隱喻愛樂發揮作用。

Alcaeus (b. ca. 620 BC)

The Dog Star

Wet your lungs with wine: the star wheeling up
Brings back summer, all things parched under the searing heat;
Cicadas among the leaves sing sweetly from beneath their wings,
And the artichoke flowers. Now women are warm and wanton,
5 But men are feeble, since Sirius withers their brain and knees.

【評論】
阿凱俄斯評傳

　　阿凱俄斯比莎芙年輕一些，是同鄉，都是列斯博斯（愛琴海東北角的小亞細亞離島）的邁提連人。身為歐洲原生代浪漫運動的愛國詩人，他為了爭取故鄉的政治自由，提筆為武器對抗專制政權，風格精煉而格調高雅。他的筆鋒確實把許多不入流的政治人物掃出邁提連。有人說「從他的詩拿掉格律，你會看到政治修辭」。當時所謂崇高的主題，無非是戰爭、政治、海難、流亡等經驗，都曾經是史詩關注的題材，卻在阿凱俄斯的詩中發生質變，敘事讓位給抒情。他也寫今朝有酒今朝醉的主題，為喝酒而喝酒，打破受到社交禮節與宗教習俗規範的「酒品」——先稀釋，通常是一份酒兌三份水，喝之前先奠酒[1]。他建議兩份酒使用一份水「稀釋」成烈酒，不只是不再講究荷馬世界的飲酒禮儀，而且隨時隨地不論任何心情都可以喝酒。飲酒文化徹底世俗化，奠定後來的飲酒詩傳統。酒是他寫詩的藉口，藉酒起興。他甚至說醉酒是人生悲愁最好的解藥，又說酒是人生的窺視孔。這似乎意味著，不論喝酒的動機為何，他寫的飲酒詩至少有一部分是「藉他人酒杯，澆自己胸中塊壘」的觀察經驗。可惜的是，我們沒看到他寫出窺視所得的酒態人生。

　　熱情滿懷的人寫抒情詩，通常不會獨沽一味，阿凱俄斯並不例外。基於對人心與人性的洞察力，他的大敘事眼光看出城邦不仰賴石材、木料或營建工藝；不論在甚麼地方，男人曉得怎麼自衛就有城牆和國家[2]。眾志成城比圍牆更堅固。最早的圍牆是保護神廟聖地，後來世俗化成為保護居民的城牆，再後來經濟資源的爭奪戰從城邦之間轉移到家庭之內，因此有歐尼爾《榆樹下的慾望》，以砌石牆隱喻築心牆，象徵狹隘的物質利益觀點使人作繭自縛，看不出

---

[1] 荷馬世界的飲酒禮節，見我譯注的荷馬史詩《伊里亞德》1.469-70 行注和《奧德賽》1.110 行注。《奧德賽》還提過神品級的醇酒得要稀釋二十倍。

[2] [C]ities are not stones or timbers or the craft of builders; but wherever there are men who know how to defend themselves, *there* are walls and cities (殘篇 426).

情感的價值[3]。阿凱俄斯已經看出心牆其實是心防，情感的凝聚抵得上城牆的功用。

在他那個時代，大多數詩人提到愛樂都是嘲弄的筆調，阿凱俄斯主張愛樂是彩虹神伊瑞絲和西風神的兒子卻是認真的。伊瑞絲是彩虹（iris）的神格化，其美有超越視覺感受的意義，本書第五輯華滋華斯的〈我心雀躍〉可以為證。西風神是西風（zephyros）的神格化，是春季所吹的和風，因此又為春神。其文學與神話意涵，喬叟和雪萊各有經典描述。喬叟在《坎特伯里故事集‧總序》（Canberbury Tales, General Prologue）破題四行用寫實的筆觸描寫西風之德[4]：

四月溫馨的氣息帶來驟雨
滋潤三月的乾旱侵濕根鬚，
浸透各地草草木木的莖脈
喚醒生機促使花朵綻開。

（中古英文）

Whan that Aprill with his shoures soote
The droghte of March hath perced to the roote,
And bathed every veyne in swich licour
Of which vertu engendred is the flour;

（現代英文）

When April with its sweet-smelling showers
Has pierced the drought of March to the root,
And bathed every vein (of the plants) in such liquid
By which power the flower is created;

雪萊〈西風頌〉（"Ode to the West Wind"）則以託寓筆法寫西風在秋季橫掃樹葉

---

[3] 歐尼爾（Eugene O'Neill, 1888-1953）《榆樹下的慾望》（Desire under the Elms）中譯本收錄在我譯注的《情慾舞台》。

[4] 喬叟的中古英文和現代英文對照是根據哈佛大學的喬叟網站。

和「展翅種子」（winged seeds），種子潛伏過冬在來春發芽，捲起暴風雲，吹響年度輓歌在「年夜」（closing night）引發雷光彈雨[5]。詩人希望自己寫的詩也同樣傳遍各地，吹落枯葉，帶來重生的訊息。結尾三行（68-70）：

讓預言的號角透過我的嘴唇
喚醒昏睡的大地！哦，西風啊，
既然冬天到來，春天會遠嗎？

Be through my lips to unawaken'd earth
The trumpet of a prophecy! O Wind,
If Winter comes, can Spring be far behind?

喬叟和雪萊，一個中古時代而另一個浪漫時期，相隔五個世紀的兩位詩人，異口同聲賦予這樣的身世，西風的確配得上彩虹繽紛的情懷。

同樣值得一提的是，希臘文學的讀者對於以船舶隱喻城邦的意象必定不陌生，文獻上最早的紀錄就是出自阿凱俄斯。對於文化史有興趣的讀者或許樂於知道，阿凱俄斯寫詩提到列斯博斯一年一度在希拉的聖地舉行女性比美競賽[6]。

---

[5] 展翅：暗示效果可期的荷馬式描述詞（見《奧德賽》1.122 行注）。年夜：以一天的日夜循環比喻一年的時序週期，入夜即是入冬。

[6] 參見《伊里亞德》9.130 行注。

泰奧格尼斯（公元前六世紀）

漂流船

　　熟齡少婦和老丈夫
　　組成配偶不相配：
　　她像條船，舵胡亂轉
　　跟他搭不上線；
5　錨定不下來，
　　她經常從泊位溜走
　　趁夜滑進另一個港口。

Theognis (6 century BC)

Drifting Ship

    A ripe young wife and an old husband
    Make a very bad conjunction.
    She is like a ship. Her wild rudder
    Doesn't respond to him.
5   Her anchors don't hold,
    Often she skips her moorings altogether
    To enter at night in another port.

阿納克瑞翁（公元前約570 – 約485）

人生有趣

　　宙斯的孩子巴可斯，
　　解放神解除人間眾煩憂，
　　賜酒潤澤人的心，
　　教我怎麼跳舞。
5　　我喜歡喝酒，
　　也享受另一種樂趣：
　　手舞足蹈的同時歌唱助興
　　阿芙羅狄特賞賜我情趣，
　　我還要再跳舞！

---

1. 狄奧尼索斯（Dionysus）又名巴可斯，其信仰的歷史背景與現實意義，見我在《尤瑞匹底斯全集 I》引論頁 26-37 相關章節的介紹。雅典以酒神節標誌人類的年度活動重開生機，民眾以歌舞歡慶大地回春而萬象更新。希臘悲劇，特別是尤瑞匹底斯《酒神女信徒》的讀者，不免引人誤解以酒神為名義的歌舞狂歡是女人的專利，其實那是酒神崇拜仍屬密教信仰的年代。至於性狂歡，只說明一件事就夠了：一如豐饒信仰，酒神信仰體現生命的歡愉。《孟子·離婁上》說「情動於中而形於言，言之不足故嗟歎之，嗟歎之不足故詠歌之，詠歌之不足，不知手之舞之、足之蹈之也。」歌舞是情感的終極表現，人生光譜的另一端是沉穩自制的理性活動。

Anacreon (c. 570 - c. 485 BC)

Pleasures of Life

Zeus' child Bacchus,
The Loosener who frees men from cares,
The wine-giver who enters men's hearts,
Teaches me how to dance.
5   And I, the lover of wine,
Enjoy another pleasure too:
Along with the dance-beat and song
Aphrodite gives me pleasure,
I want to dance again.

愛樂夢

在夢中我跑個不停
似乎兩肩長了翅膀,
愛樂穿鉛鞋
一雙腳無比出色
5　緊追不捨趕上我。
該怎麼解釋這個夢?
我認為夢境的意思是這樣:
雖然飽受舊愛新歡的糾纏,
也已掙脫許多愛的羅網,
10　我現在被這個人牢牢抓住。

---

3. 鉛的材質,強調重量(見《伊里亞德》24.81-2 行注)。

4. 讚美腳,最廣為人知的例子無疑是荷馬在《伊里亞德》賦予阿基里斯的專屬描述詞「捷足」(swift-footed),稱美腳程之快無與倫比。比前舉的陽剛觀點更常見的文學手法卻是用於表達陰性價值,如《舊約・雅歌》7.2「你穿涼鞋的腳多麼漂亮」,和第一輯莎芙(公元前約 630–約 570)〈至愛最美〉18「可愛的步態」,可是這兩筆資料都指涉女性。雖然 Eros(愛樂)在希臘文是陽性名字,我在《情慾幽林》引論〈千面女神說從頭〉辯稱「愛樂」可能原本是大女神的一個分身,在父系社會才被「變性」。

Eros in My Dream

In a dream I seemed to be running
With wings on my shoulders,
And Eros with shoes of lead
On his pretty feet
5   Was pursuing me and catching me up.
How should I interpret this dream?
I think it means that
Though I have been entangled in many loves
And have wriggled free from all the others,
10 I am caught fast in this one.

戀愛的感覺

　　有一次我在編花圈，
　　玫瑰花叢中驀然發現愛樂。
　　我抓住他的翅膀
　　猛然把他壓進酒，
5　接著把他喝下肚。
　　從那以後我體內
　　總覺得愛樂翅膀拍不停。

---

1. 編花圈無非是獻給崇拜的神或仰慕的人，本詩當然沒有宗教意涵。
7. 翅膀拍不停：搔癢的感覺。本行傳達情景合一的意象，如果出現在早一代詩人筆下，很可能說話者會聽到甜美的蟬鳴（見阿凱俄斯〈星星火熱〉行注 3）。

Love Fluttering in My Body

Once while braiding a wreath,
Among the roses I spotted Eros.
I held him by the wings
And plunged him in the wine,
And drank it down with him.
And in my body ever since
I always feel him fluttering.

眼神的俘虜

　　有人詠唱底比斯的大事件,
　　有人謳歌特洛伊城前喊殺震天,
　　我彈唱自己成為俘虜的經驗。
　　使我遭殃的不是馬,
5　　也不是步兵,也不是船隊;
　　我遭遇離奇的軍隊,
　　用眼神對我展開攻勢。

---

1. 底比斯:希臘中部的城市,青銅文明重鎮,在荷馬史詩《伊里亞德》以「七座城門」這個專屬描述詞知名,以該城為背景的神話角色包括酒神狄奧尼索斯、屠龍英雄卡德摩斯(Cadmus)、伊底帕斯。規模僅次於特洛伊戰爭的七雄攻城之戰(Seven against Thebes),所攻之城即底比斯(見荷馬《伊里亞德》2.494、509 和 4.378 各行注)。古代的「大事件」通常離不開戰爭。
2. 影射特洛伊戰爭,如荷馬《伊里亞德》所描寫。
7. 佩脫拉克十四行詩第三首,寫自己看到蘿拉一見鍾情,因此成為眼神的俘虜(中譯見我譯注的《情慾花園》)。

The Surprise Attack I Encounter

You tell the events of Thebes,
He tells of the battle-shouts before Troy,
I tell how I myself was captured.
No horse has destroyed me,
5   Nor foot soldier, nor ships,
But another new army
Strikes me from its eyes.

弦歌改調

　　我想要詠唱阿楚斯公子，
　　我想要謳歌卡德摩斯，
　　可是我撫琴撥弦
　　只彈出愛樂聲。
5　前不久我更換新弦，
　　琴身煥然一新，
　　開口唱海克力斯不畏艱難
　　完成所有的苦役，琴身
　　回應卻是愛樂調。
10　永別了，各路英雄豪傑！
　　既然我的琴
　　獨響愛樂調。

---

1. 阿楚斯公子：阿楚斯有兩個兒子，一個是統治希臘青銅文明的霸主邁錫尼王阿格門儂，遠征特洛伊的聯軍統帥；另一個是阿格門儂的弟弟梅內勞斯，海倫的丈夫。取典於這一對兄弟的遠征，影射和特洛伊戰爭有關的史詩，特指荷馬的《伊里亞德》。
2. 卡德摩斯：腓尼基人，歐洲屠龍英雄（建立父系世襲體制）的始祖，底比斯統治王朝的建城者，故事見奧維德《變形記》2.833-3.733。他的玄孫就是希臘悲劇中赫赫有名的伊底帕斯。
3. 琴：lyre，獨唱抒情詩的伴唱樂器（詳見《伊里亞德》9.189 行注）。
4. 聲：和「身」諧音，參見 6 和 8「琴身」。發音類似而語意不同，此即雙關語（pun）。
5. 弦：chords 一語雙關，兼有「琴弦」和「和弦」二義；以換弦隱喻彈奏不同的曲調。
7-8. 海克力斯（Heracles，更廣為人知的是羅馬名稱 Hercules）：歐洲新石器時代集體記憶的化身，英雄的始祖。他的英雄事蹟是完成一系列凡人能力不可及的苦役，表現體能和毅力的極致。「海克力斯的苦役」（Herculean labors）進入英文成為表達「艱難的任務」的成語。
10. 史詩的沙場英雄退出文學舞台，新上場的角色是善於彈琴說愛的情場男女：文學史的斷代從史詩進入抒情詩。
12. 響：和「享」同音異義，這個雙關語和 4 同樣的修辭共同呼應以琴喻人的主旋律。

New Chords

    I wish to sing the sons of Atreus,
    I wish to celebrate of Cadmus,
    But my lyre with its strings
    Sounds only of Eros.
5   Of late I changed the chords,
    And indeed the whole lyre,
    And began singing of the labors
    of Heracles; but in answer
    The lyre sang of melody of Eros.
10 So farewell in future, heroes,
    Since my lyre sings songs
    Of Eros alone.

愛情淬煉

愛樂,戀情的鐵匠,
拿大鐵鎚對我用力敲猛捶,
又把我浸在冰冷的河流。

癡情

我既愛又不愛,
我發癲卻不像瘋癲。

潛愛波

我攀登白色的峭壁,
跳下熱氣翻騰的水波,
愛茫茫醉死。

Eros

Eros, the blacksmith of love,
Smashed me with a giant hammer,
And doused me in the cold river.

Falling in Love

I love and yet do not love.
I am mad yet not quite mad.

The Plunge

I clamber up the white cliff
And dive into the steaming wave,
Dead drunk with love.

車夫

眼波盈盈的少年啊，
我所到之處都看見你，
可你無知無覺，不曉得
手中握緊緊我靈魂的韁繩。

---

1. 荷馬史詩稱讚男性總離不開陽剛之德，包括智力或體力過人，稱讚女性貌美絕倫則是把對方比喻為女神下凡（《奧德賽》6.149-52）。阿納克瑞翁以姑娘比喻美少年，可以相提並論的是莎士比亞十四行詩第二十首稱呼美少年為 the master mistress，我在《情慾花園》譯為「郎君情婦」，猶言「男性情人」或「以情人的身分成為（我的）主人」。

向心途

快來！沒藥芳香
拿去塗抹她的前胸，
那中空的洞窟環繞她的心！

---

1. 沒藥：沒（音同莫）藥，英文稱 myrrh，源自拉丁文 myrrha（又有「香料」之意），奧維德《變形記》10.298-502 把這芳香植物擬人化，描寫她生下第一美男子阿多尼斯（Adonis）的奇遇。沒藥液從樹脂槽溝滲出後，遇空氣就凝結成小顆粒狀，即樹脂淚。可提煉出味苦而香的樹膠，在古代是製造薰香、香料和化妝品的主要配料，也曾用於藥劑和防腐劑，中古歐洲視其為珍寶，但其價值在工業社會已遽減。芳香：討天神歡喜的氣味。
3. 中空的洞窟：荷馬史詩用於稱呼陸地上人類以外超自然靈物的居所。「中空」不是修飾當下特色的形容詞，而是描述詞，用於承載特定事物所具備永恆的特質。本詩的情慾想像可能暗示，一點作為可以造就愛情的洞天福地。

Charioteer

O maidenlike youth,
I see you wherever I go,
But you do not notice, unaware
That you handle the reins of my soul.

A Way to the Heart

Come swiftly, and rub
Aromatic myrrh on her breast,
The hollow cave around her heart.

追憶愛樂

我要愛，我要愛！

愛樂曾經敦促我付出愛，
我當時傻乎乎不聽勸。
他拿出弓和金箭筒，
5　　對我下戰帖。
我把胸甲披上肩像阿基里斯，
又拿出矛和牛皮盾
開始奮戰愛樂。
他射箭，我逃命；
10　箭筒一支不剩，他苦惱，
把自己當標槍往前撲
命中我的心，使我四肢無力。

我的盾和矛和胸甲都派不上用場：
戰鬥在我內心，幹嘛投射武器？

---

2. 曾經：以下到 12 描述過去的經驗，構成追憶的主要內容，使用的措詞無一不是取自荷馬史詩《伊里亞德》，卻把史詩的素材轉化成抒情詩的隱喻，也就是歐洲文藝復興之初透過佩脫拉克的十四行詩（見《情慾花園：西洋中古時代與文藝復興情慾文選》所錄第三首〈太陽無光〉）而廣為人知的情場上射情箭的意象。

4. 「黃金」是荷馬式描述詞，表明其為「神物」，「珍貴」之意。

13. 矛：可以和「標槍」（11）代用，但有差別。標槍比較輕便，用於投擲，有別於矛主要用於刺擊。在《伊里亞德》，矛是最主要的攻擊武器，弓箭則用於伏擊。

13-4. 如今傷痕累累，都是內傷；我還是我，卻已在愛樂面前甘拜下風。

Remembrance of Eros

I want love, I want love!

Eros urged me to love;
A fool was I unpersuaded.
He took up his bow and golden quiver,
5   Challenging me to fight.
I hung my corslet on my shoulders like Achilles,
And took my spears and ox-hide shield
And began fighting with Eros.
He shot and I ran;
10 Without an arrow left, he was distressed,
And hurled himself for a javelin,
Piercing my heart and loosening my limbs.

My shield and spears and corslet are useless:
Why hurl weapons at me when the fight is within my self?

致春燕

　　親愛的燕子，
　　你年復一年來報到，
　　編巢迎夏，
　　遇冬無影蹤
5　前往孟斐斯或尼羅河。
　　愛樂卻編不停
　　在我的心不離巢：
　　有個熱戀長出翅膀，
　　另一個還是胚胎，
10　另一個孵育到一半，
　　巢內聲聲啼不停
　　雛鳥張大口嗷嗷待哺，
　　愛樂寶寶由愛樂哥哥餵養；
　　幼鳥羽翼豐滿，
15　又有其他愛樂生出來。
　　這該如何是好？
　　我沒有力氣
　　喊叫驅離成群的愛樂。

---

1. 燕子：Swallow，不只是擬人化，而且把通稱（the swallow）或特稱（the/a swallow）轉化成專有名詞，有效拉近人與燕之間的距離，彷彿無意中看到的一隻名為 Swallow 的燕子是年年重見的老朋友，以週期性分離的孤燕起興，對比愛樂眾夥（比喻情深，見 13 行注）使人苦惱。

3. 編：不是「築」，而是陰性書寫具有標竿意義的「編織」的隱喻。

8. 熱戀：擬人格，希臘文 pothos 在荷馬史詩是沒有情慾意涵的「思念」，到了抒情詩才出現英譯 passion（熱戀之情，見勃朗寧夫人十四行詩 43.10 行注）所承載高密度的情感。麻雀孵育的下一代並不是麻雀寶寶，而是擬人化的「熱戀」。因情生慾，是為愛樂；愛樂成長，情溫升高，名為熱戀；熱戀持續增升，說話者因此「四肢無力」（〈追憶愛樂〉12）；參見本輯阿凱俄斯〈星星火熱〉5 行注。

To Swallow

Dear Swallow,
You come year after year,
Do weave your nest in summer,
And disappear in winter
5　Away to Memphis or the Nile.
But Eros is always weaving
His nest in my heart:
One Passion gets wings,
Another is just an egg,
10　And still another is half-hatched.
There is ever a cry
From the gaping younglings;
Little baby Erotes are fed by bigger ones,
And when fully grown,
15　They bring forth others in-turn.
What remedy can there be?
I have no strength to chase out
All these Erotes by shouting.

---

13. 愛樂寶寶：Erotes，Eros（愛樂）的複數。「眾愛樂」傳達數大為美的觀念（見《伊以亞德》11.670-84 行注），美術作品所見愛樂成群飛翔即是此意。哥哥：愛樂是男神。

17. 所謂「沒有力氣」，可能指涉體力或元氣（＝力氣，即生命所不可或缺之「氣」，希臘文和中文同樣包括物理世界的空氣和內在生命的靈氣）因餵養愛樂（即應付不斷增溫的戀情）而消耗殆盡，也不無可能下意識不願因此沒有意志力。

18. 彷彿遭遇狂吠不止的狗，雖然就本詩的文義格局而論，可以改用阿芙羅狄特的神鳥麻雀，把最後兩行寫成「我像稻草人／嚇不走成群的愛樂」。結尾兩行承載的是希臘詩歌常見的母題，即索福克里斯〈愛樂頌〉破題詩行所稱「愛樂攻無不克」。

愛情狂想曲

　　曾經坦塔洛斯千金變成石像
　　站在弗里幾亞山區；
　　曾經潘迪翁千金變成鳥，
　　飛走的是一隻麻雀。
5　我希望自己變成鏡子，
　　為的是讓你目不轉睛看；
　　我希望自己變成罩衫，
　　為的是讓你隨時隨地穿上身。
　　為了清洗你的身體，
10　我希望自己變成水流；
　　為了按摩小姐你的全身，
　　我希望自己變成香脂。
　　變成皮帶緊貼你的乳房，
　　變成珍珠給你當項鍊，
15　變成鞋子我也願意──
　　只要你記得把我踩在腳底下！

1-2. 荷馬《伊里亞德》24.602-17 提到，妮娥蓓（Niobe）自誇比女神更會生小孩，一打子女全部遭遇不測，悲慟以至於石化，仍然以淚洗面；參見奧維德《變形記》6.146-312。阿納克瑞翁只提到女兒，可能因為訴求的對象是女性；所以第二個變形典故也是女性，雖然希臘神話的變形故事的確以女性占多數。弗里幾亞是小亞細亞古王國。

3-4. 潘迪翁的女兒：菲蘿媚拉（Philomela）。菲蘿媚拉是普羅柯妮（Procne）的妹妹。姊姊和泰柔斯（Tereus）結婚後，妹妹慘遭姊夫性侵。泰柔斯為了防範事跡敗洩，割下小姨子的舌頭。菲蘿媚拉把自己的遭遇織成圖畫。姐姐看到織錦圖，為了報仇殺死親生子。最後兩姊妹一個變成夜鶯，另一個變成麻雀。故事見奧維德《變形記》6.412-674。已婚婦女為了報復丈夫而殺死親生子，這是希臘神話常見的母題，可能反映母系二等親的血緣比父系一等親關係更緊密。父系體制初興時，母系家庭的感情連結仍比父系家庭的血緣臍帶來得緊密。

Fantasia of Love

    Once Tantalus' daughter became a stone
    Standing among the Phrygian hills;
    Once Pandion's daughter became a bird
    And flew, a swallow.
5 I wish I were a mirror,
    So you would look at me;
    I wish I were a chiton,
    So you would always wear me.
    For cleansing your body,
10 I would like to become water;
    For anointing you, lady,
    I would like to become balsam.
    And a band for your breasts,
    And a pearl for your neck,
15 And a sandal I would like to become—
    Only you would be sure to step on me.

---

4. 麻雀是阿芙羅狄特的神鳥，負責拖拉她的金輦車。此一任務後來改由鴿子代勞，這是受到近東的影響，此所以歐洲繪畫也常見維納斯主題伴隨鴿子出現。

5. 文藝復興以後西洋美術的維納斯梳妝畫，常見攬鏡自照：說話者的第一個心願是變成鏡子，良有以也。5-16譯自埃及新王國時期的抒情詩（莎草紙英譯見 <https://www.love-poetry-of-the-world.com/Egyptian-Love-Poetry-Poem2.html>）。

7. 罩衫：長及腳踝的襯袍，古希臘服裝的基本款式。

11. 按摩：「塗，擦」。

13. 皮帶：其作用無異於傳統社會的女性貼身內衣，「為的是束縛胸部，以免乳房太凸顯」（Roche 158）。

【評論】
虛擬阿納克瑞翁抒情自傳：
移琴別戀說愛魂

在下阿納克瑞翁何其有幸，不只是雀屏中選，而且多達十三首收入《抒情旋律》。量多冠全書，卻無關乎數大為美，主因是譯者選材的偏好。雖然主題的觀點影響選材的視野在所難免，尊重歷史事實有其必要。最殘酷的事實莫過於，歸在我名下的詩，多的是出自託名之作《阿納克瑞翁詩集》（*Anacreontea*），那部詩集其實是公元前一到公元後六世紀不同佚名詩人的仿作。總共六十餘首，一度被認為是真品，足見其題材與風格擬真的程度。既然如此，只要有助於說明希臘詩魂的演變，乘便利用何妨？更何況柏拉圖在他的哲學對話錄《斐德羅篇》235c 確實把我和莎芙相提並論。或許可以把我的名字視為代稱，就像有人主張「荷馬」代表口傳英雄詩歌的集大成，不妨讓「阿納克瑞翁」代表抒情詩的發軔期。

言歸正傳，這篇虛擬傳記的用意是說明希臘詩歌從荷馬經莎芙到悲劇這一段發展脈絡的文化史意義。同樣撥弦伴唱，荷馬敘事說理，歌頌人間的愛恨情仇，莎芙抒情感懷，詠唱人生的情怨愛戀。同樣探討複雜的人性，荷馬關注人心的內在空間，莎芙關注情感表露的現象。有他們打頭陣，我終於得以領悟人心的內在空間是情感撐出來的一片天，那一片天就是靈魂的世界，無邊無際，長空不礙白雲飛。

既已交代這篇傳記的題意，容我續筆揭開抒情詩的面紗。

說抒情

我以酒入詩，對於文學疆界的開拓多少盡了棉薄之力。在我拓展的詩歌新界，我把莎芙的詩歌主題聚焦於異性之間的愛，從此奠定歐洲飲酒詩的三大要素：酒，女人，歌。我對同性也有感情，也有愛，不過我明確區別那兩種愛。我當然知道酒可以消愁，但是藉酒消愁描寫愛情失意的人，這是後來才出現的

次詩類;我喝酒是雅興。我喜愛歡樂人生,喜愛陶醉的感覺。戀愛的感覺就是陶醉,那是阿芙羅狄特的功德;載歌載舞使人陶陶然如醉如痴,那是酒神狄奧尼索斯送給人類的禮物。所以我寫了〈人生有趣〉這一首飲酒詩。

年輕時候,我滿腔熱血不輸給阿凱俄斯。熱血和熱情只一字之隔,心念一轉輕易可以跨過那個分隔島,雖然同樣波濤洶湧,可是人生比鬥爭有趣多了[1]。從那以後,死亡的陰影一掃而空,而且時時可以預期新生的喜悅。關鍵的一刻是我體驗到酒神狄奧尼索斯和愛神阿芙羅狄特是一體的兩面,就是我在〈戀愛的感覺〉所描寫的情境。酒神教人種植葡萄又以葡萄釀酒,所以〈人生有趣〉行3有「賜酒」之稱。然而,「狄奧尼索斯」其實是象徵「堅不可摧的生命力[2]」,稱其為「酒神」只是借用通俗的隱喻。生命力堅不可摧,當然值得狂歌勁舞。所以喝酒是為載歌載舞助興。載歌載舞是史前時代崇拜儀式所不可或缺,而且可歌可舞必定是歡樂之事。因此行7「歌唱」可視同「讚美」的同義詞:阿芙羅狄特是性愛美神,談情說愛體嘗其中蘊含的美感就是以具體的行動歌頌這位神。換句話說,生而為人有兩種根本的歡樂:歌舞和性愛[3]。情意動是本能,也是個體的自由意志初發的時刻[4]。

把一個人的情意動能神格化,抒情世界所稱的「愛樂」就誕生了。愛樂一誕生,不可思議的事也發生了:人在自己想要擁有的世界策馬狂奔拼命追逐的時候,韁繩其實掌握在被追的人手中。〈愛樂夢〉描寫的情景是我真實的感受。荷馬說夢是天神顯靈,我難以苟同。日有所思因此夜有所夢,這個說法有道

---

[1] 鬥爭不外兩種類型:對內鬥爭是政爭,對外鬥爭是戰爭;參見本輯〈阿凱俄斯評傳〉。

[2] 正如凱瑞尼(Carl Kerényi)在《酒神原型意象》(*Dionysos:Archetypal Image of Indestructible Life*)書中所論。狄奧尼索斯在後荷馬時代成為奧林帕斯神族的一員之後,理所當然「升格」成為人神之父宙斯的孩子。

[3] 奧德修斯歸鄉之旅途中,作客於費阿克斯人居住的世外桃源,當地的首領阿基諾俄斯提到其地貴為禮儀之邦的民情,說「我們也一向喜歡享受餐宴、抱琴、／舞蹈、更換衣服、熱水澡和床笫樂趣」(《奧德賽》8.249-50)。

[4] 見呂健忠譯注《情慾幽林:西洋上古情慾文學選集》引論〈千面女神說從頭〉乙節,及該書收錄的近東文學〈舊約‧知識果〉。人類第一次運用自由意志向權威說不,借用希伯來人的說法,是夏娃邀請亞當偷吃禁果。馬德里普拉多博物館所藏博許(Jerome Bosch,約1450-1516)的三聯畫《塵世樂園》(*Garden of Earthly Pleasure*, 1505-1510),左幅下方使用心理學觀點呈現《舊約》的道德神話,雖然沉重的教義壓得身體輕盈不起來,亞當把夏娃看成誘惑的反應似乎非上帝始料所及,左下角象徵豐饒的海棗卻透露情動是自由意志的初發動機。

理。即使清醒時腦海所呈現的情景沒能完整出現在夢境，可我發現夢境的本質和詩人的想像並無不同，都是把素材刪增重組，透過弦外之音或象徵作用賦予新的意義。我相信夢境可解，不是仰賴神啟靈感，而是在記憶的基礎上推敲可得。我雖然說不出箇中道理，卻自信〈愛樂夢〉的後半首詮釋有理。

有人說我的文筆適合崇高的主題，卻自甘墮落寫愛情瑣事。認為男歡女愛難登大雅之堂的那些人，看樣子活在比荷馬還古老的年代。特洛伊戰爭關乎文明的興替，題材夠雄偉，起因卻是海倫的婚外情。荷馬《伊里亞德》據以鋪陳英雄價值觀的抉擇這個崇高的主題，戰爭的轉捩點卻是卷 14 天后希拉使出色誘計，順利和天父宙斯共赴雲雨巫山的結果。崇高的定義顯然不能只看表面，並且隨時代背景與社會條件而異。上古希臘的婚姻觀是透過 eros（愛慾）的實現建立 philotes（互許忠誠）的關係，這關係直接奠基於性吸引力，因此愛樂不可或缺，甚至可以說根本就是他促成白首偕老（Calame 120）。這樣的觀念反映在神話，我們看到一方面宙斯和希拉齟齬不斷卻永矢弗諼，另一方面宙斯的一夜情永遠停留在露水鴛鴦。

把愛樂提升到甚至超越阿芙羅狄特的高度，其實反映希臘文化性格轉向不可逆的歷史進程，關注的對象從少數英雄轉向芸芸眾生，視野從肉眼的世界深入靈魂的景觀，題材從身體的經驗移往官能的感受[5]。同樣是詩歌，史詩適合呈現族群與文化衝突的大敘事，抒情詩適合表達個體情愫與感懷的小敘事。荷馬史詩的文學成就已經登峰造極，學步邯鄲徒然自曝其短，更何況有莎芙發現的新大陸橫亙在眼前等待開墾，喜歡寫詩的人自然前仆後繼踵武抒情前塵。荷馬深刻體認並數度描寫詩歌的迷魂效果，甚至寫到以床為載體的歡樂，可是兩者沒有交集[6]；抒情詩人體認到人本身就能產生迷魂效果，詩歌只是那種心理作用的表述。

希臘文稱抒情詩為 lurikos，意思是以 lura（= lyra）奏出旋律的伴唱歌詞，名稱本身就暗示「詩歌」，是詩（歌詞）與歌（旋律）的合體，不像 epos（=

---

[5] 在荷馬的世界，阿芙羅狄特是宙斯的女兒。在荷馬之後的赫西俄德，愛樂是母系自體繁殖的最後一代，開啟兩性生殖的新時代。莎芙甚至說愛樂是天父和地母之子。至於希臘文化的性格轉向，見呂健忠《尤瑞匹底斯全集 I》引論頁 44-9。此一轉向，在《奧德賽》已有跡可循，見呂健忠譯注本引論頁 12-38。

[6] 在希臘上古文學，床和草茵同樣是性關係的隱喻，「婚姻床」象徵夫妻之間的忠誠，草茵則不受「床」的約束。

英文 epic，史詩），著重於敘事的歌詞本身[7]。抒情有別於敘事，一大關鍵在於觀點上的差異，素材的選擇與創作的手法隨之大相逕庭。荷馬使用第三人稱敘事觀點，有利於呈現強調客觀的共相經驗。可是《伊里亞德》提到因妻（海倫）而貴的梅內勞斯，數度改用第二人稱，同樣的手法也見於《奧德賽》提到奧德修斯的豬倌，彷彿當事人側身聽眾席，現身在演唱者的面前，因此創造出色的臨即感，渲染情感的效果無庸置疑[8]。反觀抒情詩人，要強調主觀的殊相經驗，當然是以第一人稱觀點為引導移情作用的首選，也就是詩人為特定一首詩虛構的「說話者」。可是有得必有失，使用第一人稱無法盡情書寫情慾獲得滿足的歡情場景，而且常被誤以為詩中的「我」就是作者本人[9]。

說詩魂

莎芙所稱詩歌的說話者是作者虛構的角色，她的說法深得我心。我就創造過女性說話者以第一人稱代言女性悲慘的命運。我另有一首詩（殘篇 358），第一人稱的說話者自述愛上一個「來自列斯博斯」的女孩，可是對方「挑剔我頭上長白髮，／為另一個人張口結舌──是個女生」（finds fault with my white hair/ And gapes at something else—some girl）（殘篇 358.6-8），有人說是我寫自己愛上莎芙──穿鑿附會之言不必當真，抒情旋律也不涉及茶餘飯後的話題。

莎芙剖析自己的詩確實鞭辟入裡，可我也有話要補充。她在〈至愛最美〉使用史詩修辭把情場和戰場相提並論，在〈火苗〉詩中把體驗愛情溫度的人比喻為有福的天神，這都是荷馬的影響，我毫無懸念同意。我要補充她遺漏的一個荷馬的語言鴻爪，不是她疏忽，而是沒機會。她在詩中把希臘文 peitho（說

---

[7] lurikos 即英文 lyric 的詞源。古希臘的伴唱樂器有兩大系統，一種是民間所用的管樂器，包括牧羊笛和酒神專屬的雙管笛，另一種是廟堂所用的弦樂器，主要的兩種是分別伴唱史詩的 kithara 和抒情詩的 lyra，都是抱在胸前彈奏，故稱「抱琴」。參見《奧德賽》1.351 和 2.272 各行注。

[8] 見《伊里亞德》17.679-80 和《奧德賽》14.55 各行注。

[9] 荷馬雖然大剌剌描寫床上激情的場面，卻是使用意象語。更貼切的比較是第三輯收錄的惠特曼〈雙鷹調情〉和葉慈〈麗妲與天鵝〉描寫激情場景，都使用第三人稱觀點。相關的一個現象是愛樂出現在瓶繪主要為追求或引誘，有別於性愛場景幾乎離不開酒神密教或羊人（satyrs，半人半羊的神話複合動物）等超現實背景。

服）神格化，暗示語言具有歌唱那樣的迷魂效果。莎芙發現的這位新女神，是阿芙羅狄特的女兒，可稱為「媚娘[10]」。動口說話理當可信為真，這是荷馬的理體觀，語言說理應當具體如身體。言之成理使人動情，這是莎芙開創抒情詩要表達的情理觀。根據史詩透過神話思考的思維傳統，愛情是媚娘使人動心加上阿芙羅狄特使人動情的結果，也就是先受到感動，而後決定付出感情，可見動情有理，故云情理。

　　聽來有道理，可我總覺得說服力稍嫌不足，這麼說是根據我自身的經驗。莎芙的詩也承襲荷馬對於視覺的強調。專注的視覺經驗，也就是凝視，使人成為慾望的主體，她的〈至愛最美〉就是以視覺經驗表達思念之情，詩中歌頌的美也是以承載視覺經驗為主。〈火苗〉更不在話下，雖然這首寫的是負面的情感溫度。可是，雖然〈火苗〉通篇描寫慾望主體的經驗，〈至愛最美〉說愛情女神「使她迷心竅」這樣的措詞卻顯示她對於慾望主體的概念仍不夠明確。她另有一首詩，甚至在意中人移情別戀時祈禱阿芙羅狄特幫助，分明就是荷馬所奠定而後代文人史詩（literary epic）因因相習的「天神干預[11]」。明知主體是人，幹嘛非要扯出子虛烏有的影武者？我固然喜歡也欣賞她的詩，有時候卻覺得唱起來難以確認抒情主體的地位。

　　荷馬受限於身體觀不完整，又不認識靈魂，只好把視覺經驗無法解釋的人生現象歸之於天神干預的結果。莎芙的詩開始有了靈魂的觀念，但認識不夠深刻，因此無法說明白。我雖然承襲他們以視覺經驗為載體的思維，但是我那個世代的抒情詩人對於靈魂有比較清晰的說法，因此對於個體有相對周延的概念。我在寫詩時真的相信，雖然希臘仍然是奴隸社會，每個身體都應該有獨一無二的主人。我真的相信，「絕地天通」的時代已經隆重揭開序幕，就在我那個世代的抒情詩[12]。換句話說，我寫抒情詩是透過情慾主題表達我的靈魂觀，即靈魂使得個別的身體有主體性。例如〈戀愛的感覺〉詩中一連串抓、壓、喝

10　見第一輯〈虛擬莎芙墓誌銘〉4 行注；參見埃斯庫羅斯的悲劇《阿格門儂》385 行注。

11　另一首詩：見《情慾幽林》所譯編號第 1 首的〈祈求愛神再降臨〉。文人史詩：荷馬史詩是口傳史詩的集大成，有別於繼起的史詩是詩人伏案創作的成果，故稱文人史詩，詳見呂健忠《荷馬史詩：儀軌歌路通古今》第六章〈史詩的變革〉。天神干預：見《伊里亞德》引論注 130。

12　絕地天通：神話學標示時間誕生而歷史開始的事件，見荷馬《奧德賽》13.157 行注。更廣為人知的例子是《舊約‧創世記》的失樂園事件：亞當和夏娃被逐出伊甸園，開始自行繁衍子孫、耕作維生、經驗懊惱與時間的流逝，並確認父系家庭制度。

的動作都是自主的行為，都是付出愛的一方具有意願加上意志的作用，因此可以具有像阿基里斯追尋英雄的榮耀或奧德修斯追尋失落的記憶那樣的追尋意義。即使成為「眼神的俘虜」，也是表達心甘情願的意志。

　　由於愛的作用，我的心眼看到具體的靈魂。「看到戀愛中人，／我一眼就認出：／他們的靈魂佩戴／精緻的烙印」（I know lovers/ As soon as I see them;/ They carry a fine mark/ branded on their souls）（《阿納克瑞翁詩集》27.5-8），像馬的屁股帶著烙印四處跑。靈魂是人如假包換的影武者，隱匿在生命視野最幽深的部位，肉眼看不到。另一首詩，我描寫自己在靈魂的世界和那位影武者直面打交道，這是希臘書寫的頭一遭。有一天，夜深人靜時，大雨滂沱，敲門聲打斷我的幽夢，原來是揹弓帶箭的羽翼嬰兒摸黑流浪，渾身溼答答。我協助他暖身之後（《阿納克瑞翁詩集》33.24-32）：

　　　　他說：「我們來試試
25　　這弓弦被雨淋濕
　　　　是不是還射得準。」
　　　　他搭箭拉弓射出手
　　　　命中我的肝像虻叮牛，
　　　　一躍而起咯咯笑，說：
30　　「陌生人，陪我同歡吧！
　　　　我的弓沒有受損，
　　　　只是你會心痠。」

　　　　He said, "Come, let's try this bow
25　　To see if the string has been
　　　　Damaged by the rain."
　　　　He drew it and hit me
　　　　Right in the liver, like a stinging gadfly.
　　　　He leaped up chuckling and said,
30　　"Stranger, rejoice with me;
　　　　My bow is undamaged,
　　　　But your heart will be sour."

夢中愛樂的造形，我不敢掠美說是自己的創造，可是我也不至於像荷馬那樣說是天神賞賜。我聽過大海東岸的天嬰傳說，也聽過伊甸園的善惡知識果[13]。那個故事把人生經驗比喻為果樹，結出的果子分成善與惡兩個系出同源的類別。在我看來，人生最可貴的知識是愛情經驗，可我並不認為有這種知識有善惡之分；好人也可能變心，壞人也可能有感人肺腑的愛情。我沿用情場如戰場的譬喻。荷馬世界的弓箭手主要任務是伏擊，總出人不意發動攻勢，攻勢雖然小，奇襲效果不可小覷。愛樂就是這樣，單兵伏擊，在小如茶壺的方寸天地醞釀風暴，蝴蝶效應卻極其可觀。後來很多詩人甚至藝術家，也運用黑夜暴雨作背景襯托那種效應，可是我沒有要強調暴力或隱喻死亡的意思。特別值得提醒的是行 28 的「肝」，中譯和英譯都沒有誤譯：在我們希臘人的觀念，epar（肝）是激烈的情緒反應的器官，是熱情、憤怒、恐懼、憐憫等情感的發源地。早在《奧德賽》9.301 的「肝」就和生命有關，後來的引申義有「豐產的土地」，這可以解釋宙斯用鐵鍊把普羅米修斯困在高加索山時，指派老鷹啄他的肝臟。行 32 的「心」和《伊里亞德》13.282 的重出詞同樣是 kardia，我們認為是感受與心意的中樞，《伊里亞德》2.452 的「氣魄」是引申義。收煞整首詩的「痠」是生理組織勞苦或承受心理壓力必然的結果——發炎現象只要不讓它發展成永久性的傷害，生理機能和心理機能同樣終究會自行復原。

　　和莎芙比起來，我對於愛的過程更感興趣。可是對於愛的追尋，我只是模模糊糊感覺到，無法像小我七百歲的羅馬小說家阿普列烏斯（Lucius Apuleius，124 生）在〈丘比德與賽姬〉把追尋真愛寫得變成追尋完整的個體那麼引人入勝[14]。我的靈魂視野開始看到縱深，卻也只是開始而已。雖然抒情詩的格局有先天的侷限，根本的原因是我那個年代忙著在探討個體的意義，不可能透過身體經驗的描寫呈現靈魂的真相。我們對於身體的本能還是有很多疑問，無法一步登天看透靈魂的作用。舉例來說，我看到一個人，感覺舒暢，體會到美感，情不自禁付出愛，決定要有進一步的交往與接觸，因此我是這個情慾經驗的主體。這樣的過程中，在「情不自禁」的階段，荷馬的理解是阿芙羅狄特干預所致，莎芙的理解是她向這位女神祈禱獲得許諾所致；我無法認同他們的說法，

13　大海：地中海。東岸：近東。

14　〈丘比德與賽姬〉，《金驢記》（The Golden Ass）的一段插曲，是神話創造的經典事例，中譯見呂健忠《陰性追尋》第九章。以分析心理學的觀點解讀該神話，見諾伊曼《丘比德與賽姬：陰性心靈的發展》；神話原型的觀點解讀，見呂健忠《陰性追尋》第五章。

自己卻也說不清楚，勉勉強強說是酒的作用使得理性的運作一時失控。

不是只有我說不清楚靈魂的真相。我認識的許多詩友，都是適唱詩人[15]，都有同樣的疑問：既然靈魂在身體裡面，合理推敲身體總該有個地方讓靈魂容身。可是，在哪裡？人人一張口，各唱各的靈魂曲。舉例而言，莎芙認為靈魂的棲息所在 phrenes，解剖學叫「橫膈膜」，就是體腔的中央，中央當然最重要，中文可譯為「心」，這一點希臘文和中文同樣含糊。斯巴達的阿爾克曼（Alcman），年齡和莎芙相當，寫的是合唱抒情詩，卻認為靈魂的棲息所在 kardia，中文叫「心臟」，和希臘文同樣表明最幽深之處，所以最難以捉摸，我先前提到的夢詩最後一行的「心」就是沿用他們的說法，雖然我中箭的地方在「肝」。後來的學者稱為前蘇格拉底哲學家的智士又有不同的說法[16]。見解各有不同，我卻看出他們唱出共通的主旋律，這是荷馬式的認知方法絕對看不出來的：靈魂棲息在 noos 和 boule 不能及的地方，這兩個地方你們依次稱為「心智」和「意志」。可見，在我們寫抒情詩的人看來，情慾不是理性判斷或自由意志所能左右。我在〈車夫〉使用馭馬術表達我的理解——我們說的「馭馬」不是指騎馬，而是指馭馬拉車。馭馬拉車隱喻身體，情慾則是車夫，身體有生命是因為像荷馬說的有 psyche，「氣息」，馬車能順利抵達目的地必定是因為情慾控制得當。我主張情慾掌控馬韁。人必有身體，凡人皆有情，而且因情生慾，所以車夫透過馬韁操控馬車有如情慾控制生命的氣息。

然而，荷馬的視覺中心觀和後世的理體觀都認為頭是肢體最重要的部位，這時候的「心」顯然是指腦。這裡說的一個人由於觀點不同而有兩個「心」，心情和心智都是心，荷馬依次用 thumos 和 noos 來稱呼，其根據不在於情感有別於理智，也不在於殊相有別於共相，而是在於內在有別於外在，在於自我在現實世界的表現有別於現實世界對我造成的印象。換句話說，thumos 涉及意向與喜好，是想要影響環境的有機活動，因此是主動的；noos 則只涉及及認知，是對於意義的接受，是被動的。參酌前面提到 noos 和語言、商議、計劃有關，我們可以說 thumos 是動物皆有，noos 卻是人類獨有，因此 noos 應該和人所獨有的靈魂有關。

15　適唱詩：melic（其詞源 melos 進入英文成為 melody），「適合歌唱的詩」，不論伴奏樂器是雙管笛或抱琴，包括獨唱和合唱，通稱為「抒情詩」，相對於史詩「適合吟誦」。

16　如《伊里亞德》9.408 行注提到的畢達哥拉斯，他是現代意義的靈魂觀的先驅。靈魂：psyche，見第一輯〈虛擬莎芙抒情自傳・真相揣摩〉乙節。

荷馬是這麼認為，我卻不以為然。其實他有時候，如《伊里亞德》13.732-3，甚至說 noos 在胸膛。這一筆迷糊仗暫且表過不提，我個人對於靈魂的領會或可一提。既然 psyche 的消散和死亡同時發生，因此可推知 psyche 是生命所不可或缺；而且，既然 psyche 消散則肢體開始腐爛，我相信 psyche 不只是一口氣，而是「靈氣」，人活著時存在於體內是精氣，使人有各式各樣靜動自如的表現，人死時徒留形影而沒有實體，是為魂魄。顯然靈氣和空氣一樣，不可捉摸卻無所不在，靜時使人感覺不到其存在，宛若無物，動時展現生氣，從怡人到狂暴都有可能，這是人的通性。因其如此，psyche 使得人類有共通的人性，每個成員卻各有不同的特性。就是基於這一點體悟，我寫出〈弦歌改調〉：與其歌頌作古英雄的超凡事蹟，不如詠唱當代男男女女的情懷感受。〈眼神的俘虜〉則是以子之矛攻子之盾，借用史詩素材的元素，表明我個人對英雄主題的不滿。

人都有靈魂，可是我無法明白二十六個世紀以後心理學家佛洛伊德（Sigmund Freud, 1856-1939）所稱的潛意識，更別提他的弟子榮格（Karl Jung, 1875-1961）說的原型，只知道有一股衝動要擺脫阿芙羅狄特的束縛，所以借酒助興。很多人知道我喜歡一個名叫 Cleobulus 的男孩，其實那是習俗，源自父系部落社會啟蒙儀式的教育過程。在城邦體制演變的結果，每個青少年都有個「學長」負責協助他融入城邦社會善盡公民義務，進而提攜他適應社會角色。這種關係，我相信「兄弟情誼」的稱呼比較恰當。同樣的習俗也見於女性。古希臘女人雖然沒有公民權，卻有家庭義務，她們和男人一樣崇拜阿芙羅狄特，因為她喚起信徒 philotes 的關係，保佑那種講求彼此忠誠的信任關係。差別只在於，兄弟情誼是以城邦體制為基礎的政治社群，姊妹情誼則是以婚姻結合為前提的家庭社群。我知道這種關係是後來變成浪漫愛情的前提，那是以後的事，我們卻是很久很久以前的古時候。莎芙她自己用 philia ekhura 稱呼那種關係的當事人，可以譯為「值得信賴的朋友」。同性情誼，不論其為兄弟或姊妹，一定是在**團體**中建立、發展。我認識的人當中就有那樣的朋友在**團體**中發展出私密而有情慾基礎的關係，既然是私密，外人沒必要過問；即使莎芙寫出來了，喜歡就欣賞，不喜歡就自行解讀，直接翻頁也未嘗不可，本書另有近代口味的詩，大可不必戴你們的現代眼鏡看我們的古代文化。

說愛樂

我也喜歡女孩,這卻帶給我很大的困擾,因為阿芙羅狄特牢牢佔據她們的心頭。她們盼望的是女神保佑她們順利結婚生小孩。就像酒使人陶醉,陶醉時我能夠輕易拋棄社會角色,所以我無法對我喜歡的女孩子忘情,結果就是一段又一段的單戀。彷彿有酒神相助——你們說是酒精的催化作用,不同的文化自然使用不同的表達方式——我從喜歡變成愛,越愛越瘋,那是寫詩唱歌靈感大發的契機。怪不得兩千年後的莎士比亞在《仲夏夜之夢》5.1.4-8 寫出這些名句:

Lovers and madmen have such seething brains,
Such shaping fantasies, that apprehend
More than cool reason ever comprehends.
The lunatic, the lover, and the poet
Are of imagination all compact.

情人和瘋子都一樣腦筋發高燒,
同樣捕風捉影,竟然無中生有
遠超過冷靜的理智所能了解。
瘋子、情人和詩人半斤八兩
渾身裡裡外外全都是幻想。

不過,他在同一部劇本 1.1.134 也寫道「真愛從來不曾一帆風順」(The course of true love never did run smooth),我無法認同:一帆風順的真愛其實不在少數,只是那種愛情沒有戲劇性,裡頭沒有苦惱,因此無法襯托旁觀之樂;雖然也有人講出那種沒有戲劇性的愛情故事,卻連「童話」都不適格。

阿芙羅狄特還沒有被奧林帕斯神族收編以前是大女神,被收編以後淪為男神體制的螺絲釘,雖然是不可小看的螺絲釘,仍然是螺絲釘。我出身大戶人家,不可能去參加民間的宗教活動,總是有機會聽僕人、奴隸甚至雇工津津樂道各自的體驗[17]。他們不會提儀式內容,可是一講到自己的感受,個個眉飛

---

[17] 有別於統治階層對奧林帕斯神族的崇拜,民間的信仰是密教,其中最廣為人知的是埃來夫西斯密教,詳見拙作《陰性追尋》第四、八兩章。雇工:見《奧德賽》11.489 行注。

色舞。我的抒情詩中的酒經，主要是根據他們的經驗談加上我自己的觀察與想像。後來的文學史家說我開創飲酒詩的傳統，就歷史而言是沒錯，因為在我之前不曾有詩人以酒、女人和歌為營造詩情的必備要素。可是就詩論詩，我不喜歡那個頭銜，因為名不正言不順。歐美博物館蒐集的希臘古文物，有一大類叫krater，「調酒缸」。我們希臘人總是在調酒缸兌水之後舀到杯子才喝，這是喝酒講究自我節制的明證，是文明的表徵。只有以狄奧尼索斯為代表的男神和以人馬族（Centaurs）為代表的非我族類才喝純酒，兩者都不存在於現實世界。我提到這個典故，是要說明酒不是給人澆愁用的。

有人問：失戀的人如果不喝酒，怎麼辦？很抱歉，我也不曉得；事實上，我根本不知道「失戀」是什麼意思。你愛上一個人，愛樂就在你的靈魂出生、茁長，除非肉體腐爛，愛會一直棲息在你的靈魂，怎麼可能失去？如果愛的對象是人的外表或身外之物，那另當別論，因為身體和財物同樣經不起時間的考驗。至於「對酒當歌」，我們在僅限男人參加的會飲場合是有可能喝酒聽藝伎唱歌高談闊論之餘，興起唱出市井流傳的詩歌，我和阿凱俄斯的作品都是熱門選項[18]，甚至像《紅樓夢》裡頭的詩會那樣臨場即席創作。可是對我來說，酒主要是隱喻，是用來表示「陶醉」的感覺——讀我的詩陶醉其中，保證陶然不醉。

我也認同莎芙「只問愛不愛，不論男或女」的觀念，所以她的〈至愛最美〉深得我心。該詩使用環狀結構，這是荷馬敘事的基本技巧[19]，在古典時期的辯論術大放異彩，可是我難以苟同。環狀結構美則美矣，是認定人生經驗有其完整性，藉具體的形式呈現主體經驗，我卻無法體會那種經驗。我相信經驗是有整體的意義，可是整體並不等於完整。聽說後現代社會普遍經驗到時間的瑣碎與經驗的斷裂，真是匪夷所思，我領略不來，因為經驗的感受容或短暫，卻是自足的，自足的感受自然構成整體的體驗；許多小整體構成大整體，有如大海波波相連。按我們所了解的自然界，包括時間與空間，都是連續的整體，可分

---

[18] 會飲：sumposia，柏拉圖的哲學對話錄《會飲篇》（*Symposion*）所描寫的那種聚會。這個希臘詞後來透過拉丁文進入英文成為symposium，「座談會」。《阿納克瑞翁詩集》確實有一首詩寫（45.1-2）「酒喝下肚，／憂慮沉沉入睡」（When I drink,/ my worries go to sleep），明顯不是古典時期的作品；另一首寫（48.9-10）「我寧可酒醉躺下，／遠勝過死亡躺下」（it is far better that/ I should lie drunk than lie dead"，格律不規則，也是後古典現象。

[19] 環狀結構：以重複呈現首尾相呼應，詳見本輯〈讀〈愛樂頌〉解愛樂〉一文注24。

析卻無從割裂;人生一如自然界,沒有縫隙,遑論虛空,何來斷裂?

不能不提莎芙詩中普遍被忽視的一個典故。她有一首詩想念歌舞出色的一個女孩子「有如日落後的玫瑰指月亮」(like the rosy-fingered moon after sunset)(殘篇 96.7-8)。該詩描寫阿芙羅狄特神殿的庭園,薰香祭台的四周有一片露珠晶瑩的玫瑰花叢。莎芙在那樣的地方指導女孩子唱歌跳舞——歌舞和織布是女孩出嫁前必學的基本技能。讀過荷馬史詩的人對於「開闊的歌舞場地」一定不陌生,其為聚落的基本公共設施,在荷馬世界的重要性可比擬於城邦時期的集會廣場。女孩子在歌舞場地認識男孩子,在神殿庭園接受婚前教育,啟蒙之後就可以成為新娘,進入夫家準備成為女人。

莎芙的「玫瑰指月亮」明顯套用荷馬史詩廣為人知的意象語「玫瑰指黎明[20]」,雖然同樣採取物理觀點描述自然景象,同樣影射玫瑰之美,意涵卻大相逕庭,朝陽艷麗醒目一變而為月亮清輝吸睛,不著痕跡把價值觀從陽剛轉為陰柔。玫瑰花叢則引人聯想阿芙羅狄特從海中泡沫誕生之後,在塞普路斯島上岸,踩到玫瑰花叢被刺傷,因此傳下一句諺語「沒有不長刺的玫瑰」(No rose without a thorn),意思是美的所在難免有醜陋相鄰,地面如此,人間亦然。前述隱喻的「玫瑰」都是指涉玫瑰花,《伊里亞德》23.186-7 提到阿芙羅狄特的「玫瑰芳香的神油」(rosy-sweet, ambrosial oil)卻是指玫瑰香氣,有色有香正合性愛美神的神相。柏拉圖在哲學對話錄《柯賴陀篇》(Crito)寫蘇格拉底從肉體苦樂攙半的經驗體悟到靈魂不朽的道理,這個抽象的哲理使用文學措詞表達正是莎士比亞十四行詩 35.2 寫的「玫瑰有刺」(Roses have thorns)。

無人不知玫瑰有刺,那是我寫〈戀愛的感覺〉使用玫瑰典故的前提。我不擅長說理,可我確實親身體會到愛樂帶來歷久彌新的感受,希望透過具體的情境呈現我領略的靈魂不朽。回想當初下意識要示愛,並沒有想到自己陷入情網。不經意間發現日來心中彷彿有人在搔養,這才驚覺原來這就是戀愛:驀然回首,愛樂卻在玫瑰花叢中。愛刺痛人心,產生刻骨銘心的情感,莎芙詩中的友情和我詩中的愛情同樣玫瑰有刺。然而,同樣寫抒情詩,我和莎芙的詩有個根本差異:女孩子的啟蒙教育是為了成為女人作準備,那是阿芙羅狄特的職權領域;在那個階段以前的感情歸愛樂掌管,這是我寫詩的靈感來源。莎芙說愛樂是天父和阿芙羅狄特之子,無異於確認阿芙羅狄特在被奧林帕斯神族收編以

---

[20] 見《伊里亞德》1.477 行注。

前的大母神身分。可是莎芙也說愛樂是天父與地母之子，等同於確認他是始祖神的身分。阿芙羅狄特是大母神，主管物種承傳，繁殖是她的神性價值，所以她讓海倫先後愛上梅內勞斯和帕瑞斯。愛樂主管你儂我儂，他在歐洲文學史水漲船高意味著性吸引力的意義從生理意義的繁殖轉向心理意義的戀愛。抒情詩人關注的神學領域從阿芙羅狄特轉向愛樂，意味著關注的對象從群體轉向個體。莎芙認為愛心有待阿芙羅狄特加持。我比她年輕，相信愛樂更甚於母字輩的阿芙羅狄特。而且，我們這一代自主意識比較強烈，不認為需要愛樂的撩撥，而是人能自主決定愛不愛。雖然情不自禁和決定愛下去同樣少不了愛樂的作用，我要強調的是愛樂經驗足以使人陶醉。

　　音譯希臘文 Eros 的「愛樂」是「情慾」或「性愛」的擬人化神格，在赫西俄德的神譜是希臘創世神話中母系神單性生殖第四代神，他的出世揭開兩性生殖的序幕。換句話說，「愛樂」原本指涉肉體的慾望；赫西俄德將之神格化以後，等同於確認兩性結合的本能在人間的不朽地位。希臘神話把生物的本能擬人化，因此產生愛樂，相對於希伯來人把同樣的本能道德化而有善惡知識果，也就是亞當和夏娃偷吃的禁果。這個神話思維的差別反映在文化現象，我們看到希伯來人創造出獨特的一神教信仰，希臘則產生豐富的神話故事。我聽過許多外國人讚嘆希臘神話精彩豐富，那是愛樂論述的功勞，試著剔除情慾成分就知道我的意思。

　　希臘神話多采多姿還有另外一個原因，也是荷馬的遺澤，就是莎芙提到的眼見為真。對視覺經驗的強調塑造出希臘文化理體外爍的性格，話語不只是體現邏輯，而且真實如身體。影響所及，舉例而言，聽到有人傳說愛樂的「神話故事」，就是莎芙提過的 mythos 這個字，我們直覺就認為傳說的人相信那些故事，就是信仰愛樂。為了證明信仰，大家不只是努力傳述自己知道的神話故事，還要用心踵事增華。有這樣的信仰觀念，希臘神話要想不精彩豐富又流傳久遠，戛戛乎其難矣。

　　既然視覺經驗是情感的初發動機，愛樂的相貌與時俱變實不足為奇，這方面的改變幾乎都是我身後的事，因為有助於欣賞抒情旋律而值得一提。酒神之外，希臘萬神殿只有愛樂因社會風氣而改變年紀[21]。我看到的愛樂是我印象

---

[21] 狄奧尼索斯的造型經歷神話、神學與喜感三個階段，反映酒文化由神聖趨於世俗的變遷史，見呂健忠譯注的《尤瑞匹底斯全集 I》引論頁 34-6。

中希伯來神話的天嬰（cherub，複數 cherubim）。到了公元前六世紀開始的古典時期，席莫尼德斯說他是阿芙羅狄特和戰神阿瑞斯的兒子，無疑影射《奧德賽》第八卷這一對神界絕配偷情被捉姦在床的結果。隨後希臘瓶繪呈現的愛樂開始青年化，反映青少年的感情問題漸受重視的趨勢，因此需要專神掌管情慾勃發的人生階段，因而有男童神張弓射情箭的喜感造型，就是我在〈追憶愛樂〉詩中的描寫。

隨著神話愛樂逐漸讓位給神學愛樂，民間傳說的愛樂童子神形像在希臘化時期進一步世俗化。希臘化時期，家庭取代城邦成為社會生活的重心，阿芙羅狄特的神話意涵隨宗教色彩趨於淡薄而越來越社會化，終至於確立愛慾雙神成為年輕母親搭配幼兒的母子神。羅馬人認為希臘文的 eros 在拉丁文有兩個同義詞，即 amor（愛戀）和 cupido（愛慾），擬人格遂有兩個分身，通用於歐陸的是 Amor，喜歡獨樹一幟的盎格魯撒克遜人則習慣稱 Cupid，也就是中文沿襲的「丘比德」。而且羅馬人把他們崇拜的維納斯視同希臘的阿芙羅狄特，維納斯的兒子丘比德也就因此和愛樂同化了[22]。「同化」也意味著原本不相同。文藝復興以降的歐洲繪畫常見以維納斯為題材的作品伴隨小愛神，他們其實是希臘神話的愛樂。歐洲畫家筆下甚至可以看到我在〈致春燕〉所描寫編巢的「眾愛樂」，那樣的景象其實是荷馬「數大為美」這個觀念的遺緒。量變產生質變，所以候鳥築巢來來去去，愛樂結心巢卻綿綿無絕期。

說流變

我還是跟荷馬史詩一樣習慣透過神話思考，可是我站在他的肩膀上，因此看得比他深遠。我和莎芙表達相同的心情，可是我採用不同的觀點，因此看到她沒見過的景象。那個景象，借用希伯來人「亞衛說要有光，於是有了光」的創世神話，一言以蔽之：愛帶來快樂，於是有愛樂。使用你們現代人的措辭，可以這麼翻譯：愛帶來性關係，於是有性愛。在愛樂新世界，我依稀看到靈魂和情慾彼此透過對方體現自己，可是對焦還得要等上七個世紀，就是前文所提到阿普列烏斯的〈丘比德與賽姬〉。我寫的〈車夫〉，不妨當作是詩中說話者的靈魂對情慾的告白——說是抱怨也無妨。

---

[22] 見呂健忠譯注的《情慾幽林》引論〈森森密林探幽微〉乙節。

莎芙習慣視線朝外，因此寫詩著重激發移情心理；我喜歡把眼光往內照射，因此盡可能想要把聽眾讀者拉進我的內在視野。結果，我寫出〈愛情狂想曲〉，讀者如果要保持距離，恐怕只會莫名其妙，覺得為了愛而如此作賤自己，何苦來哉？建議讀者，讀我的詩，別忘了設身處地，設想自己就是詩中的說話者。在這節骨眼，不能不提變形神話觀念的演變。

　　在荷馬史詩，變形神話明顯見到薩滿教（Shamanism）的法術遺跡。隨著希臘人把思維焦點轉向人本身，人的形象不斷擴大，終至於吞噬薩滿教的萬物有靈論（animism）。於是，希臘悲劇的變形故事主要是意志的延伸，人對靈魂的認知越來越清晰。經歷希臘化時期，庶民透過在地連結的變形傳說強化地方特色與認同，明顯有別於前古典時期貴族透過祖先和天神的血緣連結強化城邦意識與自己的統治基礎。公元前三世紀，阿波羅尼俄斯（Apollonius Rhodius）以尤瑞匹底斯（Euripides，公元前約480-406）對悲劇人物心理的刻畫為基礎，取材於伊阿宋（Iason = 英文 Jason，「傑森」）追尋金毛羊皮的故事寫出文人史詩《阿果號之旅》（*Argonautica*）[23]。前述的根基為羅馬詩人奧維德的文筆與想像提供沃壤，終於寫出獨步古今的《變形記》闡明神話變形史觀。在這一段變形文學史，我以抒情筆法呈現靈魂的情慾焦慮，確實是新開一扇視窗。

　　同樣寫愛神，莎芙這位女詩人詩中出現的是愛情女神，我筆下出現的卻是愛情男神，乍看之下似乎性別差異不言自明。其實這樣的差異是個人詩風所致，箇中道理只要把我在〈戀愛的感覺〉7 描寫搔癢的感覺，和莎芙〈火苗〉通篇激烈的措詞稍加比較，發現不同之處即可管窺全豹。莎芙也寫愛樂，照樣暴力連連，如殘篇 47 和殘篇 130，描寫因愛而來的物理徵兆無不是戲劇性飽滿。經驗的本質取決於個人主觀的感受，這印證本輯卷首所引蘇格拉底說愛樂是詭辯家，莎芙卻說愛樂編織故事。我認為自己是魂迷感受中。或許就是這一點「迷」，公元二世紀羅馬時代的希臘作家庖薩尼阿斯（Pausanias）寫了一本書《希臘遊記》（*Description of Greece*），說我是莎芙之後寫情詩第一高手。評價見仁見智，該書提到雅典衛城有我的雕像，這倒是真的。

　　至於悲劇中的愛樂，那是個大題目，請見本輯〈讀〈愛樂頌〉解愛樂〉。

---

[23] 特指尤瑞匹底斯的悲劇《米蒂雅》（*Medea*），中譯收入呂健忠譯注《尤瑞匹底斯全集 I》頁 149-228。阿波羅尼俄斯的文人史詩《阿果號之旅》，見呂健忠著《荷馬史詩：儀軌歌路通古今》6.2.1 乙節。

席莫尼德斯（公元前約 556 – 約 476）

聖美峰

　　古老的故事這麼流傳：
　　美住在峭壁絕崖難攀登，
　　四周環繞天神的聖寶地，
　　凡胎肉眼不可見，
5　　有緣人想攀登攻頂
　　唯有專心致志汗涔涔
　　始能英華坡上凌絕頂。

---

1. 「古老的故事」指赫西俄德《工作與時日》287-92 的寓言故事：「污穢俯拾可得，而且隨處可見；她的住處近在咫尺，道路平坦。可是善良不容易親近，因為天神在她前面擺置許多汗水；通往她的道路又長又陡，起頭的一段崎嶇不平；可是一旦攀登到頂，手到即可擒來」（Badness can be got easily and in great abundance; the road to her is level, and she lives nearby. But Goodness is harder, for the gods have placed in front of her much sweat; the road that leads to her is long and steep, and it is rough at the first; but when you reach the top, she is easy to find）。引譯的「污穢」也可以譯作「邪惡」或「醜惡」，「善良」也可以譯作「清靜」或「美德」，同樣是陰性擬人格。可以引來對比此一價值觀的是莎士比亞在《馬克白》所描寫的「濁清不分」（foul and fair）；參見該劇 1.3.38 行注。
2. 美：原文 Arete 即行注 1 引譯的「善良」，優秀的品質或資質的擬人格；參見荷馬《奧德賽》18.253 行注。
6. 汗：專心致志所致，因此所流之汗不是耗費體力，而是耗費心力。莎芙把少女比喻為成熟的蘋果，孤伶伶留在枝頂，不是採收人沒看到或忘記，而是摘不到。水建馥《古希臘抒情詩選》頁 168 把本行譯作「除非從心底流出血汗」，注云「"血汗"原文為"咬心的汗"，譯文做了變通」。

Simonides (c. 556 BC - c. 476 BC)

On Beauty

As the ancient story goes,
Beauty, dwelling on high rocks unclimbable,
All around near the holy place of gods themselves,
Invisible to mortal men,
5   Is attainable only to the one
Who distresses sweat from within
To attain its height of manliness.

---

7. 英華：即 2 行注的 arete。本行猶言「登上好漢坡」，其性別意識形態難以忽視，現代讀者應該知道卻沒必要刻意強調，因此我寧可取其「登上至美峰」之意。「至美」即中譯標題的「聖美」，因此不是貌美，其意義包含體能、德性、學識、藝能、審美、社交多方面栽培的成果表現在言行舉止；英譯標題的介系詞 "on" 是「歌詠」之意。凌絕頂：借自杜甫〈望岳〉詩中「會當凌絕頂，一覽眾山小」。濟慈在〈希臘古甕頌〉（"Ode on a Grecian Urn"）結尾（49-50）歌頌古希臘文化精萃：「美即是真，真即美——其中蘊含／你們在世間所知與需知的一切」（Beauty is truth, truth beauty,—that is all/ Ye know on earth, and all ye need to know）。甕是骨灰容器，濟慈以文字呈現的甕承載他對於文化根源無窮無盡的想像，引用葉慈〈航向拜占庭〉（"Sailing to Byzantium"）的說法是「知性不朽的功德碑」（Monuments of unaging intellect）（8）。功德碑是記憶在想像的激化之下發酵的成果，「英華」是以植物意象轉譯那樣的成果，一言以蔽之就是席莫尼德斯詩中的女神 Arete，是「善」的化身。如果排除性別措詞，歌德（Johann Wolfgang von Goethe, 1749-1832《浮士德》第二部煞尾合唱「引人超生」的「不朽紅顏」（Eternal Womanhood/ Draws us on high）（12100-1）庶幾近之。本行中譯，參見水建馥「才能登上這人性的高峰」，附注「"人性"或譯"剛強"，和"儒弱"相對」。

【評論】
席莫尼德斯簡介

席莫尼德斯誕生於阿提卡東岸離島 keos（今稱 Kea），在雅典發跡。傳說他是記憶術的發明人，其為「術」即是後世所稱的聯想法。他身為文獻所知第一個要求稿酬的詩人，就詩論詩，質樸的風格顯然有助於開拓讀者群，但是吸引富裕的贊助人卻留下貪婪的惡名。在古代評論家筆下，他的詩以善於激發憐憫之情特別受稱道，因而有「比席莫尼德斯更賺人眼淚」（sadder than the tears of Simonides）（Santos 175）這樣的俗諺。他評論同行也見巧思，如比較史詩傳統的兩位代表：「赫西俄德是園丁，荷馬是編花圈的人：赫西俄德種植天神與英雄的神話故事，荷馬採擷天神與英雄的神話故事編成《伊里亞德》和《奧德賽》這兩個花圈」（D. Campbell 3: 367）。悲劇詩人尤瑞匹底斯在《奧瑞斯》（Orestes）劇中具有箴言風格的犀利詩行「表相即使遠離真相也照樣強勢」（appearance is stronger, even if it is far from the truth），很可能脫胎自席莫尼德斯「表相施暴，連真相也遭殃」（appearance does violence even to the truth）（殘篇598）。就詩論詩，他最膾炙人口的詩句或許是下面三行（D. Campbell 3: 363）：

> 事物具象成文字。
> 詩是動用口舌的畫，
> 畫是沉默不語的詩。

> The word is the image of the thing.
> Poetry is painting that speaks.
> Painting is poetry that's silent.

在另一首詩（殘篇593）他寫道：

詩像蜜蜂，她媒合鮮花
調製美夢產生
香氣習習色澤粉黃的蜜。

Poetry like the bee, she consorts with flowers
To concoct her dream
Of a scented, pollen-yellow honey.

他的詩作就是此一理念的具體實踐。〈聖美峰〉歌詠至真、頂善與絕美，富含哲理又歷歷如繪，可見一斑。這首詩還可以看到他以抽象的觀念取代實體的經驗，標誌嶄新的抒情風格。

附筆：本書引論〈念舊憶往無非愛〉乙節引箴銘詩〈觀 Praxiteles 的愛樂石雕像〉，我所知道的資料都說作者是席莫尼德斯，可是雕刻家 Praxiteles 和交際花 Phryne 都是公元前四世紀的名人，年代明顯兜不攏。

索福克里斯（公元前約 496 – 406）

愛樂頌*（《安蒂岡妮》781-800）

　　　　愛樂攻無不克：　　　　　　　　　　　　　　　〔正旋詩節〕
　　　　　愛樂把富貴人家撲倒，
　　　　　　夜宿少女緋紅的臉頰
　　　　　　　守望到天亮；
785　　　大海不是天險，
　　　　　　山谷草地來去自如；
　　　　　不死族閃不了，
788　　　朝生暮死的人類
790　　　被附身也被逼到瘋癲。

　　　　你蠻橫不講理　　　　　　　　　　　　　　　　〔反旋詩節〕
　　　　　擠迫正直的人走歪路，
　　　　　　點燃父與子這場衝突
　　　　　　　鬥氣不相讓，
795　　　征服待嫁姑娘
　　　　　　慾望盈盈望眼欲穿，
　　　　　坐擁無上律法
798　　　遊戲人間為承歡
800　　　無敵女神阿芙羅狄特。

---

*　這首合唱曲使用對偶結構（見《尤瑞匹底斯全集 I》引論頁 12 釋義）。就美學效果而言，希臘的對偶詩節可比擬於中國文學的對仗：有別於對仗是字音的平仄與語序的結構展現對稱，對偶詩節是兩個詩節使用完全相同的格律，也就是長短音節的配置完全相同；正旋與反旋則表示歌隊舞蹈移動的方向相反。我翻譯希臘悲劇一貫以相同的段落縮排格式和各對應詩行相等的音節字數（漢字都是單音節）暗示對偶結構。789 和 799 並非闕文，而是原文編碼失誤。

Sophocles (c. 496 – 406 BC)

Ode on Love (*Antigone* 781-800)

      Eros, unconquerable in battle,   〔正旋詩節〕
        Eros, descending upon rich men,
          You watch the night through
            On a girl's soft cheeks;
785   You roam over the sea
           And haunt the upland folds.
      Neither can any immortal escape you,
788   Nor any man whose life lasts for a day:
790   He who has known you is driven to madness.

      You swerve from the course so much so that   〔反旋詩節〕
        The minds of just men run off to injustice.
          You have ignited this conflict of men
            Whose flesh and blood are one.
795   But victory belongs to allure flashing
            From the keen eyes of the bride.
          Enthroned in power of ancient laws,
798   playing cruel games with our lives,
800   is invincible Aphrodite.

---

781. 愛樂：情慾／性愛（eros）的神格化。攻無不克：情場如戰場的傳統意象，因此情人有如戰士，可是任何有情人都無法抵擋愛樂的情場攻勢。

782. 預告《安蒂岡妮》類似《羅密歐與茱麗葉》的結局：少年男女相戀，由於家長的反對而殉情。782-4 = 792-4 依次描寫愛樂對安蒂岡妮和她的未婚夫亥蒙的具體影響。

783-4. 愛樂有如值夜班的哨兵。臉頰和眼神（796）特能洩露情心。

785-6. 愛樂下海上陸，無往不利。兩性繁殖是愛樂的天職。

786. 草地：原文重出於《伊底帕斯王》1103「牧草地」（見該行注），其情慾意涵是傳統

的母題，如《舊約‧雅歌》1.16「我們躺身處／翠茵為床」（Wherever we lie/ our bed is green）。也可能影射女神一夜情的對象總是牧羊人，此一母題早見於兩河流域，最後定型於聖婚儀式中女神以牧羊人為新郎，見拙作《陰性追尋》第三章。

787-8. 不死族：永生的神族，特指天神；對比之下，人生短暫有如「朝生暮死」。

790. 被愛樂「附身」即被愛樂「佔有／擄獲」；英譯動詞 to know 是「認識」，如收在本輯阿納克瑞翁〈戀愛的感覺〉所述。《情慾幽林》選譯古希臘田園小說〈達夫尼斯與柯婁漪〉（Daphnis and Chloe），描寫青少年牧羊人與牧羊女「認識」──隱含第一手接觸的經驗，而不只是「聽聞」其名──愛樂的過程。《舊約‧創世記》4.1，亞當和夏娃「行房」，1611 年欽定本英譯就是 "knew"。「瘋癲」的希臘原文重出於《伊里亞德》6.132 酒神狄奧尼索斯的描述詞「狂喜」（見該行注，參見該詩 22.460 行注），指涉「陶醉處於如真似幻的情境」。「狄奧尼索斯使女人陶醉時，她們不需要酒，可是她們陶醉時似乎可比擬於酒醉」（Kerényi 131），不獨宗教經驗如此，愛情經驗亦然；參見我在《尤瑞匹底斯全集 I》引論〈巴可斯信仰的現實意義〉乙節所述。後半行，用我們熟悉的措詞來說就是「中了愛樂的邪，無法冷靜運用理智，不論失神或陶醉，其人非瘋即痴」，如 791-800 具體的說明。

791. 使用第二人稱，營造臨即感，彷彿在腦海重現《安蒂岡妮》第三段插戲（626-780）。詩人使用單數的 Eros，而不是希臘神話圖像藝術常見的複數 Erotes，為的是強調接收外來訊息的理解力（noos）和意志力（boul）雙雙無法發揮作用的那「一股心力」。

796. 形容女方因思慕而殷切盼望的眼神。「情人的眼睛是慾望（himeros）的根源」，這是情詩的傳統母題。795-6 是後位修飾的跨行句，即愛樂「征服慾望盈盈望眼欲穿的待嫁姑娘」。

800. 重複強調 781，首尾呼應以收統攝主題之效，此即希臘詩歌常見的「環狀結構」。這個結構暗示生命原則，強烈對比安蒂岡妮堅持而克瑞翁不以為然的死亡原則。本行英譯使用倒裝語序成為掉尾句，常態句法是 Aphrodite is invincible。英譯 797-8 兩個分詞片語也是倒裝而成為前位修飾，可以還原成常態語序如下：Aphrodite, who is enthroned . . . and who plays . . . , is invincible。這一倒裝，具體可見的功效是煞尾字眼呼應破題字眼，兩位情慾神互相唱和，影射青春戀情衝垮婚姻倫理的劇情結構。

【評論】
讀〈愛樂頌〉解愛樂

　　希臘古典時期，雅典文化創造的黃金盛世孕育出三大悲劇詩人：埃斯庫羅斯、索福克里斯和尤瑞匹底斯。其中索福克里斯傳下三部取材於伊底帕斯的作品：《伊底帕斯王》、《伊底帕斯在科羅諾斯》和《安蒂岡妮》，我譯注的這三部劇本合輯為《索福克里斯全集 I：伊底帕斯三部曲》，本文所論除了〈愛樂頌〉稍作修改，都是根據這個版本。〈愛樂頌〉是《安蒂岡妮》的第三首定位唱曲（781-800），國王克瑞翁和王子亥蒙為了即將進門的媳婦安蒂岡妮而爆發衝突，底比斯長老組成的歌隊有感而唱[1]。

悲劇高岡上陰陽交鋒

　　要了解這首詩的文化意涵，得從整個三部曲的宏觀視野著手。首先有必要澄清以訛傳訛而廣被誤解的《伊底帕斯王》。荷馬史詩《奧德賽》11.271-80 提到伊底帕斯弒父娶母，這是「伊底帕斯」這個名字得以進入希臘神話的基本事實，可是荷馬不了解這個基本事實的歷史真相：希臘有一段時期，男人成為統治者的前提是和特定女人結婚，那個女人必定是在地民間信仰的表徵，如女祭司之輩；後來父系繼承制成為社會共同的記憶，同一王后的前後任丈夫被誤解為父子關係，也因此「殺死聖王」的禮俗訛傳成弒父娶母的傳說[2]。同樣不知其詳，荷馬有意流傳青銅時代的底比斯記憶，索福克里斯卻存心呈現雅典盛世

---

[1] 定位唱曲（stasimon）：劇情進行中所穿插歌隊在歌舞表演區（orchestra）唱的頌詩，通常回應演員以對話呈現的插戲（episode），有別於進場詩（parados）是歌隊在行進中歌唱。

[2] 見我在《奧德賽》11.272 行注和《陰性追尋》2.7〈神話與歷史的陰陽交會〉論「殺死聖王」。特定社會在特定時期有特定的君權嬗遞方式。無論如何，必定先有權力遺缺的事實才可能有權力的繼承，「殺死聖王」是從母系神權過渡到父系君權的權力繼承制度。不論「殺」這個動作的真相為何，腓尼基人卡德穆斯身為歐洲屠龍英雄的始祖，在底比斯和哈摩妮雅（= Harmony，「和諧」）婚配，享受奧林帕斯神族首度出席的人間婚禮，「似乎是希臘人全面承認卡德穆斯及其隨從統治底比斯的紀錄」（Graves 1:199）。

的困境，乘便取為神諭的象徵，象徵人無法全面理解的命運，弒父娶母同樣不是寄意所在³。

《伊底帕斯王》寫底比斯王萊俄斯在城外遇害，凶手是身分不明的外邦人。噩耗傳回城內時，伊底帕斯正巧路過底比斯城外，正確解答人面獅身有翼女妖司芬克絲的謎語，受擁戴為新王，依習俗必須和先王遺孀結婚。十餘年後，底比斯由於縱容兇手逍遙法外而遭受天譴，發生瘟疫。伊底帕斯為了解救黎民於倒懸，決心追查陳年命案的兇手。他抽絲剝繭的結果，發現自己就是那個身分不明的外邦人，甚至進一步得知自己的身世之謎，原來自己就是因為弒父娶母的神諭而被親生父母遺棄的嬰兒，由於雙腳被鐵鍊束縛而腳腫。大難不死，卻應驗天命⁴。肉眼所代表的感官能力既不可恃，伊底帕斯剜目自殘，自我流放。

司芬克絲的謎語：什麼生物早上用四隻腳走路，中午用兩隻腳，晚上用三隻腳。謎底：人。伊底帕斯觀察人的一生，從嬰兒爬行，經歷青壯年直立行走，到老年拄拐杖，歸納已知的事實推出這樣的結論：藉由「行旅」（用腳走路）的隱喻可以定義人生之道。此一推理能力具體反映《伊底帕斯王》劇情的發展。在另一方面，人是女人生產所「創造」，有能力看出人生之道的伊底帕斯卻看不到自己的生命源頭，認不出自己的生母。司芬克絲是埃及的人面獅身獸和荷馬的席王姊妹的綜合體，象徵以身體經驗為本的智慧和死亡的知識，是「太初有道」之前的陰性價值被妖魔化而成為陽物理體中心觀的剋星⁵。荷馬史詩的認知觀念強調眼見為真，古典時期的理體中心觀則是說理為憑；陰性價值有別於陽性價值的一大關鍵是身體經驗有別於語文邏輯。透過記憶的回顧與未來的想像，伊底帕斯的理智能夠超越感官經驗的意義，而進境於理解人生的全貌。然而，他即使聰穎過人，照樣無法理解自己的命運：身上帶著「腳腫」的

---

³ 見《奧德賽》11.263、272 和 273-4 各行注。

⁴ 「應驗天命」和宿命論毫不相干。宿命論（fatalism）主張命運事前注定，根本否認自由意志。天命論（destiny）是理性思維面對世事無常的應變之道：「天」至高無上，人有限的理智無從測定，因此無從理解；「命」則是面對無理可循的人生諸事，凡已然之事皆視其為必然，因此稱為「天意」。

⁵ 司芬克絲，見《伊底帕斯王》36-7 和 130 各行注；席王姊妹，見《奧德賽》12.184、188 和 191 各行注。席王和司芬克絲同樣唱人生之歌，同樣以記憶定義人生之道，同樣隱含生命帶來死亡，同樣肯定記憶是重生之道。「太初有道」是借用基督教一神信仰的語彙（《新約‧約翰福音》1.1「太初有道，道與神同在，道就是神」）陳明陽物理體的終極信念。

生命印記，名字隱含「我知道（人生之謎）」，其實他連自己最根本的「腳的秘密」也不知道，卻自以為走上人生康莊大道[6]。在生命歷程的這一場陰陽交鋒，他獲勝只是表象，揭開謎面卻看不到謎底，不曉得自己從科林斯經德爾菲（Delphi）到底比斯的旅程，離開家庭、進入底比斯解救蒼生，滿懷自信和命運纏鬥，結果竟然看見不堪一睹的人生真相。

伊底帕斯終於不得不承認，代表陽剛價值的理智固然強猛可觀，卻有其侷限，無法看透陰性的生命。但是，他在接受自己的命運之後，毅然決然選擇自己要走的殘生之道。肉眼雖然失明，他卻因此潛入「大黑暗」──或可稱為「人生黑洞」──這個生命的陰性空間，心眼大開，一度破碎的人格得以重整。他不再怪罪阿波羅，很快沉澱激情，把人生視野由外在的物理世界轉向內在的生命空間[7]：

> 如果找得到方法可以阻塞
> 聽覺的源頭，我會毫不遲疑
> 出手把這具臭皮囊給封閉，
> 使自己眼瞎之後又耳聾。
> 1390　心思無憂無慮，該有多舒暢！

> If there were a means to choke the fountain
> of hearing I would not have stayed my hand
> from locking up my miserable carcass,
> seeing and hearing nothing; it is sweet
> 1390　to keep your thoughts out of the range of hurt.

以前接受阿波羅神諭為他定義的人生，他盲目衝撞；現在接受自己的選擇，他心安理得。

---

[6] 伊底帕斯的名字一字雙關：Oedipus = oideo（浮腫）或 oida（我知道）+ pous（腳），「腳腫」或「我知道腳（的秘密）」。

[7] 《伊底帕斯王》1386-90。荷馬以視覺為五官之首，見多識廣即是智慧的表徵；蘇美史詩《伊南娜入冥》（中譯見《陰性追尋》第七章）破題句「從上界最高處她張耳傾聽下界最低處」（From the Great Above she opened her ear to the Great Below）彰顯聽多識廣。這兩種奠基於感官經驗的智慧觀，伊底帕斯在發現物理世界的真相之後恨不得雙雙棄絕。

《伊底帕斯在科羅諾斯》描寫伊底帕斯拄拐杖邁入老年。身為理性的化身，他終生牽扯在情感的漩渦中。他出生後遭父母遺棄，自我放逐後所到之處人人避之唯恐不及，甚至遭遇兒子和妻舅因理性算計而不惜割捨情感的聯繫。除了兩個女兒安蒂岡妮和伊絲米妮不離不棄一以貫之，其他人紛紛重蹈伊底帕斯的覆轍，渾然不知有限的知識無法理解伊底帕斯的人生之旅所象徵人的命運。他流浪到雅典近郊的科羅諾斯。雅典王泰修斯坦承自己看不透伊底帕斯其人之謎，欽佩眼前這個落魄的瞎老頭有迷人之處卻不知其所以然。雖然無法理解伊底帕斯的心眼所參透的真實，他憑直觀接納這個謎樣的流浪漢，成全對方在和善女神的聖林撒手人寰的心願[8]。伊底帕斯臨終前有了棲身之地，情感的漩渦就在這節骨眼醞釀出一場颱風，他本人挺立在颱風眼的位置：他詛咒權力慾薰心而不識情義為何物的兒子波呂內凱斯和妻舅克瑞翁之後，引領泰修斯進入聖林，不知所終，可以確定的是他聽到宙斯的召喚。

由於阿波羅的理性之光的牽引，伊底帕斯走完大起大落的人生之旅，在和善女神的聖地成為雅典的英雄魂。城邦時期所定義的英雄是死後能福佑埋骨之地。索福克里斯為伊底帕斯平反，意在言外期許雅典社會剛柔並濟的理想。泰修斯是雅典崛起之後極力塑造的城邦英雄，光輝耀眼的豐功偉績使得，引奧維德《變形記》7.452，「雅典城找不到陰鬱的角落」（There was not to be found in all the City any place of sadness），在索福克里斯筆下充分體現陰性包容的美德。一如埃斯庫羅斯的《奧瑞斯泰亞》三聯劇結尾，安排陰陽同體的智慧女神雅典娜發揮情理兼顧的美德，為性別戰爭的雙方提供對話的平台，使得怨靈（Erinyes）蛻變成和善女神（Eumenides）；索福克里斯踵武前賢，以伊底帕斯的一生見證陽剛之理與陰柔之情不可偏廢。

自從吉爾格美旭（Gilgamesh）吹響男權大革命的號角，兩性戰爭的烽火從兩河流域往西延燒，在希臘發展成一套恨女霸業的英雄帝國神話論述[9]。這

---

[8]　紀德（André Gide, 1869-1951）在三幕劇 *Oedipus* 和散文體獨白 *Theseus* 為生命情態截然不同的這兩位英雄構思一個共通的主題：人有野心獨當一面，擺脫眾神的心願究竟落空（Russell vi）。索福克里斯筆下，伊底帕斯在「人生黑洞」所體悟直觀的智慧洋溢強烈的神祕主義，那是密教的終極信念（見拙作《陰性追尋》頁195-202），詩人自己並不陌生（見《伊底帕斯在科羅諾斯》1048-50 及相關行注）。

[9]　男權大革命：見《陰性追尋》第一部分神話論述 3.7〈男權大革命〉，和第二部分神話原典《吉爾格美旭》6.7-9 寫標題英雄征服聖山雪松林，凱旋榮歸，拒絕女神伊絮塔（Ishtar）的求婚。拒婚之事顯然影射有男人抗拒在聖婚儀式（見注38）被選任為女神年度夫君的義務。

套論述包括一系列五場戰爭，因愛樂誕生所致的陰陽解離先是分立，最後演變成陰陽對立而聚焦在兩性戰爭。提坦族之戰（Titanomachy）標示神界的世代交替，奧林帕斯神族成為新時代的統治者，反映崇拜宙斯的赫林人入主希臘；父權體制確立，地母從此成為異己[10]。巨人族之戰（Gigantomachy）起因於地母的後代不甘雌伏，奧林帕斯神族得英雄始祖海克力斯之助，土生巨人族死的死，活命的被妖魔化，囚禁在地下成為火山和地震的來源。人形人性的奧林帕斯神族先後戰勝代表「自然」的提坦族和代表「妖魔」的巨人族，接著父神專橫引爆家變，希拉帶頭反撲是為天神族之戰（Theomachy），揭開性別戰爭的序幕。在這場戰爭中，宙斯吞食自己既仰賴又畏懼的「巧智」女神梅緹絲（Metis）之後，從頭上誕生雅典娜，「證實」男神也可以有創生的能力，卻是以純粹的思維取代基於身體經驗的實用知識[11]。性別政治大勢底定，「人性政治」依舊混沌不清，人心遭遇感情和理智的拉扯一如往昔。人馬族之戰（Battle of Centaurs and Lapiths）的結果是，借用佛洛伊德的術語，理性的現實原則戰勝本能的歡樂原則。人馬是半人半馬的複合生物，象徵人性中與生俱來的內在威脅，既是集體社會秩序可能面臨個體動物本能的威脅，也是完整的人格可能面臨情感衝動的威脅。馬是印歐語族賴以征服歐亞大陸的被馴服物種，女性則是男性得以開創英雄偉業的被征服族群：神話世界有人馬猶如現實世界有女人。人馬介於人與獸之間，亦人亦獸又非人非獸，因無法歸類而成為異己，所以需要人間英雄加以征服。女人在天神與男人之間同樣因無法歸類而成為異己，所以需要英雄加以征服，她們是父權神話舞台有待開發的自然／蠻荒族群。女人族之戰（Amazonomachiai，Amazonomachy 的複數）這一場英雄帝國神話論述的系列終局戰其實是個體內在陰性與陽性兩種生命原則本質上互相衝突的外表化，從新石器時代的海克力斯，經青銅時代的阿基里斯和奧德修斯，到鐵器時代雅

---

[10]　赫林人：Hellenes，「赫林子裔」，源自希臘境內說希臘語的印歐人共同的祖先 Hellene；見拙譯索福克里斯《艾阿斯》426 行注，或《荷馬史詩：儀軌歌路通古今》一書 2.4.3〈尋找自己的名稱〉。

[11]　"metis" 兼有「機巧」和「智慧」，具體表現在奧德修斯的人格特質。雅典娜身為以抽象思考取代身體經驗的祖型，威德表現在她的兩個主要神相：戰爭女神和智慧女神。有別於戰爭男神阿瑞斯是戰鬥暴力的化身，雅典娜體現戰略上的運籌帷幄；這種事關謀略的智慧運用，最廣為人知的例子是她在荷馬史詩成為奧德修斯的保護神。以「酒神」廣為人知的狄奧尼索斯的誕生進一步「證實」，宙斯的創生能力不限於腦部思考，甚至和女神一樣能夠透過身體帶來歡樂與生機。

典盛期的泰修斯,陽物理體中心大功告成,父權秩序定於一尊[12]。

父權論述中愛樂誕生

這套父權論述最醒目的插曲發生在希臘中部的薩羅尼克灣(Saronic Gulf)沿岸地區。泰修斯從灣岸南端的特洛曾(Troezen)出發,繞過科林斯地峽,前往海灣北岸的雅典認祖歸宗,一路翦除路霸土匪[13]。父子在雅典團圓之後,泰修斯前往克里特,進入迷宮殺死「米諾斯的牛」(Minos + Taurus = Minotauros),是半人半牛複合動物,故稱為「怪」。

泰修斯成功殺死人牛怪,正式宣告雅典取代克里特成為新興強權。建立英名的後續英雄事蹟就是他征服女人的故事。波希戰爭之後,他從青銅時代的地方傳說跨進民主雅典的城邦神話,和父親埃構斯(Aegeus)的團圓成為兩性關係史的一個地標:父權社會找到了共同的敵人,即英雄必須征服的女性異己[14]。英雄理當為神子,所以泰修斯的母親艾妥(Aethra)必須有個一夜情的男神,以海權為命脈的城邦把想像投射在海神波塞冬可謂順理成章[15]。

由於陽物理體中心觀的確立,以女性的身體經驗為張本的陰性價值成了城

---

[12] 英雄征服女人族的終局戰爭,有兩場特具指標意義的戰役。一是海克力斯的第九件苦勞,他成功奪取女王希波綠塔的束腰帶,把象徵女性貞節的神物變成「在家從父,出嫁從夫」的女人身上的服裝配件,其所有權歸特定的男人掌控。另一是泰修斯成功劫奪希波綠塔,即尤瑞匹底斯賴以鋪陳《希波呂托斯》這部悲劇的背景。關於陰性與陽性兩種生命原則,見拙作《陰性追尋》3.2〈「陰中有陽,陽中有陰」的心靈結構〉。尤瑞匹底斯的《希波呂托斯》呈現衝突的本質在於身體所有權的佔領。此一本質在莎士比亞《仲夏夜之夢》1.1.16-9 的文明化修辭變成,席修斯(Theseus,「泰修斯」的英文音譯)對女人族女王希波綠塔說:「希波綠塔,我用劍追求妳,/贏得妳的愛卻造成傷害,/現在我換個調娶妳為妻,/有盛筵、有節慶,也有歌舞」(Hippolyta, I woo'd thee with my sword,/ And won thy love, doing thee injuries;/ But I will wed thee in another key,/ With pomp, with triumph and with revelling)。

[13] 泰修斯尋父之旅,使用父系觀點的措詞是「認祖歸宗」,其實他出身「只知其母,不知其父」的母系社會習俗,可能是走婚(見注 28)或廣見於父系社會初期而在希羅多德《歷史》被斥為巴比倫人「最無恥的行為」的神女義務(Graves 1:326-7; Herodotus 1.199)。他的尋根神話反映雅典逐步擴大城邦疆界的歷史背景。

[14] 關於雅典建構泰修斯為城邦英雄,見 Sophie Mills 的 *Theseus, Tragedy and the Athenian Empire* 一書。泰修斯殺死人牛怪反映雅典勢力凌駕克里特的歷史背景。

[15] 一如荷馬《奧德賽》卷 11 描寫奧德修斯在陰間所遇代表女性的亡魂,一個個都有凡身配偶,卻和男神生下神子。

邦政體的異己[16]。雅典的身體神話有三個創生世代：土生（chthon）、土生土長（autochthon）、神子（heros）。土生族是地母的後代，包括提坦族和巨人族（Gigantes），是奧林帕斯神族發動男權革命的對象。雅典人開始建構城邦意識時，父權倫理早已確立，由於無法否認「凡人皆為大地母親所生養」這個基本信仰，因此發揮巧思，創造「土生土長」的概念，轉而強調「原住民」的身分，意思是說「我們這些大地之子都是開天闢地以來就共同居住在雅典土地上」。自稱土生土長的雅典人自然創造出土生土長的雅典英雄，英雄必然是神子，即「天神之子[17]」。泰修斯就是雅典盛世所塑造土生土長的神子，是城邦理想的英雄典範。

　　前述的典範是政治的想像，詩人的想像同中有異。話說雅典為了抵抗波斯再度入侵，於公元前487年籌組提洛聯盟（Delian League），原本是鬆散的共同防衛組織，後來逐漸變質成為雅典主導的海軍協防艦隊，到了會議場所與財政總部於公元前454年遷移到雅典衛城，聯盟已實質變成雅典帝國。民主雅典的政治想像和同步發展的文化變革成了失速列車。失速列車衝撞12年，索福克里斯在「有如夢土」的「幽暗平原」看到「軍隊不分敵我連夜廝殺」，無法默爾而息，遂有《安蒂岡妮》之作，憂邦憂民溢於言表[18]。他的憂心不幸成真，雅典和斯巴達落入修昔狄底斯陷阱，爆發伯羅奔尼撒戰爭，於是詩人推出《伊底帕斯王》。至於公元前407完成而401年演出的《伊底帕斯在科羅諾斯》，劇中的雅典王泰修斯其實是被詩人理想化的神話英雄。同樣值得一提的是，索福克里斯在這部絕筆之作寫伊底帕斯成為英雄，其家族的始祖卡德摩斯卻是腓

---

[16] 以政體類比身體，亞里斯多芬尼斯（Aristophanes，公元前約450—約388）《女人天下》（*Ecclesiazusae*，「公民大會婦女」，見我譯注的《情慾舞台：西洋戲劇情慾主題精選集》頁119-77）的第一場插戲有個妙趣橫生而意深旨遠的譬喻。朴辣莎領導雅典婦女作男人扮裝佔領公民大會之後，她的丈夫柏列皮若斯起床找不到男裝穿，因性別焦慮而便秘，肛門「難產」隱喻城邦政體找不到出路；公民大會一通過由女人當家作主的新政，柏列皮若斯立刻順利解放。「難產」的措詞一語雙關，既指涉「政體」與「身體」的類比，又影射男神僭越女性的生產能力。男性師法自然，理體創造政體卻導致身體無法順利排解廢物，新陳代謝因此失調，所以需要性別革命加以撥亂反正。一旦女人當家，革命成功立刻體內廢棄物順利排解，城邦解放在望。柏列皮若斯便秘這個場景可能是亞里斯多芬尼斯全集中最富微言大義的戲劇意念。

[17] 海神波塞冬屬於奧林帕斯神族，所以是天神。

[18] 引文出自阿諾德〈多佛海濱〉（見本書第四輯）31、35、37。該詩第二節（15-20）寫索福克里斯聽濤感悟，影射《安蒂岡妮》第二首唱曲（582-93）。

尼基人；凡胎肉身可以成為英雄，這是劃時代的英雄觀。

索福克里斯呼應城邦論述，為泰修斯寫像卻是用於襯托伊底帕斯。伊底帕斯身為以推理見長的原型英雄，年輕時候在推理道上驅馳，攀登人生的顛峰，經歷人情冷暖最嚴酷的考驗，晚年長眠於善心寶地。大風大浪俱往矣，身後遺留一大謎題：情與理能否兼顧，或如何拿捏？這是《安蒂岡妮》提出的大哉問。伊底帕斯去世之後，兩個兒子為了爭奪王位而引爆七雄攻城之戰。結果，兩兄弟雙雙陣亡。

《安蒂岡妮》的劇情由國舅克瑞翁繼任王位揭開序幕。他下令不許埋葬叛國賊的屍體，指的是自己的外甥之一波呂內凱斯，也是安蒂岡妮的哥哥。安蒂岡妮基於親情與民情，以象徵性的儀式為波呂內凱斯舉行葬禮。她的未婚夫亥蒙是克瑞翁的兒子，調解紛爭未果，父子爆發衝突。克瑞翁把自己和城邦畫上等號，認定兒子成了「女人的奴才」（756），威脅要當場處死安蒂岡妮。亥蒙把自己和未婚妻視為生命共同體，頂嘴回應「她死了，休想另一個也活在人間」（751）。他打算帶安蒂岡妮遠走高飛，克瑞翁卻搶先一步下令把安蒂岡妮關進墓窖。就在這劇情的轉捩點，歌隊唱出第三首定位唱曲〈愛樂頌〉。劇情發展到最後，安蒂岡妮以身相殉，克瑞翁雖然活了下來，可是王后在兒子自殺之後也自殺身亡。

克瑞翁在就職演說宣布的禁葬令是基於維繫城邦秩序所不可或缺的世俗法理，歌隊因認同而唱出〈人類頌〉（332-75）。這首定位唱曲堪稱陽物理體中心最精練的表述，歌頌理智的終極成就，對象不是個別的「人」（aner＝英文 man），而是集體的「人類」（anthropos，英文 anthropology 的詞源）。理性的實踐是世間大驚奇，驚奇的極致在於語言的妙用：語言促進思考，建立城邦體制，廣開學習的通路[19]。可是雅典的城邦政治並不承認女人具有公民的地位，而且〈人類頌〉縷述的活動都是男人的專利，因此我們可以毫不含糊地說，這首唱曲歌頌的具體對象是陽物理體中心觀所看到的「人」，呼應第一段插戲克瑞翁的就職演說，意在言外表揚他是城邦政體的舵手，無疑體現泰修斯神話所推崇的陽剛美德於一身。然而，詩人在驚奇萬物之靈的同時，設下伏筆呼應迴盪古今的一個文學母題：人生無法擺脫死亡的陰影。

---

[19] 雅典在公元前六世紀末開始進行民主改革，最深遠的影響是民主體制之下平民教育的興起，結果造成公元前五世紀的知識大變革。

這個文學母題導致希臘神話僅此一見的殉情記[20]。死亡是人生的定數，不足為奇；可是在有限的人生無限伸張自我的意志，必定是悲劇。克瑞翁在兵慌馬亂中即位，峻法樹威的陽剛立場可以理解。安蒂岡妮抗命雖然是基於兄妹親情、禮俗民情與宗教信仰所賴以維繫的自然法，源遠流長可以追溯到社會最古老的生活經驗與集體記憶，可以說是以情為義，視死如歸衝撞詔令的烈士情懷或「悲劇性的英雄情操」（"tragic heroism," Segal 200）卻是目無法紀，至少是對法紀現狀的叛逆[21]。在亥蒙進諫的第三場插戲，克瑞翁把自己和城邦劃上等號，又以性別戰爭定義這場衝突，他的立場已進退失據。他把安蒂岡妮關進不見天日的墓窖的同時，無異於把自己孤立在沒有出路的圍城，自絕於以情為義的網絡，為自己營造一座人間地獄。體現陽剛原則的法理和體現陰柔原則的情義短兵相接，法理慘勝而情義雖敗猶榮。

　　〈愛樂頌〉這首合唱曲只有一組對偶詩節[22]。正旋詩節描述「愛樂」的作用，聚焦於少女身處戀愛的狀態[23]。性吸引力所向無敵：再多的財富也無法抵擋，待嫁姑娘羞紅著臉，徹夜失眠；山高海闊無能阻隔，永生的天神無法自保，凡胎人類一旦談起戀愛，理性不受節制。反旋詩節具體描述愛樂在劇中的

---

[20] 奧維德《變形記》4.55-166 所述皮拉慕斯與提絲蓓，由於莎士比亞《仲夏夜之夢》的戲中戲而廣為人知，也是殉情，背景卻是巴比倫。

[21] 義者，宜也；親情、民情、人情都是情，是自然情義。這裡說的宗教信仰特指陽間和陰間分別歸天神宙斯與冥神哈得斯管轄，以入土為安表示對死者的尊重即是體現人情之一端。有別於希伯來人信仰上帝為無量正義，信仰是先驗的存在，人有限的理智無法理解，因此義理是絕對的概念；希臘人的分析思維始自觀察現實，即荷馬史詩以親眼所見為實證的基礎，反映知識始自張眼目睹身外物象，卻也因為強調感官經驗而體驗到義理之外另有情義。城邦固然是正義的依歸，卻是奠基在語言邏輯之上，以抽象的推理為經緯；反觀情義，講究親情與人情不可偏廢，情中也有義理在，所以民情與習俗亦可以為法，名曰自然法。世俗法和自然法相依相成，是為社會規範的張本。

[22] 對偶詩節：兩個詩節的形式對稱（格律相同），但歌隊演唱時舞蹈隊形移動的方向相反。

[23] 柏拉圖述及愛的狀態：戀愛的徵兆是恍惚（mania，「瘋癲，狂喜」，王曉朝譯作「迷狂」），被所愛的對象附身，其心理現象和先知被主祀的神附身並無不同（*Phaedrus* 244a-b）。談戀愛是兩個人的事，〈愛樂頌〉單單寫安蒂岡妮，有理可循。陰性心靈本身的包容特質使得女性心理普遍強調感情連結，也容易接納不同的生命體，此所以有「愛情在女人是正餐，在男人卻是點心」這樣的說法，也因此人神溝通需以神靈附身為前提的先知（有別於泰瑞夏斯之輩觀察或傾聽自然兆象）幾乎都是女性，最知名的是多多納（Dodona）和德爾菲的女祭司以及庫邁的席碧珥（Cumaean Sibyl），這也可以合理解釋為什麼酒神信徒以「女信徒」廣為人知。

作為。愛樂以「慾望」（himeros, 796）的姿態從已訂婚少女的眼睛散放柔情，贏得愛心卻無法挽回正義，反而迫使正直的兒子走上偏鋒，統治者代表的城邦法理和待嫁姑娘代表的家庭情義兩種價值觀爆發衝突，愛樂卻幸災樂禍。整首詩以「阿芙羅狄特」收煞，呼應破題的字眼「愛樂」，首尾對應形成環狀結構[24]。796-800雖然文本和語法有不少疑難，整個詩節的意義不難釐清：「愛樂超越人間的善與惡」（Steiner 258）。

音譯取義的「愛樂」身為性愛或情慾的擬人格，是繁殖信仰體系的第一代男神[25]，可以說是兩性關係史上最古老的記憶。從此，按諾伊曼《意識的起源與歷史》（Erich Neumann, *The Origins and History of Consciousness*）書中所闡明，理性的陽剛價值和感性的陰柔價值開始分化，心理觀點是意識從無意識出生，物理觀點是光明從黑暗誕生，社會觀點是混沌的狀態歸於秩序（Neumann 1970: 5-127, 261-360）。城邦（polis）卻晚至公元前十三世紀邁錫尼文明崩潰以後才在希臘開始孕育，那是陽物理體中心觀的發軔期，父系君權逐漸取代母系神權。此一消長之勢在公元前五世紀的雅典演變成主智和主情兩種價值觀的衝突，《伊底帕斯三部曲》反映索福克里斯本人心繫雅典時局的心路歷程。在《安蒂岡妮》，浪漫情懷衝撞城邦法理使得秩序（kosmos）蕩然不存——亥蒙和安蒂岡妮的浪漫關係固不待言，安蒂岡妮的烈士情懷同樣浪漫。在《伊底帕斯王》，鋒芒畢露的理性唯有面對自己的陰影才可能找到出路[26]。在《伊底帕斯在科羅諾斯》，陰陽兩種生命情態只要發揮包容的美德，自然化解異己於無形。把這段歷程聚焦於兩性關係，有助於我們從〈愛樂頌〉看出索福克里斯的苦心孤詣。

---

[24] 環狀結構是荷馬史詩和古典修辭共通的美感形式，我在《荷馬史詩：儀軌歌路通古今》3.2.4〈原型結構〉乙節，以及荷馬史詩譯注本《伊里亞德》引論〈荷馬的世界〉頁35-9，有詳細的介紹。《奧德賽》以雅典娜在天神會議為奧德修斯說項揭開序曲，以她在伊塔卡內戰對他曉以大義畫上休止符，在這個大環的圓心出現一場暴風雨，精美的環中環結構見我在該詩中譯12.448行注的分析。

[25] 赫西俄德《神統記》（Hesiod, *Theogony*）116-22；參見我譯注的《情慾幽林》引論〈深深密林探幽微〉乙節。

[26] 解答人生之謎的英雄是雅典版的屠龍英雄。歐洲第一位屠龍英雄是伊底帕斯的高曾祖父，即在希臘建立第一個世系王朝的卡德摩斯，他踵武阿波羅以弓箭射死大蟒蛇，是為男權大革命的畢功之役，其原型即巴比倫史詩《高山祭》（*Enuma Elish*）所述年輕世代的男神馬爾杜克（Marduk）殺死母神提阿瑪特（Tiamat），這母神是巴比倫版的司芬克絲。

愛樂誕生後個體蛻變

莎芙說過愛樂是地母與天父之子，也說過愛樂是阿芙羅狄特和天父之子（殘篇 198）。不同的說法共同顯示她認為阿芙羅狄特是天后，是蘇美神話的伊南娜（Inanna）一脈相傳的天后，愛樂則出自「只知其母，不知其父」的社會被父系信仰收編的母系單親家庭。按赫西俄德《神統記》所述希臘萬神殿的譜系，愛樂是母系神單性生殖的第四代也是最後一代，因而開啟兩性生殖的世代，神界與人間都一樣。儘管說法不同，有件事可以確定：為異性配對是他的功德。兩性生殖的結果在《神統記》體現為性別戰爭與世代交替，阿芙羅狄特是第一代天父烏拉諾斯遂行肢體暴力之後，在世代交替的焦慮中自體孕育的結果[27]。她的出身和雅典娜如出一轍，是女神的外觀和男神的價值觀的綜合體；被父系社會收編的女神自然服膺父系體制的價值，其張本在於男性沙文的禮制婚姻[28]。她誕生以後，愛樂和「討喜的慾望」常相隨[29]。

〈愛樂頌〉的「慾望」確實「討喜」，愛樂和阿芙羅狄特則是結伴共享不受節制的權力。青春戀情多少含有浪漫的成分，浪漫愛情追求永恆的關係，永恆即無限。然而索福克里斯在《安蒂岡妮》第一首唱曲〈人類頌〉361-4 已明白指出，無常是人生的基本事實。關鍵在於時間：人生是時間從出生到死亡不斷流逝的過程。只有時間靜止的狀態，即死亡，能克服無常。猶如睡美人為了等候白馬王子出現，必須陷入常睡不醒以維持青春永駐，愛情維持永恆的不二法門是殉情[30]。趁情濃時赴死，把時間定格，以求濃情永在宛如長生。易卜生

---

[27] 烏拉諾斯（Ouranos）是「天空」的擬人格，與地母交合卻不許她生產，這是男權宰制女性身體的神話表述。地母和么子密謀閹割烏拉諾斯之後，生殖器落海，阿芙羅狄特誕生。

[28] 禮者，理也；「禮制婚姻」乃是相對於母系社會的野合婚或走婚。以《舊約‧雅歌》之例說明，野合婚如 1.16「翠茵為床」，走婚如 3.4 女方對男說「我帶他到我母親的家，／進到她懷我孕的那個臥室」（I brought him to my mother's house,/ into my mother's room）。

[29] 本段引赫西俄德《神統記》，見《神統記》154-200、929a-t 和 201-2。希臘文獻經常提到「眾愛樂」，以複數型態的 Erotes 合稱，愛樂以外還包括 Himeros（慾望）、Anterso（相愛）、Pothos（單戀）、Peitho（使人動情的言詞表達），他們協同承載使接收外來訊息的「理解力」（noos）和意志力（boul）雙雙無法發揮作用的那一股「心力」。索福克里斯在〈愛樂頌〉兩度提到都是單數的 Eros，無疑暗示安蒂岡妮和亥蒙並沒有喪失理性的判斷，意在言外針砭克瑞翁有違常理。

[30] 睡眠是假死，死亡是永眠，都是時間靜止的狀態，這是世界文化共通的母題，所以美人唯有在沉睡中免於遲暮；參見我在《陰性追尋》頁 251-4 所論。

絕筆之作《復甦》(*When We Dead Awaken*, 1899)，標題字面意思是「我們死人甦醒的時候」，即是以寫實的筆觸陳明置之死地始有永生可言的浪漫愛情的信念；他結束自我流放的歲月，回到挪威之後的第一部作品，描寫祖國現代化運動的《羅斯莫莊園》(*Rosmersholm*, 1886)，劇中的殉情特別強調情侶雙方互為主體的關係。那樣的浪漫情懷仍不見於上古希臘。〈愛樂頌〉以行首重複 (anaphora) 的愛樂落筆，以阿芙羅狄特收筆。這樣的結構，如果免於性別戰爭的烽火，是可以有圓滿的結局：發乎本能的愛樂由慾望陪伴，追隨互許忠誠的阿芙羅狄特。可是緊接著第四場插戲 (801-943) 的悲歌對唱 (kommos)，醒目的主題是安蒂岡妮跨不過「死亡婚姻」的門檻。「死亡婚姻」是人類學用於描述女人在傳統社會的終身大事：女人結婚，離開原生家庭，從一個男人（父親）轉移到另一個男人（丈夫）的手中，能否順利從少女蛻變成女人取決於能否促成夫家傳宗接代，蛻變不成則無異於死亡（參見 Neumann 2014: 91-100）。對安蒂岡妮來說，死亡婚姻不是隱喻，而是活生生的現實，由她親自擔綱在舞台上演出。環狀結構寄意的圓滿成了反諷。

　　安蒂岡妮在法理暴力之下自殺，這一「殺」既是犧牲，又是殉身——她既是城邦世俗法建立秩序的祭品，又是為民情自然法捨生赴義的烈士。待嫁娘同時遭遇這兩種暴力死亡，「其效果是要強調婚姻所代表的啟蒙儀式危機四伏[31]」。〈愛樂頌〉的環狀結構無異於表明，愛樂所象徵情生意動的人生本能和阿芙羅狄特所象徵情意永篤的倫理需求，兩者一線之隔，那一線卻宛如天險。這裡說的「倫理需求」指的是透過父系單偶婚制建立家庭以履行城邦公民的義務。安蒂岡妮無法通過啟蒙儀式的考驗，因為她以親情和民情交織而成的陰性價值為單一的效忠對象；她的陽剛銳志在城邦體制內無異於死亡本能在發威。

　　在深層心理，意識的覺醒通常伴隨個體的發展，而且個體的心理無不是陰陽並蓄，只是比例各有不同。我們在雅典黃金盛世的文化結構看到同樣的特色。雅典悲劇的誕生本身就是城邦體制與抒情傳統各自發展終至於殊途同歸的成果，即尼采《悲劇的誕生》所稱阿波羅精神和狄奧尼索斯精神合軌的成果[32]。公元前五世紀中葉，文化大變革如火如荼之際，城邦固然是公民生活的

---

[31] Calame 143. 啟蒙儀式：initiation ritual，或稱「通過儀式」(rites of passage)，邁向人生新階段的禮儀，通過考驗者擁有新的身分。

[32] F. Nietzsche, *The Birth of Tragedy*. 悲劇源自酒神頌 (dithyramb)，歌隊被酒神附身，陷入恍

重心,社會早已出現浪漫的風氣。最醒目的文化現象無疑是前述風氣對瓶繪藝術的影響。瓶繪情慾元素的表現在公元前 670-570 年間臻於高峰,吻合當時為適唱詩的高峰[33]。就是在那個貴族式微的年代,隨個人意識興起而需要多元的發聲管道,阿芙羅狄特取代愛樂成為瓶繪情慾主題的要角,但仍然維持促成佳偶即功成身退的傳統,此一節制與適唱詩的本質和城邦體制的鞏固不謀而合。到了公元前六世紀末年,發源於愛琴海東岸的獨唱抒情詩和獨盛於希臘本土南部的合唱抒情詩,分別呈現個體情懷與城邦意識,在阿提卡(Attica)的酒神節慶典終於匯流。不到半個世紀,悲劇在公元前五世紀的雅典取代適唱詩,成為標誌雅典盛世的文壇主流,情慾書寫在城邦大典自然被邊緣化。於是情慾現象轉而改變神話的面貌,一方面我們看到原本是兒童造型的愛樂年輕化變成青年,在另一方面則是落腮鬍造型的成年狄奧尼索斯年輕化也成為青年。《安蒂岡妮》的浪漫主題呼應前述社會文化的發展。

索福克里斯這一齣希臘版的《羅密歐與茱麗葉》,不像莎士比亞那樣以政治和解襯托青春戀情的淒美,而是以情心破碎映襯父系家長進退失據。此一劇情反映陰陽兩種價值觀尖銳的衝突,這是取材於伊底帕斯神話難以避免的局面。索福克里斯雖然刻意淡化愛情主題,自始至終不讓亥蒙和標題主角在舞台打照面,卻唯恐觀眾或讀者忽視,因此把〈愛樂頌〉安置在劇本篇幅與劇情發展的雙重核心位置。

忽狀態載歌載舞體驗狄奧尼索斯的狂放精神(見注 23 "mania"),後來加入演員的對話,體現阿波羅所象徵的理性精神,兩種表演形式在埃斯庫羅斯和索福克里斯的筆下發展出精練的美學形式。尼采所稱的文化二元論體現在劇場表演,即是演員的口白(插戲)和歌隊使用格律不一的聲腔(唱曲)交錯進行。他的儀式論觀點有其文化史的洞識,卻也侷限了觀照的視野(cf. Kerényi 315-30),以致於在尤瑞匹底斯的寫實手法看到悲劇的沒落。具體而言,摘述我在《尤瑞匹底斯全集 I》引論〈悲劇的體製〉乙節如下:演員透過對白從事理性的互動,反映現實的經驗,其極端形態是演員的唇槍舌劍,即穿針對白(stichomythia),反映理智的交鋒;歌隊唱詩是超脫現實的經驗,包括回憶、感懷、抒情,其極端形態是場上角色之間情感的交流,即悲歌對唱(cf. Rehm 43-74)。

[33] 適唱詩:melikos,和英文 melody 同源,是廣義的抒情詩(lyrikos =英文 lyric)。上古詩歌以格律分類,適唱詩是相對於適合朗誦的六步格敘事詩,如荷馬的史詩和赫西俄德的教誨詩。參見我在《亞格曼儂》引論頁 6-23 的介紹。

愛樂走調時語體變色

〈愛樂頌〉的主題是少女的蛻變。有別於莎士比亞的浪漫喜劇寫蛻變成功，索福克里斯這部悲劇寫戀愛中的少女蛻變失敗。正如克瑞翁在提到亥蒙的婚事所說「還有別的田地讓他耕種」（There are other fields for him to plough）（569），希臘文化使用農耕意象界定女性身分的蛻變：女性身體是待墾的荒地，一旦被耕耘過，koure（女兒）從 parthenos（少女）升格為 nymphe（新婦），她像農地有了新主人，指日可待開花結果成為 gyne（女人）。抒情詩人發展出一套意象語彙表達那種身分轉變的過程。野外花床草茵之地是不受拘束的開放空間，少年男女流連忘返，那是愛樂的地盤。愛樂在草地促成他們成雙配對。他們回家，進入家門，由阿芙羅狄特牽著愛樂的手陪同，走進庭園這個人力經營的半開放空間，園中纍纍的果實都是她為心意相屬的少年男女所準備。吃過象徵婚禮的果子，他們就可以進入私密的洞房，裡頭有特地為每一對特定新人安置的一張婚姻床，那是 oikos 的基礎，就像《奧德賽》卷二十三奧德修斯詳述自己製作橄欖木婚姻床所透露的弦外之音[34]。在床上，愛樂「顯靈附身」促使新人傳宗接代（Calame 162）。

愛樂促成的關係得以功德圓滿卻有賴於阿芙羅狄特。此所以《伊里亞德》卷十四，希拉試圖干預戰局，使出色誘之計要引誘配偶宙斯行魚水之歡，求助的對象是阿芙羅狄特。荷馬用了整整 202 行（14.152-353）訴說希拉如何心想事成，14.195 提到阿芙羅狄特笑傲人間無敵手的兩大法寶：philotes（可愛）和 himeros（可慾）。先可愛而後可慾。雖然愛樂晚至公元前六世紀末的抒情詩才堪當重任，荷馬當然知道性愛之為用，我們依此一後見之明，不妨說是愛樂把情侶「可愛」轉手給阿芙羅狄特成為配偶「可慾」。其間的門檻就是具現為婚禮的啟蒙儀式。婚禮即婚姻禮制，禮制必有制度化的人倫規範。由於父權禮制的規範，阿芙羅狄特在〈愛樂頌〉800 被稱為「無敵女神」，描述詞 amakhos = a-（反義首綴詞）＋ makhos（戰爭），字面意思是「沒有戰爭」。阿芙羅狄特發威的「場」合不是在「戰」，而是在「情」。可是 makhos 出現在 781「攻」：在愛樂的地盤，情場即戰場。

---

[34] 見我的中譯本 23.184-205 各相關行注，以及《荷馬史詩：儀軌歌路通古今》5.3.3 乙節結尾的部分（頁 185-7）。希臘文 oikos（英譯普遍作 household）特別強調「家」為社會單位的觀念。

阿芙羅狄特出現在〈愛樂頌〉意味著浪漫情懷讓位給忠誠原則。克瑞翁強要以法理忠誠壓制浪漫情意，他的陽剛銳志比起安蒂岡妮不遑多讓，愛樂本能強被壓抑的結果是意識崩解——聽信使在1204-42轉述墓窖現場的情景，亥蒙自殺的原因不言自明。男女主角同樣陽獨盛暴衝而陰積弱不振，陰陽均勢崩解其實是回復鴻濛初判的渾沌狀態，陰陽並存共榮的秩序無跡可尋。

　　對於愛樂的本質最深刻的見識出自喜劇詩人的想像。在柏拉圖的哲學對話錄《會飲篇》，會談的主題是讚美愛樂。亞里斯多芬尼斯（Aristophanes）講了個妙趣橫生而意深旨遠的寓言，和他的喜劇同樣匠心獨運卻又富含希臘風采。人類原本有三種性別：太陽生純陽人，土地生純陰人，月亮的子女則是陰陽性。他們都是圓種人，所有的器官都是我們的兩倍，前後對稱。他們不但前後左右行動自如，甚至有辦法快速滾動。他們自認了得，有恃無恐對天神造反。宙斯要圓種人知所警惕，把他們對半切開，成為我們現在的長相。從那以後，人人都有慾望要追尋圓滿，使「半侶」配成「佳偶」，結合兩半恢復原初的完整，差別只在於有的是陽陽配，有的是陰陰配，有的是陰陽配。亞里斯多芬尼斯以獨樹一幟的風格解釋性相的起源：追求失落的伴侶，成就完整的人性。用現代讀者熟悉的措詞，我在《情慾幽林》頁127把亞里斯多芬尼斯的發言內容摘要如下：「愛是本能的衝動，追尋失落的另一半自我是生而為人根深柢固的慾望，不是要把對方佔為己有，而是要兩相契合；而且異性愛與同性愛都是天性使然」，是基因決定。

　　婚姻禮制講求忠誠，父系社會的婚姻忠誠本身就是不平等的關係。但是在兩性世界，忠誠的義務不限於配偶。愛樂卻天性未馴，天性就是本性，就是野性，就是自然，因此他職司的異性戀不只是不受禮制規範，而且雙方享有互為主體的關係。反觀阿芙羅狄特被收編進入階級制度嚴明的奧林帕斯神族，自然服膺倫理規範與階級意識。她職司的「同性情誼」（homophilia）包括兄弟情誼和姊妹情誼，都是建立在講究忠誠的主從關係的基礎上。這兩種情誼都是常態現象，都是部落社會的啟蒙儀式在城邦體制的遺俗，差別在於兄弟情誼是政治團體，男子由特定的「學長」引導參與社會生活，姊妹情誼是婚姻團體，「姊妹」關係是為進入婚姻生活預做準備（Calame 91-101）。愛樂論述的這個面向造成不少誤解，誤以為希臘文化鼓勵戀童癖（pedophilia）。戀童癖是精神異常的現象；每一個社會都有規範，只要有規範就會有異常行為，以異常行為論斷整個社會是以偏概全，不足為訓。只就希臘而論，不同的城邦有不同的性文

化，本文所論是普遍的常態現象。這個常態世界有兩個廣為以訛傳訛的事例：誤以為阿基里斯和帕楚克洛斯是男同性戀，誤以為莎芙的抒情詩描寫女同團體[35]。

柏拉圖《會飲篇》記述的發言者對愛樂各有所見，卻有一個共同點：對美的「觀」注產生愛樂，為人類帶來善的力量，發揮正面的作用，不論其為形而下的男歡女愛或形而上的意會神領[36]。愛無不透過擬人化的慾望發揮作用：凝視產生慾望，慾望使人樂於傾聽，這是我們所謂「觸電」或「超升」的前提。然而，在這樣的共識上，亞里斯多芬尼斯對於慾望之為用有別開生面的說法。柏拉圖筆下的發言者譴責以性慾為基礎的愛情關係，亞里斯多芬尼斯是僅有的例外；他們提到愛樂都指涉男同性愛，亞里斯多芬尼斯又是僅有的例外。庖薩尼亞斯（Pausanias）試圖釐清那些關係背後的價值系統。為什麼男人追求他所愛的對象受到鼓勵，追求有成還受到讚美？他的發言（180c-5c）透露雅典人並沒有把同性情誼標籤化，倒是譴責並且揶揄在性關係扮演被動角色的人[37]。他描述父母如何提防自己的子女不至於淪為性獵物；有能力的人就買來奴隸當

---

[35] 兩個訛傳各舉一件事就足以反駁。《伊里亞德》9.663-7 明確寫出阿基里斯和帕楚克洛斯各有自己的異性床頭伴侶；莎芙的抒情詩明確提到她有個女兒，而且她愛的對象和讚賞的美有男有女，女性不只一人。其實討論這問題，就像根據十四行詩質疑莎士比亞的性別認同一樣徒勞無益，而且對文學欣賞毫無意義。可以一言而決的是，雙性愛既不是濫情，也扯不上雙性戀，而是有情男女看到身邊的男男女女都有可愛之處。因其如此，我使用「同性情誼」這樣的措詞，可以是同性愛的同義詞，和已被標籤化的同性戀有所區別。

[36] 形而上的意會神領：指蘇格拉底的發言（201d-204c, 208c-212c）。他引述自己從 Diotima 得到的教誨：愛樂不只是對於身體美的慾望，而是以情慾為階梯，使人順藤摸瓜攀登靈魂的終極慾望，體會神聖的不朽之美。換個說法，肉體之愛有助於孕育美的知識，使人在沉思中和心靈進行對話，從中領悟美的本質，有如信徒在密教儀式中透過凝神觀照領會教義的奧秘。英國形上派詩人鄧恩的〈出神〉（見第三輯）或可視為愛樂信徒描寫愛樂密儀的體驗。

[37] 亞里斯多芬尼斯的《蛙》（Frogs）開場戲，狄奧尼索斯說「突然間思戀之情／鑽透我的心，你猜不透有多強烈」（suddenly a craving / smote my heart, you'll never guess how strong, 53-4），海克力斯第一個反應是狄奧尼索斯愛上女人，接著猜他愛上小男生，狄奧尼索斯兩度搖頭。海克力斯自以為恍然大悟，說他一定是愛上男人，狄奧尼索斯卻說那是個令人噁心的玩笑（Frogs 52-8）。海克力斯的猜想依次指涉異性戀、兄弟情誼和同性戀，從最常見到最罕見，最罕見是因為不自然。在另一方面，雅典悲劇三雄先後辭世以後最知名的悲劇詩人阿格桐（Agathon）是歷史人物，卻在文字的虛構世界，包括亞里斯多芬尼斯的《地母節婦女》（Thesmophoriazusae），成為挖苦嘲諷的對象，就是因為他在男同關係中扮演女性的刻板角色。

「家庭教師」（paidagogoi= 英文 pedagogues），在公共場合隨身陪伴兼保護。亞里斯多芬尼斯的例外是情侶互為主體的關係，這樣的關係不見容於父權政治的婚姻禮制。雖然索福克里斯探討的主題屬於政治場域，他確實在那個背景刻劃性格剛烈的安蒂岡妮跨不過死亡婚姻的門檻。

同性情誼就是同性愛，雖然普遍視為「同性戀」（homoeroticism）的同義詞，詞源暗示其本質有所區別。「同性愛」和「同性戀」共同的首綴詞 homo- 指涉「相同的」性別。差別在於詞根：philia 源自「愛智慧」（philosophy = philos + sophy）的首綴詞 -philos，「喜愛」；eroticism 則源自 erotikos，「性愛，情慾」，從 eros 衍生而來。法律不干涉同性戀，除非涉及交易，因為性交易是在出賣身體，會受法律制裁。這是以法律重新確認肉體的神聖性——說是「重新」，因為早自新石器時代女人憑自己的身體經驗形塑宇宙觀，以迄公元前三千到二千年間蘇美人普天同慶的年度聖婚儀式及其遺俗，女性身體的神聖性是天經地義[38]。可是父權當道繼之以陽物理體中心思維的興起，身體淹沒在腦海裡，男性只好師法自然。反映在神話，先是宙斯從頭上生出雅典娜，後來「進化」為下體生出狄奧尼索斯，這是陽物理體思維體驗高潮的時刻：擺脫女性的身體照樣可以創造，照樣享受生命的歡愉。狄奧尼索斯甚至取代象徵家庭的火塘女神（Hestia）成為奧林帕斯神族的成員，全民歡慶酒神節彷彿重現蘇美人的聖婚儀式。

陽物理體觀明確區別精神與肉體兩種愛樂的上下位階，其愛樂論述視慾望為愛樂的一個分身，以主動侵入的動作定義性行為。因此，我們看到這樣的兩性關係：「兄弟情誼」（masculine homophilia）是有長幼位階關係的男同性愛，是陽剛的極致，但涉及性就變質成隱含貶義的男同性戀；「姊妹情誼」（feminine homoeroticism）卻強調彼此的吸引力，有別於強調情侶性關係的「同性戀」（homosexuality）。這樣的觀念無疑反映父權體系所認定的男／女呼應精神／身體的二元位階思維[39]。體現陽剛精神的兄弟情誼在亞里斯多芬尼斯的喜

---

[38] 女性身體的神聖性，見 Rachel Pollack, *The Body of the Goddess*。聖婚儀式：見拙作《陰性追尋》3.5〈聖婚儀式〉和 3.6〈聖婚儀式的迴響〉，其中頁 145-7 談到雅典的情況。巴比倫女人保留《吉爾格美旭》所述「神女」（Shamhat，「女神的女兒」，相對於英雄是「神子」，即天神的兒子）的義務，必需把貞操奉獻給女神米莉塔（亞述人的 Mylitta 等於希臘的性愛美神阿芙羅狄特），希羅多德《歷史》1.199 說是「最無恥的習俗」，其實是父權意識形態在作祟。

[39] 這二元位階思維，更通俗的成見是：男性＝陽，堅強剛毅；女性＝陰，軟弱無常。對於此

劇《鳥》（Birds）是烏托邦社會不可或缺的要素，箇中道理有如奴隸制度在柏拉圖的《理想國》（The Republic）是烏托邦社會預設的條件，同樣反映雅典社會現狀。

愛樂從渾然天成的創生神「沉淪」為性別政治的哲理信念，實乃父權體制的鞏固和分析思惟的發展推波助瀾有以致之。與此呼應的是狄奧尼索斯的沉淪歷程。狄奧尼索斯原本為生命力的象徵，是凱瑞尼（Carl Kerényi）在《狄奧尼索斯》（Dionysos: Archetypal Image of Indestructible Life）一書副標題所稱「生生不滅的原型意象」。他在公元前五世紀不只是取代赫絲緹雅成為奧林帕斯神族的成員，並且和阿波羅分享德爾菲神殿，理性的權威和感性的歡樂臻於和樂融融，造就雅典悲劇的漪歟盛世。然而，狄奧尼索斯當初傳入阿提卡的主要動力是農民渴求身體的解放，如今被雅典城邦體制收編，神話意義隨宗教成分的增加而減少[40]。宙斯全面凱旋，理體耀武揚威，女性的身體首當其衝，她們的性別也因此和狄奧尼索斯狂放不羈的性格同樣被認為對理體秩序的威脅[41]。索福克里斯在繼《安蒂岡妮》之後問世的《翠基斯少女》（Trakhiniai），情慾元素更濃厚，女性的身體則從「在家從父，出嫁從夫」淪落為「父死從子」：元配獲知小三即將入門，使用法術要挽回丈夫的心，卻陰差陽錯害死他，丈夫臨終的遺命是把小三許配給兒子。

性吸引力是兩性戰爭真正的戰場（Haste 164-88），身體則是這個戰場的具體地標：兩性戰爭的焦點是身體主權的爭奪戰[42]。《吉爾格美旭》吹響男權大革命的號角，標題主角為了爭取身體自主權而拒絕女神伊絮塔的求婚，以免淪為聖婚儀式的祭品。革命成功揭開父系男權的歷史序幕。如今克瑞翁以性別政

一性隱喻二元論的文化史探究，見 Helen Haste 所著 The Sexual Metaphor 一書。

[40] 「這個宗教關注於 bios，即個體的生命，其存在與對來生的寄望卻源自 zoë 本身」，象徵靈魂不朽的 zoë 即「和死亡（thanatos）全面對立的生命」，就是「非死亡」（non-death）（Kerényi 349, xxxiv），等同於荷馬在《伊里亞德》22.161 說的 psyche（「靈氣」，參見我在該中譯本的行注）。

[41] 見我在《尤瑞匹底斯全集 I》引論頁 26-37 所論。尤瑞匹底斯的《酒神女信徒》（Bacchae）寫狄奧尼索斯回到出生地底比斯，以宙斯之子的身分控制女人的身體，使她們不由自主集體參加酒神密教的歌舞儀式，又以語言蠱惑身為統治者的表弟彭透斯喪失理性的判斷，偷窺密教儀式，導致家庭殘破而政權解體。這樣的劇情，無異於狄奧尼索斯傳入雅典的興衰史縮影（《尤瑞匹底斯全集 I》引論頁 44-53）。

[42] 性別身體爭奪戰在戲劇舞台的情況，見我在《情慾舞台：西洋戲劇情慾主題精選集》引論頁 9-42。

治之戰取代城邦體制內的價值觀之爭定義他和安蒂岡妮的衝突，義理和情義難以兼顧的意識形態衝突悄悄轉變為父子爭取安蒂岡妮的身體主權。《安蒂岡妮》這個主題上的轉變原本承襲愛樂促使男女成雙配對是性別和解的抒情詩傳統，可是關係不對等的忠誠義務一旦強勢抬頭，和解立刻破局。阿芙羅狄特在〈愛樂頌〉介入愛樂的地盤，濃縮希臘文學從抒情詩興起到悲劇盛極將衰的一段軌跡。

兼具教育啟蒙與婚姻繁殖雙重作用的愛樂論述，始於抒情詩在愛琴海東岸勃興之世，在希臘本土正逢狄奧尼索斯信仰傳入阿提卡。兩岸的文化潮流遙相呼應，在悲劇勝地雅典匯流之後，一方面狄奧尼索斯的慶典演變成揚威顯名的城邦大事，另一方面愛樂神話和衝撞城邦禮制的浪漫風氣互相激盪。浪漫之風隨量變產生質變，在亞里斯多芬尼斯的喜劇變成縱情性想像的語文表演（Alexandrian 56-64）。「他的喜劇本身是狄奧尼索斯的慶生禮物」（Kerényi 336），可是在舞台上，男演員作孕婦扮裝，下體前方垂掛陽物道具，從口頭到動作（action）百無禁忌，女性卻「僅限於擔任展示體態美的默角」（Kerényi 340），名符其實的花瓶。酒神信仰蘊含的生命力在喜劇成為兩性有別的表演和展示。希臘化時期的抒情詩人把那種展演發揚光大，情慾書寫變成知識份子在案頭獨享的文字遊戲；接著田園小說（pastoral novels）開始描寫人「師法自然」——像宙斯模擬生產——結果是同性情誼淪為違反自然的同性戀「性實踐」（Calame 62-6）。

前述轉轍的軌跡，《會飲篇》9.2-7 所述芝諾芬（Xenophon，公元前約430—約354）的發言，為後世留下一幅寫意圖，見證狄奧尼索斯生命力的萎縮。這部對話錄雖然成書於公元前約 380 年，描述之事似乎發生在公元前 422/1 年，也就是《安蒂岡妮》首演後二十年。西西里島濱海古城敘拉古（Syracuse）的舞蹈師傅在房間中央擺一張典雅的高背扶手椅，宣佈阿瑞阿德妮（Ariadne）將進入特地為她保留的閨房，等候狄奧尼索斯離開天神的宴會。阿瑞阿德妮穿新娘禮服進來，坐上寶座。隨後笛樂大奏，正值青春年華的狄奧尼索斯帶著酒意紅光進場，坐在阿瑞阿德妮的大腿上擁抱她。兩人彼此邊愛撫邊接吻之後，走向婚床。現場浪漫的氣氛引人遐思，竟至於已婚的迫不及待趕回家，未婚的發誓要結婚。

使用這樣的情調描寫狄奧尼索斯和阿瑞阿德妮，在阿提卡文學是破天荒之舉。阿瑞阿德妮是米諾斯（Minos）的女兒，奧維德《變形記》8.152-82 描寫

她和狄奧尼索斯的故事，充分見證狄奧尼索斯是奧林帕斯神族的性感絕緣體，絕緣的程度竟至於他把阿瑞阿德妮救出納克索斯（Naxos）的情景，即使有愛樂在場也是事實陳述多於情感表述。甚至雅典慶祝酒神年度四大節慶之一的花節，狄奧尼索斯和執政官夫人（Basilinna）舉行聖婚也沒有當代文獻留傳下來[43]。狄奧尼索斯和阿瑞阿德妮的結合在公元前五世紀的狄奧尼索斯意象是獨立的插曲，跟狄奧尼索斯神話生涯的其餘事件沒有關連，文學和藝術兩個領域都一樣。公元前四世紀的瓶繪畫家開始對這插曲感到興趣，「表現阿提卡主流文化品味的改變以及酒神生命力的萎縮」（Carpenter 68）。在世俗化的潮流中，酒神祭典行禮如儀，悲劇已無可觀。狄奧尼索斯的生命之光只存餘暉，生命力唯性是問，體會愛和認識美限於感官的刺激，愛樂和阿芙羅狄特在人間只好，借用〈愛樂頌〉的措詞，結伴遊戲一場。於是，在《阿果號之旅》3.132-41 出現阿芙羅狄特以玩具賄賂寶貝兒子愛樂對米蒂雅射情箭，誠不足為奇[44]。愛樂雖然在《阿果號之旅》仍然舉足輕重，卻只是隱喻；人性的立體感與心理的深度固然增加，神話的意境卻有如飽經歲月磨損的淺浮雕。

尾聲

　　愛樂世俗化是文化史的大勢所趨。這個趨勢在公元前五世紀的雅典，由於酒神劇場的演出活動而全面滲透到社會各階層，包括統治階層、知識份子與庶民大眾。本文從文化史的角度剖析〈愛樂頌〉的微言大義，指出兩性關係從抒情詩興起以後發生質變的現象。性是豐饒信仰的基本要素，城邦嘉年華卻成為男性集體公然消費女性的語體競賽。然而，悲劇起碼還看得到意識形態的角力；到了新喜劇，父權意識形態全面凱旋，女性淪為花瓶角色，竟連和「理想」相對的「性感」也無跡可尋。反觀男性角色，雖然在舞台上照樣受揶揄，卻是自然的體現，即使未必理想也談不上美感。

　　男女有別，不獨酒神劇場為然。視覺藝術同樣看到兩性形象的落差。希臘古典時期的雕刻，人物造型不講求寫實，而是呈現青春健美的理想形象。男性人物以裸體呈現，女性則蔽衣，布料的描繪越來越細膩，也越自然。有衣物遮

---

[43] Kerényi 299-300. 花節：Anthesteria，百花月（Anthesterion，陽曆 1/2 月）的滿月（希臘當時使用陰曆），歷史悠久可以上溯到邁錫尼時期。

[44] 阿芙羅狄特和愛樂的母子關係，文獻資料首見於此（Campbell 3: 279）。

掩的女性身體在透明的布料下方越來越工筆，堅硬冰冷的石材展現欲蓋彌彰的吸引力，因此女體以半遮半裸的姿態成為凝視者遐思的客體。男體美感是自然的表現，女體美感則暗藏春光，是慾望的客體。公元前 424 年 Victory of Paionios（Paionios 製作的凱旋女神石雕）就展現這樣的趨勢。接著 Praxiteles 於公元前 380 年在 Cnidus 的神廟以裸體的阿芙羅狄特雕像震驚希臘世界：性愛美神沐浴時有人偷窺，她即時伸手遮住重點部位。按古代作家的描述，女神羞怯的表情以及窺視者的情慾反應顯示，她被想像成觀看者注目的對象。展現視覺可慾成為呈現女體美感的基礎，客體的遮遮掩掩可以被主體窺透，這是男性裸體雕像所沒有的情形。

潮流會轉向，而且江山代有才人出。酒神劇場的磁吸效果雖然使得適唱詩的情慾想像和創作能量一時大幅度萎縮，文人的靈魂視野卻持續拓展，而且同步聚焦。公元前七世紀開始流行的箴銘詩（epigram），原本指涉墓碑或還願碑上的詩體銘文，講求精煉有如箴言。墓誌銘尤為希臘一大文化遺澤。到了公元前四世紀，墓銘甚至成為詩人創作的獨立體裁，本書第一輯的〈虛擬莎芙墓誌銘〉即是其一[45]。箴銘體在極短的篇幅以高雅的筆調描寫單一事件，事件不論重大或瑣碎，其題材則以愛情和酒為大宗。本輯隨後譯出的五首箴銘詩，出自兩位詩人的手筆。一位是阿斯克列皮阿德斯以箴銘體發抒浪漫情懷，使莎芙和阿凱俄斯所習用而詩人遺忘達四個世紀的格律重見天日，影響力獨步希臘化時期。另一位是詩選編纂的先行者梅列阿葛。年代介於這兩位詩人之間的阿波婁尼俄斯，地位獨特，另有專文介紹。

梅列阿葛在公元前一世紀初年所編《花環》（Stephanos），時間幅度長達五個世紀，跨越希臘抒情詩從發韌期到公元前二世紀，是為希臘文學讀者所熟悉的《希臘詩選》（Greek Anthology）的基礎。「花環」這個標題大有玄機。希臘文 stephanos 指涉權威（如王冠）、尊榮（如尤瑞匹底斯《希波呂托斯》73 獻給女神的花圈）或勝利（如競技優勝者獲頒的月桂冠殊榮），是陽剛意象。梅列阿葛卻取為寄意他的文學觀：他把每位入選的詩人比喻為一種花，一部詩選乃是眾花編成象徵圓滿的花環，伏案書寫的詩（相對於口頭表演，如史詩吟誦演

---

[45] 我在〈簡論墓誌銘〉一文嘗試以敘事的觀點分析選譯的墓誌銘，那個觀點反映下文說的「描寫單一事件」。參見第一輯〈虛擬莎芙墓誌銘〉。這一類的虛擬之作，在箴銘體發展為獨立的詩類之後蔚成重要的詩類。箴銘體詩在上古希臘文學可比擬於十四行詩在歐洲文藝復興時期的文學。

唱，或悲劇現場演出）被抬舉到前所未有的地位[46]。英文稱「文選」為 anthology，源自希臘文 anthos（花）+ logia（蒐集），正是沿襲梅列阿葛的文學觀。在另一方面，他抒寫情慾心理，包括本輯譯出的兩首詩，提到「靈魂」都是使用 psyche[47]。雖然戲筆之作趨於頻繁，抒情詩人無疑大幅拓展意識的光譜與情感的厚實，荷馬的「臨終氣息」著實有了精神的廣度與心理的深度。

這一場轉向在羅馬時代綻放奇葩。首先是公元前一世紀，維吉爾的《埃涅伊德》這一部羅馬帝國民族史詩，謳歌陽剛價值卻穿插一段感人肺腑的狄兜插曲，曲筆揭發陽剛價值「不足為人道」的幽微。緊接著奧維德的《變形記》，把史詩的形式套進陰性書寫的觀點呈現希臘羅馬神話史，文人史詩的結構無法隱藏作者揚陰抑陽的主題呈現[48]。公元二世紀，阿普列烏斯（Apuleius）的浪子小說《金驢記》（The Golden Ass），其中最長的一段插曲〈丘彼德與賽姬〉，饒富深層心理（depth psychology）的趣味，呈現身體美感大變革的序曲和走向，詳見諾伊曼所著《丘比德與賽姬：陰性心靈的發展》，或拙作《陰性追尋：西洋古典神話專題之一》第五和第九兩章。約當同時，希臘作家龍戈斯的田園小說《達夫尼斯與柯婁漪》也是追尋愛樂的故事，雖然從題材類型、敘事觀點到意識形態，兩部同時期的小說展現截然不同的趣味，卻殊途同歸呈現愛的昇華作用：愛是互為主體的兩個人共同體現完整而圓滿的人生。借用柏拉圖的措詞，愛是追尋失落的自我以成就人性的圓滿[49]。即使希臘化時期以後的創作手

---

[46] 反觀公元前五世紀中葉去世的埃斯庫羅斯，身為希臘悲劇的開創者，傳說他自撰的墓誌銘卻只提馬拉松戰役：「這墓碑下長眠尤福瑞翁公子埃斯庫羅斯／在麥穗累累之地格拉喪命的雅典人；／他的英勇榮光在馬拉松平原傳頌，／還有長髮波斯人心照不宣」（Beneath this stone lies Aeschylus, son of Euphorion, the Athenian,/ who perished in the wheat-bearing land of Gela;/ of his noble prowess the grove of Marathon can speak,/ and the long-haired Persian knows it well）。

[47] 參見第一輯〈虛擬莎芙抒情自傳・真相揣摩〉。

[48] 維吉爾《埃涅伊德》的狄兜插曲，我在《情慾幽林》有摘譯與介紹。關於奧維德《變形記》的主題與觀點，見我的中譯本 1.3 行注。參見我在《荷馬史詩：儀軌歌路通古今》6.2.2 和 6.2.3 兩節所論。

[49] 龍戈斯的《達夫尼斯與柯婁漪》，我在《情慾幽林》也有摘譯與介紹。引用柏拉圖，指的是《會飲篇》中亞里斯多芬尼斯的發言，中譯也收入《情慾幽林》。該對話錄中，蘇格拉底的見解值得一提。他闡明女預言家 Diotima 的愛情神話觀：愛樂不是神，而是尚未人格化的潛勢靈（daimon），是人與神的中介，因此無法理性化或系統化。他看到愛的超自然力量；所愛對象之美激發的慾望其實是對於美與善的嚮往之情。由於愛，人能夠獲致神性的洞識與理解。哲學家開口離不開理想的考量。「理」本身就是一種理想，雖然和情感為

法有遊戲化的傾向，然而文字遊戲的修辭正顯示語言符號與情思的連結趨於綿密，就像莎士比亞和鄧恩透過雙關語向我們展示心理反應的複雜度[50]。

　　基礎的人性本能有鴻溝，卻不至於絕緣。

[50] 本文初稿刊於李奭學、劉雪珍主編的《功成行滿見真如：康士林教授八秩榮慶論文集》（書林，2022）頁 87-115，〈尾聲〉部分係新增。

阿斯克列皮阿德斯（公元前約 320 生）

黑美人*

狄杜梅對我揮舞樹枝，我得意忘形：
凝視她的美，我是火上的蠟。
她皮膚黑又怎麼樣？木炭
點火燃燒，變得像盛開的玫瑰。

---

1. 「揮舞樹枝」可能是隱喻：柏拉圖對話錄（*Phaedrus* 230d）提到「在饑餓的牲口前面搖晃樹枝」比喻招引的作用。本行或可改寫為「我渴望愛情；經不起狄杜梅的吸引，我一往情深」。
3. 參見《舊約・雅歌》1.5：「我雖然黑，卻秀美」（I am dark but beautiful）。

有請三思

幹嘛吝惜貞操？有什麼好處？
好小姐，在陰間你找不到有人愛你。
塞普路斯娘娘帶來歡樂是在人間，
渡過傷心河我們躺下是塵土拌骨灰。

---

* 本詩屬於 carpe diem（= seize the day，拉丁文「把握當下」）這個主題傳統，男性說話者勸情人「花開堪折直須折，莫待無花空折枝」。此一主題在英文情詩蔚成一大母題，尤其但不限於十六、十七世紀，第三輯馬佛爾〈致怯情人〉是其中翹楚。
3. 塞普路斯娘娘：阿芙羅狄特，性愛美神，羅馬神話稱維納斯，誕生於塞普路斯外海，因此以島名代稱。
4. 傷心河：Acheron，希臘神話四條冥河之一（詳見《奧德賽》10.513-4 行注），也用於代稱「陰間」。躺下：（即使）睡在一起。

Asclepiades of Samos (b. c. 320 BC)

Black Beauty

Waving a branch at me, Didyme has carried me away.
Looking at her beauty, I am wax over fire.
If she is black, what is that to me? Coals,
When kindled, grow like blooming roses.

---

3. if：即使,就算。

Prudence

You grudge your virginity? For what purpose?
In Hades you will find none to love you.
The joys of Cypris are in the land of the living;
In Acheron, dear virgin, we shall lie dust and ashes.

---

1. grudge: 做動詞是「不情願給予」。
2. Hades: 冥神,也代稱其管轄領域。

情場勝地

大熱天口乾舌燥
舔到雪塊甜甜蜜蜜,
水手經歷冬天的風暴
感受春天的微風甜甜蜜。
5 另有更甜更蜜沒得比:
一對情侶躲在一件斗篷下
抵抗漲潮,同聲讚美阿芙羅狄特。

---

6. 斗篷是古希臘的制式外套,從荷馬史詩可知也兼作禦寒被褥。

Shelter

It's sweet for a dry tongue
To suck a chunk of snow,
Sweet too for a sailor
To feel the breeze of spring,
But sweeter still when two lovers
Take one cloak as their shelter
Against the rising tide, praising Aphrodite.

阿波羅尼俄斯（公元前約 295-215）

愛在心裡口難開（《阿果號之旅》3.1008-24）

　　他那麼說，把她恭維一番；她兩眼
　　低垂笑盈盈，心窩泛起陣陣暖流，
1010　讚美更使她振奮，於是正面盯住他。
　　她有千言萬語不曉得從何開口，
　　急切希望當場一股腦兒和盤托出。
　　她大大方方從芬芳的束腰帶下方掏出
　　靈物；他當下喜孜孜伸手接取。
1015　她恨不得雙手奉上從胸脯汲取的
　　整個靈魂，為他的慾望歡欣若狂：
　　從埃宋公子頭上那一片濃密的金髮
　　愛樂神奇放送耀眼奪目的光彩，
　　於是伊阿宋擄獲她發亮的眼眸。她的心智
1020　增溫消融，有如露珠在玫瑰花瓣
　　隨黎明的光輝逐漸增溫而融化。
　　兩人時而把視線往地面投注
　　羞答答，時而彼此瞄射餘光，
　　微笑夾帶愛的光輝在額眉下容顏煥發。

1008. 他：追尋金毛羊皮的希臘英雄伊阿宋（英譯「傑森」）。她：黑海東岸古國科基斯的公主，她的父親擁有金毛羊皮。這故事，英文稱 Quest for the Golden Fleece，中文媒體和書市普遍譯作「追尋金羊毛」，是誤譯。英文 fleece 固然有「羊毛」的意思，希臘英雄追尋的並不是羊毛，而是一張羊皮。伊阿宋追尋的羊皮上仍有金羊毛；金毛羊的象徵意義，我譯注的諾伊曼《丘比德與賽姬：陰性心靈的發展》書中〈疏義：陰性英雄情操的奇蹟〉乙節，採取分析心理的觀點有鞭辟入裡的闡釋。恭維：把米蒂雅和阿瑞阿德妮相提並論。阿瑞阿德妮的典故，見本輯〈讀〈愛樂頌〉解愛樂·愛樂走調時語體變色〉結尾兩個段落。
1017. 埃宋是伊阿宋的父親。

Apollonius Rhodius (c. 295-215 BC)

The Power of Love (*Argonautica* 3.1008-24)

     Thus he spoke, honouring her; she cast
     her eyes down with a smile, her heart melting within her,
1010 and, uplifted by his praise, gazed upon him face to face.
     She did not know what word to utter first,
     but was eager to pour out everything at once.
     Forth from her fragrant girdle ungrudgingly she brought out
     the charm; he at once received it in his hands with joy.
1015 She would even from her breast have drawn out
     all her soul and given it to him, exulting in his desire:
     from the golden head of Aeson's son
     so wonderfully did Eros flash forth a sweet flame,
     and he captivated her gleaming eyes. Her mind
1020 grew warm, melting away as the dew melts away round roses
     when warmed by the morning's light.
     And now both were fixing their eyes on the ground
     abashed, and again were throwing glances at each other,
     smiling with the light of love beneath their radiant brows.

【評論】
〈愛在心裡口難開〉賞析：
上古浪漫愛情的典範

　　接觸過希臘神話的人多少知道追尋金毛羊皮的故事。這個故事是希臘英雄第一次集結遠征東方，早在荷馬史詩《奧德賽》已是家喻戶曉。這是荷馬學最明確的結論：奧德修斯在海上的經歷都是從追尋金毛羊皮的阿果號水手的傳說改編而來。比特洛伊戰爭（公元前十三世紀）古老的故事，卻在荷馬（公元前九世紀）之後五百年才成為史詩的題材，從歷史的角度來看有其必然。那個必然，我在《荷馬史詩：儀軌歌路通古今》書中 6.1〈史詩的新傳統〉和 6.2.1〈阿波婁尼俄斯《阿果號之旅》〉兩節已有詳述。長話短說，阿波婁尼俄斯呈現希臘化時期（323-146 BC）的社會風尚，把英雄「情」懷的亮點從情誼轉向情慾：英雄場域不再是戰場，而是情場；兩性關係的意趣不再是男人擁有女人，而是男人需要女人。

　　《奧德賽》問世之後到羅馬勢力伸入希臘之前，以城邦為中心的家庭生活逐漸讓位給因個體勃興而蔚成新寵的浪漫風情。大勢所趨，抒情詩終於取代戲劇成為文壇新寵。英雄從神壇跌落尋常百姓家，"hero" 也從神話的「英雄」變成故事的「男主角」，那是「每人」扮演得來的角色[1]。《阿果號之旅》展現這一股潮流的高峰，既是史詩的蛻變重生，也是「悲劇為體而抒情為用」的總成果；阿波婁尼俄斯模仿荷馬史詩的手法，利用悲劇講求因果邏輯的情節結構，卻呈現抒情詩的本質。由於米蒂雅之助，伊阿宋順利取得金毛羊皮，卻從此亡命天涯，從黑海西岸溯多瑙河而上，南歐繞了一大圈，才從北非經克里特回到故鄉。

　　荷馬身為歐洲文學之祖，確實留下最早一代的抒情文獻，如《奧德賽》

---

[1] 「每人」影射英國中古時代道德劇的代表作《每人》（*Everyman*）的主角，劇中以基督教觀點呈現凡人面對大限到來時的反應。

5.63-74 描寫卡綠普梭強迫奧德修斯同居七年的洞府景觀[2]：

  洞府的四周樹木茂盛枝葉扶疏，
  有赤楊、黑楊，也有散發清香的扁柏。
65 大翅膀的鳥類在這樹林築巢棲息，
  有貓頭鷹、遊隼，也有長舌喋喋的剪水鸌，
  她們在海上迎波逐浪往來忙不停。
  生機勃勃的藤幹在中空的洞府四周
  攀爬蔓延，串串葡萄累累垂掛。
70 四道湧泉並排，水流晶瑩剔透，
  源頭近在咫尺，河道卻各方分流。
  岸邊碧草如茵長滿紫羅蘭和香芹
  繁花競妍。不死族過路目睹這景象
  會瞠目驚嘆，為這勝境佳地心歡喜。

  A luxuriant wood grew around the cave,
  alder, and aspen, and fragrant cypress.
65 Birds with long wings nested there,
  owls, and falcons, and long-tongued shearwaters,
  who care about their works upon the sea.
  Right there around the hollow cave stretched
  a vine in youthful vigor richly laden with clusters.
70 Four fountains in a row flowed with bright water,
  next to each other, but turned in different directions.
  Soft meadows of violet and parsley
  bloomed about them. Even an immortal who passed by
  would gaze and marvel, and be delighted in his mind.

美則美矣，「勝境佳地」卻暗示其中隱藏陷阱[3]。事實上，奧德修斯在島上被

---

[2] 參見《荷馬史詩：奧德賽》譯注本相關行注。

[3] 「勝境佳地」是衍文，借用第四輯〈〈愛情之道〉賞析・情懷自然浪漫〉提到的拉丁文所

卡綠普娑扣留了七年，像被捕捉的獵物。美景少了人情連繫，談不上浪漫。

荷馬抒情並不是抒發浪漫情懷。「浪漫」的英文對應詞是romantic，這個單字自從1628年進入英文以來，萬變不離其中的一個特色是強調「感性」（sensibility）的價值。感性的通道不外視覺和聽覺：聆聽和凝視使人有感生情。第四輯〈〈愛情之道〉賞析〉所附奧維德《變形記》中的〈水體交合〉，描寫仙女薩珥瑪姬絲看到赫馬芙羅，「忍不住多看一眼，看到了自己心底的慾望」（seeing, saw her own heart's desire）（4.316）。聆聽也有同樣的鏡像效果，效果甚至更強烈[4]。官能有感而付出情，即情意動[5]。至少就這一點而論，《阿果號之旅》是上古希臘浪漫愛情的典範之作。選譯該詩卷三行1008-24，題為〈愛在心裡口難開〉，即是著眼於此。

名為史詩卻洋溢浪漫風情的《阿果號之旅》，第三卷寫米蒂雅在父王宮中看到伊阿宋，一見鍾情，聽到獲得金毛羊皮的前提是降伏噴火銅牛和種植毒龍牙，心如刀割。已經觸電的米蒂雅經過一番天人交戰，決心解救伊阿宋。她細心打扮之後，攜帶能夠降妖伏魔的油膏去見心儀的希臘英雄。伊阿宋喜出望外，請求她效法阿瑞阿德妮拯救泰修斯，助以一臂之力。接下來就是選譯的17行[6]。

阿波婁尼俄斯在這17行，彷彿以高速攝影特寫觸電之後迸出的火花。三個關鍵字特別值得一提。1009的「心窩」（heart = thumos）指涉「性情，情感」，那是「心靈洞府」的所在。「洞府」是男權大革命之後，母系女神在人間的居

稱locus amoemus，「清幽之地」，卻往往成為獵豔勝地。此一翻譯詮釋有理可循，見荷馬《奧德賽》5.74行注和奧維德《變形記》5.396行注。

[4] 借用心理學的措詞，薩珥瑪姬絲看到的是自己最深層的記憶。心理學家告訴我們，記憶包括登錄、儲存和提取三個階段，箇中道理有如電腦資料的分類、存檔和取用。大腦最強有力的登錄碼是語言，而不是圖像；相對於視覺暫留只有四分之一秒，使用語言歸檔之後的聽覺暫留長達二十秒，因此暫存記憶轉變成長久記憶的機會大增，可靠度也提高，往事舊情因而得以「回想」或「追憶」，也就是有效連結眼前的和過去的感官經驗，猶如成功點開一個電腦檔案。

[5] 「情意動」的對象從人延伸到自然，即浪漫情懷從人際關聯延伸到人和自然的和解，這可能是十八世紀歐洲浪漫運動在文化史上最重大的意義，標示文明始於征服自然的歷史進程的大轉向；參見第五輯〈華滋華斯評介：自然的啟示〉。

[6] 泰修斯是雅典英雄，他最廣為人知的事蹟是進入克里特迷宮斬殺人牛怪米諾陶，阿瑞阿德妮則是克里特公主。事見奧維德《變形記》8.152-83，該譯本稱米蒂雅為「梅黛雅」。伊阿宋略而不提的是泰修斯偕同救命恩人阿瑞阿德妮回雅典途中，把她遺棄在荒島。

所，可比擬於男神信仰的「神廟」。人間有洞府猶如人體有「心靈洞府」，其哲學表述即 1016 的「靈魂」（soul = psyche）。米蒂雅心窩的暖流聯動到靈魂之後，情意既動，1019 的「心智」（mind = phrenes）自然和象徵愛情的玫瑰掛鉤，理性消融[7]。愛樂的情箭果然使得米蒂雅目眩神移。

《阿果號之旅》的主題是希臘英雄奪取金毛羊皮，米蒂雅的故事在伊阿宋回到希臘之後自然無疾而終。可是就主體性來看，無疑伊阿宋只是男性配角，米蒂雅則是名副其實的女主角。從〈愛在心裡口難開〉可以見微知著。以伊阿宋破題，可是總共 17 行當中，只有三個子句以他為主詞，不足三行（1008，1014，1019）。最後 3 行（1022-4）是以兩人為共同主詞，這樣的起頭和收尾吻合這一趟追尋之旅的情節線索：伊阿宋號召各路好漢，最後以英雄的姿態回到希臘，帶回形而上的精神價值（象徵陽中之陽的金毛羊皮）和形而下的男女關係（番邦公主米蒂雅）雙方面的戰利品。這當中，有兩行（1017-8）描寫愛樂顯靈的奇蹟，其餘超過半數的篇幅由米蒂雅獨佔。果不其然，希臘神話在荷馬史詩問世和雅典悲劇沒落的黃金盛期透過一系列兩性戰爭建構父權體制的正當性，男性以勝利者的姿態發現男人需要女人[8]。史詩發展確實轉了個大彎。

浪漫愛情一定是當事雙方具有互為主體的關係，伊阿宋和米蒂雅即是如此。但是，米蒂雅性情剛烈非比尋常，這樣的個性在父權社會被視為威脅既存的體制，這是恨女情結的一個重要成因。米蒂雅剛烈的性情更落實了既有的社會偏見與成見。偏見與成見同樣不會是一朝一夕的事。早在公元前七世紀，抒情詩人塞莫尼德斯（Semonides of Amorgos）就寫過長達 118 行的〈女人風〉（"Satire on Women"），不入流的長詩竟然完整保留下來，可見「風勁」之強大——「言詞如風」即是「諷」，寄意標題「諷刺女[9]」。詩中以七種動物（豬、狐狸、狗、驢子、雪貂、母馬、驢子）和兩種元素（土、水）為女人分類，例如母豬女人又髒又懶。除了蜜蜂女人，無一有可稱道之處。這首「粗魯又無趣

---

[7] 關於希臘文 thumos、psyche 和 phrenes 這三個詞意，見本輯〈虛擬阿納克瑞翁抒情自傳·說詩魂〉乙節，或《伊里亞德》9.408 和 23.104 各行注。

[8] 一系列兩性戰爭：本輯〈讀〈愛樂頌〉解愛樂·悲劇高岡上陰陽交鋒〉乙節提到的提坦族之戰（奧林帕斯神族擊敗提坦神族）、巨人族之戰（奧林帕斯神族制伏巨人族的反叛）、天神族之戰（宙斯徹底壓制陰性勢力）、馬人族之戰（文明的拉皮泰人戰勝野蠻的人馬族）、女人族之戰（英雄征服女人族）。

[9] 原文（Edmonds 2: 216-25）並無標題，有的英譯本題為 "Types of Women"（女人的形態）。

的詩……用意是取悅和詩人同樣鄙視女性的男性聽眾」（West 34）。這首詩的破題（1）和結論（115-8）如下：

1　　天神為女人創造截然不同的意識[10]

115　這是宙斯所造成最大的災禍，
　　　牢不可解的束縛把我們捆綁，
　　　自從哈得斯[11]接納那一批
　　　為一個女人爆發戰爭的男人。

1　　In different ways god made the mind of woman

115　Zeus made this to be the greatest evil
　　　and put round us unbreakable fetters,
　　　ever since Hades received men
　　　who had fought over a woman.

　　女性是宙斯強加給男人最大的禍害，這樣的結論呼應潘朵拉禮盒的神話觀點[12]。經過時間的沖刷，不入流的諷刺詩成為恨女詩的鼻祖。恨女情結是男權大革命的副產品，在歷史的進程中和愛樂世俗化如影隨形。在愛樂世俗化的潮流中看到米蒂雅和伊阿宋眼神交會迸出愛情的火花，令人賞心悅目。歷史的見識使得阿婁尼俄斯能夠直擊愛樂的真面目[13]，呈現如此璀璨的光景。

---

[10]　意識：noos，見《伊里亞德》9.408，和注 7 提到的 thumos（情感）與 phrenes（心智）共同組成 psyche（靈魂）。

[11]　哈得斯：冥神，代稱「陰間」。117-8 取典於特洛伊戰爭：「哈得斯接納」猶言「向死亡報到」，「一個女人」指海倫。

[12]　潘朵拉（Pandora）是希臘版的夏娃：宙斯把潘朵拉送到人間，她攜帶內裝眾神禮物的盒子。她好奇打開盒子，因此釋放出種種苦難與災禍。「都是女人惹的禍。」

[13]　愛樂世俗化：詳見本輯〈讀〈愛樂頌〉解愛樂・愛樂走調時語體變色〉一文。

梅列阿葛（公元前2-1世紀）

酒杯開懷

酒杯樂開懷，告訴我
它磨蹭芝諾翡拉多情的胃口。
快樂杯但願她把嘴唇緊貼我的嘴唇，
猛喝一口吞下我的靈魂。

---

1. 告訴：酒杯會說話看似擬人格，其實 2 的代名詞「它」卻透露事有不然。顯然本詩寫的是說話者一廂情願的幻想。
2. 磨蹭：「愛撫」。芝諾翡拉是個碎嘴子（prattling mouth），嘴巴老是閉閉合合。胃口：希臘原文 stoma 是「嘴巴」（進入英文成為 stomach 卻是「胃」，並且引申出「胃口，慾望」之意），同時指涉她的酒量與熱情。芝諾翡拉：Zenophila = Zen（詩歌用法的 Zeus，「宙斯」）+ -phila（源自 philos，「喜歡，討喜」）；說話者性幻想的對象是「有福的人」。
4. 喝一口：從前文合理推斷是喝酒，但嘴唇貼在一起也可能是「吸一口氣」。「陶醉」（參見本輯阿納克瑞翁〈戀愛的感覺〉）未必需要酒，如馬婁在《浮士德博士》寫標題主角看到海倫的幻像，心蕩神馳驚呼「我的魂飛走了」（見第五輯馬婁〈就是這張臉〉），本詩的說話者幻想自己的心魂飛到四片嘴唇密接處，順著芝諾翡拉吸口氣就溜進她「中空的洞府」，那個情感的源頭是心魂的容器，從此可望不只心心相印，而且如鄧恩〈早安〉和〈出神〉所描寫的兩魂合一。按「中空的洞府」是荷馬在《奧德賽》5.57 稱呼仙女卡律普娑的住所，奧德修斯流浪十年中有七年被扣留在那個洞窟身。鄧恩的〈早安〉，中譯見《情慾花園》，〈出神〉見本書第三輯。

Meleager of Gadara (flourished ca. 100 BC)

The Joy of Wine-Cup

The wine-cup feels sweet joy and tells me how
It touches the prattling mouth of passionate Zenophila.
Happy cup! Would she set her lips to mine
And drink up my soul at one draught.

愛樂賞

受苦的靈魂啊,你一下火熱發燙,
一下恢復元氣,又是神清氣爽。
有什麼好哭?你撫養無情的愛樂
在胸膛,難道不曉得養虎貽患?
5 現在明白他怎麼回報你好意撫養,
不論是熱燙或冷凍你也只好認了。
自己的選擇,自己承受;任何苦果
自己吞,怨不得滾燙的蜜滋滋響。

Love's Wages

    O sore-afflicted soul, now you burn in the fire
    And now you revive, recovering your breath.
    Why do you weep? When you nursed merciless Eros
    In your bosom, did you not know that he was being nursed
5   For your ruin? Discovering the pay of your good nursing,
    Receive from him fire and cold snow therewith.
    Bear the pain of your own choice; you suffer
    The due reward, burnt by his boiling honey.

第三輯

情界慾海

甜蜜的定義

有一種感覺叫甜蜜
不是睜眼看
不是張口嚐
豎耳聽不見
伸手摸不着
鼻子猛吸也聞不到
得要封閉五官心領神會
品味記憶濃縮的舒暢丸

黑暗中看到海市蜃樓
緊閉雙唇享受回甘
喧囂中傾聽寂靜
擁抱虛空感受溫熱
烏煙瘴氣壓不了凝香
舒暢丸在心頭緩緩融解
流佈全身
從毛細孔揮發

於是地球停止轉動
甚至感覺不到呼吸
終於旭日時時東升
破曉不限時刻
黎明長在我心

馬婁（1564-1593）

一瞥見真情（《希蘿與李安德》167-76）

我們沒權力選擇愛或恨，
因為意志抵抗不了命運。
衣服脫掉，早在起跑之初
170　我們會先預期誰贏誰輸；
看來一模一樣的兩個黃金錠
其中一個特別討我們歡心：
理由沒有人知道，就是這樣，
眼睛裁奪我們觀看的對象。
175　雙方深思熟慮，情意疏鬆：
有誰愛過不是一見鍾情？

---

169. 衣服脫掉：李安德是希臘人，古典時期希臘人裸體運動（英文稱運動館為 gymnasium，源自希臘文稱鍛鍊身體的場地為 gymnasion，詞根 gymnos 是「裸體」），因此脫掉衣服在這裡等同於「賽跑比賽」。他去幽會希蘿也是裸體游泳橫渡海峽，所以有一段他被海神性騷擾的描寫（663-76），見我在《情慾花園》的介紹和選譯。

173. 就是這樣：「這樣就夠了」。

174. 裁奪：to censure 在早期的現代英文有「裁決」之意。

176. 本行由於莎士比亞在《皆大歡喜》的引用（*As You Like It*, 3.6.81）而廣為人知，劇中牧羊女菲碧對牧羊人席維斯的台詞。菲碧愛上女扮男裝又已情有所鍾的羅瑟琳，卻無情奚落對她一往情深而且在她面前卑躬屈膝的牧羊人席維斯。

Christopher Marlowe (1564-1593)

Love at First Sight (*Hero and Leander,* 167-76)

It lies not in our power to love or hate,
For will in us is overruled by fate.
When two are stripped, long ere the course begin
170 We wish that one should lose, the other win;
And one especially do we affect
Of two gold ingots, like in each respect:
The reason no man knows, let it suffice,
What we behold is censured by our eyes.
175 Where both deliberate, the love is slight;
Who ever loved, that loved not at first sight?

【評論】
〈一瞥見眞情〉賞析：鍾情餘話

　　一見鍾情不足為奇，因為見後無情被排除了。節譯自微型史詩《希蘿與李安德》的這十行，描寫潘安再世的帥哥李安德乍見貌若天仙的美女祭司希蘿，當場觸電。這十行常被當作獨立的詩篇來欣賞，小巧玲瓏而結構工整。開頭的兩行指出古希臘視已然之事為必然的命運觀，用我們熟悉的措詞可以說是天意注定：歡喜或討厭繫於心，理性無法運作自如，所以歸命運掌管——有擬人格意義的「命運」即是天意。接著四行（169-72）舉出兩個例子，證明個人的偏好確有其事卻不得其解。後續兩行（173-4）陳明例證的旨趣，也是早在荷馬史詩就奠定的觀念，即眼見為真。煞尾對句（175-6）歸結於男歡女愛的實況：有意識的選擇摻雜大多理性的盤算，不若動情超乎常理來得靠譜。

　　希蘿是阿芙羅狄特（羅馬神話稱維納斯）的女祭司，誓願守貞；李安德是情場老手，卻是性事的生手。他們兩人分別住在海峽的對岸，分屬歐亞兩洲，在維納斯節慶相識。李安德熬不過夜晚的情火，泅過海峽要與希蘿相會，卻吸引海神波塞冬（羅馬神話稱聶普吞），備受糾纏。第三方的騷擾更堅定受害人幽會示愛的決心，決心所帶來的驚奇終於融化女祭司守貞的誓言。馬婁在這首總共818行的詩篇雖然展現想像豐富、筆鋒機智和色調濃烈的奧維德風格，心理的描寫卻付諸闕如，光彩因為少了陰影而顯不出深度。〈一瞥見真情〉透露這可能是他刻意的選擇。

　　馬婁的《希蘿與李安德》和莎士比亞的《維納斯與阿多尼斯》齊名，合為歐洲文藝復興時期情慾文學雙璧。這兩篇取材於希臘神話的敘事詩又稱微形史詩，顧名思義是縮小版的史詩，不只是篇幅短，主題也談不上雄偉，故事更是單薄。這兩位詩人不約而同取材於古典神話，有志一同為了展現詩才而縱情想像，對肉體的謳歌則是整個時代的風尚[1]。在政治意識還不至於鋪天蓋地的年代，解放通常是以身體的解放揭開序幕。

---

[1] 參見我在《情慾花園》的介紹與摘譯。

莎士比亞的敘事詩《維納斯與阿多尼斯》寫女神愛上美男子，對大自然的熱愛和對肉體美的欣賞經緯穿梭，成就一幅情慾花園織錦圖。馬婁的《希蘿與李安德》寫異國戀情必須跨越地理的阻隔和文化的鴻溝才可能結合，是官能美感與青春戀情的讚美詩。有別於斯賓塞（Edmund Spenser, 1552-1599）明辨自然與人工，以悅耳的聲情建立自己的風格[2]，莎士比亞和馬婁致力於筆補造化，以悅目的色調經營文字的效果。他們各擅勝場，以不同的管道展現文藝復興的瑰麗與風華。然而，個別的作家不可能獨力創造文學盛世。此所以我實踐翻譯志業，在奮力拓展閱讀的視野之餘，也致力於深化閱讀的史識。

　　關於馬婁的文學定位與戲劇詩，見第五輯〈馬婁雄渾詩行的美感磁場與莎士比亞劇場的傳奇人生〉。他寫戲劇詩與敘事詩所使用的格律體裁同中有異：同樣使用抑揚五步格，本詩卻是兩行一韻，即「雙行體」。雙行體抑揚五步格詩行又稱「英雄雙行體」，為伊莉莎白時期的英國劇作家所偏好[3]。英雄雙行體後來在德萊敦和波普筆下臻於完善，特稱「英雄對句」；這兩位詩人分別是英國新古典主義（Neoclassicism）的先驅與祭酒[4]。

---

[2] 《情慾花園》有介紹斯賓塞，並摘譯他的《仙后》。

[3] 一個輕讀音節（抑）接一個重讀音節（揚）構成一個音步即是抑揚格，一行詩包含五個抑揚格音步即是抑揚五步格。不押韻的抑揚五步格即「無韻詩」，如第五輯所選馬婁和莎士比亞的作品。抑揚五步格雙行體由於格調高雅而有「英雄詩行」之稱。

[4] 莎士比亞詩中的英雄雙行體，主要用於提醒觀眾豎耳聆聽，包括警句、機鋒雋語和收煞場景或長篇台詞，特具代表性的或許是他的十四行詩和詩節的結句行（參見我在《情慾幽林》介紹莎士比亞並摘譯他的故事詩和十四行詩）。德萊敦，見本輯〈愛樂魂出竅〉一文〈情塚英雄魂：德萊登的音樂之道〉乙節。我譯注的《奧德賽》引論頁 55-6 則有波普的英雄雙行體英譯。如果要廣泛了解這些詩人及其作品的歷史脈絡，可參考 Ifor Evans 所著《英國文學史略》相關章節。

莎士比亞（1564-1616）

眼中情（《威尼斯商人》3.2.63-72）

　　說情意來自何方：
　　是在心裡，或在頭上？
65　如何生，如何茁長？
　　　回話，回話！
　　情意產生在於眼睛，
　　凝眸餵養，情意初生
　　躺在搖籃卻命終。
70　齊來把情鐘敲響。
　　由我起頭──叮咚響！
　　　叮咚響！

63.　情意：fancy，肉眼（64b「在頭上」）所見而產生的情感，那種表象的情意是膚淺的，是 fancy（幻想）的產物。與此相對的是心眼（64a「在心裡」）所見而產生的情感，是實質發自內心的情感。

65.　nourishèd 詞尾母音上的符號表示獨立的音節，因此本行的音節數和 63 相同。

67.　engend'red = engendered.

67-9.　四目交接，眼神互相滋養，因此凝目生情而情有所鍾；可是一見鍾情之後，轉眼間情意無跡可尋，因為感情的基礎沒有深度，無法「茁長」（65）。死在搖籃，即夭折。

68.　餵養：fed，和 63-5 行尾的 bred、head、nourishèd 押韻。本行是跨行，即詩行結束而語意與文法結構卻延續到下一行才完整表達。此一跨行，效果極其強烈：跨行強調延續，有如出生到死亡必有過程，然而語意卻傳達出生隨即死亡，透過反差回答 64 的疑問。

70.　齊來哀悼 67-9 描寫的虛情假意無法持久，暗示真情不能仰賴眼睛。敲鐘通告教友死亡是基督教傳統習俗。情：即重出於 63、67（It）和 68 的「情意」（fancy），為了減少一個音節而省略「意」。本詩中譯各行的音節數和原文完全相同，行中停頓、跨行與押韻模式悉依原文，因此節奏和韻律也幾乎完全吻合。行中停頓是一行詩中的節奏或韻律暫停，相當於五線譜的休止符，通常有標點符號標示。節奏和韻律，見第五輯〈〈火與冰〉賞析與英詩中譯的修辭等效原則〉一文。

William Shakespeare (1564-1616)

Fancy in the Eyes (*The Merchant of Venice*, 3.2.63-72)

    Tell me where is fancy bred.
    Or in the heart, or in the head?
65   How begot, how nourishèd?
        Reply, reply.
    It is engend'red in the eyes,
    With gazing fed, and fancy dies
    In the cradle where it lies.
70   Let us all ring fancy's knell.
    I'll begin it—Ding, dong, bell.
        Ding, dong, bell.

【評論】
〈眼中情〉探微：情感個人主義的徵兆

《威尼斯商人》劇中的一段插曲：波溪雅（Portia）遵照父親的遺願，讓求婚人選匣定親。輪到和波溪雅情投意合的巴薩尼奧（Bassanio）上場，他選擇時有一段獨白，背景是樂隊唱歌，歌詞即此處所譯。歌詞和馬妻的〈一瞥見真情〉唱反調，在劇中的作用是暗示兼預告巴薩尼奧的抉擇。他的獨白這麼起頭（3.2.73-4）："So may the outward shows be least themselves:/ The world is still deceived with ornament"（所以外觀可能和實質最不相稱：／世人一直受到裝飾的蒙蔽）[1]。於是他捨棄金盒與銀盒，選擇最不起眼的鉛盒；果然，盒內擺的是波溪雅的肖像。這段插曲的旨趣吻合莎翁全集的主旋律：看透表面才看得出真相。巴薩尼奧獨具慧眼，因為他自己就是表裡不一的人；他求婚是看上波溪雅年輕貌美又多金，對於表裡不一深知其詳。

莎士比亞身為劇作家，當然知道喜劇注定有情人終成眷屬，情的本質不是重點。然而，他也是心理寫實大師，正如二十世紀最後一位文學批評泰斗哈洛・卜倫（Harold Bloom, 1930-2019）在《西方正典》（*The Western Canon*）第十六章所宣稱，佛洛伊德對人性的洞察源自他精讀莎士比亞戲劇。莎翁本人看得透現實人生的虛假，因此游刃有餘在舞台上創造出真實的人生。《皆大歡喜》劇中 2.7.139-42，杰奎思廣為人知的台詞道盡箇中幽微：

> 世界一舞台，
> 全體男男女女只是演員：
> 他們都有下場與上場的時候；
> 每個人在場上扮演許多角色，
> ……。

---

[1] 引文的 still 即 continually。前一行的常態語序是 So [what] the outward shows may be least themselves。

> All the world's a stage,
> And all the men and women merely players:
> They have their exits and their entrances;
> And one man in his time plays many parts,
> ....

每個人扮演的這「許多角色」，就是現代心理學家所稱的「人格面具[2]」。哈姆雷特更是對伶人一針見血指出演戲的宗旨（*Hamlet* 3.2.17-24）：

> 動作配合台詞，台詞配合動作，特別注意這一點就不會逾越自然的常軌。凡事表演過頭都違背演戲的目的，因為演戲的目的，從頭到尾、過去和現在同樣可以說是高舉明鏡照自然，彰顯善與惡的本來面目，讓時代能夠有自知之明。

> Suit the action to the word, the word to the action, with this special observance, that you o'erstep not the modesty of nature. For anything so o'erdone is from the purpose of playing, whose end, both at the first and now, was and is to hold as 'twere the mirror up to nature; to show virtue her feature, scorn her own image, and the very age and body of the time his form and pressure[3]

讀者一旦看透鏡框舞台[4]的虛實，不難領會《威尼斯商人》選匣定親插曲的反諷

---

[2] 人格面具：personae，單數形態為 persona，拉丁文「（演員在演戲時所戴的）面具」，因此指涉演員扮演的角色，引申作「人格」。到了二十世紀，分析心理學派的創始人榮格用於稱呼一個人在不同的社交場合所表現的不同形象。

[3] 以上引文，莎翁使用散文體，因此行碼無法對應。o'erstep not = do not oversetp（不至於超越限度）。o'erdone = overdone（過度）。modesty：「曲盡其意」（顏元叔 310），逼真之感。nature：「自然」，指人性及其表現的本然狀態，即現實人生。視 nature 為「大自然」的同義詞是浪漫主義以後的事。'twere = it were。to show virtue her feature：顯示美德她自己的特色。(to show) scorn her own image：顯示荒誕她自己的荒誕相。(to show) the very age and body of the time his form and pressure：顯示時代及其實體的真相。實體：特定時代（the very age = the time）最重要因此最不可或缺的部分。猶如個人的「實體」是一個人的「身體」，時代的「實體」可以說是特定時代所蘊含的精神面貌。his：時代的。form and pressure：蓋印章時施加壓力（pressure）所顯示的形狀（form）。

[4] 鏡框舞台（proscenium-arch stage）是傳統劇場最普遍的形式，在舞台台口以門拱結構分隔觀眾區與表演區的盒型封閉舞台。名稱本義是以鏡框式的台口創造一個「視窗」，即所謂

（ironical）意趣，〈一瞥見真情〉這首歌詞自然敲響警世鐘：愛必定要求其深刻，否則無法長久。

莎士比亞生逢歐洲文藝復興這個漪歟盛哉的時代，身為英國這個歐洲新興強權國家的代言人，以 38 部劇本和 154 首十四行詩奠定正典宗師的地位。把他擺在情慾文學史觀的視野，或許可以引勞倫斯・史東在《英國十六至十八世紀的家庭、性與婚姻》的一句話蓋棺論定：「人人知道浪漫愛情，一些人體驗到浪漫愛情，但只有少數年輕朝臣將浪漫愛情當作一種生活方式，而連他們也未必認為愛情是終身婚姻的合適基礎。[5]」

莎士比亞在 1616 年去世之後，由於傳自歐陸的君權神授之說與宗教改革運動的影響，英國政局動盪不安，先後爆發清教徒革命與內戰（1642-1651）。1660 年，查理二世重返英國掌權，是為王政復辟，秩序復原。然而，經歷文藝復興時代的宗教大解放之後，社會制度與兩性關係急遽世俗化，與此相呼應的是個人隱私的概念開始受到重視。歡樂世俗化與個人化的結果，到了十七世紀末、十八世紀初，追求現世的歡樂成為個體心理動機的主要關懷。當時有產階層的菁英份子開始承認並接納性乃是生之大慾的觀念（Stone 181-224）。這個觀念反映在詩壇就是「把握當下」的主題[6]，江森在某個意義上可以說是開風氣之先。

前述個體心理動機的新關懷，可籠統稱之為情感個人主義。情感個人主義興起後，很快發展成沛然莫之能禦的浪漫運動。這場文化運動由法國思想家盧梭（Jean-Jacques Rousseau, 1712-1778）「捏造浪漫情」揭開序幕（Darnton 299-368），在德國激起巨大的迴響，史稱狂飆運動（Sturm und Drang）。狂飆運動的迴流在 1789 年激發驚天動地的法國大革命，整個歐洲的政治、經濟與社會

的「第四面牆」，讓觀眾透過這片虛構、被拆掉的「牆」觀看舞台上的演出。「鏡框舞台」之稱則是把門拱結構比喻為鏡框，舞台有如一面鏡子，觀眾看到的舞台世界是現實人生的鏡像，因此看戲無異於「高舉明鏡照自然」。

[5] Stone 1: 153. 我編選譯注的情慾五書，即是嘗試以情慾文學史觀呈現我個人對於西洋文學的認知。這五書包括《情慾幽林：西洋上古情慾文學選集》、《情慾花園：西洋中古時代與文藝復興情慾文選》、《情慾舞台：西洋戲劇情慾主題精選集》，以及本書《抒情旋律：上古希臘與近代英美抒情詩選》。情慾主題是遍地開花的文學現象，此一現象早在神話領域就有跡可尋，因此我也把探針刺進神話學的研究與翻譯，已出版《陰性追尋：西洋古典神話專題之一》，計畫再接再厲的是《男權大革命：西洋古典神話專題之二》。

[6] 「把握當下」：見第二輯阿斯克列皮阿德斯〈有請三思〉標題注。

面貌經歷大變革。迴流穿越英吉利海峽,浪漫主義席捲英國文壇。進入十九世紀,在社會議題蔚然成社會學的年代,挪威劇作家易卜生身受浪漫運動的洗禮,認同「愛情是終身婚姻的合適基礎」。這位現代戲劇的創始人,不只是傾創作生涯最後二十年的心力闡明「沒有愛情基礎的婚姻是人生的原罪」,甚至把這個價值觀標舉為人生信念[7]。易卜生透過中產階級寫實劇展現的人生信念具有承先啟後的意義,其流風遺緒,我們在二十一世紀仍然深刻感受餘波盪漾。

---

[7] 見我譯注的五冊本《易卜生戲劇集》各冊引論。

江森（1572-1637）

歌贈席莉雅

對我祝飲只消眼波，
　　我用眼神回敬；
或只一吻在杯中留，
4　　我不再把酒尋。
靈魂興起一陣焦渴，
　　需要喝口醇醲：
可我縱有周夫的神酒，
8　　也不換妳的分。

---

1. 只消：只需要。
1-2. thine = yours，早期現代英文第二人稱單數代名詞的所有格，其受格為 thee（9），主格為 thou（13）。只要妳願意看我一眼讓我陶醉，我會以心相許回報妳。回敬：pledge，兼有「祝飲」和「山盟海誓」二義，前一義呼應 drink to（對……敬酒）。
1-8. 妳的眼睛水汪汪，眼波無異佳釀使我如醉如痴，因此不妨以四目交接取代斟酒對酌，亦即以真情（故有 5「靈魂……焦渴」）取代禮儀。
3. 或：or，也可以有「要不然」之意。只：but = only。
4. 把酒尋：可以是「在妳吻過的杯子裡找酒」，也可以是另外找酒。無論如何，既然杯中有妳的吻，我只要吻那個杯子即可陶醉。參較第二輯梅列阿葛的〈酒杯開懷〉。

Ben Jonson (1572-1637)

Song: To Celia

Drink to me only with thine eyes,
    And I will pledge with mine;
Or leave a kiss but in the cup,
4   And I'll not look for wine.
The thirst that from the soul doth rise,
    Doth ask a drink divine;
But might I of Jove's nectar sup,
8   I would not change for thine.

---

5. doth = does，早期現代英文的寫法，可以有強調動詞 rise 的作用。關係子句的語序，動詞（doth rise）和介系詞片語（from the soul）倒裝。
6. 需要：ask = need, require。醇醴：drink divine，即 divine drink（神界的飲料，即 7「神酒」），後位修飾在英文通常是語序倒裝。語序倒裝無非是為了修辭效果，包括強調、押韻或節奏。
7. But might I . . . sup = But if I might sup，與事實相反的假設，「但是我就算可以啜飲（sup）」。周夫：羅馬神話的主神，相當於希臘神話的宙斯。nectar 是奧林帕斯神族所喝的飲料。
8. change for: give in exchange. 不換妳的分：「不願拿妳〔剛才留吻在杯中〕的酒交換〔周夫的神酒〕」。按原文的 thine（= yours）依標準英文來理解是「妳的酒」，可以指涉 4 泛稱的「酒」、3 留有香吻的杯中酒、或 1 代替酒的「眼波」，從文義推敲卻是「妳的吻」；中譯的「分」（唸去聲）刻意含糊其辭，可以兼涉受吻的福分、酒的份量或緣分、情分。

日前送妳玫瑰花環，
　　不是為妳增光輝，
更要寄望在妳身旁
12　　花不至於枯萎。
願妳對它呼氣綿綿，
　　然後把它送回；
保證以後茁長吐香，
16　　都是妳的氣味。

---

9. 日前：late = lately。
10. 譯文如同原文有七個音節，破格。整首詩的單數行是四步格，有八個音節，奇數行常態是三步格，六個音節，這是正規的民謠格律（ballad meter）；不過民謠體是四行段（四行構成一個詩節），單數行押韻，即 ABAC 的行尾韻。江森卻是八行段，行尾韻模式為 ABCB ABCB。
13-4. thereon: on it，在玫瑰花環上。didst = did，sent'st = sent；早期的現代英文書寫，第二人稱主詞的動詞加上尾贅詞 -st，如果格律需要多一個音節則代之以 -est。
15. since when = since that time
16. 「不是玫瑰自己的香氣，而是妳的香氣」（第二人稱受格代名詞 thee 前面省略 of）。

I sent thee late a rosy wreath,
    Not so much honoring thee,
As giving it a hope, that there
12   It could not withered be.
But thou thereon did'st only breathe,
    And sent'st it back to me;
Since when it grows, and smells, I swear,
16   Not of itself, but thee.

且來體驗情可歡（《胡禮》3.7.196-213）

來，席莉雅，趁現在
　　來體驗歡趣情愛。
時間不會一直等我們，
4　　倒是會拆散我們的歡情。
可別糟蹋他的大禮。
　　太陽下山還會再升起，
可是一旦喪失這光明，
8　　對我們卻是永夜降臨。
幹嘛耽誤眼前的情趣？
　　名節和閒話只是玩具。
難道無法蒙蔽家裡面
12　　為數不多可憐的眼線？
或是灌迷湯花言巧語
　　使他的耳道徹底淤積？
偷吃情果不算是罪，
16　　甜蜜的贓物見光才可悲；
捉姦在床親眼見
　　才能認定是現行犯。

---

2. 體驗：原文是首行 prove（= experience），憑身體的經驗證實。歡趣情愛：the sports of love = sex；見本輯馬佛爾〈致怯情人〉37 行注。
4. 倒是會：到頭來終究會。歡情：good = happiness。our good will sever 的常態語序是 will sever our good。
5. 他：一如 4 略譯的代名詞 He，指涉 3 擬人化的「時間」。
7. 光明：歡樂時光。其反義即 8 的「夜」（沒有歡樂情趣）。
9. 情趣：對於胡禮之流而言，「情愛」（＝愛情）等同於「性愛」（＝愛性），因此「情趣」即「性趣」，其趣盡在於 2 行注所述身體的經驗。

Come, My Celia, Let Us Prove (*Volpone,* 3.7.196-213)

  Come, my Celia, let us prove,
    While we can, the sports of love;
  Time will not be ours forever;
4   He at length our good will sever.
  Spend not then his gifts in vain.
    Suns that set may rise again;
  But if once we lose this light,
8   'Tis with us perpetual night.
  Why should we defer our joys?
    Fame and rumor are but toys.
  Cannot we delude the eyes
12   Of a few poor household spies,
  Or his easier ears beguile,
    So removèd by our wile?
  'Tis no sin love's fruit to steal;
16   But the sweet thefts to reveal,
  To be taken, to be seen,
    These have crimes accounted been.

---

10. fame（名聲）和 rumour（傳聞）原本是同義詞，同樣展現奧維德《變形記》12.39-63「傳聞宮」寓言所描寫口語傳播的威力：人及其事蹟流傳久遠而聞之者眾，此即名聲、名望或聲譽，在傳統社會幾乎是男人的專利，在女人通常限於兩性關係的貞德節操；其負面意涵往往離不開性，男性的經驗會被美化（如「紅粉知己」），女性則被醜化（如「水性楊花」）。

13-4. 常態語序為 Or（省略 11 "cannot we"）beguile his easier ears, [which are] so removed by our wiles，「或是唬弄他那雙隨遇而安的耳朵，這一來他的耳朵就被我們的詭計移除）。removèd 的音標記號表示 -ed 要念成一個獨立的音節，因此這兩行都是工整的揚抑四步

截尾格（行尾的音步省略輕讀音節），是本詩的基本格律，也是莎劇《馬克白》女巫開宗明義為自己在劇中角色定性的聲韻，性屬陰柔。他：席莉雅的丈夫，詳見〈情感個人主義的春雷・為席莉雅而唱〉介紹《胡禮》。

15-6. 偷吃情果：取典於《舊約・創世記》亞當和夏娃偷吃禁果。甜蜜的贓物：偷情。經文稱禁果為「善惡知識果」，善惡知識即性知識，而且亞當和夏娃確實帶來原罪，因此至少就基督教觀點而論，說話者明顯是強詞奪理。然而，從情感個人主義的觀點卻不無道理。

【評論】
情感個人主義的春雷:醉情可掬

莎士比亞去世(1616),清教徒革命偏激的意識形態斷送了英格蘭的戲劇命脈,發抒個人情懷的抒情詩成為新寵。十七世紀的英國抒情詩可以說是由三位詩人界定三個階段:江森(Ben Jonson, 1572-1637)、鄧恩(John Donne, 1572-1631)和德萊登(John Dryden, 1631-1700)。《失樂園》的作者米爾頓也是同一個世紀,調性不同成了遺珠。

結緣莎士比亞

班·江森在莎士比亞逝世之年受封為英國第一位桂冠詩人,西敏寺的墓碑素描他睥睨一世的博學與點石成金的文采,墓誌銘和他本人齊名:O rare Ben Jonson(稀世啊班·江森)。他古典學養深厚,注意到莎士比亞只懂「一點拉丁文和更少的希臘文」(small Latin and less Greek),雖然批評他的作品「欠缺潤飾」(wanted art),卻承認自己批評的對象是天縱英才。他寫了一首〈緬懷摯友莎士比亞大師〉("To the Memory of My Beloved Master William Shakespeare"),詩中稱他景仰的這位作家朋友是「沒有墳塚的紀念碑」(a monument without a tomb)(22),描寫他何以為「時代的靈魂」(Soul of the Age)(17),「使我們的舞台驚艷」(the wonder of our stage)(23)。他為1623年的莎士比亞劇集第一對開本[1]寫序,讚美他眼中那些技巧不足的作品經得起時間的考驗,說莎士比亞「不屬於一個時代,而是為了世世代代」(He was not of an age, but for all time)。不妨示例舉隅注解「為了世世代代」之說。莎士比亞以獨樹一幟的浪漫風格馳騁創作二十五年,卻在1611年告別劇壇的《暴風雨》送出臨去秋

---

[1] 全張紙對摺成頁即是對開。第一對開本(The First Folio)的書封標題為《莎士比亞先生的喜劇、歷史劇與悲劇》(*Mr. William Shakespeare's Comedies, Histories, & Tragedies*),包含36部劇本,是目前所知最早刊印的莎士比亞劇本合集。

波,使用合乎新古典主義戲劇創作原則的三一律,預告新時代的新風格[2]。

〈歌贈席莉雅〉補筆

江森不只是慧眼識英雄。余光中《英詩譯註》卷首即是本詩,注解稱之為「第一流的情詩」,接著分析意境和形式如何「達到了完美的程度」之後,說「這一切,完全是初戀者那種狂熱的仰慕的表現」。以下補充另一個欣賞的角度,證明新古典主義所標榜「比古典更古典」之一端。

本詩的意象和情思並無獨特之處,卻可以印證前文所稱墓誌銘的意涵。公元三世紀,羅馬時代談不上名氣的雅典哲學家 Philostratus,在散文體《書信集》XXIV、XXX 和 XXXI 這三封情書,依次出現這樣的句子:

> 你只要用眼睛對我祝飲〔,我就滿足了〕。或者,如果你願意,請把杯子湊到你的嘴唇,在杯子裡填滿你的吻,再把杯子賞給我。
> Drink to me with your eyes only. Or, if you will, putting the cup to your lips, fill it with kisses, and so bestow it upon me.

> 我送給你玫瑰花環,向你表達敬意猶在其次(雖然這也是我的心意),主要是寄望你垂愛那些玫瑰花,使它們免於枯萎。
> I sent you a rosy wreath, not so much honoring thee (though this also is in my thoughts) as bestowing favor upon the roses, that so they might not be withered.

> 你如果願意對你的愛人表示善意,請把我送妳的花圈的殘骸送還給我,那些枯萎的花瓣不再只有玫瑰香,更有你的氣味。
> If you would do a kindness to your lover, send back the relics of the roses I gave you, no longer smelling of themselves only, but of you.

江森確有所本,詩心妙筆的雕琢是他創作的才華所在,所用的格律(見 10 行

---

[2] 文藝復興時期結束之後,十八世紀是新古典主義盛期,服膺三一律(three unities)為劇作規範。三一律:一齣戲的劇情時間不超過一天,是為時間統一律(unity of time);劇情固定在一個地點,是為空間統一律(unity of place);主情節之外別無副情節,是為動作統一律(unity of action)。這一套創作觀,理字掛帥,合理卻矯情,因此難有真情容身:這是新古典主義的寫照。

注）輕巧適唱又富變化。

按上古羅馬的藝術觀，人工造就自然之美。經歷文藝復興洗禮的詩人有共同的信念：筆補造化天無功。江森「點銅成金」的創作手法是古典主義來臨的又一個徵兆。在宴會場合，向仰慕的對象舉杯敬酒是禮俗，說話者求之不可得，只能在想像中讓自己的眼睛放光搜尋四目交接的時刻。可是一旦身陷熱戀，靈魂之窗往往視茫茫。玫瑰象徵愛情，花環贈送仰慕的對象是古希臘的習俗，可是玫瑰花注定枯萎，吐香的保證注定落空。然而，視茫茫自有朦朧美，注定落空往往有激勵志在必得之心的作用，畢竟戀愛心理有不同於現實經驗的認知。

為席莉雅而唱

詩中受話者的名字另又暗藏玄機：標題的 Celia 大有來歷。莎士比亞的田園浪漫喜劇《皆大歡喜》第二女主角就叫 Celia，她的忠誠與道德意識是推展劇情的一大動力。她在 3.5.26-7 對羅瑟琳說的一句台詞，洋溢反諷意味：「情人發誓的可靠度不比／酒保說話更靠譜」（the oath of a lover is no stronger/ than the word of a tapster）。她的名字屢屢出現在十七與十八世紀的田園文學。此一文學現象有字源上的依據：Celia 原本寫作 Caelia，是羅馬姓 Caelius 的陰性形態，源自拉丁文 caelum，「天界」，隱含「高不可攀的仰慕對象」。

江森本人主要成就在戲劇創作。演出頻率最高的《胡禮》（*Volpone*, 1606）是刻畫人性貪婪的都會喜劇，反諷筆觸堪稱一絕。見錢眼開的商人寇維諾覬覦胡禮的財富，標題主角胡禮則覬覦商人婦席莉雅（Celia）的美色[3]。席莉雅成為爾虞我詐的籌碼，劇情證明她出汙泥而不染。這意味著這首歌承襲羅馬詩人卡特勒斯的先例，以寄情對象的名字暗示寄意的文學傳統：卡特勒斯模擬莎芙的格律和情懷，在系列情詩稱心儀的對象為 Lesbia，是以莎芙的故鄉 Lesbos 的陰性形態命名[4]。

胡禮為撩撥席莉雅而唱的這首歌，常被視為獨立的情歌欣賞。我以縮排表

---

[3] 寇維諾：Corvino，義大利文「吃腐肉的烏鴉」。胡禮：Volpone，義大利文「老奸巨猾的人」，譯名與「狐狸」諧音。

[4] 參見第二輯梅列阿葛〈酒杯開懷〉英譯 2 行注。卡特勒斯（Catullus, 84-54 BC）其人及其系列情詩，見我在《情慾幽林》的介紹與選譯。

明雙行體,即是著眼於此。中譯標題「且來體驗情可歡」,「情可歡」模擬曹雪芹的《紅樓夢》以「秦可卿」諧音「情可親」,卻寄意「歡場」。對胡禮之流而言,「愛」不過是性趣逐歡的遊樂場。在英格蘭社會加速世俗化的潮流中,羅馬作家「把握當下」的人生觀淪為江森筆下見色眼開的愛樂遊戲,說來並不令人意外。江森使用揚抑四步截尾格[5],以輕佻的聲情和文藝復興時期基督教的時間觀大唱反調。有得把握就有人淪落,這不是十七世紀末英格蘭才有的現象。江森的〈且來體驗情可歡〉行 3-8,取典於卡特勒斯的第五首頌詩〈以愛維生〉行 4-6,後半首卻翻出新義,以基督教典故取代把接吻量化繼之以財化的羅馬商業意象。然而,這兩首詩的說話者相隔十六個世紀,異口同聲慫恿女方把握當下及時偷情。

---

[5] 截尾格:catalexis,行尾省略一個輕讀音節。在格律的聲譜上,揚抑四步截尾格強烈對比抑揚五步格的行末出現揚揚格,前者陰柔極陰,而後者陽剛極楊(見〈且來體驗情可歡〉13-4 行注。

鄧恩（1572-1631）

出神

  那地方，像枕頭在床，
    堤岸隆起正好托住
  紫羅蘭斜靠把頭躺，
4   我倆坐著，彼此託付。
  我們的手十指扣合
    滲出香脂，彼此膠黏；
  目光糾纏，擰雙股索
8   把兩對眼睛相串連；
  當時這樣雙手嫁接，
    結為一體僅此一策，
  在眼中把影像採擷
12   是繁衍的總成果。

---

1. 以「床上枕頭」這個情慾詩的基本元素破題，後續的氣氛卻安詳而平靜。安詳適合談情而平靜適合說理，其實說話者情思澎湃有如伏流（見49行注），澎湃之勢或許奧維德《變形記》的大河戀（見第四輯〈〈愛情之道〉賞析〉附錄）堪與相提並論。
2. 隆起：pregnant（懷孕），性意涵比譯文直白許多，也因此強烈許多，可是詩人描寫的情侶卻沒有性關係。說話者殫精竭慮說服女方有必要發展進一步的關係。
3. 紫羅蘭：春天花開，暗示本詩設定的時間背景；其花象徵忠貞的愛情，暗示本詩的主題背景。
4. 彼此託付：「彼此是對方的不二人選」。one another 表示「彼此」，是相當正式的用法，和 each other 同義。雖然十八世紀以後把 each other 限於兩人之間的用法漸成共識，此一區別卻不是鐵律。
6. 香脂：香汗。心跳開始加速，手心在冒汗。
7-8. 眼睛是靈魂之窗，這對情侶的距離近得視野僅限於對方的目光，由於關係緊密而四目交接時視線交纏（twisted），有如身體扭纏。擰雙股索：兩股繩索（double string）扭纏如蛇交尾的隱喻。

John Donne (1572-1631)

The Ecstasy

Where, like a pillow on a bed,
    A pregnant bank swelled up to rest
The violet's reclining head,
4   Sat we two, one another's best.
Our hands were firmly cemented
    With a fast balm, which thence did spring;
Our eye-beams twisted, and did thread
8   Our eyes upon one double string;
So to'intergraft our hands, as yet
    Was all the means to make us one,
And pictures in our eyes to get
12   Was all our propagation.

---

9. to'intergraft = to intergraft，省略符號減少一個音節，因此本行維持八個音節（抑揚四步格）的格律需求；後續還有同樣的用法，不另注。嫁接：園藝意象，將不同的植物接合在一起，使成新植株的繁殖法，以便保留原先各自的優點。其為隱喻，猶如莎士比亞十四行詩 18.12 讚賞美貌足以不朽，只要 "in eternal lines to time thou grow'st"（= you grow to time in eternal lines，你在我永垂不朽的詩行和時間接枝成功）。

9-12. 雖然只能手指相扣，他們各自透過對方的瞳孔看到彼此扭纏的影像。本四行段和 5-8 的語意逐行對等，以平行結構呈現可預期的合理結果。

11-2. 距離貼近，因此瞳孔充塞對方的影像，愛的作用促使這對情侶成功接枝，「繁衍」新品種，即彼此在對方眼中結成胎像，新品種尚未落實成為胎兒。拉丁文稱眸子為 pupilla，其本義就是眼珠上的小影像，情場用語稱為 baby，因此詩中情侶現在是 looking babies（看著對方靈魂之窗的寶貝），making babies 則僅止於精神層面（生產寶貝，參見 49-50）。繁衍：propagation 是植物意象，上承 3「紫羅蘭」，同時預告 37「移栽」。

像兩軍旗鼓相當，命運
　　尚未定案何方凱旋；
為改良現狀，我們的靈魂
16　　出竅去，懸在她和我之間。
靈魂在那裡交涉時，
　　我倆躺著如墳墓雕像；
整天，維持相同的姿勢，
20　　啥話也沒說那整天平躺。
如有人，因愛煉成精
　　心領神會靈魂的語言，
又因為善愛成為全靈，
24　　站在距離恰當的地點，
他（雖然不知道誰開講，
　　因為話語意義都相同）
可能因此採取新配方，
28　　離去比來時更澄明。

13-4. 情場如戰場的傳統譬喻臻於短兵相接的程度。'twixt = betwixt，古詩歌用法等於 between。

15-6. 點出「出神」的題意：愛情是個體與命運之間僵持不下的戰鬥，突破僵局（「改良現狀」）有賴於靈魂脫離身體；現狀即 1-12 所述的靈魂交融，那種交融的總成果不過是近距離深情凝視對方，在對方的眼珠看到自己的形像，只是虛擬的繁衍，無法「依自己的形像」創造新生命。她：指涉 13 人格化的「命運」，沿習中古時代命運女神的說法。

17. 交涉：延續 13-4 的戰爭意象，但是戰爭意象引出的線索從 15-6 的靈魂出竅轉為 18-20 呈靜止狀態。墳墓雕像：墓主的雕像。墳墓：sepulchral，詞源為拉丁文「埋葬」，暗示「葬禮」，即墓主和世俗界分道揚鑣的禮儀。詩中這一對情侶的心魂既已超脫塵俗，他們靜止的姿態簡直像屍體，肅穆的儀式卻不是展示身體語言（昭告世俗界，墓主已蒙主寵召），而是預告詩中情侶的靈魂正在積極協商的事情，即後續詩行所述，但是讀者只聽到說話者片面的心聲。無論如何，此時無聲猶勝千言萬語，19 靈魂的活動引出 21-76 長達 56 行，強烈對比 20-2 總結 1-16 靜止的身體。

As 'twixt two equal armies, Fate
　　Suspends uncertain victory,
Our souls (which to advance their state,
16　　Were gone out) hung 'twixt her and me.
And whilst our souls negotiate there,
　　We like sepulchral statues lay;
All day, the same our postures were,
20　　And we said nothing, all the day.
If any, so by love refined
　　That he soul's language understood,
And by good love were grown all mind,
24　　Within convenient distance stood,
He (though he knew not which soul spake,
　　Because both meant, both spake the same)
Might thence a new concoction take
28　　And part far purer than he came.

---

21. 因愛煉成精：因為愛而體驗靈魂的淬煉。愛煉：和「愛戀」諧音。成精：接受愛的淬煉（refined），或戀愛如修煉，到「這樣」（so）的境界；倒裝動詞 refined 和介系詞片語 by love。下一行則倒裝動詞 understood 和受詞 soul's language。

25. spake: speak 的過去時態，早期英文的寫法。

26. 已經圓滿結合的兩個獨立的靈魂。

27. 配方：concoction 是煉金術用語，把不同的金屬依不同比例混合加熱精煉。借用煉金術打比方，談戀愛就是煉情術，精煉愛情，使愛情純化，因此可久可長。兩個靈魂要結合，得要比例相當才能產生穩定的關係。鄧恩〈早安〉19：「凡是會死的都是交融有障礙」（Whatever dies, was not mixed equally），「交融有障礙」是因為賴以組合的成分不平等或不相容；圓滿的愛情是兩個互相匹配的半球構成一個圓（參見我在《情慾花園》的譯注）。

27-8. 旁觀者聽到詩中情侶的「靈魂在交涉」（17），因為對於愛情有更深刻的體會而領略靈魂結合之道。

這出神有釋疑之功，
　　　　　告訴我們所愛為何；
　　　因此明白無關乎性；
32　　　動機所在從此解惑。
　　　個別靈魂各自包含
　　　　　不知其詳的混合成分，
　　　這些靈魂因愛渾然
36　　　合成一體無法區分。
　　　一株移栽的紫羅蘭，
　　　　　生命力、大小與色彩
　　　（以前樣樣虛弱不堪）
40　　　持續強化，而且傳代。
　　　一旦愛彼此像這樣
　　　　　激盪活化兩個靈魂，
　　　孕育的品種既已改良，
44　　　化解各自先天孤零零。

---

29. doth = does，強調動詞 unperplex（分開因此解除困擾）。動詞改用現在時態，從前面 28 行描述過去特定的經驗體會所得。本行以下到整首詩結束都是體會所得，除了 30 略譯的 We said（我們倆異口同聲的說法）是插入句，所以使用過去時態。
31-2. 我們現在明白（we see）從前（1-28 所述）激發哪樣的感受，或促使我們那麼做的驅力（what did move），當時不知其所以然（we saw not）。
33-6. 延續 21 和 27 的煉金術意象，闡明「愛情煉金術」的主題：愛使情侶各自的靈魂完美結合。
35. 常態句法是 Love doth mix these mixed souls again，「愛把這些（如 33-4 所述）成分與組合各不相同的兩個靈魂重新組合」，就像煉金術把不同的元素依不同的成分重組，把卑金屬轉化成黃金。混合：mixed 是過去分詞作形容詞。
36. 無法區分：each this and that，「每個靈魂都既是這個，也是那個」，兩個代名詞指涉因愛之入「魂」的情緣（21「因愛煉成精」）而不再有區別的「這個靈魂」和「那個靈魂」；情侶的靈魂既已「合成一體」（makes both one），每一個合成體（each）都包含自己與對方。

> This ecstasy doth unperplex,
>   We said, and tell us what we love;
> We see by this it was not sex;
> 32   We see we saw not what did move;
> But as all several souls contain
>   Mixture of things, they know not what,
> Love these mixed souls doth mix again,
> 36   And makes both one, each this and that.
> A single violet transplant,
>   The strength, the color, and the size,
> (All which before was poor and scant)
> 40   Redoubles still, and multiplies.
> When love with one another so
>   Interinanimates two souls,
> That abler soul, which thence doth flow,
> 44   Defects of loneliness controls.

---

37. 移栽的：transplant，即（which is）transplanted。
37-40. 把靈魂比喻為紫羅蘭，呼應 3。紫羅蘭移植之後，在新的土壤茁壯，恰如兩個靈魂透過結合產生一加一大於二的作用。
42. 激盪活化：interinanimate 即 interanimate = inter-（表示「在其間」的首綴詞）+ animate（活化）。
44. 化解：controls，「抑制」。各自先天孤零零：Defects of loneliness（孤單的缺點）。原文倒裝動詞與受詞的語序。

我們是這新靈魂，洞悉
　　　　　自己的組成成分與材料，
　　　因為使我們茁壯的微粒
48　　　　是靈魂，不受變化侵擾。
　　　可是哎呀，為什麼我們
　　　　　長久如此克制身體？
　　　它們屬於卻不等於「我們」；
52　　　　我們是靈性，它們是星體。
　　　身體因此值得感念：
　　　　　從一開始轉移給我們
　　　它們的力量，就是官感；
56　　　　不是浮渣，而是合金。
　　　天體影響人另有途徑，
　　　　　進行銘刻是透過空氣，

---

45. 洞悉：know，在文藝復興時期有交合之意。欽定本《舊約‧創世記》4.1 說 Adam knew Eve his wife; and she conceived（亞當和他的妻子交合，接著她懷孕），隱含「認識」是透過身體接觸的具體經驗。

47-8. 微粒：th' atomies = the atoms，「原子」，組成物質最微小因此無法再細分的那些粒子；atom 源自希臘文 atomos，「不可分割」，現代的原子理論則晚至 1809 年才出現。靈魂雖然是合成，卻無法再細分，因此不會有變化。

49. 語調丕變出人意表，從描寫柏拉圖式愛情轉為申論身體在愛情經驗中的角色；後半首詩主張靈魂和肉體互相依存，其實無異於邀讀者重新檢討柏拉圖式愛情，同時強調肉體在兩性關係的重要性。說話者領悟到自己已經破繭而出，不希望靈魂光說不練，這篇獨白因此轉而辯明「把握當下」（carpe diem = seize the day）的主題，開始挑情。

51. 它們：情侶的肉體。我們：情侶的靈魂。

52. 基督教承襲托勒密（Ptolemy，約 100 年—168）的天文學說，認為九個星體鑲在透明的九重天，每個星體各有靈性（intelligence，即天使）主宰並引導其運行。但丁《神曲》結尾說「運轉太陽和其他星辰的愛」，用的是相同的譬喻（Lewis 113-4）。以天體比喻人體：天使在天體內有如靈魂在身體內，天使和天體有如靈魂和身體互相依存。

55. forces（力量）和 sense（官感）是同位語。

```
     We then, who are this new soul, know
         Of what we are composed and made,
     For th'atomies of which we grow
48       Are souls, whom no change can invade.
     But oh alas, so long, so far,
         Our bodies why do we forbear?
     They're ours, though they're not "we"; we are
52       The intelligences, they the sphere.
     We owe them thanks, because they thus
         Did us, to us, at first convey,
     Yielded their forces, sense, to us,
56       Nor are dross to us, but allay.
     On man heaven's influence works not so,
         But that it first imprints the air;
```

---

56. 浮渣使金屬有瑕疵，合金則強化純金（41-8 所述兩個靈魂的結合）的硬度。53-6 這個四行段可以改寫如下：今天我們能獲致靈魂合一的境界是多虧身體首先提供觸媒，身體的作用是「轉移」（convey）它們的力量——即官感——「產生」（Yielded）吸引力或凝聚力，促使我們靈魂的結合處於穩定狀態；因此對於靈魂一體的我們而言，身體不是雜質，而是可以有效降低磨損率的合金（allay，即 alloy）。

57. 「對於人，天體的影響力不是這樣發生作用」。另有途徑：works not so on man（不是這樣對人發生作用），原文使用倒裝。

57-8. 以前的觀念認為力的作用（不論其為自然或人文意義）需要媒介，星相即是星體透過大氣對人產生影響，其實務應用則是占星術。亞里斯多德《論天空》書中首卷，在土、水、氣、火之外提出乙太（aither = aether = ether，由此產生英文 ethereal，輕飄、靈妙、揮發性之意）為第五元素，說它是「和凡間所見到的構造不相同的具體物質，比它們更卓越，也更接近神性」，有別於土和水的運動形態是向下，氣和火是向上，乙太則是圓周運動，是星體旋轉的動力來源（見 52 行注）。十九世紀的物理學家甚至主張聲和光都是透過以太為媒介才能傳導。拉丁文稱第五元素為 quinta essentia，由此產生英文的 quintessence（精粹）；由此不難理解，荷馬在《伊里亞德》2.412 稱天神所居的「天界」aither，那是上層天空的清靈之氣（見《奧德賽》15.523 行注），有別於下層天空包覆大地會受污染的「空氣」。

　　　　　好讓靈魂流入靈魂，
60　　　　　　雖然它先接觸身體。
　　　　　如同我們的血努力生產
　　　　　　靈氣，使它們儘量像靈魂，
　　　　　因為需要那樣的手指編
64　　　　　　巧結使我們成為人。
　　　　　所以純情人的靈魂
　　　　　　必須沉落到官能和情意，
　　　　　知性才能領略意境，
68　　　　　　否則等同大公入獄。

---

59. 有定冠詞的「靈魂」（the soul）指涉特定的對象。

60. 它：it 指涉 59 作主詞的「靈魂」（soul）。接觸：repair to，「前往」；原文倒裝 repair(s) to body first。但是，Robin Robbins 把 repair 解釋為 "resorts, has recourse"（求助於），因此 repair to body first 是「首先以身體為管道」。無論如何，說話者固然主張靈魂是真正的「我」，這個「我」卻是透過身體和外界互動。59-60 意味著靈魂位於身體內部，參見第二輯〈虛擬阿納克瑞翁抒情自傳‧說詩魂〉所述的靈魂觀。本詩節以星相學的觀念進一步闡明靈魂與肉體的關係：57-8 行注所述天體的作用力（後來牛頓以科學觀點解釋為「萬有引力」）為維繫宇宙秩序所不可或缺，那個動力透過大氣影響人類，大氣是低階的媒介；同樣的道理，精神的力量為維繫情侶關係所不可或缺，那一股力量要發生作用有賴於身體的結合，身體是靈魂的低階媒介。

61-4. Robin Robbins 改寫：「我們具體的力量以同樣的方式努力產生盡可能類似靈魂的產物，因為人按基督教的定義既是肉體也是靈魂。」肉體的結合使靈魂得以「交流」而融為一體，如 41-4 所述。

61-2. 血：精血，即生命，活力的根源。按當時的醫學觀念，肉體結合使得精血溶合導致懷孕。靈氣：spirits，血液所產生的實體，因此 63 以「手指」比喻。希伯來《舊約‧創世紀》2.7 寫上帝搏土造亞當，接著把「生命的氣息」（the breath of life）吹進他的鼻孔，這「氣息」可信就是創世之初，行於水面上的「上帝的靈」（the Spirit of God），也就是亞當和夏娃吃了知識果，開始自己創造生命（即擁有 2.9 所稱「生命樹」的果子）之後，上帝在 6.3 說「既然人是肉胎，我的靈不會永遠活躍在他們體內」（My spirit shall not always strive with man, for that he also is flesh）所指涉不隨肉體腐化的「靈」，故稱「靈氣」。雖然此「靈氣」非彼「靈氣」，米開朗基羅的西斯汀教堂壁畫詮釋上帝吹送

	So soul into the soul may flow,
60	Though it to body first repair.
	As our blood labors to beget
	Spirits, as like souls as it can,
	Because such fingers need to knit
64	That subtle knot which makes us man:
	So must pure lovers' souls descend
	T'affections, and to faculties,
	Which sense may reach and apprehend,
68	Else a great prince in prison lies.

靈氣，確實是上帝和亞當的手指互相碰觸。鄧恩所稱的「靈氣」或許類似和肉體密不可分的「性命」，那是血氣得以產生動力的源頭，結合並協調靈魂的機能和身體各器官的功能，此即完整的「人」。血氣的融合，即鄧恩〈跳蚤〉詩中「二合一的血」（one blood made of two）（8）。

63-4. 因為像那樣的手指（隱喻前一行的 souls）得要編出使我們成為人的巧結。把「靈氣」比喻為「編／巧結」的「手指」，使用印歐文化傳統上跟命運分不開的編織意象，不過重點從「織」轉為「編」，所編之結用於比喻靈肉合一的狀態。在另一方面，打結得要繩子，延續 7「雙股索」的比喻，而且必定是已經結為一體的繩子兩端交纏，即「交尾」。肉體交合結胎有如靈魂結合產生靈氣，所以說靈氣媒合肉體與靈魂成為完整的「人」。這樣的「結繩」必定是「巧結」；隨便交合難成「巧」。

66. 官能和情意：原文是「情意和官能」。官能：指 55 所稱感官的力量，只有身體能提供。T'affections = To affections.

67. 智能所理解僅止於（sense may reach and apprehend）「官能和情意」所及的具體經驗（Which），加上靈魂的「體驗」，愛情才有「意境」可言。知性：一語雙關，除了傳達原文 sense 所含理性、智能這方面的具體意義，譯文可就字面意思解釋為「認識性」（參見 45 行注）。

68. 以位高權重的君主（大公）類比情侶的靈魂。「大公入獄」既是靈魂不得自由，又是靈魂「無能」，不只是無法行使權力，而且無法傳嗣繼位。

我們轉向身體吧，好讓
　　　　　脆弱的人目睹愛情成真；
　　　愛情的奧秘在靈魂中成長，
72　　　　卻以身體作為書本。
　　　如有情人，像我倆這樣，
　　　　　聽到這篇獨白對話，
　　　讓他接著看，會看到我倆
76　　、　回到身體時少有變化。

69-70. 依散文語法改寫這兩行：then we turn to our bodies, so that weak men may look on love (which is) revealed。成真：實現愛情的真諦。就如同沒有宗教信仰的人得要有具體的神蹟才會轉為相信，對於愛情信心不足（即「脆弱」）的人有賴於具體的啟示（肉體的結合）才會委命於愛情。

71-2. 書本是實體，意義豐富的內容卻是抽象；身體是愛情之書，身體的經驗銘刻愛情的奧秘。由於愛情在靈魂中成長，從身體可以看到愛情的實現。

73. 後半行是補述用法的插入句。本行可改寫如下：如果有哪位像我們兩人這樣的有情人。

74. 獨白對話：兩個人在交談，由於「話語意義都相同」（26），無異於「一個人」（one）。影射本詩使用的體裁「戲劇獨白」（dramatic monologue），對話者似乎在自言自語，其實是跟在詩中被消音的人對話。

76. 如果有像我們這樣靈交的戀愛中人路過，即使停下來看我們做愛，仍舊會以為我們是精神上的交合。回到身體：如 69-72 所述。這首詩的動向從靜態的身體開始，經由超升到脫離肉體的意識層面，最後又回到活力充沛的身體。愛情固然始於身體的吸引，體會其境界唯有求之於靈肉合一。少有變化：因為「他們的交合無關乎肉體」（Robbins 181）。詩中情侶即使回歸身體，不過是回到 1-12 的情景。這樣的結尾，和〈跳蚤〉如出一轍，說話者表明「小姐，你答應我的求歡真的沒什麼大不了」。〈跳蚤〉的中譯，見《情慾花園》。

> To our bodies turn we then, that so
>   Weak men on love revealed may look;
> Love's mysteries in souls do grow,
>   But yet the body is his book.
> And if some lover, such as we,
>   Have heard this dialogue of one,
> Let him still mark us; he shall see
>   Small change, when we are to bodies gone.

【評論】
愛樂魂出竅

〈出神〉賞析

不妨這樣設想：鄧恩這首〈出神〉設定的情場背景是在〈跳蚤〉詩中以調侃的方式求歡不成之後，這一對情侶到郊外踏青，躺在堤岸，說話者再度鼓舌說理，曉以愛情大義。說服對方之後，接下來就是〈早安〉詩中兩情繾綣，一覺醒來靈魂互道早安。本詩標題字眼 ecstasy 影射宗教經驗，指的是冥想神聖之事，因狂喜致使身體彷彿麻痺，如 1-20 所述。賦予性愛神聖的意義，嘗試說服對方接受求歡。雖然是挑逗，詩中的說話者卻以冷靜說理取代甜言蜜語。

鄧恩是歐洲文藝復興最後一位大詩人，也是寫詩還講究格律的傳統中，語言、節奏與情思最富現代感的詩人，又是英國形上詩派（metaphysical poetry）的鼻祖。這個詩派普遍的特色可以簡述如下：文字表面冷靜的語調和字裡行間熾烈的情懷形成強大的張力，透過抒情筆調在種種互相對立甚至矛盾的元素尋求統一與和諧。〈出神〉可能是他的情詩當中最廣為歐美讀者熟悉的一首，其特殊的呈現手法，在我看來是以抒情詩的體裁寫教誨詩（didactic poem）的主題，卻似乎不見有人論及。

相對於史詩是在闡揚傳統的理念，其效用可以說是宣揚意識形態，教誨詩原本以實用為目的，是以平民大眾為訴求的對象[1]。年代比荷馬稍晚的赫西俄德在《神統記》（Theogony）整理希臘眾神的譜系，奠定古典時期以宙斯為維護宇宙秩序的主神這個神學義理的張本，又在《歲時記事》闡明農業社會的生活方式與價值觀，是這個文類的濫觴。教誨詩在羅馬時代發展出新的次類，以說理為主，律克里修（Lucretius，公元前 99-55）的《自然原論》（On the Nature of Things）是最知名的代表，闡明公元前三世紀希臘哲學家伊壁鳩魯（Epicurus，公元前 99-55）主張追求快樂為人生至善的學說[2]。

---

[1] 見拙作《荷馬史詩：儀軌歌路通古今》第三章〈史詩傳統的形成〉和第六章〈史詩的變革〉。

[2] 我和李奭學共同編譯的《新編西洋文學概論》，有專節介紹律克里修（或譯「盧克萊修」）

快樂可以是哲學思想，也可以是愛情實踐，後者是形上詩派的溫床。人一生的情慾心理明顯可以分成三個階段：青春期基於本能異性相吸的性愛，成年期情意與性慾相輔相成的愛慾，以及老年期以心理聯結為主的相屬感。我在《情慾花園》輯譯鄧恩的〈跳蚤〉、〈早安〉和〈封聖〉三首情詩，呈現前述的情慾三相，〈出神〉則完整呈現他個人的愛情觀。抒情和說理左右開弓是形上詩普遍的手法，〈出神〉獨特之處在於，詩人不只是描寫單一事件、情境或情思，而是從稀鬆平常的具體經驗，一對情侶手牽手躺在河堤，著手鋪陳他個人對於愛情的見識。稍微回顧一下歷史背景有助於明白他的呈現手法不同凡響之處。

情慾書寫在歷史之初有過輝煌燦爛的記錄。我在《陰性追尋》第三章介紹蘇美聖婚儀式，其中摘譯當時詩人的描寫，有些段落無疑會被貼上晚至1980年代才出現的「情色書寫」這個標籤。不過，至少對蘇美人來說，那一類的書寫屬於宗教文獻，寄意的是「兩性結合為物種繁殖所不可或缺」這樣的神聖知識。隨父系繼承與父權體制成為社會主流，神聖知識一方面在體制內被污名化，另一方面在社會中趨於世俗化，甚至發展成鋪天蓋地的「禮教」，而且禮教越來越嚴緊。十四世紀始於佛羅倫斯的文藝復興開啟歐洲意識形態的大解放，兩性關係當然也跟著解放。反映在情慾書寫，從薄伽丘的《十日談》到文藝復興情慾書寫雙璧，馬婁的《希蘿與李安德》和莎士比亞的《維納斯與阿多尼斯》，情慾想像可謂百無禁忌。以馬婁和莎士比亞的雙璧為例，男神（海神波塞冬）女神（性愛美神維納斯）同樣對男性極盡調戲之能事，甚至超越性騷擾直逼傷風敗俗的地步，可是絕無可能出現「不雅畫面」。《羅密歐與朱麗葉》有個例子或許更適合引來說明當時的書寫尺度。三幕四景結束前，朱麗葉之父答應求婚人帕瑞斯明天成親，於是各人回房睡覺。緊接著三幕五景是在朱麗葉的臥室，小情侶在爭執，羅密歐說天亮了要趕緊離去，朱麗葉說天未亮不必急於離去。換景之處被詩人剪掉的繾綣畫面一定是現代導演著力補白之處，莎士比亞卻不著痕跡跳接過去[3]。

鄧恩寫的是抒情詩，更不可能有「不雅畫面」，可是不論調戲或調情，

的《自然原論》（亦作《物性論》）。伊壁鳩魯的名字進入英文成為 epicurean，指享樂或貪口福。

[3] 參見我在《情慾舞台：西洋戲劇情慾主題精選集》書中引論，頁 25-36 論文藝復興到新古典主義的舞台情慾景觀。

他有獨特的表達方式。他不是第一個看出愛情離不開身體的主要詩人。但丁也看出來，可是他把身體隱形化，血肉之軀的貝雅翠采因此「昇華」成為上帝之愛的化身，可望不可及。佩脫拉克也看出來，可是他把身體神話化，血肉之軀的蘿拉彷彿給浸泡在馬福林液，只能望身興嘆。莎士比亞也看出來，而且讓我們看到有血有肉的現實中人。可是純純的愛在鄧恩看來卻是蠢蠢的愛，頂多只是，借用鄧恩在〈早安〉的措詞，尚未斷奶的愛情遊戲。鄧恩以抒情的筆調說理，在〈出神〉棒喝只強調靈魂卻排除肉體的柏拉圖式愛情，闡明靈與肉密不可分，主張愛情的真諦唯有求之於靈魂透過身體產生緊密的聯結。

　　鄧恩取為標題的 ecstasy 這個字，源自希臘文 ekstasis = ex（在外面）+ stasis（豎立，引申為「處境」），指的是陷入恍惚狀態時靈魂出竅而去，由於不是理性所能控制而在希臘古典時期被視為瘋狂。羅馬人繼承這個單詞承載神魂超拔的意思，這其實是希臘文原本就有的意思，如酒神信徒在狂歡儀式中的體驗[4]，只是不見容於講究理性原則的現實世界。這個單詞在十五世紀傳入英文，被同化於具有神聖意義的神祕經驗，也就是密教和神祕主義所追求的圓滿經驗，是靈魂徹底擺脫肉體的桎梏而獲致心理上的狂喜：生理出神和心理狂喜是一體的兩面，是身體獲得解放的徵兆。鄧恩把分屬宗教與哲學的這兩種觀念融入他個人的愛情理念，提出自己的愛情哲學，主張真正的愛是透過肉體的接觸體悟靈魂合一，眼神則是靈魂往來的出入口。身體是體驗愛情的媒介，愛情要想獲得解放，身體和精神的出口缺一不可，靈肉合一才是愛情極致，就像諾伊曼在《丘比德與賽姬：陰性心靈的發展》書中，透過榮格學派分析心理學所闡明〈丘比德與賽姬〉這則經典神話的意義。一如形上詩普遍的特色，鄧恩並置身體與靈魂、生理與心理、世俗與宗教、抽象與具體一系列對立的元素，最後獲致統一的和諧。

　　鄧恩挑戰文藝復興時期的新柏拉圖主義（Neoplatonism），主張唯有透過肉體的結合才能體驗愛情的最高境界，即靈魂的二合一。男歡女愛的極致是靈魂出竅，真正有這種感受的戀愛中人，體驗到出神狀態之後又回神，將會發現靈魂回到身體幾乎不會改變愛的本質。換句話說，透過身體的結合也能體會出神的狀態，不需要真的靈魂出竅。打個比方，酒神信徒狂歌勁舞體驗出神（接受酒神附身），歌舞停止則意識回神，靈魂依舊是原先的本然。同樣的道理，情

---

[4]　不妨參考我在《尤瑞匹底斯全集 I》引論頁 29-44 論酒神信仰的現實意義與劇場意象。

侶體驗愛情，唯有透過性愛驗證靈性的結合。

本詩使用抑揚四步格（iambic tetrameter），節奏輕快，用於抒情在英文是很自然的選擇。可是說理需要凝重，使用這種輕快的節奏難免捉襟見肘，此所以本詩出現大量的倒裝句法。雖然鄧恩要講的不是什麼大道理，要譯出字面意思不至於太難，可是原詩的韻腳和節奏都有特定的模式，我的譯文最基本的自我要求是行尾韻的模式（四行一節隔行押韻）和節奏（原文一個音步等於譯文一個詞組）對應原文，讀者不妨試著朗讀，細心體會。

情塚英雄魂：德萊登的音樂之道

江森之後的詩壇名勝是鄧恩開創的形上詩派。繼起的德萊登（John Dryden, 1631-1700）是復辟時期的文壇霸主，典型的時代之子，1668 年受封為桂冠詩人，功在為十八世紀的新古典主義開闢坦途，筆下的抑揚格雙行體尤其出色，典雅、沉穩、凝鍊又動聽。德萊登在英詩的變革史穩佔一席之地，或可比擬於馬婁的雄渾詩行預告莎士比亞的戲劇表現[5]。

德萊登有創意的非戲劇詩，主要是應景詩（occasional poem），即因應特定節日或事件而作，那是桂冠詩人的本分。他為聖則濟利亞節[6]寫過兩首詩：〈聖則濟利亞節頌歌〉（"A Song for St. Cecilia's Day," 1687）和〈亞歷山大的慶功宴，又名音樂的力量：聖則濟利亞節讚頌〉（"Alexander's Feast, or the Power of Music: An Ode in Honor of St. Cecilia's Day," 1697）。同樣謳歌音樂的力量，在前一首，音樂固然激盪情感，卻象徵和諧與秩序，在後一首卻只看到音樂的激情作用。音樂這兩種功效對比之強烈，有如巴赫和貝多芬的音樂風格。同樣歌頌音樂的力量，旨趣如此懸殊，值得一探究竟。

在上古希臘，音樂的主要功能是陶冶理性。即使品達（Pindar，公元前 518 年—448 年）所寫的合唱抒情詩，歌頌泛希臘競技運動會獲勝者，那些競技比賽其實是眾城邦的聯誼活動，城邦則是理性之為用的極致[7]。文藝復興對音樂的

---

[5] 見第五輯〈馬婁雄渾詩行的美感磁場與莎士比亞劇場的傳奇人生〉一文。

[6] 則濟利亞（Cecilia 英語音譯「西汐莉亞」）是羅馬人，天主教聖徒，傳說發明風琴，被視為音樂（尤其是教堂音樂）的主保聖人。她的殉道紀念日是 11 月 22 日。

[7] 品達所寫合唱抒情詩（相對於獨唱抒情詩 lyric）即後世頌詩（ode）之所本。古希臘認為城邦是理性的體現，詳見第二輯〈讀愛樂頌解愛樂〉一文。

認知承襲古希臘遺風,明白感性充沛的動能,因此強調理性帶來和諧與秩序的節制作用。可是巴洛克時期(1600-1750)風尚生變,動態狂放蔚成主流。在以鄧恩為首的形上詩人筆下,可以看到平穩的水面下情思湍急的迴流。德萊登有鑑於激情的作用沛然莫之能禦,藉亞歷山大的慶功宴「項莊舞劍」一番。

〈亞歷山大的慶功宴〉描寫公元前331年,亞歷山大擊敗波斯皇帝大流士三世,攻陷首都波斯波里斯。在盛筵上:

> 　　可人塔依絲在身旁,
> 10　　端坐如東方美嬌娘,
> 　　青春艷麗逢花容綻放。
> 　　　　快樂!快樂!樂情侶!
> 　　　　唯有英豪,
> 　　　　唯有英豪,
> 15　　　　唯有英豪匹配佳麗!

> 　　The lovely Thais, by his side,
> 10　　Sate like a blooming Eastern bride,
> 　　In flower of youth and beauty's pride.
> 　　　　Happy, happy, happy pair!
> 　　　　None but the brave,
> 15　　　　None but the brave,
> 　　　　None but the brave deserves the fair.

緊接著序曲,德萊登安排宮廷樂師提摩修斯撥弦展喉,謳歌末代神子降臨人間。「神子」在希臘神話特指宙斯之子,英雄必定是神子。亞歷山大的豐功偉績在中古時代後期透過騎士文學的傳說管道進入古典神話的領域。傳說中的塔依絲是雅典名妓,成為亞歷山大的愛妾後,隨軍東征。在希臘觀點看來,公元前480年波希戰爭中雅典慘遭祝融肆虐是未報之仇。亞歷山大征服波斯之後,在塔伊絲慫恿下放火燒名城,一報還一報。德萊登這首詩無異於實況轉播亞歷山大在音樂的催化下「爬上高處,重摔一跤」的時刻[8]。鏖戰甫歇,亞歷山

---

[8] 「爬得高,跌得重」是希臘悲劇的一大母題。

大志得意滿在宴會廳接受歡呼，眾將士黃湯下肚，「苦後歡樂好甜蜜」（Sweet is pleasure after pain）（60）。他陶醉其中，飄飄然回味大流士潰敗之後眾叛親離的景象；沒有理性的引導，回憶使人耽溺在過去，因欠缺自我省視的作用而喪失意義[9]。他聽到音樂大師[10]唱「戰爭帶來苦惱，榮耀轉眼成空」，憐憫心起。「憐憫融化心思成情意」（For pity melts the mind to love）（96），亞歷山大終於不勝酒力與情意，「無敵征服者陷入她懷裡」（The vanquished victor sunk upon her breast）（115）。於是，希臘國殤化身為復仇幽靈，驚醒睡眠的枷鎖（147-50）：

> 大王一心要毀滅，抓起火炬；
> 　　塔伊絲帶路，
> 　　照亮他的獵物，
> 150　像又一海倫，焚燒又一特洛伊。

> And the king seized a flambeau with zeal to destroy;
> 　　Thaïs led the way,
> 　　To light him to his prey,
> 150　And, like another Helen, fired another Troy.

雖然早在風琴發明以前，提摩修斯撥弦展喉就「能夠激發怒氣，也能點燃柔情」（Could swell the soul to rage, or kindle soft desire）（160），然而聖則濟利亞的發明擴大了樂器的音域，使音樂的意義廣開一境（169-70），把天界的暴力陰影一掃而空：

> 他把凡人送上天界，
> 　　她把天使拉下。

> He raised a mortal to the skies;
> 　　She drew an angel down.

---

[9] 見《奧德賽》12.181-91〈席王之歌〉相關行注。
[10] 大師：德萊登在詩中稱提摩修斯為 the master（69）、the mighty master（93）。

最後這兩行可以這樣改寫：亞歷山大是肉胎凡生，提摩修斯（「他」）歌詠他不同凡響的豐功偉業，其為上古英雄的榮耀無可頡頏，因此值得賦予神子的身世；在文藝復興時期，古典傳統與基督教信仰互相加持，聖則濟利亞（「她」）的音樂體現視野更寬廣而境界更深遠的文化，以新時代的高度回顧一代英雄，亞歷山大只好回歸人世。德萊登在這首詩的結尾總結標題的應景旨趣，同時暗示音樂的兩種天壤有別的力量。亞歷山大被提摩修斯的音樂催眠時，德萊登寫道：「愛情受推崇，勝利卻歸音樂」（So Love was crowned, but Music won the cause）（108）。引文的「愛情」是理性根本無從節制的情感，在新古典主義看來無異於感性世界的混沌狀態。「音樂」獲勝，因為曠世英雄如亞歷山大照樣受提摩修斯擺佈，結果是文明城市付諸一炬。德萊登在〈亞歷山大的慶功宴〉行 150 的典故顯示他了解荷馬史詩《伊里亞德》不是歌頌戰爭，而是質疑戰爭的意義[11]。借用荷馬以道路隱喻詩歌的措詞「歌路[12]」，我們可以這麼說：從提摩修斯引出聖則濟利亞，德萊登寄意音樂之道在於和諧與秩序。亞歷山大的暴力形象在德萊登的音樂之道從天界跌落人間，春江水暖鴨先知，新古典主義的美學觀呼之欲出——又稱理性時代的那個時期的哲學面向即啟蒙運動。欠缺感情溫度的英雄進不了《抒情旋律》的視野。

---

[11] 見我譯注的《伊里亞德》引論〈英雄一怒震千古〉乙節，以及《荷馬史詩：儀軌歌路通古今》4.3 的主題探討。索福克里斯的悲劇《艾阿斯》1197-8，歌隊唱道：發明戰爭的那個人「引進勞苦啊生勞苦，／蹂躪人間不堪聞與問」。

[12] 歌路：見《奧德賽》8.74 行注。

馬佛爾（1621-1678）

致怯情人

　　如果有足夠的空間和時間，
這矜持，小姐，不算是罪愆。
我們可以坐下來斟酌
愛悠悠如何散步消磨。
5　印度恆河畔任你去揀
紅寶石，我在亨柏溪水岸
可以寫詩訴怨。我可以
從大洪水往前十年就愛你；
如你高興，拒絕無妨
10　直到猶太人改變信仰。
我的癡情會生長不間斷，
比帝國遼闊，還更緩慢；

---

1. 如果：Had we，「假如我們能夠擁有」，與事實相反的假設奠定全詩的語調。
2. 矜持：標題的 coy 未必是「害羞」，也可能是忸怩作態，假裝對於性事一無所知。小姐：標題的 mistress，一如莎士比亞十四行詩 20.1 的用法，就是「情人」，和後來的用法「情婦」無關。
3-4. 跨行可以配合文義的表達營造特殊的修辭效果，如此處用兩行寫一個句子，長度和 1-2 相同，但是句子的結構從複雜句（行 1 表示與事實相反的假設句，後接行 2 的主要子句）改為簡單句，而且 and 重出，產生樸拙而緩慢的生活情調。
6. 紅寶石的色調為玫瑰紅或紫紅，民俗傳說能保護並維持貞操。亨柏溪：原文在 7，英格蘭東部流經作者馬佛爾故鄉 Hull 的一條小溪，水勢、景觀與人文意涵處處和恆河形成強烈的對比，示例舉隅點明現實的世界與首行假設的情境兩者強烈的對比。水岸：by the tide；這裡的 tide 是亨柏溪的「水流」，不是海潮。
7. 寫詩訴怨：影射佩脫拉克為蘿拉而寫的十四行詩所開創「情怨」這個歐洲詩歌一大母題，落花有意的詩人對流水無情的女子寫詩演出苦情戲。我在《情慾花園》有介紹佩脫拉克其人，並選譯其十四行詩十一首。

Andrew Marvell (1621-1678)

To His Coy Mistress

    Had we but world enough, and time,
This coyness, lady, were no crime.
We would sit down, and think which way
To walk, and pass our long love's day.
5   Thou by the Indian Ganges' side
Shouldst rubies find; I by the tide
Of Humber would complain. I would
Love you ten years before the flood,
And you should, if you please, refuse
10   Till the conversion of the Jews.
My vegetable love should grow
Vaster than empires and more slow;

---

8. 大洪水：《舊約‧創世記》5.28-10.32 諾亞方舟的典故。一場大洪水標示神話時代的結束與歷史時代的發端，這是世界神話共通的母題。因此本行的意思是「我甚至可以在還沒有時間之前的十年就開始愛你」。既然還沒有時間，「十年」這個具體的數字並無現實意義，倒是具有神話世界象徵圓滿的意涵。使用矛盾雋語（paradox）表明此愛在時間意義上的無限，矛盾之處在於時間明明受到重重的限制。這種虛與實之間的張力構成本詩的主旋律，主題則是說服女方接受求歡，因為時不我與。文學批評所稱的「矛盾雋語」是，看似矛盾或荒謬的陳述，其實言之有物。

10. 據基督教社會的傳統說法，猶太人要到面臨最後審判才會改宗，那時已是世界末日。和「世界末日」相對的是「大洪水之前」，即歷史長河的終點與源頭，呼應首行明言無限的「時間」。與此相關的是從 5 東方（印度恆河）到 7 西方（詩人的故鄉）的世界形成另一個維度，即首行的「空間」。

11-2. 生長：使用植物意象，把愛情比喻成神木，日日茁壯、成長。植物速長則生命短暫，詩人之愛成長「緩慢」（12），因此「愛悠悠」（4），呼應破題詩行的假設。原文 vegetable 是 vegetation（作集合名詞的「植物」）的形容詞。12 原文使用一連串長音節呼應空間「遼闊」而時間「遲緩」的詩意。

一百年可以用來讚美
　　你的眼睛，端詳額眉；
15　兩百年傾慕每個乳房，
　　三萬年讚賞其他的地方；
　　每部位至少花費一個時代，
　　最後的時代才揭露你的愛。
　　因為，小姐，你值得這規格，
20　我也不願意愛你太淺薄。
　　　可我在背後總是聽見
　　時間飛車急急追趕；
　　何況我們前面橫亙
　　永恆的荒漠一望無垠。
25　你的美將會玉殞香消，
　　你在雲石墓穴聽不到
　　我的情歌繚繞；蛆會圍剿
　　你那長久保存的貞操，
　　你冰清玉潔化作浮塵，

---

13. 一百：An hundred 現代英文作 a hundred，在當時兩者皆可。
14. 對等連接詞 and 之後，介系詞片語 on thy forehead 和動詞 gaze 倒裝，兼顧格律（工整的抑揚四步格）和押韻（雙行體）。
17. 佩脫拉克承襲《舊約‧雅歌》的傳統，愛人從頭頂到腳踝無一不值得讚賞。然而本詩的 11-8 一連八行使用誇飾修辭描寫時間，其荒謬在於確實沒有那麼多時間。
18. 後半行原文字面意思是「揭露妳的心」，亦即「讓世人知道你以摯愛回報我對你的真情」，但也可能是「揭露你真情或假意之心」。
19. 規格：state，「尊嚴，壯觀的場面」，鋪張的讚美手法。
20. 太淺薄：lower rate，「較低的水準或等級」。
21. 可〔是〕：語氣轉折，把前一個詩節所假設的情況全盤否定，彷彿從理想或神話世界回到現實，時間緊逼加上歲月無情，死亡的陰影咄咄逼人，根本不會有閒暇與心情去慢條斯理談情說愛。

	An hundred years should go to praise
	Thine eyes, and on thy forehead gaze;
15	Two hundred to adore each breast,
	But thirty thousand to the rest;
	An age at least to every part,
	And the last age should show your heart.
	For lady, you deserve this state,
20	Nor would I love at lower rate.
	But at my back I always hear
	Time's wingèd chariot hurrying near;
	And yonder all before us lie
	Deserts of vast eternity.
25	Thy beauty shall no more be found,
	Nor, in thy marble vault, shall sound
	My echoing song; then worms shall try
	That long-preserved virginity,
	And your quaint honor turn to dust,

---

22. 時間飛車：原文把時間擬人化之後，說他駕駛有翅膀的馬所拉的車子，結合古典神話所稱太陽神赫遼斯（Helios）駕馬車巡天以及神使赫梅斯腳穿羽翼鞋的典故。原文 wingèd（e字母上方的音標符號表示應該唸成獨立的輕讀音節，這一來本行即為抑揚四步格，雖然第一個音步以揚揚格取代正規的抑揚格）未必是「長有翅膀」，也可能是以翅膀隱喻快速，這是早在荷馬史詩就有的修辭手法，以「展翅話語」（說出口的話彷彿長了翅膀）暗示所說內容有明確的目標，而且獲致特定的效果。

23-4. 以看不到止境的空間隱喻時間之永恆，對比人生的短暫。yonder：在那邊。

26. 雲石：大理石。

27. 繚繞：藉墓室的回聲影射詩人的情詩在世間迴響不絕，承載文藝復興以降延續羅馬詩人所稱詩藝不朽的信念。蛆：影射陽物，卻是病態意象。圍剿：try 有「考驗，磨難，使人難堪」等多重意涵。

29. 冰清玉潔：quaint 是「端莊」，因此不尋常，因此古板，但是在俚語指女性生殖器，所以 quaint honour 一語雙關的巧思可譯為「私底下的榮耀」。

30　我熊熊情慾徒留灰燼：
　　墳墓是個隱密的好地方，
　　但我想沒人在那裡擁抱。
　　　　所以，趁現在青春的色澤
　　像朝露在你的肌膚停坐，
35　趁你的靈魂從毛孔欣然
　　逐一噴吐殷盼的烈焰，
　　趁現在玩樂還可以求盡興，
　　現在讓我們像發情的猛禽
　　寧可一眨眼把時間吞噬
40　也不要憔悴終老被蠶食。
　　讓我們用盡力氣來攪拌
　　把所有的甜蜜滾成砲彈，
　　生猛一搏攫取歡樂
　　把人生的鐵門一扇扇衝破：
45　這一來，雖然無法攔阻
　　太陽，卻可以逼他跑步。

---

30. 即 And all my lust shall turn into ashes，省略重出前一行的動詞 (shall) turn，繼之以倒裝主詞 all my lust 和介系詞片語 into ashes。冒號用於承載數學等號的意思：25-7a 這兩行半的抽象意涵在分號之後以 27b-30 的具體事例加以說明，點明標題所怯之情促使作者寫這首詩的初發動機關乎女性守貞的最後一道防線；31-2 換了比較委婉的措詞，以死後的空間有侷限重申 27b-30 人生的時間有盡頭，同時預告 42 的隱喻。

36. 殷盼的烈焰：熾烈的情火。「殷盼」的原文 instant（迫不及待、現有的）表達的是時間的急迫感；「烈焰」的原文 fires 是複數，因為每一個毛細孔都在噴發。

37. sport 是動詞，「尋歡作樂」之意。

38. amorous 唸做 am'rous，省略一個輕讀音節之後，整行為工整的抑揚四步格。

39. 用現代措詞可改寫為「寧願費盡吃奶的力量把握當下」。原文後半行使用倒裝句，常態語序是 devour our time，倒裝之後也是兼顧格律和韻腳。本行四個音步中，第一個音步是揚抑格，是破格，後續三個音步都是抑揚格，因此仍為抑揚四步格。

30   And into ashes all my lust:
      The grave's a fine and private place,
      But none, I think, do there embrace.
          Now therefore, while the youthful hue
      Sits on the skin like morning dew,
35   And while thy willing soul transpires
      At every pore with instant fires,
      Now let us sport us while we may,
      And now, like amorous birds of prey,
      Rather at once our time devour
40   Than languish in his slow-chapped power.
      Let us roll all our strength and all
      Our sweetness up into one ball,
      And tear our pleasures with rough strife
      Thorough the iron gates of life:
45   Thus, though we cannot make our sun
      Stand still, yet we will make him run.

---

40. 被蠶食：被時間細嚼慢嚥（slow-chapped = slow-jawed），指涉時間帶給人生老病死的緩慢過程。his 指涉擬人化的時間。原文最後兩個字 slow-chapped power，在連續三個重讀音節之後，又比常態的八音節多出一個音節（-er），聲情配合文義傳達的慢動作令人擊節稱賞。一分一秒的時間看似微不足道，卻有滴水穿石的能耐，足使青春凋萎。

41-2. 兩個身體緊密擁抱彼此糾纏，甜蜜如強力黏著劑使他們分不開，打滾的結果像揉麵團最後搓成圓滿的球體，即 ball，既是「圓球」也是「砲彈」。「圓球」象徵圓滿，影射兩人扭纏的身體以甜蜜為黏著劑滾成歡樂的飽滿狀態。那個圓球為了不想任由時間宰割（如 40 所述）而在瞬間爆發愛的威力，以砲彈的姿態展開反擊，寄望結果將如 43-4 所述。戰爭的意象是承襲丘比德的情箭把情場轉化成戰場的情詩傳統。

43-4. 延續 38 猛禽的陽剛意象（故有 43「攫取」，原文 tear 指猛禽捕獲獵物時又撕又啄的動作），進一步轉化成圍攻時間的情境隱喻。時間是萬物的主宰，如莎士比亞《冬天的故事》4.1.7-8 寫道：「推翻律法／是我權力所及」（it is in my power / To o'erthrow law）。擬人化的時間有如城堡的主人，這座城堡有金城湯池，永不淪陷；宇宙萬物終將老朽物化，都得臣服於太陽城堡的主人。可是城堡一日不破，則鐵欄杆所圈圍的人生一日不得

歡樂。砲彈的威力能夠突破城牆的屏障作用，這是歐洲中古時代以城堡為核心的封建制度解體的因素之一。

44. 人生的鐵門：比喻禮教。thorough 作介系詞即現代英文的 through，不過 thorough 是十二世紀以前的拼法，可能是為了格律考量，如此則本行是工整的抑揚四步格。

45-6. 太陽不再巡天則時間靜止：《舊約・約書亞記》10:12-3 寫以色列和仇敵作戰佔上風，為了乘勝追擊，先知約書亞禱告「太陽啊，停在基遍上空！」上帝使他如願。更貼切的典故是希臘神話所說，宙斯為了和阿柯美娜翻雲覆雨，三度禁止太陽東升，事後阿柯美娜以為只過了一個晚上。跑步：原文 run 也有逃竄之意，承襲前面以歡樂圍攻禮教人生的意象，把太陽逼離城堡，時間無法作威作福，情侶成為新主，呼應上古希臘詩歌「愛樂所向無敵」的母題（參見第二輯〈讀〈愛樂頌〉解愛樂〉）。行樂唯有「即時」（字面意思是「趕上時間」）才不至於成為時間的囊中物，甚至可以改變太陽的節奏。

【評論】
〈致怯情人〉賞析：詩人失戀三部曲

　　馬佛爾是形上派詩人[1]。本文把他的三首情詩並列介紹，或可為抒情詩的欣賞提供別開生面的視角。〈致怯情人〉是求歡詩。求歡無果，回想熱情奔放的人生何以情事一無所成，遂有〈庭園〉（"The Garden"）之作。彳亍庭園不足以療情傷，不免問起情為何物，因此寫出〈愛情的定義〉（"The Definiton of Love"）。這三首都是以第一人稱的觀點發抒情懷，這是抒情詩的通例。就文學批評的角度而言，詩中說話的那個「我」並不是馬佛爾，而是馬佛爾虛構的說話者。由於這三首詩各自獨立，三位說話者互不相干。我們甚至可以合理推斷，那三位說話者也都是詩人，至少具備詩人的才具。換句話說，本文標題的「詩人」是複數，他們各有各的愛情經驗要訴說，都和「失戀」有關。這樣的觀點不免引人聯想《情慾幽林：西洋上古情慾文學選集》所收錄，形上詩派的祖師鄧恩寫的三首抒情之作。〈跳蚤〉是求歡詩。求歡有成，因此有〈早安〉寫佳偶巫山雲雨之後，眼睛睜開變明亮，獲得《舊約·創世記》所述夏娃吃禁果之後所擁有的見識[2]。有生之年實踐愛情的見識，結果是〈封聖〉，這一對情侶成為愛情教的聖徒。這三首詩合為「有情人終成眷屬」的抒情喜劇三階段，是戀愛三部曲，和馬佛爾的失戀三部曲形成對比。

情人怯情當何如

　　馬佛爾寫〈致怯情人〉呈現「即時行樂」的主題，創作的手法卻洋溢積極奮發的知識份子所特有的人生觀。那種人生觀由冷靜的理性思維和熾烈的生命情懷交織而成，在抒情領域就是透過嚴謹的辯證過程展現「有花堪折直須折，莫待無花空折枝」。這個母題，拉丁文稱 carpe diem，本義是「把握當下」，

---

[1]　形上詩派，見本輯〈愛樂魂出竅：〈出神〉賞析〉一文。
[2]　吃禁果的典故，見《舊約·創世記》2.4-3.21，我在《情慾幽林》有譯注；詩人的詮釋，詳見拙作《儀軌歌路通古今：荷馬史詩》6.4.2〈米爾頓《失樂園》〉把基督教神話小說化。

英文普遍譯作 "seize the day"，古風仍在。可是早在十七世紀，「把握當下」就變成「即時行樂」的同義詞，生命的格局與視野都萎縮了[3]。「有花堪折直須折」的通俗意涵反映愛樂世俗化這個大勢所趨的同時，也在回應文化風潮的時代走向。

　　更具體而言，馬佛爾使用三段論法呈現一個男人渴望異性情侶的身體。標題代名詞使用第三人稱 his，而不是第一人稱 my，為的是營造客觀之感：詩中的說話者對於衷情的對象有不吐不快的肺腑之言，詩人藉標題表明那個男人是男性的化身。在另一方面，同樣表達心理壓力不得舒解，shy（害羞）是當事人天性使然或身負禮教的包袱，主觀感覺不自在因此有意閃避，馬佛爾選用的 coy（矜持）表明女人試圖強調自我的形象或影響對方的心理，因為嬌態而不無做作。mistress 在當時的用法就是指情人，並無情婦之意。coyness 當然是理性的產物，因此詩人以子之矛攻子之盾，運用辯證邏輯推理反駁。全詩分成三節，破題對句點出描述女方當下表現的命題：矜持不是不好（2），可是有前提（1），後續 18 行（3-20）鋪陳這個命題。接著第二節（21-32）指出前一個命題不切實際，是邏輯謬誤，因此應該揚棄。一正（女方觀點的談情說愛）一反（男方所見實際的狀況）辯證的結果，第三節（33-46）得出結論，即說話者期望的可行之道及其結果。

　　本詩使用抑揚四步格[4]，節奏輕巧，正合撥雨撩雲的調侃語調。破格有四個地方特別值得一提。全部三個詩節的首行（1、21、33）第一個音步都是揚揚格，即一個音步包含兩個重音，以重中之重的聲調標示假設、實況與結論三段推論的起頭。另外一個破格出現在行 18，抑抑揚格之後接揚抑三步截尾格，表面上看來仍然是八音節詩行包含四個重音的抒情格律，卻是徹頭徹尾的破格詩行[5]。揚抑格的調性屬陰，和陽剛而穩重的抑揚格大異其趣，呼應前文解釋 coy 的詞意，說話者彷彿以聲韻暗示受話者：到那個時候，你就會愛我了；所以，你看吧，我早看透實情。此一暗示引出 19 以現在時態對比整個詩節的假設情境。

　　我的譯文押韻模式依我一貫吻合原文的作法，在本詩是兩行一韻的雙行

---

[3] 參較本書第二輯〈讀〈愛樂頌〉解愛樂〉所述愛樂在上古希臘世俗化的過程。

[4] 抑揚四步格：一行詩有四個音步，絕大多數的音步為一個輕讀音節之後接一個重讀音節。

[5] 揚抑四步截尾格（trochaic tetrameter catalectic）：首音步為抑抑揚格，中間兩個音步是揚抑格，最後一個音步是重讀音節之後省略一個輕讀音節。

體。但是翻譯策略不再採用音節對應（一個漢字對應一個英文音節），而是節奏對應，即一個中文詞組對應一個英文音步。詞組指的是文義表達的最小單元，相當於英文的片語；一個詞組通常由二或三個單詞組成，如首行的詞組模式為 3-3-2-3，偶爾多達四單詞，如行 8 的 4-2-2-3，要之在於朗讀的節拍適合原詩的跌宕起伏。

庭園之樂

身為鄧恩的嫡系傳人，馬佛爾的詩風特色在於揉合冷靜的理性分析和熾烈的感情奔放，充分反映當時英國處於科學勃興而社會急遽世俗化的氛圍。文學史觀點容易忽略的一個事實是，十七世紀也是巴洛克藝術風格大行其道的時代。巴洛克藝術風行於 1600-1750 年間，其特色一言以蔽之，可以說是「大氣」，集富麗堂皇、感情澎湃、戲劇張力之大成，追求「人工造境比美自然」。就此一風格而論，巴洛克藝術仍然延續文藝復興的理想，即在恢復古羅馬藝術觀的同時，還要進一步把那個觀念現代化。表現在文學上可以說是追求「筆補造化天無功」的信念。這樣的文學風格，散文的最高成就是吉朋的《羅馬帝國衰亡史》（1776-1789），史詩的最高成就是米爾頓的《失樂園》（1674）。抒情詩如果只能挑一首代表作，馬佛爾的〈庭園〉（"The Garden"）或許當之無愧[6]。全詩採用雙行體，72 行分成九節，每節八行。論者普遍視其為詩人退隱生活歸樸返真所作。此一詮釋觀點和本文開頭所提的失戀三部曲並不衝突。

庭園當然是人工造出的實景，馬佛爾縱情想像，筆抒胸臆卻以庭園象徵耽溺沉思的人生，對比活動頻繁的社會。詩中的說話者經歷「熱情奔放」（"passion's heat"）的人生之後，潛心孤寂，在字裡行間引領讀者走出眾聲喧譁的塵世，徜徉林徑從事一趟神遊。說是「神遊」，因為馬佛爾並沒有具體描繪說話者所置身的園景，而是主觀展現心眼所見。「白色和紅色都不曾見過／像這片綠趣如此撩撥」（No white nor red was ever seen/ So am'rous as this lovely green）（17-8）。純潔或皮膚的白，以及熱情或臉頰的紅，是傳統情詩的基本

---

[6] 吉朋的《羅馬帝國衰亡史》雖有繁體版中譯本，可惜糟蹋了原文，譯者顯然對於新古典主義的文學特色與歷史背景一無所知，也不曉得吉朋的英文洋溢濃濃的拉丁文學風格。米爾頓的《失樂園》，參見拙作《荷馬史詩：儀軌歌路通古今》6.4.2〈米爾頓《失樂園》〉的介紹。

色調，根本無法和馬佛爾心眼所見「春」色無邊（am'rous = amorous，「撩撥」）的綠相提並論。心境如鏡，綠蔭中的心境映現一片綠色的意趣：「把世事俗務徹底消弭／只在綠蔭中留下綠意」（Annihilating all that's made/ To a green thought in a green shade）（47-8）。浪漫主義的自然觀呼之欲出，若非看透行動派如〈致怯情人〉詩中所描繪，焉得此境[7]？在馬佛爾筆下，「綠」隱含冷靜而超然的生活方式，「心遠地自偏」庶幾近之。

馬佛爾明寫「庭園」，卻暗示詩中的說話者置身於伊甸園。行到絕塵處，坐享寂樂時，說話者在第八節改用過去時態：「園境如此幸福無疆／當時人獨身在那裡遊蕩」（Such was that happy garden-state, / While man there walk'd without a mate）（57-8）。「獨身」直譯是「沒有配偶」，這意味著「人」指涉夏娃受造以前的亞當。這個解釋可以從說話者緊接著在 59-60 的感嘆得到印證：「闖蕩過這片清幽之地，／可還有其他適合的伴侶！」（After a place so pure and sweet,/ What other help could yet be meet!）「適合的」原文是 meet。馬佛爾的措詞使用欽定本《舊約》2.18 的典故：「主上帝說：『人獨來獨往不好；我來給他造個適合他的幫手』」（And the Lord god said, It is not good that the man should be alone; I will make him an help meet for him）。後續的經文證實這個「適合」（meet）亞當的「幫手」（help）就是他的配偶夏娃。所以，詩中接著寫道（61-4）：

但是凡人沒有福分
在那裡單獨遊蕩走動：
獨自一人在樂園生活
64 彷彿兩個樂園相結合。

But 'twas beyond a mortal's share
To wander solitary there:
Two paradises 'twere in one
64   To live in paradise alone.

詩中所描寫想像的庭園是一座樂園，說話者精鶩八極是另一個樂園，像那樣兩

---

[7] 浪漫主義的自然觀，見第五輯〈華滋華斯評介：自然的啟示〉一文。

個樂園合一的境界只宜神遊，其緣分豈是凡生可得！詩人的弦外之音是，樂園之境在於結合，亞當和夏娃吃禁果卻帶來原罪[8]。結合要免於墮落，唯有求之於柏拉圖式戀愛。

唯有足夠的精神高度能避開性誘惑而免於墮落，這個弦外之音是馬佛爾在〈愛情的定義〉（"The Definition of Love"）吟唱的主旋律。

愛情的定義

「問情為何物」這個創作題材夠小，以愛情張力為主題的詩作卻汗牛充棟。先天條件如此，馬佛爾卻另闢蹊徑，運用獨特的意象呈現愛情的本質。〈愛情的定義〉使用抑揚四步格，隔行押韻，四行一節，整首詩總共八節32行。詩中的說話者界定自己關於愛情的體驗，首節開門見山介紹「我的愛情」（My love）出身稀罕，是「絕望」（Despair）和「不可能」（Impossibility）結合所生。這意味著有勞馬佛爾寫詩定義的主題是失戀的心境。

詩人接著界說失戀的心境，點出似非而是的命題，即文學批評所稱的矛盾雋語：說話者戀愛的對象是自己的絕配，因此注定絕對無法結成配偶。描寫那樣的愛情，讀者可能預期會看到「狠心」或「殘忍」之類的形容詞，馬佛爾卻說是擬人化的「絕望」寬宏大度（5-8）：

只有絕望氣度弘恢
把如此的聖物對我顯示，
衰弱的希望無法起飛[9]，
8　　鼓動的翅膀葦而不實。

Magnanimous Despair alone
Could show me so divine a thing,

---

[8]　亞當和夏娃因為吃禁果而被逐出伊甸園。上帝所禁之果，正式名稱是「善惡知識樹的果子」，其「知識」即性事。

[9]　衰弱：feeble，擬人化的「希望」體能不足，因此「無法起飛」（ne'er have flown）於聖物所在之處，那個處所即 "Where" 所指涉；參見第二輯席莫尼德斯〈聖美峰〉。ne'er = never，省略一個音節，因此本行為工整的抑揚四步格。下一行 flapp'd = flapped，也是格律考量。

```
                Where feeble Hope could ne'er have flown,
        8       But vainly flapp'd its tinsel wing.
```

如此可望不可及的雅量，絲毫不愧於絕世稀罕的出身，因此「絕望」之名可謂名正言順。只有從毫無希望的角度切入才能呈現前述詩人打算描寫的矛盾命題。後續的詩行都在鋪陳那個矛盾雋語，主要是透過意象的運用。

命運從中作梗使情侶分開，這是老生常談。可是馬佛爾使用具體的意象，把靈魂比喻為鐵釘，已經牢牢給釘在說話者看中意的定點（fixt = fixed），只欠一槌就大功告成，偏偏命運以第三者的姿態硬擠進來（9-12）：

```
        我原本很快就可以進抵
        出竅的靈魂釘牢的所在[10]，
        可是命運打進鐵楔，
    12  硬是從中把我們擠開。
```

```
        And yet I quickly might arrive
        Where my extended soul is fixt,
        But Fate does iron wedges drive,
    12  And always crowds itself betwixt.
```

「楔子」是由兩個斜面組成的木片，用於插在木器榫縫中起固定作用。命運卻拿鐵製的楔子，惡意把可望牢靠結合的一對情侶分開。

命運擬人化不足為奇，稀奇的是擬人化的命運具備動機。13 行首略譯的 For（因為）表明第四節意在解說前一節（9-12）所描述的惡行惡狀。人間如有完美，命運就沒有存在的價值了（13-6）：

```
        命運以嫉妒的眼光看
        天成佳偶，不給靠近；
```

---

[10] 出竅的：extended，從肉體（9「我」）「延伸，擴展」，飛向愛人的懷抱。下文行 10 的 fixt = fixed。

他們的結合會使她完蛋[11]，
16　　使她的專權無跡可尋。

　　For Fate with jealous eye does see
　　Two perfect loves, nor lets them close;
　　Their union would her ruin be,
16　　And her tyrannic pow'r depose[12].

說話者進一步指出自己注定成為命運善妒的受害人：情侶神交是完美的愛，兩個完美的愛一旦結合，命運無法發揮破壞的威力，命運就被破解了，這根本違背有（性）命必有運（氣）的命運之道。

　　詩人對命運的態度值得注意：馬佛爾不是歇斯底里暴跳如雷加以責怪，而是使用冷靜的推理，也就是先前看出「絕望」氣度恢宏相同的語調。他的愛人是世間極品，太神聖而不可得，這是推理的結果，其厚實的質感完全奠定在「理」字上。

　　第五節（17-20）以出人意表的象喻語（figurative language）探討前述矛盾雋語的意義。命運把一對情侶擺在地球的兩極，這是人世所能體驗最遙遠的距離。兩極雖然相距遙遠，卻是決定地球自轉的軸心，因此情侶雖然分隔兩極，卻足以界定愛情的本質：愛的世界像地球永遠繞著這一對「天作之分」的情侶旋轉。這樣的愛情，欲期當事雙方的結合只有一個可能，就是第六節所描述把地球壓扁成為「平面球體」（24）。「平面球體」乍看荒謬，原文 planisphere 其實是占星術所理解把星體投影在平面的措詞，投影的結果是星體的兩極合而為一。除非天塌，星體不可能壓扁。因此，命運惡意作梗致使戀愛無果具有更深刻的典範意義：完美的愛情注定不會有結果。

　　接著第七節（25-8），說話者用數學家的口吻描寫他的愛。一對情侶有如兩條直線，情意「歪斜」不完美，必定和另一條線交叉形成角度[13]；可是說話者和他的情侶同樣完美，同樣筆直，這一組平行線因為太完美而不可能交會。

---

[11] 她：擬人化的命運，即神話所稱的「命運女神」。

[12] pow'r = power，格律考量而省略一個音節。本行常態語序為 and (would) depose her tyrannic power（會解除她專制的權力）。

[13] 歪斜：oblique（25），偏離常態正軌，包括行為和觀念。

詩中這對情侶彼此調合天衣無縫，如此完美即使無限延長也不會彼此靠近。這個意象適足以闡明詩人的書寫策略——呈現似非而是的矛盾狀態。

〈愛情的定義〉收尾的第八節（29-32）又有一個取自占星學的矛盾雋語：

  所以愛把我們綁一起，
  卻被命運惡意阻擋，
  落得心心相印靈相契，
32 兩個星體遙遙對望。

  Therefore the love which us doth bind,
  But fate so enviously debars,
  Is the conjunction of the mind,
32 And opposition of the stars.

從地球觀察星象，兩個星體在視線上非常接近時稱之為「合」（conjunction，「相印，相契」），兩個星體成對峙之狀則稱為衝（opposition，「遙遙對望」）。根據占星學，星體為合的影響力會結合，星體為衝的影響力會相沖。這樣的比較透過第三和第四兩節（9-16）的觀念銜接到第五節（17-20），因此證實整首詩藉矛盾雋語呈現的主題。

〈愛情的定義〉訴諸推理為愛情下定義，不論讀者是否喜歡，無疑一掃激情表達的情詩傳統。合理推敲，詩中的說話者在情場失利之後，試圖為自己找下台階。那樣的說話者必定巧思善辯。然而，馬佛爾可能意想不到，他的詩證實理性果然是愛情的剋星。

失戀餘話——情到深處寡言時

談情說愛可以推倒理性的心牆，這方面的例子不勝枚舉。可是像形上詩派那樣滔滔不絕說理，真的能夠使人動情？至少瑞里（Sir Walter Raleigh, 1552-1618）不以為然。他寫過一首短詩〈沉默的情人〉（"The Silent Lover"），全部38行，開頭6行如下：

熱情打比方最像洪水與溪澗：
　　　　水淺聲潺潺，水深卻沉靜；
　　所以，喜歡掌話不休時，可見
　　　　情意的源頭只來自淺層。
5　有人把話說不停，話中聽得出
　　他們配成雙其實情意荒蕪。

Passions are likened best to floods and streams:
　　The shallow murmur, but the deep are dumb;
So, when affection yields discourse, it seems
　　The bottom is but shallow whence they come.
5　They that are rich in words, in words discover
　　That they are poor in that which makes a lover.

所以，本輯後續的浪漫派抒情詩不再說理，篇幅競短。然而，長詩未必寡情或情薄。第一輯所介紹「妳啊大無畏的慾望之女」伊莉莎白・勃朗寧足以證明所言不虛，這和女性的舌頭天生比男性長無關[14]。

---

[14] 引文出自克瑞修（Richard Crashaw, 1613-1649）的〈心焰〉（"The Flaming Heart"）行 92 "O thou undaunted daughter of desires!" 女人的生活經驗比男人仰賴舌頭的語言表達，「我說，故我在」是她們共同的人生實踐。男人只有在熱戀時可以和女人一較長短。

布雷克（1757-1827）

生病的玫瑰

玫瑰啊，妳病了！
肉眼看不見的蟲
在夜晚飛翔
趁驟雨疾風

5   找出妳的床
緋紅歡欣，
他的秘情暗戀
斷送妳的命。

---

1. 玫瑰象徵愛情，玫瑰生病意味著非常態的愛情，包括付出愛卻得不到回饋、愛情發生病變，或愛情不受祝福。「秘情暗戀」（7）才需要夜色掩護（3）。玫瑰是擬人格，影射特定對象，即7「他」暗戀的女子。妳：使用呼告（apostrophe），說話者直接對眼前的「玫瑰」說話。
2. 肉眼看不到：難以察覺，或不為人知。第一人稱的說話者卻找得到床（5）。這裡的「蟲」可以轉喻死亡。轉喻（metonymy）是以意義相關的語詞取代原本要表達的意義：土葬一定「和最齷齪的蟲同居」（莎士比亞十四行詩 71.4 "with vilest worms to dwell"）導致屍體腐爛。
3. 不欲人知，唯恐見光死。
4. 暴烈的背景有烘托的作用，可能暗示極端暴力的事件（如性侵），或肢體上動作親密而心理上不論單方面或雙方面劇烈反應的事實或想像（如馬佛爾〈致怯情人〉所述41-2「用盡力氣來攪拌／把所有的甜蜜滾成砲彈」），或精神上承受極大的壓力。
5. 找出：to find out 不只是「找到」（to find）或「發現」（to discover），隱含費心費力終於知道以前不知道的事。床：從 6 可推知是「花床」，但隱含「人床」。「人」是誰？

William Blake (1757-1827)

The Sick Rose

O Rose, thou art sick!
The invisible worm
That flies in the night
In the howling storm

5   Has found out thy bed
Of crimson joy,
And his dark secret love
Does thy life destroy.

---

6. 緋紅：crimson 是深色調的紅，也可能是紫紅或胭脂紅。紅色和血有關，血代表生命，一詞雙關，同時和熱情或死亡有關。緋紅也可以指涉「妳」的臉色，因此破題詩行的「病」可能指涉心理或精神方面的意義，參見本輯濟慈（1795-1821）〈分享夏娃的蘋果〉剖析羞怯的心理。暗色調是紅色變了調，因此在基督教傳統和罪有關，特指亞當和夏娃吃了禁果（即體驗性），憑身體經驗認識因而擁有性知識，從此結束《舊約》的創世神話，揭開人間有情慾的歷史新紀元。性體驗帶來「歡欣」，極樂固不待言，其樂卻是如莎士比亞十四行詩 129.14 所稱「引人下地獄的天國」(the heaven that leads men to this hell)，this hell（這座地獄）指該詩禁慾觀點所見的性愛場景或性經驗本身；參見我在《情慾花園》的中譯行注。crimson 源自梵文 krmija，「從蟲子製造」，這「蟲子」指的是寄生在常綠喬木橡樹，以其汁液維生，名為胭脂蚧（Kermes）的翅目昆蟲。胭脂蚧的雌蟲所分泌的紅色物質在古代歐洲是紅色染料的主原料，橡樹則是印歐人傳統的聖樹。緋紅歡欣：玫瑰盛開的景象；透過玫瑰綻放的外觀與色澤產生的視覺聯想隱喻開苞或性高潮。
7. 秘情暗戀：「暗」(dark) 呼應行 3 的時間背景，「秘」(secret) 呼應行 4 的空間背景，這種戀情 (love) 其人其事都「不可見（光）」(2)。
8. 3-4 描寫的辣手終於摧花。字面上是說玫瑰遭蟲咬，枯萎而死，象徵意義卻是性愛帶來死亡。秘密戀情的反義是自由戀愛，不能自由戀愛的社會往往存在體制與性觀念多方面的壓抑。因此，辣手所催之花可以是「貞操」；死亡的不是人命，而是童貞。

【評論】
布雷克素描

布雷克是英國文學浪漫運動的先驅詩人，其詩作蘊含豐富的象徵意義和深刻的神祕主義。這兩個身分合體的結果是，文字淺顯人人可懂，內涵豐富山外有山。從最廣為人知的四行詩，不難管窺全豹：

> 一粒沙看見一個世界
> 一朵野花看見一天堂
> 把無窮無盡握在你的手掌
> 永恆納入一個鐘頭

> To see a World in a Grain of Sand
> And a Heaven in a Wild Flower
> Hold Infinity in the palm of your hand
> And Eternity in an hour

前引〈純真的預兆〉（"Auguries of Innocence"）破題四行[1]，開宗明義點破組成全詩132行一系列矛盾雋語的旨趣，即伊莉莎白·勃朗寧在《葡萄牙人十四行詩》43.10所稱「童年的信心」，雖然寫這首詩時（1804）詩人已經47歲。往前推十年，他在《純真之歌》（*The Songs of Innocence*, 1789）序詩結尾（19-20）寫道：

> 我寫我的快樂歌
> 孩童個個喜歡聽。

---

[1] 根據 Poetry Foundation，整首詩沒有標點。中譯落了韻，應該隔行押韻，但是中譯和原詩的音節數完全對應。

And I wrote my happy songs
Every child may joy to hear

那種純真是靈魂未受世俗汙染的狀態，毫無保留相信所見所聽都是真實，而且相信最美好的一面就是全部的真相。

然而，1794年的《經驗之歌》（*The Songs of Experience*）呈現恰恰相反的想像眼界，讀者看到既醜陋又恐怖的墮落的世界，充斥貧窮、疾病、戰爭、頹廢、剝削，以及社會、體制與性觀念的重重壓抑。就是在那一個世界，我們看到生病的玫瑰。性愛可以帶來重生，在墮落的世界卻帶來死亡。墮落的緣由，按《舊約‧創世記》父神觀的說法，是亞當和夏娃違背誡令吃了禁果。其實，一如希臘神話中潘朵拉的盒子[2]，不是人類的母親好奇惹禍，而是父神的權威容不下自由意志的萌芽。浪漫運動的肇因之一就是對父神權威的反抗。

---

[2] 潘朵拉：Pandora = pan-（全部）+ doron（禮物）。宙斯懲罰普羅米修斯盜火，禍延人類，把女人送到世間，名叫Pandora。眾神的禮物裝在盒子裡，她好奇打開盒子，人類從此（和被逐離伊甸園的亞當與夏娃一樣）擺脫不了年老、疾病、死亡、痛苦、懊惱等不幸。可信她的婚姻禮盒也藏了五花八門的電腦病毒。

濟慈（1795-1821）

分享夏娃的蘋果

一、

別這樣臉紅！別這樣臉紅！
　　否則我會認為妳知道；
妳臉紅時一旦微笑，
4　　就在消磨少女的貞操。

二、

想要會臉紅，不想要會臉紅，
　　做過以後也會臉紅；
動念會臉紅，不動心會臉紅，
8　　才剛開始也會臉紅。

三、

別這樣嘆息！別這樣嘆息！
　　這聽來是夏娃的甜蜜果；
臀部鬆軟見證妳嚐過美味，
12　　戀愛的鏖戰也參與過。

---

2. 知道：知道我有更進一步的念頭，即 6 和 8 的 "it"。

5. shan't = shall not

6. 行尾分號，有的版本作冒號。冒號意味著 7-8 以不同方式重複 5-6 的語意。

10. 原文藉 For（因為）明確表達為何會有前一行的勸誡。pippin: 任何一種蘋果；種子。9-10 從女方的嘆息聯想到 "Eve's sweet pippin"，影射夏娃違背誡令，以及她接受誘惑品嚐禁果藉以安撫自己甜蜜的熱情。夏娃吃的禁果，《舊約》從宗教觀點稱之為「善惡知識果」，這裡說的「善惡知識」其實就是性知識（參見拙作《情慾幽林》引論〈千面女神說從頭〉乙節），以「禁果」隱喻「性禁制」古今通用。《舊約・創世記》3.7 白紙黑字寫明「果」是俗稱「生命之果」的無花果，而不是蘋果，但蘋果在歐洲自古被視為

John Keats (1795-1821)

Sharing Eve's Apple

1.

O blush not so! O blush not so!
    Or I shall think you knowing;
And if you smile, the blushing while,
    Then maidenheads are going.

2.

There's a blush for want, and a blush for shan't,
    And a blush for having done it;
There's a blush for thought, and a blush for nought,
    And a blush for just begun it.

3.

O sigh not so! O sigh not so!
    For it sounds of Eve's sweet pippin;
By these loosen'd hips you have tasted the pips
    And fought in an amorous nipping.

催情果。把「果」解釋為「種子」另有深意：夏娃吃禁果意味著亞當播了種，播種有成必有種子，所以它們離開伊甸園之後，先後生下該隱和亞伯。從此揭開性愛（而不是上帝）創造生命的歷史。

11. 臀部：H. Buxton Forman 的五卷版校注本作 lips（嘴唇）。美味：the pips，特定的 pips。pip：顆粒種子，尤其是多肉多子的水果，如蘋果和無花果；在俚語指稱美妙的人或事。

12. 鏖：和「熬」同音異義，即莎士比亞讀者一定不陌生的「雙關語」（pun）修辭；此一雙關語的官能感受可以聯想到原文 nipping，意指帶來苦澀或刺痛之感。

四、
　　妳要再玩一次摘蕊護根，
　　　我們的青春才會耐久；
　　我們有親吻的對景良辰，
　　　甜蜜的牙齒一根沒掉。

五、
　　點頭會嘆息，搖頭會嘆息，
　　　「我受不了！」也會嘆息。
　　哎呀怎麼辦，留下或逃跑？
　　　切開蘋果吧分享甜蜜！

---

13. 摘蕊護根：nice-cut-core，栽植果樹的術語，指摘除花蕊好讓根部充分發育。詩人要求女方解除障礙，即為了展示純真或貞操的心理障礙，俾使雙方的身體慾望能得遂所願。
14. 「因為〔妳認為〕只有這樣（it）才能延長我們的青春年華」。「這樣」指「摘蕊護根」的遊戲，即挑逗對方卻不求結果（摘除花蕊使雄株無法產生花粉，因此無法傳種），藉以強根固貞操之本。
20. 蘋果：見注 10。

4.
Will you play once more at nice-cut-core,
    For it only will last our youth out;
And we have the prime of the kissing time,
16   We have not one sweet tooth out.

5.
There's a sigh for yes, and a sigh for no,
    And a sigh for I can't bear it!
O what can be done, shall we stay or run?
20   O cut the sweet apple and share it!

【評論】
〈分享夏娃的蘋果〉賞析：
羞怯心理解剖

濟慈在 1818 年 1 月 31 日寫信給 John Hamilton Reynolds，提到「內在的純真有如巢裡的鴿子」，接著引了上面這首詩。論者普遍認為是戲筆之作，因此不受選集垂青。然而這首詩以輕鬆的筆調處理羞怯的題材，濃縮了濟慈本人對於「界定性別關係的雙重標準」的態度，探討的主題尤其和「沉思情慾」關係密切。英國大約始自十八世紀中葉，女性羞怯成為文化魔咒，魔咒延續到十九世紀並且擴及整個歐洲，作家與知識份子普遍視羞怯為內在純真的表現。濟慈看出這個概念本身的矛盾，因此寫詩加以嘲諷，挖苦「女人理當純真」的想法。為了把女人描寫成男人可慾的對象，他大量運用和性有關的雙關語，把女性的羞怯描寫成遮掩情慾的壓抑之舉。因為理當純真，所以必須臉紅：詩人指出這個因果站不住腳，從而揭露女性羞怯與性絕緣是無稽之談。他顯然反對女性貞操的保守觀念，認為那種操守不過是端莊的假象。

按濟慈在詩中的描寫，女性的嬌羞表現為臉紅，既是罪惡也是尷尬（4, 13），同時標誌女人的純潔與性慾。因此，他在第一節開宗明義指出臉紅不是純真的表徵，而是隱藏在貞操面具的下方有意識而且有目的的情慾指標。在第二節，他看出詩中女子的想法與行為隱含複雜的心理機制，可能反映內在的慾望或羞恥或對性的興趣，因此看不出女方臉紅的真正理由。詩人強調臉紅的曖昧屬性及其對於男性追求者的吸引力，挖苦的對象不是詩中女子，而是看到女人臉紅就認定她純真這樣的觀念。女方臉紅不會阻礙她的仰慕者，反而會激勵他志在必得的決心。在詩人看來，臉紅似乎是當事男女雙方心照不宣的前戲：女方透過臉紅吸引男方，男方持續追求直到他發現臉紅所隱含的意義，那個意義則又透露濟慈歸之於臉紅的情慾甚至性姿態。

第三節，濟慈挖苦的筆鋒轉向詩中女子隨男方出手（8「開始」有動作）而來的苦惱。他反駁女士的嘆息是傳達焦慮，認為說話者聽到的是慾望已遂的情慾呻吟。10-2 夏娃的典故、手的觸感以及寫意筆法所呈現的具體動作，徹底把

純真要素從女士的嘆息與臉紅移除：說話者所聽到的嘆息源自快感，因此揭露展示羞怯所遮掩的情慾與性姿態。詩中女士的嘆息顯示她對於自己的純真姿態必然影響異性了然於胸，這在濟慈看來不過是妖嬈女子存心激發男性慾望，以免他害羞轉身離去。最後兩個詩節，詩人打開天窗說亮話，向女子求歡，而且要趁及時，以免年華老去。

這首詩輕快的節奏帶有童稚的韻味，作者透過社會批評抨擊女人與情慾兩方面的雙重標準。在這首詩中，臉紅和嘆息具體展現女性羞怯的虛情假意，因為這兩者同樣表裡不一，甚至相反。其本意是要激起男人的性慾，同時表達女人接受男人的追求。詩中女子體現十八與十九世紀歐洲公認的女性形象：看來被動、沒有性慾的女性激發男性的仰慕與慾望，同時以虛假的純真作掩飾，壓抑自己的慾望。濟慈批駁強迫女性公開展示純真的社會風氣，那種風氣鼓勵女人虛情假意展現純真以便在社會上受人尊重，同時宣告自己適婚。

和鄧恩的〈跳蚤〉同樣描寫男性對於女體的慾望，濟慈調皮的程度有過之而無不及，抒情之餘不忘社會批評更是形上詩派付諸闕如而浪漫主義所特有。

惠特曼（1819-1892）

雙鷹調情

　　沿著河邊的路，（我午前休閒散步，）
　　天空突然傳出低沉的叫聲，鷹在調情嬉戲，
　　一陣激情猛衝在高空緊密接觸，
　　鉤爪揪扭彼此相扣，生動有勁團團轉，
5　　四片拍擊的翅膀，兩個喙，一團打旋緊纏鬥，
　　翻滾中迴繞盤轉兜圈圈，垂直往下墜，
　　停在河面上方，成雙卻一體，片刻安寧，
　　靜止不動卻安穩在空中，然後分離、鬆爪，
　　悠悠持穩的羽翻斜飛再度高颺，分開後丰姿翱翔，
10　　她追，他尋，各自追尋。

7.　o'er = over; pois'd = poised. 兩個詞各省略一個音節，本行詩成為工整的抑揚七步格。

10.　She is pursuing hers, and he is pursuing his. 追尋什麼？語焉不詳，是刻意留白。

Walt Whitman (1819-1892)

The Dalliance of the Eagles

    Skirting the river road, (my forenoon walk, my rest,)
    Skyward in air a sudden muffled sound, the dalliance of the eagles,
    The rushing amorous contact high in space together,
    The clinching interlocking claws, a living, fierce, gyrating wheel,
5   Four beating wings, two beaks, a swirling mass tight grappling,
    In tumbling turning clustering loops, straight downward falling,
    Till o'er the river pois'd, the twain yet one, a moment's lull,
    A motionless still balance in the air, then parting, talons loosing,
    Upward again on slow-firm pinions slanting, their separate diverse flight,
10   She hers, he his, pursuing.

【評論】
〈雙鷹調情〉賞析：詩體解放

　　回顧有助於釐清當下，那種機緣值得珍惜。在見識過畢卡索運用象徵手法的立體主義巨作《格爾尼卡》（*Guernica*, 1937）之後多年，無意中看到他信手一揮而線條流暢的小號無題素描，瞬間領會抽象畫奠基於踏實的寫實素描。在惠特曼的《草葉集》（*Leaves of Grass*, 1891-92）讀到〈雙鷹調情〉也有同樣的感觸。

　　惠特曼在現代詩壇的地位可比擬於易卜生在世界劇壇的地位：易卜生使用散文體創作的中產階級寫實劇把戲劇推入現代的進程，惠特曼使用自由詩的體裁發抒民主社會的個體心聲，異曲同工創造全新的表達形式。這是一場和第一波婦女解放運動同步發生的文學解放。

　　自由詩之所以稱為「自由」，主要是針對傳統詩歌的兩個體製：押韻和格律各有定規。押韻特指行尾韻，指的是詩行最後一個重讀音節母音以後的部分重複出現，包括整首詩的押韻模式、詩節的押韻模式，或雙行體[1]。英美詩的格律則是以輕讀音節與重讀音節配置規律的模式定義節奏，如莎士比亞最常用到的抑揚五步格、聲情強烈對比抑揚格的揚抑格，以及抒情詩常見的四步格[2]。

　　不受押韻和格律的束縛並不表示自由詩不具備或不在乎詩歌的美學效果。行尾韻是外顯的形式，格律則是那種種形式用於表達感受的媒介。傳統詩歌講求固定的形式，同時假定形式上的美感有可能臻於完美。在創作實務上，詩人

---

[1] 整首詩的押韻模式，如十四行詩聯套，見第一輯伊莉莎白·勃朗寧《葡萄牙人十四行詩》和第四輯〈莎體十四行詩〉。詩節（stanza，相當於散文體的段落）的押韻模式是詩賴以組織成篇的不同詩節有共通的押韻形態，如第三輯鄧恩〈出神〉。雙行體是格律相同而且表達一個意念的連續兩行押相同的行尾韻，如本輯馬婁〈一瞥見真情〉和馬佛爾〈致怯情人〉都是，我譯注的荷馬史詩《奧德賽》附中英對照的丁尼生〈尤里西斯〉也是。反觀自由詩，如散見於第三、四、五輯惠特曼所寫，以及第四輯阿諾德〈多佛海濱〉和第六節艾略特〈普儒夫若克的情歌〉，都不講究制式的格律和押韻。

[2] 抑揚五步格：見本輯〈鍾情餘話〉注3。揚抑格和四步格，見本輯〈詩人失戀三部曲·情人怯情當何如〉。

不至於天真到相信有境界完美的詩歌，此所以不同的文化、時代或詩人迭有不同的形式媒介，詩人也在不變中多方尋求種種變化，甚至權變。押韻因變通而有落韻，格律因變通而有破格，甚至有更廣泛容許語法或語音逸出常軌的詩作特許（poetic license）[3]。不一樣的美學態度促使惠特曼尋求貼近現實人生的表達方式，結果就是自由詩的誕生。不同的詩學美感表達，透過比較的方式容易說清楚。

相對於馬佛爾的失戀三部曲，鄧恩有〈跳蚤〉、〈早安〉和〈封聖〉組成的戀愛三部曲[4]。那三首詩的形式各不相同，詩節數目依次為三、三、五，可是每一首詩的詩節形式都相同，也就是每一首詩各有自己的詩節行尾韻模式。〈跳蚤〉是 AABBCCDDD，〈早安〉是 ABABCCC，〈封聖〉是 ABBACCCAA，最後一首的每個詩節都以 love 結尾。鄧恩受困於既有的美感範疇，終究打不破形式的桎梏。然而，在傳統的詩人當中，他的節奏最富現代感，在詩中獨白的說話者不論態度輕鬆或凝重，也不論語氣激昂或沉穩，跌宕起伏韻味無窮。可是讀他的詩仍然少不了格律分析的前置動作，也就是識別各音節讀音的重或輕，從中尋求揚聲與抑聲的配置規律，將一行詩分為若干音步。鄧恩的現代感源自他對意義的洞識：一首詩呈現獨一無二的經驗當中獨一無二的感受或領悟。惠特曼的創新在於徹底揚棄以行尾韻決定形式的美感實踐，同時以抑揚頓挫取代音步行規所界定的節奏。

不論形式或節奏，終極目標都是為了輔助主題的呈現，那整體的效果是詩的主題或意境所在。由於語言的本質，詩無法擺脫意義的掣肘，至少無法像音樂或美術那樣獲致徹底的抽象效果。然而，同樣從經驗的回顧尋求意義，但丁呈現回顧的結果，華滋華斯呈現的意義在未來，惠特曼卻看到回顧的意義在於過程[5]。

以〈雙鷹調情〉為例，一來沒有行尾韻，二來看不出輕讀與重讀音節的配置有規律。然而，整首詩在氣氛安詳的悠閒時光中插入瞬間「生猛一搏」（本輯馬佛爾〈致怯情人〉43）的動態畫面，足以使人過目不忘。開頭兩行以行

---

[3]　創作特許：見第六輯濟慈《蕾米雅》上篇 342 行注。

[4]　鄧恩的戀愛三部曲，見本輯〈〈致怯情人〉賞析：詩人失戀三部曲〉。

[5]　但丁，見我在《荷馬史詩：儀軌歌路通古今》書中 6.4.1〈但丁《神曲》〉。華滋華斯，見本書第五輯〈華滋華斯評介：自然的啟示〉。惠特曼，見第五輯〈民主詩人惠特曼・詩人的搖籃〉。

首揚抑格（相對於沉穩的抑揚格）的 Skirting 和 Skyward 把說話者的視線從地面引向天空。這兩個行首單字押頭韻，由舌尖擦氣和舌根爆擦兩個子音組成的 /sk/，有效連結聽覺和視覺雙重感官印象：視線綿綿如絲的音效引出瞬間刺耳卻使人瞠目結舌的動態畫面。全部 10 行詩有多達 15 個現在分詞表示進行中的動作，一連串衝刺只在 7-8a 調情臻於高潮的片刻把時間凝結，到結尾的行 10 在三個抑揚格音步之後，以音感同樣綿綿卻輕盈飄飄而動感騰騰的鼻音分詞 -ing 收煞，一氣呵成乾脆俐落展現自然界的力與美，可感時空回復原先的狀態。雖然有逗點，也有句點，雖然焦點明確，而且音源清晰，雖然有始有終，而且畫面完整，其實整首詩並不是一個完整的句子。既沒有主詞，也沒有動詞。結尾的 pursuing 呼應破題的 skirting，激情寂然，天地悠悠，雙鷹各自追尋獨去閒，以環狀結構收攏整首詩的意境[6]。雌雄交配，交配的雙方默契十足，同樣積極主動。惠特曼描寫自然界情慾解放的情景，沒有一絲一毫的性別意識，音、義相得益彰，追尋的雙方同樣積極主動，共同譜出情慾解放奏鳴曲。

這篇短文標題的「體」一詞雙關，同時指涉「體裁」和「身體」，一舉囊括惠特曼在英美詩史的雙重建樹，如第五輯〈民主詩人惠特曼・詩人的搖籃〉所述。

---

[6] 環狀結構：ring composition，荷馬史詩敘事結構的最小單位，以首尾互相呼應的種種修辭手法暗示完整的敘事單元，詳見拙作《荷馬史詩：儀軌歌路通古今》3.2.4〈原型結構〉乙節。那樣的敘事單元可比擬於電影術語所稱的「鏡頭」（詳見我在譯注本《伊里亞德》引論〈荷馬的世界〉乙節），具體而微展現第四輯惠特曼〈滾滾人海一水珠〉9 所透露古希臘世界觀的大圓（見該行注）。

柏朗（1830–1897）

愛慾果

　　愛遇到愛，胸挺胸，
　　上帝介入，
　　一個不速之客，
4　　在玫瑰花叢留下小孩。

　　我們相愛，上帝製造：我們開懷時
　　上帝探查出生的時機。
　　「那孩子是祂的，還是我們的？」
8　　我不知道——祂喜歡花。

---

1. 挺：urged（過去分詞作形容詞使用）to，用力頂住、推進，引申為敦促、打氣。
4. 參見第二輯阿納克瑞翁〈愛的感覺〉2。

Thomas Edward Brown (1830–1897)

When Love Meets Love

When love meets love, breast urged to breast,
God interposes,
An unacknowledged guest,
4   And leaves a little child among our roses.

We love, God makes: in our sweet mirth
God spies occasion for a birth.
Then is it His, or is it ours?
8   I know not—He is fond of flowers.

【評論】
〈愛慾果〉賞析：愛慾情

　　柏朗生前以教育學家知名於英格蘭，雖然在英國文學正典談不上名氣，大量以故鄉曼島語創作的詩篇卻被曼島人尊為當地文化的瑰寶[1]。選譯這首詩是為了提供對比的例子，希望有助於讀者了解惠特曼的「詩體解放」。

　　「愛慾情」這個標題的「情」，可以是「事情」、「內情」或「心情」之情，任君選擇。有情必有果，愛慾並不例外。柏朗的標題 "When Love Meets Love" 字面意思是「情投意合的時刻」，中譯的「愛慾果」影射原文標題深一層的意涵。

　　柏朗以幽默的筆調省視《舊約》上帝造人的神話。按《舊約・創世紀》第二章，上帝創造亞當，下達禁吃知識果的誡令之後，為了讓他有個「內助」或「牽手」才創造夏娃[2]。亞衛始料未及的是，亞當和夏娃日久生情，結果人類生生不息，也就是透過代代相傳獲得了永生[3]。一男一女由愛生慾，有情結果，這是生理與心理的事實。

　　柏朗知道生理與心理都是「理」字輩，和物理屬於相同的知識範疇，適合採取現實的觀點。他寫〈愛慾果〉卻把那個範疇的基本事實疊印在宗教信仰的領域。疊印的媒介是「花」這個情慾文學傳統的意象，疊影錯落遂有行7的疑問。「花」出現兩次，意涵大不相同。先是行4的「玫瑰花」象徵愛情，該行可用我們熟悉的隱喻改寫為「有了愛情的結晶」；後來在行8，顯然上帝並不獨鍾玫瑰。《舊約・雅歌》繁花錦簇，玫瑰只是其一（2.1a），伊甸園果實累累，唯一具體指名的是俗稱「禁果」的知識果，其實是「無花果[4]」。亞衛的意思

---

[1] 曼島（Isle of Man）位於蘇格蘭和北愛爾蘭之間的小島。曼島人使用的方言是凱爾特語的一支。

[2] 牽手：台語「配偶」。

[3] 知識樹即生命樹，性知識使人類代代相傳，不是個體不死，而是人類永生。亞當和夏娃被逐出伊甸園結束了神創造人的神話，從此人類得要自食其力，要靠自己創造生命。

[4] 亞當和夏娃吃了知識果之後，以無花果葉遮身蔽體（〈創世記〉3.7）。

沒有含糊的空間：伊甸園不是「花園」，而是「果園」；夏娃以內助的身分可以牽手亞當，沒必要自己孕育果實。

〈愛慾果〉短短的 8 行，分成兩個詩節，原文行尾韻為 ABAB CCDD。隔行押韻或兩行一韻都是傳統的形式。各行的音步數卻參差不齊，換行是基於文義的表達。雖然看不出音步行規，但整首詩的節拍無疑以抑揚格為主。比較特殊的是行 2、4、7、8 的陰性韻[5]，用於描寫上帝和花的關係。

柏朗在傳統的形式中透露自己對於惠特曼在大西洋彼岸尋求的「自由」心懷嚮往。他生逢解放運動如火如荼的維多利亞時代[6]，立場談不上激進，〈愛慾果〉這首短詩，一如第四輯阿諾德的〈多佛海濱〉，看得出春江水暖鴨先知。他也來得及聽到尼采在 1882 年宣布「上帝已死」總結浪漫主義所掀起一波接一波解放運動的潮流。

---

[5] 陰性韻：韻腳是重讀音節之後多出一個輕讀音節，音感輕柔。最富特色的例子是莎士比亞十四行詩的二十首〈造化手繪女人的容貌〉（"A woman's face with nature's own hand painted"），歌頌男性愛人的外貌比美女人，仍然使用抑揚五步格，仍然是三個四行段加上一組對句的結構，卻整首詩押陰性韻。

[6] 見本輯論惠特曼〈〈雙鷹調情〉賞析：詩體解放〉述及婦女解放與文學解放同步發展。

葉慈（1865-1939）

麗妲與天鵝

驟然撲擊：巨翼猶自呼搧
驚惶不定的少女，她的兩股
任黑蹼撫柔，後頸被喙拘絆，
4　他貼胸納懷佔領她無助的胸脯。

手指受驚猶疑怎麼推得開
逐漸鬆弛的股間羽化的榮耀？
何況身體，躺進白色的氣脈，
8　怎能感受不到奇異的心跳？

下體一陣顫慄，於是繁衍
斷垣殘壁、火熊熊的屋宇和樓塔，

---

5. 猶疑：vague（含糊），麗妲驚魂未定，無法明確表示意願。
6. 羽化：「化為羽毛一族」，「長出羽毛」，指詩中宙斯化身為天鵝。羽化的榮耀：宙斯化身為天鵝，仍不失其榮耀，在兩性戰場耀武揚威；宙斯「臨幸」，對人間女子是莫大的榮寵。
7. 白色：天鵝羽毛的顏色。氣脈：原文 rush 上承破題的「驟然撲擊」，譯文另又呼應 12「血氣」。宙斯是氣、土、水、火四大元素中「氣」的神格化，雷電神只是他最具體的神相；不論如何顯形，因氣成脈是他的本質。
8. 奇異：不尋常，因為與凡人不同。
9. 下體：複數 loins 當作生殖器官的委婉語使用，特指外陰部。其單數形態 loin 指人體正面介於腰和雙股之間的部位，普遍釋義作「腰部」，因此 in the loins 在余光中和楊牧的譯本都是「腰際」，可是中文「腰」不可能使用複數，更沒有葉慈詩中影射的性意涵；張錯譯作「雙股間」，比較有道理。同樣的道理，loincloth 在英漢詞典普遍釋義為「纏腰布」，其實那一塊布的作用不在於「纏腰」，而是用於「遮羞」，是為了遮蔽理當引以為羞的特定部位。顫慄：描寫獵豔臻於高潮的時刻，也是本詩情思臻於高潮的字眼，透過雙關義發揮承先啟後的作用，表面上總結 5-8 一陣纏綿的後果，骨子裡合攏懷孕生

W. B. Yeats (1865-1939)

Leda and the Swan

    A sudden blow: the great wings beating still
    Above the staggering girl, her thighs caressed
    By the dark webs, her nape caught in his bill,
4   He holds her helpless breast upon his breast.

    How can those terrified vague fingers push
    The feathered glory from her loosening thighs?
    And how can body, laid in that white rush,
8   But feel the strange heart beating where it lies?

    A shudder in the loins engenders there
    The broken wall, the burning roof and tower

產所種下 10-11a 的禍根。繁衍：engender 一語雙關，兼有「生產」和「產生」二義，影射麗妲懷孕「生產」而「產生」10-11a 的後果，都是這次性經驗的結果。前八行與後六行之間跳過的畫面，葉慈加以省略。諸如此類的留白，最知名的例子無疑是莎士比亞的《羅密歐與茱麗葉》第三幕第四景和第五景之間，詳見我譯注的《情慾舞台：西洋戲劇情慾主題精選集》引論頁 25-33〈身體隱形史的驚蟄之聲〉。

10. 垣、壁：原文 wall 可以是公共的城牆或私家的牆壁，也可以是壁壘。前一義特別影射《伊里亞德》第七卷希臘聯軍所建的防禦工事。10-11a 一連三個名詞片語（作 9「繁衍」的受詞）構成海倫出世所引發的愛琴海風雲三部曲：壁壘被突破是阿基里斯重回戰場的前奏，阿基里斯重回戰場是特洛伊被焚毀的引信，特洛伊城破國亡則是阿格門儂死亡（導致邁錫尼文明崩潰）的導火線。如果 wall 指涉城牆，那麼「斷垣殘壁」也可能影射木馬屠城記，這卻成了誇飾。樓塔：原文 tower 包括瞭望塔（見《伊里亞德》8.517-9）和城樓。《伊里亞德》有兩個令人過目難忘的城樓場景：第三卷 141-244 海倫偕特洛伊國王觀戰，第六卷 381-502 赫克托訣別安卓瑪姬，分別發生在特洛伊主城樓之上及其下。

11　　以及阿格門儂死亡。
　　　　　　　　　　這樣被宰制，
　　　這樣被天降血氣給收伏羈牽，
　　　她可有趁冷漠的喙尚未放下她
14　　及時藉他的威力汲取知識？

---

11. 阿格門儂在希臘聯軍集結時殺女兒獻祭，其妻克萊婷在夫君凱旋歸來時將之殺害報仇。荷馬《奧德賽》取克萊婷殺夫之事為對比奧德修斯與珮涅洛佩的插曲事件，悲劇詩人埃斯庫羅斯則據以鋪陳《阿格門儂》。

12. 血氣：the brute blood，血象徵生命（見拙譯《伊里亞德》5.339 行注），生命的激情有溫度，可以體現為熱愛或暴力。荷馬《伊里亞德》的阿基里斯集兩者於一身，《舊約》的血氣只表現殘暴的一面，這是文學有別於宗教的一面。羈牽：羈絆牽制，束縛。「羈牽」雖然是衍文，為的是節奏與押韻，但文義上承 3b。

13. 冷漠：indifferent（原文在 14），因為鳥喙不像人的嘴唇柔軟有溫度，同時暗示天神無情（11-2a）。人有血，有血氣，所以有情（見 12 行注）。放下：呼應 3b 的動作。

14. 知識：knowledge，如卡珊卓（《阿格門農》1200-10）得到阿波羅賞賜洞察未來的能力，這種能力無關乎基於人生經驗在特定的時機與場合作出恰當的判斷，因此不能視為「智慧」；倒是與性知識有觀，如希伯來神話的善惡知識果。俗稱雅典娜為智慧女神，這是源自《奧德賽》而由埃斯庫羅斯在《奧瑞斯泰亞》三聯劇奠定的形象，反映的是城邦觀點的理體思維。從史詩時代到希臘化時期，她在民間受崇拜主要是基於紡織女神的身分，崇拜的不是她的「智慧」，而是她的「技藝」，指涉女人的手藝知識；官方的崇拜則是基於她以戰爭女神的身分保護雅典。然而，宙斯所擁有的卻是「理體知識」，詳見本詩賞析〈人神之戀的真相〉。

11   And Agamemnon dead.
                              Being so caught up,
     So mastered by the brute blood of the air,
     Did she put on his knowledge with his power
14   Before the indifferent beak could let her drop?

【評論】
〈麗妲與天鵝〉賞析：人神之戀的真相

〈麗妲與天鵝〉取材於希臘神話。阿波羅多若斯（Apollodorus）的《神話大全》（*The Library of Greek Mythology*）說海倫是宙斯和復仇女神聶摩溪絲所生[1]。聶摩溪絲試圖逃避宙斯求歡，化身為鵝，可是宙斯化身為天鵝遂己所願。後來聶摩溪絲生下鵝蛋，被牧羊人發現，送給麗妲。麗妲把鵝蛋擺在箱子裡，悉心照料。時機成熟時，鵝蛋孵出海倫，麗妲視如己出[2]。根據通俗的說法，麗妲是斯巴達國王田達柔斯之妻，生下克萊婷。海倫和克萊婷分別嫁給斯巴達王梅內勞斯和邁錫尼王阿格門儂。海倫婚後和特洛伊王子帕瑞斯私奔，因此引發特洛伊戰爭。阿格門儂率領希臘聯軍遠征特洛伊，這是荷馬史詩《伊里亞德》的背景，詳見我在《荷馬史詩：儀軌歌路通古今》書中4.1.2〈第二次特洛伊戰爭〉乙節。十年之後，他凱旋返鄉，卻遭髮妻克萊婷及其情夫謀殺，這段插曲由埃斯庫羅斯敷演成《阿格門儂》，即總結男權大革命的曠世巨作《奧瑞斯泰亞》三聯劇的首齣。

余光中在《英美現代詩選》的譯文附賞析，採取神話創造論（mythopoetic）觀點，可以參考。他說「在耶教中，聖靈遁形於鴿而諭瑪麗亞將生基督；在希臘神話中，宙斯遁形於鵠而使麗達生下海倫」。他接著引申說明：宙斯貴為「不朽的創造力之象徵」，屬靈，「靈仍需賴肉以存，而靈與肉的結合下，產生了人，具有人的不可克服的雙重本質：創造與毀滅，愛與戰爭」[3]。

就詩論詩，可以補充不同的欣賞觀點。〈麗妲與天鵝〉結構特殊，是兩種最知名的十四行詩體裁的綜藝體：形式上是八六體，即佩脫拉克十四行詩，由八行段後接六行段組成，八行段包含兩個韻腳相同（ABBA）的四行段，六行

---

[1] 復仇女神聶摩溪絲（Nemesis），擬人化之前稱為怨靈，見《伊里亞德》19.418行注。

[2] 阿波羅多若斯提到另有一個說法：麗妲和宙斯交歡之夜，不知情的田達柔斯也與王后麗妲行房，於是麗妲生下海倫。

[3] 余1968: 30。神話創造論的觀點之外，靈肉結合另有更富現代意義的神話故事與分析心理學觀點，見諾伊曼《丘比德與賽姬：陰性心理的發展》，或拙作《陰性追尋》第五、九兩章。

段則包含行尾韻模式相同（EFG）的兩組三行段（tercet）；然而，葉慈的八行段的行尾韻卻是莎士比亞的形式[4]，韻腳模式為 ABAB CDCD，他甚至把這八行拆分為兩個獨立的詩節。節奏是英詩最常見的抑揚五步格，兩個三行段中被包夾在中間的行 10 和行 13 卻使用陰性韻，分別描寫大毀滅與表達大疑惑[5]。詩人選擇的形式和他要表達的情思密不可分。

引用我在《情慾花園》的介紹，佩脫拉克十四行詩的八行段描寫一個情境（可能是一個事件或一個意象），或提出一個問題，或表達一種緊張的情緒；後六行陳述後果，或提出答案，或緩和緊張的情緒。莎士比亞十四行詩的每一個四行段都是一個完整的意念，各自陳述一個命題，連續三個相關命題鋪陳一個完整的意境，最後兩行推出結論。莎士比亞表達愛的信念，絕大多數的詩行是結句行（end-stopped line），即個別詩行的文法結構和語意表達是完整的，其視覺標示為行末出現標點符號。反觀佩脫拉克，他表達的是情怨，跨行句習以為常，反映激動的情緒。

葉慈在〈麗妲與天鵝〉的跨行多達五次。第一個四行段就佔了兩次，頻率最高。高頻率的跨行傳達激昂的情調，在第一個四行段尤其令人豎耳，堪比晴空霹靂。破題的兩個抑揚格音步又快又猛，引出一連三個獨立分詞構句，鏡頭從鋪天蓋地的鳥翼聚焦於行 2-3，特寫鳥身擒抱的女體，行 4 獨立子句帶回首行，說明主詞「撲擊」與「呼搧」具體的意義：這是來自天界的一場獵豔。

第一個四行段的背景人物在第二個四行段挪到前景。行 5-8 描寫麗妲遭受「撲擊」之後的感受，說話者卻以設問句（rhetorical question）暗示女人淪為獵物的無辜，曲筆為她開脫。設問不是真正的問句，而是為了加深印象所使用的一種修辭手法，把答案很明顯的陳述偽裝成疑問。陽剛的一方心願已遂，陰柔的一方已被馴服；通俗措詞稱「人神之戀」，現代觀點其實是性侵。兩個四行段是一個完整的鏡頭，但是事件始末的兩個四行段主客易位，前景與背景對調。既已完整呈現獵豔事件，沒必要第三個四行段。總而言之，使用莎士比亞的韻腳描寫不同的階段與面向，適合宙斯獵豔的節奏，八行呈現一個事件。

前八行寫事件，後六行寫該事件的結果[6]。這結果包含一個陳述句（9-11a）

---

[4] 莎士比亞的十四行詩第 30 首，錄於第四輯，請參考該詩所附賞析〈莎體十四行詩〉一文。

[5] 陰性韻：見本輯〈〈愛慾果〉賞析：愛慾情〉注 5。

[6] 前八行與後六行之間跳過的畫面，葉慈加以省略。經典文學不乏諸如此類的留白，見本詩 9 行注。

和一個疑問句（11b-14），前者是客觀的事實，後者是說話者的感觸疑惑，兩者分別佔 2.5 和 3.5 行，銜接處（11）行中停頓的句號所表達的效果可擬於標點符號的分號，一個意念包含關係密不可分的兩件事。客觀的事實有三：突破防禦工事、放火燒城與阿格門儂之死。生命帶來死亡，這是萬物的常軌。可是麗妲因天鵝而受孕所創造的生命卻導致特洛伊這個文明城市的滅亡，希臘聯軍統帥阿格門儂凱旋榮歸甚至引發一個文明斷代──希臘本土的青銅時代──的滅絕。後果令人不寒而慄（9 "shudder"）。難道麗妲就平白「這樣被宰制」？看阿格門儂的女兒伊斐貞的例子，答案有可能是肯定的[7]。11b-12 兩個分詞摘述 1-8 的具體動作，引出 13 男神的「冷漠」，一個字濃縮這整個情境。

女人只是男神洩慾的工具？荷馬詩中天神的整體形象的確敗德。希臘古典時期的哲學家，包括柏拉圖，早已從倫理學觀點質疑過奧林帕斯神的道德立場。雖然傳統社會對女性的謬見、偏見與成見罄竹難書，還是可以看到女性意識對於兩性關係的洞察：二十世紀八十年代，由於女性主義展現足以透視歷史的見識，我們終於了解莎士比亞在敘事詩《維納斯與阿多尼斯》描寫女神對男人性騷擾，反映兩性之間是施展權力的場域，其中待解的是「政治問題」。

回歸歷史有助於還原真相。荷馬史詩出現兩張女性名錄：一是《伊里亞德》14.315-27 宙斯的眾情婦，二是《奧德賽》11.235-325 奧德修斯在陰間所遇男神一夜情的眾名媛。情婦名錄是宙斯背了黑鍋。說希臘語的印歐人從北方南下[8]，帶著他們對天神的崇拜進入新的定居地，所到之處和各地原住民透過通婚而融合，此一過程的神話表述就是宙斯和各地獨當一面的女性結合。希拉以婚姻女神的身分成為正宮夫人之後，地方性的女神被收編成為奧林帕斯神族的成員，女人則成為宙斯的情婦。第二張名錄是男神沾了光。崇拜父神的希臘語族群帶來父系婚姻的禮制，可是民間社會仍認可母系部落的婚姻習俗，依照母系社會習俗所生的名門非婚生子女進入傳說成為男神臨幸所生[9]。麗妲出現在

---

[7] 希臘聯軍集結之後，被狂風暴雨困在海灣。阿格門儂依照先知之議，殺女兒伊斐貞祭神（見《阿格門儂》191-247）。王后克萊婷為了替女兒伊斐貞復仇而殺夫，卻招來兒子奧瑞斯弒母報父仇，事見《奧瑞斯泰亞》三聯劇的第二部《奠酒人》。特洛伊戰爭神話，見《儀軌歌路通古今：荷馬史詩》4.1.1〈第一次特洛伊戰爭〉。

[8] 關於印歐人移居希臘的歷史，參見《伊利亞德》引論〈神話與歷史的交會〉，或《荷馬史詩：儀軌歌路通古今》1.2.3〈希臘人進入歷史的視野〉。

[9] 母系部落的婚姻形態包括走婚和野合婚。走婚是女邀男到家裡共寢（如《舊約‧雅歌》3.4「我帶他到我母親的家／到我出生的那房間」），野合婚是兩人在野外共眠（如《舊約‧

第二張名錄[10]，她的兩個女兒海倫和克萊婷分別造成特洛伊滅亡（10b）和阿格門儂死亡（11a）。

宙斯在荷馬的世界是奧林帕斯神族的族長，在後荷馬時代以「父神」之尊成為秩序的化身。他擁有的知識是抽象的理體知識，對於母系社會所強調女人從身體經驗得到的具體知識既無知又無能，既不知道何謂「生產」，也沒有能力從事「生產」。父系社會取代母系社會的神話表述就是智慧神雅典娜和歡樂神狄奧尼索斯先後從宙斯頭顱和大腿誕生[11]。荷馬以 Deos 稱呼宙斯（Deus），源自原始印歐語把「天」神格化，取其「天父」之意。在父系體制，天父所為是「天行其道」。此道誠霸，在父權社會卻是天道。

天行其道建立了以陽物理體中心為本的父權體制[12]。希臘的神話創造透過一系列的故事，讓宙斯在母系社會開天闢地，創造出歷史的秩序，新的知識體系於焉出世[13]。後荷馬時代的神話創造功同造化，宙斯不只是陸續收編各地的女神，也逐步接收女神的功能，連孕育之德與生產之能也照收不誤。秩序的創新可以由上而下，這是傳統史觀的主旋律。可是越來越多的草根或本土化運動展示另一種可能，女性未必是工具而父權不等於天道。行 13-4 不無可能表達葉慈本人的困惑。無論如何，我們經過接二連三波波相湧的解放運動的洗禮，大可樂觀以對。君不見女性主義者藉助於理體思惟的論述能力與方法，正以現在進行式的途徑加速解構陽物理體中心觀。

詩中說話者最後的疑惑把讀者帶回標題：這首詩所呈現的情境明明是「天鵝與麗妲」，標題卻主客易位，麗妲在前而天鵝在後。或許葉慈在下標時流露了自己的潛意識：他心繫麗妲的未來。

《雅歌》1:16「我們把青草當床榻」）。

10　麗妲是斯巴達王后，當然出身名門：她的名字 Leda 意思是尊稱女性的 "lady"。

11　雅典娜被父神信仰收編以後，神話表述為她從宙斯的頭顱（代表邏輯思維所在的器官）誕生，從此以後是女皮男骨，徹底反映在《奧瑞斯泰亞》第三部《和善女神》的法庭審判，尤其是 734-41 她以法官的名義所發表的立場宣示。狄奧尼索斯以酒神知名，「酒」其實象徵解放，解放所帶來的歡樂是生之喜悅，包括誕生與重生，詳見我在《尤瑞匹底斯全集 I》引論頁 26-48。

12　參見第二輯〈讀〈愛樂頌〉解愛樂・父權論述中愛樂誕生〉。

13　希臘文稱「秩序」為 kosmos，其拉丁拼法進入英文成為 cosmos，是時空有序的「宇宙」。

第四輯

沉吟時間

航渡記憶海

我已出海
航向光陰的彼岸
眼前一片酒色大海
極目一線可以跨進樂園

5　對岸是記憶島
島上有記憶還魂師
心靈共振產生磁場
源源釋放吸引力
吸引浮海一扁舟
10　揚心旌航渡記憶海

不需要帆
不需要槳
只需要配備歡喜的心
校準頻率
15　強磁場自動導航

既已出海
麻雀飛進我的胸膛跳躍搔癢
面迎藍天鑲白雲
陽光散發香氣為我浴身
20　慢慢航向彼岸
朦朧緩緩淡出記憶島
光陰距離穩穩縮短
回應島主的召喚蕩悠悠

---

17. 麻雀是希臘神話的性愛美神阿芙羅狄特（羅馬神話稱維納斯）的神鳥，見第二輯阿納克瑞翁〈愛樂築巢〉，並參見他的〈戀愛的感覺〉。

莎士比亞

默思法庭（十四行詩第三十首）

　　在默思法庭思潮甜甜蜜蜜
　　我傳喚記憶把往事一一回顧，
　　許多事有求未遂忍不住嘆息，
4　蹉跎美好時光為舊愁添新苦；
　　淚水向來不輕彈，如今眼濛濛，
　　因為摯友埋藏於死亡的永夜，
　　再哭悼早已勾銷的舊情傷痛，
8　哀嘆那許多情景消退已枯竭；
　　我只能為以往的悲傷再悲傷，
　　心沉痛把沉痛的心事逐筆稽核
　　懷悲結算傷心過的傷心帳，
12　重新支付彷彿未支付的款額：
　　　可是只要回想你，親愛的朋友，
　　　一切損失全賠償，結束悲愁。

---

1. 以靜穆的法庭氣氛烘托溫馨的思緒內容，可是一連出現三個 s 頭韻（延續到 3）隱含不祥之兆，果然 2 一回顧，3 開庭（見 2 行注）開始語調丕變，不堪回首不勝欷歔。原文 1-2 合為時間副詞子句，語序倒裝，常態書寫是 When I summon up remembrance of things past to the sessions（我傳喚記憶出席開庭的時候）。

2. 傳喚：承前行的法庭隱喻，原文 summon up 另有「召喚」之意，彷彿往事是亡魂可以從墳裡召喚而出，回憶透過招魂儀式變成法院開庭。本行的受詞（remembrance of things past，「回想過去的情景」）由於被取為法國意識流小說家普魯斯特（Marcel Proust, 1871-1922）的名作《追憶逝水年華》英譯而廣為人知。

4. 暗示「欷歔」的 s 頭韻在行 4 由暗示「嗚咽」的 w 頭韻取而代之，不禁聯想 71.1-3："No longer mourn for me when I am dead/ Then you shall hear the surly sullen bell/ Give warning to the world that I am fled/ From this vile world, with vilest worms to dwell"（我去世的時候，你要節哀，／別超過你聽到鐘聲悽切敲起／通告世界說我已經離開／這齷齪世界，和最齷齪的蟲同居）。蹉跎：原文 waste 是作名詞使用的「浪費」，也有「荒蕪，貧瘠，沒有收成」之意。苦：原文 wail 其實以具體的聲響傳達痛哭或長嘆。

William Shakespeare

Sonnet 30

    When to the sessions of sweet silent thought
    I summon up remembrance of things past,
    I sigh the lack of many a thing I sought,
4 And with old woes new wail my dear time's waste;
    Then can I drown an eye (unused to flow)
    For precious friends hid in death's dateless night,
    And weep afresh love's long since cancelled woe,
8 And moan th'expense of many a vanished sight;
    Then can I grieve at grievances foregone,
    And heavily from woe to woe tell o'er
    The sad account of fore-bemoanèd moan,
12 Which I new pay as if not paid before:
      But if the while I think on thee (dear friend)
      All losses are restored and sorrows end.

---

5. 眼濛濛：drown an eye，「哭泣」的委婉語。
6. 永：dateless 即 timeless（沒有時間）或 unending（沒有止境）。
8. 那些情景原本是記憶的活水源頭，如今消退（vanished），記憶趨於模糊，由於「景」和「井」同音異義可產生雙關效果，因此可以說是趨於「枯竭」。原文的雙關修辭其實在於 expense（th'expense = the expense），本義「開銷，成本支出，損害」，引申為「資源用罄」，因此枯竭。
10. 稽核：原文 tell o'er（= tell over）是會計用語，指過目帳冊並核算款額，現代英文雖已廢棄，稱銀行出納員為 teller 仍有古義。會計隱喻延續到 11 的帳目（原文沒有「結算」）和 12 的「支付」。
11-2. 帳款已在過去付清，這番回憶卻引出新的傷心債，只好再度支付，彷彿仍有舊債未結清。
14. 以損失（losses，包括 3「有求未遂」的「許多事」、6「摯友」和 8 已「消退」的「許多情景」）獲得全額理賠（restored 是「歸還，復原」）比喻隨此番憶往而來的傷痛徹底痊癒，原文 losses are restored（「歸還，復原」）是法律用語，除了在景的層次以及在

情的層次分別呼應 1 的「法庭」和「甜甜蜜蜜」,一方面形成希臘修辭術語所稱的環狀結構(見第二輯〈讀〈愛樂頌〉解愛樂〉注 24),另一方面獲致情景交融的效果,同時也統合整首詩回顧前塵往事的經驗有如結算投資損益的帳目這個主題意象,使得三個四行段末行的關鍵字眼 waste(4「蹉跎」)、expense(8「枯竭」)和 pay(12「支付」)都有具體的雙關指涉。有別於 6「摯友」是複數,本行「親愛的朋友」是單數特定的「你」(代名詞 thee 是第二人稱單數受格,現代英文簡化之後,第二人稱代名詞的主格、受格、單數、複數統統用 you)。

【評論】
〈默思法庭〉賞析：莎體十四行詩

即使取憶往傷情為主題的詩歌汗牛充棟，莎士比亞還是獨樹一幟。他以純樸直白的語言鋪展沉鬱的傷懷之情，出人意表的象喻語透過大量的頭韻和重複加以渲染，音義相得益彰。語言與情思形成強烈的對比，因而產生的張力在詩中處處有回響，其美學意涵就濃縮在 14 行注提到的修辭效果。回憶的療傷止痛之效，借用亞里斯多德在《詩學》的措詞，就是淨化作用[1]。

這首十四行詩的結構是標準的莎士比亞體裁：三個隔行押韻的四行段之後接一組對句作結，此一形式反映在行尾韻的押韻模式（ABAB CDCD EFEF GG）和標點符號。標點符號反映語法結構，語法結構則是文義表達的外顯形式。每一個四行段都具有一個完整的意念，各自陳述一個命題，連續三個相關命題鋪陳一個完整的意境，最後兩行推出結論，為整首詩的情思聚焦[2]。

第一個四行段透過回憶見證人生經驗。往事一一浮上心頭，心願落空而光陰虛度，不禁感慨唏噓；即使舊愁添新悲綿綿不絕，依然值得認真看待。說話者「我」扮演法官的角色，宣布開庭，傳喚具有擬人格意味的「記憶」擔任證人回想往事。論氣氛之莊嚴，法治背景的法庭可比擬於宗教背景的神殿，字字句句都理當從實招來，不容謊言妄語。因此「記憶」隱含「記憶女神」之意，有效確認歷史的真相[3]。在第二個四行段，摯友之死浮上心頭，借用李商隱的詩句可以說是「東風無力百花殘」。記憶像一座古井，許多情景沉澱在井底，以為情消景淡的古井已經枯竭，沒想到竟然勾出一長串的感觸，忍不住淚潸潸。第三個四行段：往事如帳本不容塗銷，只好懷悲忍痛逐筆回顧，再度感受過去

---

[1] 亞里斯多德在《詩學》為悲劇下定義，提到悲劇的終極效果是激發憐憫與恐懼而產生淨化作用（catharsis）。這樣的心理效果意味著淨化的前提是觀眾產生移情作用（empathy）。讀抒情詩是沉浸在特定的情感，從而釋放心理壓力，移情作用仍為不可或缺。

[2] 參見第三輯〈人神之戀的真相〉比較莎士比亞和佩脫拉克的十四行詩體裁與特色。

[3] 此所以荷馬史詩呼告繆思女神，詳見我在《伊里亞德》引論〈史詩成規〉乙節，或《荷馬史詩：儀軌歌路通古今》3.1.3 聲韻修辭〉，介紹呼告修辭。

的經驗。陰陽兩隔的故交舊事歷歷在目，復活的光陰最後定格聚焦在結尾對句的特寫鏡頭，鏡頭中人值得回顧的不是只有往事流景，更有舊情綿綿。舊情接受召喚，記憶既已「復活」，意識尋得通往深情古井的「歌路[4]」。既有此情，不枉此生，何悲何愁？

莎士比亞透過詩中說話者的回憶，引領讀者想像人生經驗中普遍情景的特定感受。讀者沉浸其中，往事在記憶中復活，栩栩如生。「如生」在想像中就是重生。蘇格拉底在《答辯辭》說「未經檢討的人生不值得活」（the unexamined life is not worth living），這首十四行詩的說話者經過一番回顧，「證實」人生因為領悟到省視帶來重生而值得一活。

我的譯文雖然完整呈現原文的意象和韻腳模式，字眼重複卻只能顧及單行的效果。舉例而言，woe(s) 在 4、7、10 三行總共重出四次，我的譯法只在 10 看到行內重出。最遺憾的是頭韻效果損失殆盡。譯注無法盡其詳之處，有勞讀者朗讀原文細心體會。

莎士比亞總共寫了 154 首十四行詩，都是使用他開創的這個體裁，都是呈現特定人生經驗的三個面向，從中尋求可引為通則的意義，並且以四平八穩的英雄雙行體呈現。從具體的現實引出抽象的通則，這是英國的民族性。他自創的體裁足以體現英國的特色，再加上他本人的影響力，莎體十四行詩（Shakespearean sonnet）成為英式十四行詩（English sonnet）的代稱[5]。

我在《情慾花園：西洋中古時代與文藝復興情慾文選》另有莎士比亞十四行詩七首（十八、二十、七一、七三、一〇六、一二九和一三〇）。

---

[4] 記憶復活：見本書第五輯〈〈網路一景〉後記：記憶在時光陰影中顯像〉。歌路：荷馬以道路轉喻詩歌，彰顯人生經驗的連續性（見《奧德賽》8.74 行注）。

[5] 反觀佩脫拉克，他在每一首十四行詩描寫的每一個經驗，讀者的閱讀體驗本身就是意義所在。

衛爾比（1574-1638）

愛我別因為婉麗*

　　愛我別因為婉麗，
　　或眼神容貌討喜，
　　或其他外在條件，
　　甚至不是因為我心堅，
5　　　那些都會失效或生鏽，
　　　　到時你我會乖隔。
　　請保持女人的真心眼，
　　依舊愛我，不知其然──
　　　所以你仍有相同理由
10　　　一如往常疼愛我。

---

* 亦收錄於 Francis Turner Palgrave 所編 The Golden Treasury of The Best Songs and Lyrical Poems in The English Language（London: Dent; New York: Dutton, 1912）頁 132，但標點有些差異。勃朗寧夫人以十四行詩體裁改寫這首詩，見第一輯《葡萄牙人十四行詩》第十四首〈如果非愛不可〉。

1　Love not me for = Love me not for，「請愛我不是因為」。婉麗：comely（通常用於女性「外貌吸睛」）grace（優雅）。

5　生鏽：turn to ill，「病變，變質」，不復維持原先的質感，如尤瑞匹底斯的悲劇《米蒂雅》劇中行 16，奶媽感嘆伊阿宋和標題主角的婚變「可現在只有恨，最親密的關係生病了」（Now all is hatred: love is sickness-stricken）。

5-6　行首內縮暗示押韻模式改變：齊頭詩行（1-4 和 7-8）都是兩行一韻，內縮方式相同的另行押韻（5 = 9, 6 = 10）。

6　乖隔：分離。

7　本詩的作者雖然是男性，卻虛構女性說話者，所以首行有「婉麗」（參見該行注），她寄語情人「保持像我們女人一貫或世人普遍認知的真誠的心思」。女人的真心眼：原文 true（真實的）修飾 woman's eye（eye 是不可數名詞）。但是也可能說話者是男性，寄語情人「保持你身為女人一貫真誠的心思」，如此則首行的「婉麗」得另行斟酌。

John Wilbye (1574-1638)

Love Not Me for Comely Grace

    Love not me for comely grace,
    For my pleasing eye or face;
    Nor for any outward part,
    No, nor for my constant heart:
5   For those may fail, or turn to ill,
           So thou and I shall sever.
    Keep therefore a true woman's eye,
    And love me still, but know not why;
        So hast thou the same reason still
10   To doat upon me ever !

---

9   hast thou = have you，主詞和動詞的順序倒裝，此為詩中常見。

10   doat = dote（疼愛）。

雪萊（1792-1822）

愛情之道

  泉水和河流你儂我儂，
   河流綿綿注入海水，
  天風和甜蜜蜜的感情
4   永遠相依相偎；
  世間無一物會落單；
   萬物依神聖法例
  彼此的生命成雙結伴——
8   你我怎違逆？

  看峰巒吻高空蒼穹，
   彼此擁抱波波相向；
  姊妹花如果把兄弟看輕，
12   不會得到原諒；
  看陽光擁抱大地，
   月光和海洋打啵：
  萬般風情無意義，
16   除非你吻我。

---

2 開頭兩行是平行句法（即文法結構相同），因此 rivers 之後省略動詞 mingle。

6 神聖法：一神教（基督教、猶太教、伊斯蘭教）所認定來自上帝的律法，相對於世俗法。法例：法律條例，雪萊使用的基督教典故特指《舊約‧創世紀》1.20-8 上帝要物種繁殖，以及 2.4「男人要離開自己的父母，跟他的妻子結合，兩個人成為一體」，「結合」即 7 的 mingle（「交融」），措辭意味著不單指肉體的結合。亞當和夏娃吃了禁果之後，《舊約‧創世紀》4.1 提到她倆「同房」，欽定本的用語 knew，指涉身體經驗的「認識」。

Percy Bysshe Shelley (1792-1822)

Love's Philosophy

    The fountains mingle with the river
        And the rivers with the ocean,
    The winds of heaven mix for ever
4   With a sweet emotion;
    Nothing in the world is single;
        All things by a law divine
    In one another's being mingle—
8   Why not I with thine?

    See the mountains kiss high heaven,
        And the waves clasp one another;
    No sister-flower would be forgiven
12   If it disdain'd its brother;
    And the sunlight clasps the earth,
        And the moonbeams kiss the sea—
    What is all this sweet work worth
16   If thou kiss not me?

6-7 　常態語序是 All things mingle in one another's being by a law divine。語序倒裝是為了聲韻：7 的 mingle 和 5 的 single 押陰性行尾韻，即行尾押韻的音節（-gle）是輕音節。陰性韻產生柔和之感，這是本詩的基本調性。可是 6 和 8 的行尾韻 -ine 卻是重讀音節（即陽性），因為這兩行的情感意涵明顯有變化，前者強調沒有例外，後者強調竟有例外，同樣屬性陽剛。one another：現代英文普遍以 each other 表達「彼此，兩人之間」。

8 　散文體寫作 Why do I not (mingle) with thine?（為什麼我不跟你的生命結合？）thine = your，指 your being（你的生命）。

11 　情人以兄妹或姊弟相稱，早在《舊約・雅歌》就有先例。

【評論】
〈愛情之道〉賞析

情懷自然浪漫

雪萊身為英國浪漫主義五大健將之一，特以〈西風頌〉（"Ode to the West Wind"）廣為人知，結尾句（69-70）尤其膾炙人口："O Wind,/ If Winter comes, can Spring be far behind?"（西風啊，／既然冬天到來，春天還會遠嗎？）

相較之下，〈愛情之道〉知音有限，甚至不如描寫歷史偉業經不起時間沖刷的十四行詩 "Ozymandias"[1]，卻更適合譜入本詩集的抒情旋律。這首詩可以看到浪漫詩人筆下萬物有靈之一端，從自然景象領悟人生之道尤其是浪漫主義的特色——本詩之「道」單指「情道」。雪萊的主題屬於求偶詩的傳統，卻不濫情。雖然整首詩建立在情感謬誤（emotional fallacy）的基礎上，風格卻是浪漫主義的真髓：語言自然不矯飾。

本詩和第三輯所錄濟慈〈分享夏娃的蘋果〉同樣處理性別隔閡的問題，同樣採取豁達的態度面對情界慾海，因此幽默得起來。情關有界有海，自然不過，雖然兩位說話者同樣期待意中人說「在蘋果樹下，我叫醒了你」而不可得[2]。然而，基督教在濟慈筆下是主題隱喻，在雪萊筆下卻是不起眼的典故，如本詩行注 6 所述。〈愛情之道〉另有更重要卻普遍被忽略的神話典故，雪萊取為起興之用，即奧維德在《變形記》5.572-641 描寫的大河戀故事。這個文學典故可以示例舉隅，為抒情詩提供另類欣賞管道，因此本文附錄引出完整的插曲。

大河戀的故事背景在西西里島。柯瑞絲四處尋找失蹤的女兒普羅瑟頻娜，

---

[1] 希臘人稱呼公元前十三世紀的埃及法老王拉美西斯二世為 Ozymandias。

[2] 《舊約·雅歌》8.5，女子對心上人所唱。「蘋果樹」是依欽定本（KJV）。按 Bloch and Bloch 的英譯，完整的詩節如下："There, beneath the apricot tree,/ your mother conceived you,/ there you were born./ In that very lace, I awakened you"（在那杏樹下，／你母親懷了你的孕，／你在那裡出生。／就在那地方，我叫醒你）。

從阿瑞荑莎得知是冥神搶親。由於這個線索，柯瑞絲終於「找回」女兒，雖然不再是完璧之身，但母女得以定期團圓[3]。阿瑞荑莎知道普羅瑟頻娜的下落是她根據自己以伏流之「身」目睹的景象。她原本是埃利斯（位於伯羅奔尼撒半島西北部）境內的仙女，為了逃避阿爾費斯的獵艷之舉，爬山、涉水、鑽地、越海，在西西里冒出地表成為水泉。阿爾費斯則是伯羅奔尼撒半島中西部的河流，發源於阿卡迪亞，往西北西橫貫埃利斯入海[4]。按希臘神話的擬人化原則，河流即河神，水泉即水泉仙女。

奧維德的變形神話史[5]裡面的這一段插曲，呈現自然的世界，完全沒有人力經營的痕跡。那個「自然的世界」是陰性的世界：貞節女神和她的信徒屬於神聖領域，現實領域則由不知其父的母系家庭組成[6]。可是男性侵犯那個領域以後，強者橫行而暴力充斥[7]。從社會人類學的角度來看，搶婚其實是父系氏族取代母系部落的婚姻遺俗。

從文學角度來看，大河戀插曲的一個重要元素是上古希臘羅馬文學「勝境佳地」（locus amoenus）的母題，此一母題廣為人知的《舊約》表述是蛇藏身於伊甸園。「《變形記》的風景在如詩似畫的背景和景中大多數人物的苦難兩者之間營造的張力極具特色，接二連三的插曲以『失樂園』的形態呈現出來」（Hinds 130）。在奧維德的變形世界，勝境佳地的神話母題蛻變成宗教隱喻，這個宗教隱喻在米爾頓筆下又經歷一次蛻變，被賦予心理意義[8]。米爾頓《失樂

---

[3] 這則神話的希臘原典即〈黛美特讚美詩〉，其神話意義與原典中譯，見我的《陰性追尋》第四與第八兩章。柯瑞絲和普羅瑟頻娜這一對母女，在希臘神話分別稱為黛美特和珮塞佛妮。

[4] 阿卡迪亞位於希臘南部伯羅奔尼撒半島中部的山區，西部接壤埃利斯。

[5] 奧維德《變形記》的一系列變形神話，從渾沌初開到凱撒升天為神，以變形主題串聯希臘神話與羅馬歷史，情慾主題佔系列故事的大宗。

[6] 〈黛美特讚美詩〉說黛美特的丈夫是宙斯，那是後荷馬時代才出現的說法。農業女神當然是神，可是這位女神的活動領域在人間。母系社會崇拜的女神一向住在人間。

[7] 依奧維德的變形史觀，奧林帕斯神族推翻女神族的第一功臣是阿波羅，他離開神界戰場下凡，第一件事是把兩性關係變成另一個戰場：他愛戀達芙妮，達芙妮不領情，寧可變成月桂樹，阿波羅照愛不誤，把月桂當成自己的聖樹，以「戀樹」取代「戀人」（《變形記》1.416-567）。這樣的形象，「恐怖情人」當之無愧，這在希臘神話不是特例。

[8] 宗教隱喻：隱喻埃來夫西斯密教，見我在《陰性追尋》書中 4.6〈埃來夫西斯密教〉和 4.7〈大秘儀〉的介紹。心理意義：見我在《荷馬史詩：儀軌歌路通古今》書中 6.4.2〈米爾頓《失樂園》・基督教神話小說化〉所論。

園》4.269-70「普羅瑟頻娜在那裡採花，／她自己是幽冥神主看上眼的鮮花」（where Proserpine gathering flow'rs/ Herself a fairer flow'r by gloomy Dis）正是取典於〈黛美特讚美詩〉8 所稱繁花競妍應天意「為如花少女設誘餌」（to be a snare for the bloom-like girl）。「誘餌」特指水仙花；奧維德沒有提到的這種花，米爾頓將之敷衍成夏娃愛戀亞當之前的自戀心理的表徵[9]。

自戀是愛情的殺手。愛情必定是當事雙方彼此付出愛，同時接受對方付出的愛，付出愛的一方與接受愛的一方彼此維持適度的距離。自戀也有愛，卻是付出者和接受者都是自己，愛的距離為零，是感情的作繭自縛。愛雖然有排他性，相愛必定是異己之間的情感連結，自戀無法把愛擴大及於到異己[10]。米爾頓深知箇中道理，也明白以貌取人是天性，而且愛美的天性一旦自我耽溺就眼中無他人，無異於深情只凝望倒影的水仙，所以在夏娃受造之後而亞當仍然沉睡時，安排天使引導她離棄「空虛的慾望」，來到亞當面前領悟「美貌遠遠比不上男人的恩情／與智慧，除此別無真正的美」（How beauty is excelled by manly grace/ And wisdom, which alone is truly fair）[11]。且不談性別意識形態，「踏實的慾望」無疑來自性吸引力，那是自然流露的感情，跟大自然同樣自然，至少是愛樂出現以後的自然之道[12]。

相對於陽剛之德在於「美感險中求」，如第二輯席莫尼德斯的〈聖美峰〉所表達，女性現在面臨的是「勝境佳地有陷阱」，為的是男性要施加監護。社會一旦從「只知其母而不知其父」演變為「女人在家從父而出嫁從夫」，陽剛威德獨霸天下。我們在第三輯葉慈的〈麗妲與天鵝〉已見識私領域的陽剛威德，公領域的威德之盛甚至改變自然的面貌，幾乎反轉人與自然的關係。

一部文明史其實反映人與自然的相對關係。文明始於人類從自然分離而

---

[9] 《失樂園》4.449-502。米爾頓無疑師法奧維德《變形記》3.402-510 描寫的〈自戀水仙〉。「自戀心理」（narcissism）的詞源即是〈自戀水仙〉這段插曲的主角納基索斯（Narcissus）。

[10] 鄧恩的〈早安〉為愛情下定義：情侶彼此從對方的靈魂之窗（即眼睛）看到自己的影像，「共擁一世界，各歸各，一大千」，即情侶有包容性、個體性與排他性。亞里斯多芬尼斯認為愛是天性，生而為人都有「追尋失落的另一半」的衝動，以求恢復原初的圓滿（柏拉圖《會飲篇》189c-193d）。鄧恩的詩和亞里斯多芬尼斯的哲學論述，中譯分別收錄在我的《情慾花園》與《情慾幽林》。

[11] 《失樂園》4.490-1。「恩情」指涉亞當的一根肋骨被上帝取為創造夏娃的材料。

[12] 希臘神譜以女神單性生殖第四代的愛樂（羅馬神話稱丘比德）變性促成天父與地母結合，開啟兩性生殖的世代。

出。人類圈佔進而開發自然，其中展現的創造能力揭開農耕時代的歷史序幕。羅馬時期承襲希臘古典文化的遺澤，「筆補造化天無功」的信念特別表現在庭園的設計，相信人工經營能夠再造自然。開發大自然的觀念在啟蒙運動臻於高峰，相信人定勝天，這個觀念被視為現代化的表徵，一直延續到二十世紀最後十年大自然的反撲才逼得人類不得不嚴肅面對「天工開物」（人工取代天道的職責，通曉萬物的道理，進而成就種種典章制度）的後果。那樣的一部文明史簡直可以說陽物理體思維把陰性價值汙名化甚至妖魔化的過程，「自然」受害不遑多讓。在另一方面，「自然」的英文 nature 源自拉丁文 natura，本意「天然生成」，人只是天然生成的萬物之一。在中古時代騎士文學的傳奇世界，自然和文明徹底決裂，自然是有待騎士征服的蠻荒之地。到了文藝復興時期，人文主義強調人生經驗的價值及其中心地位[13]，「自然」成為「人的天性」（human nature）的同義詞，「大自然」頂多只是藝術創作的背景或象徵。整個新古典主義時期，取材於大自然的意象鳳毛麟角，從德萊登到波普沒有一位詩人會正眼凝望大自然。英國新古典主義祭酒波普（Alexander Pope, 1688-1744）為牛頓撰寫的墓誌銘總結那個時期的自然觀[14]：

自然與自然律隱藏在黑夜中，
上帝說要有牛頓，於是有光明。

Nature and Nature's laws lay hid in night:
God said, Let Newton be! and all was light.

「自然」成為理性分析思維的產物，可以化約成自然定律。

物極必反，新古典主義的理性原則並不例外。和厭惡城市同步發展的新觀念是對自然的喜愛與信任，這是十八世紀上半葉新興的時尚，直觀的感受逐漸

---

[13] 這個觀念就是學子耳熟能詳的「人的尊嚴」的濫觴。

[14] 波普模擬《舊約・創世記》1.3 上帝創世之始：And God said, "Let there be light"; and there was light（上帝說「要有光」，於是有了光）。牛頓在 1727 年逝世，入葬西敏寺。波普撰寫的墓誌銘傳達個人的景仰之情以及理性時代的世界觀，可是未能獲准銘刻於紀念碑。無疑是宗教意識形態作祟。實際刻在紀念碑上的墓誌銘是拉丁文，英譯 "Here lies that which was mortal of Isaac Newton"（這裡躺的是牛頓的遺體），模仿古希臘墓誌銘的制式體裁，卻以 mortal（死亡＝物化）暗示自然科學的唯物觀點。

取代邏輯的分析成為認知的新方法。於是,「自然」回歸自然,甚至成為「大自然」的同義詞,這是浪漫主義無法磨滅的貢獻。雪萊在自然景觀看到自然性情,看到人自然而景物賞心悅性,人與自然可以重建和諧。今天的環保觀念仍然受其遺蔭。

以下附錄奧維德《變形記》的兩段插曲。〈大河戀〉描寫阿瑞菟莎以第一人稱的觀點自述情場經歷,受話者是農業女神柯瑞絲(希臘神話稱黛美特)。阿瑞菟莎有心情說故事,柯瑞絲有心情聽,因為她們都已經歷死劫,從自然體悟新生;經歷重生則樂園復得,雖然不是原先的樂園樣貌。另一段插曲〈水體交合〉以濃烈的印象派筆觸描寫薩珥瑪姬絲看到小鮮肉赫馬芙羅,真的把對方「吃掉」。奧維德提醒我們,「勝境佳地有陷阱」也適用於男性。附錄這兩段插曲作為雪萊〈愛情之道〉的背景,或能襯托情懷浪漫的赤子之心。

由於奧維德是羅馬詩人,超出本詩集選材的範圍,而且附錄這兩段插曲的旨趣不在於詩本身的特色,而是詩人的呈現手法適用於襯托浪漫情懷,此所以只引中譯而沒有附英譯。

【附錄】
奧維德《變形記》的浪漫情

大河戀（5.572-641）

　　我原本是仙女，住在阿凱阿[1]。那裡沒有比我更喜歡徜徉樹林和設網捕獵的仙女。我生性勇武，又以美貌知名，雖然我從來不曾以美貌求名。經常有人誇我漂亮，我不會感到高興。天生麗質之類的話，別的少女都喜歡聽，我聽了卻像鄉村姑娘一樣漲紅了臉，總覺得討人歡心是不對的。

　　有一天，永遠忘不了的一天，我從斯廷法洛斯森林打獵回家，筋疲力竭。天氣本來就熱，身體一累更覺得加倍的熱。我看到一條溪，水流平穩無聲，清澈見底，溪床的小石子甚至數得出來，簡直讓人懷疑溪水是不是在流動。銀柳和白楊從溪水吸取養分，天然的遮篷覆蓋整片坡岸。我走到溪邊，把腳浸在水裡，越浸越深，水面淹過小腿直到膝蓋。我意猶未盡，開始解帶寬衣，把衣物掛在低垂的柳枝之後，裸身跳入溪流。我游啊游的，又潛又滑又踢又拍，突然聽到水底傳來奇怪的呢喃聲，心中一驚，趕緊就近跳上岸。

　　接著，我聽到阿爾費斯的叫喊聲：「你急急忙忙往哪裡跑？阿瑞菟莎，你急急忙忙往哪裡跑？」他沙啞的聲音叫了兩次。衣服在對岸，我來不及穿，光著身子拔腿就跑。我沒命地跑，他死命地追，好像是看我沒穿衣服而追得更火熱，那情景就像老鷹追逐受驚嚇的鴿子時，鴿子猛拍翅膀要逃離老鷹。

　　我穿越沃奧寇門努斯、普索菲斯、庫列涅、邁納洛斯山谷、寒冷的埃如曼托斯和埃利斯，一路飛奔，他的速度比不上我。可是我的體力不如他，無法長久保持速度，他卻可以長追不捨。進出開闊的平原、上下樹林蓊鬱的山區，又走岩壁、攀懸崖，沒路也跑出一條路。太陽在我的後方，我看到長長的身影在我的前方伸展──說不定那是我內心恐懼產生的幻影，可是我確實聽到驚魂的腳步聲，還感覺到濁重急喘的氣息掠過我的頭髮。我手腳發軟，跑不動了，只好大聲呼救：「救命啊，狩獵女神黛安娜，救救你的侍獵仙子吧，我為你持

---

[1] 阿凱阿位於伯羅奔尼撒半島北部，南部接壤阿卡迪亞。

弓揹箭一向忠心耿耿啊[2]！」

女神聽到了，在我四周降下一陣濃霧。我籠罩在黑暗中，追我的那個河神雖然環繞著我，卻找不到我的下落，在迷霧中空追一場。「阿瑞菟莎！阿瑞菟莎！」聽到他叫了兩聲，可憐的我嚇都嚇壞了。我不就像小羊聽到野狼在柵欄外嚎叫？不就像野兔躲在荊棘叢一動也不敢動，眼睜睜看著不懷好意的獵狗張著大嘴巴？阿爾費斯並沒有離開，因為他沒看到我離去的蹤跡，知道我還在現場。他在原地繼續守候。我全身冒冷汗，黑色的汗珠像下雨，連頭髮也凝結露珠。我動彈不得，因為一走動就拖出一條水道。沒多久，甚至比我講這個故事的時間還短暫，我已經變成一條水流。

阿爾費斯河神從這水流認出他愛的對象，這一點是錯不了的，所以他放棄人形，變回原來的模樣，為的就是想要和我交流會合[3]。就在這時候，黛安娜女神劈裂地殼，我趕緊鑽入幽暗的隧道，就這樣來到奧替吉亞。我深愛這地方，因為它的名字取自我忠心追隨的女神，也因為我在這裡重見天日[4]。

水體交合（4.285-388）

我[5]要說的是惡名昭彰的水池薩珥瑪姬絲，讓你們知道她用什麼法子使泡水的人四肢無力。那個招數大家都知道，可是少有人知道來龍去脈。

莫枯瑞烏斯和維納斯生過一個兒子，把他撫養長大的是住在伊達山石洞裡的水澤仙女。從這孩子的長相看得出父母雙方的特色，就跟他的名字一樣[6]。

---

[2] 黛安娜：希臘神話稱阿特密絲，狩獵女神，也是處女神，因此她的信徒也跟著守貞。

[3] 阿爾費斯有身影，是人的形象，卻在阿瑞菟莎變成河流之後回復河相，「此一雙重性質賦予這一段追逐插曲超現實的張力」(Fantham 65)。交流會合：一語雙關，除了現實意義的兩河「交會」，也寓含超現實意義的兩人「交合」。「會合」地點在西西里外海的離島奧替吉亞附近。

[4] 黛安娜又名奧替吉亞女神。

[5] 敘述者阿姬托葉和兩個姊姊同樣排斥酒神信仰，不只是拒絕參加酒神節的狂歡，而且在節慶時照常織布。她們在織布時輪流講故事。老大講桑葚染紅的愛情悲劇，這故事由於莎士比亞在《仲夏夜之夢》安排為戲中戲而廣為人知。老二講金工神的捉姦妙計，源出荷馬史詩《奧德賽》8.266-366。阿姬托葉的故事明顯流露情慾幻想，是備受壓抑的心理表徵。這三姊妹的父親歐科梅諾斯，詳見荷馬史詩《伊里亞德》2.511 行注。這一筆資料，一如尤瑞匹底斯的悲劇《酒神女信徒》，透露酒神信仰在特洛伊戰爭爆發之前已盛行於底比斯。

[6] 莫枯瑞烏斯和維納斯在希臘神話分別稱作 Hermes（赫梅斯）和 Aphrodite（阿芙羅狄特），

十五歲那一年，他離開故鄉伊達山，辭別養母，要走向陌生的山河去增廣見聞。心情愉快減輕了旅途的艱苦，他終於走遍呂基亞境內大大小小的城鎮，連鄰近的卡瑞亞城鎮也沒有遺漏。他在那裡發現一個水池，真的是清澈見底，不要說水生蘆葦不見蹤影，連青苔和雜草也看不到。

　　一圈鮮嫩長青的草地環繞這晶瑩剔透的水池。有個仙女住在那地方，她對於射箭、打獵和賽跑這些活動都沒興趣，是仙女當中唯一和狩獵女神黛安娜不同掛的。眾家姊妹常唸她：「薩珥瑪姬絲，幹嘛不拿出你的標槍和彩繪箭筒？不能老是這麼懶散，筋骨要動一動。」偏偏她對標槍和彩繪箭筒提不起勁，也不想活動筋骨打發閒暇。她只喜歡泡在自己的水池裡清洗自己的美胴體，拿出黃楊木梳細心梳理一頭秀髮，就地利用水鏡設計髮型。要不然，她就身披透明的薄紗，躺在如茵碧草上。有時候，她也會四處摘花。無巧不成書，她在花叢裡摘花的時候，不經意看到這個長相俊美的男孩，忍不住多看一眼，看到了自己心底的慾望。

　　雖然迫不及待要迎上前去，她倒還記得先整理儀容，連表情和眼神也事先揣摩了一番。自信美得沒得挑剔了，她終於開口：「帥哥，你簡直和天神沒兩樣！如果你真的是神，那你一定是維納斯的兒子丘比德。如果你是凡人，令尊和令堂豈止三生有幸，你的兄弟姊妹就別提了，餵你吃奶的奶媽更是幾輩子修來的福氣！還有比他們都更更幸福的——要是有哪個女孩子被你看上眼了，情定姻緣，哇塞！那不是死而無憾了嗎！如果已經有那樣的一個女孩了，你就讓我來偷個情分享一下吧！如果還沒有，我自告奮勇，你現在就帶我去睡覺吧[7]！」

　　這話是從仙女的嘴巴說出來的，眼前的小伙子一聽，臉頰當場染成玫瑰紅——他還不知道什麼男女之間的事，可是這兩輪紅暈使他更惹仙女愛憐。他的膚色就像掛在枝椏上任憑陽光浸染的蘋果，也像上了色的象牙，更像月蝕的時候，敲鑼敲盆也嚇不走天狗，殘存的銀光色澤轉紅[8]。這仙女再度展開攻

　　他們的兒子則是 Hermaphroditus，中譯「赫馬芙羅」係採嫁接截尾譯法。

[7]　薩珥瑪姬絲這段話是諧擬《奧德賽》6.149-85。奧德修斯船難餘生，赤身裸體乍見瑙溪卡雅，極盡謙卑懇請救濟，薩珥瑪姬絲卻是開門見山要上床。

[8]　最後這兩行以月蝕譬喻。從前文 202-3 描寫日蝕，可判斷奧維德明白天文蝕象。中譯「天狗」之說雖然是反映漢人傳統社會對此一自然現象的迷信 (天狗吞食星球造成蝕象)，然而根據 A. D. Melville 的英譯本中 E. J. Kenney 的行註可知，類似的民俗迷信是傳統社會普世

勢，要他叫一聲姊姊，弟弟吻一下姊姊並不過分，姊姊伸手擁抱弟弟象牙般的脖子也很自然。可是，小男生出聲了：「夠了！你再不停手，我馬上離開這地方！」

薩珥瑪姬絲嚇壞了，趕緊轉變語氣，說：「喲，小老弟，這地方全讓給你。」說著就轉身，假裝要走開。其實啊，她在離開現場的路上回頭偷瞄了好幾眼，到了草叢後面，腰一彎，膝蓋著地，躲起來成了隱身。

赫馬芙羅以為只剩自己一個人，自由自在踏上草地，走進水池，把腳泡入水中。他踢水自得其樂，池水揚波好像是為他助興。好清涼的水呀！他神清氣爽，有什麼好猶豫的呢？輕柔的衣服從他清秀的肢體輕輕滑落。薩珥瑪姬絲看得目瞪口呆，眼前超級清涼的景象為她心頭的慾火添柴加油，火勢延燒到眼睛，她的眼睛著火就像晴空的艷陽照到鏡面反射出使人眼花撩亂的光芒。她等不及了，心花已經爆開——現在不把他摟進懷裡，更待何時？

這個小伙子呢？他雙手捧水，輕拍自己的身體，縱身一躍，潛入水池。兩隻手臂輪流划水，他的身體在水面忽隱忽現，像極了嵌在水晶玻璃裡面的象牙雕像或純白百合花。仙女忍不住歡呼：「呀！到手了！他就是我的！」她快速解帶寬衣，隨手一丟，潛水捕捉獵物。抓到了！他拼命要掙脫強吻，這仙女拼命上下其手要刺激他還沒有反應的乳頭，在他身上左磨右蹭。他努力掙扎，她更努力糾纏。終於，仙女纏住小男生，就像鳥王的利爪掐住蛇[9]，飛上九霄，蛇還不認輸，蛇身曲繞從頭纏到腳，蛇尾還在翅膀上打結；也像葡萄藤蟠繞粗壯高聳的樹幹；又像章魚在深海揮舞全身的觸手捕捉獵物不放鬆。這男孩不愧為阿特拉斯的兒子，卯力奮戰仙女的亢奮情。仙女加倍使力壓制他，簡直就是黏在他身上，喊道：「傻瓜，隨你怎麼掙扎，休想逃過我的活纏功！天神啊，請你們保佑，天長地久讓我永生永世擁抱他！」

她的禱告得到天神的默許。一個男生和一個仙女，兩個身體合併交融成為一體，一個形體一張臉。就像園丁把一截枝條嫁接另一株植物的枝幹之後，接芽和砧木同時茁長成熟，纏在一起的那兩個身體就這樣二合一，明明是一男一

的現象。

9　鳥王：鷹，早自荷馬就有的措詞。以鷹和蛇分別象徵陽性與陰性，這也是源遠流長的傳統譬喻。然而，奧維德讓蛇在纏鬥中佔上風，蛇的角色從被害者一變而為加害者，這卻顛覆了性別意象的譬喻傳統。薩珥瑪姬絲雖然不是奧維德變形世界唯一的情場女獵手，卻無疑是陰功最狠的一個，她的故事也是情慾色彩最濃厚的一則。

女,卻分不出男身和女體,看起來既是非男非女又是亦男亦女。

赫馬芙羅看著這一池清水,回想自己剛才潛下水的時候是男性,現在卻成為半個女性,經池水這麼一洗滌,體力減弱,皮膚變柔。他伸長手臂,用不再是男性粗厚低沉的聲音向天神懇求:「親愛的爸爸媽媽,我的名字是你們的結合,請成全我的禱告:不論是誰進入這水池,只要是男的,讓他的陽剛性徵入水即化,出水即柔,成為半個女人!」維納斯和莫枯瑞烏斯聽到陰陽同體的兒子的禱告,答應了。那一池清水就是這樣開始具有減陽增陰的魔力。

丁尼生（1809-1892）

永悲吟（〈提壽納斯〉1-10, 64-76）

    林木腐朽，林木腐朽倒塌，
    霧靄哭泣卸下重擔給大地，
    凡人出生、耕作、長眠地下，
    許多長夏之後天鵝老死。
5   獨我一人境遇悲慘永生
    憔悴：緩緩枯萎在你的懷抱，
    在這闃寂無聲的世界邊陲，
    白頭身影有如一場夢遊蕩
    東方亙古寂寥的日升空間、
10 層雲疊霞的霧氣和晨曦的長廊。

---

2   重擔：burthen 是 burden 的古體。

3   這是人類共同的生命歷程，提壽納斯卻是例外。

4   長夏：夏季白晝較長，而且是一年中生機最旺盛的季節，襯托說話者身處「漫漫長冬」的身心狀態。天鵝是阿波羅和奧斐斯（Orpheus）的聖鳥，因此關乎音樂與預言，傳說只在臨死時唱歌，因此「天鵝之歌」隱含慾望獲得滿足。此一意涵強烈對比提壽納斯唱這首詩的心境。阿波羅是光明神、真理神、預言神、音樂神。奧斐斯是希臘神話的詩聖，在奧維德《變形記》卷 11 獨領敘事風騷。天鵝的壽命通常二十餘年。

6   枯萎：植物意象，呼應首行的起興筆觸。你：黎明女神。thine = 母音前面的第二人稱代名詞受格 your；如果出現在子音前面則是 thy，如 66 所見。

8   提壽納斯的自畫像。白頭：white-hair'd = white-haired，模仿荷馬史詩的描述詞，名詞（hair）作動詞之後以過去分詞形態（haired）成為形容詞，前面接形容詞（white）共同組成的複合詞，用於描述事物的本質，詳見《荷馬史詩：儀軌歌路通古今》3.3.3 介紹史詩成規〈描述詞〉。身影：shadow，可以是 ghost（魂魄）的同義詞，但 shadow 適合格律的需求（本行抑揚五步格的第二個音步是揚揚格）。「身影」固然看不出「白頭」，提壽納斯當然知道，也必定想像過自己白髮蒼蒼的模樣。「身影」對比「身體」，「魂魄」對比「生命」，同樣透露提壽納斯意識到自己雖生猶死。《奧德賽》11.207，標題主角奧德修斯在陰間看到母親的亡魂，說「她像影子或夢」；同詩 4.796-841，雅典娜幻化成伊芙緹美的影像，託夢給奧德修斯的妻子珮涅洛珮。

Alfred Tennyson (1809-1892)

Tithonus (1-10, 64-76)

    The woods decay, the woods decay and fall,
    The vapours weep their burthen to the ground,
    Man comes and tills the field and lies beneath,
    And after many a summer dies the swan.
5   Me only cruel immortality
    Consumes: I wither slowly in thine arms,
    Here at the quiet limit of the world,
    A white-hair'd shadow roaming like a dream
    The ever silent spaces of the East,
10 Far-folded mists, and gleaming halls of morn

---

9   太陽出於東極，所以其地為黎明神宮所在。
10 層雲疊霞：Far-folded，又一個荷馬式描述詞。晨曦：morn = morning，詩歌用法。

〔……〕

　　可別羈留我永遠在你的東方——
65　怎可能我與你本性長久合流？
　　冷然你浴我以玫瑰身影，清冷
　　一派是你的亮光，我褶皺的腳
　　在你亮閃閃的門檻發冷，水氣
　　浮升從朦朧的田野，圍繞住家
70　快樂的居民有權利接受死亡，
　　更快樂的死人有青草覆蓋的墳塚。
　　釋放我吧，讓我回到地面。
　　你無所不見，你會看到我的墳；
　　朝復一朝你都會更新美貌，
75　地下土中我淡忘這空蕩蕩的宮室，
　　你回程照樣有銀光熠熠的車駕。

64　hold me not = do not hold me.

66　「玫瑰」在荷馬史詩是黎明女神專用的描述詞，如《伊里亞德》1.477「新生的玫瑰指（rosy-fingered）黎明探頭放異彩」（參見該行注）。「指」是指「手指」，具體呈現朝陽乍現的景象。身影：shadows，在荷馬史詩的人神同形同性觀，神確實有身體（甚至會受傷流「血」，見《伊里亞德》5.339 行注）；黎明女神具體的身影和提壽納斯感受的「陰影」合而為一，情景交融，此之謂也。「玫瑰身影」和 8「白頭身影」形成強烈的反差效果。

69　前半行直譯原文，譯文變成倒裝動詞和介系詞片語，為的是配合另一個介系詞片語 about the homes 之後的跨行效果；後半行其實是限定用法關係子句的主詞，即 dim fields (which are) about the homes，「圍繞住家的朦朧的田野」（＝住家四周朦朧的田野）。

73　陽光照遍寰宇，因此太陽無所不見，這是荷馬史詩的觀念。Thou = 主格 You。seest = see，wilt = will，古風用法顯示主詞為第二人稱單數的曲折變化（inflection）。

74　朝復一朝：68b-9 以 when 引導的副詞子句寫破曉時分，日復一日朝曦展露新生的容顏，對比提壽納斯天長地久的老化過程。他的感受怎一個「冷」字了得！「冷」在 66-8（原文是 66-7）重複三次。

[. . . .]

Yet hold me not for ever in thine East;
65　How can my nature longer mix with thine?
　　Coldly thy rosy shadows bathe me, cold
　　Are all thy lights, and cold my wrinkled feet
　　Upon thy glimmering thresholds, when the steam
　　Floats up from those dim fields about the homes
70　Of happy men that have the power to die,
　　And grassy barrows of the happier dead.
　　Release me, and restore me to the ground;
　　Thou seest all things, thou wilt see my grave:
　　Thou wilt renew thy beauty morn by morn;
75　I earth in earth forget these empty courts,
　　And thee returning on thy silver wheels.

75　地下土中：earth in earth，語意承 73「墳」，語法卻呼應前一行 morn by morn（朝復一朝），然而黎明女神「日日美，又日美」，提壽納斯則是「在人世間（earth）永埋土地中（in earth）」，求死的心願對比不死的現狀——荷馬稱永生的天神為「不死族」。

76　回程：承 72「釋放」；提壽納斯要從神宮回人間，有賴於黎明女神的車駕之助。有銀光熠熠的車駕：「站在你的銀輪上」，「輪」代稱「車」。希臘神話的車子沒有座位，只有站板。「銀輪」明顯是模仿荷馬的措詞；在《伊里亞德》和《奧德賽》，金和銀同樣暗示珍貴，看不出這兩種金屬實質上的差別。丁尼生捨「金」就「銀」無疑是聲律考量：silver 使得本行維持工整的抑揚五步格。

【評論】
〈永悲吟〉賞析：
黎明神宮不死情

丁尼生在 1850 年受封為桂冠詩人，接替華滋華斯（見第五輯〈華滋華斯評介〉）去世的遺缺。〈尤里西斯〉可能是他最廣為人知的一首詩，我在荷馬史詩《奧德賽》譯注本附錄五以中英對照的形式呈現，並有簡介及注釋。相較之下，同樣取材於希臘神話，而且同樣以戲劇獨白體寫成的〈提壽納斯〉，抒情韻味有過之而無不及，可惜知音似乎不多。詩中的說話者身處璀璨如玫瑰盛開的黎明寢宮，悠悠忽忽在渺渺茫茫無止境的光陰中沉吟，比起尤里西斯慷慨激昂的出海遠航演講更令人低迴。全詩 76 行，此處譯出首尾兩節共 23（10 + 13）行。

希臘神話的黎明女神艾鷗絲（Eos，羅馬神話稱 Aurora，「奧蘿拉」）看上特洛伊王子提托諾斯的美貌，把他從王宮劫走[1]，還要求宙斯成全，賜他永生。如今，眼看自己挑選的配偶頭髮發白，艾鷗絲很快對他失去興趣；看他衰老到甚至無法走動，艾鷗絲把他遺棄在一個房間，甚至把青銅門關上，以免聽到他日夜像牙牙學語的嬰兒咕嚕個不停[2]。根據變形觀點的另一個傳說，艾鷗絲把她的超級耄耋情人變成會脫殼重生的昆蟲蚱蜢。

丁尼生以英文創作，因此提到他筆下的提托諾斯，改稱語音近似的「提壽納斯」。他讓提壽納斯現身說法，以第一人稱的觀點對黎明女神說話。說話者

---

[1] 提壽納斯的叔公噶尼梅德（見《伊里亞德》附錄特洛伊王室譜系），也因為美貌被宙斯「挑」上（見《伊里亞德》20.234 行注），劫持到天界當侍酒童。參見〈提壽納斯〉11-2 說話者的感嘆：「唉，這灰白的身影，曾經是個人——／俊美如此的光彩，你自己看上眼」（Alas! for this gray shadow, once a man—/ So glorious in his beauty and thy choice）。被「看上眼」就被「挑」走了。搶親不希罕，稀罕的是女神搶男人，第三輯〈人神之戀的真相〉所稱兩性情慾關係的本質是政治問題，又多一例證。

[2] 現實的觀點會說黎明女神無情，然而艾鷗絲只是自然現象「黎明」的擬人化，並不屬於現實世界。道德評價不適用於超現實世界，其理甚明。舉例而言，批評「天空」敗德，毫無意義，「天空」擬人化就是神話中的宙斯。

悲嘆自己脫離凡人有生必有死的週期；身為人生的異數，超凡有餘，如今大徹大悟，他寧可回歸平凡。提壽納斯仍然住在黎明女神的神宮，回想當初要求永生，女神大方賜予，有如家財萬貫的慈善家（15-7）。可是季節女神（Hours）³ 堅決維護自然的常軌，不允許提壽納斯「萬壽無疆同時青春永駐」（Immortal age beside immortal youth）（22）。既已領悟凡生的定數，他要求黎明女神「放我走；收回你的禮物」（Let me go: take back thy gift）（27）。

就在日出前，他從雲縫瞥見「我出生的那黑暗的世界⁴」（that dark world where I was born）（33）。他目睹黎明新生的璀璨，「你的柔情眼挨近我緩緩發亮」（Thy sweet eyes brighten slowly close to mine）（38），眾星黯然失色。為女神拉車的馬出於愛心「迫不及待要套軛⁵，起身，／把黑暗從牠們鬆垂的鬃毛抖落，／拍打微光爆出火花一朵朵」（yearning for thy yoke, arise,/ And shake the darkness from their loosen'd manes,/ And beat the twilight into flakes of fire"）（40-2）。女神沒有回應提壽納斯「放我走」的要求，而是一如往常在美又更美的光輝中兀自驅車離宮，一言不語把淚珠滴落在他的臉頰。提壽納斯的理解是，女神不忍心說出「久遠以前，在那黑暗的世界」（In days far-off, on that dak world），他獲知⁶的一句話應驗了：「天神無法收回自己的贈禮」（"The Gods themselves cannot recall their gifts"）（48, 49）。

提壽納斯想起「久遠以前」，他習慣像別人那樣觀賞——「如果我真是觀賞的他」⁷（if I be he that watch'd）（52）—— 黎明新生的過程，「隨你神秘的變化而變化，感受血液／隨你渾身緩緩緋紅發熱／而發熱」（Changed with thy mystic change, and felt my blood/ Glow with the glow that slowly crimson'd all/ Thy presence）（55-7）。那時候，他會躺下來享受晨曦吻遍全身，甚至聽到接

---

³ 季節女神：Hours（= Seasons），希臘神話稱 Horae，Hora 的複數形態，本義「按自然規律分配的時間」，源自原始印歐語的「年」，因此用於統稱以年為週期的時序，即「季節」。然而，詞意的差別透露自然觀的改變：在阿果斯（Argos）只有夏、冬兩季，在荷馬史詩多出春季，後來又增加「夏末果熟季」。

⁴ 黑暗：同時指涉時間上的「日出前」，以及空間上對比「光明天界」的人間現世。

⁵ 迫不及待：《伊里亞德》描寫車戰，英雄上陣前一定要為馬「套軛」，荷馬深具特色的措詞是「並非不情願」。

⁶ 獲知：指涉 15-7，黎明女神慨允提壽納斯永生時告訴他，意在提醒。

⁷ 提壽納斯的措詞透露自己下意識的疑問：那個熱望觀賞黎明的提壽納斯，真的是現在老而不死的同一個人嗎？

吻的嘴唇喃喃細語,「狂放又甜蜜」(wild and sweet)(60)不輸他親耳聽到阿波羅唱歌,「當時伊里翁像霧氣挺出城樓」[8](While Ilion like a mist rose into towers)(63)。最後一個詩節,提壽納斯再度提出懇求,訴求聚焦於日日重生的神相和永遠不死的凡胎兩者本性不相融。

　　此情可待成追憶,只是當時已惘然。丁尼生使用無韻詩的體裁,即沒有押韻的抑揚五步格,格律極其工整,節奏卻靈活無比,絲毫無愧於桂冠詩人的頭銜。舉例而言,破題四行一個完整的句子,除了行 3 首音步是揚揚格,以及行 4 第三個音步是抑抑揚格,其餘都是抑揚格[9],第三行開頭的揚揚格(Man comes)聚焦效果不言自明;第四行首、尾各兩個抑揚格音步,中間第三個音步使用抑抑揚格(-y a sum-),之前重音節 man- 的短母音和之後重音節 dies 的長母音構成強烈的對比,短母音對比長母音呼應夏日時光短促對比死亡陰影長在。第五行又是工整的抑揚五步格,卻在 1-4 一連四個結句行之後出現 5-6 的跨行句,行 6 的 Consumes 之後緊接著行中停頓,這是效果最明顯的跨行強調,後續到行 10 第一個詩節結束都是在「闡述」這個跨行強調字眼的意義:所以,這個行中停頓之後出現冒號。

　　整首詩一鏡到底,時間短暫卻節奏其緩無比,讀者隨說話者的思緒穿越過去到現在這一段漫長的時間,同時也隨著他的視線串連天界與人間這兩個合稱為「上界」的廣袤空間[10]。

　　提壽納斯永生的結果只是「永遠不會死」,是如假包換的「老朽」,困在時間沒有止境卻無路可出的困境。「無路可出」取典於法國哲學家沙特(Jean-Paul Sartre)的劇作《無路可出》(*No Exit*, 1944)。劇中寫剛抵達陰間的二女一男,三個亡魂被分配在同一個房間,在沒有光陰的狹窄空間共同遭遇自我與異己的雙重禁閉。分分秒秒必須面對別人,不想跟別人互動就只好封閉自我,要想跟別人互動卻無法真誠面對自我。經歷自我折磨與互相折磨,劇中人終於體

---

[8] 伊里翁:特洛伊的別稱,詳見荷馬史詩《奧德賽》2.18 行注。荷馬說海神波塞冬和阿波羅協力建特洛伊城牆(《伊里亞德》21.443-57),丁尼生卻有意藉阿波羅的音樂神身分強調音樂的創造之德。上古之世,詩、樂不分,所以阿波羅也是詩歌神。行 63 把伊里翁比喻為霧氣:伊里翁拔地而起,城樓高聳摩雲,有如騰空的霧氣瀰漫城樓。

[9] 「抑揚五步格詩行」並不是一行詩的五個音步全都是抑揚格,而是指大多數音步為抑揚格。

[10] 上界:Upper World,即陽世,包括天神和活人居住的世界,相對於死人居住「下界」(Under World),即陰間;詳見拙作《荷馬史詩:儀軌歌路通古今》3.2.1〈三重結構二元觀〉。

會當年在陽世的人生無異於現在所處的地獄。既已領悟地獄是一種狀態[11]，後來房間有了出口，卻沒有人選擇逃離，因為此時此地在異己的逼視下真誠面對自我是唯一的出路，否則即使逃到天涯海角也照樣作繭自縛。沙特在「上帝已死」的世界從存在主義的觀點尋求人生的活路，丁尼生卻在情天慾地從浪漫主義的觀點透過死亡抒發人生的感觸。

歷代詩人都說死亡無情。可是對凡人來說，永生比無情的死亡更殘忍，甚至可以說是詛咒。最古老的史詩英雄吉爾格美旭（Gilgamesh）追尋永生不可得；荷馬史詩的英雄轉而追尋榮耀長存於人間記憶，視其為不朽。人生追尋的目標從不死轉為不朽是生命觀的一大躍進。文藝復興時期以人的尊嚴取代生命不朽，把神話的境界落實到人生現世的經驗，浪漫主義把那個經驗聚焦在情感的領域。丁尼生透過一場人神之戀觀照前述的傳統，追生問死，邀請讀者思考一個問題：我到底是活著，或只是死不掉？

生活應該有意義；老而不死，何來尊嚴？「人的尊嚴」這個觀念是歐洲文藝復興的一大遺澤。當時的人文學者從基督教義破繭而出，面對現時現世的重重侷限，他們發現「轉心念」這個通往康莊大道的出路：在有限人生努力使自己發光發熱，不但為自己的生命創造意義，還使別人受光受熱，因此有限人生可以意義無窮[12]。發光與發熱是「愛」這種感情力量的物理描述。光熱的能量有大有小，浪漫愛情的封閉性與排他性無疑使得愛的力量散發的範圍大為減縮，可是意義不會因此受限。

神界和陰間同樣是超現實的世界，沒有時間，所以不受時間制約；人間卻是現實世界，有時間所以有始終，也所以有時序。神界和人間兩個世界涇渭分明，生命和死亡兩個世界也同樣涇渭分明，除非在夢中，此所以提壽納斯自覺身處睡夢中（8）。他擁有不死之身，卻雖生猶死；擁有無限的時間，卻毫無尊嚴可言，甚至連圖個苟且偷安也不可得。對某些人來說，生命的意義或人生的尊嚴，也許不解其意，也許陳義太高，甚至根本不見於或尚未出現在人生

---

[11] 但丁的《神曲》總結「地獄是實體的空間」這個傳統；進入文藝復興，視地獄為隱喻人生的一種狀態成為文學主流。

[12] 文藝復興時期的人文學者是為了融合基督教義和上古希臘羅馬的異教傳統，他們強調「人的尊嚴」是以上帝所造之人在現實世界發光發熱為榮耀上帝之道，因為人發揮善的潛能足以證明上帝創世造人的大德。然而，即使跳脫基督教這個文化背景，「人的尊嚴」仍有意義。

的辭典，或遺落在人生地平線之下。提壽納斯沒說出口，我們身為讀者有必要追問：活著所為何事？兩情久長固然浪漫，但有個前提，那就是當事雙方應該是平等的個體。日日重生和老朽無疆，兩者本性不相容，當然不可能在平等的基礎上建立感情的連結。這或許是發生在黎明神宮的這個愛情故事最深刻的啟示。

　　如果改用神話學的觀點，會是甚麼景象？舊時代的男人追求長生不老，或是新時代的女人追求凍齡，在艾鷗絲看來是一丘之貉，都是昧於現實的憧憬。且容在下為黎明女神代言：「可憐的凡人啊，你們因為恐懼死亡而抗拒衰老，可我給了你們重生的典範，日日提醒，你們怎麼忍心冥頑不靈？」我的《陰性追尋：西洋古典神話專題之一》明確指出免於冥頑不靈之道：重生的神話意境可以落實在現實人生。

惠特曼

滾滾人海一水滴

　　從波動滾滾的人海,一滴水款款朝我來,
　　悄悄說:「我愛你,我不久於人世,
　　迢迢旅途我奔波,只為了看你接觸你,
　　因為我沒見到你就去世不死心,
5　因為我怕以後會失去你。」

　　現在我們相逢,見了面,都平安;
　　放心回大海去吧我的愛;
　　我也是浮海一水滴我的愛,我們相隔不見得太遠;
　　看這壯闊的圓環,萬水同聚一源,多完美!
10　只是對你我來說,不可抗拒的大海就要把我們拆開,
　　就算使我們離散一個鐘頭,也不能使我們永遠離散;
　　不要心慌——空間不大——記得我向空中、海洋與大地致敬,
　　每天在日落時分,是為了你的緣故,我的愛。

2-5　原文以斜體表示直接引句。

3　travel'd = travelled。以省略符號取代過去式的母音 e 又見於 4、5 和 6 三行。look on:「直視,正面看」,現代通行的用法是 look at。欽定本《舊約・出埃及記》3.6:"Moses hid his face; for he was afraid to look upon God." look upon = look on。

7　「我的愛」前面依原文省略逗點,又見於 8 和 13,表示語氣不隨語意告一段落而停頓。

8　浮海:見〈〈滾滾人海一水滴〉譯後感〉注 1。

9　圓環:the great rondure,特定而且唯一的「大圓」,指涉希臘神話說的洋川(Oceanus,英文 ocean 的詞源),即環繞陸地的圓形水流(見拙作《荷馬史詩:儀軌歌路通古今》3.2.1〈三重結構二元觀〉乙節圖 7「荷馬史詩的宇宙模型」,或《奧德賽》1.23-4 行注)。洋川是地表淡水的源頭,所以說「萬水同聚一源」。奧德修斯為了進入陰間所必須橫渡

Walt Whitman

Out of the Rolling Ocean the Crowd

Out of the rolling ocean the crowd came a drop gently to me,
Whispering *I love you, before long I die,*
I have travel'd a long way, merely to look on you, to touch you,
For I could not die till I once look'd on you,
5 *For I fear'd I might afterward lose you.*

Now we have met, we have look'd, we are safe,
Return in peace to the ocean my love,
I too am part of that ocean my love, we are not so much separated,
Behold the great rondure, the cohesion of all, how perfect!
10 But as for me, for you, the irresistible sea is to separate us,
As for an hour carrying us diverse, yet cannot carry us diverse forever;
Be not impatient—a little space—know you I salute the air, the ocean and the land,
Every day at sundown for your dear sake my love.

的這片水域,可理解為意識/現實與無意識/超現實的臨界閾。順著同樣的理路,詩中的圓環可視為人類的集體經驗之流,因此全詩兩個詩節依次呈現感性經驗和理性經驗。單從這個意象就不難管窺惠特曼的一大特色:「惠特曼的原創性主要來自他創造神話的力量和對象徵語言的掌握」(Bloom 1994 1:373)。原文 the great rondure,在林以亮的中譯是「偉大的圓環」,附註說「其他譯本均譯作『宇宙』,恐無以自圓其說」,誠哉斯言,可是在惠特曼的文義格局不只是他所理解的「海洋」。

11　據說法國哲學家西蒙娜・韋伊(Simone Weil, 1909-1943)有這麼一句名言:「每一種隔離都是連結。」雖然不知出處,引為注腳倒也貼切。

【評論】
〈滾滾人海一水滴〉譯後感：
人潮湧浪聚水珠

尋求知音是生物條件在人性介面演化的結果。每個人都是獨立的個體，因各自獨立而孤單。此一孤獨意識是尋求知音的根本動力，所以會想要結伴交友追尋認同。可是，要想得到別人的了解談何容易，自己同樣難以了解別人。歸根結柢，自己尚且無法了解自己，奢談其餘？如果機緣湊巧，有幸重拾封塵的記憶，或許會以為時光倒流，以為經驗可以重來。事實證明，在我們身處其中的物理世界，打破的杯子真的無法像影片倒帶那樣經歷復原。真的不可能，除非是在傳奇世界。

莎士比亞的傳奇劇《冬天的故事》（*The Winter's Tale*）第五幕第三景，西西里國王利翁惕斯面對在記憶中已去世十六年的妻子變成一尊栩栩如生的雕像，在 5.3.23 直呼「就是她的模樣！」（Her natural posture!）他忍不住要求石像親口證實自己眼前所見，緊接著（27-9）對伴裝施行法術使王后復活的波麗娜說「可是，波麗娜，／荷麥娥妮沒有那麼多皺紋，不像／現在看到的年紀！」（But yet, Paulina,/ Hermione was not so much wrinkled, nothing/ So aged as this seems.）波麗娜同意。利翁惕斯驚嘆（5.3.30-2）：

這更顯示我們的雕刻師手藝精湛，
把十六年的光陰也表現出來使得她
好像活到現在。

So much the more our carver's excellence;
Which lets go by some sixteen years and makes her
As she liv'd now.

其實，莎士比亞明白告訴我們，他在劇中使用託寓（allegorical）手法，寫利翁

惻斯哀莫大於心死，然而腦海中蟄伏十六年的記憶迭經反芻，產生起死回生的能量。

時間苒長不停，一旦觀點或觀感成為習性，難免把當前的記憶嫁接到過去的經驗，因此帶來困擾。更還有溝通的困擾：語言的本質、表達與了解充滿不確定性，處處形成障礙。細微之處無不有我們無從控制的變因，欲期增進了解往往力不從心，甚至不但無助於澄清事實，反而迷障滋生。怪不得哈姆雷特面對語言無助於了解真相時，在 2.2.192 發出："Words, words, words"（字，字，字）這樣的牢騷，話再多也只是空話。可是，雖然符號本身沒有意義，看或聽的人卻必須領會這樣或那樣的意義。這或許是人際交往的宿命。惠特曼收在《草葉集‧亞當的孩子》裡的〈滾滾人海一水滴〉這首詩，或可提供應對之道：打從心底承認自己是茫茫人海一水滴。

惠特曼想像風吹大海，生波湧浪，飛濺的水滴在詩人的心眼擬人化。透過不同的眼界，他感悟布雷克「一粒沙看見一個世界／一朵野花看見一天堂」（引自《抒情旋律》第三輯〈布雷克素描〉）的意境。原文的「水滴」（drop）也可以譯成「水珠」。即使如此，水珠依然難掩孤獨的事實；也許孤獨，但畢竟是「珠」。「珠」的感觸引我想起林以亮翻譯過這首詩，收入他編選的《美國詩選》頁 119-20，他把第 8 行 "I too am part of that ocean" 譯作「我也是那滄海的一粟」。「滄海一粟」是比喻渺小，可我不認為詩中有那樣的意涵[1]。「美國民主詩人」這樣的稱號，惠特曼當之無愧，如第五輯〈民主詩人惠特曼〉一文所論。這首詩首度出現在 1860 年版的《草葉集》，問世之初由於被認為是描寫男同性戀，甚至導致他和美國超越主義運動（transcendental movement）的推手愛默生（Waldo Emerson, 1803-1882）關係緊張。如今就詩論詩來看實在是庸人自擾。卜倫在《西方正典》有感而發，說：「惠特曼的詩拒絕為性傾向分門別類，正如他拒不承認人與神界之間的明確界線一般」（Bloom 1994 1:388）。我寧可視詩中的「水滴／珠」為埃斯庫羅斯的希臘悲劇《奧瑞斯泰亞‧和善女神》（*Oresteia: Eumenides*）劇中，出席法庭審判擔任陪審的雅典公民代表的現代版：在民主社會，個體的價值不在於個人的偉大或渺小，而是在於不可或缺。陪審團見證民主社會可以透過集體智慧取代以往的英雄人物，那些英雄仰

---

[1] 「滄海一粟」出自蘇軾的〈前赤壁賦〉，其實台北故宮博物院所藏他親筆手書的帖中原文寫的是「渺浮海之一粟」。顯然是傳抄過程中手誤，以訛傳訛所致，畢竟真跡不容易見到。

賴「天縱英才」而成為救星。陪審團的表現首開風氣之先，預告與開天闢地神話同其久遠的兩性戰爭是有可能以和解收場，只要人類不再以性區別人性、人品或人等。

惠特曼自己的詩可以印證上述的詮釋。這是〈自我之歌〉（"Song of Myself"）的開頭三行（1.1-3）：

我讚美我自己，謳歌自我，
我認定的事你也會認定，
因為屬於我的每個原子同樣屬於你。

I celebrate myself, and sing myself,
And what I assume you shall assume,
For every atom belonging to me as good belongs to you[2].

「原子」是萬物共同而且不可或缺的基本元素，暗示天生萬物彼此有關聯的基本鏈結，也破解標題可能被貼上「自戀」標籤的魔咒。同一首詩的結尾最後八行（52.9-16），惠特曼這麼寫道：

　　我把自己遺贈給泥土以便從我喜愛的草茁長，
10　你如果還要我就在你的靴底下尋找。

　　你難以明白我是誰或我什麼意思，
　　但我仍然有益於你的健康，
　　過濾而且活化你的血液。

　　一開始抓不住我請別洩氣，
15　這裡錯過換個地方找，
　　我在某個地方停下等你。

---

[2]　as good 即 equally（同等）。

```
     I bequeath myself to the dirt to grow from the grass I love,
10   If you want me again look for me under your boot-soles

     You will hardly know who I am or what I mean,
     But I shall be good health to you nevertheless,
     And filter and fibre your blood.

     Failing to fetch me at first keep encouraged,
15   Missing me one place search another,
     I stop somewhere waiting for you.
```

　　當然啦,如果對於自己生而為人的本質缺乏起碼的自覺,如果對於時間影響記憶因此影響過去與現在的互動根本無感,如果對於人際往來的要求僅止於營生逐利和吃喝玩樂,那麼諸如前段所述的感觸或心得其實是無的放矢。所幸那種人不會想要讀詩,起碼不會想到要咀嚼回味這首詩。可信惠特曼寫詩不是為了那樣的人。

　　參見第五輯〈民主詩人惠特曼〉。本詩選所譯惠特曼之詩,均出自他臨終前修訂,緊接著在 1892 年出版的定本,即論者所稱「易簀版」(death-bed edition)。

馬修・阿諾德（1822-1888）

多佛海濱

　　今夜海面無波。
　　潮水漲滿，皓月臥空
　　高照海峽；法國海岸燈火
　　閃閃而滅；英格蘭懸崖挺立，
5　　朦朧一大片，俯瞰寧靜的海灣。
　　到窗前來，夜晚空氣清新！
　　只是，浪花飛濺成練
　　在海陸交界處光華洗地，
　　你聽！海浪後退挾帶
10　鵝卵石擦撞呼吼，轉回頭，
　　猛然一拋，衝上高岸，
　　開始，停止，然後再度開始，
　　顫音頓挫緩悠悠，引出
　　悲傷的調子天長地久。

---

2. 皓月：從漲潮可推知滿月。臥空：躺在空中。本行結束，語意卻懸宕，此即跨行。這個跨行有效釣出讀者的好奇：「皓月」當何如？在何處「臥空」？開頭兩行除了結尾 lies fair 是揚揚格，其餘都是抑揚格，節奏揭示夜景安詳靜謐的氛圍。但是行 2 多一個音步，既有行中停頓，又有跨行，靜中有動，引出思緒泉湧。

3. 多佛位於英格蘭東南角，英吉利海峽最窄處，34 公里外是法國北部的灰鼻角（Cap Gris Nez）。又是跨行，連續跨行如波波相連，有積聚動能的效果。跨行延續抑揚格，以分號（有的版本使用破折號，效果更強烈）表明行中停頓之後節奏丕變，把客觀寫景導向主觀抒懷，沉穩的筆觸一變而為騷動的語調，具體反映在長短參差的詩行和不拘一格的節奏。

4. 前半行延續跨行不規則的節奏，雖然仍舊是二步格，卻改為揚抑格後接抑揚格，搭配 Gleams 和 gone 的頭韻。舌根爆擦音 g 在安詳靜謐的氛圍中營造刺耳驚心的聲韻效果，有效引導讀者聯想近代英法兩國的強權爭奪戰。說話者的視線原本仰視天際，3 行中停頓後轉而遠眺法國，然後轉回自己所在的海灣。海灣一側矗立月光下微光閃閃的崖壁。

Matthew Arnold (1822-1888)

Dover Beach

    The sea is calm tonight.
    The tide is full, the moon lies fair
    Upon the straits; on the French coast the light
    Gleams and is gone; the cliffs of England stand,
5   Glimmering and vast, out in the tranquil bay.
    Come to the window, sweet is the night-air!
    Only, from the long line of spray
    Where the sea meets the moon-blanched land,
    Listen! you hear the grating roar
10 Of pebbles which the waves draw back, and fling,
    At their return, up the high strand,
    Begin, and cease, and then again begin,
    With tremulous cadence slow, and bring
    The eternal note of sadness in.

多佛懸崖因白堊地質而又名「多佛白崖」。懸崖：cliffs 也可以是「峭壁」，但此處的觀點不是從下方仰望，而是由上方俯瞰。

5. 朦朧：常用於形容模糊不清，換個角度卻是微光閃閃，兩種說法都是基本釋義。俯瞰：out，「在（海灣）之外」。
6. 祈使句，省略的第二人稱主詞「你」（又見 9）是與說話者同處一室的「愛人」（29）。因此可知本詩使用戲劇獨白的體裁（見第三輯〈愛樂魂出竅‧〈出神〉賞析〉），即讀者只聽到對話雙方之一的話語。不過本詩的語調更近似內心獨白（interior monologue），讀者聽到的是詩中說話者的心聲。
7. 只是：靜謐宜人的夜景對比騷動不已的海灘。成練：（飛濺的浪花）串成柔軟潔白的絲絹（line 是「成條狀」）。水陸交接處的詩情畫意其實暗潮洶湧。
8. 光華洗地：moon-blanched，「月亮漂白過」。皎潔的月光照在海陸交接的地帶，海岸彷彿被漂白，寫意之筆和李白〈靜夜思〉看到床前的明月光「疑是地上霜」雷同。本詩一開頭就挑明時間背景是夜晚，因此「光」必然是略譯的「月」光。

15 　　索福克里斯老早
　　　在愛琴海聽過，他想到
　　　人類悲慘的境遇有落潮
　　　漲潮一股亂流；我們
　　　在北方這遙遠的海，
20 　　同樣聽濤聲領會出心得。

　　　信仰之海
　　　一度也是滿潮，環繞陸岸
　　　綿延如亮麗的束腰帶打摺。
　　　如今我只聽見
25 　　海的憂鬱，洶濤消逝綿綿，
　　　隱退徒留晚風
　　　入夜低語，掠下沉寂無邊
　　　以及世間礫石裸露。

15-8. 索福克里斯：希臘悲劇詩人，《伊底帕斯王》的作者。15-8寫他聽愛琴海浪濤的感悟，見他的另一部悲劇《安蒂岡妮》586-93，歌隊以北風翻海床比喻伊底帕斯家族悲愁無邊，「洶濤裂岬岸／風呼水號天地迴」（the wind-beaten headlands that front the blows of the storm/ give out a mournful roar）（591-3）。這個典故把說話者的視野從歐陸西岸的海濱往東南延展到上古時代愛琴海的西岸，個人獨有的感觸深入歐洲的集體記憶，化為普遍的歷史經驗。參見第二輯〈讀〈愛樂頌〉解愛樂〉。

20. 心得：第三節（21-8）所述。

21. 信仰：faith，根據詩人的背景，可以合理推知「信仰」特指基督教信仰，強調整個社會的宗教氛圍與意識形態；如果著重於人際關係，譯成「信心」亦無不可。由於信仰／信心的失落，阿諾德看到人間醜態畢露，艾略特（見第六輯）卻看到人類文明衰退的跡象。同樣使用戲劇獨白體，阿諾德在本詩描寫夜色中聽濤觀潮的抒情筆觸像個新聞攝影師，艾略特在〈普儒夫若克的情歌〉鋪陳知識份子在都市叢林情歌喃喃的筆調像梵谷的印象畫。

22. 陸岸：「地球的海岸」。地球隱喻身體，束腰帶使女性美觀又端莊，有如信仰緊緊環抱地球使人間美好。25-8寫當今之世，信仰退潮以致於濤聲不斷消退，只看到淒涼的砂礫海灘。

15   Sophocles long ago
     Heard it on the Aegean, and it brought
     Into his mind the turbid ebb and flow
     Of human misery; we
     Find also in the sound a thought,
20   Hearing it by this distant northern sea

     The Sea of Faith
     Was once, too, at the full, and round earth's shore
     Lay like the folds of a bright girdle furled.
     But now I only hear
25   Its melancholy, long, withdrawing roar,
     Retreating to the breath
     Of the night-wind, down the vast edges drear
     And naked shingles of the world.

---

23. 束腰帶如何打摺？這是本詩最費解之處。試推敲如下：信仰之海滿潮時，海域緊逼陸地，海陸交界處的景觀如 7-8 所描寫，海岸曲折之美有如衣褶。

25. 海：it，指涉 21 的信仰／信心之海。

　　　　啊，愛人，讓我們坦誠
30　　相待！因為這個世界，似乎
　　　　橫亙在我們眼前如夢土，
　　　　如此多樣、如此美、如此新，
　　　　其實了無歡樂，沒有愛，沒有光，
　　　　沒有準則，沒有和平，痛苦無援；
35　　我們像置身幽暗的平原，
　　　　陷入驚慌狼狽逃亡又掙扎，
　　　　軍隊不分敵我連夜廝殺。

---

31. 夢土：夢境，捨「境」就「土」是為了對應原文與前一行押行尾韻。本詩押韻不規則。
33. Hath = Has，古風寫法。
35. 如果補上中文略譯的 here（在此地），則五個詞組對應原文五個抑揚格音步，但本詩的翻譯原則是押韻詩行求音節數目的對等。
35-7. 以歷史典故比喻世局。公元前 431 年，雅典和斯巴達爆發伯羅奔尼撒戰爭。修昔狄底斯（Thucydides，公元前約 460-400）的《伯羅奔尼撒戰史》(*History of the Peloponnesian War*) 7.44 記載戰爭持續到第十九年，雅典在 Epipolae 發動夜襲，「雖然明月皎潔，看得到人卻無法看清形體，敵友難以辨識」，一場混戰。
36. 譯文嘗試透過語詞的糾結反映本行描寫的景象。
37. ignorant：「無知，愚昧」，分不清敵友卻照殺不誤。

	Ah, love, let us be true
30	To one another! For the world, which seems
	To lie before us like a land of dreams,
	So various, so beautiful, so new,
	Hath really neither joy, nor love, nor light,
	Nor certitude, nor peace, nor help for pain;
35	And we are here as on a darkling plain
	Swept with confused alarms of struggle and flight,
	Where ignorant armies clash by night.

葉慈

飲酒歌

酒進入兩唇間
而情意進入眼光；
在我們老死以前
不必多知道真相。
5 我舉杯湊近唇間，
嘆聲息，對你凝望。

望天衣

如果我有天堂錦繡衣，
織綜黃金光與白銀光，
藍底襯灰烘黑的天衣
4 有黑夜、白日與幽光，
我將鋪錦衣墊你的腳：
可我貧窮，有的只是夢；
我已鋪好夢墊你的腳；
8 輕輕踩因為你踩我的夢。

W. B. Yeats

A Drinking Song

Wine comes in at the mouth
And love comes in at the eye;
That's all we shall know for truth
Before we grow old and die.
5   I lift the glass to my mouth,
I look at you, and I sigh.

He Wished for the Cloths of Heaven

Had I the heavens' embroidered cloths,
Enwrought with golden and silver light,
The blue and the dim and the dark cloths
4   Of night and light and the half-light,
I would spread the cloths under your feet:
But I, being poor, have only my dreams;
I have spread my dreams under your feet;
8   Tread softly because you tread on my dreams.

久無音訊之後

　　闊別之後談起話；的確——
　　其他情人都已疏離或死亡，
　　不友善的光隱藏在燈罩下方，
4　窗簾拉下阻擋不友善的夜——
　　我們大可暢談又再高論
　　藝術與音樂最崇高的主題：
　　身體衰老而智慧開竅；往昔
8　我們年少時相愛卻懵懂。

1　　闊別：即標題的「久無音訊」，詳見本輯〈相見時難未必百花殘〉一文相關段落。兩人終於面對面，談些什麼好呢？原文 it 是虛主詞，真正的主詞是 5 開頭的 That 所引出到 6 結束的名詞子句。譯文行尾破折號表明 2-4 是插入句。

2-4　補充說明會面現場的背景：2 以相關人等徒留記憶的虛筆陳述時間久遠的客觀事實，3 以入夜晚景畫面具體的實筆側寫年華老去共憔悴的感傷。有感於現實無情，因此有 4 的動作，以便營造專供老情侶獨享的空間。

3-4　不友善：檯燈雖然照明有限，其光無情，因為「會暴露情人的蒼老容顏」；夜無情，「因為外面的世界是現實的世界，屬於年輕的人。所以還是遮住燈光，拉下窗簾吧」（余 1968: 37）。

After Long Silence

    Speech after long silence; it is right,
    All other lovers being estranged or dead,
    Unfriendly lamplight hid under its shade,
4   The curtains drawn upon unfriendly night,
    That we descant and yet again descant
    Upon the supreme theme of Art and Song:
    Bodily decrepitude is wisdom; young
8   We loved each other and were ignorant

5-6　回答 1 行注「突然打開話匣子」的疑問：談些什麼好呢？整首詩是一個完整的句子，主要子句的主部 it is right（1「的確」＝余光中「原應該」＝楊牧「的確應該」），也可以是語氣比較強烈的認定，所以我在 5 增補「大可」（改為「不妨」以表達建議亦無不可）。

6　音樂：Song（普通名詞的首字母大寫是舊式書寫習慣）即 music，可以取狹義的「歌曲」，也可以代稱「詩歌」。

7　行中停頓以分號分隔 7-8 兩個獨立卻關係緊密的陳述，表明老年和少年的對比，呼應本詩開頭的時間背景。

桑榆暮景

  等你年老髮白，睡意正濃，
  火爐旁邊打盹，取下這書，
  慢讀細品，夢見你的眉目
4 柔和如昔，流露幽影重重；

  多少人愛你欣欣的時光，
  愛你的美有假意有真情，
  只一人愛你朝聖的心靈，
8 愛你容顏變化蘊含憂傷；

  俯身紅光映照的柵欄邊，
  喃喃，帶點悲傷，訴說愛情
  如何逃逸漫步叢山峻嶺
12 把他的臉藏在繁星之間。

---

2 這書：應該是說話者的書，不無可能就是包含本詩的「這」一冊詩集；下意識拿到這本書，難免有意識回想寫詩的人。參較莎士比亞十四行詩 71.5-8：「你如果讀到這首詩，可別回想／寫詩的手，因為愛到這地步，／我寧可在你甜蜜的思緒被遺忘，／如果思念我會使你感到愁苦」（Nay, if you read this line, remember not/ The hand that writ it, for I love you so, / That I in your sweet thoughts would be forgot,/ If thinking on me then should make you woe）。

3 取書（2）之後，讀啊讀的睡著了，夢見自己年輕時候的神情，顯然是從所讀之詩進入夢境，引出後續到 8 夢的內容「想當年」。夢中所見是詩中的描寫，也是記憶中的情景，果然詩中的記憶具有不朽的意義（這正是荷馬史詩呼告繆思的微言大義）。

5 本行可以這麼改寫：有太多人只愛喜悅時候的你，因為那時候你散發異彩（grace），可是那期間只是片晌（moments），有時而盡不久長。時光：隱含 moments 所指涉特定而且有限的時刻或期間。

When You Are Old

When you are old and grey and full of sleep,
And nodding by the fire, take down this book,
And slowly read, and dream of the soft look
4   Your eyes had once, and of their shadows deep;

How many loved your moments of glad grace,
And loved your beauty with love false or true,
But one man loved the pilgrim soul in you,
8   And loved the sorrows of your changing face;

And bending down beside the glowing bars,
Murmur, a little sadly, how Love fled
And paced upon the mountains overhead
12   And hid his face amid a crowd of stars.

---

7   只一人：說話者本人。中間這個詩節（5-8）隱含說話者的心思：你現在終於明白了，只有我的愛是真情。7b-8（a 和 b 分別代表前半行和後半行）呼應 3b-4：「幽影」和「朝聖」有關，要不是有那重重的幽影，你的「眉目」不會從「柔和」變成「憂傷」，可我照樣愛你。朝聖：為了神聖的目標，無視於旅途的遙遠與艱難。

9   詩中人原本坐在爐邊入夢，夢醒起身走近爐火，感受到一股暖流，然而爐火的溫度和 5 所述有條件的愛同樣有時而盡，因而感觸真情綿綿卻遙不可及。「遙不可及」從「有時而盡」的時間引出 11-2 疏離又浩瀚的空間，念天地悠悠恰似面對時間的長河而心悠悠。

11-2 真情摯愛若隱若現自逍遙，不禁感傷斯人獨憔悴。

12   他：10 擬人化的「愛情」。行尾出現整首詩唯一的句點：前兩節都以分號收尾，分號連結三個獨立子句構成一個完整的句子，暗扣行注 9 所述空間、時間與心理三個面向的悠悠之感。

【評論】
相見時難未必百花殘：
葉慈情詩譯後感

標題取典於李商隱的《無題》開頭兩句「相見時難別亦難，東風無力百花殘」：思念的對象難得一見，見了面難分難捨，更何況是在春末百花凋零的時候。相思傷感，有情之人恐怕都難免。〈飲酒歌〉是葉慈為葛列格里夫人改編義大利劇作家 Carlo Goldoni 的《客棧老闆娘》（*La Locandiera*, 1753），意譯劇中 Mirandolina 的祖母教她唸的祝酒辭，所以語調該屬民謠之類。葉慈意譯的效果似較原作傷感[1]。

話分兩頭，先說飲酒歌。飲酒歌的歷史，正如我在第二輯〈阿凱俄斯評傳〉和〈虛擬阿納克瑞翁的抒情自傳〉所述，幾乎和抒情詩同樣古老[2]。中古騎士文學興起以後的飲酒歌多了一個次類：對酒當歌是因為情場失利。藉酒解愁，感傷難免，不只是為賦新詞強說愁，還會詩興大發幻想一番，如〈望天衣〉。在葉慈筆下，喝酒也好，幻想也罷，畢竟沒有淪於情怨，否則就落入佩脫拉克的窠臼了。

其次說到翻譯詮釋。葉慈的〈飲酒歌〉譯筆，固有可能「藉他人酒杯，澆自己胸中塊壘」，但也可能只是翻譯詮釋造成不同的「解讀」所致。「翻譯詮釋」指的是翻譯者透過譯筆傳達個人對於原文的詮釋；由於語言本身以及創作文本都無法避免歧義／多義現象，翻譯詮釋因此有模糊的空間[3]。從原始文本到目標文本的翻譯過程中，翻譯者必然遭遇一系列環環相扣的選擇，必須一一克服，從單詞、文義、修辭、體裁到主題，處處涉及譯者對原文的理解與感受，

---

[1] 葛列格里夫人（Lady Gregory）是葉慈的三位紅粉知己之一，吳潛誠在《航向愛爾蘭：葉慈與塞爾特想像》頁 124-32 描述其為「古典愛爾蘭的象徵力量」。

[2] 歌詞在傳統上就是詩，因此飲酒歌即飲酒詩。但是到了十九世紀，詩、詞分流大勢已定。

[3] 翻譯詮釋不同於翻譯操控。翻譯操控是譯者為了特定的目的，有意識「曲解」原文，如陳宏淑〈譯者的操縱：從 *Cuore* 到《馨兒就學記》〉一文所論。

以及在譯文的表達，其結果即是我所說的「翻譯詮釋」[4]。對這個過程的了解有助於對翻譯作品的賞析。〈久無音訊之後〉提供一個現成的實例。

西方短詩通常以首行作標題，〈久無音訊之後〉不例外：開頭的「闊別之後」，原文其實就是標題的「久無音訊之後」。「闊別」的詞意雖然不等於「久無音訊之後」，但是標題可以澄清或限制內文的意義。以「闊別」取代「久無音訊」是為了節奏：前者一個詞組，在韻律上等同於英詩的一個音步，後者卻有兩個甚至三個詞組。本詩採用我早年的翻譯策略：原文押韻的詩行，譯文以一個漢字對應英文一個音節，節奏也力求對應。以第一行為例，原文九個音節四個音步，我的譯文使用九個單詞四個詞組，這個策略是我從《馬克白：逐行注釋新譯本》開始使用的翻譯原則。但是過度重視音節數與詞組數的對應常會面臨節奏和詞意難以兼顧的困境，後來鑑於詩的節奏與聲情表達兩者的緊密關聯，轉而強調節奏的對應。這本詩集可以看到兩種翻譯策略角力的痕跡。

我翻譯〈久無音訊之後〉這首詩，設定的時間背景為久別的情人重逢，故稱「闊別之後」。這個四字詞，余光中譯為「在長久的緘口之後」，楊牧則是「長久沉默之後」，都是（如同我看過的另外十二種中譯）把這個背景界定為，引余光中自己的說法，坐定後「相對無言久之」（余 1968: 37）；我的版本把背景擴大為長久失去聯絡，重新接上線之後，相約坐下，可能一時無話，也可能當下就打開話匣子。silence 確實通常作「沉默」，但也的確有「久疏問候，音訊杳然」之意。我選擇後者，其意義可以和格律互相印證，落實詩創作尋求「音、義合體」的境界。

分析顯示〈久無音訊之後〉以抑揚五步格為主，也就是大多數的詩行有五個音步，大多數的音步為抑揚格（參見 Brooks and Warren 226-7）。「音步」是詩歌韻律的節奏單位，可類比為五線譜上的拍子。因此「抑揚五步格」的意思是一個詩行有五個拍子，一個拍子包含輕讀音節之後接一個重讀音節構成一個音步。朗讀時，輕讀音節的音量要放輕，故稱「抑」；重讀音節則是音量要加重，故稱「揚」。以母音上方標示輕讀音節的符號˘表示「抑」，母音上方標

---

[4] 有些翻譯，尤其是誤譯和顯然譯者不知所譯，可以看得出譯者在翻譯過程中並沒有自主判斷對原文的理解，譯文的表達方式也沒有自主選擇可言，而只是現成或湊巧撿到一個自以為可以套用的詞意或句型，這樣的成品當然沒有「翻譯詮釋」可言。字詞和語句尚且無法進行翻譯選擇，遑論更棘手的傳情與節奏。在那種情況下，無暇論及文義與文化結構實乃事有必至而理有固然。

示重讀音節的符號 ´ 表示「揚」,〈久無音訊之後〉開頭兩行的格律如下所示:

  Spéech ăftěr lóng sílěnce; ĭt ĭs ríght,
  Ăll óthěr lóvěrs béing ěstránged ŏr déad,

  首行就出現破格,適合聊天的隨興語調:只有四個音步,依次為揚抑抑、揚揚、抑揚、抑揚。落筆就出現重音,相當突兀,突然出現的重音擲地有聲,有效營造突然打開話匣子的感覺。after 兩個輕音節之後的 long si- 連續兩個重音,朗讀時自然會把第一個重音拉長並且稍作停頓,因此 long 音如其義。首行最後四個音步是兩個抑揚格音步,節奏趨於平穩順暢,這樣的節奏延續到次行五個音步中的四個,唯一的例外是 -ing estranged,是抑抑揚格。正因為聲情平穩順暢,無形中語意和標題形成強烈的對比;在另一方面,這個變異音步的效果是加快整行的節奏(一個拍子要唸出三個音節,其中包含大量「子音叢」,即一個音節含有兩個以上的子音),同時凸顯 estranged 本身的詞意。這一凸顯帶出醒耳的聽覺效果,恰恰呼應標題:其他人的疏離襯托久別重逢的戲劇效果堪比晴天霹靂,印證首行 silence 的失聯之意,比「沉默」更戲劇化,也適合本詩的情境。

  〈久無音訊之後〉全詩八行是一個完整的句子,而且使用現在時態。現在時態有兩個特殊的修辭效果:可以表明普遍的共相經驗;也可以是所謂「歷史現在式」(historical present),把歷史現場帶到讀者眼前,產生「栩栩如生」的臨場效果。行 6 結尾的冒號表明 1-6 所承載的意義等同於 7-8,因此最後這兩行的美學意涵可比擬於莎士比亞式十四行詩的煞尾對句[5]。葉慈在 1932 年寫這首詩,早過了知天命與耳順之年,將屆從心所欲之齡,詩中雖然難掩「曉鏡但愁雲鬢改,夜吟應覺夜光寒」的感傷[6],卻拈出比青澀的戀情更勝一境的圓熟的智慧。

  青春與智慧確實無法兼得。〈久無音訊之後〉行 7 的「智慧」意指對於藝術和音樂的體會,明顯不同於我在第三輯葉慈的另一首詩〈麗妲與天鵝〉14 行注的解說,但也不能籠統說是該行所稱的「知識」。談藝說樂屬於知識的範疇,可是如果談到創作者的造詣或作品的境界,那就不只是「知識」,而是包

---

[5] 參見本輯的〈〈默思法庭〉賞析:莎體十四行詩〉一文。
[6] 本文開頭引李商隱詩的第三聯。

含人生閱歷，那就屬於「智慧」的範疇了。我所讀過這首詩的中譯本當中，最令我欣賞的非余光中版本莫屬，他把「身體衰老而智慧開竅」譯為「形貌衰而心智開[7]」。智慧強調經驗的判斷與取捨，意義在於實踐；心智涉及心理與精神的層面，可以想像而得。智慧與心智之別即現實經驗與詩心想像之別。不無可能余譯考慮到要縮小這兩者的差距，以便趨近於葉慈在〈航向拜占庭〉所想像心靈原鄉把文學和藝術落實為生活方式的價值觀。那樣的價值觀，概括而言或許類似濟慈在另一首短詩，只有四行的〈歲月長智慧〉("The Coming of Wisdom with Time")結尾拈出的 "truth"（真相，真實），那首詩的標題字眼正是稱 "wisdom"：

雖然樹葉茂，根柢唯一；
我在陽光中揮舞花葉
度過撒謊的青春歲月；
如今可以枯萎顯真諦[8]。

Though leaves are many, the root is one;
Through all the lying days of my youth
I swayed my leaves and flowers in the sun;
Now I may wither into the truth

葉慈在 1923 年獲得諾貝爾文學獎，頒獎頌詞「表揚他的詩總是靈感洋溢，以精湛的藝術形式表現整個民族的精神」("for his always inspired poetry, which in a highly artistic form gives expression to the spirit of a whole nation")，引文的「整個民族」是愛爾蘭人。愛爾蘭的主要族群是塞爾特人（Celts），亦稱凱爾

---

[7] 既然認為余光中譯得漂亮，幹嘛自行翻譯自曝其短？這牽涉到幾個問題。首先是版權，事涉職業道德，不能喜歡或欣賞就據為己有。其次，翻譯品質的好壞有整體的考量，一行詩的成敗和整首詩的成敗沒有必然的關聯。最後一個問題是，不同的翻譯策略必然影響個別情況的翻譯選擇。一塊漂亮的磁磚不能保證適合貼在每一片牆面。

[8] 原文的行尾押韻模式為隔行押韻的 ABBA，譯文卻是 ABAB。但是譯文吻合下文將提及的音節對等原則，而且充分反映原文的朗讀節奏、行中停頓與跨行強調。標題的「長」是「增長」，參見第五輯〈〈網路一景〉後記：記憶在時光陰影中顯像〉注 4 引莎士比亞十四行詩 18.12「和時間共同成長」的植物隱喻。

特人（Kelts）。塞爾特人則是歐洲大陸最古老世代的主人。他們在日耳曼人興起之後，分北（北歐）、西（英倫三島）、南（南歐）三條路線往歐陸的邊疆逃難，建立新家園。西逃的一批塞爾特人在愛爾蘭定居，成為塞爾特語言與文化的最後堡壘。這一座堡壘，由於地理位置偏遠，羅馬大將凱撒在公元前 55-54 年兩度入侵英格蘭，終究倖免。然而，從十三世紀開始，英格蘭政治、經濟與文化的壓迫如影隨形，一直到 1922 年才成為自由邦，但是不包括北愛爾蘭六郡，1944 年改制為愛爾蘭共和國。這一段歷史的關鍵背景是十九世紀八〇年代到二十世紀三〇年代一場如火如荼的文化運動，論者習稱愛爾蘭文藝復興。深刻影響現代文學發展的這一場文化運動，大可名正言順稱為塞爾特文藝復興。葉慈本人是那一場文化運動的健將[9]。

葉慈受頒諾貝爾獎時，以〈愛爾蘭戲劇運動〉為題，對瑞典皇家學院發表演說，特別提到兩個工作夥伴，一位是約翰·辛（John Synge），另一位就是前面提到的葛列格里夫人。由於《抒情旋律》這本詩選主題的關係，本文只談葉慈的兩位紅粉知己。愛爾蘭的文藝復興和政治獨立密不可分。在那一場運動的政治領域，葉慈也有一位心儀的對象，就是狂熱的革命份子茉德·崗（Maud Gonne, 1866-1953）。葉慈 23 歲（1889）時認識她，一見鍾情，苦戀沒有結果，倒是找到了自己的繆思（吳 106-44），〈桑榆暮景〉是成果之一。

落花有意而流水無情，感傷難免卻莫可奈何；憫悵無益，不妨設想年老髮蒼到來時會是如何情景。以自傳觀點解讀〈桑榆暮景〉：1892 年，葉慈 26 歲，情歌高唱三年卻得不到回應，想像茉德·崗老年獨居，下意識拿起葉慈為她而寫的詩集回味當年。想像得要有現實的依據才不至於淪為幻想，因此第二節把時間拉回年輕時候，陳明現在的「你」終於明白真愛不附帶任何條件，不會只愛對方神采飛揚的時刻，不會只是因為對方貌美，而是因為對方的內在美，即行 7「朝聖」所指涉獻身於愛爾蘭民族主義的革命運動（吳 86-8，94-9，104-8），鍥而不捨堅持實踐崇高的理想，縱使憂思愁緒滿懷。第三節回到開頭設想的場景，茉德·崗不禁感嘆擬人化的愛情（= 12 的「他」）一去不返，徒留模糊的臉龐，彷彿仍有微光閃閃卻羞於見人[10]。

---

[9] 英格蘭的統治階層是盎格魯撒克遜人，屬於日耳曼族。雖然同樣信奉基督教，英格蘭在宗教改革的潮流中改奉新教，愛爾蘭則卻是那一股潮流的化外之地，從公元五世紀就信奉天主教。關於愛爾蘭文藝復興及其歷史背景，參見吳潛誠《航向愛爾蘭》頁 1-47。

[10] 茉德·崗在 1903 年嫁為人婦，一年旋即分居。但她和葉慈一貫維持摯友的關係。

然而，文學想像具有超越時空的意義，恰當的解讀應該是擺脫傳記觀點，就詩欣賞詩。這一來，本詩的說話者和詩中的「你」其實沒必要對號入座，有過情場惆悵的經驗都可能展讀此詩而回味無窮。其情調和〈望天衣〉同樣落寞，落寞之餘卻可以感受到詩人隨認命而來的開朗，那種開朗源自從文化認同之根產生人生信念的韌性，那種韌性正是愛爾蘭文藝復興所展現的塞爾特精神。

〈桑榆暮景〉中譯行尾的押韻模式與原文相同，這是我譯詩一貫的自我要求。我譯詩還有個目標：押行尾韻的詩行儘量做到音節對等，即原文一個音節對應中文一個漢字。原詩是抑揚五步格，因此中譯每行十個字，大多數包含五個詞組[11]。工整的格律卻展現變化有致的節奏，這個特色可以從標點符號的運用體會出來，譯文只有行 1 比原文多出表示行中停頓的逗號。設定這樣的目標是為了更進一步的成果：我希望譯文能獲致與原詩相對應的朗讀節奏。英中對照朗讀，大可體驗節奏對應的效果，舒緩的節奏正適合老年的心境，同時透過類似「野曠天低樹，江清月近人」的觀景心境，體會 9 行注所述意境的深遠。這深遠之感在結尾的 10-12 以跨行句一氣呵成，「星垂平野闊」卻是「月湧大江流」[12]。

或有必要補充行 5「欣欣」（glad grace）的翻譯詮釋[13]。「欣欣」是草木興盛繁榮之貌，除了呼應中譯標題「桑榆」的植物隱喻（以夕陽照在桑榆間借喻傍晚，又進一步引申為晚年），我聯想到荷馬史詩《奧德賽》6.160-7 的植物明喻。奧德修斯流浪到費阿克斯（Phaix = 英文 Phaeacia）島上，巧遇正值荳蔻年華的瑙溪卡雅，讚美她像抽芽展枝的棗椰幼苗：

---

[11] 行 5 和 9 破例，只有四個詞組。

[12] 孟浩然〈宿建德江〉：「移舟泊煙渚，日暮客愁新；野曠天低樹，江清月近人。」後兩句寫說話者下舟上岸，望向地平線，遼闊而深遠的空間引出鄉愁情濃，可以「千里共嬋娟」的江中月近在咫尺，卻油興「鄉關何處是，望不斷，理還亂」的感觸。斷章取義只是就近取譬。杜甫〈旅夜書懷〉的喻象，道理相同：「細草微風岸，危檣獨夜舟；星垂平野闊，月湧大江流。名豈文章著，官應老病休；飄飄何所似，天地一沙鷗。」單說第二聯，說話者站在船上遙望陸地，繁星垂掛天邊，一望無際，腳底下月光隨波湧動，不禁感嘆浪濤歲月。幽影重重的傷感堪比江流滾滾，唯愛嚅嚅。

[13] 這行，楊牧的譯文是「多少人戀愛你喜悅雍容的時刻」，13 個漢字合為 5 個詞組，對應原文 10 個音節 5 個音步（前面四個音步是抑揚格，最後一個音步是揚揚格）。我採用音節對應（10 個漢字對應原文 10 個音節），只剩四個詞組（相當於英文四個音步），比原文少一個拍子。

160　我不曾見過像你這麼漂亮的人，
　　　男女都沒有——我看到你驚爲天人！
　　　只有一次，在提洛阿波羅祭台旁邊，
　　　一株棗椰幼苗，抽芽展枝美不勝收，
　　　我率領一批人馬路過那裡看到的——
165　那段旅程害慘了我，害我苦不堪言。
　　　我凝神矚目好一陣子，看得目瞪口呆，
　　　泥土絕對長不出那樣的樹。就像現在
　　　〔……。〕

160　For with my eyes I've never seen such
　　　a man or woman. Wonder holds me as I look at you.
　　　I saw such once, at Delos, beside the altar of Apollo,
　　　a young sapling of a palm tree shooting up.
　　　For I'd gone there, and a great throng had gone with me,
165　on that journey where I was to have bad trouble.
　　　In the same way that I marveled for a long time in my heart
　　　when I saw that, since such a shoot had never shot up from the earth,
　　　[. . . .]

這八行正是我在翻譯 glad grace 時腦海浮現的景象[14]。這兩個單音節字構成一個音步，押頭韻給人如鯁在喉之感，表達的語意卻生意盎然。奧德修斯和葉慈相隔二十七個世紀，異口同聲吐出的喉中之鯁足以互相輝映。

---

[14]　請參考我的《奧德賽》中譯本相關行注。

佛洛斯特（1874-1963）

看不遠也望不深

  人群沿沙灘佇立
  全都轉向一方。
  他們背對著陸地。
4 他們整天看海洋。

  每逢這樣的時機
  船身不斷往上升；
  濕地像是玻璃
8 倒映海鷗站定。

---

5 時機：船身浮出海平面的特定時間背景。1-4 人們望海是因為有船自遠方駛近。可是這首詩的「船」可不只是字面的「船」；10「真相」提醒我們，詞意有時而盡，意境無法窮究。

6 人群的視線共同聚焦於冒出海平面的船，一堵人牆對比由遠漸近的一艘船，在空間的縱深形成動態的對比張力。

7 濕：wetter 是「比較濕」，比人牆站立的沙灘來得濕，即海濱濕地。沙灘一排人牆與 8 濕地一隻海鷗在空間的廣幅形成對比的張力。6 行尾的分號把 5-6 和 7-8 兩個字句連成一氣，使得此一對比更為強烈。

8 海鷗是單數，對比複數的人群。這一對比，主題呼之欲出：大伙兒只是在湊熱鬧，只看到一片身影，「個體」無跡可尋，社會心理學所稱的「同儕心理」正是如此。我們或可從這樣的主題省視流行現象以及網路鄉民的集體反應。

Robert Frost (1874-1963)

Neither Out Far Nor In Deep

    The people along the sand
    All turn and look one way.
    They turn their back on the land.
4   They look at the sea all day.

    As long as it takes to pass
    A ship keeps raising its hull;
    The wetter ground like glass
8   Reflects a standing gull.

陸地或許多彩,
但不論真相在何方,
海水湧上岸來,
12　　人群仍然望著海洋。

他們眺望不遠。
他們凝視不深。
但是這又何曾阻攔
16　　他們持續凝神?

9　　多彩:更多彩多姿,原文 vary more 是「變化更豐富」。

10　　真相:透露這首詩不只是單純寫景,詩中描寫的人們也不是像意外事故現場圍觀的人群,湊巧路過湊個熱鬧,而是有目的而且專注看船由遠而近,可是他們似乎沒想過或不在乎為何而看。變化豐富的陸地未必吸睛,卻可能是「真相」所在。然而,相對單調的海景其實也可以看得遠又看得深。杜甫〈望嶽〉寫的正是凝望「真相」既深且遠的意境:「岱宗夫如何?齊魯青未了。造化鍾神秀,陰陽割昏曉。盪胸生層雲,決眥入歸鳥。會當凌絕頂,一覽眾山小。」「決眥入歸鳥」改寫如下:遙望鳥飛入山林歸巢,極力睜大眼睛,眼角簡直要裂開。杜甫描寫遼闊的空間與深遠的時間在胸中激盪,雲層翻滾有如波濤洶湧,「往外看得遠」(out far)而且「朝內看得深」(in deep)專注之情,和佛洛斯特詩中人群「看不遠也望不深」之景形成強烈的反差。蘇美史詩描寫女神伊南娜入冥,說「從上界最高處,她張耳傾聽下界最低處她」,望遠視深的極致是看到自己的黑暗面,深度體會感情的價值(見拙作《陰性追尋:西洋古典神話專題之一》)第三和第七兩章。

16　　譯文遺漏 any:他們可能「各有所望」。乍看有共同的目標,卻可能是一盤散沙各懷「鬼胎」。然而,他們集體的專注無庸置疑。流行現象正是如此,時尚圈和學術圈都一樣。

The land may vary more;
　　　But wherever the truth may be—
　　　The water comes ashore,
12　And the people look at the sea.

　　　They cannot look out far.
　　　They cannot look in deep.
　　　But when was that ever a bar
16　To any watch they keep?

雪夜林畔小駐

　　我想我知道這樹林主人是誰。
　　雖然他的家座落在村子內，
　　他不會看到我在這停下來
4　　觀賞他的樹林雪花紛飛。

　　我的小馬一定覺得奇怪
　　停這裡附近沒有農宅
　　在這片樹林和冰凍湖之間
8　　一整年就數這個夜晚最陰霾。

　　他搖響馬具的佩鈴一整串
　　問我是不是停錯了地點。
　　此外聽到的聲響只有
12　　輕拂的微風和羽絨雪片。

　　這片樹林可愛而且深幽，
　　可我給出的承諾要信守，
　　得趕路好幾哩才能睡熟，
16　　得趕路好幾哩才能睡熟。

4　雪花紛飛：原文其實是描寫樹林「覆滿積雪」。但是，見 12 行注。

12　微風和輕柔如羽絨的雪片「輕拂」（the sweep），一來可見 4 的「紛飛」有依據，二來竟可聽見（11）輕拂之聲，可見四野之寂寥。韋應物〈秋夜寄丘員外〉寫道：「懷君屬秋夜，散步詠涼天。空山松子落，幽人應未眠。」秋夜在空曠的山裡，固有可能看到落下的松子，但是想像「聽到」松子落地的聲音，則意境庶幾近之。對襯之下，9-10 簡直是驚天一響，戲劇效果極其強烈。

Stopping by Woods on a Snowy Evening

     Whose woods these are I think I know.
     His house is in the village though;
     He will not see me stopping here
4   To watch his woods fill up with snow.

     My little horse must think it queer
     To stop without a farmhouse near
     Between the woods and frozen lake
8   The darkest evening of the year.

     He gives his harness bells a shake
     To ask if there is some mistake.
     The only other sound's the sweep
12   Of easy wind and downy flake.

     The woods are lovely, dark and deep.
     But I have promises to keep,
     And miles to go before I sleep,
16   And miles to go before I sleep.

【評論】
佛洛斯特的意境：
情景交融蘊哲理

佛洛斯特可能是二十世紀美國最通俗的詩人。這裡說的「通俗」有兩個意思：讀者多，而且容易讀懂。不妨根據白紙黑字想像畫面，然後把自己擺到畫中。只要做得到這一點，應該都能讀懂他的詩，雖然從中體會的意境有深有淺。可是，正如余光中在《英美現代詩選》（1968: 133）一針見血指出，「所謂雅俗共賞，其實有的是目無全牛，有的是目無全豹，有的是一把欲窮全象罷了」。佛洛斯特獨特之處在於，他有辦法讓讀者覺得即使淺嚐也不至於無功而返，這一點閱讀經驗對於在不同的人生階段品味過莎士比亞的讀者應該不陌生。

然而，淺嚐窺不出堂奧，這是至理，也是經典文學門檻所在。再引余光中精闢的見解（1968: 128）：「佛洛斯特的長處就在這裡：他的『大義』總是在『微言』之中，啟篇之際，總是煞有介事地敘述一件事情或描摹一個場合，漸漸地，幻想滲透進來，出入於現實而交織成娛人圖案，而正當你以為作者或詩中人只管顧左右而言他的時候，思想的發展忽然急轉直下，逼向主題，但往往也只點到為止，並不完全掂出。」像這樣始於敘事、歸於哲理又以抒情貫串其間的風格，〈看不遠也望不深〉固然有之，〈雪夜林畔小駐〉因為筆觸細膩而更顯立體、生動。

〈雪夜林畔小駐〉最淺顯的意境或許是小確幸人生：人生在世有如白駒過隙，有幸小歇片刻，觀美而賞之，不論其為人、事、景、物，只要賞心悅目就駐足領會，驚鴻一瞥也足以回味無窮，豈不快哉！契訶夫的劇本寫沉悶而瑣碎的人生，在《凡尼亞舅舅》第三幕，阿斯特洛夫醫生想到自己為教授夫人葉列娜優雅的氣質神魂顛倒，說「只有美還能使我感動」。第五輯〈華滋華斯評介：自然的啟示〉選譯華滋華斯重遊亭潭寺，在五年的時間距離之外，雪泥鴻爪歷歷在目，悠悠甦醒的歡樂有如「瑣細、無以名之、記憶模糊的／愛心善行」（34-5）。諸如此類使人怦然心動的印象，足以使當事人原本以為已經淡忘的

記憶如心電感應般當下在眼前復活。

可是〈雪夜林畔小駐〉這首詩,「表面上固然是一首寫景的小品,但細細想來,那深邃迷人的森林,不正是死亡的誘惑嗎?詩中的說話者繼續趕路,馳赴約會,不正是對死亡的否定,對生命的執著嗎?」(余 1868: 133)這個設問句,與其說是寫出解讀的定論,不如說是指出欣賞的方向。比方說,試著把「對生命的執著」連結到行 14 的「承諾」,因此產生的意義不但更具體,而且更豐富。「死亡的誘惑」早自荷馬史詩《伊里亞德》就是一大母題。《奧德賽》另闢蹊徑,以生命的執著直面死亡的誘惑,這種豪勇源自記憶[1]。信守承諾意味著記憶不因時間的流逝而消逝。《伊里亞德》寫希臘人對於特洛伊戰爭的集體記憶,《奧德賽》寫希臘人對於海外殖民拓展的集體記憶。集體記憶的兩個面向經過荷馬篩選與組織之後,到現在仍挺得住時間的洪流與歷史的潮流,可知記憶足以不朽[2]。佛洛斯特詩中信守的是個體記憶,可是記憶的本質並無不同。

不朽就是不死。記憶不只是足以克服死亡的威脅,甚至帶來重生的契機,這是早在公元前約 1900-1600 年的蘇美讚美詩《伊南娜入冥》(*The Descent of Inanna*)就關注過的主題。該詩唱頌天后伊南娜,破題詩行是「從上界最高處她張耳傾聽下界最低處」(From the Great Above she opened her ear to the Great Below),結果引出光明后神重生成為陰陽合體的宇宙后神[3]。然而,「承諾」更進一步把「記憶」的時間向度從過去引向未來:到現在仍然記得以前答應的事,那件事有待於未來化為事實。舉例而言,丁尼生在〈尤里西斯〉詩中的描寫:「死亡終結一切,可是抵達終點以前/仍然有調性高貴的工作尚待完成」(Death closes all; but something ere the end,/ Some work of noble note may yet be done),就是「探尋更新的世界[4]」(to seek a newer world)。這一取義甚至把〈雪夜林畔小駐〉的樹林意境整個翻新:樹林象徵潛意識——潛意識是記

---

1. 詳見我在《奧德賽》譯注本引論〈「冬天的故事」〉和〈追尋記憶的奇幻旅程〉兩節所論,以及該譯本 12.181-80。參見本詩選第五輯〈〈網路一景〉後記:記憶在時光陰影中顯像〉一文。

2. 荷馬史詩提供記憶不朽的典範,這是我在《荷馬史詩:儀軌歌路通古今》闡明的主題。

3. 見《陰性追尋》第三章和第七章的神話論述與神話原典。

4. 丁尼生〈尤里西斯〉51-2,57。該詩的中英對照,見《奧德賽》譯注本附錄五。「更」念去聲,是比較級形容詞。

憶的活水源頭，是承諾得以實現的根柢。留得根柢在，自有發芽時；實踐承諾無異於記憶之根長出新芽。

詩中有畫是寫詩的基本要求，寫詩抒情是抒情詩的本義。寫畫抒情即是情景交融。畫中有故事，這是上古希臘名為「物象描述[5]」的一個文類。藉情景交融的故事呈現人世共通的尋常經驗，這就是佛洛斯特抒情詩通俗卻有意境的竅門。

佛洛斯特在〈雪夜林畔小駐〉兩度使用奇筆，一在行尾韻，一在修辭，值得一提。先說行尾韻。本詩採用詩節韻。全部四個詩節當中，前三個詩節都是第三行不押韻，這個落韻詩行卻成為下一個詩節的韻腳。因此，前十二行的行尾韻模式為 AABA BBCB CCDC。第三個詩節的出韻字引出一韻到底的煞尾詩節，也就是 DDDD。用韻出奇和但丁《神曲》的三聯韻有異曲同工之妙，雖然兩者的格局無從相提並論[6]。

至於奇筆修辭，這是阿根廷作家兼翻譯家波赫士（J. L. Borges, 1899–1986）的洞見。他在 1967 到 1968 年間，應哈佛大學諾頓講座（Norton Lectures）之邀，發表六場演講。講稿後來以《談詩論藝》（*This Craft of Verse*）集結出版。其中第二講〈隱喻〉提到〈雪夜林畔小駐〉結尾兩行，使用重複（repetition）這個修辭手法的奧妙。一首詩的結尾，整整兩行一字不漏重出，卻展現不同的意義。第一次出現「得趕路好幾哩才能睡熟」，詩人想到幾里路和睡眠，只是物理層次的意義，里程是空間的里程。一經重複，這里程在空間之外，另有時間上的意義，代表一段歲月，因此睡眠有了「死亡」或「長眠」的意涵，整行詩成了隱喻（Borges 30-1, 107-8）。

波赫士的詮釋，不只是為前引余光中的解讀所稱「對生命的執著」指出理據，同時也指出我說的押韻奇筆有美學上的必然。抒情中有畫趣，畫趣中有哲理，經典作品率皆如此；奇筆之為用，特別值得用心體會何以出奇制勝。文學翻譯必須講究修辭和押韻，其理甚明。

---

[5] 物象描述（ekphrasis），顧名思義即看圖說故事，詳見《伊里亞德》譯注本 4.105-11 行注釋義。最廣為人知的物象描述無疑是《伊里亞德》第十八卷描寫阿基里斯的盾牌。這個文類在《達夫尼斯與柯婁漪》臻於登峰造極，從一幅畫引出一部長篇田園小說，我在《情慾幽林》有節譯，題為〈初戀的滋味〉。

[6] 三聯韻：見我在《荷馬史詩：儀軌歌路通古今》書中 6.4.1〈但丁《神曲》‧基督教夢境寓言〉乙節的介紹。

艾美・羅威爾（1874-1925）

十年

　　初來時，你像是紅酒拌蜂蜜，
　　你的滋味甜蜜蜜燙我的嘴。
　　現在你像早晨的麵包，
　　順口又討喜。
5　我認出你的味道根本不用品嘗，
　　養分已完全吸收。

Amy Lowell (1874-1925)

A Decade

When you came, you were like red wine and honey,
And the taste of you burnt my mouth with its sweetness.
Now you are like morning bread,
Smooth and pleasant.
5   I hardly taste you at all for I know your savour,
But I am completely nourished.

【評論】
意象詩之美：〈十年〉賞析

　　艾美‧羅威爾出身美國波士頓的名門。雖然她本人沒上過大學，嗜讀成迷足以彌補缺憾。28歲時立志要成為詩人，發憤讀詩，博古通今。十年之後出版第一部詩集，明顯可見模仿之痕，但她持續精進創作。第一次世界大戰爆發，她前往倫敦，追隨龐德（Ezra Pound, 1885-1972）的意象主義（Imagism）運動，同時身體力行推廣婦女解放運動。她目無習俗，寫詩同樣不拘一格，後來甚至和意象派教主龐德絕裂。

　　〈十年〉以自由詩的體裁描寫經得起時間考驗的愛情經驗。十年不長，質樸的語言與意象卻經久回甘。「意象」顧名思義是以「象」寫「意」，意味著心眼所見的圖像，不只是詩中有畫。感官經驗有意義，把那個意義圖像化即是意象。語言是抽象的符號，感官經驗卻是具體的事實，個別感官經驗的意義則因人因時而異，往往只是瞬間的感受。感受雖然主觀，也許短暫，官能感知卻由於記憶而形成普遍的經驗。精確的意象能夠化主觀的感受為客觀的經驗，在讀者的想像天地引起共鳴。

　　意象主義是二十世紀初的現代主義運動潮流中最早出現的詩派，特指1909到1918年間實踐共同的創作信念的一批美國詩人。他們主張精確使用生活的語言，呈現具體明晰的意象。除了廣為人知的龐德，羅威爾也在這個詩派扮演活躍的角色。意象是詩的基本門檻，意象入詩而形成流派是特定歷史條件的結果，這個「特定歷史條件」特別指涉十九世紀末，詩的語言僵化，而聲韻流於俗套。

　　透過比較容易說明詩（體）意象（poetic image）與意象（派）詩（imagist poem），我取為比較對象的是勃朗寧的〈夜間幽會〉和〈清晨分離〉。這兩首詩透過說話者眼前的景物呈現熱戀的心境，勃朗寧的語言當然不是陳腔濫調，但是海、陸、月、水波、細語、心跳無不是詩歌傳統的造境元素。勃朗寧經營意象雖然有創意，在意象派看來卻是老派。舊瓶端出新酒也值得品味，推陳出新的語言風格反映在別開生面的押韻模式，但是他的詩可以從詩體論的角

度分析其格律,這正是現代主義所不以為然的美學觀。

　　羅威爾使用自由詩的體裁,徹底擺脫外在形式的束縛,這是惠特曼的餘蔭。〈十年〉描寫癡情,也有刺激的時刻,卻甜而不膩。行2「燙」是誇飾修辭,描寫對嘴親吻的觸感,撩人又醉人。經過十年的沉澱,激情消退,話家常的語調暗示愛就是日常生活的一部分。透過早餐的麵包這個明喻,愛侶已經完全融入詩中說話者的自我。經久益醇的愛情使自我臻於完整。

　　讀者如果接觸過艾美・羅威爾的傳記資料,不難對號入座,指稱〈十年〉的說話者是羅威爾本人,進而辨識詩中的「你」是她的終身伴侶 Ada Russell,標題指涉她們建立伴侶關係的十周年紀念。然而,從文學欣賞的角度來看,第一人稱的說話者只是作者的虛構人(persona),即作者虛構出來的代言人。代言人當然不等於本尊,而且整首詩從頭到尾沒有性別指涉,這樣的觀點無疑擴大欣賞的視野,有助於領略文學之美:伴侶之間,不論男女、同性或異性,深度的感情聯結使人天天回味。

　　至於「十年」這個具體的數目,在神話的象徵語言就是「完整」,猶如「紅酒」與「蜂蜜」分別象徵「醉情可掬」與「甜美沁脾」。

第五輯

光陰記憶體

網路一景

一、重新認識

> 我體內的血液
> 沒有一滴不是在打顫發抖，
> 舊情火的跡象我不會忘記。（但丁《神曲‧煉獄》30: 46-8*）

　　網路四通八達
　　熟悉的名字闖入信箱
　　點燃引信
　　在胸膛引爆強震
5　　震波傳入大腦
　　海嘯衝擊記憶的板塊
　　土壤開始液化
　　地表開始走山
　　島嶼分分合合

---

*　英譯：Not a single drop of blood/ remains in me that does not tremble—/ I know the signs of the ancient flame.

10　帶著記憶的拼圖
　　面迎暴風雨
　　再度接合斷線的記憶
　　重組片斷又模糊的印象
　　回顧冬天的故事
15　看不到滾滾黃沙前方的背影
　　闔眼浮現有印象派畫風的陌生城市
　　陽光燦爛又花香四溢
　　模糊的身影映入眼簾
　　喜孜孜一路跟蹤進教室
20　旁聽網路與文化：
　　「網路是雙面刃，
　　在這混亂動盪的時代，
　　人生找不到定位就沒有座標。」

　　開始尋找座標
25　一路跟蹤直到把自己遺忘
　　倏忽看到自己
　　轉身驚見背影
　　依舊模糊
　　座標尚待定位

二、重新認識之後

30　囁囁嚅嚅要確認身分
　　緩緩飄來稍嫌低沉的聲音
　　「我是」爆出轟天雷
　　半個世紀的時光膠囊噴灑點點滴滴
　　光陰，這就是了

35　有吉光片羽
　　更多的是重重幽影
　　白駒騎士昂昂然穿隙而過
　　採光徒留陰影
　　放眼驚見殘幹枯枝漂流成陣
40　回首穿梭破陣的歲月
　　靜思感受光的激盪
　　陰影層層疊疊生五色
　　光陰沉墜在心地一角
　　友情倏忽變了調——
45　難道原先就不知其調？
　　時間沖刷過後
　　娓娓滔滔難成調

【評論】
〈網路一景〉後記：
記憶在時光陰影中顯像

本詩前半首原刊載於《海星詩刊》第 21 期（2016 年 9 月號）頁 85。行 14「冬天的故事」取典於莎士比亞的同名劇本。

《冬天的故事》寫西西里國王黎翁提斯醋海生波，懷疑王后荷麥珥妮和自己青梅竹馬的好朋友有染，這好朋友是波希米亞國王波利科瑟尼斯。黎翁提斯以叛逆罪將懷孕的王后下獄，甚至認定王后在獄中生下的女嬰珮荻塔是私生子，下令棄嬰，原本幸福美滿的家庭瞬間粉碎。王子和王后先後離奇死亡，黎翁提斯頓覺今是而昨非，懺悔十六年之後，驚覺當年的棄嬰和好友的兒子情深意篤，更神奇的是妻子竟然復活。全劇主題的呈現套用四大母題：一是上古希臘的埃萊夫西斯密教奉為教義憲章的神話，即佩塞佛妮遭冥神搶親，最後母女團圓的故事[1]；二是羅馬時期田園文學所反映現實經驗呼應自然時序的歐洲版天人合一觀[2]；三是基督教所主張愛的救贖足以確保重生的基本教義，其觀念內含於文藝復興時期文人普遍興味盎然的「心念蛻變」[3]；四是透過雕塑這個文藝復興時代特具代表性的視覺藝術傳達藝術不朽的信念[4]。

---

[1] 神話原典，見拙作《陰性追尋》第八章〈黛美特讚美詩〉；神話論述，見該書第四章。奧維德版本的冥神搶親，見《變形記》5.346-571。

[2] 見拙作《情慾幽林》所錄龍戈斯《達夫尼斯與柯婁漪》的節譯。

[3] 「心念蛻變」（metamorphosis of mind）後來在易卜生筆下被賦予現代意義。他在奠定現代戲劇根基的系列中產階級寫實劇，極力主張心理寫實觀點的「自我的解放」：擺脫腐朽的教條、體制和價值觀，自己定義自己的人生。

[4] 參見莎士比亞以十四行詩表達詩藝不朽的信念。第十八首歌頌愛人之美：「你長夏永駐不凋委」（thy eternal summer shall not fade），只要「你在不朽的詩行與時共長」（in eternal lines to time thou grow'st = you grow to time in eternal lines）——使用園藝隱喻，把美「嫁接」到時間（grows to，與時間共同成長），詩不朽，所愛之美自然沾光跟著不朽。莎士比亞在結尾對句重申寫詩詠美的意趣：「只要人能呼吸或眼睛能看，／只要這詩永生，你就長生久傳」（So long as men can breathe or eyes can see,／So long lives this, and this gives life to thee）。以上引詩見 18.9, 12, 13-4。

《冬天的故事》劇中二幕一景，王后要小王子講故事，小王子說冬天適合講悲哀的故事，他說出開場白「從前有個人，住在墓園旁邊」，父王正巧闖進來當眾指控王后通姦，犯叛逆罪，從此揭開他一手導演「冬天的故事」的序幕。不過莎士比亞寫的是傳奇劇，因此結局不只是有情人終成眷屬，更有王后復活參與團圓。在收煞整齣戲的第五幕第三景，珮荻塔已經和父王黎翁提斯相認，父女相偕參觀大臣之妻波琳娜收藏的一尊荷麥珥妮雕像。波琳娜當場「作法」，雕像變成真人，荷麥珥妮復活。母女復活的奇蹟是用來見證黎翁提斯心念一轉，經歷象徵性的死亡所看到的「美麗新世界５」。以待嫁女兒見識新世界扣合父親目睹心眼開的新景象，境隨心轉而重生可期。人生之大喜莫過於體驗心念蛻變，傳奇之極致與至美莫過於冬天的故事以春天收場。

　　荷麥珥妮不是真的死亡，而是被波琳娜藏了起來。王后和公主同樣神隱十六年之後重見天日。一齣《冬天的故事》把雪萊〈西風頌〉煞尾詩行「冬天到來，春還會遠嗎？」變成直述句「冬季到來時，春日不遠矣」，這其實是雪萊的本意。在雪萊的詩中，西風是冬天的前驅，肅殺之氣摧枯拉朽，把「帶翅的種子」（"The winged seeds," 7）吹進「暗冬」（"dark wintry," 6）凍土，一粒粒種子「有如屍體在墳墓中」（"like a corpse within its grave," 8），直到春天吹響「喇叭高亢傳遍夢中的大地」（"clarion o'er the dreaming earth," 10, o'er = over）。西風吹奏歲末安魂曲，兼具毀滅與保存雙重作用。在修辭功效上，「冬天」同時隱喻夜晚與死亡，因此日日、年年、生生世世都可望復活。「看透這點使你愛得更堅貞」６，顯然莎士比亞深諳現實人生復活之道的奧妙。在《冬天的故事》，他甚至曲盡其巧，讓人性接受時間的考驗之後，真相水落石出。他呈現這個真相的具體例證是，以源自拉丁文「遺失」的 Perdita 為棄嬰命名，以

５　下文會提到的《暴風雨》劇中，米蘭妲在襁褓中隨普洛斯培羅流亡到荒島，十二年後第一次看到來自文明世界的朝廷人士，驚嘆那麼多體面的人聚集成「美麗新世界」（brave new world）（5.1.183）。

６　"This thou perceiv'st, which makes thy love more strong"（莎士比亞十四行詩73.13）。perceiv'st = perceivest（"to see" 之意），早期現代英文第二人稱單數的現在式動詞形態；省略詞尾變化的 e 使本行維持工整的抑揚五步格。第二人稱代名詞的主格為 thou，所有格為 thy。整行改寫可作 When you realizes the temporal nature of life, you can appreciate its fleeting state and thus love stronger. 下文引《冬天的故事》4.1.17 的第二人稱代名詞主格 you（各位），同時指涉單數與複數（中古英文的第二人稱複數主格是 ye）；但也有可能莎士比亞刻意使用中古英文遺風，以複數代名詞 you 表示敬稱（您）。

「珮荻塔」失而復得暗示黎翁提斯通過考驗。在劇情由悲轉喜的節骨眼,他安排時間老人對觀眾致詞:「我轉動明鏡把場景煥然更新,/各位仍在睡夢中」("I turn my glass, and give my scene such growing/ As you had slept between," 4.1.16-7),舞台瞬間從嚴冬凜冽的西西里轉到波西米亞一年一度的剪羊毛節,遺落的記憶得以失而復得。受考驗者只要生機仍在,經歷雖生猶死的冬眠狀態之後,心眼一開,「無邊光景一時新」[7]。時間身負考驗人性的重責大任,一旦「生前」的記憶悠悠甦醒,重生水到渠成有如夜盡天明或冬去春來。

雕像變成真人的插曲其實有典故。奧維德《變形記》10.243-97寫皮格馬利翁愛上自己創作的女雕像,真情感動維納斯,把雕像變成血肉之軀,結成連理還傳下子嗣。愛的本質與名目林林總總,一言以蔽之:天地有愛心,雜然賦流形。哀莫大於心死,心死的生理表徵是失憶,遺落記憶意味著情感連結的斷裂。反之,記憶儲存在潛意識,猶如種子埋在地底下保存生機,機緣成熟時自然發芽,就像索福克里斯的《伊底帕斯王》,從追查陳年命案的一個線索,引出關乎生命源頭與經驗本質的一整串記憶鏈。「一粒麥子不落在地裡死了,仍舊是一粒;若是死了,就結出許多子粒來」(《舊約·約翰福音》12:24)。記憶確有重生之德,重生的前提是經歷死亡同時保存生機。莎士比亞以偷天換日的筆法結合神話的意境、基督教義、現實的經驗和時序的輪迴。回憶有大德,雜然賦流形。

以前種種譬如昨日死,留得生機在則一覺醒來以後種種譬如今日生。《冬天的故事》劇中,從第三幕第三景珮荻塔被遺棄到她在第四幕第四景以花神(Flora)的造型復出,一覺十六年是一片空白,那是時光遺留在人世間的陰影,其修辭意義等同於雪萊〈西風頌〉詩中地中海的冬季暴風雨。莎士比亞早在《第十二夜》就寫過暴風雨使人的記憶重新開機。薇奧拉海難生還,揭開一場愛情奇遇記,她的堅貞促成包括自己在內總共四個一度失去自我的人找到愛的歸屬。失去自我有如記憶體當機,是失憶的一種現象,不論其為有意或無意的遺忘。重新開機把記憶體重組,可望經由回憶找到舊自我與新自我的連結。

《第十二夜》的暴風雨畢竟只是引出劇情的線索,是透過對話交代出來。莎士比亞回顧戲劇生涯的《暴風雨》把海難直接搬上舞台,寫出寬恕如何化解

---

[7] 朱熹〈春日〉:「勝日尋芳泗水濱,無邊光景一時新。等閒識得東風面,萬紫千紅總是春。」

人生的暴風雨，其作用仍然是透過回憶。普洛斯培羅流落荒島十二年，如果不能從記憶找到出路，那麼回憶只是作繭自縛，連化解焦慮都不可能，遑論重生。

記憶誠然是重生的種子，回憶則提供種子復活的契機。呈現這個觀念最為詭譎的劇本或許是易卜生的封筆之作《復甦》，劇情翻轉皮格馬利翁的女雕像成為血肉之軀的神話，描寫雕塑家魯貝克把血肉之軀的模特兒伊瑞妮變成冷冰冰的雕像。伊瑞妮把自己毫無保留奉獻給魯貝克，赤裸裸在他面前現身，魯貝克卻潛心創作追求名望，極力壓抑自己對於伊瑞妮的情感。她氣惱真愛得不到回應，由怨生恨，在作品完成的前夕不告而別，從此展開玩弄男人的報復生涯。魯貝克雖然名利雙收又娶得嬌妻，其實感情枯竭無異於行屍走肉。雕塑家和他的模特兒兩個人同樣把沒有真相的記憶埋入嚴冬凍土，同樣在時光的陰影下徘徊，直到晚年重逢，揭開記憶之繭，一度「死去的人」終於覺醒[8]。既已舊情復燃，魯貝克決心實踐年輕時候對伊瑞妮的承諾。於是兩人相偕攀登山巔，穿越濃霧去迎接日出，「見識這世間所有的榮耀」，結果雪崩殉情。富含象徵意味的這個結局，不論如何詮釋，可以確定的是回憶帶來真相，真相使時光陰影的「記憶體」悠悠甦醒。斷絕視覺連繫固有可能降低情感價值，使記憶淡出現實而淪為荒蕪，但只要生機仍在，覺醒的記憶就能夠重建情感連結。

不過，〈重新認識〉行 11 的「暴風雨」有更貼切的典故。佩托拉克（Francesco Petrarca, 1304-1374）十四行詩第一八九首〈我的船滿載遺忘〉把自己比喻成一艘船，不由自主在嚴冬黑夜試圖航越暴風雨肆虐的無情海[9]，情海難渡莫此為甚。詩中的說話者想要在無情海找到避風港，偏偏這艘船的主人就是自己的宿敵愛樂（Eros，羅馬神話稱丘比德），「理智和技巧在洶濤落海死亡」（reason and art so drowned by the waves）（189.13），因此修正航道所需的理性原則毫無用武之地，也因此狂風暴雨持續肆虐嚴冬黑夜。神話夜海旅航的

---

[8] 易卜生這部劇本，英譯 When We Dead Awaken，直譯是「我們這些死人甦醒的時候」，影射感情荒蕪的世界無異於陰間；參見我譯注的《易卜生戲劇集 V》引論頁 34-7。就此一隱喻而論，易卜生這部絕筆之作和本書第六輯所錄艾略特的〈普儒夫若克的情歌〉可謂異曲同工。

[9] 佩脫拉克單戀蘿拉（Laura），無情海比喻佩脫拉克和蘿拉之間的距離。完整的譯文收入我譯注的《情慾花園：西洋中古時代與文藝復興情慾文選》。該文選也收錄下文將提到的第三首，即為整個聯套全部 366 首詩定調的〈太陽無光〉。

意義徹底反轉[10]。當此之際，苟求活命只剩一條路：徹底遺忘愛心，盡快把遺忘的內容當場卸貨。可是這一來，徒擁船身卻空無記憶體，人生何為？冬夜無情海的暴風雨把時間也給吞噬了。「我對港口開始感到心灰意懶」（that I begin to despair of finding harbor）（189.14），詩中人甚至不記得自己正在經歷的這陣創傷。失憶人生只是會走路的影子，也就是荷馬史詩《奧德賽》第十一卷所描寫奧德修斯在陰間看到的亡魂模樣。因愛而失憶，出海前記憶中的自我無跡可尋。單方面付出愛卻得不到回饋，單戀和自戀同樣把自己封閉在沒有出路的時間之繭，四境無景無象，是時間在記憶體遺留的一片空白。佩脫拉克身為第一位現代人，為蘿拉而寫的十四行詩聯套以編年體裁重建情關（passion）坎坷路，注定和但丁的《神曲》背道而馳。在拉丁文本義為「忍苦受難」的passio，透過古法文進入英文成為Passion，指涉「耶穌受難」，由於佩脫拉克普天同悲的苦情劇碼的影響而世俗化，以耶穌受難比喻戀愛中人陷於水深火熱。Passion被拉下神壇成為passion的同時，「情人受苦」備受抬舉，竟至於和「耶穌受難」平起平坐。佩脫拉克只是初探情關，雖然闖關失敗，卻成功結合時間的流逝和心理的意義，使得自己的情場受難記清晰投影在光陰記憶體。引用我在《情慾花園》佩脫拉克小序的結語，他「以抒情調唱出新時代的懺悔錄[11]」。

每個人都有自己或長或短的冬天的故事，卻不見得每個人都能平安度過暴風雨。可以確定的是，體會回憶的重生之德則重生可期。荷馬繼承即興演唱英雄詩歌的印歐傳統，先在《伊里亞德》回顧青銅時代的集體記憶，接著在最古老的「冬天的故事」《奧德賽》安排追尋失落的記憶[12]。他的兩部史詩是歐洲文學的源頭，分別承載族群記憶和個體記憶重生的結果。本輯所譯都是抒情領域內，記憶在時光陰影中顯像，由於記憶的深度而立體成形，而引人回味。

---

[10] 夜海旅航：英雄的追尋必定包含深入異域（如陰間），帶回靈物嘉惠世人。此一追尋神話的祖型是太陽在夜晚從西方遁入宇宙子宮，經歷夜海旅航休養生息，以便再度日出把光明帶給世間；詳見拙作《陰性追尋》2.10〈太陽英雄的啟蒙之旅〉。太陽神話反映人類「日出而作，日入而息」的人生觀。人生觀和天道觀的合軌即是前文提到的天人合一。

[11] 懺悔錄：奧古斯丁和盧梭的同名自傳《懺悔錄》，同樣從回憶以往的經驗了解現在的自我，用各自的方式驗證蘇格拉底所稱「未經檢討的人生不值得活」，同樣是夜眠之後「欲覺聞晨鐘，令人發深省」的鐘響。

[12] 見我譯注的《伊里亞德》引論頁13和《奧德賽》引論頁23-30。

馬婁

美為何物（《帖木兒大帝》上篇 5.1.160-73）

160　我心苦惱但問美為何物？
　　　即使古來詩人所有的筆，
　　　吸納它們的主人回憶的感受，
　　　心蕩神馳時體驗的每一種甜蜜，
　　　並且沉思舉世欣羨的主題；
165　即使他們永世生花的妙筆
　　　蒸餾天界所有的清靈之氣，
　　　有如一面明鏡讓我們領會
　　　人類才智登峰造極的境界；
　　　即使這一切曾經造就詩章
170　融會貫通展現美的價值，
　　　他們仍得搜索枯腸捕捉
　　　一絲起碼的回憶、優雅、驚嘆，
　　　慧心有得也無法形諸筆墨。

---

160. 芝諾蒂的父親是帖木兒的俘虜，帖木兒因為她愁眉不展而深感苦惱，自忖「難道這是美與生俱來不可思議的力量？」美使人動情，情使人動心，情感的心（源自潛意識的動能）透過人性介面轉移到理性的心（意識層面的理性運作）。此一轉移作用使得《神曲》的但丁和歌德筆下的浮士德在不同的時空背景——分別是中古基督教社會與歐洲浪漫運動——同樣透過愛獲得救贖，強烈對比馬婁筆下的帖木兒大帝和浮士德博士的墮落，傲骨把愛心引上迷途而找不到歸宿，前者臨終遺憾地圖上還有那麼大片的土地尚未征服，後者悲嘆自己的靈魂成為魔鬼的囊中物。saith = says.

162. maisters = masters'，筆的「主人」（即詩人）的所有格。

163. sweetnes = sweetness。inspir'd = inspired，「激發靈感」。harts = hearts。

164. admyred = admired，「欣羨」。theames = themes，「主題」。

Christoher Marlowe

What Is Beauty (*Tamburlaine the Great*, Part 1, 5.1.160-73)

160　What is beauty saith my sufferings then?
　　　If all the pens that ever poets held,
　　　Had fed the feelings of their maisters thoughts,
　　　And every sweetnes that inspir'd their harts,
　　　Their minds, and muses on admyred theames:
165　If all the heavenly Quintessence they still
　　　From their immortal flowers of Poesy,
　　　Wherein as in a myrrour we perceive
　　　The highest reaches of a humaine wit:
　　　If these had made one Poems period
170　And all combin'd in Beauties worthinesse
　　　Yet should ther hover in their restless heads,
　　　One thought, one grace, one woonder at the least,
　　　Which into words no vertue can digest.

---

165. Quintessence：「清靈之氣」（譯文 166），上古與中古哲學家認為是構成天體的第五元素，詳見第三輯〈情界慾海・鄧恩〈出神〉〉57-8 行注。still: distill，以蒸餾萃取精華。

167. myrrour = mirror，「明鏡」。

168. humaine = human.

169. Poems = Poem's. period: 即將獲致的成果，目標（Fuller and Esche 5: 218 引 OED）。

170. combin'd = combined. Beauties = Beauty's. worthinesse = worthiness.

171. ther = there.

172. woonder = wonder.

173. vertue = virtue，此處是 "power, force" 之意。digest：「消化」，提煉成有理可循因此能為人所理解的形式（Fuller and Esche 5: 218 引 OED）。

就是這張臉（《浮士德博士》5.1.98-117）

　　就是這張臉啓動船隊千艘，
　　焚毀伊里翁看不見塔頂的城樓？
100　甜美的海倫，吻一個使我永生！〔他們接吻〕
　　她的唇吸走我的魂：看，飛了！
　　來，海倫，把我的心魂還給我。〔再度接吻〕
　　我要住下來：天堂在這雙嘴唇，
　　海倫以外全部都是渣滓。
105　我要成為帕瑞斯，因為愛你
　　寧可讓威登堡取代特洛伊被洗劫；
　　我要單挑軟弱的梅內勞斯，
　　把你的彩徽佩戴在我的羽盔；
　　我要射傷阿基里斯的腳踝
110　然後回海倫身邊求賞一個吻。
　　你啊，清爽勝過習習的晚風
　　籠罩在繁星成千散發的光輝，
　　亮麗勝過光芒四射的朱比特
　　顯現真身臨幸無助的瑟美莉；

---

98. 根據《伊里亞德》的描寫，發動特洛伊戰爭的希臘遠征軍由1186艘船組成。
99. 伊里翁：特洛伊（106）的羅馬稱呼，詳見荷馬《奧德賽》2.18行注。
100. 改用第二人稱，直接對海倫說話。以下仍會再出現的第三人稱台詞是浮士德的獨白。兩種人稱觀點錯雜，反映說話者內心的激動。
104. Helena 是 Helen 的拉丁文寫法。
105. 海倫和特洛伊王子帕瑞斯私奔，這是荷馬所述特洛伊戰爭的起因。
106. 威登堡：《浮士德博士》的地點背景，神聖羅馬帝國的文化重鎮，特以馬丁路德揭開宗教改革運動序幕之地點廣為人知。

Was This the Face (*The Tragedy of Doctor Faustus*, 5.1.98-117)

       Was this the face that launched a thousand ships,
       And burnt the topless towers of Ilium?
100 Sweet Helen, make me immortal with a kiss. [They kiss.]
       Her lips suck forth my soul; see, where it flies!
       Come, Helen, come, give me my soul again. [They kiss.]
       Here will I dwell, for heaven is in these lips,
       And all is dross that is not Helena.
105 I will be Paris, and for love of thee,
       Instead of Troy shall Wittenberg be sacked;
       And I will combat with weak Menelaus,
       And wear thy colors on my plumèd crest;
       Yea, I will wound Achilles in the heel
110 And then return to Helen for a kiss.
       O, thou art fairer than the evening air
       Clad in the beauty of a thousand stars;
       Brighter art thou than flaming Jupiter
       When he appeared to hapless Semele;

---

107. 梅內勞斯：海倫的丈夫。
108. plumèd: e 上方的音標記號表示母音要唸出來，這一來本行是工整的抑揚五步格。
109. 腳踝是阿基里斯的致命傷，在荷馬《伊里亞德》故事結束而特洛伊戰爭還在進行期間，他被帕瑞斯的箭射中腳踝致死（Apollodorus, "Epitome" 5.3）。
113-4. 朱比特：希臘神話稱宙斯，天空神，主管天氣，因此有 115「天空神主」之稱，也因此是雷電神。他愛上瑟美莉，被要求以神相現身證明真偽，瑟美莉因此遭雷殛致死。朱比特即時救出胎兒，即酒神巴可斯，又稱狄奧尼索斯。文藝復興時期，歐洲文人主要是透過拉丁文認識希臘文化，神話並不例外，因此神話角色都使用拉丁名。

115　可愛勝過天空神主依偎在
　　　熱情的阿瑞菟莎湛藍的臂彎；
　　　除了你，我不會有其他愛戀的對象。

115-6. 文獻並無朱比特和阿瑞菟莎有瓜葛的記載。阿瑞菟莎：希臘南部伯羅奔尼撒半島的仙女，河神阿爾費斯單戀她，展開追求，雙雙變成伏流穿越海底，一個猛逃而另一個窮追，直到抵達克里特島，詳見第四輯所附奧維德《變形記》的插曲〈大河戀〉。因此，說她 wanton 有可能指涉她奔逃流竄，可是不合文義。馬婁可能另有所本，也可能筆誤，也可能只是運用詩作特許（見第六輯〈濟慈《蕾米雅》上篇〉342 行注），即創作為了獲致藝術效果而採取的變通。另一例見於 104 使用拉丁名（見該行注）湊足 10 個音節（有四個抑揚格音步，第四個音步為揚揚格）。

115　　More lovely than the monarch of the sky
　　　In wanton Arethusa's azured arms;
　　　And none but thou shalt be my paramour!

【評論】
馬婁雄渾詩行的美感磁場與莎士比亞劇場的傳奇人生

　　馬婁和莎士比亞同年誕生，卻少活了二十三歲，雖英年早逝，就某個意義而言可稱為英國文學現代化的大詩人。南歐文藝復興的風潮傳入英國已經一個世紀，文學指標之一是使用抑揚五步格書寫新時代的新氣象[1]，馬婁是這個指標的關鍵詩人。

美的沉思

　　馬婁首開風氣之先，使用不押韻的抑揚五步格，把戲劇從僵化的傳統解放出來，證實這個格律可以是效果非凡的表達媒介，惠及伊麗莎白時代（1558-1603）整個劇壇。不押韻的抑揚五步格即詩體論所稱的無韻詩[2]。馬婁寫起無韻詩出神入化，萬千氣象盡現筆端，大有天闕象緯逼而盪胸生層雲之勢，江森譽為「雄渾詩行」（"mighty line"）良有以也。藉由這個格律和主題，他奠定自己在英國文學史上的地位，絲毫無愧於莎士比亞的先驅。三齣代表作品《帖木兒大帝》（*Tamburlaine the Great*）、《馬爾他的猶太人》（*The Jew of Malta*）和《浮士德博士》（*The Tragedy of Doctor Faustus*）以權力慾望為共同的主題，依次呈現對政治權力、財富權力和知識權力的追求，正是現代社會權力結構的三根支柱。就是在這樣的基礎上，莎士比亞以抑揚五步格寫抒情詩、敘事詩與劇本，

---

[1] 抑揚五步格：一個詩行有五個音步（聲韻學的音步可比擬為五線譜的拍子），每個音步包含一個輕音節緊接一個重音節，此即抑揚格。中古英詩的聲韻特色是押頭韻，而且每行有四個重音以行中停頓分隔，輕音節數目不限。走在時代尖端的英詩之父喬叟雖然大量運用源自義大利的抑揚五步格，和源自法國的雙行體，畢竟是以中古時代的語言（參見注3）呈現當時的社會現象與價值觀念。一直要到馬婁筆下，這個新格律才徹底融入現代英文書寫。

[2] 莎士比亞全集即是以無韻詩為基本格律，但是在場景收煞或醒人耳目的情景會出現雙行體。馬婁和莎士比亞的詩格律，參見第三輯〈鍾情餘話：〈一瞥見真情〉賞析〉。

莊嚴凝鍊又鏗鏘有力，抑揚五步格從此成為現代英文詩壇的標準格律[3]。

〈美為何物〉出自《帖木兒大帝》上篇第五幕的一段獨白[4]。標題主角是十四世紀的韃靼牧人帖木兒，靠權術、武力和殘暴建立霸業，疆域從蒙古延伸到土耳其。他率軍對大馬士革展開圍城戰，守軍獻上不計其數的財寶和四名處女，他不為所動，卻凝睇芝諾蒂（Zenocrate）的容顏，忍不住緬想具有強力磁性的蓋世功業面對使人怦然心動的情愛美感能否經得起考驗。馬婁劇中聲韻氣勢諸如此類的詩句俯拾可得。

帖木兒在一幕二景首度上場就帶出被俘虜的埃及公主，即後來成為他太太的芝諾蒂，表明對她的情愫。這時候的帖木兒，手下只有五百名步卒（1.2.102），卻下定決心要使她成為皇后（1.2.174-7）。面對叫陣的波斯將領，他豪氣干雲這麼說：

  我掌握鐵鍊緊緊束縛的命運[5]，
175 一手推動運氣輪子的轉向[6]，
  寄望帖木兒被殺或是被征服
  會先看到太陽從天界墜落[7]。

---

[3] 英語有古英文、中古英文與現代英文三個明確的發展階段，詳見本書引論〈英詩美詩同根生〉乙節。莎士比亞和欽定本《聖經》（1616）分別標示早期現代英文詩與散文的巔峰成就。

[4] 《帖木兒大帝》分上、下兩篇，雖然故事連貫，其實是獨立的兩部劇作，並無「續集」關係；上篇首演於1588年春，下篇於1587年（Fuller and Esche xvii-xviii）。情形有如索福克里斯的悲劇「伊底帕斯三部曲」，按故事順序是《伊底帕斯王》、《安蒂岡妮》和《伊底帕斯在科羅諾斯》，其實《安蒂岡妮》的創作年代最早；參見我在荷馬史詩《奧德賽》譯注本卷首所附希臘古典文學相關年表。

[5] 命運：使用複數的Fates指涉希臘神話的命運女神三姊妹，詳見荷馬史詩《奧德賽》7.198行注。yron = iron.

[6] 以轉動的輪子比喻運氣的起伏（Fortune's wheel）是歐洲文藝復興時期的文化母題，視覺藝術通常以運氣女神的四肢頂住圓輪象徵無常。hand: 抽象名詞，my hand 猶言「一己之力」。turne = turn. Fortunes = Fortune's.

[7] 天界：Spheare = sphere，「領域」。太陽的領域即「天界」。哥白尼以前的天文學認為行星環繞地球公轉，其軌道構成以地球為圓心的系列同心圓。

> I hold the Fates bound fast in yron chains,
> 175 And with my hand turne Fortune's wheel about,
> And sooner shall the Sun fall from his Spheare
> Than Tamburlaine be slain or overcome.

帖木兒東征西討證明人的價值或榮譽無關乎出身，而是取決於行動的能力；英雄的作為比君主的身世更勝一籌，這一切似乎都是為了貫徹自己心有所屬的意向。這樣的題材使得馬婁的想像力如魚得水。波斯王弟科斯若（Cosroe）奉命抵禦帖木兒，卻通敵許以王位，自己打算稱帝。科斯若戰鬥負傷，王位反為帖木兒所奪。面對不忠不義的指控，帖木兒援引周夫推翻自己的父親是基於「統治權的饑渴以及王冠的甜蜜[8]」。關於不忠不義，帖木兒成為馬婁的代言人，在 2.7.18-29 這麼回應，說出文化藝復興的人本理念，和人的尊嚴息息相關[9]：

> 自然塑造我們包含四元素，
> 在我們的胸腔戰鬥爭取統治權[10]，
> 20 教導我們都要有崇高的志向。
> 我們的靈魂有能力足以理解
> 這世界令人驚嘆的結構並且
> 測量每一個星球運行的軌道，
> 仍然持續攀登無限的知識，

---

[8] "The thirst of raigne and sweetnes of a crown" (2.7.12). raigne = reign; sweetnes = sweetness。周夫又稱朱比特，羅馬神話的天帝，即希臘神話的天空神主宙斯，他弒父取得統治權是父系世代交替的神話表述，參見埃斯庫羅斯的悲劇《阿格門儂》168 行注。

[9] 人的尊嚴：在有限人生發揮自己的能力，創造現世的榮耀。這段引文中，下列單字的拼寫有古今之別：fram'd = framed, foure = four (18); Doth = Does, aspyring = aspiring (20); soules = souls (21); plannets = planet's (23); alwaies = always, mooving = moving, Spheares = Spheres (25); Wils = Wills, weare = wear (26); blisse = bliss; felicitie = felicity (28); crowne = crown (29).

[10] 分詞 Warring（戰鬥）的主詞是前一行的「四元素」。行 18-9 把人的成長比喻為宇宙從渾沌而生，見奧維德《變形記》1.5-31 及相關行注。四元素：亞里斯多德主張萬物都由土、水、氣與火組成，十六世紀的生理學仍然相信該說。掌握統治權的元素主導人的天性。這整段引文的主題：人是宇宙的中心，人的尊嚴繫於現世的榮耀；參見我和共同作者李奭學在《新編西洋文學概論》書中的介紹。

25　　驅策不歇止有如天體轉不停，
　　　就是要我們鍛鍊自己不停息[11]，
　　　直到摘取熟中至熟的果實，
　　　臻於幸福美滿的極樂境界，
　　　那就是人間王冠甜蜜的正果。

    Nature that fram'd us of foure Elements,
    Warring within our breasts for regiment,
20 Doth teach us all to have aspyring minds:
    Our soules, whose faculties can comprehend
    The wondrous Architecture of the world:
    And measure every wandering plannets course:
    Still climbing after knowledge infinite,
25 And alwaies mooving as the restless Spheares,
    Wils us to weare our selves and never rest,
    Until we reach that ripest fruit of all,
    That perfect blisse and sole felicitie,
    The sweet fruition of an earthly crowne.

　　五幕一景，帖木兒攻陷大馬士革，下令屠殺全體被俘的處女。就在手下領命執行屠殺令時，他在舞台上沉思芝諾蒂之美。美使他感到苦惱，他的台詞「雖然表面上的主題是特別針對詩歌無能為力全面攫取經驗，卻意在言外類比經驗的感受，不禁懷疑渴求完整的心願能否滿足」（Fuller and Esche xxxiv）。馬婁的文體和文義相得益彰，美感天成：選譯的 5.1.160 提問「美為何物」之後，161-73 一個句子長達 13 行，不按牌理出牌卻自有條理，節奏不拘一格，大珠小珠落玉盤看似雜亂無章，卻鏗鏘有力而韻味無窮，正是帖木兒的權力意志不受節制的寫照。到了 172 兩個行中停頓，節奏分明卻聲勢漸消，彷彿他瞬間看到前路難以為繼。

　　佔領大馬士革之後，他面對阿拉伯王和埃及蘇丹組成的聯軍，這兩人分別

---

[11]　行 25-6 猶言「天行健，君子以自強不息」，可是接著引出的 27-8 對於權力意志的追求，如下文所介紹，適足以彰顯大相逕庭的意涵。

是芝諾蒂的未婚夫和父親。結果,阿拉伯王負傷身亡;埃及蘇丹慶幸自己戰敗還能獲得禮遇,情願拱手讓出王位。帖木兒眼看自己飛黃騰達猶如運轉不息的天體,相信自己終於贏取配得上芝諾蒂的冠冕,幸福無疆臻於圓滿,冊封芝諾蒂為波斯皇后,並且宣布「帖木兒和整個世界停戰」[12],準備婚禮。帖木兒沒有明白說出口,讀者卻不難理解:由於芝諾蒂,他體會到美感離不開情感。

　　口頭宣示並沒有實質意義,頂多只是表達宣示者內心的期望。《帖木兒大帝》下篇,標題主角繼續東征西討南攻北伐。三幕二景,芝諾蒂去世,他的權力顯然有其極限,擴張疆土的野心一變而為踐踏人性的傲心,美的啟示淪為一陣流星雨[13]。

　　他野心之大匪夷所思,殘酷成性使人聞之喪膽,愛情之專無庸置疑。凡此極端正是馬婁興味所趨,竟至於有時候讓人覺得他好像是以誇飾修辭在挖苦自己的筆觸。下篇四幕三景和五幕三景,帖木兒分別令兩名降服的亞洲國王拖曳其車駕的一場戲,成了伊莉莎白劇壇諧擬(parody)手法的樣板。可是馬婁不以描寫帖木兒窮兵黷武又草菅人命為滿足。在他筆下,帖木兒貪得無厭的權力慾望蘊含哲理:他以一人之身集人類之性,穹蒼之下獨此一夫,憑一己之力抗衡舉世眾生與天地神祇。他所向披靡,只有為了芝諾蒂的病情變更過戰略,也只有在死亡的面前低頭,而死亡正是中古道德劇《每人》必須遭遇的那個對手[14]。馬婁與《每人》的作者是有不同,差異處適足以闡明中古時代與文藝復興兩者人生視野之對比。《每人》的作者視此生此世為一趟心靈之旅,人生功德圓滿的唯一希望在於衷心順應上帝的旨意。馬婁雖然知道死亡藏身在陰影下,面對天理卻不甘雌伏,相信現世的榮耀帶來極樂,報賞自在其中,不論後果如何。運用這樣的觀念塑造人物,又出之以雷霆萬鈞的筆力和睥睨寰宇的氣勢,在英國戲劇史上找不到先例。

---

[12] "Tamburlaine takes truce with al the world" (5.1.530). al = all.

[13] 參見〈美為何物〉160 行注。

[14] 道德劇(Morality play)是英國中古時代戲劇從《聖經》題材發展出世俗主題的最後一個階段,《每人》(Everyman,約 1485)是其代表作,詳見拙作《新編西洋文學概論》書中的介紹。

美的印象

　　同樣呈現對於具體榮耀的追尋，同樣牴牾基督教的價值觀，《帖木兒》探討權力意志的極限，《浮士德博士》則是呈現追尋權力意志的極限對當事人的心靈與精神所造成的後果；前者外爍，後者內斂。馬婁取材於德國的傳說，憑其詩心文筆使通俗的故事蛻變成歐洲文藝復興以降知識份子的原型人物，權力意志不斷衝撞人生現實的侷限。浮士德為了獲取宇宙知識而不惜出賣靈魂給魔鬼，開宗明義的幾場戲寫他和魔鬼打交道，氣勢恢宏令人擊節。劇終時呈現大限的時刻終於來臨，感人肺腑足以睥睨文學史。雖然以呈現當時人文主義者拓展人生經驗與探索生命奧秘的焦慮為主題，馬婁還是寫出了一段和本書的主題有關的詩行。浮士德出賣自己的靈魂換取使役魔鬼的權力。二十四年期滿在即，他仍未滿足，還在尋求超越基督教世界的經驗。他想到尚未有機緣一親象徵希臘古典精神之美的海倫芳澤，於是要求魔鬼召喚海倫。浮士德果然見到海倫，瞬間脫口而出摘譯的 5.1.98-117〈就是這張臉〉。這位海倫當然是《伊里亞德》詩中的海倫，馬婁用肉眼可見的具體形象呈現自己心目中的希臘古典美，或許不免流於形而下，卻契合《希蘿與李安德》的感官唯美風格[15]。反諷（irony）的是，浮士德使用感官語彙歌頌的古典美卻是幻影。

　　鍾敲十一下，浮士德意識到人生終究無法逃避命運。他意識到自己的命運是由根深柢固的基督教信仰所界定（5.3.133-44）：

　　浮士德啊，你只能再活一個小時
　　接著就得永遠沉淪地獄。
135　停下別動，運轉不息的天體啊，
　　好讓時間停頓而午夜來不了。
　　天空明眸，上升，再上升，造成[16]
　　永晝，或讓這小時成為僅僅
　　一年，一個月，一星期，或一個白天，
140　讓浮士德悔悟，拯救他的靈魂！

15　參見我在《情慾花園》的選譯；第三輯的〈一瞥見真情〉看不出這裡說的風格特色。
16　天空明眸：太陽。

且慢，且慢，夜晚的馬車啊別急[17]！
星辰還在轉，時間在跑，鐘會敲，
魔鬼會來，浮士德一定永墮陰府[18]：
噢，我要跳向上帝！誰拉我墜落？

    O Faustus, now has thou but one bare hour to live
    And then thou must be damned perpetually.
135 Stand still, you ever-moving spheres of heaven,
    That time may cease and midnight never come.
    Fair Nature's eye, rise, rise again, and make
    Perpetual day, or let this hour be but
    A year, a month, a week, a natural day,
140 That Faustus may repent and save his soul.
    O *lente lente currite noctis equi*!
    The stars move still, time runs, the clock will strike,
    The devil will come, and Faustus must be damned.
    O I'll leap to my God. Who pulls me down?

浮士德並沒有真心「悔悟」。事實上，和魔鬼打交道就是沉淪一氣，犯了基督教最嚴重的傲慢罪，根本沒有「悔」的餘地。成為困獸之鬥的最後半個小時，他的心願是「時間靜止」，徹底違背自然律。他意識到自己痛苦的本根源頭在於基督教信仰，卻寄望於非基督教的哲學理念，借用馬克白的措詞是「在這片時光之海的沙洲／不妨跳過來生[19]」，無異於情急亂投醫：

17　夜晚的馬車：月亮巡行天空。套用白天的時間運行為「太陽馬車」，典出希臘神話所稱太陽神駕馬拉車巡天。本行斜體的部分，原文為拉丁文（*lente lente currite noctis equi* = slowly, run slowly, you horses of night），引自奧維德《愛情故事》（*Amores*）1.13.40，馬婁自己的英譯為 stay night and runne not thus，引文 runne = run。

18　永墮陰府：be damned，基督徒受上帝責罰，死後淪落地獄，永遠無法得到救贖。「救贖」即擺脫罪的束縛而獲得心靈的自由，不同於如荷馬的世界以付出贖金換取身體的自由。

19　《馬克白》1.7.5-6: "upon this bank and shoal of time, / We'd jump the life to come"。標題人物以東道主的身分招待國王，弒君良機手到擒來，他卻躲進另一個房間自言自語，斟酌自己的良心時所說。

〔鐘敲〕

啊,過了半小時!很快會全都過去。
上帝啊,如果你對我的靈魂不懷憐憫,
看在基督的分上,他的血使我得救[20],
170 無論如何結束我沒有止境的痛苦。
讓浮士德活在地獄一千年,
一百個一千年,最後獲得解救。
哦,受詛咒的靈魂沒有期限!
為什麼你不是沒有靈魂的東西?
175 為什麼你擁有的靈魂偏偏不朽?
如果畢達哥拉斯的靈魂轉生沒說錯[21],
這靈魂應該從我飛走,我就變身
成為某種野獸:
獸類無憂無慮,因為死後
180 牠們的靈魂很快解離成元素[22];
我的靈魂卻一定活在地獄受折磨。

Ah, half the hour is past! 'Twill all be past anon.[23]
O God, if thou wilt not have mercy on my soul,[24]
Yet for Christ's sake, whose blood has ransomed me,
170 Impose some end to my incessant pain.
Let Faustus live in hell a thousand years,
A hundred thousand, and at last be saved.
O, no end is limited to damnèd souls!
Why wert thou not a creature wanting soul?[25]

---

[20] 血:耶穌為人類受難所流之血。得救:獲得救贖。
[21] 畢達哥拉斯:Pythagoras,公元前六世紀的希臘哲學家。靈魂轉生:靈魂不朽,在肉體死亡後轉移到新的身體。奧維德把畢達哥拉斯的哲學觀念融入自己的變形史觀,由典型在夙昔的希臘智士教誨羅馬人(《變形記》15.60-478)「食慾戒貪,素食足以養生」。
[22] 萬物由氣、火、水、土四元素依不同比例隨機聚合而成,死亡不過元素解離。
[23] 'Twill = It will.
[24] wilt = will.
[25] wert = were. wanting = lacking(欠缺)。

	175	Or why is this immortal that thou hast?[26]
		Oh Pythagoras' metempsychosis were that true,
		This soul should fly from me, and I be changed
		Unto some brutish beast:
		All beasts are happy, for when they die,
	180	Their souls are soon dissolved in elements,
		But mine must live still[27] to be plagued in hell.

即使浮士德最後在 5.3.192 說出「我會燒掉我的書」（I'll burn my books），照樣在雷電交加中被魔鬼帶走。

傳奇之美

在馬婁劇中，浮士德博士的「書」泛指法術相關的書，基督教視為邪說外道之學。這個解釋是根據十到十六世紀年間在德國逐漸定型的傳說（Lichtenberger 4-16）。同樣燒掉法術的台詞，莎士比亞《暴風雨》劇中的普洛斯培羅是以實際行動告別傳奇世界回歸現實人生，浮士德卻僅止於口頭宣示。「不悔」之心使浮士德成為求知慾永不知足的原型人物，他的書因此轉化為象徵人類的知識，其廣博遠非基督教所能界定。同樣傾畢生之力追求教外知識，下場截然不同。劇作家採取不同的敘事觀點固然有以致之，詩人呈現不同的主題更是關鍵。普洛斯培羅以過去的經驗為師，透過回憶讓自己的冤情經驗在光陰記憶體顯像成為「經歷」，使當下可以遂行復仇的時機成為過去與未來無縫接軌的平台。浮士德卻是把過去的信仰（基督教義）連根剷除，大限將屆才抱起信仰的浮木。他永墮陰府可謂事有必至而理有固然。

莎士比亞的《暴風雨》之所以為傳奇，一如《冬天的故事》，原因之一是時間扮演催化劑的角色，當事的主體普洛斯培羅和黎翁提斯能夠適時發揮「負面能耐[28]」，靜待機緣成熟——對比之下，浮士德和帖木兒簡直像過動兒。「靜

---

[26] hast = has.

[27] still = always.

[28] 負面能耐：Negative Capability，濟慈用於稱呼莎士比亞表現詩人才具的天賦，「停駐於不確定、神秘、懷疑之中，而不訴諸理性之解說或事實之探究」（Van Ghent 101），後來應用於作家創作維持客觀而「無我」之境的能力。此處又加以延伸，指涉人物的心理特質。「靜

待」並非毫無作為，而是隨時準備好即時把握時機。緣熟果自豐。米蘭公爵普洛斯培羅因鑽研法術而荒廢政務，爵位遭弟弟篡奪，他本人帶著襁褓中的女兒米蘭妲流落荒島十六年。他持續精進法術，憑呼風喚雨的本事促成仇人懺悔，也為女兒找到如意郎君。仇人重生，女兒即將在「美麗新世界」獲得新生，他自己因而重拾失落的人生。一如普洛斯培羅流落荒島十六年，黎翁提斯懺悔十六年，流落心靈的荒島，看似消極無為，其實同樣是積極正視舊自我，有效避免記憶荒蕪。那是以自己為殷鑑的反省，具體實踐蘇格拉底以七二高齡面對年齡只及他一半的三名原告和人數多達五百的陪審團，在法庭答辯時所說「未經檢討的人生不值得活」[29]。

時間觀影響人生觀，人生觀影響判斷力，判斷力決定人的命運。艾略特在 "Choruses from *The Rock*" 3.12-3，假託上帝之口譴責世人：「我給了你們選擇的權利，你們偏偏游移／在徒勞的沉思和魯莽的行動之間」（I have given you power of choice, and you only alternate/ Between futile speculation and unconsidered action）。「你們」指芸芸眾生。馬婁的浮士德和莎士比亞的馬克白同樣不甘為芸芸眾生，同樣把選擇的權力發揮到淋漓盡致的地步，卻也同樣莽撞下判斷，莽撞之後也同樣沒有反顧之心，所以造就悲劇人生。明知不義而無反顧之心，誠然悲壯，何若沉思人生之美，如黎翁提斯，或從中領會美的印象，如普洛斯培羅。猶如人生可以展現神話的意境，現實經驗也可以體現傳奇之美，兩者同樣化腐朽為神奇。

馬婁的詩情想像，美則美矣，浮士德功敗垂成的追尋令人無限惆悵。在德國浪漫運動引領風騷的歌德（J. W. Goethe, 1749-1832），傾畢生創作心力完成兩部《浮士德》（*Faust*），重新塑造這個象徵歐洲文化的原型人物，讓標題主角經歷愛的試鍊，終於獲得救贖，不妨參考我和共同作者李奭學在《近代西洋文學：新古典主義迄現代》書中的介紹。歌德筆下的浮士德，一如莎士比亞的普洛斯培羅和黎翁提斯，經歷各自的傳奇人生，心境蛻變的原動力同樣來自回憶在光陰記憶體的顯像。

---

[29] 見本輯〈〈網路一景〉後記〉注 11。詳見拙譯《蘇格拉底之死：柏拉圖作品選譯》，書中包括完整的《蘇格拉底答辯辭》。

莎士比亞

歸塵的路（《馬克白》5.5.18-27）

明天，還有明天，還有明天
這樣踩碎步一天又一天往前爬
20 直到時間記錄的最後一刻；
我們所有的昨天為傻瓜照亮
歸塵的死路。熄吧，熄吧，燭光短促，
人生只是走動的影子，蹩腳演員
在舞臺闊步又喝斥一段時光
25 然後就無聲無息。人生的故事
由癡人說出口，滿懷激昂又憤慨
沒有什麼意義。

---

19. 碎步：步伐瑣細，因此微不足道，對比 24「闊步」。這片語，一如這整段台詞，從具體的腳步引申到抽象的人生旅程，見證馬克白豐富的想像力。

20. 記錄：書寫，有助於記憶，因此是廣泛意義的歷史，不限於已然之事，也包括未來。一刻：syllable，「最微小的份量」。

22. 歸塵的死路：走向死亡的旅途；第五輯〈馬婁雄渾詩行的美感磁場與莎士比亞劇場的傳奇人生〉提到的中古道德劇《每人》即是以那一趟旅程隱喻現世人生。《舊約·創世記》寫亞當和夏娃違背誡令吃禁果之後，上帝的最後一項詛咒是死亡降臨亞當：「因為你是用塵土造的，你要還原歸於塵土」（3.20）。燭光短促：原文「短暫的蠟燭」措詞具體，但是馬克白口中的「燭」必定引讀者聯想五幕一景馬克白夫人夢遊時手持燭火「照明」。

23. 走動的影子：徒有影像而無實體。參見《舊約·約伯記》8.9：「人生短暫，我們無知，／像影子掠過大地」。荷馬史詩《奧德賽》第十一卷，寫奧德修斯入冥，所遇見的亡魂就是 walking shadow，馬克白用於描述人生，暗示「行屍走肉」。蹩腳：poor，也可以是「可憐」，但意涵有別。「可憐」可能泛指普遍人生，但馬克白這段台詞是自我回顧的寫照，濃縮他在這個劇本的戲份。野心初起，他有一句旁白：「像敲喜鑼重頭戲即將開演／主題是南面稱孤」（As happy prologues to the swelling act/ Of the Imperial theme）（1.3.128-9）。即位後走路生風，不旋踵陷入自保王位的困獸之鬥。

William Shakespeare

The Way to Dusty Death (*Macbeth*, 5.5.18-27)

      Tomorrow, and tomorrow, and tomorrow
      Creeps in this petty pace from day to day
20   To the last syllable of recorded time;
      And all our yesterdays have lighted fools
      The way to dusty death. Out, out, brief candle,
      Life's but a walking shadow, a poor player
      That struts and frets his hour upon the stage
25   And then is heard no more. It is a tale
      Told by an idiot, full of sound and fury
      Signifying nothing.

23-5. 他的潛台詞是「世界一舞台,人生如戲,我如果演得出色,就不至於淪落到現在這地步」。馬克白夫人深知自己的丈夫是個「蹩腳演員」,早就教過他如何演得出色(1.5.60-4):「你的臉,領主,像一本書,讓人可以／讀得出怪事。想欺瞞世人,／得要表現合時宜,眼神帶隨和,／手腕、舌端不例外;看似純潔的花,／卻是花底下的蛇」(Your face, my thane, is as a book where men/ May read strange matters. To beguile the time,/ Look like the time, bear welcome in your eye,/ Your hand, your tongue; look like th'innocent flower,/ But be the serpent under't)。演員飾馬克白,或是馬克白演人生?現實和想像彷彿不再有界限區隔,依稀可見皮蘭德婁(Luigi Pirandello, 1867-1936)在《六個尋找作者的劇中人》劇中呈現的景象。引文行 63 的 th'innocent = the innocent;行 64 的 under't = under it。

24. That = Who。演員在舞臺上演出自己的戲份,那「一段時光」(his hour),有時候志得意滿(struts,「(昂首)闊步」),有時候憂煩焦躁(frets)。憂煩焦躁是個人的心理反應,「喝斥」是那種心理現象反映在與別人的互動,如馬克白在第五幕的表現。

25. 行中停頓之後的主詞 It 即 23 的 Life(人生),tale(故事)即演員在舞台演出之事。

【評論】
馬克白的歸塵路：悲劇英雄變調曲

    這九行半是馬克白結束悲劇人生前的一段獨白。大權高位轉眼成空，他回顧叱吒風雲的歲月，徒留陰影，實則無異於以假作真的戲份。「假作真時真亦假，無為有處有還無」。他的悲劇性格在戲劇史上獨樹一幟。

    典型的悲劇英雄是堅毅不屈的個性和人生的兩難困境碰撞出熾烈的火花，莎士比亞在《馬可白》卻創造了犯罪心理的典範案例。身為蘇格蘭王的表弟，又是最受國王寵信的將領，他深諳君臣之義，卻無法抗拒妻子的野心，硬是被逼上梁山，弒君篡位。登上大位之後，他為了鞏固權位，開始翦除異己，當初野心勃勃的妻子反而銷聲匿跡。被孤立的恐懼使得他放膽為所欲為（5.5.9-15）：

      我幾乎忘記恐懼是什麼滋味；
10   以前，我在晚上聽到哀叫
      會五官僵凍而且聽到鬼故事
      全身的毛髮都會豎立起來
      像是有生命。現在餵飽了恐怖；
15   殘暴的行為熟悉了殺人的念頭
      再也嚇不到我。

      I have almost forgot the taste of fears;
10   The time has been[1], my senses would have cooled
      To hear a night-shriek and my fell of hair[2]
      Would at a dismal treatise[3] rouse and stir

---

[1] has been: had been，當時發生的事都成了過去式，過去完成式表達「過去的過去」。

[2] fell: head. my fell of hair: all my hair.

[3] at a dismal treatise = in response to a frightening story.

As life were in't⁴. I have supped full with horrors;
Direness familiar to my slaughterous thoughts
15   Cannot once start me.

馬克白的作為導致國內義師與境外（英格蘭）勢力結合，政權崩潰的日子可以倒數了。

　　五幕一景，馬克白夫人終於露面，卻是夢遊。此景此情透露她飽受良心煎熬，因此無緣享受夢寐以求的榮耀，如今瀕臨精神崩潰。敵對勢力兵臨城下，馬克白的王權保衛戰面臨嚴酷的考驗。他意識到自己獨撐眾叛親離的局面，在5.3.22-3感慨「我的人生路／落到枯萎的地步，一片黃葉」（My way of life / Is fall'n into the sere, the yellow leaf）。偏偏在這節骨眼，侍從官向他報告王后去世。馬克白當下的反應是，這消息來得真不是時候：「她應該晚點才死；／總會有適合這個字眼的時候」（She should have died hereafter;/ There would have been a time for such a word）（5.5.16-7），引文的「這個字眼」指的是死亡。緊接著就是選譯的部分。一生白駒過隙，徒留浮光掠影，王冠榮耀的來源伴侶死不得其時，脫口而出這段至死不悔卻感人至深的領悟。

　　馬克白在第一幕賣力保國衛王，贏得國王加倍的寵信之後，卻為弒君和保衛自己的權位先後苦惱不已。馬克白這個角色說演員「蹩腳」，其實是為自己寫像：他回顧自己的經驗，終於認清自己無異於演員，如同我在23-5行注的解說，同樣賣力拼鬥又賣力演出，卻稍縱即逝，轉眼成空，只在時光留下陰影，到底人生所為何事？他必定想到夫人在慫恿他「彼可取而代之」時的告誡，「看似純潔的花，／卻是花底下的蛇」，自己把一齣好戲演砸了。台灣諺語說「演戲瘋，看戲傻」，馬克白演戲成為「瘋人」，馬克白夫人看戲卻成為「傻瓜」。

　　苦惱源自經驗在時間之流積澱的記憶，記憶使人無法拋棄自我。習稱為女巫的司命姊妹在1.3的預言照亮了馬克白潛意識的慾望，野心終於浮出意識的地平線。莎士比亞透過「世界一舞臺」（All the world's a stage，《皆大歡喜》2.7.139）的隱喻，讓馬克白這個角色面對舞臺這面鏡子檢視自己。馬克白和哈姆雷特同樣喜歡自言自語，戲劇功能與修辭效果卻大異其趣。哈姆雷特偏好獨白（soliloquy），孤芳自賞又敏感深思的個性有太多「心聲」或「見地」，莎

---

4   as = as if. in't = in it. it 指涉行 11 的頭髮。

士比亞讓他說出來，不論「放大心聲」或「揭露見地」都假定觀眾聽不見，但觀眾有必要知道哈姆雷特的思維傾向，其特徵是習慣視自己為全人類的化身。反觀馬克白，他偏好旁白（aside），也就是舞台上有其他角色，他卻目無旁人對觀眾說悄悄話，觀眾心照不宣假定現場其餘演員沒人聽到。莎士比亞使用旁白的技巧讓馬克白從舞台情境游離而出，把他從人群孤立。馬克白在「離群」的過程中，知道自己做了不該做的事，為了減輕自己的心理負擔而必須與觀眾分享心事。《哈姆雷特》三幕二景，標題主角指示伶人，「演戲的目的，從頭到尾、過去和現在同樣可以說是高舉明鏡照自然」[5]。哈姆雷特這麼說理，馬克白卻是「演出」明知違背「自然」的後果。

馬克白不像哈姆雷特那樣擅長推理，但想像力之豐富毫不遜色。這兩個角色對於「時間」近乎執著的態度旗鼓相當，可是拉力相反：哈姆雷特使用過去的觀點看現在，心目中父親的形象陰魂不散，結果把祖國「丹麥」想像成監牢（"And to me, Denmark is a prison," 3.2.247），把自己困在牢內思索「怎麼現在不一樣了？為什麼我成為受難者？」馬克白被莎士比亞在舞台上孤立，他有充分的機會反芻自己明知不可為而為的後果，卻妄想斬草除根「使未來不來」，或截斷時間之流而一步跳向未來。事實證明「未來不來」和「時間斷流」同樣不切實際，因為「現在」這一段時間不可能消失。他和哈姆雷特同樣使我們感同身受：他們的自言自語引導我們深入他們內心的世界，了解越深入則越可能諒解，即使未必認同。道德上的諒解是激發移情作用的前提。

哈姆雷特和馬克白同樣從回憶汲取人生的動能，在不同的向量試圖化解時間的侷限，一個試圖把時間拉回過去，另一個試圖把時間推向未來，同樣被困在時間之網，卻也同樣明知不可為卻奮力而為。我們透過舞臺這面鏡子，看到這兩個角色不但無法透過回憶化解焦慮，甚至因記憶而自我封閉，反映在編劇的一個手法即是自言自語。結果光陰記憶體成為幽靈幢幢之地。

同樣追求權力，同樣展現意志，馬克白比起帖木兒缺少美的鑑賞能力，比起馬妻的浮士德則缺少美的體會。於是，權力意志淪為叢林法則。莎士比亞寫悲劇一貫的作風，結局總是秩序隨英雄之死而重整。所以《馬克白》劇中，蘇

---

[5] 見第三輯〈〈眼中情〉探微：情感個人主義的徵兆〉一文注 3。「這裡說的 nature 不是指大自然，而是指天道、地道、人道，人類通過人設規範投射出來的宇宙觀與人生觀──後來的新古典主義亦取此義」（顏 1997: 309-10）。「自然觀」的改變，以 nature 特指大自然，是浪漫主義的貢獻。

格蘭王位恢復正統，恰如馬克白非死不可的命運，這是變徵之聲。然而，馬克白透過一連串的獨白把自己孤立，從既有的秩序遊離而出之後，對過去深刻的洞見搭配對未來豐富的想像反而襯托出他對現狀的盲目，這是變調之聲。聲之於曲，猶如文字之於詩意，《馬克白》不只是詩劇，不只是以詩的體裁寫成的劇本，更是戲劇詩，是以戲劇的體裁寫成的詩，此一意涵是我當年從事《馬克白：逐行注釋新譯本》的初衷[6]。

---

[6] 本書引用《馬克白》的中譯經過修訂，因此和那個版本不盡相同。

華滋華斯（1770-1850)

我心雀躍

  我心雀躍當我看到
   彩虹懸浮天際：
  這心情始於我幼年；
4 這心情維繫到成年；
  這心情願持續到老，
   死不足惜！
  兒童是成人的典範；
8 我的日子可望緊緊
  逐一連結天然虔誠的心境。

---

6. Or：否則，要不然。
7. 典範：「父親」（father）引申為學習的榜樣。
8-9. 緊緊／逐一：語序倒裝。只要長保童年情懷，因此以兒童為師，我可以寄望餘生「每個日子都緊密」連結天生對大自然虔敬的情懷。

William Wordsworth (1770-1850)

My Heart Leaps up

My heart leaps up when I behold
    A Rainbow in the sky:
So was it when my life began;
4   So is it now I am a Man;
So be it when I shall grow old,
    Or let me die!
The Child is father of the Man;
8   And I could wish my days to be
Bound each to each by natural piety.

參觀劍橋大學國王學院教堂有感

莫譴責王室聖徒空散金，
莫怪罪建築師目標欠妥──
工程浩大竟只為一小撮
4 白袍學者──設計這件作品
壯麗又堂皇，巧智無比倫！
奉獻莫猶疑，上天懶得計較
生意經工心計爭多論少；
8 所以有人架構巍峨柱林
驚嘆盪胸，廣分枝展華頂
高懸自如，垂掛拱室上萬，
光影錯落有致，樂音流連
12 聲嫋嫋，徜徉依依徘徊縈迴；
像思潮美感源源不絕印證
它們問世全為不朽永垂。

---

6. thou = you, canst = can，古風拼法。
13. yieldeth = yields，「產生」。
14. 「它們」指涉 13 的「思潮」。

Inside King's College Chapel, Cambridge

    Tax not the royal Saint with vain expense,
    With ill-matched aims the Architect who planned—
    Albeit labouring for a scanty band
4   Of white-robed Scholars only—this immense
    And glorious Work of fine intelligence!
    Give all thou canst; high Heaven rejects the lore
    Of nicely-calculated less or more;
8   So deemed the man who fashioned for the sense
    These lofty pillars, spread that branching roof
    Self-poised, and scooped into ten thousand cells,
    Where light and shade repose, where music dwells
12 Lingering—and wandering on as loth to die;
    Like thoughts whose very sweetness yieldeth proof
    That they were born for immortality.

【評論】
華滋華斯評介：自然的啟示

〈我心雀躍〉這首短詩，傳達「浪漫情懷求純真」的人生信念，純真莫過於赤子之心。全詩由兩個句子組成：前一個句子六行（1-6），描寫怦然心動的經驗與終生感動的期盼，韻腳為 ABCCAB；後一句三行（7-9）總結詩人的體悟，韻腳為 CDD。破題的 1-2 以自然的景象觸動心情總結一生，因此 2 使用冒號，引出 3-6 具體的生命歷程。佔四行的生命歷程當中，3-5 使用行首重複強調重複的經驗；在另一方面，過去（3）與現在（4）各一行，未來（5-6）獨佔兩行，因為未來是歷程能否完整的關鍵。第一句的起頭 My 和收尾 die 押韻，形成希臘修辭特別強調的環狀結構，藉由圓形的概念承載循環與圓滿──圓環這個世界文化共通的母題，早見於第二輯索福克里斯的〈愛樂頌〉，但意趣大不相同。原文 7 和 3-4 押韻，有效連結前後兩個句子：7 拈出抽象的哲理乃奠基於 3-4 的客觀經驗。第二句在 7 拈出哲理之後，8-9 兩行一韻的雙行體以自身為例，具體闡明主題：人生不是一堆破碎的經驗，而是肌理綿密的組織。

但丁回顧全人類的經驗看出一本宇宙書（《神曲・天界》33:85-90）：

  我凝神眺望視野的深處，
   見到宇宙散落四處的紙張，
87 被愛心裝釘成一本書：
  事事物物的實體與形相
   好像全都融合在一起
90 我能說的只是一道光。

  In its depth I saw contained,
   by love into a single volume bound,
87 the pages scattered through the universe:
  substances, accidents, and the interplay between them,

```
                as though they were conflated in such ways
90              that what I tell is but a simple light.
```

　　同樣追尋人生經驗的圓滿狀態,但丁因為把自己對於碧雅翠采的愛昇華為上帝之愛而獲得救贖,華滋華斯卻是從大自然捕捉恬靜和慰藉。

　　人在兒童階段天性純真,和大自然的關係最緊密,隨年齡漸長而積塵漸厚,回復本然唯有以兒童為師。8-9 這兩行可改寫如下:我現在是成人,如果能夠像兒童時期那樣對自然懷抱虔誠之心,那麼我可以寄望生命中的每一天都因為這樣的心情而緊密連結。如此則,套鄧恩「沒有人是孤島」（No man is an island）的說法,沒有一天是孤島,我的一生可望日日緊相連,連結成一片生命的大陸。9「天然」的原文 natural 的名詞形態 nature 可以指天性,也可以指大自然,因此「天然虔誠」可以是人與生俱來的天性,也可以是人對大自然的態度;「虔誠」是隨熱愛而來的相依相屬之情,在浪漫主義特指人對大自然的態度。

　　這首短詩有助於管窺華滋華斯的人生信念,以及他在文學史上的地位。先說他的人生信念。藉由收煞整首詩的「虔誠」,詩人不著痕跡和宗教信仰劃清界限。基督教說的「虔誠」是以教義為基礎。大洪水消退之後,諾亞走出方舟,獻祭上帝,上帝歡喜,對諾亞和他的兒子們許諾:彩虹是我跟所有生物立約的記號,不再有洪水毀滅世界（《舊約・創世記》8.20-9.17）。因此彩虹象徵聖約,是希伯來一神信仰的天啟兆象。猶太教的「聖約」包括信徒以虔誠的獻祭見證上帝的許諾。耶穌以新觀點詮釋《舊約》,他的信徒相信他是「基督」,即「救世主」,並以他受難一事見證上帝和信徒重訂聖約,上帝的許諾具體反映在人死後得永生。〈我心雀躍〉的彩虹卻是自然現象,「虔誠」一詞從人神關係轉為人對自然的態度。一旦放棄「人定勝天」的信念,人和自然的關係重新定義,人面對自然可望心懷虔誠,如此則自然現象足以使人生經驗有深度,也就是有歷史感。

　　至於華滋華斯在文學史上的定位,哈洛・卜倫在他為正統文學批評高唱輓歌的《西方正典》書中,引柯鐵斯的蓋棺論定之見:「歐洲文學從荷馬到歌德是一個連續的傳統,華滋華斯踏出了跨越的一步:他是現代詩的創始者,也開啟了從魯希金（Ruskin, 1819-1900）經由普魯斯特至貝克特一直到最近主要現代作家一脈相承的內視自省的風格」（Bloom 1: 288）。此一文學風格的源

頭可以上溯到蘇格拉底在法庭受審時自述生平作為的一句話。按柏拉圖在《蘇格拉底答辯辭》的記載是，「未經檢討的人生不值得活」。檢討無非是透過回顧看出人生軌跡的意義所在，其意義則是，如我在《陰性追尋》引言所說「回顧走過的路才知道現在的位置，確定現在的位置才知道下一步可以怎麼走，有能力想像未來的人才有可能在當下決定如何形塑未來：創造命運的要義如此而已」。這也是易卜生傾畢生創作之心力闡明的觀念[1]。在〈我心雀躍〉這首短詩，華滋華斯看到彩虹，回顧童年經驗，看出相同的景象在不同的時空背景產生緊密的關連，領悟當下的感受隱含值得餘生持續珍惜的價值信念。就在他領悟的瞬間，從過去的記憶經現在的體驗到未來的想像渾然形成一體，具備歷史深度的整體意象於焉誕生[2]。華滋華斯透過記憶揭露自我，從中看出這個「意象」的意義，藉由生平創作實踐前述的信念。

　　從經驗的回顧汲取創作的養分，這不足為奇，可是身體力行一以貫之就是個異數。華滋華斯取〈我心雀躍〉的結尾三行為〈永生賦〉（"Ode: Intimations of Immortality from Recollections of Early Child"）的題詞，進一步闡明前述的意趣。標題的詞意是「歌頌永生的啟示來自童年之初的回憶」，主題則是純真確有其事，源頭在於兒童喜愛大自然的天性。凡人皆有天賦，能夠從大自然體會天堂的美感；可是隨年齡增長，世俗的經驗不斷累積紅塵，天賦蒙垢，因此不再能夠明白天堂的奧秘。那一份感動如今雖然失而復得，詩人想要瞭解成長的過程中「視野的光輝到底逃往何處去？榮耀與夢如今又是在哪裡？」（Whether is fled the visionary gleam? / Where is it now, the glory and the dream?）（57-8）經過一番尋繹，他瞭解到人人擁有「自然」的臍帶，「出生卻是一場睡眠與一段遺忘」（Our birth is but a sleep and a forgetting）（59），歲月積塵使得我們在成長的過程一步步陷入庸碌人生。所幸童年的記憶依稀尚存，經過人世滄桑的歷練，詩人結論道（202-5）：

---

[1] 見我譯注的五冊《易卜生戲劇集》，尤其是共同出現在各分冊引論〈現代戲劇的羅馬：易卜生小傳〉文中〈發動一人革命的戲劇宗師〉乙節。

[2] 童年的經驗影響人格的形成，這也是狄更斯（Charles Dickens, 1812-1870）的小說一個重要的主題。聖奧古斯丁身為自傳書寫的祖師，其《懺悔錄》也是無與倫比的心靈自傳，理由之一是他透過童年經驗的回顧，探討自己改信基督教之後的心境。

由於我們賴以生活的人心，

由於人心的溫柔、歡欣與憂懼，

最卑微的花朵隨風搖曳能激奮

205 我深思感觸，淚水無法洗滌。

Thanks to the human heart by which we live,

Thanks to its tenderness, its joys, and fears,

To me the meanest flower that blows can give

205 Thoughts that do often lie too deep for tears.

華滋華斯寫〈永生賦〉文字淺白，卻透過複雜的格律形式表達神秘主義的思想，其效果類似《舊約》文字淺顯易懂，卻透過複雜的修辭表述史無前例的一神信仰。他在傳達呈現前生存在（pre-existence）的非基督教思想，其語言效果並非表示他把前述的觀念基督教化，而是把現代個人的經驗神話化。

個人的經驗確實可以具有神話的意義，但丁提供了最知名的例子[3]。一部文明史其實就是人類從自然分離而出，發明工具開發進而利用甚至宰制自然的歷史。發展到十八世紀法國的啟蒙運動，「人定勝天」的口號蔚成信仰。十八世紀中葉，盧梭開始提倡情感教育，接著爆發法國大革命，推翻法國路易王朝這個新古典主義堡壘的同時，也建立了浪漫主義的灘頭堡。約當同時，德國爆發狂飆運動，歌德就是那一場浪漫運動的健將。影響所及，英國跟著出現浪漫主義運動，由華滋華斯和柯律治（Samuel Taylor Coleridge, 1772-1834）在 1798 年共同出版的《抒情歌謠集》（*Lyrical Ballads*）吹響了號角。華滋華斯在 1802 年再版的序文提出浪漫主義的創作理論，主張詩乃是以「人們實際使用的語言」（the language really used by men），表達「瞬間湧現的強烈感受」（spontaneous overflow of powerful feelings），並以實際的創作打破詩壇貴族的傳統。

華滋華斯親炙自然的體驗可以借用「永恆回歸」這個神話的原型觀念來說明。上古希臘後荷馬時代大行其道的密教（Mysteries）有個共同的信仰，即靈魂永生。各式各樣的永生信仰離不開一個基本觀念：出生即是死亡的過程；只要重建人與自然的關係，則重生可期。永恆回歸的神話強調重生是人人可及的現實經驗，從蘇美時代聖婚儀式的兩性結合，到羅馬時代阿普列烏斯的小說插

---

[3] 見拙作《荷馬史詩：儀軌歌路通古今》一書 6.4.1〈但丁《神曲》〉。

曲〈丘比德與賽姬〉的陰陽統合，殊途同歸闡明完整的人生有賴於講求陽剛原則的理智與講求陰柔原則的情感兩者剛柔並濟[4]。蘇美人透過年度儀式追摹他們對自然的原初信念，〈丘比德與賽姬〉透過愛的追尋呈現陰陽合體的個體心靈[5]。兩者同樣離不開完整人生的三個階段：回憶過去的經驗，體會現在的感受，想像未來的果實。〈亭潭寺〉（"Lines Composed a Few Miles above Tintern Abbey, On Revisiting the Banks of the Wye during a Tour, July 13, 1798"）為這樣的人生洞識添一例證。

〈亭潭寺〉是《抒情歌謠集》的最後一首，同時印證華茲華斯的詩歌理論和文學的神話潛能。正如原文完整的標題所示，華茲華斯舊地重遊。破題如下：

> 五年過去了；五個夏季，連同
> 漫長的五個冬季！又一次我聽到
> 這水聲，從山區源頭翻滾而下
> 發出內陸輕柔的呢喃。又一次
> 5 我凝望這片陡峭高聳的山壁，
> 在遠離塵囂的荒野景色銘刻
> 與世隔絕更深的感觸，連結
> 眼前的地景和天空的寧靜祥和。

> Five years have passed; five summers, with the length
> Of five long winters! and again I hear
> These waters, rolling from their mountain-springs
> With a soft inland murmur. Once again
> 5 Do I behold these steep and lofty cliffs,
> That on a wild secluded scene impress
> Thoughts of more deep seclusion; and connect
> The landscape with the quiet of the sky.

---

[4] 見拙作《陰性追尋》2.4〈神話英雄的歷史記憶〉、2.5〈草莽英雄演變為神話英雄〉以及2.6〈城市英雄的始祖〉三節。

[5] 見拙作《陰性追尋》第五章的神話論述，以及第九章的神話原典；或諾伊曼《丘比德與賽姬：陰性心理的發展》。

當下的觀照把過去的經驗和未來的信念結合起來。這是1798年的事，詩人接著回想1793年初遊亭潭寺上方數哩山區溪畔所看到的情景（9-22a），及其蓄含的能量（22b-49）：

      這些漂亮的景觀，
  經歷多年的闊別，對我不曾
  像是山水之於盲人的視野[6]；
25 而是經常，獨處斗室或置身
  城鎮喧囂中，多虧美景相伴，
  我雖然疲憊，仍感到溫馨習習
  沁入血液，而且滲透內心；
  甚至沉入我更純淨的靈府，
30 心境復歸安寧——同時喚醒
  久遭遺忘的歡樂；也許有如
  善良人士最美好的一段生命
  影響未必微不足道的作為，
  他瑣細、無以名之、記憶模糊的
35 愛心善行。我也深信不疑
  這片景觀另又帶來禮物，
  性質更加珍貴：愉悅的心情，
  那心情使得無以名狀的負擔，
  那心情使得這荒謬無稽的世界
40 不但沉重而且煩悶的壓力，
  因而減輕——安祥愉悅的心情
  陶然引領我們悠悠神馳——
  直到這副血肉之軀的氣息，
  甚至我們體內血液的運行
45 幾乎停頓，我們在身體酣然
  入眠，因此成為活生生的靈魂；

---

[6] 視野：原文是抽象名詞 eye。行47的「眼界」亦然。

眼界由於和諧的力量和喜悅
不可思議的力量而澄明的時候,
我們洞察萬物的真相。

    These beauteous forms,
Through a long absence, have not been to me
As is a landscape to a blind man's eye:
25 But oft, in lonely rooms, and 'mid the din[7]
Of towns and cities, I have owed to them,
In hours of weariness, sensations sweet,
Felt in the blood, and felt along the heart;
And passing even into my purer mind,
30 With tranquil restoration—feelings too
Of unremembered pleasure; such, perhaps,
As have no slight of trivial influence
On that best portion of a good man's life,
His little, nameless, unremembered acts
35 Of kindness and of love. Nor less, I trust,
To them I may have owed another gift,
Of aspect more sublime; that blessed mood,
In which the burthen of the mystery,
In which the heavy and the weary weight
40 Of all this unintelligible world,
Is lightened—that serene and blessed mood,
In which the affections gently lead us on—
Until, the breath of this corporeal frame,
And even the motion of our human blood
45 Almost suspended, we are laid asleep
In body, and become a living soul;
While with an eye made quiet by the power
Of harmony, and the deep power of joy,
We see into the life of things.

---

[7] oft = often. 'mid = amid.

華茲華斯接著描寫自己和自然的關係經歷三個階段的演化,反映個人成長的三個階段:兒童時候只對景物有反應(73-7);年輕時候熱情奔放,忘我投入自然的懷抱(67-72, 75-85),也就是他初遊亭潭寺的心境;如今(85-111)他生平第一次對大自然能夠靜觀自得,記憶也許模糊,卻從視覺景象聽出人類的處境和個人的自覺交織而成的樂章[8]。最後(112-59)超過整首詩三分之一的篇幅,我們赫然驚覺,詩人的自然臍帶另有深刻的感情連結:兩次出遊都有妹妹桃樂絲作伴,兄妹情篤和她對自然的體悟密不可分。

　　浪漫主義重新發現自然的同時,也領略到人情的天然臍帶,這或許是這一場文學現代化運動最富革命意味的文化意涵。比起他的實驗理論,他在〈亭潭寺〉使用的語彙可謂廣開一境。重要性不遑多讓的是,他因此明白自己獨特的心聲與題材:以無韻詩(不押韻的抑揚五步格)追憶過去的經驗,從中產生的認同感足以呈現孤獨的心靈與自然的世界持續不已的互動。華滋華斯寫這首詩,一如《序曲:詩人心靈的成長》(*The Prelude: or, Growth of a Poet's Mind*),證實了詩人獨特的經驗可以藉由奔放又富於想像的語言而與讀者共享。

　　《序曲》別出心裁,是一部自傳詩,記錄他個人心靈成長的經驗,鉅細靡遺又直言無隱而氣勢恢宏,在英文詩壇獨領風騷,具有史詩的格局。以下所引(1.305-32),華滋華斯回憶童年於夜深人靜時外出捕鳥,臨時起意竊取別人的網中鳥一事,可見一斑:

305　性靈的播種遇上好時節,成長
　　　有美感與恐懼同心協力栽培我;
　　　出生的地方得天獨厚,沒多久
　　　移栽到谷地也是景致幽雅[9]
　　　絲毫不遜色。想起來歷歷在目
310　(那時候年紀還小,我見識不超過[10]
　　　九個夏季)當時在山腰斜坡上

---

[8]　這樣的三個階段,借用參禪的譬喻,可以說是始於「見山是山,見水是水」,而後「見山不是山,見水不是水」,最後「見山又是山,見水又是水」,卻已不是當初的山水。

[9]　移栽:原文 was transplanted(309)延續 305 的植物隱喻 seed-time(播種時節)和 grew up,而且使用被動語態,所以不只是「遷居」。

[10]　見識:取字面意思「看見而認識」,反映原文 see 強調視覺官感。

霜和霜風的氣息盡情摧殘
晚秋的番紅花，我心歡喜有野趣
四處遊蕩大半夜，在陡峭的山岡
315 和平坦的谷地，那裡有丘鷸蹦跳
沿著開闊的草茵。我所思與所願——
那時候我的肩膀上掛滿羅網——
就是要當可惡的搗蛋鬼。高地上
從一個陷阱到另一個陷阱，我快跑
320 心焦情急要察看埋伏，奔波
還要奔波，奔波向前；星月
在我的頭頂照耀。我獨自一人，
似乎驚擾四野空山那一片
安詳靜謐。有時候在這樣的夜色
325 遊蕩，莫名興起強烈的慾望，
良知根本無從約束，就這樣
別人費勁活捉的鳥成為
我的戰利品；手到擒來的時候
我身處荒涼偏僻的山區聽到
330 低沉的呼吸亦步亦趨，聲音
伴隨隱隱約約的動作，腳步
幾乎像踩過的草地一樣靜悄悄。

305 Fair seed-time had my soul, and I grew up
Foster'd alike by beauty and by fear;
Much favour'd in my birthplace, and no less
In that beloved Vale to which, erelong,
I was transplanted. Well I call to mind
310 ('Twas at an early age, ere I had seen
Nine summers) when upon the mountain slope
The frost and breath of frosty wind had snapp'd
The last autumnal crocus, 'twas my joy
To wander half the night among the Cliffs

315 　And the smooth Hollows, where the woodcocks ran
　　　Along the open turf. In thought and wish
　　　That time, my shoulder all with springes[11] hung,
　　　I was a fell destroyer. On the heights
　　　Scudding away from snare to snare, I plied
320 　My anxious visitation, hurrying on,
　　　Still hurrying, hurrying onward; moon and stars
　　　Were shining o'er my head; I was alone,
　　　And seem'd to be a trouble to the peace
　　　That was among them. Sometimes it befell
325 　In these night-wanderings, that a strong desire
　　　O'erpower'd[12] my better reason, and the bird
　　　Which was the captive of another's toils
　　　Became my prey; and, when the deed was done
　　　I heard among the solitary hills
330 　Low breathings coming after me, and sounds
　　　Of undistinguishable motion, steps
　　　Almost as silent as the turf they trod.

　　看前面的介紹可能會以為，對華茲華斯而言，自然之美繫於教化的功能，其實不然。身為英國浪漫主義的旗手，他深知有自然之美，也有人工之美，要之在於動情之後，輔之以理解，情理兼顧則可以不受意識形態的束縛。〈參觀劍橋大學國王學院教堂有感〉使用十四行詩這個格律嚴謹而表達務求精鍊的體裁，可為明證。這座教堂是該學院的地標，也是英國垂直哥德式建築（Perpendicular Gothic architecture）的代表，從1446年動工到1515年才完工，其彩色玻璃更是晚至1531年才完成。使用關鍵字搜尋圖檔必定有助於想像處處玲瓏剔透的這首詩。

　　翻譯這首詩所獨有的感觸或可一提。參觀教堂有感這樣的標題似乎暗示說教，說教之事卻是我的三不：不喜，不願，不要。已所不欲，勿施於人。其

---

[11] 　springes: snares.

[12] 　O'erpower'd = Overpowered.

實是發表慾作祟，這方面我有三說：很多話想說，要說，也可以說。偏偏生性不善交際又拙於言詞，只好發而為文，聊以培養並確認成就感。立志翻譯西洋文學經典迄今超過三十年，發表慾早已脫胎換骨成為翻譯慾。自認有充分的理由執著於經典，不禁想起華滋華斯參觀劍橋大學國王學院教堂，知道有人批評花大錢又費時耗力蓋那麼精美的教堂，竟只為了屈指可數不食人間煙火的讀書人，他有話要說。他的說法深得我心，分明是和「俗擱大碗」（便宜又量多）的台味價值觀唱反調。翻譯界的「俗擱大碗」就是挑通俗作品，看準市場需求，一定要把咬勁軟化成入口即化。問題是，搶著要翻譯通俗作品的人多的是，不勞我出手。莎士比亞其實也是好選擇，夠經典又夠通俗，又是我能力所及。可是莎士比亞不愁沒有人翻譯，所以動機薄弱；即使譯興發作忍不住推出《馬克白：逐行注釋新譯本》，也因為求其典雅難為俗。反骨之輩很容易和華滋華斯的感受起共鳴，所以還是訴諸窮文人的代言方式。特別聲明：我不是基督徒，我不在乎詩中的上帝如何，我欣賞的是詩中所呈現美感價值的堅持與所流露相知相惜的心意。華滋華斯欣賞別人的作品有感，我卻是堅持「讀有餘力，則以翻譯」的器識——器識者，按熊十力的解釋，「能受而不匱之謂器，知本而不蔽之謂識」。補記個人讀華滋華斯這首詩一個極其主觀的聯想：我想到出版社，很慶幸自己遇到知心相惜的出版人。

惠特曼

〈我歌頌帶電的身體〉第五首

這是女性的形體,
從頭到腳散發神聖的光暈
以無法抗拒的吸引力強烈吸引人,
我被它的氣息牽引彷彿我不過是一縷無助的輕煙,一切都消散除了
　　我自己和它,
5　書籍、藝術、宗教、時間、肉眼可見又堅實的土地,以及對天堂的
　　期盼或對地獄的恐懼,如今蕩然無存,
那形體抽芽展枝無法節制狂迷的纖維,反應同樣無法節制,
頭髮、胸脯、臀部、腿的彎曲、不經意下垂的手,全都展開,
　　我的也展開,
漲潮刺激退潮又有退潮刺激漲潮,愛情肌膚持續膨漲夾帶美妙的
　　疼痛,
清澈的愛情岩漿高溫又多量噴射不停,愛情果凍震顫不已,白花
　　成簇引極樂的汁液,
10　洞房花燭夜,愛的活動沉穩而溫柔延續到疲軟的黎明,
波波相連進入樂意屈服的白天,
徹底消融在美色肉身難分難解的日子。

4.　它:1「女性的形體」,中譯 3 省略這個代名詞。
12.　徹底消融:Lost,可釋義為 overwhelmed,熱情洋溢使人難以承受之狀。美色肉身:sweet-flesh'd(= sweet-fleshed),「甜美身體的」,惠特曼的構詞模仿荷馬史詩典型的描述詞,以形容詞(sweet)接上名詞(flesh)轉化成動詞的過去分詞(fleshed)組成複合詞,用於描述獨一無二或經久不變的特質,如阿基里斯專有的描述詞 swift-footed(捷足)指涉其腳程快捷。以「肉身」取代「身體」為的是強調軀體因有血有肉而有溫度。前一行的「白天」是擬人化,那一天的身體經驗因為雙方緊抱(clasping)而秀色可餐(sweet-flesh'd),擁抱之緊竟至於「難分難解」(in the cleave)。cleave 本義作動詞,「劈開」,惠特曼的隱喻用法暗示深入或被吸入,有如嵌入裂口或開口,極言結合之緊密,竟至於無法分開、解離。

Walt Whitman

"I Sing the Body Electric" 5

This is the female form,
A divine nimbus exhales from it from head to foot,
It attracts with fierce undeniable attraction,
I am drawn by its breath as if I were no more than a helpless vapor, all falls aside but myself and it,
5   Books, art, religion, time, the visible and solid earth, and what was expected of heaven or fear'd of hell, are now consumed,
Mad filaments, ungovernable shoots play out of it, the response likewise ungovernable,
Hair, bosom, hips, bend of legs, negligent falling hands all diffused, mine too diffused,
Ebb stung by the flow, and flow stung by the ebb, love-flesh swelling and deliciously aching,
Limitless limpid jets of love hot and enormous, quivering jelly of love, white-blow and delirious juice,
10   Bridegroom night of love, working surely and softly into the prostrate dawn,
Undulating into the willing and yielding day,
Lost in the cleave of the clasping and sweet-flesh'd day.

這細胞核，孩子由女人生下，男人由女人生下之後，
　　　這誕生浴，這小與大的融合，又再一次宣洩。

15　　女人啊，可別感到羞恥，你們的榮幸包容其餘，是其餘一切的出路，
　　　你們是身體的門戶，你們是靈魂的門戶。

　　　女性包容所有的性質又調和那一切，
　　　她安於其位而且行動自如，
　　　她是遮掩恰如其分的萬有，她兼具被動與主動，
20　　她就要孕育女兒以及兒子，就要孕育兒子以及女兒。

　　　就如同我看到我的靈魂映現在大自然，
　　　就如同我隔層霧看到不可名狀的完整、明智、美感，
　　　看到頭低垂而手臂交叉在胸前，我看到女性。

---

13. 細胞核：猶言「珠胎、結晶」。
14. 胎兒娩出後，第一件事是接受淨身，清除母胎中的穢物，因此引申為迎接新生命誕生的慶生儀式。後來的宗教賦予抽象的意思，如佛教援引為紀念佛陀的誕生，基督教則演變為信徒藉洗禮獲得救贖的儀式，惠特曼則是以個體獲得新生代喻人類的生生不息，因此賦予性神聖的意義。參見拙作《陰性追尋》3.5〈聖婚儀式〉和 3.6〈聖婚儀式的迴響〉。淨身也是葬禮不可或缺的儀式，或許意味著「沐浴」的屬性是通過儀式（見第二輯〈讀〈愛樂頌〉解愛樂〉注 31）。
16. 身體和靈魂是二而一，兩者密不可分。
19. veil'd = veiled. 女兒和兒子重複卻順序顛倒，一如莎劇《馬克白》1.1.11「清即濁兮濁即清」（fair is foul and foul is fair），破除傳統觀念所認為次序先後對應位階高低的二元關係。
21. 「大自然」有如明鏡，鏡中出現個體的靈魂影像，這是十八世紀開始席捲全歐的浪漫運動賦予大自然的新形象。
23. 頭低垂，手臂交叉在胸前：以具體的肢體語言呈現 17-20 所描述女性體現「對立融合」這個神話概念。對立融合：現實世界是二元分立的體系，其中兩極對立的元素（如善與惡、清與濁、陽與陰）在超現實世界融合為一個實體，或可視為宇宙開始二元分化以前的「太極」殘留在神話世界的遺跡。

This the nucleus, after the child is born of woman, man is born of woman,
This the bath of birth, this the merge of small and large, and the outlet again.

15   Be not ashamed, women, your privilege encloses the rest, and is the exit of the rest,
You are the gates of the body, and you are the gates of the soul.

The female contains all qualities and tempers them,
she is in her place and moves with perfect balance,
She is all things duly veil'd, she is both passive and active,
20   She is to conceive daughters as well as sons, and sons as well as daughters.

As I see my soul reflected in Nature,
As I see through a mist, One with inexpressible completeness, sanity, beauty,
See the bent head and arms folded over the breast, the Female I see.

〈自我之歌〉第五首

我心中有你啊我的靈魂，另一個自我不必對你貶抑自己，
你也不必向另一個自我貶抑自己。

隨我去踏青，鬆弛你喉嚨的音栓，
話語、音樂和韻律都不要，我不要習俗和說教，不論多精彩，
5　我只喜歡片刻的寧靜，聽你抑揚有致的哼唱。

我記得我們曾經怎樣躺在這樣夏日透明的清晨，
你怎樣把頭枕在我的臀部輕輕在我身上翻滾，
從我的胸骨解開襯衫，把你的舌頭跳到我被扒光的心，
伸展直到你觸及我的鬍子，伸展直到你抱住我的腳。

10　迅速起身在我周遭撒下世間根本無從爭論的平和與知識，
於是我知道上帝之手就是我自己的承諾，
於是我知道上帝的靈就是我自己的靈兄，
也知道出生的男人全都是我的兄弟，女人都是我的姊妹和情人，

---

1. 另一個自我：身體。自我：I am，即笛卡爾的名言「我思故我在」（I think therefore I am）說的「我存在」。這個具體存有的「我」由身體和靈魂組成。《舊約·創世記》說亞衛摶土造人，那是亞當的身體，接著吹氣賜給他生命，於是亞當有了靈魂。傳統父系思維的二元論有明確的位階關係，男尊女卑對應於靈氣高貴而身體卑賤。
6. 透明：transparent，字面說的是天氣晴朗，意在言外傳達「見識透徹」之意。
7. 枕：橫躺（settled...athwart）。
8. 跳：原文 plunged 表明又快又猛的動作，通常是由上而下。譯文反映原文的語法修辭：行中停頓分隔的兩個半行使用平行結構的語法。

"Song of Myself" 5

I believe in you my soul, the other I am must not abase itself to you,
And you must not be abased to the other.

Loafe with me on the grass, loose the stop from your throat,
Not words, not music or rhyme I want, not custom or lecture, not even the best,
5   Only the lull I like, the hum of your valvèd voice.

I mind how once we lay such a transparent summer morning,
How you settled your head athwart my hips and gently turn'd over upon me,
And parted the shirt from my bosom-bone, and plunged your tongue to my bare-stript heart,
And reach'd till you felt my beard, and reach'd till you held my feet.

10   Swiftly arose and spread around me the peace and knowledge that pass all the argument of the earth,
And I know that the hand of God is the promise of my own,
And I know that the spirit of God is the brother of my own,
And that all the men ever born are also my brothers, and the women my sisters and lovers,

---

10. 原文沒有主詞。知識:見第三輯所錄江森〈且來體驗情可歡〉15-6 行注,並參見布雷克〈生病的玫瑰〉6 行注,以及柏朗〈〈愛慾果〉賞析:愛慾情〉注 3。

11. 上帝之手:上帝對於人間之事的干預或認可,影射「指引」。11-2 的措詞與意涵,在十九世紀的基督教世界普遍被視為異端又褻瀆。

也知道創造有個內龍骨就是愛，
15 數不清的是田野裡硬挺或枯萎的葉子，
以及葉子下方小洞裡的褐蟻，
還有曲折柵欄的苔痂、石堆、接骨木、毛蕊花和商陸草。

---

14. 內龍骨：船的龍骨上方用於固定建材的縱向結構，其主要作用在於維持船身的穩定。透過這個隱喻，惠特曼傳達「愛維持世界的穩定」。桑簡流的譯本（桑8）改寫作「開天闢地的原理只得一個愛字」。
15. 數不清：數量無限。「無限」意味著超越現實的經驗，因此屬於神聖領域。
17. 曲折柵欄：worm fence，柵欄彎彎曲曲，狀似蟲蠕動，故名。苔痂：苔蘚覆蓋在柵欄表面呈結痂狀。

And that a kelson of the creation is love,
15　And limitless are leaves stiff or drooping in the fields,
And brown ants in the little wells beneath them,
And mossy scabs of the worm fence, heap'd stones, elder, mullein and poke-weed.

擺動不停的搖籃

　　出自擺動不停的搖籃,
　　出自學舌鳥的歌喉梭道,
　　出自第九月的午夜,
　　越過貧瘠的沙地和遠方的田野,孩童下床獨自遊蕩的地方,光頭,
　　　　赤腳,
5　　在下方從淋淋清輝,
　　在上方從纏繞糾結互相嬉弄彷彿活生生的神秘暗影,
　　來自零散的荊棘叢和黑莓叢,
　　從對我歌唱的鳥的回憶,
　　從對哀慟的兄弟你的回憶,從我聽到忽起忽落的陣陣鳴聲,
10　　從遲遲推升宛若含淚浮腫的那半輪昏黃月的下方,
　　從那濛濛霧中開始表露顧戀與深情的旋律,
　　從我心坎百百種源源不絕的回應,
　　從因此激發的千言萬語,
　　從強烈又美妙無與倫比的字眼,

---

1. 看到海波綿綿不絕,聯想到擺動不同的搖籃:搖籃是人生的發源地,海則是惠特曼的詩人生涯的發源地。
2. 學舌鳥:嘲鶇的俗稱,統稱善於模仿的鳴禽,模仿其他動物的叫聲,不像鸚鵡是學人類說話。歌喉梭道:原文以「音樂的傳輸管道」作為「喉嚨」的同位語。
3. 第九月:以胎兒自然生產的孕育期暗示「孕期圓滿」,預告新生命(詩中說話者的詩人身分)的誕生,對比下一行「貧瘠的沙地」。易卜生《海妲‧蓋柏樂》第一幕,標題女主角看著窗外落葉,想到「九月」(不是「第九個月」),不禁流露她對懷孕生產的恐慌,後續的劇情是她為了堅持「生活的美感」竟至於舉槍抵住自己的太陽穴自殺。惠特曼的思路反其道而行,同樣的入秋時節,從自然時序的「第九個月」反向體會人體機能「九月」的意涵,終於傾聽出海風呼嘯的意境。午夜:舊的一天結束而新的一天開始的時辰。
4. 光頭:沒戴帽子。

Out of the Cradle Endlessly Rocking

    Out of the cradle endlessly rocking,
    Out of the mocking-bird's throat, the musical shuttle,
    Out of the Ninth-month midnight,
    Over the sterile sands and the fields beyond, where the child leaving his bed
        wander'd alone, bareheaded, barefoot,
5   Down from the shower'd halo,
    Up from the mystic play of shadows twining and twisting as if they were alive,
    Out from the patches of briers and blackberries,
    From the memories of the bird that chanted to me,
    From your memories sad brother, from the fitful risings and fallings I heard,
10 From under that yellow half-moon late-risen and swollen as if with tears,
    From those beginning notes of yearning and love there in the mist,
    From the thousand responses of my heart never to cease,
    From the myriad thence-arous'd words,
    From the word stronger and more delicious than any,

---

5. 淋淋：shower'd（= showered）是過去分詞作形容詞，以陣雨灑落隱喻沐浴在光輝之中或之下。清輝：halo，本義「光暈，光輪」，引申為「瑞氣祥光」，指涉 10 的月亮，但本行要呈現詩中所描寫的孩童夜遊穿越灌木叢的超現實氛圍。
5-6. 在朦朧的月光下，在樹叢中踩著千變萬化的陰影。
6. 嬉弄：play，語意如同蘇軾〈水調歌頭・明月幾時有〉詞中「起舞弄清影」的「弄」。纏繞糾結：twining and twisting，原文押頭韻。
7. 零散：複數的 patches，有別於周遭地景的小塊地。荊棘：briers 泛稱多刺的木質莖植物，特指野薔薇。
9. 哀慟：sad，中文暗示死亡的母題。兄弟：擬人化的雄鳥，即 8 所指涉。

15　　從像現在這樣他們展開舊地重遊的情景，
　　　像一群鳥，唧啾、飛升，或掠過頭頂，
　　　匆匆飄颻來到這裡，趁我還來得及意會，
　　　一個男人，卻流下這些淚又成為小男孩，
　　　撲倒在沙灘，面迎海波，
20　　我，痛苦與歡樂的歌手，結合今生與來世，
　　　汲取一切暗示加以運用，卻轉眼間超越那一切，
　　　唱一首緬懷曲。

　　　曾經在波瑪諾，
　　　紫丁香的芬芳瀰漫空中，第五月草正長，
25　　在這海岸一叢荊棘上方，
　　　兩隻羽族過客來自阿拉巴馬，雙宿雙飛，
　　　他們的巢，四顆淺綠色的蛋帶褐斑，
　　　一天又一天雄鳥在附近飛來飛去，
　　　一天又一天雌鳥在她的巢裡孵蛋，不出聲，兩眼灼灼，
30　　一天又一天我，好奇的男孩，不曾逼近，不曾干擾他們，
　　　只謹慎窺視、吸收、翻譯。

10.　推升：月亮「升起」是 rising（以過去式的形態 rose 出現在 75），惠特曼卻使用過去分詞 risen，彷彿有外力把月亮推上天空。月升因緩而遲，遲緩則是因為「含淚浮腫」：說話者把主觀的情感投射到擬人化的月亮。莎士比亞在《仲夏夜之夢》寫仙后提坦妮雅發生一夜情之前，說「我覺得月亮看來像汪汪淚眼」（the moon methinks looks like a watery eye）（3.1.175）。

17.　飄颻：borne，凌風飛翔，表達和 10「推升」相同的語態。

18.　本詩和記憶有關：詩中以「歌手」（20）自稱的說話者是成人，舊地重遊回顧童年夜遊的情景。男兒有淚不輕彈，他卻憶往催淚而不能自已。

20-2.　一連 16 行以介系詞開頭，接著 17-22 的行首交替出現分詞和名詞，行首名詞從性別（男人）聚焦到個人（我），終於帶出獨立子句「（我）唱一首緬懷曲」，原文 22 倒裝動詞與受詞。

15　From such as now they start the scene revisiting,
　　As a flock, twittering, rising, or overhead passing,
　　Borne hither, ere all eludes me, hurriedly,
　　A man, yet by these tears a little boy again,
　　Throwing myself on the sand, confronting the waves,
20　I, chanter of pains and joys, uniter of here and hereafter,
　　Taking all hints to use them, but swiftly leaping beyond them,
　　A reminiscence sing.

　　Once Paumanok,
　　When the lilac-scent was in the air and Fifth-month grass was growing,
25　Up this seashore in some briers,
　　Two feather'd guests from Alabama, two together,
　　And their nest, and four light-green eggs spotted with brown,
　　And every day the he-bird to and fro near at hand,
　　And every day the she-bird crouch'd on her nest, silent, with bright eyes,
30　And every day I, a curious boy, never too close, never disturbing them,
　　Cautiously peering, absorbing, translating.

---

22. 稱本詩為「緬懷曲」，呼應詩人自稱為「歌手」（20），是「唱歌」而不是「寫詩」。
23. 波瑪諾：紐約州的長島（Long Island），惠特曼的出生地。印地安人稱該島為 Paumanok，取「魚」或「魚形」之意。
24. 長：動詞，音同「掌」。

「照耀！照耀！照耀！
傾灑你的溫暖吧，大太陽！
我們浴光取暖，我們雙宿雙飛。

35 「雙宿雙飛！
風吹南，或風吹北，
白天白，或黑夜黑，
家，或家外圍的河流與山區，
時時歌唱，忘記時間，
40 我們總是雙宿雙飛。」

直到突然間，
也許被殺，她的配偶不曉得，
一天午前這雌鳥沒有在巢裡孵蛋，
那個午後也沒有回來，第二天也沒有，
45 再也沒有出現過。

那之後整個夏天在海的聲音中，
在夜晚天氣比較平靜的滿月下，
越過海掀波湧浪的嘶吼，
或是白天在荊棘叢飛來掠去，
50 不時我看到，我聽到留戀鳥，那隻雄鳥，
來自阿拉巴馬的孤獨過客。

「吹啊！吹啊！吹啊！
沿著波瑪諾岸邊吹起海風；
我一等再等直到你把我的配偶吹回我身邊。」

32-40. 詩中的說話者「聽到」這對比翼鳥引吭歡唱，聞聲回想方才所見，會心有得而以書寫符號「翻譯」（31）出來的歌詞，即本詩以引號標示的詩行，原文使用斜體。

36. 不論颳北風或颳南風。

Shine! shine! shine!
Pour down your warmth, great sun!
While we bask, we two together.

35 *Two together!*
Winds blow south, or winds blow north,
Day come white, or night come black,
Home, or rivers and mountains from home,
Singing all time, minding no time,
40 *While we two keep together.*

Till of a sudden,
May-be kill'd, unknown to her mate,
One forenoon the she-bird crouch'd not on the nest,
Nor return'd that afternoon, nor the next,
45 *Nor ever appear'd again.*

And thenceforward all summer in the sound of the sea,
And at night under the full of the moon in calmer weather,
Over the hoarse surging of the sea,
Or flitting from brier to brier by day,
50 *I saw, I heard at intervals the remaining one, the he-bird,*
The solitary guest from Alabama.

Blow! blow! blow!
Blow up sea-winds along Paumanok's shore;
I wait and I wait till you blow my mate to me.

---

37. 不只是日日夜夜，可能是「不論天色轉白或轉黑」，意在言外強調「不論天色多麼美好的白天，或夜色多麼漆黑的晚上」。

55　　沒錯，星星閃耀時，
　　　整個長夜在苔蘚遍佈的木樁尖頭，
　　　下方幾乎被飛濺的海浪淹沒，
　　　坐著孤單、帶勁的歌手催人落淚。

　　　他呼喚他的配偶，
60　　他傾訴的意義眾人唯獨我了解。

　　　是的我的兄弟我了解，
　　　其他人不見得，可我珍惜每個聲調，
　　　因為不只一次摸黑潛下海灘，
　　　默默地，避開月光，把我自己融入陰影，
65　　現在想起模糊的形狀、回音、聲響和類似的情景，
　　　碎浪伸出白色的手臂翻動不厭倦，
　　　我，打赤腳，孩童一個，頭髮隨風飄，
　　　傾聽好久好久。

　　　傾聽以便保存，以便歌唱，如今翻譯旋律，
70　　依照我的兄弟你的意思。

　　　「撫慰！撫慰！撫慰！
　　　緊隨在後的浪頭撫慰前浪，
　　　後頭又跟上一個浪擁抱又輕拍，浪緊跟著浪，
　　　可是我的愛撫慰不了我，撫慰不了。

75　　「月亮低懸，升空晚，
　　　冉冉而行——我想啊是沉重負荷愛，負荷愛。

66.　白色的手臂：巨波。
75.　晚：late，見10行注釋義「遲緩」。

55　　Yes, when the stars glisten'd,
　　　All night long on the prong of a moss-scallop'd stake,
　　　Down almost amid the slapping waves,
　　　Sat the lone singer wonderful causing tears.

　　　He call'd on his mate,
60　　He pour'd forth the meanings which I of all men know.

　　　Yes my brother I know,
　　　The rest might not, but I have treasur'd every note,
　　　For more than once dimly down to the beach gliding,
　　　Silent, avoiding the moonbeams, blending myself with the shadows,
65　　Recalling now the obscure shapes, the echoes, the sounds and sights after their sorts,
　　　The white arms out in the breakers tirelessly tossing,
　　　I, with bare feet, a child, the wind wafting my hair,
　　　Listen'd long and long.

　　　Listen'd to keep, to sing, now translating the notes,
70　　Following you my brother.

　　　Soothe! soothe! soothe!
　　　Close on its wave soothes the wave behind,
　　　And again another behind embracing and lapping, every one close,
　　　But my love soothes not me, not me.

75　　*Low hangs the moon, it rose late,*
　　　It is lagging—O I think it is heavy with love, with love.

「發狂啊海水往陸地推進，
懷著愛，懷著愛。

「黑夜啊！難道我沒看見我的愛在碎浪中拍翅？
80 我看見白色中的那個小黑點是什麼？

「大聲！大聲！大聲！
大聲我呼喚你，我的愛！

「高昂又清晰我射出我的聲音越過波浪，
你一定知道誰在這裡，在這裡，
85 我的愛侶，你一定知道我是誰。

「低懸的月亮！
你的黃褐色當中那個微暗的斑點是什麼？
哦那形狀，那形狀是我的配偶！
哦月亮別再留她遠離我的身邊。

90 「陸地！陸地！哦陸地！
不論我轉向何方，哦我想你可以把我的配偶還給我只要你願意，
因為我幾乎確定我朦朦朧朧看到她不論我張望何方。

「升空的星星哦！
或許我一心想要的對象會升起，隨你們當中某顆星升起。

95 「歌喉啊，顫抖的歌喉啊！
把聲音更嘹亮穿透大氣！
鑽進樹林、土地，
在某個地方感應你的必定是我要的對象。

O madly the sea pushes upon the land,
With love, with love.

O night! do I not see my love fluttering out among the breakers?
80　What is that little black thing I see there in the white?

Loud! loud! loud!
Loud I call to you, my love!

High and clear I shoot my voice over the waves,
Surely you must know who is here, is here,
85　You must know who I am, my love.

Low-hanging moon!
What is that dusky spot in your brown yellow?
O it is the shape, the shape of my mate!
O moon do not keep her from me any longer.

90　Land! land! O land!
Whichever way I turn, O I think you could give me my mate back again if you
　　only would,
For I am almost sure I see her dimly whichever way I look.

O rising stars!
Perhaps the one I want so much will rise, will rise with some of you.

95　O throat! O trembling throat!
Sound clearer through the atmosphere!
Pierce the woods, the earth,
Somewhere listening to catch you must be the one I want.

「歌聲飛揚！
100　夜晚的歌聲啊，這裡孤獨！
深情落寞的歌聲！死亡的歌聲！
那冉冉升空、昏黃的月亮下方的歌聲！
哦，就在那幾乎沉落入海的月亮下方！
哦，目空一切萬念俱灰的歌聲。

105　「可是要柔和！降低音量！
柔和！只要讓我喃喃細語，
你啊沙啞粗糙的海請你停一下，
因為我相信我聽到我的配偶在某個地方回應我，
那麼微弱，我一定要寂靜，寂靜以便傾聽，
110　可是不能死寂，否則她或許無法立刻來到我身邊。

「我的愛侶啊，到這裡來！
我在這裡！這裡！
藉這斷斷續續的聲調我向你宣示我自己，
這輕柔的呼喚是為了我的愛侶你，為了你。

115　「不要被招引到別處，
那是風在呼嘯，那不是我的聲音，
那是絮語，浪花的絮語，
那些是葉子的陰影。

98.　感應：listening to catch「傾聽以便領會」。必定先傾聽才可能產生感應，雖然傾聽不能保證有感應，但是沒有傾聽則絕無可能感應；參見 69 和 138。這個觀念就是我在本書的評注，以及我在《荷馬史詩：儀軌歌路通古今》書中，一再提到的記憶之德。「德」即英文的 virtue，是具有一定功效的品質。你：95 擬人化的「歌喉」。

    Shake out carols!
100 *Solitary here, the night's carols!*
    Carols of lonesome love! death's carols!
    Carols under that lagging, yellow, waning moon!
    O under that moon where she droops almost down into the sea!
    O reckless despairing carols.

105 *But soft! sink low!*
    Soft! let me just murmur,
    And do you wait a moment you husky-nois'd sea,
    For somewhere I believe I heard my mate responding to me,
    So faint, I must be still, be still to listen,
110 *But not altogether still, for then she might not come immediately to me.*

    Hither my love!
    Here I am! here!
    With this just-sustain'd note I announce myself to you,
    This gentle call is for you my love, for you.

115 *Do not be decoy'd elsewhere,*
    That is the whistle of the wind, it is not my voice,
    That is the fluttering, the fluttering of the spray,
    Those are the shadows of leaves.

---

118. 葉子的陰影：呼應 6「纏繞糾結互相嬉弄彷彿活生生的神秘暗影」，但是影射的意涵從勾引男孩的好奇心轉為表達雄鳥的失落感。

「哦黑暗！哦徒勞！
120 我非常不舒服而且滿腹哀愁。

「哦棕色的光環在天空靠近月亮，低垂在海面上方！
哦受驚擾的海中倒影！
哦歌喉！哦悸動的心！
我歌唱徒勞，徒勞整個晚上。

125 「哦過去！哦快樂的生活！哦歡樂歌！
在空中，在樹林，在田野，
愛過！愛過！愛過！愛過！愛過！
可是我的配偶已經不在，不再陪我！
我們不再雙宿雙飛！」

130 詠唱調沉寂，
其餘一切依舊，星星發亮，
海風吹襲，那隻鳥的旋律持續迴響，
夾帶暴烈的老母親悲嘆不已的憤怒悲嘆聲，
在波瑪諾灰色海岸娑娑響的沙灘，
135 半輪昏黃月變大、下沉、低垂，幾乎碰觸到海面，
這男孩欣喜若狂，赤腳浸波浪，頭髮任海風撫弄，

---

122. 月亮在海面的倒影由於波浪而「受驚擾」。
133. 暴烈的老母親：海洋。
136. 欣喜若狂：ecstatic，因著迷而出神的狂喜狀態，其名詞形態 ecstasy 即第三輯所譯鄧恩〈出神〉的標題，見該輯〈愛樂魂出竅：〈出神〉賞析〉釋義。該詞源自希臘文 ekstasis，用於描述陷入恍惚的精神狀態，當事人彷彿身心解離，因此被視為癲狂；神祕主義者卻視其為超現實的體會，因為當事者的靈魂超脫肉體。這種恍惚與超脫共同的心理現象，用我們熟悉的措詞，可以說是「神明附身」。詩中男孩從「深情落寞」的死亡

  O darkness! O in vain!
120 *O I am very sick and sorrowful.*

  O brown halo in the sky near the moon, drooping upon the sea!
  O troubled reflection in the sea!
  O throat! O throbbing heart!
  And I singing uselessly, uselessly all the night.

125 *O past! O happy life! O songs of joy!*
  In the air, in the woods, over fields,
  Loved! loved! loved! loved! loved!
  But my mate no more, no more with me!
  We two together no more.

130 The aria sinking,
  All else continuing, the stars shining,
  The winds blowing, the notes of the bird continuous echoing,
  With angry moans the fierce old mother incessantly moaning,
  On the sands of Paumanok's shore gray and rustling,
135 The yellow half-moon enlarged, sagging down, drooping, the face of the sea almost touching,
  The boy ecstatic, with his bare feet the waves, with his hair the atmosphere dallying,

---

之歌（101）聽出愛的呼喚，本行描述他（The boy who is ecstatic = 喜不自禁的男孩）心醉神迷之狀，使用本詩頻繁出現的平行結構，但是對等的兩個獨立分詞構句把主詞和介系詞片語倒裝，而且省略重複的分詞（dallying）是在構句的前半，還原成散文語法是 the waves dallying with his bare feet, and the atmosphere dallying with his hair（波浪戲弄他的光腳丫，海風戲弄他的頭髮）。海風：atmosphere，特定地區的空氣。

愛在心中長久幽閉，如今解放，如今終於猛然爆發，
詠唱調的意義在耳朵、靈魂快速沉澱，
奇異的淚水滾落臉頰，
140　那裡的會談，那三重唱，各自發聲，
弦外之音，兇狠的老母親不斷呼號，
對這男孩靈魂的疑問陰沉沉應和，吐露某個被淹沒的秘密，
對這剛起步的歌手。

　　精靈或是鳥！（這男孩的靈魂說，）
145　你確實是對你的配偶唱歌？或者其實對我唱？
因為我，孩童一個，舌頭的效用還在沉睡，現在聽到你，
現在瞬間我知道自己的志向，我清醒過來，
已經有成千歌手，成千首歌，比你的歌聲更清晰、更嘹亮也更哀愁，
上千種婉轉的回聲開始在我體內有了生命，死不了。

150　你啊孤獨的歌手，自己唱歌，反映我的心聲，
我啊孤獨傾聽，我決不再中斷你餘音繚繞，
我決不再逃避，決不再逃避反響，
決不再有深情失落的呼喊與我疏離，
決不會任由自己仍然是以前夜晚在那裡心境平和的孩童，

---

137. 在心中：在詩中描述的男孩的心中。

138. 對擅長聽覺記憶的人，如音樂家、古希臘的荷馬那一類的唱詩人（aoidos，見拙作《荷馬史詩：儀軌歌路通古今》2.4.1〈唱詩人荷馬〉）或中古時代蘇格蘭的「歌手」（見143 行注），耳朵是靈魂之窗，傾聽的效果必然銘刻在心靈層面。

140. 三重唱發自雄鳥、海風和男童。

143. 歌手：bard 常作 poet（詩人）的同義詞，其實 bard 的詞源指涉凱爾特（Kelt）傳統自編、自彈、自唱的專業歌唱人，有別於現代伏案拾筆／按鍵從事創作的詩人。20 的 chanter（歌手），動詞形態 chant 源自拉丁文 cantare，則是「歌詠，唱誦」，意涵顯有不同。

147-9. 「清醒」的結果，一來領會以前的詩人所唱的詩歌（148），二來體悟自己身為詩人的創作旨趣（149）；參見 176-8。

The love in the heart long pent, now loose, now at last tumultuously bursting,
The aria's meaning, the ears, the soul, swiftly depositing,
The strange tears down the cheeks coursing,
140　The colloquy there, the trio, each uttering,
The undertone, the savage old mother incessantly crying,
To the boy's soul's questions sullenly timing, some drown'd secret hissing,
To the outsetting bard.

Demon or bird! (said the boy's soul,)
145　Is it indeed toward your mate you sing? or is it really to me?
For I, that was a child, my tongue's use sleeping, now I have heard you,
Now in a moment I know what I am for, I awake,
And already a thousand singers, a thousand songs, clearer, louder and more sorrowful than yours,
A thousand warbling echoes have started to life within me, never to die.

150　O you singer solitary, singing by yourself, projecting me,
O solitary me listening, never more shall I cease perpetuating you,
Never more shall I escape, never more the reverberations,
Never more the cries of unsatisfied love be absent from me,
Never again leave me to be the peaceful child I was before what there in the night,

---

148. 更清晰：因為表達的媒介是意義相對明確的書寫符號。

150. 說話者透過回憶，從雄鳥的歌唱聽到自己童年時的「心聲」，從中孕育詩人惠特曼。惠特曼以自己的方式闡明本輯華滋華斯〈我心雀躍〉所稱「兒童是成人的典範」。

151. 餘音繚繞：詩中的說話者成為詩人以後，透過寫詩反覆尋繹深情（＝愛）與失落（＝死亡）的辯證關係，處處迴響詩中描寫的這隻雄鳥所唱之歌的聲調與歌詞，也就是 perpetuating you（延續你的歌聲；使你萬古長存），餘響綿綿無絕期。這位詩人對於寫詩的志向有過猶豫，如今心意已決，所以不再 cease（中斷）之說。

152. 決：心意已決。

153. 與我疏離：be absent from me，「不見於我（寫的詩）」。

155　在海邊昏黃而低垂的月亮下，
　　那裡的信使火，內心甜蜜的折磨，激發
　　不可名狀的欲求，我注定的命運。

　　哦給我線索！（線索潛伏在夜晚這裡的某個地方，）
　　哦既然我就是擁有這麼多，讓我擁有更多吧！

160　就一個字眼（因為我打定主意征服它，）
　　終極、超越一切的那個字眼，
　　微妙，傳出──是什麼？──我傾聽；
　　海波你，你在說悄悄話，一直在說悄悄話？
　　那是你從晶瑩的水面和潮濕的沙灘傳出的字眼？

165　因此有回應，海，
　　不拖延，不倉促，
　　通宵對我絮絮耳語，破曉前非常明朗，
　　喃喃吐出那個低沉而美妙的字眼「死亡」，
　　再三重複「死亡」、「死亡」、「死亡」、「死亡」，

---

156. 甜蜜的折磨：直譯「甜蜜的地獄」，這裡說的「地獄」是引申義，呼應文藝復興以降「視地獄在人心」這樣的主流觀點。借用但丁《神曲·冥界》1.7 的措詞，地獄是「愁苦無邊連死亡也難能比擬」（so bitter death is hardly more so）的地方。惠特曼始終明白自己成為「孤獨的歌手」所面臨的矛盾處境：因為了解人生的意義而感到美妙，同時又因為必須步步為營而膽戰心驚。「內心甜蜜的折磨」和「火」是同位語，即「信使」。火是淬鍊所不可或缺，卻也是苦刑的工具，既帶來光明與希望，也帶來毀滅與絕望。具體而言，「火」在本詩象徵「愛」，有愛才會有失落感，失落感則見證深情。此一領悟傳達了惠特曼成為詩人的天命，故云「信使」；參見 160。透過死亡領悟愛的意義，失落因此帶來重生的契機。

158. 線索：clew，透過古英文源自日耳曼語的「線團」，但是十七世紀以後，音、義皆同而只是拼寫有別的 clue 逐漸占上風。說話者從雄鳥「深情失落」（153）的孤獨之歌領悟到自己的詩人天職；可是要從雄鳥的遭遇連結到個人的苦難，得要有通關密語。那「通關密語」，借用但丁《神曲·天界》33.87 的隱喻，可以這麼理解：人類古往今來的經

| 155 | By the sea under the yellow and sagging moon,
| | The messenger there arous'd, the fire, the sweet hell within,
| | The unknown want, the destiny of me.

| | O give me the clew! (it lurks in the night here somewhere,)
| | O if I am to have so much, let me have more!

| 160 | A word then, (for I will conquer it,)
| | The word final, superior to all,
| | Subtle, sent up—what is it?—I listen;
| | Are you whispering it, and have been all the time, you sea-waves?
| | Is that it from your liquid rims and wet sands?

| 165 | Whereto answering, the sea,
| | Delaying not, hurrying not,
| | Whisper'd me through the night, and very plainly before day-break,
| | Lisp'd to me the low and delicious word death,
| | And again death, death, death, death,

驗無異於四處飄零的紙張，得要有「超越一切」（161）的心力才能裝訂成冊，因此具備美感形式而產生終極意義；詳見拙作《荷馬史詩：儀軌歌路通古今》6.4.1〈但丁《神曲》·閱歷宇宙之書〉。

163. it：低聲絮語所說的「話」，即 160 的 word（字眼）。
165. 因此：whereto，古風書寫作副詞使用，表達往特定的地點、目標或方向，即 167-8 具體指出的意義。回應：分詞 answering 的主詞是「海」，其動詞則是 167 的 whisper'd（= whispered）。

170　絲絲響聲調悠然，既不像那隻鳥也不像我被激發的童心，
　　卻像私底下緩緩挨近在我腳邊唏唏嗦嗦，
　　從那裡穩穩爬上我的耳朵接著輕柔洗滌我的全身，
　　死亡、死亡、死亡、死亡、死亡。

　　那情景我忘不了，
175　倒是融入我昏暗的精靈兄弟的歌聲，
　　他在月光下波瑪諾灰色的海灘對我歌唱，
　　隨口有成千首歌呼應唱和，
　　我自己的歌從那時刻覺醒，
　　歌中夾帶秘訣，從波浪浮出來的那個字眼，
180　最甜美的歌和所有的歌共通的字眼，
　　那個強烈又美妙的字眼，爬到我的腳，
　　（或像一襲家常服，側身彎腰擺動搖籃的老太婆，）
　　大海對我說悄悄話。

---

172. 洗滌：重生的母題。
175. 昏暗：以視覺的色調轉喻心情，猶言「憂鬱」。
178. 覺醒：以現在時態重出於 147「清醒」。
179. 秘訣：key，即關鍵「字眼」，兩者是同位語。
181. 關係代名詞 which 所引導的形容詞子句的主詞是 183 的 The sea。最後這 3 行可用散文語法改寫為「大海沖刷我的腳，（或是像身穿家常服擺動搖籃的老太婆，）對我呢喃那個強烈又美妙的字眼」。「爬到我的腳」呼應 136「赤腳浸波浪」（見該行注）：海是雌鳥最後的歸宿，透過波浪傳來死亡的訊息，男孩卻有如醍醐灌頂，從中體會愛的力量。
182. 家常：sweet，「親切怡人」，原文重出於 180「甜美」，但是官感從聽覺轉為視覺，也把「深情」從抽象的「愛」透過 181 的觸感轉化成具體的動作，呼應破題詩行透過人生經驗與自然景象的關聯所預告新生與成長的主題（見 1 行注），同時形成環狀結構暗示永恆回歸的神話母題。搖籃擺動如大海波動，此一意象不著痕跡把個體生命的成長連結到詩人性靈的孕育。

170	Hissing melodious, neither like the bird nor like my arous'd child's heart,
	But edging near as privately for me rustling at my feet,
	Creeping thence steadily up to my ears and laving me softly all over,
	Death, death, death, death, death.

          Which I do not forget,
175   But fuse the song of my dusky demon and brother,
          That he sang to me in the moonlight on Paumanok's gray beach,
          With the thousand responsive songs at random,
          My own songs awaked from that hour,
          And with them the key, the word up from the waves,
180   The word of the sweetest song and all songs,
          That strong and delicious word which, creeping to my feet,
          (Or like some old crone rocking the cradle, swathed in sweet garments,
                    bending aside,)
          The sea whisper'd me.

【評論】
民主詩人惠特曼

　　法國大革命在 1789 年爆發。這一場世界近代史上規模最大、最徹底而且影響最深遠的政治兼社會革命，不只是摧毀法國的舊秩序，同時也震撼整個歐洲大陸的政局，使得民主的觀念和共和的體制廣泛深入人心。「民主」是以人民為政治權力的主體，「共和」是構成政治主體的族群沒有階級之分。就那一場革命的理念來說，革命之前 13 年，在 1776 年，英屬北美殖民地（新英格蘭十三州）的代表組成的大陸會議通過獨立宣言，宣布脫離大不列顛王國，第一個民主共和國就誕生了。

惠特曼的草葉性格

　　以「民主詩人」尊稱惠特曼，不只是因為他是最古老的民主共和國第一位現代詩人，更是因為他的草葉性格體現民主的精神。「草葉性格」取典於惠特曼的詩集《草葉集》（*Leaves of Grass*）。原野上的草葉難登大雅之堂，看似渺小卑微卻生機無窮，美感洋溢無以名狀，而且數不勝數近乎無限──無限屬於神聖領域。每一片草葉都有獨特之美，葉片聚合又是另一番整體美，有如個體組成的整體之美蔚成民主的特色，此一隱喻的意涵和茫茫人海中的水滴異曲同工[1]。換個說法，《草葉集》的每一首詩無異於一片草葉，無不有功於惠特曼在美國詩壇開疆拓土。把詩體的解放當作文學現代化的指標，惠特曼無疑是美國的第一位現代詩人[2]。

　　《草葉集》展現惠特曼以草葉性格實踐詩人信念的心路歷程。他在 35 歲（1855）推出第一版，73 歲（1892）辭世時第七版問世。他自己把創作繼之以修改成篇的過程比喻為一棵樹。樹木茁長臻於茂盛當然不是有意識的過程，《草葉集》也不是按照既定的規劃創作結集，但是主題結構灼灼其華。整體而

---

[1] 見第四輯〈滾滾人海一水滴〉譯後感〈人潮湧浪聚水珠〉。

[2] 見第三輯〈雙鷹調情〉賞析〈詩體的解放〉。

論,惠特曼從個人往外拓展到公眾的領域,在詩中探索他自己對於人類集體經驗的洞察力。展閱這一部詩集其實是體會人類從出生到死亡的旅程。這樣的主題無愧於「史詩」之名,其成分卻洋溢抒情詩的多姿多采。

一如其他卓然有成的詩人,惠特曼寫詩表明自己的人生觀與人性觀。然而,他的詩壇前輩探討宗教與心靈相關的問題,往往多方仰賴象徵、託寓與冥思等手法,《草葉集》卻大刺刺讚揚身體,使用直白的語言呈現感官之歡。在他創作的年代,坦誠展現或揭露自我不只是不得體,甚至被視為傷風敗俗。不是他目無俗子,而是他勇於體現我說的「草葉性格」。《草葉集》第三輯〈自我之歌〉6.1-7是惠特曼自己為這個性格下的注腳:

有個小朋友捧著滿手的草給我說「這是什麼?」
我怎麼回答得來?我對草的認識不比他多。

我猜想草必定標示我的性情,是滿懷希望的綠紗編織而成。

不然我猜想草是上主的手帕,
5 　有香味的禮物而且是故意掉落的信物,
　想方設法在角落繡出主人的名字,好讓我們看到也注意到,然後問
　　　「是誰的?」

不然我猜想草本身就是小朋友,是植物長出的寶寶。

A child said *What is the grass*? fetching it to me with full hands;
How could I answer the child? I do not know what it is any more than he.

I guess it must be the flag of my disposition, out of hopeful green stuff woven.

Or I guess it is the handkerchief of the Lord,
5 　A scented gift and remembrancer designedly dropt,
　Bearing the owner's name someway in the corners, that we may see and
　　　remark, and say *Whose*?

Or I guess the grass is itself a child, the produced babe of the vegetation.

《草葉集》的第四輯是〈亞當的孩子〉（"Children Of Adam"），其中包括謳歌人類全體的〈滾滾人海一水滴〉，以及謳歌女性形體的〈我歌頌帶電的身體〉第五首。惠特曼並沒有獨厚女性，〈我歌頌帶電的身體〉第六首即是謳歌男性的形體。出自《草葉集》第二十一輯〈路邊即景〉（"By the Roadside"）的〈雙鷹調情〉描寫帶電的身體促成身體的解放之一端。在惠特曼的詩，我們看到身體是理解並領會人生經驗的載體，也是表現並傳達人生經驗的媒介。這裡說的身體，不論其為陰性、陽性、中性或陰陽同體，總之是沒有性別之分。

　　惠特曼心眼所見的人，即長達 1346 行的〈自我之歌〉所歌頌的「自我」，不只是沒有性別之分，甚至靈肉之分也給泯除了。他在〈自我之歌〉21.1-6 寫道：

> 　　我是身體的詩人而且我是靈魂的詩人，
> 　　天堂的歡樂與我同在而且地獄的痛苦與我同在，
> 　　我嫁接前者使自己增長，翻譯後者譜成新腔[3]。
>
> 　　我是女人如同我是男人的詩人，
> 5　我說成為女人和成為男人同樣了不起，
> 　　我說萬物最了不起莫過於人的母親。

> 　　I am the poet of the Body and I am the poet of the Soul,
> 　　The pleasures of heaven are with me and the pains of hell are with me,
> 　　The first I graft and increase upon myself, the latter I translate into a new tongue.
>
> 　　I am the poet of the woman the same as the man,
> 5　And I say it is as great to be a woman as to be a man,
> 　　And I say there is nothing greater than the mother of men.

---

[3] 嫁接：即第三輯鄧恩〈出神〉9 使用的園藝意象，見該注。翻譯：〈擺動不停的搖籃〉31 和 69 使用的引申義，見該詩 32-40 行注。

此處譯出的〈自我之歌〉第五首謳歌身體與靈魂的結合。基督教義獨尊性靈和貶抑肉體雙管齊下，必然導致的一個結果是身心解離，此所以身體與靈魂的對話或辯論從十一世紀開始蔚成英詩的一種體裁。惠特曼別出心裁之處在於使用情慾語言。同樣呈現靈肉合體，第三輯所譯鄧恩〈出神〉的說話者鼓如簧之舌，可以說是要把靈魂「嫁接」到肉體，要證明肉體的神聖屬性。鄧恩大費周章闡述的形而上之理，在惠特曼筆下卻是直觀領悟所得。惠特曼把靈魂與肉體描寫成一對互為主體的情侶，這一對情侶體現人類的「集體自我」。此一形象的自我實已超越兒女私情而進境於世間博愛，所以行 10「迅速」筆鋒一轉，主詞根本無關緊要[4]。

　　靈肉本一體，是一體的兩面。身體這個媒介方便我們認識靈魂。在惠特曼看來，離離原上草無不和靈魂同樣神聖。既然身體神聖一如靈魂，他寫詩展示身體其實是在詠唱精神聖歌。完整的自我必定是兩面俱全。自我是人的個別認同，體認到自己明顯與眾不同的特質與生命，不妨稱為「個體自我」。相對的觀念是「集體自我」，體認到形形色色的個體自我都有共通的認同。獨特的個體認同和共通的集體認同並存不悖，這就是民主的精神。讀惠特曼的詩，切忌把自我和「自我中心」（egotism）混為一談——自我中心目光如豆，見識淺短竟至於對自我的認知也是瞎子摸象，殘缺的自我根本配不上「個體」之名。個體自我之於集體自我有如草葉之於草原，同樣美感洋溢因此神聖無倫。他的詩一再出現的「我」是共相詞，是構成個人與人類的「人」性所不可或缺的神聖成分，因此具有「原型」（archetype）意義。惠特曼的草葉性格和民主理想密不可分，而博愛正是民主社會不可或缺的情感連結。

　　把白居易〈賦得古原草送別〉的尾聯忽略[5]，我們讀到「離離原上草，一歲一枯榮，野火燒不盡，春風吹又生，遠芳侵古道，晴翠接荒城」，草原旺盛的生機和草根堅強的韌性昭昭在目。這一斷章取義，惠特曼詩中理想民主的草葉性格呼之欲出，他的生命視野和詩人願景盡在其中。

詩人的搖籃

　　浪漫派詩人總是能夠從大自然獲得啟悟，這不足為奇。詩人惠特曼獲得大

---

[4]　見該行注。

[5]　這尾聯是「又送王孫去，萋萋滿別情。」

自然啟示的一大靈泉是海。《草葉集》第二十輯〈海漂集〉（"Sea-Drift"）都是和海或海岸有關的詩，輯中第一首〈擺動不停的搖籃〉是這一系列詩篇的定錨之作。撫今思昔雖然流露濃烈的失落感，記憶之海漂流物的沉積，或從海床翻出來的記憶殘跡，卻孕育詩人的誕生。記憶本身就是人生經驗擺動不停的搖籃。

〈擺動不停的搖籃〉洋溢英國浪漫主義的遺風，情節線索相當清晰。詩中的說話者可信就是詩人惠特曼。他回想幼年時，在住家附近的海邊觀察一對禽鳥，他們（詩中把鳥擬人化）的配偶關係使這男孩大開眼界。回顧幼時的記憶，從身處大自然的第一手經驗悟出永生的信念，那個信念造就美國第一位現代詩人的誕生。此一主題和華滋華斯的《序曲》相同。不過華滋華斯是從對大自然油然興起無以名狀的敬畏之情得到啟示，就像本輯〈我心雀躍〉具體而微展現的靈感，惠特曼卻是把自我投射到自然界，從修辭學的角度來說是把自然擬人化，從中領略愛的力量足以超越死亡。華滋華斯在《永生賦》回顧童年記憶，拈出永生的徵兆，這份啟示雖然會在日常天光中趨於黯淡，卻使他得以維繫虔敬的情懷。有別於華滋華斯在回顧中看到人生的未來，惠特曼在當下看到人類的未來。

從傳統詩體的觀點不免覺得〈擺動不停的搖籃〉結構鬆散。然而，詩中穿插雄鳥的呼喚卻有效連結隨興的感觸，運用字眼重複和平行結構所營造的韻律感進一步賦予全部 183 行一氣呵成的音樂性。開頭 15 行一連串描寫方向感的行首介系詞（out, over, down, up, from），後續詩行還會出現，構成整首詩的基本調性：說話者奮力在掙扎，要把過去不知其然的無意識記憶轉化為現在有所作為的有意識創作，此一過程無異於蛹破繭化蝶。質樸的措詞透露外馳內張的意涵是《舊約‧雅歌》的讀者不會陌生的特色。

〈擺動不停的搖籃〉詩中清晰易解的敘事線索，在惠特曼的《草葉集》是個異數。說話者舊地重遊，回到童年時獨自夜遊的老地方，觸景生情，想起當年的自己，由於海的機緣而經歷覺醒，領悟到詩人情懷的意義所在。惠特曼寫這首「緬懷曲」（22），追溯自己從永生難以磨滅的記憶領悟創作的源泉：死亡是萬物的定數，心中有愛則體嘗悲痛之後可望重生。

開場白交代背景，接著在 20-2 點明主題之後，回憶登場。小男孩夜遊，在海灘觀察一對鳥，雌鳥孵蛋，雄鳥盤旋護巢。突然有一天，雌鳥一去不返。在那以後，詩中男孩仍不時看到那隻雄鳥孤獨的身影，甚至聽到他對著呼嘯的海

風唱「我一等再等直到你把我的配偶吹回我身邊」（54）。說話者傾聽這雄鳥的歌聲，百感交集，藉這隻「留戀鳥」（50 的措詞，詩中避免使用「遺棄」之類的字眼）的心聲澆自己胸中塊壘。他聽到孤獨歌手呼喚伴侶，「他傾訴的意義眾人唯獨我了解」（60）。說話者因此領悟到傾聽的奧妙：「傾聽以便保存，以便歌唱，如今翻譯旋律」（69）。

〈擺動不停的搖籃〉詩中的說話者由於當年細心聆聽，記憶得以保存，現在才寫得出這首詩。這首「緬懷曲」使用文字詮釋記憶中的情景——「翻譯」即是使用不同的表達媒介呈現源文本（source text）的意義。他繼續把孤獨歌手的旋律「翻譯」成歌詞，持續在譯文投射自己對於「留戀鳥」的思念。情景交融又主客合一的情思在 77-8 趨於小高潮：「發狂啊海水往陸地推進，／懷著愛，懷著愛」。71-129 這段長達 59 行的「詠唱調」（130）表達歌者堅定不移的信念，即「因為我相信我聽到我的配偶在某個地方回應我」（108）。

於是，詩人誕生。他向自然索求生命的謎底，也就是他要「征服」的「終極、超越一切的那個字眼」（160, 161）。通宵達旦他任憑浪花沖腳，傾聽海波呢喃，終於領悟答案，就是「死亡」（168）。他終於明白一去不返的雌鳥遭逢死亡的惡運。他傾聽雄鳥唱歌紓解悲痛，對雄鳥的遭遇感同身受，從中體會到失散分離的終極意義，從此揮別「無明樂園」——對於「明天」所隱喻的未來，或「光明」所暗示的黑暗，或天堂所包含的地獄，因無知而無憂無慮的生命情態[6]。

死亡「強烈又美妙」（181），因為死亡帶來新生的契機。雌鳥在海中死亡卻孕育詩人問世，遙遙呼應破題的搖籃。搖籃搖不停，像海浪滾滾而來不間斷，綿綿不絕的生命現象正是如此。唯有了解死亡的意義才能參透人生的奧秘，這是早在公元前兩千年的阿卡德史詩《吉爾格美旭》就探討過的主題[7]。了解死亡使人能夠超越自我，因此能夠心懷謙卑看待人類，甚至因此對一切生命都能感同身受，也因此身處人世能夠心懷同情與悲憫。惠特曼透過觀察自然現

---

[6] 無明樂園：《舊約・創世記》描寫的伊甸園是廣為人知的神話事例。亞當和夏娃違背禁令，吃下善惡知識果，從此擁有知識，同時也告別神話世界，進入歷史現實。另一個廣為人知的神話事例是，賽姬因看到丘比德的廬山真面目而發現真愛，她在那之前被丘比德金屋藏嬌的宮殿也是一座無名樂園，詳見諾伊曼《丘比德與賽姬：陰性心理的發展》書中第二部分疏義〈無明樂園〉乙節，或拙作《陰性追尋》書中 5.7〈賽姬的追尋之旅〉。

[7] 見《陰性追尋》2.10〈太陽英雄的啟蒙之旅〉。參見《陰性追尋》3.3〈伊南娜入冥〉和荷馬《奧德賽》譯注版引論〈「冬天的故事」〉。

象，細心聆聽其中隱含的訊息，情感因此成熟，詩歌造詣隨之成熟。但丁的宇宙觀，誠如黃國彬譯本《神曲：地獄篇》頁95〈天堂結構圖〉所示，就是天堂包含地獄。

〈擺動不停的搖籃〉雖然以詩人的誕生為主題，卻也同時呈現自我的死亡與新生。一個成年男子回顧自己幼年時候，瞬間開始了解摯愛與失落的機緣，那是他生平首度把想像的眼界轉向未來，為自己體會的苦難與死亡尋求知音。雌鳥之死因此被賦予象徵的意義，象徵童騃之死。生與死其實是完整的生命體從不同的觀點看到的兩個現象。

佛洛斯特

沒走的路

　　黃葉樹林分岔兩條路，
　　我出遊到此地真遺憾
　　不能同時走，久久停步
　　極目遠眺其中一條路
5　　隱入灌木叢中拐了彎；

　　走另一條，恰當又清雅，
　　說不定理由還更充分，
　　因為碧草萋萋引人踩踏；
　　雖然說到往來雜遝
10　　兩條路其實同樣磨損，

　　那天早晨兩條路同樣
　　落葉沒有黑腳印踩。
　　要走第一條路來日方長！
　　可我明白路接路通暢，
15　　不免懷疑會不會走回來。

---

5. 路拐彎進入灌木叢。雖然譯文為了押韻（每個詩節的行尾韻都是 ABAAB）而倒裝語序，但可以合理推敲語意不是「路在樹叢裡拐彎」，因為縱使「極目遠眺」也看不進樹叢。

6. 恰當又清雅：同樣恰當／正當（just），也同樣美好（fair），可以有兩個意思：比較兩條路，或比較兩個選擇。連結到這首詩的抉擇主題，選擇本身無關乎對錯、好壞或雅俗，卻足以界定未來（20）。如果只是 just as fair，意思清晰易解，就只是「同樣美好」，可是多一個 as 之後，不只是這樣。

11-2.「那天早晨兩條路同樣（在眼前）延伸／（覆蓋的）落葉沒有被腳印踩黑」。

Robert Frost

The Road Not Taken

    Two roads diverged in a yellow wood,
    And sorry I could not travel both
    And be one traveler, long I stood
    And looked down one as far as I could
5   To where it bent in the undergrowth;

    Then took the other, as just as fair,
    And having perhaps the better claim,
    Because it was grassy and wanted wear;
    Though as for that the passing there
10 Had worn them really about the same,

    And both that morning equally lay
    In leaves no step had trodden black.
    Oh, I kept the first for another day!
    Yet knowing how way leads on to way,
15 I doubted if I should ever come back.

---

13. 直譯為「把第一條路留待來日再走吧」。

此後添歲到某個成果
　　　提起這事會嘆一聲：
　　　林中兩條分岔路，而我——
　　　我選的少有人走過，
20　　這一來結果大不相同。

---

16. 「此後年紀增加到某個程度」，原文是 17。此後：hence，可以是「此時以後」，預想未來的某個時間點；也可以是「此地以後」，著重空間的意義，近似李白〈下終南山過斛斯山人宿置酒〉所稱「卻顧所來徑」。

I shall be telling this with a sigh
Somewhere ages and ages hence:
Two roads diverged in a wood, and I—
I took the one less traveled by,
20   And that has made all the difference.

火與冰

有人說世界將毀於火，
有人說毀於冰。
我品嘗愛慾有心得
支持那些人袒護火。
5 但如果毀滅兩次是注定，
我想我深刻了解怨
足以主張破壞力冰
也很可觀
足以勝任。

---

3. 品嘗：taste 是具體的經驗，現在完成時態 have tasted 表達「體驗過」，相對於 6「了解」（know，現在時態）暗示抽象的知識。

9. 冰的破壞力足以勝任毀滅的力量。跨行（3-4, 6-9）的修辭效果，將在賞析論及。

Fire and Ice

Some say the world will end in fire,
Some say in ice.
From what I've tasted of desire
I hold with those who favor fire.
But if it had to perish twice,
I think I know enough of hate
To say that for destruction ice
Is also great
And would suffice.

【評論】
〈火與冰〉賞析與英詩中譯的修辭等效原則

美國詩人佛洛斯特的〈火與冰〉，一如李白的〈靜夜思〉，使用極短的篇幅，透過極其淺白的文字，呈現極其深遠的意境，雖然佛洛斯特的思辨析理和李白的情景交融兩者本質大不相同。有這樣的特色，如第四輯〈佛洛斯特的意境：情景交融蘊哲理〉所述，知音多不足為奇，喜歡翻譯的人躍躍欲試不絕如縷也不足為奇。我也不免手癢，尤其是看過許多前輩與同好各有千秋，卻總覺得不無遺憾的版本之後，終於禁不起誘惑。這一譯，出現一個有趣的結果，涉及翻譯關乎「忠於原文」的大哉問，似乎值得一提。

先說明我的中譯版本的特色。比較我看過的其他中譯，我的版本最大特色是行尾韻完全遵照原文的模式，都是 ABAA BCBCB，主題字眼「火」和「冰」分別落在 1、4 和 2、7 的行尾，而且朗讀的節拍悉同原文。箇中道理說明如下。

這首詩的押韻模式，乍看似乎隨興，其實井然有序，透露主題呈現的結構。整首詩使用抑揚格音步，即一個輕讀音節接一個重讀音節構成一個音步，僅有的例外是開頭兩行的第一個音步，同樣是揚揚格，即連續兩個重讀音節構成一個音步。格律所稱的「音步」可視同旋律的拍子，是詩行節奏的單位。格律工整即是節奏平穩，給人莊重之感。平穩莊重的語調適合說理。本詩開頭兩行是完整的一個句子，運用行首重複的修辭，卻分別以主題字眼落在行尾，韻腳不同而且意義對立，強調反差效果。提出針鋒相對的兩個論點，可是火的論點使用四個音步，佔一行，冰的主張用兩個音步，只有前行的一半。使用半數的音步表達旗鼓相當的論點，顯然冰的密度比較大，因此破壞力比較強。這樣的比例預告整首詩的結構意涵。

接下來，3-4 呼應 1，所以行尾韻相同。兩行一韻是為雙行體，這個雙行體構成一個完整的句子，提出一個主張。5 和 2 押韻，預告後續詩行（5-9）的旨趣在於申論 2 的論點，也是一個完整的句子。申論開始，韻腳改為隔行押韻，有效區別前一個主張的論證方式。最後一行（9）以相同的行尾韻回到 2 的韻腳，重申主題字眼「冰」的強度。第二個主張用了四行（6-9），是第一個主張

（3-4）的兩倍，以具體的「量」暗示「質」的力道，合乎荷馬史詩所奠定「數大為美」的傳統審美觀（見《伊里亞德》11.670-84 行注）：冰的破壞力確實大於火，雖然不至於大到兩倍的程度（8-9 雖然佔兩行，但是決定詩行長度的音節數目只有常態詩行的一半）。然而，8 和 9 最後這兩個二步格詩行隱隱呼應同樣是二步格的 2，又一次證實冰的破壞力大於火。

傳統詩講究的「韻律」，包括押韻和格律。押韻通常指涉前文所論的行尾韻模式，翻譯所面臨的問題相對單純，因此能夠有絲絲入扣的結果。相較之下，格律的難題複雜多矣。中文與英文各有自己的格律，兩者沒有交集。中文每個字都是單音節，詩著重意境的表達，以平聲和仄聲的規則性重複定格律；英文大多數的字是多音節，詩偏重意義的呈現，以輕讀音節和重讀音節的規則性重複定格律。因此，格律根本無從翻譯。但是不能翻譯不表示可以置之不理，這是翻譯實踐的根本困境。

翻譯有其必要，因為意義的傳達難免有溝通上的障礙；因此翻譯首重達意，也就是譯文必須通達原文的旨意。但是文學作品有別於其他的書寫體裁，主要在於美感的呈現。我相信美的感受始於形式，因此我的翻譯力求譯文展現原文在形式方面的特色。就詩而論，押韻、格律和詩行長度的變化是基本的形式。行尾韻模式已如前述。對於格律，我譯詩會在押韻的詩行嘗試以中文字數對應英文的音節數。這樣的嘗試有助於控制詩行相對的長度，卻往往付出犧牲節奏的代價，第三輯鄧恩〈出神〉即是一例。窮則變，變則通，我的變通之道是基於下述的認知：中文和英文同樣可以透過朗讀時口語的速度、音調的高低和拍子的緩急傳達情感。抑揚頓挫的共通性也就是我在《馬克白：逐行注釋新譯本》引論中〈尋找中文的《馬克白》〉乙節所辯明「合乎口語節拍而且中、英通用的詞組句式」（頁 9）作為英詩中譯的準則。

節拍和格律同樣展現節奏，同樣可比擬於五線譜的拍子，但是兩者有相當微妙的差異。節拍是語音的抑揚頓挫，是詩歌朗讀時表現出來的音樂性；格律則是構成節奏單位的音步在詩行中的規律。早期的詩，包括荷馬的口傳史詩、莎芙的抒情詩和莎士比亞的戲劇詩，都是以口頭表達，節拍和格律是一體的兩面。後來閱讀取代口頭表達，節拍和格律逐漸分家。分家的結果，格律成為創作的理論，口頭朗讀的節奏往往難以吻合格律分析的結果。

英詩的格律分析是藉由識別各個音節讀音的輕重判定詩行的音步規律。重讀音節的聲調高揚，故稱「揚」，相對於輕讀音節的聲調沉抑，故稱「抑」。

分析的方法是先標定個別音節讀音的輕或重，從中探尋規律，並據以劃分音步。以ˇ表示輕讀音節，ˊ表示重讀音節，|劃分音步，〈火與冰〉的格律可以這樣標示：

ˊ|ˊ ˇ|ˊ ˇ|ˊ ˇ|ˊ
ˊ|ˇ ˊ
ˇ|ˊ ˇ|ˊ ˇ|ˊ ˇ|ˊ
ˇ|ˊ ˇ|ˊ ˇ|ˊ ˇ|ˊ
5 ˇ|ˊ ˇ|ˊ ˇ|ˊ ˇ|ˊ
ˇ|ˊ ˇ|ˊ ˇ|ˊ
ˇ|ˊ ˇ|ˊ ˇ|ˊ ˇ|ˊ
ˇ|ˊ ˇ|ˊ
ˇ|ˊ ˇ|ˊ

從格律分析的角度而言，〈火與冰〉除了開頭兩行是揚揚格，其餘清一色使用抑揚格，規律無比。在另一方面，除了2、8、9這三行為二步格，其餘六行是四步格。詩行音步數目的變化不影響節奏。

格律分析有助於理解詩行的結構形式。傳統詩講究制式的結構，格律分析有其明顯的實效。現代詩存心打破外在形式的桎梏，轉而尋求以節拍為基礎的聲韻效果。比起惠特曼（見第四和第五輯），佛洛斯特的韻律稱得上保守，格律分析仍有用武之地。可是一旦訴諸朗讀的聽覺效果，節拍和格律的落差當下立判。〈火與冰〉這首詩提供絕佳的比較實例。

〈火與冰〉的開頭兩行依次為四步格和二步格，也就是分別有四個拍子和兩個拍子，正好吻合中譯的節拍：

有人說 | 世界 | 將毀於 | 火，
有人說 | 毀於冰。
Some say | the world | will end in | fire,
Some say in | ice.

中譯的朗讀節奏和原文若合符節。但是，格律分析顯示原文第3、4兩行是工工整整的抑揚四步格，改用朗讀，標示出來的節拍卻是這樣：

From what | I've tasted | of desire
I hold | with those | who favor | fire.

換句話說，行 3 的朗讀節奏其實只有三個拍子，行 4 的朗讀節奏卻有四個拍子，和我的譯文如出一轍：

我品嘗｜愛慾｜有心得
支持｜那些人｜袒護｜火。

詩的品味得要借助於朗讀，格律分析卻是理論的產物，適用於理性思維。魚與熊掌必然顧此失彼。繼續往下朗讀可以證實口語節拍對於英詩中譯實務的利基：

5　　但如果｜毀滅｜兩次｜是注定，
　　　我想｜我深刻｜了解｜怨
　　　足以｜主張｜破壞力｜冰
　　　也很｜可觀
　　　足以｜勝任。

5　　But if | it had to | perish | twice,
　　　I think | I know | enough of | hate
　　　To say | that for | destruction | ice
　　　Is also | great
　　　And would | suffice.

　　節奏忌單調。音節數的變化和適時的停頓都有助於避免節奏流於單調。旋律綿綿不斷，停頓本身就有強調效果。詩行停頓有兩種，分別落在行中和行尾，休止時間可長可短，端視朗讀詮釋與效果需求而定。〈火與冰〉沒有行中停頓。停頓如果落在語句結尾，則停頓較久而效果較強。行尾出現停頓是常態。如果行尾停頓處有標點符號，可以根據標點符號判斷詩行的結尾和文法意義的表達彼此呼應，這樣的詩行稱為結句行（end-stopped line），停頓的效果最強烈，給人記憶銘刻的印象，這正是佛洛斯特在這首詩分行的主要考量。如果

句意的表達跨越詩行的限制而銜接到後續的詩行，則稱為跨行。跨行不影響文義，但是跨行必有的停頓會影響節奏。

　　跨行最簡單的辨識方式為詩行結尾沒有任何標點符號，因此需要跨越至少兩個詩行才能表達相對完整的語意。漢字都是單音節，不像英文每個字的音節數多寡不一。此一語言符號的系統差異帶來顯而易見的一個影響是，中文古詩不需要標點符號與分行也能判斷每個詩句都是結句行。相對而言，歐洲詩早自荷馬就把跨行當作修辭的一個環節。語意不完整的詩行（即跨行）產生多重效果，節奏是其一。節奏取決於詩行的長短（即音節數的多寡）、語音的速度和聲調的頓挫。「頓挫」的結果就是節拍之「拍」，表示節律而打下拍子時意味著讀音有停頓。音頓現象最明顯的地方是詩行結尾和語句結尾兩者重疊。其效果則在行中停頓（不該頓而頓）和跨行（該頓而不頓）時相對強烈，善用跨行有助於調整詩的節奏。

　　跨行的另一個效果是強調。跨行在聽覺上自然產生連續感。就聲韻而言，分行和標點符號都有頓挫的效果。句號出現在行尾時（即結句行），效果最為強烈。就語意的傳達而言，由於行首本身就有提點震耳的功能，位於跨行的行首自然有強調作用。在文義的表達方面，停頓之前和之後都有強調的作用，前者引人豎耳，後者加深印象。跨行由於語意不完整而能有效激發賞詩者往下聽讀的動機，因此營造預期的心理。和預期吻合有強調作用，和預期有落差則產生多義（ambiguity）或矛盾的效應，這是平鋪直敘的語句無法獲致的效果。此一修辭效果不因語文不同而有差異。我的譯文美中不足的是，主題字眼所象徵的情感現象，3「愛慾」和6「怨」的原文雙雙出現在行末，譯文的3卻跑到行中。「愛」是衍文，下文會說明。

　　除了節奏，〈火與冰〉的韻腳另有個特色值得一提。一般說來，除非是為了特定的修辭效果，詩避免使用重複詞，韻腳尤其忌諱重出。可是這首詩使用重出詞卻有獨特的效果：1和4這兩行，以及2和7這兩行，分別重複標題字眼「火」和「冰」，當然是為了強調。夾在6-9跨行句中間的第7行，置於中間是修辭學上相對容易被忽視的部分，佛洛斯特卻在這行的行尾安排一個單音節單字「冰」。跨行句的結尾本身就有強調的效果，現在又出現跨行押韻的單音節字眼，強調的作用遠超過行1和4這兩個結句行重出的單詞字眼「火」。行7這個「冰」，在結尾的兩個短跨行的烘托之下，修辭效果可以用「畫龍點睛」來形容。

這首詩的主題濃縮人類的情感經驗。感情把人凝聚在一起，可是因情而生的「感」卻造成人際關係的兩極現象，可能促成結合，也可能造成摩擦。結合可能是相愛，那是善的根源，佛洛斯特要呈現的卻是破壞的作用。不幸的是，結合可能是一廂情願，也就是一方佔有另一方。以愛為名的佔有即是「慾」（desire），詩中使用兩個具體字眼暗示身體的動作：tasted（3），「品嘗」，是以口舌辨味；hold（4），「支持」，是從「抱，持有」引申而來。這意味著「慾」是「愛慾」。跟「慾」相對的是因「怨」而來的 hate（恨）。詩人透過 think（「想」，思考的作用）、know（「了解」，辨識或認知的結果）和 say（從表現理智的「說」引申為「主張」），暗示怨恨之情是精算所致。

　　破壞力旗鼓相當的愛慾和怨恨這兩極情感，在詩分別以火和冰為象徵。使用象徵為的是把具體的情感抽象化，以便把微觀的體驗「哲理化」成為宏觀的現象。這樣的主題，標題可以是「火與冰」，也可以是「冰與火」。佛洛斯特的選擇有理可尋。以情感定義人際關係，關係始於感情的連結，這是愛的基礎。在這個基礎上，連結生變，於是由愛生恨。此所以標題先愛後恨；使用本詩的象徵語言即是先「火」後「冰」。第三輯所錄葉慈的〈麗妲與天鵝〉即是呈現火的破壞力。我編選譯注的這一部詩集沒有看到冰的破壞力，不能以偏概全說佛洛斯特論證偏頗。希臘悲劇，包括埃斯庫羅斯、索福克里斯和尤瑞匹底斯三大悲劇詩人，都寫過「恨」毀滅世界綽綽有餘。其中感性最濃烈的是尤瑞匹底斯，他的代表作《米蒂雅》寫的就是愛變質而生恨。即使我個人在面臨翻譯選擇時會受到觀點的侷限，杜甫〈詠懷古蹟〉五之三寫王昭君的故鄉，尾聯「千載琵琶作胡語，分明怨恨曲中論」，怨是恨之始。第四輯所錄丁尼生的〈永悲吟〉，哀怨綿綿，恨在其中，何須明言？我把行 6 的 hate 譯作「怨」，確實是為了和行 8 的「觀」押韻，但不至於無厘頭。

第六輯

戀戀空間

事實與真相:都會寓言一則

　　詩人在公園挑了個僻靜的角落練習運氣,連續幾天遇到科學家散步路過。一回生、兩回熟,兩人聊了起來。

　　科學家學問起詩人怎麼運氣。

　　詩人說:「我講,你照做。第一步先集氣。全身放鬆站定,兩腳張開與肩齊寬,兩手自然下垂。眼睛閉起來,放空……」

　　科學家:「什麼放空?」

　　詩人:「心思放空。」

　　科學家:「你是說什麼都不想,腦筋一片空白。」

　　詩人:「對。」

　　科學家:「怎麼可能?我要聽你說話,還要練習動作,怎麼放空。」

　　詩人:「剛開始不會放空很自然;你先把心思專注在每一個動作本身,就是俗話說的活在當下。」

　　科學家:「好。再來呢?」

　　詩人:「把下臂移到腰腹肚臍的前方,轉動手掌,兩掌環成球狀,想像球體裡面的空氣有重量。有沒有?」

　　科學家:「沒有。」

　　詩人:「試看看手臂不動,想像手中環抱一個皮球,行不行?」

　　科學家:「行。有了。」

詩人：「現在轉動手掌，繼續想像有重量的一團氣體。」

科學家：「有了。」

詩人：「把那一團氣移到身體裡面任何一個地方。」

科學家：「怎麼移？」

詩人：「用想像。」

科學家：「有了。」

詩人：「不要讓那團氣散了。繼續運用想像力讓那團氣聚集在身體裡面自由移動。」

科學家終於自認學會了，從此天天和詩人結伴運氣。可是科學家始終感覺不到那是一團能夠控制自如的氣，因此始終感受不到詩人所說的通體舒暢。

有一天，詩人照樣運氣，科學家卻成了旁觀者。科學家看到詩人兩手環抱在肚臍前方，突然伸手扳開對方環抱的手掌，說：「老兄，不要再作夢了。你看，手掌裡頭什麼也沒有，只是空空的氣體，摸不著也看不到。空氣不過就是五分之一的氧和五分之四的氮混在一起，事實就是這樣，不要再自欺欺人了。」

詩人：「這麼說來，你這一陣子天天跟我一起練習運氣，都是在自欺欺人？空氣的成分不用你說我也知道，可是你如果以為那是唯一的真相，我只能說你不配為科學家。科學家不會自欺欺人。」

濟慈

《蕾米雅》選譯

上篇

〔赫梅斯是宙斯的兒子。他動了凡心，降臨克里特一處森林，尋找夢中仙女——希臘神話的仙女（nymph，希臘文 nymphe 是「屆婚少女」）是自然界種種景物的擬人化。赫梅斯遍尋不著，卻聽到喃喃哀怨的泣訴（1.38-41）：〕

「何時才會從盤曲的墳墓甦醒，
遷居曼妙的身體適合生命、
40　愛情、歡愉，心與唇展開
紅潤的鬥爭！我呀真是悲哀！」

〔原來是蛇。看來就是一條蛇，色調斑紋卻使人目眩魂搖，眼神尤其惹人愛憐（1.47-63），這一切特徵具現在喉嚨到嘴巴這短短的距離（1.64-7）：〕

　　她喉嚨分明是蛇，卻開口道來
65　濃稠如透過起泡泡的蜂蜜，為了愛，
費思量；當時赫梅斯張開羽翼，
像捕捉獵物的遊隼蓄勢待擊。

〔蛇開口就說「昨天晚上我做了個美夢看到你」（I had a splendid dream of thee last night）（69），接著點破赫梅斯的心病。交談之餘，赫梅斯發誓只要蛇說出仙女的下落，他樂意成全她的任何心願。因此，雌蛇說仙女現在「體驗不可見」（She tastes unseen）（96）。這仙女的絕世姿色吸引無數男性的眼光，不堪其擾。蛇不忍心看到仙女由於愛慕者的唉聲嘆氣而花容失色，於是，蛇這麼說（1.100-3）：〕

John Keats

Lamia (Selected)

Part I

      "When from this wreathed tomb shall I awake!
      When move in a sweet body fit for life,
40   And love, and pleasure, and the ruddy strife
      Of hearts and lips! Ah, miserable me!"

. . . . . .

      Her throat was serpent, but the words she spake
65   Came, as through bubbling honey, for Love's sake,
      And thus; while Hermes on his pinions lay,
      Like a stoop'd falcon ere he takes his prey.

. . . . . .

---

64. spake 是 speak 的過去時態在中古英文的寫法，在現代英文只用於擬古體。
65. 蜂蜜起泡是發酵所致。「濃稠」是衍文，形容蕾米雅說的話是為了愛的緣故，如沾了蜂蜜，甜而不膩，足以吸引人駐足傾聽。
66. 費思量：「到這樣的地步」。當時：蕾米雅說話（68-80）的時候。
67. ere = before. 遊隼捕獵時的俯衝，術語稱為 stoop，stoop'd（= stooped）是分詞轉化為形容詞。

100 「我用法力遮掩她的美貌，
　　保護她的美不受冒犯與侵擾，
　　擺脫無情眼睛深情的視線，
　　隔離羊人和醉茫茫的席列努斯的悲嘆。」

〔從此以後，蛇女繼續說道（1.108-11）：〕

　　「她的可愛肉眼看不到，自由
　　自在她隨興所至四處遨遊。
110 你會看到她，赫梅斯，你有特權，
　　如果你守誓成全我的心願！」

〔赫梅斯當場再度發誓。於是蛇講出自己的身世（1.117-22）：〕

　　「我原本是女人，請你讓我回復
　　女人的形態，像以往那樣媚嫵。
　　我愛上科林斯一個年輕人──哦那光采！
120 使我復原女人的外觀，放我到他的所在。
　　彎腰吧赫梅斯，讓我在你額頭吹氣，
　　你當場就會看到你嬌美的仙女。」

〔赫梅斯終於看到仙女，相偕飛入翠綠林蔭的深處（1.126-8）：〕

126 這不是夢；不然說是夢也無妨，
　　天神做夢也真實，地久天長
　　在夢境他們平平順順度歡樂。

〔畢竟在超現實世界，任何超現實經驗都是現實。蛇在現場也經歷蛻變（1.146-60），恢復女人身（1.161-72）：〕

---

103. 羊人：半人半羊的神話複合動物，象徵自然界旺盛的生機，希臘神話稱為 satyr，是酒神巴可斯（見本詩 2.213 行注）的跟班。羅馬神話稱有類似象徵意義的鄉野小神為 faun。席列努斯：希臘神話的森林神，即「森林」的神格化，其形象為蓬頭亂髮而醉態可掬的落腮鬍老人，是酒神巴可斯的養父。

110. 背景故事以赫梅斯為主體，因為他是越界之神，能在不同次元的世界穿梭自如，詳見我翻譯的荷馬《伊里亞德》24.349-51 和《奧德賽》5.45 各行注。thou：you 的第二人稱單數代名詞主格，現代英文只用於擬古體。thou 的受格是 thee（如 257），所有格出現在母音前是 thine（如 266 和 2.285），出現在子音前是 thy（如 262），。

100　"And by my power is her beauty veil'd
　　　To keep it unaffronted, unassail'd
　　　By the love-glances of unlovely eyes,
　　　Of Satyrs, Fauns, and blear'd Silenus' sighs."

　　　⋯⋯

　　　"Her loveliness invisible, yet free
　　　To wander as she loves, in liberty.
110　Thou shalt behold her, Hermes, thou alone,
　　　If thou wilt, as thou swearest, grant my boon!"

　　　⋯⋯

　　　"I was a woman, let me have once more
　　　A woman's shape, and charming as before.
　　　I love a youth of Corinth—O the bliss!
120　Give me my woman's form, and place me where he is.
　　　Stoop, Hermes, let me breathe upon thy brow,
　　　And thou shalt see thy sweet nymph even now."

　　　⋯⋯

126　It was no dream; or say a dream it was,
　　　Real are the dreams of Gods, and smoothly pass
　　　Their pleasures in a long immortal dream.

　　　⋯⋯

---

111. thou wilt = you will, thou swearest = you swear，如同前一行 shalt = shall，是古風文體。
119. 一個年輕人：五個漢字構成一個詞組，這在我的翻譯是詞組字數的極限。
120. 這首詩的格律是抑揚五步格，本行依例使用抑揚格，卻有六個音步，即詩體論所稱亞歷山大詩行（Alexandrine verse），除了求變化，在本行兼具結構上的美學效果，同時承上總結女人身的經歷，以及啟下引出現在的心願。天神變形是憑自身的神力，蕾米雅卻得仰賴外力，因為變形故事是父系神話的產物，蛇為靈物是母系信仰的殘留，因此能力遜一籌。可是赫梅斯不知道仙女的所在，蕾米雅卻能看透他的心事，這是母系社會女性擁有知識的遺跡；參見第三輯布雷克〈生病的玫瑰〉行注 6 和葉慈〈麗妲與天鵝〉行注 14。
121. thy 是第二人稱單數所有格，現代英文寫作 your。

於是，不消片刻，她通體的斑斕
　　　褪光光，所有的翠綠、水晶紫和寶藍，
　　　還有銀紅，全都無跡可尋，
　　　除了痛苦與醜陋別無所剩。
165　頭冠依舊亮閃閃；消失的瞬間
　　　她突然形體融化也不復可見；
　　　空中迴盪她軟綿綿扣心弦的新聲調，
　　　呼喚「黎修斯！大善人黎修斯」——傳入雲霄，
　　　霧濛濛叢山外圍的霞光隨同
170　語音消解，克里特森林一片寂靜。

　　　蕾米雅何處去？現在徹底新生，
　　　風姿綽約是優雅亮麗的俏佳人。

　　〔她直奔科林斯一處山谷，像小鳥飛出樹林在綠茵青草地遊蕩（1.197-9）：〕

197　彷彿丘比德學院討喜的畢業生
　　　度過歡欣時光，她閒適乖慵
　　　完成玫瑰學業仍是清白之身。

　　〔蕾米雅「意志所向心隨行」（where she willed, her spirit went）（205），在夢境與現實兩界穿梭自如。現在，就是赫梅斯和仙女在克里特林蔭幽會的時候，她已抵達科林斯。在那地方，她以女人之身有過一段刻骨銘心的經驗（1.215-23a, 230-89）：〕

---

162. 寶藍：sapphires，譯文為了押韻而改變語序。
165. 請注意行中分號：發生 161-4 的變化時，最後變形的「頭冠依舊亮閃閃」，緊接著下個步驟是最關鍵的變化，分號表示兩個步驟是緊密關聯的同一件事。代名詞 that 指涉蛇冠。換句話說，在濟慈筆下，蛇的蛻變分兩個步驟，先是蛇身消逝，而後人形出現。從另一個角度來看，蛇身之美消失，人體保留的只有「痛苦與醜陋」。「醜陋」指的不是外觀，而是內心，「蛇蠍美人」庶幾近之。
169. mountains hoar = hoary mountains（霧濛濛的叢山）。
171. 蕾米雅：首度使用名字稱呼，因為她現在是人。

  So that, in moments few, she was undressed
  Of all her sapphires, greens, and amethyst,
  And rubious-argent: of all these bereft,
  Nothing but pain and ugliness were left.
165 Still shone her crown; that vanish'd, also she
  Melted and disappear'd as suddenly;
  And in the air, her new voice luting soft,
  Cried, "Lycius! gentle Lycius!"—Borne aloft
  With the bright mists about the mountains hoar
170 These words dissolv'd: Crete's forests heard no more.

  Whither fled Lamia, now a lady bright,
  A full-born beauty new and exquisite?
  ......
197 As though in Cupid's college she had spent
  Sweet days a lovely graduate, still unshent,
  And kept his rosy terms in idle languishment.
  ......

197-9. 本詩行尾韻模式為兩行一韻，現在破格三行一韻，用於結束蛇身的經歷。以下背景從克里特轉移到希臘本土中部的科林斯，也就是希臘觀點從神話世界轉移到現實世界，可是那個觀點是濟慈筆下的神話世界。

198. unshent：「清白之身」（譯文 199），濟慈喜歡的古詞之一，等同於「少女」。

199. his 指丘比德，希臘神話稱愛樂（見 288 行注）。玫瑰是愛情的象徵（見第二輯阿納克瑞翁〈戀愛的感覺〉）：丘比德學院當然是愛情最高學府，所提供的課程當然都和愛情有關。學業：terms，「學期」。本行可改寫為「修習丘比德的愛情學業期間，始終保持閒散慵懶的態度」。

215　有一次，她這樣遺夢進入凡人間，
　　看到科林斯青年萊修斯在眼前
　　在劇烈的馬拉車競技拔得頭籌，
　　冷靜沉著像周夫年輕的時候，
　　她當下對他著迷陷入熱戀中。
220　現在是薄暮時分飛蛾成群，
　　她心底明白他會走上那條路
　　從海邊返回科林斯；東風輕拂
223　清爽有暖意⋯⋯。

230　他一時心血來潮想圖個清靜，
　　於是離開伙伴，獨自散步，
　　也許厭煩他們的科林斯談吐：
　　他走上沒有人跡的丘陵地區，
　　起先無所思，但不待晚星升起
235　他遺落幻想，在理智失色的地方，

---

215. 這樣：216-9 所述。

217. 劇烈：競爭性強，envious 的這個意思（= emulous）現在已廢棄，這是濟慈偏好古詞古意又一例。馬拉車競速比賽是古希臘運動會最劇烈的競賽項目。在劇烈的體能競賽勝出而贏得特定女性觀眾的青睞，由此引出一段佳話，這個故事模式是常見的文學母題，最廣為人知的或許是莎士比亞《皆大歡喜》（*As You Like It*）劇中羅瑟琳愛上奧蘭多。其晚起的變形，如莎劇《奧賽羅》的黛絲德茉娜（Desdemona）愛上標題主角，初發動機同樣基於英雄崇拜的心理。女性扮演主動的角色使得這個插曲類型不同於招親比武。比武選婿的原型是搶婚，如索福克里斯唯一探討情慾心理的悲劇《翠基斯少女》開場戲，蝶雅妮瑞自述嫁給海克力斯的經歷（6-25）。

218. 周夫：希臘神話稱宙斯。其實周夫從來沒有年輕過，因為神話沒有時間，神相永遠不變，他是「父親形象」的神格化。

220. that：216-9 夢境中同樣的「那個」薄暮，指涉時間。221 的重出詞也是指涉同一個夢境，「那」同一條路卻指涉空間。

234. 晚星：eve's star = evening star，日落後在西方天空升起的星星，特指金星。

215	And once, while among mortals dreaming thus,
	She saw the young Corinthian Lycius
	Charioting foremost in the envious race,
	Like a young Jove with calm uneager face,
	And fell into a swooning love of him.
220	Now on the moth-time of that evening dim
	He would return that way, as well she knew,
	To Corinth from the shore; for freshly blew
	The eastern soft wind. . . .
	. . . . . .
230	For by some freakful chance he made retire
	From his companions, and set forth to walk,
	Perhaps grown wearied of their Corinth talk:
	Over the solitary hills he fared,
	Thoughtless at first, but ere eve's star appeared
235	His phantasy was lost, where reason fades,

---

235. 失色：fades，失去光彩；理智即光明，光明就是明亮，現在卻是傍晚，因此光明「失色」。前半行描寫黎修斯當下的處境，所以動詞使用過去時態 was；後半行陳述通則，所以動詞使用現在時態 fades。後半行的言下之意：白天陽光照耀時，理智正常運作，可是隨天色轉暗，理智逐漸失去作用。天色轉暗是時間的變化，濟慈卻透過隱含空間意義的關係代名詞 where（= in which）表明特定的情境或狀態的改變，即 236 所述。時間與空間兩個維度交融（參見 220 行注），這是超現實世界特有的現象。在現實的世界，光明 ＝ 理智 ＝ 秩序 ＝ 真實，這是陽物理體中心（phallogocentrism）的核心觀念，此一觀念在希臘神話體現為阿波羅身兼光明、音樂、真理、預言等神相。按音樂在傳統社會用於陶冶性情，此所以音樂必備的要素「節奏」（rhythm，源自希臘文 rhythmos，本義「合乎規律的流動」）強調規範的作用。預言則是觀察已知（包括眼見、閱歷和聽聞），據以合理推論未知，如索福克理斯的悲劇《伊底帕斯王》所闡明。

235-6. 一個完整的獨立子句中插入副詞子句 where reason fades（在理智失色的地方）。這個獨立子句描寫黎修斯耽溺於奧妙費解的柏拉圖哲學，改寫可作「黎修斯潛心思索柏拉圖哲學的幽微，在深奧玄妙的柏拉圖哲學唯理是尚的邊緣地帶把幻想遺棄」；詳見 236 行注。

沉耽於柏拉圖世界清冷的微光。
蕾米雅看他走過來，接近，更近——
即將錯身，神情冷漠陰沉，
他的皮帶鞋悄悄掃過苔蘚綠。

240　她站定離他這麼近，卻這麼徹底
被忽視：他錯身而過，閉鎖奧妙中，
思緒覆裹像斗篷；她的眼睛
亦步亦趨，脖子高貴白皙
一轉，字正腔圓說：「黎修斯啊你知書達禮，

245　難道你要留下我孤零零在這山丘？
黎修斯，回頭看！憐憫總該要有。」
他回頭，眼神不是漠然驚懼，
倒像奧斐斯回頭對著尤瑞迪襲；
因為她說話那麼悅耳像歌唱，

250　他彷彿已傾慕整個長夏時光，
兩眼迅速一飲而盡她的美，

---

236. calm'd = calmed，動詞 calm（鎮定、平靜、冷靜）的過去分詞作形容詞，表示由於外力的作用所致，特指理性克制情感的結果，固然「清」晰卻「冷」然。twilight：白日將盡而夜色始現的時間，或由光明過渡到黑暗的空間；過渡區必然位處 235-6 行注說的「邊緣」。shades：暗示一系列有層次感的微妙差異，如光譜，應用在聽覺而有聲調，應用在語言而有語調，應用在視覺而有色調，應用在感情而有情調，應用在理體思維（logocentrism）卻是深奧玄妙與費解兼而有之。Platonic：和柏拉圖有關。柏拉圖是西方哲學唯心論（Idealism）的開宗祖師，唯心論的本根源頭在於柏拉圖的「理型論」（Theory of Ideas，亦稱 Theory of Forms）。其要義可以從「洞穴的寓言」（The Allegory of the Cave）看出來，那是他在《理想國》（The Republic）透過蘇格拉底之口說出的譬喻。芸芸眾生出生在洞穴裡，桎梏加身竟至於無法轉頭，因此看不到背後洞口有光，誤把眼前的影子當作真實。有人掙脫束縛，看到洞口的亮光，卻因為強光刺激而一時失明，深感痛苦，寧可退回黑暗卻熟悉的舒適圈。只有少數人不畏強光，慢慢走出洞口，終於看到陽光下事事物物的真實，了解到現實世界光（即真實）影（即假象）的源頭是太陽。那少數人就是哲學家。太陽之於現實有如理性之於人類，現實世界中肉眼可見的種種類型實體都有其終極理型，那才是認知的源頭。舉例而言，世間桌子形形色色，無不是「桌子」這個觀念（idea）或理型／形式（Idea/Form）透過不同的工匠，運用不同的手法，使用不同的材料製造所得。

In the calm'd twilight of Platonic shades.
Lamia beheld him coming, near, more near—
Close to her passing, in indifference drear,
His silent sandals swept the mossy green;
240　So neighbor'd to him, and yet so unseen
She stood: he pass'd, shut up in mysteries,
His mind wrapp'd like his mantle, while her eyes
Follow'd his steps, and her neck regal white
Turn'd—syllabling thus, "Ah, Lycius bright,
245　And will you leave me on the hills alone?
Lycius, look back! and be some pity shown."
He did; not with cold wonder fearingly,
But Orpheus-like at an Eurydice;
For so delicious were the words she sung,
250　It seem'd he had lov'd them a whole summer long:
And soon his eyes had drunk her beauty up,

239. 皮帶鞋：即荷馬史詩所稱的 pedila（是神話用語，見我譯注的《奧德賽》1.96 行注），形制如涼鞋，但是以皮帶繫腳踝。

242. 斗篷：荷馬史詩中希臘人禦寒的標準配備。原文描寫黎修斯心思重重，以心（mind）喻身，柏拉圖哲學的「奧妙」（241）則有如穿在身上的斗篷。

248. 尤瑞迪襲去世，奧斐斯獲准帶她返回陽間，條件是不准回頭看她，奧斐斯卻忍不住回頭，又一次失去她。故事見奧維德《變形記》10.1-63。奧斐斯驀然回首，驚見尤瑞迪襲對他揮手永別。浪漫派詩人使用典故，並不講究精確。

250. 傾慕：受詞 them（中文略譯）指涉 249 蕾米雅所說婉轉不輸唱歌的「話」。雖然仍是五個音步，卻有十一個音節；雖然只比正規的五步格多出一個音節，最後四個音節（whole summer long）兩個音步卻有三個重音（倒數第二個音步為揚揚格），感覺其「重」無比，自然拖長。格律分析可如此定調：˘ / | ˘ ˘ / | ˘ / | / / | ˘ / 。

涓滴不剩移情惑性的杯，
可是杯子仍然滿滿──他擔心
對方消失而自己的嘴唇未盡興
255 付出仰慕，於是傾吐慕戀；
她看情鏈牢靠，溫柔眼轉覷睞。
「留你落單！回頭看！女神啊，瞧
我這雙眼睛能不能把你拋掉！
憐憫不對悲傷的心情欺詐，
260 你一旦消失，我會當場死亡！
留下來！留下來！即使你是水仙，
你的水流會遵從你高遠的心願：
留下來！即使你的地盤是最青翠的樹林，
唯獨它們有能耐把朝雨喝乾淨：
265 即使你是下凡的星女，難道
你和諧的姊妹不會修正聲調
代替你散發銀光重劃領域？
聽你打招呼嬌聲細語甜蜜蜜
迷得我心蕩神馳，你如果消蹤
270 會使我思念耗神徒留陰魂──
因為憐憫不融解！」「如果我停下，」

---

257. 荷馬史詩稱呼不知名的女性為「女神」，等同於稱讚對方「美若天仙」，誤以為是「女神下凡」。這裡可以看到中、希神話所反映宗教倫理的差異：中國眾神垂範人間，是道德理想的化身；希臘眾神是人類在天幕的投影，因此是人體美感的理想投射在天神的形像。

259. 倒裝句，動詞和受詞對調：this sad heart belie 即 belie（= be false to）this sad heart。this：特指但不限於蕾米雅的心。

261. 在神話世界的階層組織，仙介於神與人之間。在希臘神話，「仙」（nymph）是萬物有靈論的遺跡，自然物的陰性擬人格，因此可逕稱「仙女」，其中最常見的一個類別是 naiad，每一個水泉和相對較小的水體都是特定仙女的化身。同樣是流水，溪（stream）是仙女，河（river）則是河神，但濟慈顯然不作區別。參見第四輯奧維德《變形記》的〈大河戀〉與〈水體交合〉

	Leaving no drop in the bewildering cup,
	And still the cup was full,—while he afraid
	Lest she should vanish ere his lip had paid
255	Due adoration, thus began to adore;
	Her soft look growing coy, she saw his chain so sure:
	"Leave thee alone! Look back! Ah, Goddess, see
	Whether my eyes can ever turn from thee!
	For pity do not this sad heart belie—
260	Even as thou vanishest so I shall die.
	Stay! though a Naiad of the rivers, stay!
	To thy far wishes will thy streams obey:
	Stay! though the greenest woods be thy domain,
	Alone they can drink up the morning rain:
265	Though a descended Pleiad, will not one
	Of thine harmonious sisters keep in tune
	Thy spheres, and as thy silver proxy shine?
	So sweetly to these ravish'd ears of mine
	Came thy sweet greeting, that if thou shouldst fade
270	Thy memory will waste me to a shade:—
	For pity do not melt!"—"If I should stay,"

---

263. 指涉植物界的仙女，包括樹木、樹叢、草叢，即希臘神話所稱 dryad。其字源 drys 在希臘文是「橡樹」，可見 dryad 原本是「橡樹」的擬人化，後來才語意擴大為植物仙女。

265. 星女：天文學所稱的昴宿星團，希臘神話稱為 Pleiades，是七姊妹升天成為星座（見荷馬《奧德賽》5.272 行注），單數 Pleiad 指其中之一；不稱「仙女」，因為她們在天界。在希臘神話，人間和天界同樣屬於陽間，是相對於單指陰間的下界，但是人神之別沒有模稜兩可的空間。

266. 聲調：猶如馬車在陸地行駛，星體在空中運行同樣發出聲響。265-7 改寫如下：星座照亮夜空各有各的領域，即使你是七姊妹星座之一下凡，其餘六姊妹只要重新劃分夜空照明的領域，天體依舊可以和諧運轉。

269. shouldst = should.

蕾米雅說道,「這裡,遍地是泥巴,
野花又粗又硬我踩上去腳痛,
你能說或做什麼事迷我的心魂
275 足以淡化我記憶中美好的家鄉?
你不能要我在這裡陪你遊蕩
上山又要下谷——山谷沒樂趣,
不能地久天長也沒有福氣!
你是讀書人,黎修斯,必定明瞭
280 清雅的精靈在下面人世間活不了,
水土不服難呼吸!唉,傻青年,
你有啥靈氣更清純的品味來撫安
我的天性?有什麼宮殿更靜謐,
讓我的種種感官可享受歡愉,
285 用秘方訣竅把上百種饑渴解除平息?
不可能——永別了!」她這麼說著,起身
踮腳張開粉臂。他,憂心
失去她孤恓哀怨的愛戀承諾,
昏厥,喃喃訴愛,悲痛白蒼蒼。

〔黎修斯暈倒在地。蕾米雅若無其事,胸有成竹按既定的節奏跳起迷情舞(294-309):〕

她湊上新嘴唇,吹送清爽的氣息

---

274. canst = can.

275. nice 不只是「美好」,更強調精確的細節,猶言「(家鄉的記憶)點點滴滴歷歷在目」。

279. Thou art = You are.

282. hast thou = do you have.

283-5. 三行一韻,以設問句強調兩個世界的對比;最後一行是抑陽六步格,即亞歷山大體,強化反差效果。

287. 踮腳:呼應 272b-3。white arms:荷馬史詩有個女性專有的類型描述詞 leukolenos (= white-armed),我在譯注版荷馬史詩譯作「粉臂」或「手臂白皙」,因為那些女性,包括女神和貴族婦女,不必從事戶外勞動。

Said Lamia, "here, upon this floor of clay,
And pain my steps upon these flowers too rough,
What canst thou say or do of charm enough
275　To dull the nice remembrance of my home?
Thou canst not ask me with thee here to roam
Over these hills and vales, where no joy is,—
Empty of immortality and bliss!
Thou art a scholar, Lycius, and must know
280　That finer spirits cannot breathe below
In human climes, and live: Alas! poor youth,
What taste of purer air hast thou to soothe
My essence? What serener palaces,
Where I may all my many senses please,
285　And by mysterious sleights a hundred thirsts appease?
It cannot be—Adieu!" So said, she rose
Tiptoe with white arms spread. He, sick to lose
The amorous promise of her lone complain,
Swoon'd, murmuring of love, and pale with pain.

．．．．．．

Put her new lips to his, and gave afresh

---

288. 愛戀：amorous，源自拉丁文 amor，其擬人格 Amor 是丘比特的別稱。丘比特：Cupid，源自拉丁文 cupido，「愛慾」。羅馬神話的這兩個名稱，體現希臘神話所稱愛樂（Eros）的雙重意涵。關於「愛樂」，詳見第二輯〈讀愛樂頌解愛樂〉一文。

289. 悲痛白蒼蒼：因悲傷哀痛（pain）而臉色蒼白（pale），原文押頭韻。

294-5.「嘴唇」之所以為「新」，因為她不久前還是蛇身的時候並沒有嘴唇。希伯來《舊約・創世記》2.7 說上主搏土造亞當之後，「把生命的氣息吹進他的鼻孔，他就有了生命」。濟慈襲用這個典故，卻是使黎修斯重生，可以說是中輟柏拉圖學院而轉到丘比德學院，蕾米雅成為黎修斯重生之後的精神導師。

295　　進入被她糾纏在網罟的肉體：
　　　　他從恍惚的狀態悠悠甦醒
　　　　又一次陷入恍惚，她開始唱頌
　　　　美、生命與愛情，還有種種歡欣，
　　　　人間抱琴彈不出的甜蜜情歌，
300　　當時群星，像屏息，倒抽喘吁吁的火。
　　　　她以顫悠悠的音調呢呢喃喃，
　　　　像有人各自脫險後第一次見面，
　　　　熬過椎心刺骨的日子數難計，
　　　　對看還會交談；她要他抬起
305　　低垂的頭，把內心的疑慮化解，
　　　　因為她是個女人，除了鮮血
　　　　在她的血管隨著脈息起伏
　　　　別無靈液，倒有同樣的痛苦
　　　　棲在同樣脆弱糾結的心。

〔接著她說起自己住在科林斯好一陣子了，過著半隱居的生活。有一次，阿多尼斯節前夕，她在維納斯神殿的柱廊看到他倚柱沉思（315-20）。從那以後，她因相思情濃而終日以淚洗面。黎修斯甦醒，看到蕾米雅還在唱歌，聽到她喃喃訴衷曲，字字句句都在勾引他遐想最純粹的喜悅與歡樂。黎修斯彷彿經歷重生。〕

和藹的蕾米雅判斷，判斷無誤，

---

295. 隱喻蕾米雅設下的圈套有如天羅地網。

296-8. 又見三行一韻，以亞歷山大體收煞：如夢似幻的情調呈現黎修斯受到蠱惑。參較 283-5 行注。as = when.

299. 抱琴：lyre 通常音譯作里拉琴，但本詩背景為古希臘，故因襲我在翻譯上古希臘文學時對於撥弦樂器的一貫譯名，以其抱在胸前演奏名之。

300. 亞歷山大詩行，強調蕾米雅熱情如火甚至感應星體。喘吁吁的火：閃閃爍爍的星光。以人體呼吸比喻星體閃爍，因此人屏息要先倒抽一口氣，星星則收束一陣光。

301. 顫悠悠的音調：原文 trembling tone 押頭韻。

295　　The life she had so tangled in her mesh:
　　　And as he from one trance was wakening
　　　Into another, she began to sing,
　　　Happy in beauty, life, and love, and every thing,
　　　A song of love, too sweet for earthly lyres,
300　　While, like held breath, the stars drew in their panting fires.
　　　And then she whisper'd in such trembling tone,
　　　As those who, safe together met alone
　　　For the first time through many anguish'd days,
　　　Use other speech than looks; bidding him raise
305　　His drooping head, and clear his soul of doubt,
　　　For that she was a woman, and without
　　　Any more subtle fluid in her veins
　　　Than throbbing blood, and that the self-same pains
　　　Inhabited her frail-strung heart as his.
. . . . . .

　　　Thus gentle Lamia judg'd, and judg'd aright,

315-20. 阿多尼斯是維納斯在凡間的情人，如莎士比亞的敘事詩《維納斯與阿多尼斯》所述。這個人神戀的原型是蘇美社會的聖婚儀式，見拙作《陰性追尋》3.6〈聖婚儀式的迴響〉和 7.5〈回歸〉。古典時期雅典慶祝阿多尼斯節的主要活動是女人集體痛哭哀悼阿多尼斯青春早逝。濟慈描寫的場景饒富象徵意義：柯林斯衛城的愛神廟保留母神崇拜的習俗，信徒奉獻自己的身體藉以表達性愛一體，此一習俗在父系社會卻被視為淫蕩（Van Ghent 120）。在另一方面，黎修斯的姿態在十九世紀上半葉是明顯又強烈的性交暗示。哲學訓練壓抑不了黎修斯的潛意識慾望。蕾米雅談到自己的過去，有所不言而且與事實不符（見215以下）。這是線索之一，足以確定她是丘比德學院的高材生。

335　黎修斯驚魂未定有愛也付不出，
　　　於是甩脫女神，爭取他的心
　　　扮演女人的角色來得更高興，
　　　不求敬畏，只要奉送美貌，
　　　雖難免折騰，足以確保有效。
340　黎修斯逐一回答開口娓娓，
　　　每個詞都有學生嘆息相匹配；
　　　最後指向科林斯，問她心肝
　　　嫩腳走夜路對她是不是太遙遠。
　　　路程不遠，因為蕾米雅心中
345　殷望，施個咒，三哩路縮短變成
　　　短短幾步路；黎修斯為情所迷
　　　沒有起疑心，一切如她的算計。
　　　他們穿越城門，他有注意到
　　　寂靜不尋常，卻沒想到要知道。

〔進了城，走在大街上，黎修斯拉斗篷遮蔽，怕遇到熟人。一名身穿哲學家長袍的老人迎面而來，黎修斯掩面疾行，閃避對方犀利的眼神。蕾米雅開始發抖，黎修斯問怎麼回事，「你細膩的手掌怎麼融出露水？」(Why does your tender palm dissolve in dew?)（370）。蕾米雅說自己很累，反問黎修斯那老人是誰，為什麼不敢打照面。黎修斯答說那老人叫阿婁紐斯，傑出的哲學老師，為人可靠，「可是今晚他有如／蠢幽靈在我的美夢進進出出」(but to-night he seems / The ghost of folly haunting my sweet dreams)（376-7）。〕

〔他們暫時避開哲學家的眼光，走到典型希臘公共建築的列柱門廊。敞開的大門迎接他們進入雅致又壯觀的府宅，那是蕾米雅為了和黎修斯長相廝守而準備的洞天福地，是有情男女的一座秘密花園。無中生有的一座豪宅難免引人側目，甚至有人要跟蹤窺探，終究不得其門。〕

---

336. 甩脫女神：和維納斯劃清界線，不再擔任性愛美神的女祭司，如同埃斯庫羅斯的悲劇《阿格門儂》1263-7，阿波羅的女祭司卡珊卓脫法袍、折法杖、扯頭箍，一系列舞台動作所標示的意義；參見拙譯該劇 1264 行注。蕾米雅自稱是維納斯的女祭司，意味著她要師法維納斯主動追求所愛；放棄女祭司的身分又更進一步暗示自主的選擇。

335　That Lycius could not love in half a fright,
　　　So threw the goddess off, and won his heart
　　　More pleasantly by playing woman's part,
　　　With no more awe than what her beauty gave,
　　　That, while it smote, still guaranteed to save.
340　Lycius to all made eloquent reply,
　　　Marrying to every word a twinborn sigh;
　　　And last, pointing to Corinth, ask'd her sweet,
　　　If 'twas too far that night for her soft feet.
　　　The way was short, for Lamia's eagerness
345　Made, by a spell, the triple league decrease
　　　To a few paces; not at all surmised
　　　By blinded Lycius, so in her comprized.
　　　They pass'd the city gates, he knew not how
　　　So noiseless, and he never thought to know.

. . . .

---

338. 信徒必定「敬畏」所信奉之神的祭司。平等的關係是愛情的基礎，這是易卜生的中產階級寫實劇共通的主題。

340. 逐一回答：指涉 274-85 的疑問。

342. 「她」（her）是受格，限定用法的同位語「心肝」（sweet）是黎修斯稱呼蕾米雅，省略「我的」（my），散文寫法是 asked her, "My sweet"。然而，343 卻使用間接引句，不合書寫常軌，此即文學批評所稱「詩作特許」，又稱藝術特許（artistic license），指涉基於創作效果的考量而採取違背成規的表達方式。這裡的效果主要是加快敘事節奏。

343. 'twas = it was，兩個音節縮寫成單音節之後，本行維持五個音步的節拍。

345. 使用法術其實是放棄女人的身分，這當然是反諷；參較 338 行注。

可是羽翼遄飛的韻文必須說，
395 　為了真相，後來天降的橫禍——
世上多聞情寧可留他們這般，
隔絕比較難以置信的忙碌人間。

---

394. 羽翼遄飛：疾速飛揚（flitter）有如長了翅膀（wingèd），複合詞當作描述詞，描述詩歌（verse）的屬性。遄飛：從具體的速度引申為昂揚豪放而超脫世俗的意興。wingèd：e 上方的表音符號表示 -ed 要唸成獨立的音節 /ɪd/，因此本行是工整的五步格。

395. befel = befell，befall（降臨）的過去時態。真相：見 397 行注。插入句 For truth's sake（為了真相）把動詞 tell（說）和受詞（what 引導的名詞子句）隔開了。

396-7. 閒情：humour，「心態」。這般：像這個樣子，即 397 所描述。這兩行可以改寫如下：人世間的讀者普遍軟心腸，希望故事在這裡結束，讓蕾米雅和黎修斯從此遠離世俗塵囂，過著幸福快樂的日子。可是那樣的故事只能姑妄聽之，不能當真。散文語法會在 396 開頭加上「雖然」。

397. 亞歷山大詩行，總結 1-394 呈現的超現實世界。忙碌人間：由理性原則規範社會秩序的現實世界。濟慈大可杜絕世人的饒舌與疑慮，讓蕾米雅和黎修斯從此過著恩恩愛愛的日子。然而，他不寫童話故事，而是盡可能全面探討詩人「羽翼遄飛」（394）的創意想像和阿波婁紐斯（陽物理體中心的化身）的唯理思考兩者的衝突。為了揭發「真相」，他繼續寫下篇。上篇結尾這兩行是敘事者對一般讀者的針砭，同時預告疑情論者，如阿波婁紐斯之流，可能吹皺一池春水。

And but the flitter-wingèd verse must tell,
395   For truth's sake, what woe afterwards befel,
'Twould humor many a heart to leave them thus,
Shut from the busy world of more incredulous.

下篇

　　茅舍裡談情說愛，啃麵包皮配水，
　　是──愛情啊，別見怪──煤渣與塵灰；
　　在宮殿談情說愛或許到頭來
　　比起隱修士禁食還要更難挨：
5　　那是童話世界的故事不可信，
　　世俗中人要理解困難萬分。

〔的確困難。假如黎修斯活下來流傳他的故事，很可能會為「從此幸福快樂」的童話故事新添蹙眉嘆息，甚至握拳切齒。可是他們的福氣太薄了，來不及引起猜疑和反感。愛情變調出現的這兩種情緒反應是一對絕配，「使得輕聲細語嘶嘶響」（that make the soft voice hiss）（10）。愛情的醋勁容不下神仙眷侶，夜夜虎視眈眈（12-15）：〕

　　振翅翱翔聲嗡嗡，吼聲如悶雷，
　　在他們臥室的門楣上方徘徊，
15　　沿著通道在地板撒下一道清輝。

〔有一天，夜幕低垂，已是就寢時間。蕾米雅和黎修斯在「因使用而甜蜜的臥榻上眼皮半闔」（Where use had made it sweet, with eyelids closed）（23），彼此心有靈犀（24-45）：〕

　　只保留愛情持續開放的小空間

3-4.　對比 1-2：只能把愛情當麵包固然沒有情趣，王子和公主結婚從此快樂幸福卻是天方夜譚。

10.　嘶嘶：蛇發出的聲音，影射蕾米雅的前身。

13.　希臘古典時期的愛樂是青年造型，羅馬神話所稱丘比德（見 1.199 行注）卻是維納斯的兒子，但同樣有翼。濟慈延續下篇開頭現實與童話左右開弓的諷刺筆法，把這位愛情童子神醜化：在超現實的世界，愛神「振翅翱翔」；在現實的世界，愛神鼓翼只是「聲嗡嗡」像昆蟲，甚至發出吼聲像野獸。身世不明的這位愛神，既不是愛樂，也不是丘比德，不無可能是濟慈為了行尾韻（見 15 行注）而創造。13「如悶雷」，原文 fearful（「嚇人」）並沒有使用明喻，但這裡的押韻效果比具體詞意更值得關注：見 15 行注。

15.　亞歷山大詩行，13-5 三行同韻，結束下篇的開場白，預告蛇女之戀的吉光片羽。

Part II

Love in a hut, with water and a crust,
Is—Love, forgive us!—cinders, ashes, dust;
Love in a palace is perhaps at last
More grievous torment than a hermit's fast:—
5   That is a doubtful tale from faery land,
Hard for the non-elect to understand.

. . . . . .

Hover'd and buzz'd his wings, with fearful roar
Above the lintel of their chamber door,
15   And down the passage cast a glow upon the floor.

. . . . . .

Saving a tythe which love still open kept,

---

24. tythe = tithe，中古時代農產收入十分之一繳納教會的什一稅，後來引申為「小部分」，此處指涉空間之小。

25　　方便他們在半睡半醒時瞇眼對看；
　　　突然郊外山崗的坡面傳來
　　　震耳欲聾的喇叭顫音掩蓋
　　　燕子啁啾——黎修斯一驚——聲音飛走，
　　　他腦海嗡嗡響留下一個念頭。
30　　這是第一次，自從第一天他棲身
　　　那座紫紅襯裡的甜蜜罪惡宮，
　　　他的心魂越過那裡的金界標
　　　進入喧囂的世界簡直是叛逃。
　　　這女士，向來警覺，又洞察人心，
35　　看了痛苦，有所求如此辯爭
　　　要更多，多得她的歡情領域
　　　供不起；於是她開始哀怨嘆息
　　　因為他眷念她以外的事，知曉
　　　只片刻的思慮就是熱情的喪鐘敲。

---

25. 亞歷山大詩行，讀者彷彿透過這對情侶四目交會的眼神看到 15 行注說的「吉光片羽」。

27-8. 朗讀時「聲音飛走」是一個詞組，即一個拍子，因此節奏急促。燕子象徵愛情，見第二輯阿納克瑞翁的〈致春燕〉。婚禮行列的喇叭聲突如其來闖進愛巢，破壞愛巢中如膠似漆的情侶：命運來敲門始知愛情之脆弱。按古希臘的習俗，婚禮當天，新娘沐浴淨身之後，在薄暮時分由雙方母親手持火炬引導祝賀的親友，護送新人前往新家，來賓一路唱祝婚歌。

31. 那座：沒有特定的指涉，而是標示有別於「這個」世俗世界的「那個」愛情世界，即蕾米雅和黎修斯共築的那個愛巢，亦即 32 的 its（那裡的）指涉的對象。紫紅襯裡：紫紅是貴氣的顏色，應用在服飾（lined = 襯裡）是象徵奢華。甜蜜罪惡：因為情歡而甜蜜，又因為違背禮俗而罪惡，以矛盾修辭（oxymoron）濃縮黎修斯的困境。亞當與夏娃吃下善惡知識果（即禁果），因此被逐出伊甸園，在神話世界經歷死亡，進入歷史之後體驗重生，在現實世界繁衍子孫（人類透過兩性結合，創造生命再也不必仰賴上帝），獲得不同形態的「永生」。死亡是重生的契機，這是神話、文學和宗教共通的母題。然而，黎修斯在上篇只是假死（見 1.287-9），在下篇是真的氣絕身亡（見 2.307-11）。透過黎修斯之死，濟慈呈現浪漫文學的另一段旋律母題，在死亡中結束愛情的淒美意境。原文 sweet sin（揚揚格，即兩個重讀音節構成一個音步）押 s 頭韻，莎士比亞在《馬克白》用於暗示時間、情境與命運的迷離效果（見拙譯該劇 1.5.70 行注），那個效果也是本詩的一個母題；從這樣的角度著眼，「甜蜜罪惡」等同於「美滿迷情」。紫紅……宮：

25　　That they might see each other while they almost slept;
　　　When from the slope side of a suburb hill,
　　　Deafening the swallow's twitter, came a thrill
　　　Of trumpets—Lycius started—the sounds fled,
　　　But left a thought, a buzzing in his head.
30　　For the first time, since first he harbor'd in
　　　That purple-linèd palace of sweet sin,
　　　His spirit pass'd beyond its golden bourn
　　　Into the noisy world almost forsworn.
　　　The lady, ever watchful, penetrant,
35　　Saw this with pain, so arguing a want
　　　Of something more, more than her empery
　　　Of joys; and she began to moan and sigh
　　　Because he mused beyond her, knowing well
　　　That but a moment's thought is passion's passing bell.

---

purple . . . palace，唇齒爆氣音 /p/ 的頭韻，聲情效果猶如「泡影」。莎翁《馬克白》四幕一景安排女巫在舞台上作法念咒語：Double, double toil trouble;/ Fire burn and cauldron bubble（加倍，加倍賣力勞累；／火，燒！大煮鍋，滾沸！）。同樣唇齒爆氣音，莎劇行尾韻兼頭韻的 /b/ 聲情凝重，明顯不同於有氣而無聲的 /p/ 給人輕盈之感。

32.　bourn：兼有「疆界」與「境界」二義。在金界之內是因絕對的信任而纖塵不染的愛情樂園。黃金世界就是神話世界；在荷馬史詩，黃金是神界，尤其是阿芙羅狄特（羅馬神話稱維納斯）專用的描述詞。同樣職司性愛，愛樂只負責配對，阿芙羅狄特要求忠誠，此所以 33 有「叛逃」（forsworn，違背誓言）這樣的字眼。

35.　辯爭：內心在掙扎，情和理爭辯不休。有所求：a want，因匱乏而有需求。蕾米雅看出黎修斯對塵世的眷念，心魂已飛離她精心營造的愛情樂園，為此感到痛苦。

36.　領域：empery = empire，特指所有權或主權所及的袤廣地區。

38-9.　knowing = who knows，關係子句轉化成分詞構句，修飾先行詞 her。蕾米雅知道黎修斯念念不忘現實世界，那個世界卻容不下他們的愛情。39 是亞歷山大詩行，六個音步中有四個重音是雙唇爆發音 b 或 p，有效強調「破」滅之感「迫」在眉睫，強烈對比閉唇鼻音的 "moment"（片刻）一個音步有兩個長音素 m：我們看到他的「死亡本能」在歡情樂園開始發威。

40　　「佳人為何嘆息？」他輕聲問。
　　　「你幹嘛思考？」她輕聲細語回應：
　　　「你已經把我遺棄——我在哪裡？
　　　不在眉宇頂憂慮的你的心裡。
　　　你已下達逐客令；離開你的胸膛
45　　我無家可歸：唉，只好這樣。」
　　　〔於是黎修斯說出自己的心思：他想舉行婚禮，邀親友同歡。他的理由離不開虛榮（52-83）：〕

　　　「怎麼架羅網、設圈套，糾纏你的靈魂
　　　困在我靈魂的迷宮無法逃遁
　　　像還沒發芽的玫瑰蘊含的芬芳？
55　　來個香吻——看明白你煩惱多不像樣。
　　　我的考慮！要我說出來？請聽！
　　　凡人擁有珍品，換了別個人
　　　可能困擾不曉得如何處置，
　　　有時候讓它堂皇亮相其實不礙事，
60　　春風得意就像我因你而歡欣
　　　置身於科林斯鄉親沙啞的驚叫聲。
　　　讓敵人窒息，朋友卻呼喊遠揚，
　　　新娘車載你穿越熱鬧的街坊
　　　輪輻快轉眼發花。」這女士的臉頰

---

41. 蕾米雅的回應，不論是輕聲細語是否有嬌嗔之意，聽來毫不溫柔，詞意和語氣的落差形成語言的張力。

43. 改寫：「憂慮沉甸甸壓在你的額頭的時候，你心裡就容不下我」。譯文「頂」一語雙關，作動詞是「憂慮籠罩你的額頭」，作副詞是「額頭看得出你思深憂遠」。

52. 彷彿黎修斯是採取主動攻勢的獵人——這當然是反諷。

53. 可能取典於希臘神話的米諾斯，他把人牛怪囚禁在迷宮。

55. 黎修斯以陶侃意味要吻一下蕾米雅，說「這一吻，你就明白你天大的困擾根本莫須有」。

40　"Why do you sigh, fair creature?" whisper'd he:
　　"Why do you think?" return'd she tenderly:
　　"You have deserted me;—where am I now?
　　Not in your heart while care weighs on your brow:
　　No, no, you have dismiss'd me; and I go
45　From your breast houseless: ay, it must be so."

　　. . . . . .

　　"How to entangle, trammel up and snare
　　Your soul in mine, and labyrinth you there
　　Like the hid scent in an unbudded rose?
55　Ay, a sweet kiss—you see your mighty woes.
　　My thoughts! shall I unveil them? Listen then!
　　What mortal hath a prize, that other men
　　May be confounded and abash'd withal,
　　But lets it sometimes pace abroad majestical,
60　And triumph, as in thee I should rejoice
　　Amid the hoarse alarm of Corinth's voice.
　　Let my foes choke, and my friends shout afar,
　　While through the throngèd streets your bridal car
　　Wheels round its dazzling spokes." The lady's cheek

---

59. 它：57 的「珍品」。亮相：abroad 是副詞，廣為傳揚之意。本行是亞歷山大體，有六個音步，又以源自拉丁文（majestas = 莊嚴）的 majestical（堂皇）收尾，果然「堂皇」。黎修斯的虛榮心暴露無遺。

62. 反映希臘自荷馬以降的傳統觀念，藉嘲笑敵人表現自己勝出，如索福克里斯的悲劇《艾阿斯》79，雅典娜對奧德修斯說：說「還有比嘲笑敵人更有趣的事嗎？」（What mockery sweeter than to mock at enemies？）

65　　顫抖，白蒼蒼而溫順，一言不發
　　　起身跪在他面前，滴落雨淚
　　　為他說的話哀傷；最後含悲
　　　向他懇求，請他改變心意，
　　　同時撐他的手。他當場受到刺激，
70　　耍脾氣更隨興要使心願得逞
　　　強行壓制她狂野又羞怯的天性：
　　　而且，他自悲，愛心毋庸置疑，
　　　卻違背本性良好的一面，欣喜
　　　若狂看她變溫柔是因為苦惱。
75　　他的熱情長出狠心，染色調
　　　殘暴還帶血紅──就如同可能
　　　有的人額頭沒有青筋可浮現。
　　　適度緩和火氣是不錯，就像
　　　阿波羅參與打擊行動的現場
80　　蟒蛇──啊，蟒蛇！真的，她
　　　絕不是。她發熱，她喜歡情侶惡霸，
　　　於是，伏伏貼貼，終於認可
　　　他引導他的情婦參加婚禮的時刻。

---

69. 撐手（原文在 68b）是心煩意亂而不知所措時下意識的動作，猶言「乾著急」，通常是當事人自己絞扭雙手。當場：thereat，也可以是「當下」。

77. 「額頭爆青筋」是 75「狠心」的視覺轉喻。

78-80. 阿波羅以弓箭射死德爾菲（Delphi）的女神守護靈，名為皮同（Python）的一條蟒蛇，這是希臘神話表述男權大革命的畢功之役。女神頓失所依，離開德爾菲，阿波羅接收該地的發諭所（發佈神諭的所在）。「就像／阿波羅」這個明喻暗示本詩的結局：蕾米雅因黎修斯而死，就像皮同因阿波羅而死。然而，敘述者的口吻富含反諷：阿波羅在德爾菲戰役並沒有「緩和火氣」，而是連續射箭，非要置對方於死地才罷干休。在原文，「蟒蛇」是「打擊」的受詞。80 的破折號打斷的後續語意是「蟒蛇就不會死，如果阿波羅現身（presence）戰鬥時有緩和火氣」。陽剛原則一旦發威，不會有緩和的餘地。

80. certes = in truth; certainly. 這是古老的寫法。

65	Trembled; she nothing said, but, pale and meek,
	Arose and knelt before him, wept a rain
	Of sorrows at his words; at last with pain
	Beseeching him, the while his hand she wrung,
	To change his purpose. He thereat was stung,
70	Perverse, with stronger fancy to reclaim
	Her wild and timid nature to his aim:
	Besides, for all his love, in self despite,
	Against his better self, he took delight
	Luxurious in her sorrows, soft and new.
75	His passion, cruel grown, took on a hue
	Fierce and sanguineous as 'twas possible
	In one whose brow had no dark veins to swell.
	Fine was the mitigated fury, like
	Apollo's presence when in act to strike
80	The serpent—Ha, the serpent! certes, she
	Was none. She burnt, she lov'd the tyranny,
	And, all subdued, consented to the hour
	When to the bridal he should lead his paramour.
	⋯⋯

---

81. 發熱：確認 80「真的」之說。常說蛇是冷血動物，這話卻有誤導之嫌。恰當的說法是變溫動物，體溫隨環境改變。「發熱」一語雙關：蕾米雅「發熱」，不只是因為黎修斯冷靜不下來，同時也因為她熱情如火。無論如何，後半行的重點不在於蕾米雅有受虐狂。

83. 亞歷山大詩行（六個拍子的音節數依次是 1、2、4、2、2、3），意義重大可類比於亞當接受夏娃給她吃禁果的那一刻。情婦：沒有舉行婚禮就沒有名分。

〔接著談到婚禮宴客的事，蕾米雅說自己孑然一身，親戚族人皆已亡故。所以，婚禮僅有的來賓是男方親友。她彷彿下達秘密戀情常見的誡令，這麼說（98-105）：〕

「隨你名單列多長邀請來賓；
但既然，現在看來是這樣，你眼中
100　任何快樂都和我有關，邀不得
老阿波婁紐斯——別讓他看到我。」
這話沒由來，黎修斯感到困擾，
進一步要追問；她退縮不給碰到，
假裝睡著；他陷入陰影幽暗
105　不知不覺熟睡只在一瞬間。

〔結婚大喜日終於到來。依習俗「在晚霞羞紅時分」（at blushing shut of day）（107），新娘應該蓋頭巾從住家出發，由來賓簇擁，有鮮花、火炬和祝婚曲的排場前往新郎家。由於蕾米雅舉目無親，黎修斯前去廣邀親友的時候，單獨留下這位來歷不明的美人。她知道黎修斯自負已近乎痴愚，亡羊補牢只能求之於「盛裝／以合身的富麗堂皇爲悲慘撐門面」（to dress/ The misery in fit magnificence）（115-6）。她利用這空檔妝點宴客廳，不只是光彩奪目，更有繚繞的樂音把如夢似幻的屋頂高高撐起。〕

一切都滿意，她執意跡匿聲消，
把房間關上，緊閉、禁聲、靜悄悄，
好好準備應付喜宴上的粗魯，
145　到時候會有惡客來破壞她的孤獨。

---

98. even 表達「同樣的」，後接 as 引導的副詞子句（you list）承載和主要子句（invite your many guests）處於「同等」狀態。蕾米雅的意思是「你名單上列出多少名字，我們就邀請那麼多人」。
102. 沒由來：「沒有見識而且使人困惑」，原文 blind and blank 押頭韻。
103-4.「退縮」描寫主動的生理動作，「假裝睡著」卻描寫被動的心理狀態：蕾米雅進退維谷。
104-5. 陰影幽暗：「幽暗的陰影」，以夢境影射黎修斯飽受「困擾」（102）的心境。不知不覺陷入：「被出賣給」（was betrayed to）「熟睡中幽暗的陰影」（the dull shade/ Of deep sleep）。生理或心理的熟睡狀態無異於空間或物理陰影幽暗，同樣是意識或光明不可及之處。

"Even as you list invite your many guests;
But if, as now it seems, your vision rests
100 With any pleasure on me, do not bid
Old Apollonius—from him keep me hid."
Lycius, perplex'd at words so blind and blank,
Made close inquiry; from whose touch she shrank,
Feigning a sleep; and he to the dull shade
105 Of deep sleep in a moment was betray'd.

. . . . . .

Approving all, she faded at self-will,
And shut the chamber up, close, hush'd and still,
Complete and ready for the revels rude,
145 When dreadful guests would come to spoil her solitude.

---

145. 亞歷山大詩行，spoil . . . solitude（破壞……孤獨）唇齒摩擦音 s 的頭韻，其效果見 2.31 行注。

婚期來臨，蜚短流長嗷騷。
沒見識的黎修斯啊！瘋子！幹嘛輕蔑
無聲有福的命運，同溫層的時光，
對世俗眼公開秘密戀情的閨房？

〔人潮開始聚攏。怎麼從小熟悉的街上沒見過這樣的豪宅？大家又是好奇、又是困惑，除了不速之客（157-62）：〕

只有一個人例外，他眼光森凜，
走起路一絲不苟而沉步生根；
是阿波婁紐斯，他發笑有根據，
160 彷彿百思不得其解的難題
一度絞盡腦汁，開始變軟
鬆解融化──正如當初所預見。

---

148. 同溫層：黎修斯和蕾米雅目前雖遭世孤立（cloistered）卻溫馨（warm）的情境。無聲：猶言「無聲勝有聲」，對比黎修斯期待世人掌聲的虛榮。濟慈在〈希臘古甕頌〉以抒情詩的體裁模擬物象描述（見荷馬《伊里亞德》4.105-11 行注），描寫瓶繪上的三個情景之前，破題四行以整體印象起興，歌詠這古瓶靜默如處子，在想像中卻比史書更真實，有形的文字和有聲的詩歌都無法詳盡其美：

　　你啊仍然貞潔的嫻靜姑娘，
　　　你接受沉默與徐緩歲月的養育，
　　林中史筆啊，你竟然能夠這樣
　　　鋪敘花語比我們的詩歌更秀麗……。
　　Thou still unravished bride of quietness,
　　　Thou foster-child of silence and slow time,
　　Sylvan historian, who canst thus express
　　　A flowery tale more sweetly than our rhyme....

157. 眼光：eye，抽象名詞，因此不可數。
158. 沉步生根：with calm-planted steps，以種樹（to plant）隱喻腳步沉穩（calm），種樹紮根對比 125-41 蕾米雅裝飾宴客廳的樹木沒有根。

The day appeared, and all the gossip rout.
O senseless Lycius! Madman! wherefore flout
The silent-blessing fate, warm cloistered hours,
And show to common eyes these secret bowers?

......

Save one, who look'd thereon with eye severe,
And with calm-planted steps walk'd in austere;
'Twas Apollonius: something too he laugh'd,
160　As though some knotty problem, that had daft
His patient thought, had now begun to thaw,
And solve and melt—'twas just as he foresaw.

---

160. daft = baffled, bewildered. 解：和knotty「結」（糾纏成「結」）諧音，這樣的雙關語（pun）是莎士比亞詩中常見的文字遊戲。

161. thaw：「解凍」。

〔宴會廳寬敞明亮，銅鏡反映羊毛地毯上三角臺薰香嬝嬝，豹足撐起的餐桌上擺了黃金杯，桌上的食物是傳說中穀物女神席瑞絲的豐饒角儲量的三倍（173-90）。葡萄酒泛出歡樂的光澤，每張桌子都擺了一尊神像。來賓接受奴僕以吸水海綿侍候洗腳。人人面面相覷，滿腹狐疑：這樣使人眼花撩亂的排場所費不貲，財富從何而來？酒精催化之下，來賓開始高談闊論，光彩奪目的垂簾、山珍海味的筵席和俊美盛裝的僕役都成了理所當然（209-311）：〕

    如今酒已完成玫瑰功德，
210   靈魂一個個擺脫人性的枷鎖，
    不再離奇；歡樂酒就是甜蜜酒，
    將使極樂地的亡魂不至於太聖潔、太靈秀。
    很快酒神的威力臻於巔峰，
    人人臉頰紅，明眸加倍澄明。
215   編花環使用的種種芳香與翠綠
    折自林枝，或是摘自谷地，
    裝在黃金編成的柳籃帶進門
    堆滿頂到提把，搭配來賓
    各有所思，裝點眉宇隨興
220   迎合各人的幻想，自在倚靠絲枕。

---

212. 極樂地：Elysian，Elysium（源自希臘文 Elusios）的形容詞。《奧德賽》4.563（見該行注）提到該地，荷馬的描寫很可能反映希臘人開始思考死亡的早期觀念：位於極西的陸地盡頭，是陰陽交界之地，時間與空間都呈靜止狀態──「時間靜止」是因為沒有光陰，「空間靜止」是因為沒有季節變化；參見 235 行注。譯文為了押韻而倒裝行尾的兩個形容詞。按浪漫傳統，因愛而死自有其美感，過程容或悽慘，結局容或淒涼，卻足以見證人性的光輝，既「聖潔」又「靈秀」，因此淒美無庸置疑。然而，如今愛情已因黎修斯的虛榮而變了質，縱有酒神助興，狂歡無助於個體的解放，徒然暴露人性的黑暗面。本行為亞歷山大體，以反諷的筆觸並置前述的對比。

213. 酒神：「巴可斯」（Bacchus），狄奧尼索斯的別名，他的故事見奧維德《變形記》3.253-733。酒精發作採用宗教措詞即是酒神附身，以神話表述則是酒神發威，情慾觀點則說是「玫瑰功德」（209）；參見第二輯阿納克瑞翁〈戀愛的感覺〉。酒神節是古希臘的狂歡節，信徒以狂歌勁舞表達生命的喜悅，寄意個體的解放（詳見我在《尤瑞匹底斯全集 I》引論〈巴可斯信仰的現實意義〉乙節所述），文藝復興到十九世紀末年卻普遍誤解為性狂歡。

......

      Now, when the wine has done its rosy deed,
210 And every soul from human trammels freed,
      No more so strange; for merry wine, sweet wine,
      Will make Elysian shades not too fair, too divine.
      Soon was God Bacchus at meridian height;
      Flush'd were their cheeks, and bright eyes double bright:
215 Garlands of every green, and every scent
      From vales deflower'd, or forest-trees branch rent,
      In baskets of bright osier'd gold were brought
      High as the handles heap'd, to suit the thought
      Of every guest; that each, as he did please,
220 Might fancy-fit his brows, silk-pillow'd at his ease.

215-6. 芳香：以氣味代稱香草鮮花。翠綠：以色彩代稱枝葉。林枝：「林中樹木的枝椏」。谷地：vale 即 valley，是文學用語。以上四個詞組，譯文倒置原文的順序。翠綠的枝葉與芳香的花草分別從樹林和谷地摘取，濟慈採用修辭所稱的交錯配列法（chiasmus），即兩組配列順序相反（ABB'A'），譯文保留原文的效果。人工之美得自以暴力施加於自然。

217. 柳籃：柳枝編籃，黃金材質的仿製品。osiered = plaited（編）。

220. 亞歷山大體，結束浪漫愛情的幻想世界。倚靠：希臘青銅時代就有椅子，瓶繪所見的斜躺臥榻是公元前六世紀傳自東方的習慣，不無可能是因為引進坐睡兩用的臥榻而改變坐姿。絲：絲路開通以前，絲綢透過遊牧民族已傳入中亞和西亞，但是年代可能不早於公元前五世紀，公元前八世紀的荷馬則是希臘神話時代的下限；浪漫筆法純粹為了渲染情調。枕：抱枕或靠枕。

什麼花圈給蕾米雅？什麼給黎修斯？
什麼花圈給老哲人阿波羅紐斯？
應該是垂懸在她脹痛的前額
帶葉柳枝和瓶爾小草叉葉舌；
225 為這青年，快，我們來削枝去葉為他
做信杖，方便他可以把眼睛睜大
游入遺忘；還有，為這位哲人，
要讓羽芒和帶刺的薊交鋒
在他的太陽穴。科學沒有溫度
230 只消輕觸，風韻不就全無？
彩虹壯麗曾經高懸在天界，
質地紋理人人知；如今被分解
成為枯燥的目錄中尋常的東西。
科學將會剪斷天使的羽翼，

221-2. 三個問題在 223-4、225-7a 和 227b-39a 依次回答。

224. 荷馬描寫陰間入口有一片柳林（見《奧德賽》10.510 行注），柳樹象徵死亡。愛情之死是失戀，因此也以柳為象徵：奧菲莉雅失戀溺斃，莎士比亞安排的地點「有株柳樹斜長橫跨溪面」（There is a willow grows aslant a brook）（《哈姆雷特》4.7.165）。瓶爾小草：adder，羊齒植物的一種，葉子狀如叉舌；又是蜂蛇，毒蛇的一種。確實的指涉對象並不重要，重要的是透過象徵意義激發文學想像。「叉葉舌」的分岔狀把想像眼界從婚禮現場引向蕾米雅的前生，強調她的蛇性。莎劇《冬天的故事》四幕四景，珮荻塔在剪羊毛節扮花卉女神，依節候匹配年齡層分贈來賓不同的花種，異曲同工。

226-7. 信杖：thyrsus，巨茴香的莖製成的手杖，酒神祭典場合信徒握在手中載歌載舞（詳見尤瑞匹底斯《酒神女信徒》25 行注），藉歌舞之助陷入恍惚狀態，因此象徵「遺忘」。陷入恍惚時「陶醉」，眼睛自然閉起來，把現實隔絕；濟慈卻說「眼睛睜大」可以「游入遺忘」，這是矛盾雋語：黎修斯以新郎的身分看到自己的風光，其實不知道自己所為何事。

229-30. 科學：philosophy（「哲學」），源自希臘文 philo-（喜愛）＋ sophos（有學問，精通某技藝），本義「研究自然知識的學問」，因此特指今天所稱的「自然科學」。自然科學的唯物觀點注定和情感絕緣，其中一個面向是 160-1 所述追求真相的決心，因此 228 以羽芒和薊象徵理性的銳利與殘忍。易卜生結合寫實主義、自然主義、象徵主義和表現主義的傑作《野鴨》（The Wild Duck）即是探討盲目追求真相如何使人無情。濟慈本人對科學無情有第一手的經驗。他在 16 歲時跟隨外科醫生兼藥劑師 Thomas Hammond

What wreath for Lamia? What for Lycius?
What for the sage, old Apollonius?
Upon her aching forehead be there hung
The leaves of willow and of adder's tongue;
225 And for the youth, quick, let us strip for him
The thyrsus, that his watching eyes may swim
Into forgetfulness; and, for the sage,
Let spear-grass and the spiteful thistle wage
War on his temples. Do not all charms fly
230 At the mere touch of cold philosophy?
There was an awful rainbow once in heaven:
We know her woof, her texture; she is given
In the dull catalogue of common things.
Philosophy will clip an Angel's wings,

實習，期滿獲准進入 Guy's Hospital（現在隸屬於倫敦國王學院）成為正式的醫學生，一個月後就成為手術助理，表現相當出色。1816 年，他取得藥劑師執照，這意味著他也有資格看診、開處方和動手術。從醫看來前程似錦，他卻在 1817 年初決定棄醫，要專業寫詩，同年三月出版第一詩集。

231. 壯麗：awful，「激發敬畏之情」，其名詞形態 awe（1.338）即是「敬畏」。231-2 這一組對句仍然是抑揚五步格，煞尾音步卻都是抑揚抑揚，在行尾多出押韻的輕音節，此即陰性韻，出現在陽剛洋溢的五步格詩行特具陰柔音感：蕾米雅所代表的陰性價值，終究不敵阿波羅紐斯所代表的陽性價值。莎士比亞十四行詩第二十首歌頌美男子，把陰性韻的特色發揮到淋漓盡致，見我在《情慾花園：西洋中古時代與文藝復興情慾文選》的譯注。

232. 質地：woof，織品的緯線，亦指織物本身，引申為物質的基本成分或要素；源自古英文，因此草根味較濃。紋理：texture，本義和 woof 相同，卻是源自拉丁文，引申義比較偏重結構意涵。

232-3. 影射光譜七原色：牛頓《光學》（1704）以稜鏡折射光的實驗，首度從科學觀點解釋虹的色彩及成因。這一來，彩虹只是物理現象，希臘神話所稱的彩虹女神伊瑞絲（Iris）就這樣被分解成物理成分，隱喻措詞即 234 的剪斷羽翼。

235　　拿尺畫線征服一切玄秘，
　　　滅絕地洞的精靈和空中的光氣──
　　　折解彩虹，如先前科學所闡明
　　　把身相敏感的蕾米雅融化成為陰影。
　　　黎修斯歡欣坐主位在她身旁，
240　　幾乎視若無睹來賓滿堂，
　　　直到從迷情狀態回神，舉杯
　　　滿到口緣，望眼示意面對
　　　大餐桌的另一邊，眼神殷殷急切
　　　投向老師皺巴巴的面容求一瞥，
245　　要向他敬酒。這位禿頭科學家
　　　目光凝注，頭不動而且眼不眨
　　　專注盯視新娘驚慌的美貌，
　　　唬嚇她的曼妙媚嫵，圍困她怡人的自豪。
　　　黎修斯按住她的手，款款情調，

---

235. 拿尺畫線：比喻科學方法。尺：rule，測量的基本工具，可據以客觀測定數值，其引申義即「規則」，其工具稱為 ruler（界尺；定邊界遂行統治，因此又有「統治者」之意）。科學有明確的規範與界定，系統化的結果卻是僵化，比如把活人擺在解剖檯上，固然顯示肉眼可見的「真實」，可是科學儀器看不到人的靈性，靈性卻是想像力的本根源頭。

236. 滅絕：empty，作動詞是「掏空」。235-7 原文使用平行句法，行首動詞都是未來式，承自 234 will（將會）。地洞的精靈：gnome，格林童話裡的侏儒老人，一臉落腮鬍，頭戴尖頂帽，傳說住在地洞，是守護礦物資源的超自然靈物。gnomed：名詞 gnome 轉化為動詞之後，以分詞形態做形容詞；e 附加表音符號成為 gnomèd，見 1.394 行注。gnomed mine 意思是 "the mine where gnomes (sprites) dwell"（Verity 79），「精靈居住的地洞」，即 gnomes in the mine，因此 the haunted air 可以理解為 haunts in the air，「在空中經常（因此自由）出沒」，參見莎士比亞《馬克白》3.4.20-2 以「自由自在如無所不包的大氣」定義心安理得「美滿，／完整」（perfect,/ Whole . . . / As broad and general as the casing air）。光氣：靈異之氣。王充《論衡·吉驗》：「驗見非一，或以人物，或以禎祥，或以光氣。」感官經驗一旦成為經驗世界的霸主，勢必掏空想像的眼界，結果是空氣凝滯，不再有天界可供遨遊，靈異之氣隨之消失，地洞崩塌則不再有精靈出沒──光氣和精靈卻是想像力「玄秘」（235）所在。行尾破折號表達冒號之意，猶言「總而言之」。

235　　Conquer all mysteries by rule and line,
　　　　　Empty the haunted air, and gnomèd mine—
　　　　　Unweave a rainbow, as it erewhile made
　　　　　The tender-person'd Lamia melt into a shade.
　　　　　By her glad Lycius sitting, in chief place,
240　　Scarce saw in all the room another face,
　　　　　Till, checking his love trance, a cup he took
　　　　　Full brimm'd, and opposite sent forth a look
　　　　　'Cross the broad table, to beseech a glance
　　　　　From his old teacher's wrinkled countenance,
245　　And pledge him. The bald-head philosopher
　　　　　Had fix'd his eye, without a twinkle or stir
　　　　　Full on the alarmèd beauty of the bride,
　　　　　Brow-beating her fair form, and troubling her sweet pride.
　　　　　Lycius then press'd her hand, with devout touch,

---

237. 彩虹象徵著重整體視野的想像眼界，看來虛無飄渺，卻其美無比（參見第五輯華滋華斯〈我心雀躍〉）。一旦使用唯物觀點著重分析的科學方法，彩虹不過是光譜幻象，文字描述只是一張枯燥目錄。拆解：拆散因此解體，原文 unweave（＝反義首綴詞 un- ＋ weave）是「編織」（參見 232 行注）的反義。it：229-30 行注提到的自然科學。

238. 亞歷山大詩行，後續到詩篇結束都是在鋪陳本行。身相：person'd（＝ personed），「具備人形或自我」。融化：如果要強調過程，可以有「隱沒終至於不可見」之意，第四輯〈〈愛情之道〉賞析〉所附奧維德《變形記》的〈水體交合〉，寫赫梅斯和阿芙羅狄特的兒子跳進泉源戲水，被水仙薩耳瑪姬斯糾纏，竟至於兩個人融成一體，變成陰陽同體的赫馬芙羅（Hermaphroditus = Hermes + Aphrodite）。或許更貼切的例子是該書 5.425-37 描寫潟湖仙女以淚洗面，竟至於把自己「洗掉」，身體化入水流而無跡可尋，同樣以具體形像呈現 melt into 的過程。

241. 迷情：love trance，在這裡是因愛而來的 rapture（感到幸福無疆的忘我狀態）之意，強調黎修斯因癡情而銷魂奪魄。

243. 'cross ＝ across。

248. 亞歷山大詩行，強調阿波羅紐斯反對這門婚事。brow-beating（唬嚇）的雙唇爆氣音和 fair form（曼妙娟嫵）的唇齒氣流磨擦音這兩組頭韻透露戳破泡影幻象之必然；參較 31 行注所述唇齒爆氣音的頭韻聲情效果。

250　她的手擱在玫瑰臥榻白了了：
　　是冰的！冰冷竄流他的血管；
　　手突然發燙，反常的灼熱感
　　引起疼痛射穿他的心胸。
　　「蕾米雅，怎麼回事？幹嘛受驚？
255　你認識那個人？」可憐蕾米雅沒回答。
　　他凝神注視她的眼睛，絲毫無法
　　認出他失去所愛的哀怨訴求；
　　他凝視越深，人性官感越繚糾：
　　有什麼饑渴的魔咒把可愛吸盡；
260　那對眼珠不再有能力辨認。
　　「蕾米雅！」他喊道──沒有柔聲應答。
　　眾人聽到他叫喊，歡笑嘈雜
　　歸於沉寂；莊嚴的音樂不再響；
　　花圈數以千計的桃金孃病殃殃。
265　語音、抱琴與歡樂逐漸消沉，
　　一陣死寂程度步步加深，
　　直到現場似乎一片驚惶，
　　沒有人不是毛髮直豎沒人樣。
　　「蕾米雅！」他尖叫；只有這聲尖叫

---

251. 'Twas = It was. 這一縮略，本行為抑揚五步格（其中第四個音步 ran through 為揚揚格）。

251-2. 冷與熱的對比呼應物理和感情的對比。

256-7. 256b-7a 原文是倒裝：and they owned not a jot。they：蕾米雅的眼睛，中文略譯這個對等子句的主詞，但增譯「他」，藉以避免含糊。蕾米雅的眼睛根本認不出黎修斯瞬間失戀時引人唏噓的變化，此所以 254-5 一連三問都得不到回應。

257. owned = acknowledged.

259. that loveliness absorbs = which absorbs loveliness.

261. soft-toned（柔聲）是典型的荷馬式描述詞，由形容詞 soft 和名詞轉化而成的分詞 toned 組合而成，表明固有的本性。這意味著，蕾米雅的回應必定是聲調輕柔，可如今她已經無法回應。神話世界的變形故事有個鐵律：形體的改變必定伴隨語言能力的消失。

250	As pale it lay upon the rosy couch:
	'Twas icy, and the cold ran through his veins;
	Then sudden it grew hot, and all the pains
	Of an unnatural heat shot to his heart.
	"Lamia, what means this? Wherefore dost thou start?
255	Know'st thou that man?" Poor Lamia answer'd not.
	He gaz'd into her eyes, and not a jot
	Own'd they the lovelorn piteous appeal:
	More, more he gazed: his human senses reel:
	Some hungry spell that loveliness absorbs;
260	There was no recognition in those orbs.
	"Lamia!" he cried—and no soft-toned reply.
	The many heard, and the loud revelry
	Grew hush; the stately music no more breathes;
	The myrtle sicken'd in a thousand wreaths.
265	By faint degrees, voice, lute, and pleasure ceased;
	A deadly silence step by step increased,
	Until it seem'd a horrid presence there,
	And not a man but felt the terror in his hair.
	"Lamia!" he shriek'd; and nothing but the shriek

---

263. 動詞使用現在時態 breathes：不限於婚禮現場；理性扼殺情感的地方就聽不到莊嚴的樂聲。音樂莊嚴反襯世俗的歡笑嘈雜。

264. 桃金孃是維納斯的聖花，象徵愛情，因此常出現在歐洲傳統以維納斯為主題的祝婚圖，寄意幸福快樂。

266. 步步：「死寂」被擬人化，步步逼近而程度有增無已。

268. 毛髮直豎沒人樣：felt the terror in his hair，「在心靈深處預感即將發生極其恐怖的事」。terror 是「對於即將發生的事感到極度害怕」；hair 在象徵的範疇常用於表示一個人的精神力量（「神力」）的根源。參見莎士比亞筆下的馬克白臨終前回想「恐懼的滋味」（the taste of fears）：「聽到鬼故事／全身的毛髮都會豎起來／像是有生命」（my fell of hair/ Would at a dismal treatise rouse and stir/ As life were in't）（5.5.9b, 11-13a）。

270　打破寂靜，回音傷悲繚繞。
　　「滾，惡夢！」他大喊，再度凝睇
　　新娘的臉，沒有天青脈息
　　徘徊兩鬢美空間；沒有桃紅
　　暈染臉頰，沒有熱情照明
275　深幽隱秘的視野——整片光害；
　　蕾米雅不再美，座位上一片死白。
　　「閉上，閉上唬人的眼睛！你好狠！
　　把眼睛轉開，混帳！否則眾神——
　　在場的懍懍神像冥冥中代表
280　他們——會高高舉起正義的大纛，
　　瞬間的功夫就可以拿荊棘刺擊
　　痛瞎你雙眼，留你無所歸依，
　　風燭殘年老糊塗杯弓蛇影
　　心不能安，因長久凡事看不順，
285　因為你目空一切傲心詭辯，
　　使用邪道法術和迷湯謊言。
　　科林斯鄉親！看那白鬍子地痞！
　　當心，他中了邪，沒睫毛的眼皮

---

272. 天青：azure，血管的顏色。脈息：脈搏表露的訊息，引申為「血氣」，即生命氣息。古希伯來（基督教的源頭，這是詩人創作的文化背景）和古希臘（這是本詩設定的文化背景）同樣以血液的流動和氣息之有無作為區別生死的標準。

273. 鬢：以耳旁兩頰上的頭髮代稱太陽穴（temples），此即修辭學所稱的借代。美空間：荷馬式描述詞（見 2.261 行注）fair-spaced is the fair space between the two temples 簡化成複合形容詞，意思是「兩個太陽穴之間的空間之美」，那一片「空間」即是臉龐，因此 fair-spaced 可以表達五官清秀之意。fair 用於描述使人賞心悅目的景象，其反義即 2.271 的 foul。

275. deep-recessèd（深幽隱秘）最後一個音節的音標記號表示該尾音節唸成 /ɪd/（而不是 /t/），是個獨立的音節，因此本行的格律為工整的抑揚五步格。光害：對比前一行的「照明」，理性之光使得熱情之光黯淡失色。其原文 blight 具體指涉植物枯萎的病象，

270	With its sad echo did the silence break.
	"Begone, foul dream!" he cried, gazing again
	In the bride's face, where now no azure vein
	Wander'd on fair-spaced temples; no soft bloom
	Misted the cheek; no passion to illume
275	The deep-recessèd vision:—all was blight;
	Lamia, no longer fair, there sat a deadly white.
	"Shut, shut those juggling eyes, thou ruthless man!
	Turn them aside, wretch! or the righteous ban
	Of all the Gods, whose dreadful images
280	Here represent their shadowy presences,
	May pierce them on the sudden with the thorn
	Of painful blindness; leaving thee forlorn,
	In trembling dotage to the feeblest fright
	Of conscience, for their long offended might,
285	For all thine impious proud-heart sophistries,
	Unlawful magic, and enticing lies.
	Corinthians! look upon that gray-beard wretch!
	Mark how, possess'd, his lashless eyelids stretch

影射阿波羅紐斯是美感的害蟲，也可譯作「蟲害」，植物意象承自 264 的疾病隱喻，對比 215-24 鮮草芳華的綠意；也可以比喻沒有希望的景象，此一解釋描述黎修斯現在目睹的情景，可譯為「陰霾」，適合濟慈本人的浪漫愛情觀，那是歐洲文學從索福克里斯的悲劇《安蒂岡妮》、中古騎士文學的宮廷愛情（見第一輯〈勃朗寧夫人評傳：一則愛情傳奇‧貝瑞特小姐的追尋〉）、莎士比亞的《安東尼與克琉珮翠》（*Anthony and Cleopatra*）、易卜生的《羅斯莫莊園》（*Rosmersholm*）與《復甦》（*When We Dead Awaken*）和歐尼爾的《榆樹下的慾望》（*Desire Under the Elms*）圈繞而成的主題視野。

284. 看不順：原文透過 their 明確指出「受冒犯」（offended）的主詞是阿波羅紐斯的眼睛。
286. 黎修斯指控老師行巫術是一大反諷：蕾米雅才是。幻覺在黎修斯眼中成了真實，果然愛情使人盲目。

　　　　包圍他的魔眼！科林斯鄉親，看！
290　　我的美嬌娘被他施法變枯乾。」
　　　　「傻瓜！」哲人說，發出的聲調低沉
　　　　粗魯挾帶輕蔑；黎修斯回應
　　　　瀕死的呻吟，傷心欲絕茫茫然，
　　　　仰面倒在悲痛的魂魄旁邊。
295　　他重複「傻瓜！傻瓜！」兩眼仍舊
　　　　咄咄逼人，也不眨，「我未雨綢繆
　　　　保全你的性命一直到今天，
　　　　難道要看你成為蛇的餐點？」
　　　　蕾米雅當場吸進死氣，哲人
300　　射出眼光把她刺穿，如矛尖
　　　　鋒利、冷酷、尖銳、帶刺：她有氣
　　　　無力勉強揮手向他示意，
　　　　請他別再多說；可是沒用，
　　　　他目不轉睛看了又看──不可能！
305　　「蛇！」他才剛送出回響話語，
　　　　她在驚叫聲中失去蹤跡：
　　　　黎修斯的臂彎空蕩蕩沒有情歡，
　　　　肢體沒有生命，在同一個夜晚。
　　　　他躺在高臥榻！朋友從四周圍聚，
310　　扶起他，發現他沒有脈搏與氣息，
　　　　只有婚姻禮袍覆裹沉重的軀體。

---

291. sophist（哲人）在希臘古典時期指的是「智士」，是學有專精的知識份子；可也是在那個時代，悲劇詩人索福克里斯和尤瑞匹底斯異口同聲暗示 sophist 說的話可能是 sophistic（詭辯），其名詞形態即 285 的 sophistry。在理體思維中，落於語言光譜另一端，和「哲人」相對的是「傻瓜」，罵人無知。

294. 魂魄：ghost，遙遙呼應 1.377 的重出字眼。

299. 氣：見 1.294-5 和 2.272 各行注。

300-1. 描寫阿波婁紐斯的眼光，呼應 228-9 他戴的花圈。

Around his demon eyes! Corinthians, see!
290　My sweet bride withers at their potency."
"Fool!" said the sophist, in an under-tone
Gruff with contempt; which a death-nighing moan
From Lycius answer'd, as heart-struck and lost,
He sank supine beside the aching ghost.
295　"Fool! Fool!" repeated he, while his eyes still
Relented not, nor mov'd; "from every ill
Of life have I preserv'd thee to this day,
And shall I see thee made a serpent's prey?"
Then Lamia breath'd death breath; the sophist's eye,
300　Like a sharp spear, went through her utterly,
Keen, cruel, perceant, stinging: she, as well
As her weak hand could any meaning tell,
Motion'd him to be silent; vainly so,
He look'd and look'd again a level—No!
305　"A Serpent!" echoed he; no sooner said,
Than with a frightful scream she vanishèd:
And Lycius' arms were empty of delight,
As were his limbs of life, from that same night.
On the high couch he lay!—his friends came round—
310　Supported him—no pulse, or breath they found,
And, in its marriage robe, the heavy body wound.

---

301. perceant = piercing.

309-11. 三行一韻，以黎修斯的死亡結束蕾米雅的人世經驗，同時收煞整部詩篇（參見 1.197-9 行注）。

311. 工整的亞歷山大詩行：抑揚六步格，有行中停頓，主要重音落在第六和第十二個音節。覆裏：wound，wind（纏繞）的過去分詞，常態句法是 the heavy body (which was) wound in its marriage robe，its 指涉黎修斯的屍體。婚姻禮袍成了裹屍布。

【評論】
《蕾米雅》賞析：浪漫實情

濟慈是英國文學浪漫主義五健將之一，最晚出生卻最早去世[1]。他不是天才型的詩人，憑的是他個人對詩的興趣與信念，再加上奮勉勤學，竟在短短八年的創作生涯卓然有成，進步神速稱得上異數。我們所知他的第一首詩寫於 1813 年，1817 年出版第一部詩集仍顯青澀，其中收錄的詩或許只有〈初識查普曼譯荷馬〉仍然廣為人知[2]。

浪漫風潮中的濟慈

他在世時雖然沒有獲得應有的重視，依然創作不輟。1820 年，他肺病已相當嚴重，遵醫囑前往義大利。在當時，醫生治療肺病到了死馬當活馬醫的地步，就是建議前往地中海型氣候區。濟慈預支《蕾米雅》的稿酬，在海上航行將近一個月，終於抵達那不勒斯，從那裡轉往羅馬，11 月到達目的地，可是 1821 年 2 月就病歿。他自己覺得寫詩無成，預擬了墓誌銘，死後葬在羅馬的新教公墓，墓碑如願刻上 "Here lies One Whose Name was writ in Water"[3]（墓中人的名字用水書寫）。

濟慈過世後，雪萊寫了一首悼亡詩《阿多奈斯：悼濟慈之死》（*Adonais: An Elegy on the Death of John Keats*）致哀。標題取自古典神話中維納斯愛上的人間美男子阿多尼斯（Adonis）——莎士比亞的長篇故事詩《維納斯與阿多尼斯》即是根據奧維德《變形記》10.708-39 鋪陳其事[4]。雪萊在詩中提筆就信誓

---

[1] 另外四位是華滋華斯（1770-1850）、柯律治、（1772-1834）拜倫（1788-1824）與雪萊（1792-1822）。

[2] 我的中譯見荷馬《奧德賽》譯注本附錄四。

[3] 特定名詞與代名詞的首字母大寫，這是舊式的書寫習慣。中譯係精簡余光中在《濟慈名著譯述》頁 12 的翻譯「墓中人的名字只用水來書寫」。

[4] 阿多尼斯正值青春年華，卻在打獵時被野豬撞傷致死。我在《情慾花園》有介紹，並選譯 1-258, 463-600。

旦旦預言濟慈的詩名將會不朽，引出傳統悼亡詩的母題之後，36-7 節（全詩共 55 節，每節 9 行）暗示前程似錦的濟慈斷送在居心叵測的文學評論家筆下，影射 *Quarterly Review* 那一票所謂 Tory reviewers 下筆只問立場，苛評如暗箭傷人，濟慈中箭身亡。

身為浪漫運動的健將，濟慈算得上最熱中浪漫愛情的主題。他在第一本出版的詩集就有一首〈伊莎蓓拉〉（"Isabella"），故事如下所述。伊莎蓓拉和羅倫佐彼此傾心，可是女方的兄弟集體反對，他們屬意她嫁進有錢人家[5]。兄弟們反對未果，起了殺心，假意邀羅倫佐同行到外地辦事，途中將之殺害。兄弟們回家謊稱指派羅倫佐前往海外辦事。羅倫佐託夢給伊莎蓓拉，告知實情及埋葬地點，請她上墳哭悼。伊莎蓓拉依夢中所見，找到羅倫佐的墓，挖出頭骨，以絲巾包裹，置於盆中，埋入羅勒根，澆以淚水。羅勒越長越茂盛，伊莎蓓拉卻日益憔悴。兄弟們見狀，偷走羅勒盆栽，不期然看到羅倫佐的頭骨，也因此看到自己的罪狀，畏罪逃亡。伊莎蓓拉索求羅勒盆栽不可得，憂傷而死。

又名〈羅勒盆栽〉（"The Pot of Basil"）的這首韻文傳奇，描寫自然頗具華滋華斯的洞見，後來標誌他的風格特徵的文字魅力也可以見到端倪。他對於大自然的神秘具有敏銳的直覺，可是也許欠缺人生歷練，描寫人心的秘境明顯無法和華滋華斯相提並論。或許是人格特質使然，他對於現實人生的恐怖與美感相對來說顯得比較無感──他對法國大革命及其意義無動於衷，這個態度在當時的詩人是僅有的例外。這樣的人格特質反映在他的創作風格：他在英國浪漫詩派或許是最「空靈」的一位。其為空靈，主因在於濟慈本人的愛情觀：男女之間的愛是一種信仰，信仰當求其真誠，真誠之愛即是至美。從這個角度來看，和濟慈的空靈意境對立的是艾略特的荒涼景象[6]。

〈伊莎蓓拉〉之作緣於當時頗有名氣的文學評論家 William Hazlitt 的提議，他認為薄伽丘（Giovanni Boccaccio, 1313-1375）的故事應該會有吸睛作用。濟慈因此讀起《十日談》，也因此動念改編裡頭的故事單獨出詩集。這個發想無疾而終，原因之一是 1817 年的詩集付梓之際，雪萊向他提出挑戰，以六個月為

---

[5] 參見《雅歌》1.6c-e 母系家庭的女孩子尋求身體的自主權，根據 Bloch and Bloch 的英譯：「我的兄弟對我發脾氣，／他們要我看守葡萄園，／我沒有守護自己的葡萄園」（My brothers were angry with me,/ they made me guard the vineyards./ I have not guarded my own）。

[6] 見本輯〈〈普儒夫若克的情歌〉賞析：荒原之愛〉。

期,寫一首四千行的長篇詩作。濟慈辦到了,寫的是希臘神話提坦族[7]的月神愛上牧羊王,這牧羊王就是《恩迪米翁》(*Endymion*)的標題主角。真愛不會從天而降,濟慈其實把亞洲版的維納斯與阿多尼斯寫成追尋真愛的故事[8]。

在《恩迪米翁》可以看到浪漫主義詩人筆下神話創造的追尋模式:必須先往下發現真,然後向上探求美,因而對生命的終極意義心領神會。這個模式,正如我們在《神曲》看到但丁下探地獄認識罪的本質,攀登煉獄淨化凡心,最後進入天堂親炙上帝之光,吻合英雄神話的核心主題:追尋[9]。濟慈鋪陳一系列的神話故事,包括前文提到的維納斯與阿多尼斯,無非是要闡明破題詩行所稱"A thing of beauty is a joy for ever"(美的事物是沒有止境的歡喜)。真愛需要追尋。〈聖阿葛妮絲節前夕〉("The Eve of St. Agnes")描寫思春少女的美夢成真,在風雨交加的夜晚和夢中情人巫山雲雨會之後,如願逃離象徵父權的城堡,不知所終。

「不知所終」等同於在現實世界死亡。莎士比亞《暴風雨》劇中呈現大自然的淬煉威力,促成心念蛻變,在個體的生命領域簡直功同造化。在這個文學傳統,現實世界的死亡意味著重生於超現實世界。聖阿葛妮絲即天主教所稱聖依搦斯,自稱耶穌以外別無所愛,因殉教而封聖。殉教和殉情雖然有宗教情懷與兒女情懷之別,卻同樣為了所愛而以身相殉,同樣表現熾烈的情懷,此所以英文 passion 兼有「熱情」和「受難」二義。passion 源自拉丁文 passio,本義「忍苦受難」:情侶熱戀和耶穌受難同樣為愛所苦,同樣甘願為愛忍苦受難。傳統教會以宗教觀點解讀《舊約‧雅歌》,把男歡女愛的熱情神聖化成為聖愛的象徵;濟慈反其道而行,把聖徒的熱情世俗化成為情侶的象徵。

---

[7] 提坦族是比奧林帕斯族(Olympians)早一個世代的神族。

[8] 不論從神話或文化史的角度來看,父系社會崇拜太陽是母系社會崇拜月亮的進階版,女神愛上牧羊人則是蘇美聖婚儀式的遺跡。聖婚儀式中的牧羊人成為女神的「夫君」之後,正式頭銜是「杜牧齊」。因襲蘇美牧神的這個頭稱呼,在西傳過程中不斷世俗化與人格化,最後進入希臘神成為阿多尼斯。詳見拙作《陰性追尋》3.5〈聖婚儀式〉和3.6〈聖婚儀式的迴響〉。

[9] 但丁由詩國導師維吉爾引導至伊甸園外之後,自己跨越火焰牆,接受夢中情人貝雅翠采繼續引導朝聖之旅,終於體悟聖愛與俗愛之別。關於但丁其人其作及其追尋,見我在《情慾花園》的介紹與選譯,全面的評介見我在《荷馬史詩:儀軌歌路通古今》書中 6.4.1〈但丁《神曲》〉。追尋有陰陽之別。陽性追尋體現在征服異己以便成就大我的英雄偉業,詳見坎伯《千面英雄》;陰性追尋則體現在拓展自我以便包容異己的人生信念,詳見我在《陰性追尋》所論。不論陰陽,追尋必定包含歷險的召喚、入冥、奪寶、回歸四個階段。

父權意識是浪漫愛情的剋星，這是和歷史同其古老的文化母題。愛可以遺世獨立，那卻是神話的世界。濟慈以中古民謠體寫成的〈無情美女〉（"La Belle Dame sans Merci"）描述某騎士邂逅一美女，覺得對方看他的眼神含情脈脈，於是邀她坐上自己的馬，卻被帶進她的洞窟。在洞窟中，她唱歌哄他入睡。騎士做了惡夢，驚覺自己成為俘虜。潛意識果然反映現實／真相（reality）。騎士從夢中驚醒，不見女子的蹤影，發覺自己孤單無助躺在山上奄奄待斃。愛不是天上掉下來的禮物：未經一番寒徹骨，焉得梅花撲鼻香？更何況騎士是現實角色，誤闖神話世界注定無疾而終。

　　可是根據兩極偶合的神話邏輯，帶來生命的愛也帶來死亡[10]。這個邏輯是濟慈在 1820 年出版的詩集《蕾米雅、伊莎蓓拉、聖阿葛妮絲節前夕，及其他》三首標題之作共通的母題[11]。標題之作中的〈伊莎蓓拉〉和〈聖阿葛妮絲節前夕〉已如前述。卷首的《蕾米雅》分兩部分，第二部分的附注提到素材的來源：勃屯《憂鬱剖析》（Robert Burton, *Anatomy of Melancholy*, 1621）引述公元前二世紀羅馬帝國時期的雅典智士 Philostratus，為畢達哥拉斯學派的希臘哲學教師阿波婁紐斯（Apollonius of Tyana，公元約 15—約 100）立傳，記載一則傳說。黎修斯二十五歲，邂逅面貌姣好的一名女子，被帶往柯林斯郊區她的住處。這女子自稱是腓尼基人[12]，邀黎修斯共築愛巢，她會唱歌給他聽，陪他遊樂，共飲沒人喝過的佳釀，而且再也不會有人對他無禮；她會與他同生共死。這位年輕的哲學家向來穩重、沉著又謹慎，這一次卻把持不住自己。兩人同居了一段時間，黎修斯心滿意足，終於同她結婚。參加婚禮的來賓當中，有一位是哲學家阿波婁紐斯，他根據蛛絲馬跡推斷新娘是 lamia，希臘文「食人女妖」，還說她住處的家具都只是幻影。她一聽，哭了起來，懇求對方不要說出真相，可是阿波婁紐斯不為所動。就在那一瞬間，她連同她住處的一切消失無蹤。

　　勃屯提到這個故事僅粗具雛形，是舉例說明他所分類的「愛情憂鬱」：丘比德代表愛慾（erotic love），威力無邊無際又無法節制，人類和眾神同樣擺脫

---

[10]　兩極偶合這個神話邏輯反映自然界相生相剋的普遍規律，例如狩獵女神保佑獵人，同時保護野生動物；豐收與飢荒都是農業女神引起；宙斯是天空神，因此好天氣與壞天氣都歸因於他。

[11]　標題的「其他」包括廣為英國文學讀者熟悉的〈夜鶯頌〉、〈詠希臘古瓶〉、〈賽姬頌〉、〈詠秋〉和〈憂鬱頌〉。

[12]　在荷馬史詩的世界，腓尼基人是利益薰心的商人，無物不可交易，包括人。

不了,其作用甚至能跨越物種的藩籬,蕾米雅和黎修斯就是個例子,這種愛無異於病入膏肓的瘋狂。濟慈把勃屯所認知不治之症的「病例」敷演成上、下兩篇總共 708 行的敘事詩,結尾添增黎修斯之死,成為浪漫愛情令人惆悵不已的「實例」,或可稱之為「浪漫憂鬱」。

　　對濟慈而言,浪漫愛情的追尋是一種信仰,信仰當求其真誠,唯有真誠能貫徹追尋真愛的信念。愛無誠則不真,信念動搖的結果必然是美消逝無蹤。但是追尋並不能保證獲得真愛。無論如何,愛是動態的過程,有來有往才能活絡,否則單方面的付出遲早淪為一灘死水。哈洛‧卜倫在論及濟慈的《恩迪米翁》時寫道:「和別人隔絕,又喪失自己真正的想像力,這樣的人無異於淪落地獄,因為浪漫主義的地獄是既不是別人,也不是自己,而是這兩者失去關聯」(Bloom 1971: 371-2)。雅典喜劇作家亞里斯多芬尼斯把情侶關係比喻為「追尋失落的『半侶』,回復自我本然的圓滿狀態[13]」。借用鄧恩〈早安〉詩中的譬喻,戀愛中人是半球體,兩個半球如果不能兩情合一,不論各自多完美也無法組成圓球[14]。

　　誠如範根特(Dorothy Van Ghent)在《濟慈的英雄神話》書中所論,濟慈把勃屯記載的一則軼事改頭換面,賦予單一神話的形式(the monomythic form),卻翻轉該形式的意義,黎修斯因此成為追尋英雄的諧擬[15]。結果,濟慈以反諷手法扭曲英雄和大女神的婚禮,竟至於「理性意識所揭曉的真相不是豐饒,而是貧瘠」(Van Ghent 125)。獨沽理性一味而欠缺感情的滋潤,那樣的世界注定是貧瘠之地。在貧瘠之地,蕾米雅化思凡為具體的行動,是如假包換的追尋英雌[16]。蕾米雅的追尋功敗垂成令人不勝唏噓,唏噓聲中隱約傳出英國文學浪漫主義的愛情宣言[17]。

---

[13] 亞里斯多芬尼斯(Aristophanes)的〈愛樂頌〉,見柏拉圖《會飲篇》189c-193d,我的中譯收入《情慾幽林:西洋上古情慾文學選集》。

[14] 鄧恩的〈早安〉,我的中譯收入《情慾花園:西洋中古時代與文藝復興情慾文選》。

[15] 單一神話即坎伯在《千面英雄》所描述神話世界的追尋英雄的歷程。

[16] 女性發揮陰性特質完成追尋之旅,即我在《陰性追尋》所探討的英雌追尋。

[17] 浪漫主義是英國文學在 1780 年代之後持續半個世紀的主流,其名稱 Romanticism 源自中古時代騎士文學的 romance(傳奇故事),那些故事的一個重要成分是宮廷愛情。關於宮廷愛,見拙作《荷馬史詩:儀軌歌路通古今》書中 6.3.2〈宮廷愛情的理念〉。

蛇女戀情的浪漫困境

《蕾米雅》是希臘版的白蛇傳。透過這首詩，濟慈不只是在小我方面呈現個人的愛情觀，更在大我方面反映浪漫運動的文學信念。歐洲自文藝復興以降，理性掛帥的思潮儼然成為新興的宗教，邏輯講究分析而判斷仰賴證據。分析邏輯扼殺愛情，證據判斷則抹煞情感與直覺，兩者左右夾攻難免導致詩意蕩然而人性殘缺。濟慈在這方面的見解，雖然未能發展成有系統的哲理論述，吉光片羽的美學見地也可以發人深省。

濟慈落筆就是一趟時空隧道之旅，帶領讀者飛快穿越文藝復興以後精靈出沒的童話世界，以及中古時代奧伯龍（Oberon）統治的超現實世界（如莎士比亞《仲夏夜之夢》劇中的森林），前往上古希臘的神話世界（1.1-6）。目的地是克里特，該島是希臘青銅文明的發源地[18]。

青銅文明是歷史的發端，也是神話世界的原鄉，更是母系部落組織演變為父系城邦體制的過渡時期。那個時期，如我在《陰性追尋》第二章〈太陽英雄的原型〉所述，男權大革命風起雲湧，新興的父神逐漸取代、收編、打壓，進而妖魔化母系部落崇拜的大女神。在前述的背景，蕾米雅一方面從大女神降格為奧林帕斯男神的情婦，另一方面從眾生之母妖魔化成為食童魔，其身相則從母系社會的圖騰動物蛇變成父系社會女首蛇身的複合動物。人與蛇組成的複合動物有兩個特具代表意義的指標：中國漢代墓室石磚畫的伏羲女媧交尾像，象徵陰陽結合的雙方都是人首蛇身；米開郎基羅在西斯汀教堂壁畫所繪壁畫，引誘夏娃吃善惡知識果的惡天使是女首蛇身纏繞知識樹的樹幹。

其實，蛇早在新石器時代已進入並始終存在於歐洲信仰，象徵和下界有關的生命力，如立陶宛語稱蛇為 gyvate，意思是「生命力」。希臘文 geras 在荷馬史詩一貫指老年（Gimbutas 121-37, 348-9, 135），後來如亞里斯多德引申為「蛇蛻下的皮」，無疑取典於蛇冬眠之後定期蛻皮被視為定期復活重生的民俗觀念。這個觀念可以上溯到兩河流域的史詩《吉爾格美旭》第十一片泥板[19]。

---

[18] 故事是希臘神話，背景當然在希臘，詩中的角色理所當然是希臘神，所以出現赫梅斯不足為奇。赫梅斯的父親是宙斯。這兩位神在羅馬神話分別稱作莫丘里（Mercury）和周夫（Jove）。濟慈必定知道這兩個神話系統的區別，卻在詩中卻說赫梅斯是周夫的兒子。由於拉丁文的影響，歐洲自中古時代以降，習慣透過羅馬人的觀點認識希臘神話，該傳統一直延續到十九世紀。

[19] 詳見我收在《陰性追尋》的《吉爾格美旭》譯注本 6.16〈返鄉〉注 124。

在男權大革命成功之後，天神取代母神，蛇成為父神信仰的異己表徵。於是，蛇這個形而上的異己和女人這個形而下的異己結合成蛇女，是父權體制的公敵。

在希臘古典時期的陽性書寫，蛇甚至被污名化成為女人口中「性別異己」的代稱[20]。例如埃斯庫羅斯的悲劇《懇求女》（*Suppliant Women*）895 歌隊所稱「長出兩隻腳的蛇」，女人把自己和蛇同化，使用男性觀點稱呼敵人為蛇。兩腳蛇以偽裝的身分擔任光明神阿波羅的馬前卒，出現在同一位詩人的《奠酒人》（*The Libation Bearers*）劇中母系社會代言人克萊婷的惡夢（527-551），化身為弒母報父仇的父權意識形態的正義使者。在文化史、社會史、政治史與文學史不絕如縷以種種變奏出現的兩性戰爭，早在神話世界就是引出遍地烽火的主旋律[21]。那個旋律透露女神崇拜對父權體制的威脅，威脅之大竟至於體現豐饒信仰的大女神在父系書寫進一步降格成為蛇。那條蛇擬人化就是古希臘晚期的傳說出現的蛇蠍美女（femme fatale）蕾米雅。

濟慈筆下的蕾米雅，經驗類似《白蛇傳》傳說中的白娘子。然而，同樣是蛇幻化成女人，白蛇是修練有成，憑自力幻化，蕾米雅卻有賴於天神赫梅斯成全心願。蕾米雅能夠隨意使仙女隱身或現形，卻無法自己變形，濟慈本人也說不出個所以然。他關注的重點在於經營自己的浪漫想像。例如 1.47-60 描寫蛇本身，以及稍後 146-60 描寫蛇的蛻變，多采多姿的文字色調充分反映地中海背景。浪漫的當下無暇推理，這是常情。在另一方面，蕾米雅蛻變成女人之初，濟慈在 1.294-5 描寫愛透過接吻帶來重生的契機，這是源遠流長的情詩傳統。早在埃及新王國時期（公元前 16-11 世紀），Deir el-Medina 出土的莎草紙卷就有這樣的描寫：

> 我終究會從你的嘴唇喝到生命酒
> 然後從這長久的睡眠甦醒。

---

[20] 迴響《舊約・創世紀》3.15 上帝詛咒蛇成為女人的宿敵。

[21] 男權大革命的神話表述包括一系列兩性戰爭（見第二輯〈〈愛在心裡口難開〉賞析〉注7）；參見拙作《陰性追尋》3.7〈男權大革命〉和 3.8〈追尋自我的完整〉），關鍵戰役是阿波羅射死盤踞德爾菲臍石，名為皮同（Python）的大蟒蛇，成為德爾菲神主。德爾菲原本是母神信仰的中心，晚出的父神信仰以臍石標示陸地的中心。奧林帕斯神族雖然包括女神，她們其實是被宙斯收編的母系神。見埃斯庫斯《和善女神》1-19 及相關行注。

Finally I will drink life from your lips
and wake up from this ever lasting sleep.

這是另一首詩：

來！來！來！在我斷氣時吻我，
因為生命，激動人心的生命，在你的氣息；
受你那一吻，即使我躺在墳墓，
我會起死回生扯斷死亡的束縛。

Come! Come! Come! And kiss me when I die,
For life, compelling life, is in thy breath;
And at that kiss, though in the tomb I lie,
I will arise and break the bands of Death.

　　吻只是蕾米雅的前戲。她用盡心機引誘黎修斯共築愛巢，彼此有情有意又遠離塵囂，原本可望美滿。可是黎修斯虛榮心起，要舉行婚禮，要在現實世界炫耀見光死的秘密戀情。蕾米雅勸阻不成，勉為其難「以合身的富麗堂皇為悲慘撐門面」（2.116）。濟慈描寫蕾米雅裝飾婚宴大廳（173-90）洋溢官感之美，藉滿室芳華香草反映《舊約·雅歌》讀者必定不陌生的陰性書寫特色。然而，在濟慈詩中，蕾米雅創造的一片「人造森林」處處反映「幻覺的模擬」（Van Ghent 125）。她彷彿有預感，自己其實在準備自己的葬禮。

　　在婚禮上，黎修斯的老師阿波婁紐斯識破蕾米雅的身分。他運用理性之光解救自己的學生，卻帶來禍殃。隨著象徵情慾自主的蕾米雅沒有容身之地，人性殘缺的黎修斯也當場殞命。一旦慾望不受理性的節制，情必然變質。濟慈的浪漫主義版本以黎修斯之死結束人蛇之戀這個傳說，乃是情慾邏輯的必然。蕾米雅和阿波婁紐斯對立，他們的對決在濟慈筆下代表詩歌和科學的決裂[22]。結果，科學看似伸張正義原則，其代表人物阿波婁紐斯卻垂垂老矣。就人性而

---

[22]　科學：見 2.229-30 行注。科學源自相關知識的分門別類。從分類的角度來看，人與蛇當然殊途。

言，這樣的結局其實兩敗俱傷。理性一但欠缺情感的銼磨，其鋒芒足以戕害人性而造就人間地獄。

蕾米雅和白娘子同樣貪戀人世的歡情。貪歡者所貪唯情，歡情則離不開情慾經驗。在父系社會，情慾自主是女性的原罪，這個罪名足以把蕾米雅推落和希伯來《舊約》的夏娃同樣的深淵。然而，黎修斯並非只是蕾米雅貪歡的工具，否則離群索居根本是多此一舉。蕾米雅貪歡所圖應該還包括男女之間那份相依相屬的專利情感。「貪戀人世」即思凡母題。思凡之心並非蕾米雅所獨有，甚至不是女性的專利，但是男女有別。黎修斯的虛榮，本質上也是思凡的表現。他嚮往哲學，卻割捨不下紅塵的羈絆；理性在面臨異性的誘惑時頓失所依，感情有了依託卻放縱自己的情慾霸權，非要對方屈從於己意。單從思凡之心就可以看出陽剛與陰柔兩種生命情態的差異。

黎修斯需要拯救，救星是理性原則，這透露性別意識形態是推展情節走向的主要動力。蕾米雅是蛇蛻變而成為女人，超現實的生命注定不受人間規範的節制；她的愛情想像無疑博得同情，無所節制的性格卻無法立足於現實。她對黎修斯的愛毋庸置疑，卻視他為禁臠，佔有對方的想法不免扭曲愛心。阿波婁紐斯使蕾米雅回復蛇身，本質上就是「把性慾去人性化」；「揭露女性的官感誘惑無異於獸性，是源自本我底層的驅力，足使人性癱瘓」（Van Ghent 118）。

借用佛洛伊德的術語，蕾米雅是本我的化身，強調快樂原則，視現實的疆界如無物。可是，本我一旦跨越意識閾，必定無法擺脫超我講究理性原則的掣肘，此所以蕾米雅一旦進入人間，勢必要受到現實條件的制約。按柏拉圖《費多篇》（*Phaedo*）記述蘇格拉底在受刑當日說的話，快樂和痛苦明明勢同水火，「但是，人如果追求其中一樣，通常會身不由己接受另外一樣。快樂和痛苦是兩件事，一個念頭卻把他們撮合成為一體」。蘇格拉底的觀念是具體的身體經驗透過理體思維論證的結果，驗證在情慾心理同樣適用於蕾米雅和黎修斯。蕾米雅的本質是超現實的幻覺，幻覺經不起理性之光的照射，因此在阿波婁紐斯銳利的眼光盯視下消逸無蹤。至於黎修斯，他雖然鑽研柏拉圖，琢磨理性未竟全功，沒能看透表象，哲學判斷難有用武之地。知識還得加上經驗才能形成智慧，他因為欠缺經驗而輕易上鉤，困在現實與幻覺兩大陸塊的夾縫脫不了身。不論蕾米雅多麼愛他，他畢竟是凡胎肉身的現實中人，對現實難免有所眷戀，因此聞聲會動心：蕾米雅無法把她的形而上體驗轉移給黎修斯。他的虛榮一方面確認蕾米雅的無辜，另一方面預告他必須承受後果。所以，濟慈改變這則故

事的傳統說法,讓黎修斯也以死亡收場。目睹愛人因為自己的虛榮而毀於一旦,他的求生意志蕩然無存。

　　從觀念史的角度來看,《蕾米雅》的主題關乎「心的解離」。霍夫曼(Joel M. Hoffman)在《翻譯如何隱匿聖經原意》(*And God Said: How Translations Conceal the Bible's Original Meaning*)書中提到希伯來文 levav,英譯普遍譯成 "heart",可是除非要表明感情用事「不經過大腦」,否則英語人士不會說 thinking with one's heart,因為 heart 通常不用於思考。可是霍夫曼舉實例闡明 levav 確實用於思考、理解、決定等理性活動(Hoffman 105-12)。箇中原因不難說明:人本來就是同時兼具理性與感性,在《舊約》的用法中,「心」尚未解離成主管感情的 heart 和主管理智的 mind。在荷馬史詩,正如科拉克(Michael Clarke)在《荷馬詩中的肉身與精神》(*Flesh and Spirit in the Songs of Homer: A Study of Words and Myths*)書中所論,人心開始解離但還不明顯,卻是大勢所趨。浪漫運動是這個趨勢的現象化,此一現象有如一道光譜,阿波婁紐斯和蕾米雅各據光譜的一端。代表理性原則的阿波婁紐斯秉持陽剛價值一貫剷除異己的心態,容不下代表情感本能顯現陰柔價值的蕾米雅。

　　理性排斥夢想與幻想,夢想和幻想卻是愛情得以繽紛的兩大源泉。蕾米雅為黎修斯,一如丘比德為賽姬,在愛樂園(the Garden of Eros)經營秘密戀情,結局卻是悲喜有別,關鍵在於愛情是否追尋所得。我們在這兩座愛樂園看到同樣的情慾霸權,一方強烈的佔有慾要求另一方絕對順從,只是性別易位。和丘比德同樣強勢的蕾米雅提供的也是一座「無明樂園」。但是賽姬勇於突破現狀,終於獲得名為歡樂的愛情結晶;黎修斯卻像是艾略特筆下的普儒夫若克,唱不出情歌,只落得空遺恨[23]。

濟慈的空靈意境

　　身為浪漫詩人,濟慈敘事不忘抒情。他的抒情筆鋒所蘊含的哲理,大而化之地說,無非是心眼所見才是真實,世間至美非真莫屬,即他在〈希臘古甕頌〉最後兩行(49-50)所歌詠「美即是真,真即美——其中蘊含╱你們在世間

---

[23] 賽姬:見諾伊曼《丘比德與賽姬:陰性心靈的發展》書中〈愛樂園〉和〈無明樂園〉,以及我在《陰性追尋》5.7〈賽姬的追尋之旅〉和 5.8〈愛心寶殿〉所論。普儒夫若克,見本輯艾略特的〈普儒夫若克的情歌〉。

所知與需知的一切」。藝術的想像以永恆的形式把時間凍結，那種形式蘊含的美感超越時空，因此「美即是真」；超越時空的超現實世界即是美的範疇，因此「真即美」。他深信根據想像獲得的知識比論證所得更真確。這個觀念稱之為詩人的通關密語亦不為過[24]。

　　濟慈甚至把觀念轉化成人生信念：美不只是官感方面的愉悅，更是價值觀與生活方式。在取材於奧林帕斯神族征服提坦神族的史詩《許佩瑞翁的殞落》（The Fall of Hyperion），濟慈雖然以米爾頓的《失樂園》為範本，史詩大哉問卻不是「惡為何物」，而是轉向但丁《神曲》的「美為何物」，詩中不斷提問「為什麼？何以致之？」提坦族的海神對同夥闡明世代交替的「天道」：我們不是被暴力推翻，也不是戰鬥失利，而是另有無敵之美取而代之[25]。其中隱含詩人自己的信念：美的原則是世間最根本的真理。

　　把形而上的神話想像落實到形而下的日常經驗，濟慈在〈希臘古甕頌〉第二節（11-20）描寫情人吹笛訴衷曲，寄意美好的想像。瓶繪情景因詩人的想像超越實體而不朽，也因此超越受到時空條件制約的感官經驗[26]：

　　　　有聲的旋律美妙[27]，可是無聲
　　　　　更美妙；所以，吹吧，輕柔笛；
　　　　不是給官感耳朵聽，卻更窩心，
　　　　　吹出沒聲響也沒有調性的靈曲：

---

[24] 濟慈和惠特曼的浪漫風格有天壤之別，但是惠特曼在〈我聽到博學的天文學家〉（"When I Heard the Learn'd Astronomer"）詩中表達濟慈必定認同的觀念：證據和數字窒息人的靈性。林以亮編選《美國詩選》、彭鏡禧、夏燕生合譯《好詩大家讀》、吳潛誠譯《草葉集》、楊耐冬譯《草葉集》都有該詩中譯。

[25] Hyperion 2.228-9: "'tis the eternal law / That first in beauty should be first in might"（這是恆常之理。／擁有至美理當擁有大權）。借用莎士比亞的十四行詩 18.7-8：「每一種美都難免從滿殞落，／褪繁華不外厄運或天道變遷」（And every fair from fair sometime declines, / By chance or nature's changing course untrimmed）。提坦族的海神是環繞陸地的「洋川」（Oceanus，英文 ocean 的字源）神格化。

[26] 參見 2.148 行注。下面引文行 12 的 ye 是 thou（15「你」）的複數形態。

[27] 莎士比亞《第十二夜》開場三行，音樂可以取代愛情成為維生的麵包：「如果音樂是愛情的糧食，奏吧；／讓我聽到膩，撐飽過了頭，／胃口也許就生病，不再有慾望」（If music be the food of love, play on;/ Give me excess of it, that, surfeiting,/ The appetite may sicken, and so die.）。

15　　帥哥，你在樹下，不可能中斷
　　　　你的歌，這些樹也永遠不枯萎；
　　　豪放情人，永遠、永遠吻不上，
　　　　雖然對象在咫尺——可別心酸；
　　　她走不開，雖然你沒豔福享，
20　　　地久天常你情濃，而她嬌美！

　　　Heard melodies are sweet, but those unheard
　　　　Are sweeter; therefore, ye soft pipes, play on;
　　　Not to the sensual ear, but, more endear'd,
　　　　Pipe to the spirit ditties of no tone:
15　　Fair youth, beneath the trees, thou canst not leave
　　　　Thy song, nor ever can those trees be bare;
　　　Bold Lover, never, never canst thou kiss,
　　　　Though winning near the goal—yet, do not grieve;
　　　She cannot fade, though thou hast not thy bliss,
20　　　For ever wilt thou love, and she be fair!

人生有此體悟，即使英年早逝，夫復何求？

艾略特（1888-1965）

普儒夫若克的情歌*

「只要我認為自己答覆的對象
　是個有可能回到陽世的人，
這條火舌就不再繼續搖晃。
可是既然我聽說的沒錯，不曾
　有人從這深淵活著回陽間，
我大可放心回答不怕留臭名。」

---

*　題詞引自但丁《神曲・冥界》27.61-6，Princeton Dante Project 的英譯如下：
　　"If I but thought that my response were made
　　　　to one perhaps returning to the world,
　　this tongue of flame would cease to flicker.
　　But since, up from these depths, no one has yet
　　　　returned alive, if what I hear is true,
　　I answer without fear of being shamed."

這六行詩「點明〔艾略特原詩〕麻痺了的自我意識的主題」（Mays 111）。引文所稱「自我意識」（self-conscious）是指過度在乎別人的判斷或外在的價值觀，為了迎合而顯得做作；參見 40-4 行注。但丁筆下的圭多就像希臘神話〈國王的驢耳朵〉故事中的理髮師，好不容易想到可以說出私密話的管道，因此盡情告白。艾略特詩中安排說話者普儒夫若克使用獨白體進行告白，也有同樣的反諷效果：他和圭多一樣在乎自己的名聲，同樣透過自以為隱密的管道盡情告白，卻因文學作品不朽而使自己的心事大白於世。題詞 3 的火焰是圭多的魂魄（火帶來光，象徵理性，可是圭多之輩誤用理性之光，遭火反噬），魂魄在說話，因此火舌晃動不已；火舌「不再繼續搖晃」意味著圭多不再說話。奎多面臨的一大反諷是，他不曉得但丁是血肉之軀；普儒夫若克面臨的是，他無意中透露自己雖生猶死的精神狀態。

T. S. Eliot (1888-1965)

The Love Song of J. Alfred Prufrock

S'io credesse che mia risposta fosse
a persona che mai tornasse al mondo,
questa fiamma staria senza più scosse.
Ma perciocche giammai di questo fondo
non torno vivo alcun, s'i'odo il vero,
senza tema d'infamia ti rispondo.

所以我們走，你和我，

趁黃昏鋪展以天空作為襯托

像病人麻醉在手術檯上；

我們走，穿過幾條行人稀少的街，

5　煩躁不安的夜

喃喃退隱在廉價旅店

和蠔殼散落木屑地板的餐館：

街連街有如冗長的論爭

隱含不良的居心

10　把你引向無從回答的問題……

---

1. 所以：引出結論，表明詩中人剛經歷一場辯論或推理，毅然決然要採取行動。如果把引自但丁的題詞當作本詩的一部分，那麼詩中人普儒夫若克所推之理可以這麼說：在這個雖生猶死的世界，沒有人會說出真心話；既然這樣，我不必擔心破壞自己的形象，所以願意邀你同行。有兩個人要「演出」故事，這是戲劇，可是我們只聽到一個人說話，這是獨白，合而言之即是戲劇獨白。「我」當然是說話者普儒夫若克。既然標題表明這首詩是他的「情歌」（傳統的歌詞就是詩），本行的「你」可依照情歌傳統解釋為說話者抒情的對象，他帶女朋友要去參加宴會。另有人主張「你」代表一般讀者，因此整首詩是虛構的說話者向讀者剖析自己的心事（Brooks and Warren 391），這可以從艾略特引的題詞得到佐證。也有可能說話者剖析自己心事的對象是沒有出聲的朋友；他當然也可以把讀者當作朋友。但是從整首詩說話的語調來看，更有可能這首詩是說話者的內心獨白，是普儒夫若克的社會人格（社群自我）對他本人（個體自我）說話（見 129 行注，並參見 54 行注）。早在公元前一世紀，羅馬詩人就曾經安排分裂的兩個自我（分別代表理性和感性）在詩中對話，中譯見我譯注的《情慾幽林：西洋上古情慾文學選集》書中卡特勒斯的〈曾經〉。

2-3. 以天空為背景的暮色有如即將接受手術的病患，打破標題中「情歌」的浪漫線索，奠定全詩反諷的基調（Brooks and Warren 592）。這個意趣和傳統寫景造境的觀點徹底絕裂，不再是藉客體景象呈現主觀經驗，而是透過主觀經驗呈現客體景象：生病的意象反映說話者的心靈狀態。以栩栩如生的畫面呈現死氣沉沉的氛圍，這樣的病患意象，就十九世紀蔚成主流的浪漫詩風的觀點而言，根本是「不雅」。「『鋪展』產生詭異的感傷謬誤（pathetic fallacy）：夜晚成為被麻醉的病人」（Altieri 196-7）。讀者把主觀的情感投射到中性的自然景象，即使把這樣的移情作用稱為「謬誤」，謬誤之情卻陰差陽錯成為詩人創作情歌的主導動機：現代文明有個陰暗的角落，那個角落之所以陰暗和兩性

　　　　Let us go then, you and I,
　　　　When the evening is spread out against the sky
　　　　Like a patient etherized upon a table;
　　　　Let us go, through certain half-deserted streets,
5　　　The muttering retreats
　　　　Of restless nights in one-night cheap hotels
　　　　And sawdust restaurants with oyster-shells:
　　　　Streets that follow like a tedious argument
　　　　Of insidious intent
10　　　To lead you to an overwhelming question . . .

　　　關係密不可分。麻醉：etherized，其詞根 ether 指地球大氣層以外的太空，源自希臘文的「清純之氣」（見拙譯《奧德賽》15.523 行注），物理學上的客觀意涵強烈對比醫學意象所隱含主觀的意識與人格的喪失；像這樣透過極端的對比產生心理衝擊，參見莎士比亞《馬克白》3.4.20-4 的疾病隱喻以及我的譯注。

4-7.　說話者的主觀鏡頭從天空轉到地面，我們因此看到行人稀少的街區，一路上隱隱約約聽到聲音從旅館和餐館傳出。那個街區為「煩躁不安的夜」提供隱蔽，強烈對比說話者正要前往的室內場景。4b = 5-7，兩個名詞片語都是「穿過」（through）的受詞，不過前者客觀寫街景（行人稀少）卻暗含主觀的詮釋（「半荒涼」），後者主觀看「夜色」卻寄意客觀的退隱地點。退隱：告別白日的現實，低調轉往在特定的旅館和餐館上場的夜生活；隨室內氣氛酣熱，街道行人稀少，如 3 所見隨藥物作用產生不自然的安靜。入夜，嘈雜聲歇，說話者的心聲逐漸浮現；我們將會看到普儒夫若克試圖要「隱」入脂粉隊卻功敗垂成，他的身影益形孤獨。廉價旅店：one-night cheap hotels 指方便臨時投宿而收費低廉的旅館，其中難免暗藏性交易。木屑地板：顧客會隨口吐殘渣，所以地板鋪木屑，方便打烊後清掃。牡蠣被視為壯陽食品，中西皆然，其意涵等同於傳統情詩出現催情果，包括中國的桑葚或歐洲的蘋果。

8-9.　街道有如迷宮，客觀而言是老市區普遍的特色，主觀而言卻是故意使人迷路，透露說話者對自己猶豫不決的心理狀態感到不耐煩。

10-1.　透露說話者這趟出行和特定的問題有關，可是他終究不敢面對，因此問題無疾而終。刪節號在對話場合常用於表明打岔（此時也可以使用破折號），這意味著本詩的受話者突然發問「什麼問題」。然而，如果視本詩為說話者的內心獨白，那麼刪節號表示他自己設想聽者「你」或讀者「你們」會有的疑問。無論如何，說話者的思緒一時被打斷。

哦，不要問「是什麼？」
　　我們走，一起去作客。

　　房間裡女人來往穿梭
　　在談論米開朗基羅。

15　黃色的霧磨蹭牠的背抵著窗玻璃，
　　黃色的煙磨蹭牠的鼻子抵著窗玻璃，
　　伸出舌頭舔進黃昏的角落，
　　在陰溝中淤滯的水坑徘徊不去，
　　任由煙囪掉落的煤灰落在背上，

---

12. 重複首行的「我們走」，透露詩意的推展是透過普儒夫若克的意識，而不是，比方說，隨他的肢體動作。由於 2-9 的主觀鏡頭處處見到他個人的心像投射，無異於他內心景觀的外表化，可見他有想像力，這還可以從後續的詩行得到證實。類疊修辭是本詩一大特色，有助於延緩節奏，呼應說話者遲疑不定的心理特質。

13-4. 說話者想像自己在宴會現場的目光焦點，因為經常性的重複而使用現在時態。這個場景點出本詩的基本衝突：高級場所對比低俗街景，精神世界對比物質世界，光鮮亮麗的外表對比不堪入目的內在。說話者前往參加素所熟悉的社交活動也是那些女人「作客」（12）的場合。艾略特原本為這首詩訂的標題是「普儒夫若克在脂粉隊」（"Prufrock among the Women"）（Potter 221），這支隊伍讓我們看到附庸風雅的婦女寫像：她們至少有起碼的知識水平，卻不是真心要討論特定議題，只是毫無目標晃來晃去，其單調、沉悶就反映在這兩行有如兒歌的節奏，和米開朗基羅的題材根本搭配不起來。她們「對工作日的世界一無所知，不然就是毫無興趣」（Brooks 83），也絕無可能甚至不屑像說話者那樣「穿過幾條行人稀少的街」，只是「把話語當作修養或親密關係的表徵，而不是彼此溝通或增進認識的有意義的媒介」，所說的話僅止於表相皮毛，如作品的名稱或藝術家的軼事，沒有內容也就無從吸收，因此「反彈回到說話者，創造出語言或感情自我吹噓旁若無人的心態」（Potter 222）。說話者即將進入的世界和 5-7 穿梭街道所見的景象是兩個截然不同的社會階級，同樣欠缺人生的目標與活力，同樣無趣。「如果說前者無聊使人煩悶，後者則是散發不祥的氣氛」；透過這樣的對比，詩人呈現的「主要不是關乎特定個人或城市的境況，而是關乎一個時代和西方文明本身的境況」（Brooks 80）。為什麼是米開朗基羅？「因為他的作品洋溢官感與熱情，散發英雄氣質，可以點綴喝茶和品雞尾酒時毫無趣味可言的閒扯淡」（Brooks 81）。這番對比還讓我們看到說話者在他所屬的那個階層與眾不同之處：他有自省的能力，因此還能擁有旁觀者清的見

Oh, do not ask, "What is it?"
Let us go and make our visit.

In the room the women come and go
Talking of Michelangelo.

15 The yellow fog that rubs its back upon the window-panes,
    The yellow smoke that rubs its muzzle on the window-panes,
    Licked its tongue into the corners of the evening,
    Lingered upon the pools that stand in drains,
    Let fall upon its back the soot that falls from chimneys,

---

識，看出從俗又瑣碎的人生（見 34 行注）對於內心的感動避之唯恐不及。那種人生雖生猶死，普儒夫若克知道自己也是那樣的人。在另一方面，米開朗基羅在西斯汀教堂的壁畫取材自《舊約・創世記》的伊甸園神話，接受教堂委託卻大膽作出自己的詮釋：伊甸園不是樂園，而是荒原；夏娃不是從男人的肋骨而生，而是從荒地而生；面臨禁果的誘惑時，夏娃神態自若強烈對比亞當極敗壞。米開朗基羅何人也，我普儒夫若克何人也，還是有所不為的好。始祖吃了知識果，「重生」之後因為有生產而必然有死亡；既然有了開始與結束，時間進入他們的世界，「人生過處唯存悔」（王國維），普儒夫若克想方設法不要「存悔」。米開朗基羅為了伸張自我敢於表達異議，普儒夫若克寧可不要那樣的形象。

15-22. 貓突如其來闖進黃昏煙霧濛濛的街景，終至於兩個鏡頭疊合。由於貓的傳統象徵是嬌嬾中散發奔放的情慾，這個詩節暗示對於性慾迎（17）還拒（22）的態度。景象朦朧一如說話者的心境，只能流連於無法宣洩的積水處（18）。

16. 鼻子：muzzle 特指狗的「口鼻部」，本詩節描寫的動作卻是貓。相對於狗引人聯想普儒夫若克的名字所暗示的社交生活（見 42-3 行注），貓和他本人同樣不擅於跟人互動。說話者看眼前客觀的景物，卻反射出自我認知的形象：他把心目中的自我投射到眼前所見的街景，再加上自己的動物想像。霧和煙都是活的，對比屋子裡面的人死氣沉沉（Brooks 81）。擬人化的霧和煙都是黃色，污染所致，從 15-8 可知污染無所不在。黃色同時也是「十月溫柔」（21，見該行注）的色調。

17. 舔：帶有明顯的情色意涵。黃昏的角落：呼應 4-7 的街景。說話者的意識流回「行人稀少的街」（4），他想要「喃喃退隱」（6），以便探索意識昏暗的角落。

20　　溜過陽台，突然縱身跳，
　　　看明白現在是十月溫柔的夜，
　　　繞了房子一圈，沉沉睡著。

　　　是真的還有時間
　　　看黃色的煙順著街道滑行，
25　　磨蹭牠的背抵著窗玻璃；
　　　還有時間，還有時間
　　　準備一張臉去面對遇到的許多臉；
　　　還有時間去謀殺與創造，

---

20. 呼應 1 普儒夫若克突然興起，決定動身探索可以讓他唱情歌的地方。
21. 十月：秋天，成熟的季節。易卜生《海妲‧蓋博樂》劇中也是在開場沒多久不著痕跡（凝望窗外的落葉）交代季節背景，暗示人生景況如秋景，表面上預期新生命的來臨（蜜月旅行回來知道自己懷孕的少婦），其實預告標題主角的死亡紀事。本詩的說話者有所期待，認為時機已成熟，結果同樣發覺人生瑣碎、枯燥、無趣，同樣籠罩在死亡的陰影下（見 3、56、82、131）。
22. 貓徘徊了七行半，看似決意如猛虎出籠，轉眼間若無其事入睡：20-2 三行濃縮整首詩的寫像。著：唸作聲調陽平的「昭」，和 20「跳」押韻。整個詩節從 15 到本行為一個完整的句子：15 和 16 是作同位語的兩個名詞片語，也是句子的主詞，後面接上一串七個對等的動詞 licked、lingered、let fall、slipped、made、curled 以及 fell。改用過去時態，彷彿說話者的意識流一時中斷，改由艾略特本人親自開口，「有助於暗示普儒夫若克幾乎把自己解離的時刻」（Scofield 57）。21 的 seeing 是分詞，作形容詞使用，修飾主詞，用於說明 21 和 22 這兩行有因果關連，即貓（或擬人化的霧／煙）因為 seeing that（了解到）所以 curled（繞圈子）緊接著 fell asleep（入睡），整個過程濃縮說話者的經驗——在煙霧迷濛的街道徘迴 130 行，最後在行 131 突然醒來死去（見該行注）。這個句子獨立成篇足以為出色的意象詩，長達八行有其必要：說話者已來到目的地的門外，停下，看這一連串的貓景，深知即將進入室內睹另一個烏煙瘴氣的世界熟透將爛卻沒有人在乎，因此以主客合一的觀點而情景交融的意象派特寫鏡頭呈現。
23. 影射馬佛爾〈致怯情人〉（見第三輯）首行的假定「如果有足夠的時間」：馬佛爾詩中的說話者向女朋友求歡，女方因羞怯而拖拖拉拉，男方使用嚴謹的推理論證「真的沒有足夠的時間，所以依我吧」。可是，普儒夫若克有時間幹嘛？答案在 32-3。從「時間觀」的對比引出另一個對比：怯於面對現實的人，在馬佛爾詩中是受話的女方，艾略特詩中是說話的男性。整首詩重複十一次「有時間」，其中八次出現在這個詩節，反映說

20	Slipped by the terrace, made a sudden leap,
	And seeing that it was a soft October night,
	Curled once about the house, and fell asleep.

	And indeed there will be time
	For the yellow smoke that slides along the street
25	Rubbing its back upon the window-panes;
	There will be time, there will be time
	To prepare a face to meet the faces that you meet;
	There will be time to murder and create,

   話者內心的焦慮，因此一再安慰自己「別急，放輕鬆」——喝酒半醉未醒的人說「我沒醉」，心理機制相同。

23-5. 因為「還有時間」，說話者可以慢條斯理看黃煙彌漫整條街，甚至緊貼著窗戶：他下意識在延遲進入會場的時間。24-5 重複 15-6 的景象，說話者為自己辯解：我使用一個詩節描述街景，不是在浪費時間或逃避 10-1 的問題，實在是因為還有時間。

26. 急於重複 23，而且重複兩遍，蔚成反諷母題的主旋律，彷彿連他自己都不相信：不用急著進入室內；外面雖然煙霧濛濛，而且毫無浪漫情調，卻適合打發時間。說話者要把自己的猶豫不決合理化，甚至希望獲致自我催眠的效果。

27-8. 準備一張臉：戴上適合特定場合的社交面具。要那麼做，得要先「謀殺」真實的自我，繼之以「創造」適合社交的新自我。我們恍然大悟，原來說話者不喜歡像這一類聚會惺惺作態的社交場合。社會心理學所稱的人格面具（persona），如今只剩「臉部表情」：說話者的措詞透露，他看即將見面的那些人其實沒有「人格」，只是一張張的臉，他禮尚往來也得準備恰當的「臉部表情」。社交場合的臉部表情不求流露真情，在那樣的情況下辨臉識人可比擬於看名字識人，毫無認知的深度可言。

　　　　　有時間工作按時度日動手
30　　　在你的盤子把問題拾起又扔掉；
　　　　　有你的時間也有我的時間，
　　　　　也有時間遲疑不決一百次，
　　　　　頓悟又再重新頓悟一百次，
　　　　　然後吃個烤麵包配茶喝。

35　　　房間裡女人來往穿梭
　　　　　在談論米開朗基羅。

29-30. 第二行 That 引導的關係子句修飾前一行結尾的 hands。工作按時度日：works and days，指涉希臘詩人赫西俄德《歲時記事》標題字面的意思「工作與時日」。赫西俄德在世的年代比荷馬（公元前八世紀）稍晚，所作《歲時記事》是歐洲教誨詩（見第三輯〈愛樂魂出竅·〈出神〉賞析〉）的祖師，主題為勸勉世人按季候時序工作生活，藉以奠定農業社會生活倫理的基礎。在那樣的社會，人是以雙手操勞工作度日（所以加上 of hands），可是現代社會有閒階級的「日常手工」往往只是未必有效益可言的手勢或姿態。「在普儒夫若克的世界，明確提到最辛勞的動手工作是〔30 所提〕僕人把信件擺在早餐桌上，信函內容包含普儒夫若克害怕的一個，或許是唯一的問題，問題只以隱喻的方式提出」（Brooks 82）。不論問題為何，縱使提出也未必當真，強烈對比赫西俄德的典故：安貧度日的農夫有明確的生活目標，文明社會上流階層所謂的工作不過是你丟僕人撿社交信函，有如從餐盤取用繼之以排泄的食物垃圾。也可能說話者下意識流露對於鄉村生活的嚮往。問題：見 10。那個問題有如餐盤裡的食物，他想吃，可是實在難以下嚥。在前網路時代，書信是人際往來的主要媒介，除了社交功能，往往也是討論人生與學術種種重大問題的管道。

33. 頓悟：vision 指深刻的洞識，可是「重新頓悟」（revision）意味著洞察並不深刻。參見 48 的重出詞。

34. 詩人透過 32-3「indecisions、visions、revisions（遲疑不決、頓悟、重新頓悟）出色的文字遊戲的押韻濃縮普儒夫若克的心智習性，引出本行的『烤麵包配茶喝』，把整個事情瑣碎化」（Brooks 82）。原來所謂頓悟不過如日常吃吃喝喝之類的瑣事；人生一旦瑣碎化，未來也給碾碎了，人無可避免淪為艾略特在另一個場合假借上帝之口所說「我給了你們選擇的權利，你們偏偏游移／在徒勞的沉思和魯莽的行動之間」。說話者「發現自己猶豫不決的心就像城市在煙霧籠罩下沒有終點的街道」（Brooks and Warren 590-1），結束本詩的「序曲」，下一行就要進入聚會場所。

And time for all the works and days of hands
30   That lift and drop a question on your plate;
Time for you and time for me,
And time yet for a hundred indecisions,
And for a hundred visions and revisions,
Before the taking of a toast and tea.

35   In the room the women come and go
Talking of Michelangelo.

35-6. 終於進入聚會廳，先前設想的情景（13-4）如今證實，她們只有這個話題。這情景，或話題，在普儒夫若克的腦海飄來飄去，就像那群女人在房間走來走去。現場當然不會只有女賓：人的視覺有選擇性，往往只看到自己想看的情景。

是真的還有時間
　　　探詢「我敢嗎？」追問「我敢嗎？」
　　　有時間轉身走階梯往下，
40　　暴露我的禿頂剩一圈頭髮——
　　　（她們會說「他的頭髮越來越少！」）
　　　我的禮服，我的衣領撐起下巴挺得高，
　　　我的領帶穠而不艷，可是有簡僕的別針強調——
　　　（她們會說：「他的手和腿可真細小！」）
45　　我敢嗎
　　　驚擾整個宇宙？
　　　有一分鐘的時間

37-48. 在那一群女士現身的社交場所，說話者退無可退，本詩節呈現他當場內心的掙扎：還可以慢慢斟酌以便摸清自己的底細。他看不慣她們的生活方式，卻不敢開口，也離不開現場，怕轉身下樓曝露自己的禿頭。他知道那群女士永遠有話說長道短，即使看他穿著無懈可擊，也有辦法「透視」服飾「看穿」他的「手腳底細」，所以不值得打退堂鼓，也不必急著作決定，反正還有充分的時間靜觀其變。

37-8. 所以即使如 32-3 所述也不以為意，以斟酌之名行逃避之實：他真的不敢。重複必有強調作用，一再重複「有時間」（見 23 行注）終於引出說話者的大哉問：他真的不敢，又不想待下去，想轉身離開，卻擔心 39 引出 40-1 的後果，進一步透露困擾他已久的問題原來是外表的形象。到底敢不敢幹嘛？見 45-6 行注。

39. 往下：這個方向早自蘇美、古希伯來與上古希臘就有「沉淪」的意味，其意涵呼應題詞的典故。民俗觀落陰，法師帶領生者魂遊地府觀看自己的生命景象，正是取其「沉落以便觀看陰府」之意。

40-4. 透露說話者心目中的「形象」：對自己的外表非常敏感，非常在乎別人對自己的觀感，「敏銳意識到自己從屬的那個階級的習俗慣例」（Brooks 82-3）。41 和 44 是他想像自己聽到女士們竊竊私語，我們從中了解到那一群女士是婆婆媽媽碎嘴隊。重視外表的人多少有幾分虛榮，不同的是，很多人不知道或沒想過自己的虛榮，甚至為虛榮自鳴得意，普儒夫若克卻有清晰的自我意識，知道自己為什麼虛榮。他並不認同卻也割捨不掉那樣的自我。

42-3. 確認自己穿著得體。禮服：morning coat，特指男士在日間穿著的禮服。十九世紀後期所流行的男性禮服是 frock：斜／圓襟外套款式，雙排釦，長度及膝，釘釦至腰線，下半身為寬鬆裙狀。首綴詞 pru- 是「允許」（Hausmann, Reichmann, Wiegand, and Zgusta 3: 2553），普儒夫若克的姓暗示他的社會人格，影射必須合乎特定形象的社會階層：

And indeed there will be time
To wonder, "Do I dare?" and, "Do I dare?"
Time to turn back and descend the stair,
40   With a bald spot in the middle of my hair—
(They will say: "How his hair is growing thin!")
My morning coat, my collar mounting firmly to the chin,
My necktie rich and modest, but asserted by a simple pin—
(They will say: "But how his arms and legs are thin!")
45   Do I dare
Disturb the universe?
In a minute there is time

    Prufrock = pru- + frock，他就是身穿 frock 的一個 prude（道貌岸然或過分正經的人）。他不堪寂寞，卻因為過度擔心自己的形象，唯恐得咎而心情難遣。他的個體人格，艾略特也有所著墨：J. 可能是 Junior（輩分小、級別低或資歷淺）的縮寫，Alfred 和 all afraid（什麼都害怕）諧音。

44. 常態語序是 But how thin his arms and legs are，倒裝之後不只是押韻（41-4 一連四行），更有強調「細小」的效果，而且抑揚格節拍鏗鏘有力（42-4 一連三行，除了 44 開頭三個音節是抑抑揚格，其餘的音步都是抑揚格），和軟綿綿的語意形成強烈的對比。穿禮服其實看不到手臂和腿，甚至看衣袖和褲管也難以推斷，顯然說話者擔心自己被人看透外表進而看穿內在，無意中自曝其短；至少在說話者的認知，那些女士言談充滿自信，但也可能是不負責任，總之不像他自己那樣瞻前顧後。他的瞻前顧後把我們帶回卷首的題詞，又是強烈的對比。

45-6. 跨行句，依例朗讀時需稍微停頓，因此有效強調後一行的行首字眼 disturb：說話者果然「驚擾」自己茶壺裡的風暴。「普儒夫若克重視自己的外觀，對於自己的外觀帶給別人的印象非常敏感，像這樣一個自我意識超級強烈的現代人，恨不得自己成為提出大哉問的浪漫或哲學英雄，可是他身處後浪漫主義的時代，只停留在心嚮往之的階段」（Torrens 48）。46 是「驚世駭俗」的誇張說法。公元前五世紀雅典智士普羅塔格拉斯（Protagoras）的名言：「人是萬物的準繩」（man is the measure of all things）。這句宣言提升人的地位固然有積極的一面，卻也流弊無窮，使人誤以為自己萬能。看來詩中的說話者也中了流毒，把自己想成宇宙的中心，因此小題大作把自己困擾的問題無限放大成宇宙級的沙塵暴，以為自己開口一問就「驚擾整個宇宙」。然而，如此誇張有顯而易見的好處：為自己遲遲不作決定找到下台階。

作出決定加以修訂一分鐘將會否否。
我已經熟悉這一切，熟悉透頂：
50　已經熟悉晚上、早晨、下午，
我用咖啡匙量取自己的人生；
我知道語音隨消沉的尾音而消沉
潛入裡面房間傳出的音樂下方。
　　　所以該怎麼設想？

55　我已經熟悉那些眼睛，熟悉透頂──
貼標籤把你盯死的那些眼珠，
一旦標籤貼上身，我趴在別針下頭，
一旦別針釘上身，在牆上蠕動，

48.　「作出決定，然後修改一分鐘過後會否定的決定」。否否：表示不同意。看似果斷，其實迴響 32-3 的優柔寡斷。語不驚人死不休的動機淪為腦筋急轉彎。revision 應該是 revise（修訂）的名詞形態，可是引人聯想 33 的重出字，見該行注。

50-1.　睡覺以外所有的時間不過是消磨度日，規律卻沉悶，看似悠閒，其實無異於瑣碎。因此即使知道過去（13-4 = 35-6、49-53、55-6 和 62-7），甚至像先知（94-5）那樣能設想未來（41、44、73-4、96-8 和 121-3），面對眼前當下卻不知所措。51 的意涵，從字面可理解為文明世界的社交場合使用微不足道的標準衡量人生賴以打發時間，也可以引申為預告 116 的「慎微謹小」，甚至可比擬於服兵役的役期進入倒數計日被形容為「數饅頭」，時間不再有積極的意義。

52-3.　音樂傳來，樂聲消沉則談話聲降低，彷彿音樂是竊竊私語之聲的伴奏。他似乎忍不住要偷聽房間裡的談話（參見 41 和 44）：他的生命活在別人的嘴巴，透過別人在生活。「消沉的尾音」可能影射莎士比亞的喜劇《第十二夜》1.1.4 奧西諾公爵的開場白「又是那曲調，有消沉的尾音」（That strain again, it had a dying fall）。由此揭開的劇情是奧西諾千方百計指示僕人代他向奧莉薇雅女伯爵求愛，和普儒夫若克形成強烈的反差，親自出馬卻遲疑不決，甚至可能沒有特定的對象。

54.　他的心願是語不驚人死不休。什麼心願？開口示愛或求婚？批評她們生活的世界瑣碎無比？讀者無從得知，因為整首詩是說話者的自白，他自己卻始終不敢面對，只一味斟酌別人會如何，拿不定主意自己該如何，只一味在外圍打轉。馬佛爾〈致怯情人〉詩中的說話者大膽設想女方若非羞怯必定想要跟他上床，所以大膽說出自己心中所想；普儒夫若克不敢設想對方會有如自己中意的反應，因此一直在說服自己還有很多時間。時態變化值得注意：他在 49 說「已經熟悉」（have known），因此 51 使用現在完成式表達從

For decisions and revisions which a minute will reverse.
For I have known them all already, known them all:
50　Have known the evenings, mornings, afternoons,
I have measured out my life with coffee spoons;
I know the voices dying with a dying fall
Beneath the music from a farther room.
　　　　So how should I presume?

55　And I have known the eyes already, known them all—
The eyes that fix you in a formulated phrase,
And when I am formulated, sprawling on a pin,
When I am pinned and wriggling on the wall,

　　過去持續累積到現在的經驗，52-3 是現場一再重複的經驗，現在 54 卻用假設語態的「該」（should），表明不知如何是好，彷彿毫無經驗；也許他意識開始不清，也許他自稱有經驗只是說給「你」聽藉以壯膽，也可能他認為今天應該是在聚會場合毅然決然放手一搏的時機。

55.　同樣「熟悉」，熟悉的對象從物理世界轉移到心理世界，同樣規律又沉悶（56-8）而且瑣碎（59-60），同樣使說話者不知所措（61）。

56.　盯：與「釘」諧音，那些注目的眼神流露共同的「標籤」語，不只是緊貼在說話者的身上，甚至還把他釘住上架，有如動物標本，使他沒有翻身的餘地。我們雖然不知道是什麼樣的「標籤」，卻不難推知兩件事：說話者擔心別人對他的評價；評價他的那些人並不是對普儒夫若克其人有什麼深刻的看法，甚至談不上公允的判斷，不過是信手拈來的便利貼。因此，56-8 描寫的固然是丟醜時的窘態，「貼標籤」的人其實醜態有過之而無不及。可是引起我們興趣的倒不是別人怎麼「貼標籤」，而是說話者十分在意不管任何人對他的任何看法。不希望自己成為「動物標本」應該是人之常情，饒富意趣的是說話者的意象用語：一如他在 3 的明喻，想像力豐富，卻想像不出有生氣、有活力的人生。眼珠：eyes 其實是「眼睛」，為了和 60 押行尾韻。這一對韻腳包含一個完整的句尾插入句（55 破折號之後，到 60 問號結束），補充說明為什麼會有 54 = 61 = 68 這個以疊句呈現的疑問。

57.　以別針比喻標籤語。

　　　　那我該怎麼開口
60　吐出我的日子和生活方式的煙屁股？
　　　　又該怎麼設想？

　　我已經熟悉那些手臂，熟悉透頂——
　　戴了手鐲的臂膀，白皙裸露
　　（可是燈光下，淡褐色絨毛遍佈！）
65　是衣服飄出香氣
　　使我這樣離題？
　　手臂沿著桌邊擱置，或是裹著披肩。
　　　　我該怎麼設想？
　　　　又該怎麼開口？

　　　　　　＊　＊　＊　＊

70　我會說，我在黃昏穿過狹窄的街道
　　看到有煙從煙斗飄出來
　　是孤單男人穿襯衫，身子探出窗口？……

---

59. 那：和首行的重出詞 then（所以）同義，見該行注。開口：begin，「開始」；70 透露說話者的意思是開口說話，這合乎意識流動的觀點。一旦考慮到說話者那麼在乎自己的外表（見 40-4），不無可能他的起手式包括開口以前就得先展示的肢體語言，乃至於自己在別人眼中的形象（56-8）。

60. 猶言「說出我過去無聊的生活」。過去的人生不過是殘存的煙蒂，理當丟棄而且棄之不足惜。既然這樣，他有什麼好擔心？可見重出於 54、61 和 68 的疊句疑問根本是無的放矢。

62-4. 重複「熟悉」，恐怕未必真的熟悉：女士的眼神使他惶惶不安，只好閃避，專注於她們的手臂。第三度回想「熟悉」的世界，物理距離拉近，心理距離依舊疏遠，仍然不知所措，所以 68 重複既有的疑問。

   Then how should I begin
60 To spit out all the butt-ends of my days and ways?
    And how should I presume?

  And I have known the arms already, known them all—
  Arms that are braceleted and white and bare
  (But in the lamplight, downed with light brown hair!)
65 Is it perfume from a dress
  That makes me so digress?
  Arms that lie along a table, or wrap about a shawl.
    And how should I presume?
    And how should I begin?

    * * * * *

70 Shall I say, I have gone at dusk through narrow streets
  And watched the smoke that rises from the pipes
  Of lonely men in shirt-sleeves, leaning out of windows? . . .

63-4. 這兩行押韻，以雙行體呈現「冷淡對比溫暖、人為親密對比動物性親密，多方面總結這首詩的主題要素」（Smith 93），同時呈現「可籠統稱之為浪漫與寫實兩種態度的對比」，後一行帶有反諷意味的按語和 41 互相輝映（Brooks and Warren 592）。括弧表示補充說明，彷彿不經意提到，其實在無形中有強調作用，透露說話者的「真心話」。

66. 離題：盯著女士裸露的手臂想入非非。由於 63-5 是說話者司空見慣的情景，可能已無非非可想，因此「離題」也可能指涉本詩所呈現意識的流動。

70-2. 好不容易想到一個可能的話題，乍看不著邊際，卻有助於我們了解其人：他的思緒回到本詩的開頭，新增的細節是穿家居便服的一個男人吞雲吐霧，窮極無聊往街上張望。襯衫：shirt-sleeves，「露出襯衫的袖子」，沒有套外衣，非正式的穿著。

我早該變成一對粗糙的爪
匆匆穿越靜悄悄的海床。

　　　　　　＊　＊　＊　＊

75　而且這下午，這晚上，睡得多安詳！
　　由修長的手指撫平，
　　熟睡……疲倦……或是裝病，
　　橫陳在地板，在你和我身旁。
　　難道我，用過茶、糕點和冰品，

73-4. 想像自己如果變成螃蟹之類的水底爬行動物，就不必擔心別人指指點點，同時還能夠潛行捕捉獵物，為所欲為也不會有人知道。在水底爬行通常指涉食腐動物，食腐動物卻有清道夫的功能，能化腐朽為神奇，包括把就地取得的廢棄物變成自己的養分，差可比擬從舊素材翻出新成品的藝術才華，所以引出 112-9《哈姆雷特》劇中御前大臣波婁尼亞斯的自覺意識。這兩行影射《哈姆雷特》2.2.202-4，波婁尼亞斯（見 111-9 行注）奉命監視哈姆雷特，以便探知他發瘋是真是假，被消遣說：「因為你自己，先生，應該會活到我的歲數——如果你可以像螃蟹那樣倒退著走」（For yourself, sir, shall grow old as I am—if like a crab you could go backward）。哈姆雷特挖苦虛長年歲的波婁尼亞斯一生白活。緊接著下一場戲，在生死大哉問（To be or not to be）的獨白之後，哈姆雷特和奧菲莉雅這對情侶的對手戲，他繼續裝瘋，奧菲莉雅（顯然奉父命）退還定情禮物，哈姆雷特受到刺激，在說出要她「你進修道院去吧」（Get thee to a nunnery）的那段台詞中，有這麼一句「像我這樣的傢伙憑什麼匍匐在天地之間？」（What should such fellows as I do crawling between earth and heaven?）（3.1.128-9）可能普儒夫若克從哈姆雷特這句台詞的自我懷疑與否定聯想到爬行動物的意象。他的自我形象從貓（15-22）退化成水底爬行動物，這兩行的動物意象「源自普儒夫若克對周遭的女士和對自己同樣反感：螃蟹至少是活的，牠在自己的世界有意義，也有一席之地，這正是普儒夫若克所欠缺」（Brooks and Warren 593）。他明白自己不如螃蟹，卻沒有明白說出口，說太白難免傷感情。到了這樣的地步，作決定的時機和情境都消逝無蹤，也不用再猶豫了，說話者開始要把自己平白喪失機會這件事合理化。因此，這兩行可視為整首詩的高潮。

> I should have been a pair of ragged claws
> Scuttling across the floors of silent seas.

                    *   *   *   *

75 And the afternoon, the evening, sleeps so peacefully!
  Smoothed by long fingers,
  Asleep . . . tired . . . or it malingers,
  Stretched on the floor, here beside you and me.
  Should I, after tea and cakes and ices,

---

75. 說話者出發的時候是黃昏，進入會場時華燈初上，因此是「晚上」（evening 包含太陽西下到上床睡覺的時間）。就物理時間而言，「下午」當然不是「晚上」，可是心理時間有可能重疊，亦即這兩個時段是同位語：說話者神遊於 76-9 所描述他熟悉的時間；到底是下午還是晚上無關緊要，總之就是早晨醒來和夜晚入睡之間可以用咖啡匙衡量的陰暗時段，也就是 3 所描述不再清醒而尚未死亡的昏迷狀態，表面安詳是因為沒有人「驚擾」（46），依舊透露不祥的氣氛。另一個可能的解讀；他以「晚上」更正先前口誤的「下午」：口誤是心理壓力造成的語言現象，說話者的心思專注在要如何和自己熟悉透頂的那些信口開河談論米開朗基羅的女士打交道，口誤反映他的焦慮，恨不得縱身跳過使他不知所措的時間。無論如何，當前的時間是「睡」的主詞及其隱含的心理空間被說話者擬人化，由此引出客觀的物理時間（貓的隱喻）在 76 被女士集體消磨，她們不會察覺這隻貓其實就是 15-22 走過窮街陋巷的那隻貓（見 76-8 行注）。

76-8. 看到女士們擺出慵懶的姿態（77）聯想到貓，因此說是「橫陳」。氣氛安詳有如女主人伸手撫摸愛貓的情景：貓既是女人，又是時間，讀者不免聯想到 22 的貓，那時候他把傍晚說成夜晚（見 21），現在卻把晚上說成下午，說話者的心理時間顯然錯亂。也可能說話者在回想他「熟悉透頂」的情景，把陰暗的時段擬人化成為適合當寵物的貓。由於客觀的物理時間和主觀的心理空間在詩中被同化，這三行可視為說話者的情慾幻想。如此令人陶醉的情景，細心呵護尚且來不及，怎麼忍心說出真相？確實不忍心，所以有 80 的疑問。77 的語序有嚴謹的邏輯：先想到「熟睡」，可能性不大，因此嘗試提出合理的解釋，大概是「疲倦」吧，接著推敲的結果，最後作出大膽、主觀的「詮釋」，根本是「裝病」，可能是不想主動交談，也可能是等待關愛。這樣的過程反映說話者感受敏銳的人格特質和猶疑畏縮的心理狀態。

80　　就有魄力把這一刻逼到關鍵時分？
　　　雖然我哭著守齋過，哭著禱告過，
　　　雖然見過自己的頭（有點禿）裝在托盤呈交，
　　　我不是先知──這裡沒啥緊要；
　　　我見過自己偉大的時刻在閃耀，
85　　也見過永恆的僕役承接我的外套，還偷笑，
　　　總之，我畏縮。

---

80. 好讓她們知道自己醉生夢死，或讓特定的她知道我的情意。後面這個解釋意味著詩中的「你」不可能是說話者的女朋友（見 1 行注），但不必然比前一個解釋更切合「情歌」的題意。「關鍵時分」顯然和 86「畏縮」有關，見該行注。說話者不斷思索說出真相可能招致的後果，因此始終欠缺臨門一腳的決心與勇氣。

81. 三個動詞都是施洗者約翰（由於為耶穌施洗而得名，天主教譯作「聖若翰洗者」）做過的事，說話者認同主流的基督教傳統。哭：動情的表徵。詩人可能取典於「哭泣的耶律米」。耶路撒冷被巴比倫佔領，應驗耶律米的預言。《舊約‧耶律米書》9.1-3 記載這位悲天憫人又感情充沛的先知唱悲歌：「但願我的頭顱是水源，／我的眼睛是淚泉，／我好日夜為被殺的同胞哭泣」（Oh that my head were waters,/ and my eyes a fountain of tears,/ that I might weep day and night for the slain of my people）。基督教的齋戒則是為了紀念耶穌於開始傳教前在曠野守齋祈禱四十晝夜。本行和 86 押行尾韻；中間四行（82-5）一韻承載共通的經驗，使用基督教典故呈現說話者的想像，以及基督教觀點的自我認知。

82. 見過：在想像中。說話者想到施洗者約翰被斬首的典故。按〈馬太福音〉14.3-11，約翰進諫希律王不該娶弟婦希羅底為妻，因此冒犯龍顏，也得罪希羅底。希羅底的女兒莎樂美在希律王的生日宴會跳舞，龍心大悅，任她開口討賞。莎樂美的母親為了報復約翰說出她亂倫的真相，主使女兒說要先知的頭顱。希律王斬下約翰的首級，裝在盤子，賞給莎樂美。王爾德（Oscar Wilde, 1854-1900）取材於這個典故寫出悲劇《莎樂美》（Salome，後由李察‧史特勞斯改編成同名歌劇），添增情慾主題，強調標題人物愛上洋溢男性美的約翰卻遭冷落，在他被斬之後狂吻屍首上冰冷的嘴唇，彷彿宣告「我要定的就是我的；即使我要不到，別人也休想得手」。這兩個典故的輕重權衡與取捨無疑會影響讀者對本詩的理解，但不同的詮釋並不互相排斥。無論如何，說話者想像過自己有如昆蟲被釘在牆上蠕動（58），那個意象現在發展成實際的斬首。禿頭擺在裝禮物的盤子上確實好笑，這笑果也把悲劇的意境笑掉了。83 的自我安慰透露他的自知之明，知道自己沒有約翰的勇氣。

80	Have the strength to force the moment to its crisis?
	But though I have wept and fasted, wept and prayed,
	Though I have seen my head (grown slightly bald) brought in upon a platter,
	I am no prophet—and here's no great matter;
	I have seen the moment of my greatness flicker,
85	And I have seen the eternal Footman hold my coat, and snicker,
	And in short, I was afraid.

---

83. 先知：特指施洗者約翰，他是耶穌之前的最後一位先知。先知一向勇於言所當言，又敢於為所當為；莎樂美敢作敢為，不畏世俗的眼光；甚至希律王和希羅底也有各自的作為。說話者自以為應該具備豪情勇氣，面對宴會裡的女賓卻不敢據實告知她們虛度人生，也不敢對特定女性說我愛你，遑論求婚。雖然後果頂多是被認為粗魯，或被拒絕，他就是不敢。前半行他為自己找好下台階，破折號表示補充說明理由。這裡沒啥緊要：在這場合沒什麼了不起的大事，不值得驚擾。聖約翰因為宗教信仰而拒絕女色，普儒夫若克因為怕被拒絕而自宮感情本能，兩種心理狀態對比之強烈不下於莎樂美的目無旁人示愛和說話者的瞻前顧後以偷窺打發情慾幻想。

83-6. 說話者明白必須有充分的理由說服自己「我這樣游移不定真的情有可原」：所以83動詞時態使用現在式陳明意識清晰的現實經驗，即在這無關緊要的宴會場合沒必要充當先知；畢竟在想像中已經陶醉過光輝的時刻，所以81-2和84-5使用現在完成時態的動作呈現超現實世界先知的經驗；86卻又改用過去時態，見22行注。現實和想像難分難解，這是意識流動所致，故稱意識流（stream of consciousness）。

85. 永恆的僕役：死亡。傳統的僕役在賓客進門時伸手「承接」外套，出門時奉上外套，可是被「永恆的僕役」迎接之後就出不去了，因為永恆的時間屬於神話世界，是靜止的，來客一進門就脫離現實世界。偷笑：因為看透說話者的心思，借用莎士比亞的意象語可以說是，有如馬克白篡奪國王的頭銜，氣數將盡時，「現在他感受到頭銜／鬆鬆垮垮，像巨人的長袍／穿在矮個子小偷身上」（Now does he feel his title/ Hang loose about him, like a giant's robe / Upon a dwarfish thief）（《馬克白》5.2.20-2），不搭調則喜感油然而生。普儒夫若克想像自己和死亡打照面時，看似體面卻因不敢作為而一事無成，成為僕役竊笑的對象。

86. 這結論雖然有違初衷，願意承認倒也透露說話者有自知之明，還能面對自己的黑暗面。畏縮：怕受傷害，即說出真相（見83行注）可能被嘲笑不識時務，竟然在社交場合提出正經又嚴肅的問題，或癩蝦蟆想吃天鵝肉，因此自尊受損。

歸根究柢說來，值不值得，
　　　在用過飲料、塗過果醬、喝過茶，
　　　在瓷杯瓷盤間，聽人聊起你和我，
90　　到底值不值得
　　　微笑一咬把這事擺脫，
　　　把整個宇宙擠壓成砲彈一顆，
　　　把它往某個大哉問滾過去，
　　　說：「我是拉撒路，從死裡復活，
95　　回來告訴你們所有人，我會告訴你們所有人」——
　　　萬一有人，在她頭下塞個抱枕，
　　　　　說：「那根本不是我的意思。
　　　　　根本不是那樣。」

---

87. 使說話者感到「畏縮」（86）的是 90、99、100 和 106 的疊句。動詞時態值得注意：假設性的未來完成式，說話者設想未來的情況，如果（這是假設）現在毅然決然做出決定，這決定的效果會影響到那時候，以假設性的那時候回顧現在的決定，屆時會如何評斷呢？眼前的時間是一灘泥淖，不確定的未來倒是提供一個可以讓他覺得時間往前推移的假象，躲在那樣的假象中可免於現在必須做出決定的困擾。

91. 常態語序為 To have the matter bitten off with a smile，直譯「擺個微笑讓這事被咬掉」，笑談間化解心中的困擾。這事：心中的困擾，見 86 行注。咬：嘴巴的動作，這動作呼應以口慾界定人生的生活方式，另見於 14 = 36、34、51、69 和 88-9。

92. 語序倒裝和 91 相同。又一次影射馬佛爾〈致怯情人〉，該詩 41-4 說話者邀情人「讓我們用盡力氣來攪拌／把所有甜蜜滾成砲彈，／生猛一搏攫取歡樂／把人生的鐵門一扇扇衝破」。砲彈：ball，是渾圓的球體。可是意義有別判若雲泥：馬佛爾詩中的說話者要把所有的歡樂濃縮成生龍活虎、力道千鈞足以總結戀愛經驗的人生動力，在人生道上把歡樂時光往前推展，普儒夫若克卻暗示要把所有的問題簡約成一個驚天動地的「大哉問」（93），卻始終說不出（因為他自己也搞不清楚問題所在，只能虛張聲勢）或不敢說出（因為有所顧忌，只好打迷糊仗）是什麼問題，只是個空包彈。

And would it have been worth it, after all,
After the cups, the marmalade, the tea,
Among the porcelain, among some talk of you and me,
90   Would it have been worth while,
To have bitten off the matter with a smile,
To have squeezed the universe into a ball
To roll it towards some overwhelming question,
To say: "I am Lazarus, come from the dead,
95   Come back to tell you all, I shall tell you all"—
If one, settling a pillow by her head,
      Should say: "That is not what I meant at all.
      That is not it, at all."

94-5. 《新約》提到兩個拉撒路。按〈約翰福音〉11.1-44，拉撒路去世，卻因耶穌而從死裡復活。另外，〈路加福音〉16.19-31 講到「財主和拉撒路的故事」。乞丐拉撒路常去某財主家撿殘肴剩菜充饑，死後被天使帶到亞伯拉罕身邊，在天上享受盛筵。財主死後卻在陰間受苦，要求亞伯拉罕打發拉撒路回陽間警告他的兄弟。亞伯拉罕說摩西和先知會去警告。財主說：「那樣不夠，死裡復活的人去講才能使他們改邪歸正。」亞伯拉罕說：「他們如果聽不進先知的話，死裡復活的人說了也沒用。」從典故可推知 93「大哉問」可能的指涉：拉撒路經驗過生命，也體驗過死亡，說得出兩者的差別。可是道貌岸然的普儒夫若克能夠使他身邊的人相信他們確實雖生猶死嗎？即使他們願意聽，像他這樣講究外觀，穿著得體又彬彬有禮，在乎別人的品頭論足，膽敢說出重話指責別人的不是？他在 96-8 說出自己的疑慮，接著藉哈姆雷特的典故提出他自己的答案。

96. 她：可知設想中的「有人」是女性，說話者只在乎女賓；參見 35-6 行注所稱選擇性視覺。塞抱枕的肢體語言，猶如口頭說「少來了」。

96-8. 說話者自己想像一旦說出真心話，赫然發覺雙方根本沒有交集，甚至不知對方意何所指。與其到時候自己不知所措，甚至落得 56-8 的下場，還是不要冒險嘗試的好。就文法意義而論，96 行首省略「可是」，98 引號結束後省略說話者自忖「那該如何是好？」

歸根結底說來，值不值得，
100　到底值不值得，
　　　經過這些日落、庭院和灑水的街道，
　　　在談過小說、喝過茶以後，長裙也沿著地板拖過——
　　　這樣，還有更多？——
　　　我絕對不可能說出心底的話！
105　倒像是幻燈把神經投射到銀幕變成貼花：
　　　到底值不值得，
　　　萬一有人，抱枕一塞或披肩一甩，
　　　把臉轉向窗戶，這麼說：
　　　「根本不是那樣，
110　那根本不是我的意思。」

　　　　　　＊　＊　＊　＊　＊

99-104. 持續設想最糟糕的情況：和心儀的對象經驗過 101-2 這些賞景、散步、談時髦話題、喝下午茶、參加社交活動等事之後，冒險值得嗎？打個比方：男生打算向女生表白自己的情意，卻擔心對方說：「我不想破壞我們的友情。」不說出口還有機會在一起，說出口卻把機會砸碎了，值得冒險嗎？

101. 街道未鋪柏油路面，灑水以降低沙塵量。

103. 設問句，意思是「就只有這樣，沒別的了」。說話者可能在懷疑：是不是我自作多情，或自鳴清高？

104-5. 說出真心話有如把自己內在的感受解剖示眾；或者是，想說真心話的豪情勇氣不過是擺個樣子罷了（參見 54 = 61 = 68）。投影圖像有如本詩呈現說話者的神經質，看似纖毫畢露，其實看不出意義所在，只是讓人眼花撩亂，雖然他本人和詩本身同樣意義豐富。放大的效果（參見 92-3）即使纖毫畢露也不能當真，即使栩栩如生也是沒有生命。說話者意識到自己不切實際的妄想本質上不過是虛張聲勢，因此聯想到《哈姆雷特》劇中的御前大臣波婁尼亞斯（112-9）。

And would it have been worth it, after all,
100 Would it have been worth while,
After the sunsets and the dooryards and the sprinkled streets,
After the novels, after the teacups, after the skirts that trail along the floor—
And this, and so much more?—
It is impossible to say just what I mean!
105 But as if a magic lantern threw the nerves in patterns on a screen:
Would it have been worth while
If one, settling a pillow or throwing off a shawl,
And turning toward the window, should say:
"That is not it at all,
110 That is not what I meant, at all."

* * * * *

不！我不是哈姆雷特王子，注定不是；
　　是個御前大臣，負責鋪張
　　出巡的場面，偶爾串個場，
　　進諫王子；當工具，確實現成，
115　畢恭畢敬，高興自己有用，
　　精明，警覺，而且慎微謹小；
　　開口擲地有聲，卻有點遲鈍；
　　偶爾，真的，近乎荒唐好笑——
　　幾乎，偶爾，是弄臣。

120　我年老……我年老……
　　我將會穿長褲捲起褲腳。

---

111. 不：針對「值得嗎」這個問題，斬釘截鐵說「不值得」，因為「我不是」哈姆雷特。注定：意涵如同上古雅典悲劇所表達「凡已然之事皆為必然」的天命觀，原文 was meant 的過去式被動語態表達說話者認為自己以前扮演的角色不是自己所能決定。

111-9. 說話者聯想到哈姆雷特可謂順理成章：同樣感受敏銳而思路敏捷的哈姆雷特在莎士比亞劇中有明確的報仇目標，卻優柔寡斷，一再設想理由逃避決定，到最後為情勢所逼，在莫名其妙的情況下殺死仇人，自己也莫名其妙被殺。普儒夫若克顯然知所警惕。然而，同樣有個大哉問，哈姆雷特直白說出 "to be or not to be, that is the question"（求生還是求死，這才是問題）（3.1.56），普儒夫若克卻說不出口。《哈姆雷特》的典故表明說話者知道自己無足輕重，像莎劇中的御前大臣波婁尼亞斯，即哈姆雷特所愛女子的父親，是個浮誇的荒謬角色。其實，波婁尼亞斯扮演的角色比較像若森克然次和紀爾登斯騰，即哈姆雷特小時候的玩伴。哈姆雷特王子為了探知父親突然亡故的真相而裝瘋賣傻，那兩個愚庸自滿的傢伙奉國王（哈姆雷特的叔叔，謀殺親哥哥篡位）之命進宮，設法轉移甚至探知王子的心思。無論如何，普儒夫若克雖然不配為悲劇英雄，明顯有別於莎士比亞筆下的這些次要人物：他不自欺，這種真誠自有其價值。艾略特在詩中暗示我們身處的時代烏煙瘴氣使人無所適從，賦予他描寫的說話者這唯一的美德彌足珍貴（Brooks 85）。111「不」（No）引出 112-9 長達八行的「是」，一長串的語詞描述他的自我定位，卻組不成一個完整的句子：說話者耽溺在有自我嘲諷意味的角色，透過文字的推砌把無足輕重的丑角放大成要角，圖像破碎卻極盡鋪張之能事，竟然忘記哈姆雷特感慨文字連篇累牘流於空談而發的牢騷「字，字，字」，結果無異於「傻瓜」（119 的 Fool 首字母大寫特指「弄臣」）。他的心理找不到出路，遙遙呼應 3 的病人意象。

112. 前一行否定句有主詞「我」，這行肯定句的主詞「我」不見了：找到歸屬，卻把自我隱藏起來，正是他自己的寫照。

No! I am not Prince Hamlet, nor was meant to be;
Am an attendant lord, one that will do
To swell a progress, start a scene or two,
Advise the prince; no doubt, an easy tool,
115 Deferential, glad to be of use,
Politic, cautious, and meticulous;
Full of high sentence, but a bit obtuse;
At times, indeed, almost ridiculous—
Almost, at times, the Fool.

120 I grow old . . . I grow old . . .
I shall wear the bottoms of my trousers rolled.

---

114. 後半行意思是「毫無疑問，（我是）隨傳隨到的忠臣」。譯文的「確實」和「卻是」諧音，有「倒是」之意，吻合原文 no doubt 不無自我調侃的語氣。這裡說的「實」和「是」，朗讀效果無異於虛詞，可比擬於尾音節收音的唇齒爆裂音 t，只需裝腔作勢（舌尖抵住硬顎，憋氣流）而不必實質發音（舌顎間的氣流瞬間爆裂）。舉例而言，彭鏡禧把 Hamlet 譯成「哈姆雷」，而不是習見的「哈姆雷特」。

116. 慎微謹小：倒裝「謹小慎微」，因為原文和 118 押行尾韻「笑」果非凡。

119. 弄臣：莎士比亞戲劇的類型角色，是丑角，雖然以旁觀者的身分開口，話中有話足以醍醐灌頂，卻以出乖露醜逗眾人開懷。118-9 插在詩行中間的副詞「真的」和「偶爾」反映說話者當下的意識活動與心理反應：他明白自己的形象，也願意承認，雖不免猶豫。

120. 幾近癱瘓的人生中，只有物理時間持續前進，想到這一點也找到了適合當下台階的理由：我越來越接近波婁尼亞斯的年紀。說話者的時間意識呼應莎劇《亨利四世上》二幕四景福斯塔夫兩次提到自己老了，這一來反諷意味更形強烈。福斯塔夫是如假包換的混蛋，習俗成規無一不是他嘲笑的對象，可是他雖然老了，仍然活力無窮，對人生仍有強烈的慾望，幾乎無所不敢，對比普儒夫若克暮氣沉沉挖苦自己「我敢吃桃子嗎」，有意願下的決定是禿頭如何把頭髮分邊（40, 122）（Brooks 83）。本行的刪節號，意義和 10 不同，是說話者呢喃不清（即思緒斷裂）或囁嚅其詞：無奈面對年老的事實。

121. 老人不講究穿著，也不在乎別人的看法，因此像農夫那樣捲起褲管也無所謂：承認自己老了。捲起來：rolled 也可能用於描述反摺式褲管（cuffed leg），那是時尚款式：說話者承認自己老了，更需要講究穿著。然而，第二個說法似乎和歷史背景兜不攏：反摺式褲管流行於 1920 年代；1972 年再度流行，不再限於男裝（Laumann 184, 615-6），本詩卻是發表於 1915 年。

　　　　我頭髮要在後腦分邊？我敢吃桃子嗎？
　　　　我會穿白法蘭絨長褲，在沙灘蹓躂。
　　　　我聽過美人魚唱歌，一對一迎迓。

125　　我不認為她們會對我歌唱。

　　　　我看過她們乘浪馳向大海

---

122. 關注的對象從 121 的服裝轉移到本行前半行的髮型（「別人會怎麼看我」），後半行又進一步「細節化」轉移到吃相，包括桃汁沾到臉頰或滴到衣服，以及從嘴巴拿出咬過的桃子（「別人會怎麼說我」）：他關心的問題已經瑣碎到無以復加。桃子具有強烈的性意涵，同時象徵陰戶與婚姻（Vries 360），在中國文化甚至象徵永生。由於桃子的象徵意涵，我們可以從夏娃吃禁果的角度理解後半行的問句，這有助於透過標題的「情歌」推敲本詩的兩性關係主題：吃桃子即突破性禁忌，其後果是喪失純真，揭開創造生命的序幕，卻面臨未來難卜的命運。吃桃子的問句透露說話者的性焦慮，怪不得他很快就要在 123 逃離現實遁入性幻想的世界。說不定桃子的外皮還使他聯想到女人手臂的體毛（63-4）：女人的身體在他的腦海揮之不去。

122-4. 三行一韻，意識的流動激出浪花：122 是當下的問題，兩個問題依次關乎他的外在形象和別人對他的觀感，答案一貫懸而未決，有如驚天動地的大哉問無疾而終；123 寫他的應對方式是擺脫眼前的時刻，把時間推到未來悠閒的時光和空間；124 遁入已成過去卻無法忘懷的幻想。海洋因深不可測又茫茫無際而成為神秘的象徵，在易卜生的《海洋女兒》隱含浪漫幻想的陷阱，艾略特在主要詩作進一步用於代表死亡和永恆，此一差異吻合兩位作家不同的創作觀點，前者寫實而後者，一如惠特曼的〈滾滾人海一水滴〉（第四輯）和〈擺動不停的搖籃〉（第五輯），從神話原型切入。迎迓：衍文，但有理可尋。美人魚唱歌是為了吸引男性，因此「一對一」是個別美人魚對特定男人唱歌；參見易卜生《海洋女兒》注 26。

123. 長褲：重出於 121，卻大異其趣，現在是幻想自己一身帥氣前往海灘釣美人魚。

123-8. 海灘之行是否真有其事（參見 129 行注）無關緊要，重要的是客觀的世界和主觀的想像在詩中逐漸交融。說話者的理性與世故不可能相信美人魚的存在，然而這些想像的生物卻比宴會上談論米開朗基羅的女士擁有更多使人動情的記憶。或許詩人再度使用赫西俄德的典故呈現反諷：這位希臘詩人聽到繆思唱歌而寫出神話譜系的開山之作《神統記》，普儒夫若克聽到美人魚唱歌卻唱不出自己的情歌（Brooks 85-6）。

124. 浪漫之美首度出現在說話者的意識流懺情錄，而且洋溢動態的情，這樣的經驗只有在回歸大自然時（123）才享有，那得要徹底擺脫以高談闊論卻言之無物的女士所代表的社交生活。海上的美人魚和參加聚會的女士形成強烈的對比：想像的世界活生生，現實的

Shall I part my hair behind? Do I dare to eat a peach?
I shall wear white flannel trousers, and walk upon the beach.
I have heard the mermaids singing, each to each.

125　　I do not think that they will sing to me.

　　　　I have seen them riding seaward on the waves

　　世界卻暮氣沉沉。美人魚的歌聲表露對於人類的生機與活力的嚮往，同時也象徵對男性的誘惑（參見 127 和 130 各行注）。但是請注意動詞時態與名詞形態。聽過：have heard，現在完成式，「聽」的動作在過去，但效果持續到現在，難以忘懷；呼應 84「見過」的光輝如今只剩微光閃爍，「聽過」的歌聲只依稀在腦海迴響。一對一：有專注的對象，這是說話者引頸翹首而不可得，對比他一對一時淪於獨白，一對多時只能耽溺於幻想。

125. 瞬間回到現實，因此 124 行注說的持續效果無跡可尋。繼承認自己年老之後，承認自己不再有吸引力。
126. 看過：動詞時態見 124 行注。129 的動詞也是同樣的時態。
126-31. 最後兩個詩節以反諷之筆總結說話者的處境：一時感到海洋之為生命搖籃的吸引力，看到美連結力的境界足以提供避風港，可是轉眼間「人聲」淹沒美人魚的歌聲，他溺水身亡（Brooks 86），精確而言是「溺聲心死」，此情可待成追憶。這兩個詩節各為完整的句子，每個句子都是後兩行押韻，結構和韻腳模式引人聯想佩脫拉克的商籟體。按佩脫拉克式十四行詩，前八行的韻腳模式為 ABBA ABBA，後六行雖有變體，但一定是行尾韻模式相同的兩個三行段，前後兩半分別陳明事件的因與果，或情境的始與末。佩脫拉克大膽唱出他對蘿拉的愛慕與思念，得不到回報依然此情不渝，而且一首接一首，寄望舉世同悲他個人的愛情悲劇，不像普儒夫若克畏畏縮縮，連開口都不敢，只能躲在眾人的視線焦點之外喃喃低語。從這樣的對比回顧情場經驗，普儒夫若克的心境呼之欲出：浪漫情懷無跡可尋，只見荒涼的現代景觀，竟至於標題的「情歌」證實為情場悲歌。

　　　　邊梳理後頭飄揚的浪花白髮，
　　　　當時風吹海水黑白駁雜。

　　　　我們曾留連在大海的閨房
130　接受海女獻花圈，海草紅棕相偎倚，
　　　　直到被人聲吵醒，我們溺斃。

---

127. 浪花白髮：說話者把白色浪花（128 行注）幻想成美人魚的秀髮？或是他把波婁尼亞斯的年紀（見 120 行注）疊印在美人魚身上？美人魚的傳統形象是在海岸攬鏡梳妝，此一姿態在圖像傳統是性誘惑的表徵，就是要吸引男性。可是，如果要吸引陸地的男人，126「馳向大海」就說不通了。如果詩中的「你」是說話者的女友，那麼他對於美人魚的幻想也沒道理。再說，美人魚為何在「乘浪」（126）時梳理頭髮？很可能他的幻想已失去條理，不然就是他口中的「美人魚」另有所指，如 130 行注所述。

128. 黑白駁雜：夜色籠罩的海水激出反射月光的白點。美人魚不畏狂風猛浪縱情歡唱，說話者在舒適的文明都市只能「（渴）望」海洋寄情幻想。動詞時態和 131 同樣回到 125 的現在式（參較 126 行注），卻又摻雜 121-3 的未來式，現實的經驗、過去的幻想和未來的想像糾纏在一起。

129. 我們：和 131 的重出代名詞指涉相同，但有三個可能的詮釋。「我們」可以是說話者與受話者，也可以是說話者的社群自我和個體自我，也可以是說話者把讀者包括在內，參見 1 行注。但也可能沒必要如此分析，因為說話者的潛意識透露集體經驗，不論那個「集體」是大或小。無論如何，既然「我們」一起「溺斃」，自然不用擔心後遺症，不用擔心這首毫無浪漫情趣可言的情歌像但丁詩中的奎多「留臭名」徒留笑柄。閨房：原文 chambers 可以是臥室，也可以是大廳，更可能是說話者把聚會現場幻想成美人魚的寢宮。本行和 125 押韻，這個關聯引導我們從特定的角度（見 125 行注）推敲結尾兩個詩節的意義（見 126-31 行注）：歡情洋溢的海底一角足以提供逃避現實的安息所。與之相對應的陸地一隅是讓睡美人沉睡的荊棘城堡，只有勇氣與毅力兼備的騎士才進得去；或是莎劇《仲夏夜之夢》不受父權禮教管轄的森林中仙后的花房，只有被現實世界遺棄的男人才有機會誤闖那個禁地。對同樣有性幻想的普儒夫若克來說，歷險非所能，又不願被遺棄，因此 131 是必然的下場。

Combing the white hair of the waves blown back
When the wind blows the water white and black.

We have lingered in the chambers of the sea
130　By sea-girls wreathed with seaweed red and brown
Till human voices wake us, and we drown.

---

130. 獻花圈：古希臘對天神表達崇拜，或對情人表達愛慕；在本詩卻是複數的海女集體獻花圈，因此是「崇拜」之意。在現實不敢「驚擾整個宇宙」（45-6），在幻想的世界大可驚擾整個海宮。在情慾世界，幻想總比現實來得風光。海女：sea-girls，引人聯想希臘神話的海洋仙女「聶柔斯千金」（Nereids），總稱古老的海神聶柔斯的五十個女兒，其中最廣為人知的是阿基里斯的母親泰緹絲；可是她們不是複合生物，而且在荷馬的世界唱的不是情歌，而是輓歌（《伊里亞德》18.37-51）。希臘神話會唱歌的陰性複合生物是人面獅身獸司芬克絲（Sphinx）和人鳥妖席王姊妹（Sirens），也都和性與死亡有關（見我譯注的索福克里斯《伊底帕斯王》36-7 行注和荷馬《奧德賽》12.39、188、191 各行注），主題同樣是人生之道。公元前三世紀，希臘藝術開始出現人身魚尾的複合動物（Waugh 78-9），是巴比倫的魚神 Era 經海路傳入希臘的變種；有別於席王是埃及經近東與安納托利亞一路變形傳入荷馬史詩，被通俗的說法併入「美人魚」（mermaid）的傳統。普儒夫若克幻想中的「海女」可能是上述種種傳統的雜燴，象徵和性有關的誘惑。性誘惑固然隱含死亡，卻也暗喻重生，《舊約》的禁果已如前述（見 13-4 行注）。然而，象徵的意義因觀點而異，例如司芬克絲在邁錫尼時期是吉祥物，在雅典悲劇卻是死亡的化身。按以綜合而非分析為特色的神話邏輯，在現實是生命終點的死亡是重生的前提。對於普儒夫若克這樣的知識份子，神話的一個功用是逃避現實；神話與人生解離的結果，重生只是鏡花水月。

131. 在室內耽溺於 124-30「我經驗過」的幻想，突然被人聲驚醒，有情敢愛的幻想瞬間消逝，意識回到現實，那其實是人間地獄。佩脫拉克的十四行詩聯套，和但丁一樣，不論個別詩篇或整體聯套，追憶情海歷險總能看出意義，普儒夫若克卻在猶豫整整 100 行（23-122）之後，幻想中靈光一閃的頓悟（125）迴光返照一下，醒來緊接著死去。一旦「被人聲吵醒」，不得不面對現實，足以發聲振聵的問題和賴以逃避視線的幻想雙雙無疾而終，人生猶然是夢，醒來則夢去，說話者終於「看到」自己的死相：真實的自我雖生猶死。睡眠隱喻死亡是源遠流長的文化母題，因此甦醒是重生，然而死亡母題遙遙呼應本詩開頭的題詞，這意味著普儒夫若克在整首詩中曝露的心境就是冥界一景。果然如義大利劇作家皮蘭德婁在《亨利四世》和《六個尋找作者的劇中人》兩劇所闡明，想像或幻想的世界比現實世界更真實。因入冥而重生是傳統母題，可是因性焦慮而縮頭畏尾的普儒夫若克沒有勇氣突破現狀，只好在眾聲喧嘩聲中受死。

【評論】
〈普儒夫若克的情歌〉賞析：荒原之愛

「如果我們承認葉慈是二十世紀英語世界最偉大的詩人，那麼在另一方面，我們不能不承認，艾略特曾是二十世紀最具影響力的詩宗」（余 1968: 51）。身為現代主義最重要的代表作家之一，艾略特在詩、戲劇和評論都有可觀的成就，於 1948 年由於「對於當今的詩有傑出的劃時代貢獻」而榮獲諾貝爾文學獎。頒獎頌詞引文所稱「當今的詩」即是現代主義詩派。現代派詩人因為不再襲用傳統的意象與套語，主題和呈現手法各自的獨特性使得現代詩費解。艾略特的詩更由於特殊的文學指涉與典故，欣賞門檻更高，其來源只提舉犖犖大者至少不能忽略基督教信仰、弗雷澤（James Frazer, 1854-1941）的人類學經典《金枝》（*The New Golden Bough*）、但丁、莎士比亞和華格納（Wilhelm Richard Wagner, 1813-1883）。波特（Rachel Potter）言簡意賅指出艾略特和現代主義文學千絲萬縷的關係：個體對政治、法律、社會各領域感到疏離（alienation）是歐美現代主義書寫的起點，也是艾略特寫詩有成的灘頭堡。和本書關係尤其密切的是，艾略特從性的觀點呈現在他的詩佔據中心位置的隔閡（estrangement）和片斷兩種經驗的體會（Potter 220-1）。這裡所說「性」，就是兩性之間特定的關係。

現代主義詩宗與〈普儒夫若克的情歌〉

艾略特所創作一系列男男女女的寫像有個共同的關懷，這個關懷也是那些詩篇共通的主題：唯有建立和諧的兩性關係，人生才有快樂可言。這個主題，也是易卜生開創現代戲劇的十三部中產階級寫實劇共通的主題，看似卑之無甚高論，卻吻合艾略特寫作生涯透過詩、評論與哲學書寫不斷檢討的關鍵議題。那些議題包括「個體之間以及個體與社群、藝術家與傳統、主體與客體、現代性與神話、理智與感情、人性與神性、詩與宗教」等關係。他呈現這些成為問題的關係，筆觸極其複雜，他的創作手法卻像兩性關係的傳統觀念那樣信手拈

來:「沒有自我超越,沒有起碼的朝整體移動的意念,人生難免荒蕪因而沉悶」(Bentley 39)。

更具體而言,艾略特的詩有一大母題,即「愛心不足時,荒原成形」,「荒原」則可以定義為「生機蕩然無存或只能以扭曲的方式存在的地方」(Brooker 103, 105)。引余光中換個角度的說法,「日常生活因欠缺重生的信仰而喪失意義與價值,性不能導致豐收,死亡不能預期復活」(余 1968: 55),則人生形同荒原。就此而論,艾略特成名作,也是早期作品的代表〈普儒夫若克的情歌〉(1915 年發表於詩刊,1917 年結集出版),技巧和主題雙雙預告生平顛峰之作《荒原》(*The Waste Land*, 1922)。

布魯克斯(Cleanth Brooks)為〈普儒夫若克的情歌〉寫了一篇教學指引,提到基本的背景知識值得引用。按布魯克斯(79)的說法,艾略特為這首詩設定的背景是十九、二十世紀之交波士頓的上等社會階層,也就是亨利‧詹姆士(Henry James, 1843-1906)和伊迪絲‧華頓(Edith Wharton, 1862-1937)的小說所描寫的世界。那個社會過度文雅,社會中人忸怩作態,總想迎合別人心目中的形象。其中比較有反省能力的人看得出那樣的現象是文明繁華到了極致的表徵。普儒夫若克雖然代表一個文化,卻是特殊的個案。他明白自己的困境是那個文化的典型,他的洞識在詩中雖然沒有明白寫出,卻處處在暗示。讀畢全詩很難不發覺,標題明白寫出的「情歌」不見蹤影:普儒夫若克連開口示愛都辦不到,遑論唱情歌。顯然標題是反諷(irony),我們聽到的是「非情歌」。

和標題相得益彰的是詩中說話者的名字,如 42-3 行注所述。即使背景如此明確,詩中描寫的情境仍具有超越時空的意義,也就是具備亞里斯多德《詩學》所稱「詩比歷史更真實」的特質:有個生性敏銳又善於自省的知識份子,看不慣卻又忘不了喜歡附庸風雅的三姑六婆女人圈,打算當面說出她們的人生真相,終究還是打了退堂鼓。

反諷的標題引出反諷的情境。可是艾略特看出傳統體裁,不論採用詩節韻或雙行體,甚至自由詩,都和現代經驗格格不入[1]。即使十七世紀鄧恩經營

---

[1] 傳統的體裁有固定的行尾韻模式,見第三輯惠特曼〈〈雙鷹調情〉賞析:詩體解放〉注 1。詩節韻:以詩節為組織成篇的結構單元,每個詩節都使用相同的押韻模式,如十四行詩或鄧恩的形上詩。自由詩:不講究格律規範和押韻模式等外在的美感形式。美學形式反映美感經驗;就詩而言,押韻的模式透露詩意的體會有特定的規範,詩人和讀者彼此心照不宣。古希臘詩不押韻,其美學形式是透過格律呈現。

有成,而且艾略特本人極力推崇的戲劇獨白體,如第三輯鄧恩〈出神〉即是一例,也有其侷限。因此,他在〈普儒夫若克的情歌〉採用內心獨白體(interior monologue)呈現詩中說話者隨意識流動而產生的獨白:讀者知道詩中有人在聽說話者的獨白,故稱戲劇獨白,聲韻情思則以呼應意識的流動為主要考量。艾略特透過詩中的說話者普儒夫若克片斷的思緒與意象,呈現個體與當代文明社會的關係,那個關係有個具體而微的版本,即說話者個人和「女士們」的關係。從詩中推敲,他應該是中年單身漢,心思敏銳,看出自己所從出的社群其實是一群過著瑣碎人生的文明人,深知其矯情做作和自己的天性格格不入,而且知道自己沒有吸引異性的外在條件,卻想在那裡尋求異性伴侶或知音。他意識到想像的世界有個更美好甚至更真實的生命情態,卻困在金玉其外而敗絮其中的現代都會,那是文明世界的荒原。果不其然,在詩的結尾,人聲打破他的幻想,他被喚回現實世界,當場被人聲「淹死」。艾略特在詩篇開頭的題詞預告詩的主題:沒有希望可言的存在困境無異於陰間[2]。換句話說,讀者透過普儒夫若克的眼光看到一幅人間地獄圖。

　　題詞出自但丁的《神曲》。但丁進入地獄第八圈,看到誤用理性的詐欺罪犯亡魂被包裹在火焰中。足智多謀原本可望帶來明亮,卻有人用於詐欺,因此其亡魂永生永世受火焰燒灼。但丁已在〈冥界〉卷 26 和尤里西斯(希臘神話的奧德修斯)的亡魂有過一席談,已經明白人而無「信」,則「勇」與「謀」皆不濟事。如今在卷 27 遇到圭多(Guido da Montefeltro),對於有勇有謀的人竟然永墮陰府深感好奇。圭多自述生前天性多疑,善於詐欺,因參與政爭而和教皇交惡,晚年誠心懺悔,成為方濟會教士,卻在金盆洗手之後因誤信教皇的赦免權而重蹈覆轍,因此永墮冥界。他僅有的那一次不疑,卻由於信任導致他永世不得翻身,這樣的經驗本身就是一大反諷。現在他看到但丁走近,一廂情願相信傳聞,認定自己看到的是但丁的亡魂,這一失察導致錯誤的判斷,決定說出自己生前羞於啟口之事,因此惡名人盡皆知,又是一大反諷。

　　「普儒夫若克的情歌」這個標題和艾略特的題詞一樣充滿反諷:圭多和常人一樣希望有個傾聽的對象,也和常人一樣相信人死不能復活,偏偏但丁蒙受特殊恩典,因此不能以常理度。艾略特的用意可能在暗示,普儒夫若克置身其

---

[2] 沙特把這個主題明喻搬上舞台,寫出存在主義的一部代表作《無路可出》,不過劇中呈現「被迫透過別人的眼光看自己」的困境,明顯不同於普儒夫若克「借用別人的眼光照亮自己」的心境。

中的世界和他個人的心理狀態都可比擬於圭多的處境,可是普儒夫若克所見雖生猶死的人間地獄和所感強烈的情思壓抑,以及他個人敏銳的思緒和畏首畏尾的個性,卻處處和圭多生前轟轟烈烈的經驗構成強烈的對比。《神曲》宏偉的結構和現代都市陰暗的角落兩者強烈的反差為本詩提供近便的欣賞管道[3]。普儒夫若克顯然有話如鯁在喉,卻又擔心表露內心世界的真情會使自己名譽掃地。不過,既然是獨白,自說自話倒也無妨。他沒料到這篇獨白成為詩國經典,他唯恐被人窺見的內心陰暗的角落因此舉世皆知,他剖陳的心事也因此成為某種人物類型的代表。

艾略特的詩,核心問題是失敗的兩性關係,細膩而且繁複的典故無形中墊高欣賞的門檻。〈普儒夫若克的情歌〉或許因為篇幅相對較短,主題也有較濃烈的「人間煙火」,因此常被取為領受艾略特詩國光華的踏腳石。可是這首詩,文字簡樸卻情思細緻,強烈的壓抑導致欲語還休,說出來的部分卻又因為矛盾、反諷和種種對比錯雜而費解。詩中所呈現的內心世界透露敏感又博學的一個男人,因為對本能的衝動和熾烈的情感懷有戒心而極力壓抑。壓抑的結果是明知自己有需求也有意願,卻缺乏起而行的動力,生命形同槁木死灰。在艾略特筆下,「性焦慮把身體分解,把特定女性和陰性化的身體分解成部分」(Tepper 74):裸露的手臂,噴了香水的衣服,修長的手指,肩膀,再也看不到完整形成個體的「人」。

艾略特一落筆就點出主題意象,把黃昏的天空比喻為病患躺在手術檯上(2-3):我們看到無助而且沒有意識的身體意象,「生存或是死亡」的命運掌控在外科醫生手中。「普儒夫若克像病患」這個意象籠罩整首詩,他受制於人,卻無法認同別人的判斷,因此掙扎著要擺脫被麻醉或被下藥的存在狀態(Potter 221)。傍晚時分,日常工作暫時結束,他想要「醒過來」,清醒的途徑卻是勇闖昏昏沉沉唯官能是尚的文明世界陰暗的角落(4-7),那個角落就是行2-3的明喻所傳達病情嚴重的夜生活。

艾略特寫這首詩評斷整個文化及其代表人物普儒夫若克,呈現的手法正是他自己拈出而影響深遠的「客觀投影」(objective correlative):透過詩中一組意象反映一串現實經驗,因而形成特定的情緒——在小說家筆下就成了意識流。客觀投影加上第一人稱的戲劇獨白體,讀者容易在不知不覺間產生移情作

---

[3] 《神曲》的結構,見我在《荷馬史詩:儀軌歌路通古今》6.4.1所論。

用，把自我投射到詩中的說話者，熟悉的情境與身影俯拾可得。依布魯克斯（Brooks 86）所見，這名說話者看到真實的一面，知道自己深陷其中並沒有推卸責任。他知道自己不敢有所作為，卻沒有怪罪別人；他雖然沒能奮力闖出自己身處其中的死氣沉沉的牢房，卻自己把責任承擔下來。這樣的態度使得讀者在評斷他的時候，不至於瞧不起他。他和題詞的奎多一樣，使讀者看到自己在某個程度上也身陷其境，因此詩中沒有名稱的都市就是現代的地獄。

戲劇獨白有三要素：特定個體（即詩中的說話者，並不等於詩人）在特定時刻的發言；有特定的發言對象，受話的一方沒有開口，但詩中有明顯指涉；整首詩的重點在於揭露說話者的人格特質。普儒夫若克的人格特質為這首戲劇獨白注入新氣象，即語氣明顯影響詮釋，這樣的效果在鄧恩詩中看不到。從行3開始的一系列意象語和典故，讀者如果覺得誇張，朗讀的效果勢必不同，如此所想像的普儒夫若克必定是個自我膨脹的人，這一來他就成了洋溢荒謬喜感的角色，那麼我的譯注所試圖展現的悲劇感就無跡可尋了。如此南轅北轍的詮釋差異，竟使得說話者的大哉問和他想說的話大相逕庭，無關乎對錯，觀點不同自然看到不同的面貌，如此而已 [4]。

語氣的體會有賴於朗讀的功夫。朗讀還可以注意到本詩的另一個特色。艾略特使用自由詩的體裁，詩歌形式不拘泥於傳統的模式，但是不規則的節奏自有其獨具的特色，在在呼應說話者的心思與心境。疊句的運用更營造出帶有獨來獨往的強迫型人格特有的神經質反應。

身為現代主義詩人的代表，艾略特遭遇現代詩人共同的命運：知音越來越少。雖然網路興起使得文本容易取得，可是閱讀的品味明顯改變。時代風氣也有關連。相對於潛心體會語文的魅力，網路世界獨特的封閉性及其社群的同溫

---

[4] 觀點不同則閱讀時體會到的語氣（／語調）自然不同，因此導致大相逕庭的詮釋結果，另一個知名的例子是易卜生的《野鴨》。劇中葛瑞格斯主張婚姻應該建立在絕對坦誠的關係上，他的理想主張造成悲劇人生。然而，在亞馬烘托之下，我們看到他的理想反映他自己扭曲的人生觀，也暴露他一廂情願而且不切實際的價值觀。這一來，他口口聲聲所謂「理想的主張」（the claim of the ideal）成了舞台喜感的源泉。正統的觀點呼應亞里斯多德在《詩學》辨明的悲劇和喜劇之別：同樣自我中心的兩個絕配搭檔，為了實踐「理想的主張」造成無辜的小女孩賀德薇自殺，結局比開頭悲慘，當然是悲劇。可是，一旦把視線投向易卜生的人物刻劃，不難看出葛瑞格斯的「偶像崇拜情結」，盲目崇拜心目中的人格典範亞馬，亞馬則是耽溺在「眾望所歸」的虛榮，承擔不起葛瑞格斯的主張而成為理想的祭品，兩人一搭一唱演雙簧。像這樣以心理距離取代移情作用，大可欣賞《野鴨》的喜劇創意。

層取暖效果顯然更富吸引力。現代人的「外顯」性格越來越偏執，對於朝外觀看以批評別人比朝內省視以檢討自己更感興趣，甚至可以把自己隱藏在網路世界拼命對外展現沒有面貌的自我，因此普遍欠缺耐心在文本上字斟句酌品嘗韻味以尋求神入移情。詩的文本不但沒有聲影色的刺激，甚至連視覺影像和故事都得自己想像，得額外付出情思並運用心力，這對許多人來是太奢侈了，成本效益不堪聞問。讀者如果看到這裡還沒有打退堂鼓，那麼恭喜了有緣人，歡迎請踏上艾略特世界的入門階[5]。

普儒夫若克與哈姆雷特

會想要翻這本書的人想必都認識莎士比亞劇場的哈姆雷特，但不見得會特別注意哈姆雷特的愛情故事。〈普儒夫若克的情歌〉看得到哈姆雷特的身影，這兩個角色和他們各自的愛情故事同樣形成有趣的對比。

先來回顧哈姆雷特的情場經驗。哈姆雷特是個深思多慮的青年，二十來歲，正值一生中理想性格最濃厚的年紀。他的理想反映在對於道德原則的堅持，毫無妥協的餘地。父親驟亡而母親匆匆改嫁叔父，這事在他看來不只是離奇，甚至導致他的價值觀解體。在這樣的情況下，母后葛楚德成了替罪羔羊，整條船瞬間被一竿子給打翻：「脆弱，你的名字是女人」（Frailty, thy name is woman）（1.2.146）。於是，他原本憂鬱的性格轉趨偏激，不免戴起有色眼鏡看世界，因此感嘆「時代分崩離析」（The time is out of joint），痛恨自己「天生得要匡時」（was born to set it right）（1.5.196, 197）。

哈姆雷特從父親的亡魂得知逆倫弒兄的謀殺案，卻無法判斷親眼所見的鬼魂是善類還是惡類。他深怕自己的理性被惡鬼誤導。為了探求真相，他決定裝瘋，這一裝瘋把自己推到和叔父，即現任國王克勞底斯，針鋒相對的立場。克勞底斯思緒靈敏和哈姆雷特在仲伯之間，世故卻遠在他之上，哈姆雷特的心理壓力可想而知。偏偏在這個節骨眼，他愛戀的對象在父親的壓力下有意分手，戀情面臨危機。理性與情感左右夾攻，他成了夾心餅乾，因此說出「丹麥是座監獄」（Denmark's a prison）（2.2.243）這樣的話。這座監獄裡關的只有兩種人：瘋子和傻瓜。他既不是瘋子也不是傻瓜，要留在丹麥只有裝瘋賣傻一途。

---

[5] 入門之後，接續本詩映入眼簾的是姊妹篇〈一女士之畫像〉（"Portrait of a Lady"），余光中《英美現代詩選》頁 58-69 有譯文，詩末言簡意賅比較這兩首詩，值得參考。

哈姆雷特的意中人是奧菲莉雅。奧菲莉雅的父親是御前大臣波婁尼亞斯，老鄉愿一個，就是在官場打滾尋求地位榮華那一類冠冕堂皇的人。他對女兒耳提面命，輕信王子的情意一定是自己吃虧，進而禁止女兒跟王子約會。奧菲莉雅是典型的乖女兒，因此疏遠哈姆雷特。剛剛棋逢對手的哈姆雷特，鬱鬱寡歡的天性原已使他飽受理性的折騰，隨新形勢而來的心理壓力更使他瀕臨精神崩潰。波婁尼亞斯取得哈姆雷特寫給奧菲莉雅的情書，師心自用向國王和王后報告已掌握哈姆雷特因失戀而發瘋的證據，言下其實不無虛榮（因女兒的吸引力）與得意（因自己的功勞）。

　　波婁尼亞斯為了證實自己的判斷，安排國王伉儷偷窺他和哈姆雷特的談話，就在前面提到的二幕二景。在那場戲，他看王子手上拿著一本書，問他讀什麼書，哈姆雷特不耐其煩回話說「字，字，字」。哈姆雷特不只是嫌老臣囉唆，心裡很可能還想到話說得再多也照樣無助於了解他探求的真相。波婁尼亞斯為了進一步邀功，打蛇隨棍上要證明自己的能耐，安排奧菲莉雅和哈姆雷特約會，國王和王后則躲在一旁偷窺。哈姆雷特將計就計，演一場傻子瘋戲給偷窺者看。

　　就是在以「求生還是求死」（To be or not to be）的獨白揭開序幕的那一場戲，哈姆雷特對心地單純的奧菲莉雅說出這樣無情又粗魯的話（3.1.136-41）：

妳如果結婚，我給妳觸個霉頭當嫁妝：妳儘管冰清玉潔，像雪一樣白，照樣逃不過誹謗。進修道院算了，再會。萬一妳想不開要結婚，嫁給傻瓜去，因為有腦筋的人心知肚明妳們使他們成為什麼樣的妖魔鬼怪[6]。

If thou dost marry, I'll give thee this plague for thy dowry: be thou as chaste as ice, as pure as snow, thou shalt not escape calumny. Get thee to a nunnery, farewell. Or, if thou wilt needs marry, marry a fool, for wise men know well enough what monsters you make of them.

哈姆雷特使用的代名詞從指涉奧菲莉雅的「你」置換成統稱女人的「你們」，把指涉自己的「我」變成泛稱男人的「他們」。他其實是在借題發揮：我才不希罕你，所以我不至於像其他男人頭上長角（猶言戴綠帽）有如魔鬼。接著又

---

[6] 哈姆雷特這段台詞流露的性別意識非常強烈，因此譯文的第二人稱代名詞使用女字旁的「妳」，藉以強調「非我族類」的性別異己觀。

語中帶刺:「我也明白妳怎樣化妝。上帝給了妳一張臉,妳卻自己另外畫一張」(I have heard of your paintings well enough. God has given you one face and you make yourselves another)(3.1.144-6)。「化妝」當然是一語雙關,隱喻「門面」。他在指桑罵槐,說給整票偷窺者聽,當中聽來最感刺耳的非王后莫屬。奧菲莉雅相信哈姆雷特真的瘋了,因此感嘆「唉,多麼高貴的心殞落了」(O, what a noble mind is here o'erthrown[7])(3.1.152)。

接著在三幕二景,即論者習稱的「捕鼠器景」(the mouse-trap scene),哈姆雷特利用戲班子在御前演出的機會,安排弒兄娶嫂的戲碼,自己從旁觀察叔父的反應,要檢驗亡父的鬼魂所指控是否為真。伶人演出時,哈姆雷特藉瘋裝傻,在觀眾席對奧菲莉雅開黃腔吃豆腐。戲中戲「果然證實」國王弒兄。他原先對母后的困惑一變而為厭惡,因此會有三幕四景在母后寢宮「以舌頭代替利劍」的一場戲,對性事極盡詆毀之能事,把恨女情結發揮到淋漓盡致的地步。在那一場戲,他誤以為叔父克勞底斯躲在簾幕後方,衝動之下殺死波婁尼亞斯。我們下一次看到奧菲莉雅時,她發瘋了,是真瘋。她先是自己被所愛的人羞辱,接著自己的父親被那個人殺死,於是她自殺。

奧菲莉雅發瘋時,斷斷續續唱一首情歌,和馬克白夫人夢遊同樣是「心裡負荷太重」(The heart is sorely charged)(《馬克白》5.1.50)所致。歌詞透露她壓抑在潛意識的感情經驗。要分辨真情和假意使她困擾,她以為哈姆雷特不再愛她,付出感情卻得不到回報無異於愛上死人。她只能這樣幻想(4.5.48-55):

  明天就是情人佳節,
  我要清晨起大早,
50 姑娘之身在你窗前,
  要當你的情人。
  他下床來,穿好衣服,
  打開房間的門,
  讓姑娘進去,這姑娘
55 出來是婦人身。

---

[7] o'erthrown = overthrown.

>   Tomorrow is Saint Valentine's day,
>   All in the morning betime[8],
> 50   And I a maid[9] at your window,
>   To be your Valentine.
>   Then up he rose, and donn'd his clo'es[10],
>   And dupp'd[11] the chamber door,
>   Let in the maid that out a maid
> 55   Never departed more[12].

　　她已經瘋了，所以能夠不計後果說出潛意識的願望。愛人對她而言形同已「死」，欲期實現配對的心願唯有死亡一途。神話英雄進入死亡之地則重生可期，浪漫愛情的重生之道是殉情，可是奧菲莉雅「遇人不淑」，因為哈姆雷特的情慾觀被分析思維給扭曲了。哈洛·卜倫在《西方正典》一口咬定佛洛伊德從閱讀莎士比亞敲開精神分析之門，不是沒道理。這八行詩，前半首使用第一人稱現在時態，發抒主觀意識在現實世界的期望。後半首改用第三人稱過去時態，陳述往事理當客觀，這裡的「往事」對奧菲莉雅而言卻是替代性的經驗。抒情曲調的韻味拐個彎，一變而為中古民謠的意趣。奧菲莉雅毫無疑問仍然是貞潔姑娘，潛意識的願望卻不堪回首。

　　哈姆雷特嚮往絕對清純的精神價值，卻目睹母后的肉體成為墮落的媒介，無辜的奧菲莉雅成了祭品。他是歐洲文藝復興時代的知識份子，思想活潑是那一代的知識份子共同的特色。可是在莎士比亞創作《哈姆雷特》的十六、十七世紀之交，文藝復興已盛極將衰，知識界寬廣的思路漸趨萎縮，雖然不至於僵化，但明顯幅寬變窄。哈姆雷特的深思多慮就反映那樣的趨勢。他那樣的人格特質，遇上那樣的局勢，整個丹麥成了他的監牢；遇上奧菲莉雅那樣在家從父的女性，身體也成了他的監牢。

---

[8]　betime = early.

[9]　maid: girl (未婚女子).

[10]　donn'd his clo'es: put on his clothes.

[11]　dupp'd = opened.

[12]　改寫 54-5：He let in the girl, who when she left wasn't a virgin anymore.

把時間從文藝復興時期挪到十九、二十世紀之交，場景從丹麥王宮挪到現代都會，我們看到哈姆雷特在艾略特筆下復活，改頭換面成為普儒夫若克。艾略特取這個名字，如我在 42-3 行注所述，是讓當事人透過名字宣示自身存在的意義，宣示過頭徒然透露自我形象過敏症，對別人的反應過度敏感。奧菲莉雅雖然被艾略特消音，她的臨終曲讓普儒夫若克來唱倒也適合；〈普儒夫若克的情歌〉結尾（124 以下）的美人魚幻想，和奧菲莉亞所唱情歌的後半首，同樣是願望成真的夢境。

　　同樣是知識份子，普儒夫若克身上的「現代」標籤看得到文藝復興的迴光返照。他和哈姆雷特一樣，心思敏銳又想像力豐富，而且對現狀不滿，說話語不驚人死不休。知識份子難免會有知識份子的矜持，矜持者必有所不為，不論其為不能為或不敢為。哈姆雷特是有所不能，普儒夫若克則是有所不敢。就在這不能為與不敢為之間，我們看到普儒夫若克如何不同於哈姆雷特。在瘋子和傻瓜的世界，正如皮蘭德婁的《亨利四世》和達里歐·弗（Dario Fo, 1926-2016）的《一個無政府主義者的意外死亡》（*The Accidental Death of an Anarchist*, 1970）雙雙表明，要想保平安，只有非瘋即傻一途。哈姆雷特裝瘋賣傻，這是講究形象的普儒夫若克辦不到的事。面對問題的時候，哈姆雷特想得太深，結果淪為鑽牛角尖，這是悲劇人物普遍的特徵。普儒夫若克想得太廣，結果作繭自縛以至於寸步難行，這種人饒富喜感。對哈姆雷特而言，理想就是要實踐。對普儒夫若克而言，理想不過就是理清頭緒想一想，甚至連「發議論」都不敢，只能獨白一番。類似的性格特質落在大異其趣的思路使得〈普儒夫若克的情歌〉成為現代哈姆雷特的愛情故事。

　　故事源自當事人的經驗，經驗反映當事人的背景與個性。哈姆雷特猶豫不決竟至於報殺父之仇的行動癱瘓，是王子的身分和基督教的信仰使然；即使身分與信仰都相同，不見得人人如哈姆雷特，關鍵在於性格，哈姆雷特屬於高度內斂的深思型。宗教信仰已經失根的普儒夫若克，即使不是王子，環顧現代社會也稱得上有頭有臉，雖然未必會因國事而操煩，形態不一的雄心壯志多少總會有或曾經有過。最根本的差異或許在於時代背景。文藝復興時代的知識份子在自我形象看得到上帝的影子，那是他們賴以建構「人的尊嚴」（the Dignity of Man）這個概念的張本；現代知識份子卻往往在自己的形象看到別人的眼光，那是他們爭取認同的前提。年紀當然也有影響，橫衝直撞的青年很可能到了中年也把稜角撞平了。

現代文明的情場哀歌

　　普儒夫若克是個飽讀詩書的中年男子，頭頂禿了。他感受細膩，在乎別人對於自己的評論，敏感到了過敏的程度。他的過敏現象或可比擬於喬叟《坎特伯里故事集・總序》127-31 對於修女院院長的描寫[13]：

　　　　餐桌的禮儀她學得很到家：
　　　　不讓食物從她的唇間掉下，
　　　　她的手指也不沾到醬汁，
130　　曉得怎麼小心翼翼小口吃
　　　　一點一滴都不會掉落胸前。

　　　　At meals she was well taught indeed;
　　　　She let no morsel fall from her lips,
　　　　Nor wet her fingers deep in her sauce;
130　　She well knew how to carry a morsel (to her mouth) and take good care
　　　　That no drop fell upon her breast.

不同的是，這位修女性格開朗，大剌剌掛著刻有拉丁文「愛征服一切」（Love conquers all）的金胸針（162），我們的男主角卻好像不只是有一點神經質，而是走出書本或想像的世界就不知所措。修女的「愛」當然和普儒夫若克心裡想的不一樣：宗教信仰之愛是理念，實踐是另一回事；男歡女愛正好相反，實踐才是硬道理，理念是另一回事。實踐男歡女愛不能只憑理念，得要雙方面互相配合，普儒夫若克的難題就在這裡。他很想找個女伴，不時會出席女士聚會的場合。說不定他已有心儀的對象，就因為老是擔心「別人會怎麼說我」而始終開不了口，怕被拒絕。

　　普儒夫若克依違在官感與夢想之間。他有所渴望，卻不敢付諸行動；他喜歡感官經驗，卻又對感官印象覺得噁心。他厭煩枯燥瑣碎的生活方式，卻──借用我們熟悉的措詞──身在江湖而心不由己。他驛動的心夢想一步跨到結

---

[13] 原文是中古英文，此處所附現代英文翻譯是根據哈佛大學喬叟網（Harvard's Geoffrey Chaucer Website）。

果,卻因自知之明而一無所成。

　　某年十月,秋天,他像往常一樣,前往老地方獵豔尋芳。他決定放手一搏,可是需要有人作陪壯膽,什麼人未必重要,重要的是能讓他一路上講不停,多少可望緩和焦慮——我們因此有機會窺知他的內心世界。他也可能是要去示愛,此事關係重大,是普儒夫若克一直無法以平常心面對的大哉問,所以他對作陪的人下了封口令:沒必要開口問,有耳無嘴聽我說就是。

　　秋天是成熟的季節,他選在黃昏的時候。成熟的季節,昏暗的時刻,他為了要把自己從一向熟悉的文明世界疏離而出,刻意挑陋巷小街。兜了一陣子,他終於到達目的地,進入室內。他看到熟悉的一群女士,看來優雅之至。其實他老早看穿那是一批附庸風雅之流,知道她們必不可少的配備是各式各樣的「流行商標」,商標包括以米開朗基羅為話題、聽音樂、喝下午茶談論小說。他們談得眉飛色舞。她們很「文明」,文明到了做作的地步。更要命的是,她們性好婆婆媽媽經,喜歡長舌連帶貼標籤。普儒夫若克早就看透她們那一套惺惺作態。他恨不得像易卜生《野鴨》裡面的反派角色葛瑞格斯那樣旁若無人提出「理想的主張」,可是他不敢,怕自己被她們的眼光盯死變成標本,怕一開口就被她們四兩撥千斤撥成笑柄。與其那樣,不如承認自己真的時不我予。

　　普儒夫若克看透流行牌淑女的膚淺,不敢在她們面前耍浪漫或逞英雄氣慨,不只是因為他非常在乎自己的形象,更是因為他在那樣的世界看到自己的影子,知道自己跟她們同樣過著所謂生活不過就是打發瑣碎人生的日子。可他並不喜歡那部份的自我。他恨不得讓她們刮目相看一次,偏偏他是三心兩意隨時可以出爾反爾那一類型的人。想到她們無所事事一個下午了,連時間都被安撫了,他心知肚明自己不是先知的料,就算拿得出殉道的勇氣,外觀也吸引不了女性。他心想別自不量力才是上策。已經看到死神的人,與其自己唱情歌,不如幻想聽到美人魚對唱——在那裡自在得意,勝過被閒雜人等的噪音淹死。很可能他也想到易卜生《海洋女兒》劇中以美人魚為隱喻的艾梨姐,要不是適應環境,就只好坐以待斃。那些淑女已經適應了;他適應不來,只好醉生夢死。在生死之間,他靈光一閃留下這首告白詩。在他自己看來,就算像拉撒路(見94-5行注)那樣從可比擬於陰間的社交大廳復活,也無法使她們「復甦」[14]。

---

[14] 易卜生的《復甦》寫知名卻寂寞的雕塑家邂逅初戀情人,從雖生猶死的現實世界「復活」,

有理想性格的人會有所不滿,可是空有理想而無行動其實等同於沒有理想。契訶夫《凡尼亞舅舅》劇中的阿斯特洛夫醫生說,身處頹廢的世界,「只有美還能使我感動」(Beauty alone has the power to touch me still)。普儒夫若克看到的「美」卻使他絕望;在理當美感洋溢的世界只見到頹廢,以頹廢界定人生的世界其實無異於陰間。普儒夫若克以海底爬行動物自況,是陸地觀點的死亡。他從海床美人魚的世界回到陸地,死而復生因此得以回味和美人魚打交道的白日夢。他從社交人間游離而出,遁入潛意識的世界,神遊美人魚的風情。美人魚雖然不真實,卻是活生生,倒是自以為活在世間的淑女團,一個個溺斃在死氣沉沉的都會社交圈,徒留「死相」。死人怎麼可能明白重生人的「真知灼見」?現實世界,就像莎士比亞說的,就是個舞台;普儒夫若克因為找不到自己的定位而無法扮演稱職的腳色,只有在夢境人生看得到活力。

普儒夫若克和那樣一個死氣沉沉的世界到底是什麼關係?那樣的世界對他到底有什麼意義?他不能說、不敢說,也沒有意願說。他只希望有人能了解他。

像普儒夫若克這樣多方面壓抑,聊作白日夢逃避現實以紓解焦慮的人,似乎只適合在夢言囈語中推敲如何語不驚人死不休。艾略特用抒情詩的體裁寫出普儒夫若克推敲的過程,欲期有合情合理的縝密結構是不切實際。他的手法正合所需:以自由聯想為基礎的獨白。詩中描寫說話者眼前所見的景象,陸續引出自己的按語;在這樣的過程中逐漸揭露自我,本質上無異於懺悔錄。但是,有別於懺悔錄文學的線性敘事,本詩的邏輯結構在於意識的流動。所謂的自由聯想,聯想源自眼前所見和過往經驗的關連,因此對當事人有意義可尋,意義卻僅限於個人的層面。可是普儒夫若克沒有說出意義所在,讀者只好自行探索。面對自己所從屬卻反感的世界,他有話不敢說,怕自己成為別人眼中的傻瓜或口中的話柄。

普儒夫若克的修養無庸置疑,也有內涵,卻不配為有格調的知識份子。他有自知之明,知道自己有花蝴蝶的虛榮卻不是蝴蝶的料,想「花」卻「花」不起來。人人有情有慾,渴望愛帶來快樂,這首情歌卻讓我們看到一個孤獨的靈魂在喃喃自語[15]:

結伴攀登峰頂看日出,追尋「世間至高無上的榮耀」,遭遇雪崩被活埋。

[15] 以下引詩出自艾略特《荒原》424-5, 41-2,略作更動。原文 425 是跨行句(行末沒有標點符號),426 為 Shall I at least set my lands in order?(至少我該整頓自己的田地吧?)。「垂

> 我在岸邊坐下
> 垂釣,背後是不毛的平野,
> 凝望心光的深處,一片沉寂,
> 大海荒涼又空虛。
> I sat upon the shore
> Fishing, with the arid plain behind me,
> Looking into the heart of light, the silence,
> *Oed' und leer das Meer.*

沒有愛的連結,或是情感失聯,再多的孤島也無法連結成大陸,倒有可能連成一片荒原。

舊律新腔譜前衛

講這樣的故事,艾略特在開頭四行透過格律就營造出石破天驚的效果。〈普儒夫若克的情歌〉開頭五行的格律可以這樣標示[16]:

Lét ŭs gó thĕn, yóu ănd Í, ×
Whĕn thĕ évenĭng ĭs spréad óut ăgáinst thĕ ský
Líke ă pátĭent éthĕrízed ŭpón ă tábĕl;
Lét ŭs gó, Thrŏugh cértăin hálf-dĕsértĕd stréets,
Thĕ múttĕríng rĕtréat

母音上方標記重音記號表示該音節為強音,半弧記號表示該音節為弱音,斜十字表示省略的輕音節。強音是重讀音節,音量大,故稱揚;弱音是輕讀音

釣」取典於亞瑟傳說(Arthurian legend)中的漁夫王(the Fisher King),象徵透過救贖與復甦尋求永生。行 41 的「心光」可釋義作「歡樂的心情」:詩中的說話者回顧自己和風信子姑娘在風信子園的浪漫時光,竟然腦海一片空白。原文 42 引自華格納的歌劇《崔斯坦與伊索德》(*Tristan und Isolde*):崔斯坦奄奄待斃,仍殷殷盼望伊索德回到身邊,奉命在岸邊迎候的人卻只能回報「大海荒涼又空虛」,英譯 Waste and empty is the sea。

[16] 「可以」意味著詮釋的空間:格律分析沒有標準答案,我提供的只是個人的見解。

節，音量小，故稱抑。根據強弱音的出現規律，第一行使用揚抑四步截尾格（trochaic tetrameter catalectic），意思是一個強音節之後接一個弱音節（揚抑格）構成一個音步（foot），本行詩共有四個音步，等同於五線譜的四個拍子。揚抑格的效果，裴洛夫（Marjorie Perloff）說是「創造一種無感的音調」。行尾韻把首行和行 2 扣在一起，仍然是揚抑格[17]，卻有十一個音節六個重音，在緊張的情緒中把詩行拖長，這樣的效果延伸到行 3（Líke ă pátĭent éthĕrízed ŭpón ă táblĕ），全行格律工整，因此甚至還多出一個音節，有十二個。行 4 沿用揚抑六步截尾格，仍然六個重音，音節數恢復十一個。一直要到行 5 才出現英詩讀者熟悉的抑揚格。裴洛夫分析這樣的破題格律之後，說：「『前衛』（avant-garde）這個詞是軍事術語，指軍隊前鋒側翼，是最勇猛的步兵為後續的部隊打頭陣。根據這個定義，使用英文創作的詩人有誰比〈普儒夫若克的情歌〉的艾略特更前衛？」（Perloff 257）

前述的分析有個前提：抑揚五步格在喬叟之後蔚成英詩的主流格律，這個格律由於馬婁和莎士比亞的影響，普遍公認為最適合呈現在沉穩中前進的氣勢，展現理性而清明的氣象。揚抑格的輕重音節次序顛倒，因此形成效果相反的聽覺效果，給人陰柔、迷暗、雺晦之感。此所以莎士比亞《馬克白》開場戲女巫的台詞使用揚抑格：

　　Whĕn shăll wé thrĕe méet ăgáin, ×
　　何時姊妹再相會，

精確地說，莎士比亞用的是揚抑四步截尾格[18]。一行四個重音是中古「黑暗」時代英詩的特徵，行末省略一個輕音節另又添增不穩之感。緊接著一行：

　　Ĭn thúndĕr, líghtnĭng, ór ĭn ráin?
　　是鳴雷、閃電或降雨？

17　行 2 精確而言是揚抑六步截尾格，其中第三個音步抑揚格是破格。

18　按常態格律分析，"three" 是具體的字眼，具有實體的意義，因此會唸成重讀音節。但由於《馬克白》是劇本，舞台上就出現三名女巫，視覺影像使得 we 之後的 three 沒必要強調。格律分析的重讀或輕讀音節是相對的，這裡說的「相對」提供了注 16 所稱「詮釋的空間」。

格律大幅度改觀，是完整且工整的抑揚四步格，卻使用行尾韻把兩行綁在一起（合為一個完整的問句），雖然仍舊以四個音步暗示「黑暗」時代，卻是抑揚格。莎士比亞有弦外之音：格律反映女巫有一貫之道，卻不可以（英雄或理性世界的）常理度，正如次行提出三個無法選擇的選項——在我們的世界，打雷和閃電根本是二而一。

回頭來看〈普儒夫若克的情歌〉開頭的詩行，艾略特不只是模仿女巫的格律，甚至連行中停頓的位置也完全相同，同樣落在第二個音步之後。次行雖然格律不同，卻同樣出人意表，行2第三個音步的格律亂掉了，彷彿說話者在欲語還休之後，急著要把話擠出來，急著要把打結的舌頭解開來。既已明白說話的背景，有請讀者再欣賞一遍二十世紀文藝圈最知名的一首「非」情歌，試著朗讀以便領會聲韻效果。

不會分析格律？沒關係；儘管開口，放心朗讀，讀到自己覺得語調能夠搭配情思，用心領會音義合體，這就夠了。專家學者的分析有參考價值，卻沒必要當作標準答案。至於有人主張「格律無用論」，參考可以。

書目

本書目包括兩類：一、所譯詩作的出處，二、引用資料的出處。

【中文部分】

水建馥譯。《古希腊抒情诗选》。北京：人民文學出版社，1988。

尤瑞匹底斯。《尤瑞匹底斯全集 I：酒神女信徒、米蒂雅、特洛伊女兒》。呂健忠譯注。
　　台北：書林，2016。

余光中。〈鏽鎖難開的金鑰匙〉。《發現莎士比亞：台灣莎學論述選集》。彭鏡禧主編。
　　台北：貓頭鷹，2000。17-30。

---。《濟慈名著譯述》。台北：九歌，2012。

--- 譯。《英美現代詩選》。台北：台灣學生書局，1968。

---。《英詩譯註》。台北：文星，1960。

沙特（Jean-Paul Sartre）。《無路可出》（*No Exit*）。戴欽之、沈樹萱合譯。《現代文學》
　　9 (1961 年 7 月): 45-76。

呂健忠。引論。《尤瑞匹底斯全集 I》。台北：書林，2016。1-72。

---。《陰性追尋：西洋古典神話專題之一》。新北：暖暖；2013。

---。《荷馬史詩：儀軌歌路通古今》。台北：三民，2023。

---。引論。《亞格曼儂：上古希臘的殺夫劇》。*Agamemnon*. Aeschylus. 台北：書林，
　　1997。1-31。

---。〈簡論墓誌銘〉。《中外文學》9.8（1981 年 1 月）：139-159。

--- 譯。〈《希臘銘彙》墓銘拾掇〉。《中外文學》9.8（1981 年 1 月）：160-180。

--- 譯注。《蘇格拉底之死：柏拉圖作品選譯》。*Apology, Crito, and Phaedo*. Plato. 台北：
　　書林，1991。

---。《馬克白：逐行注釋新譯本》。莎士比亞。台北：書林，1999。

---。《情慾舞台：西洋戲劇情慾主題精選集》。新北：暖暖，2013。

---。《情慾花園：西洋中古時代與文藝復興情慾文選》。修訂版。新北：左岸，2002；台北：秀威，2010。
---。《情慾幽林：西洋上古情慾文學選集》。修訂版。新北：左岸，2002；台北：秀威，2011。
---。《荷馬史詩：奧德賽》。*Odysseia*. Homer. 台北：書林，2018。
---。《荷馬史詩：伊里亞德》。*Iliados*. Homer. 台北：書林，2021。
---，李奭學。《新編西洋文學概論：上古迄文藝復興》。修訂版。台北：書林，1998。
易卜生（Henrik Ibsen）。《易卜生戲劇集》。共五冊。呂健忠譯。台北：書林，2013。
---。《野鴨》。3: 103-208。
---。《羅斯莫莊園》3: 209-98。
---。《海洋女兒》。4: 3-104。
---。《海妲・蓋伯樂》。4: 105-200。
---。《復甦》。5: 163-229。
林以亮編選。《美國詩選》。香港：今日世界出版社，1972。
吳潛誠。《航向愛爾蘭：葉慈與塞爾特想像》。新北：立緒，1999。
--- 譯。《草葉集》。*Leaves of Grass*. Walt Whitman. 台北：桂冠，2001。
柏拉圖。《斐德羅篇》（*Phaedrus*）。《柏拉圖全集》。王曉朝譯。共五冊。新北：左岸，2003。2: 129-96.
亞里斯多芬尼斯。〈愛樂頌〉。《會飲篇》。*Symposium*. 柏拉圖。189c-193d。《情慾幽林：西洋上古時代情慾文學選集》。台北：秀威，2011。127-31。
楊耐冬譯。《草葉集》。*Leaves of Grass*. Walt Whitman. 台北：志文，1983。
桑簡流。《惠特曼選集》。香港：人人出版社，1953。
埃斯庫羅斯。《奧瑞斯泰亞：阿格門儂、奠酒人、和善女神》。*Oresteia*. Aeschylus. 新北：左岸，2006；台北：秀威，2011。
黃國彬譯。《神曲：地獄篇》。台北：九歌，2003。
奧維德。《變形記》。*Metamorphoses*. Ovid. 呂健忠譯注。台北：書林，2008; 2023。
索福克里斯。《伊底帕斯王》。《索福克里斯全集 I：伊底帕斯三部曲》。呂健忠譯注。台北：書林，2009。31-170。
---。《翠基斯少女》。《索福克里斯全集 II：特洛伊四部曲》。呂健忠譯注。台北：書林，2009。31-104。
---。《艾阿斯》。《索福克里斯全集 II：特洛伊四部曲》。呂健忠譯注。台北：書林，2009。105-82。
陳宏淑。〈譯者的操縱：從 *Cuore* 到《馨兒就學記》〉。《編譯論叢》3.1（2010 年 3 月）：41-68。

楊牧編譯。《葉慈詩選》。台北：洪範，1997。

張錯譯著。《英美詩歌品析導讀》。台北：書林，2016。

彭鏡禧、夏燕生譯注。《好詩大家讀》。台北：書林，1989。

蒲慕州。《法老的國度：古埃及文化史》。台北：麥田，2001。

顏海英。《守望和諧：探尋古埃及文明》。新北：世潮，2000。。

顏元叔。《莎士比亞通論：悲劇》。台北：顏元叔，1997。

---. 主編。《西洋文學辭典》。台北：正中，1991。

孫康宜。〈莎孚的情詩與「女性主體性」〉。初稿〈重讀莎孚的情詩：從女性主義者的觀點說起〉刊於《中外文學》25.3（1996年8月）：179-89。《古典與現代的女性闡釋》。台北：聯合文學，1998。181-198。

【外文部分】

Abrams, M. H., ed. *The Norton Anthology of English Literature*. 3rd ed. 2 vols. New York: Norton, 1974.

Academy of American Poets. <https://poets.org/>.

Adler, Mortimer J., ed. *Great Books of the Western World*. 61 vols. Chicago: Encyclopaedia Britannica, 1990.

Alcaeus（阿凱俄斯）. David Campbell 1: 237-437.

Alexandrian, Sarane. *Histoire de la Littérature Érotique*.《西洋情色文學史》。賴守正譯。台北：麥田，2003.

Altieri, Charles. "Eliot's Impact on Twentieth-Century Anglo-American Poetry." Moody 189-209.

Amen, Daniel G.（丹尼爾・亞蒙）. *Sex on the Brain: 12 Lessons to Enhance Your Love Life*.《滿腦子都是性感》。王惟芬譯。台北：究竟，2006。

Anacreon. *Text*. David Campbell 2: 40-161.

---. *Anacreontea*. David Campbell 2: 162-247.

"Ancient Egyptian Love Poetry." TheMagentaHornet.com. Holly White & Associates. <https://themagentahornet.com/ancient-egyptian-love-poems.html>.

Apollodorus（阿波羅多若斯）. *The Library of Greek Mythology*（《神話大全》）. Trans. Robin Hard. Oxford: Oxford UP, 1997.

Apollonius（阿波婁尼俄斯）of Rhodes. *The Voyage of Argo*. Trans. E. V. Rieu. 1959; New York: Penguin, 1971.

Apollonius Rhodius（阿波婁尼俄斯）. *Argonautica*（《阿果號之旅》）. Perseus Digital Library.

---. *Argonautica*（《阿果號之旅》）. Trans. R. C. Seaton. Theoi Project. <https://www.theoi.com/Text/ApolloniusRhodius3.html>.

Aristophanes（亞里斯多芬尼斯）. *Frogs*（《蛙》）. Trans. Matthew Dillon. Perseus Digital Library.

Aristotle（亞里斯多德）. *Rhetoric*（《修辭學》）. Trans. J. H. Freese. Perseus Digital Library.

Arnold（阿諾德）, Matthew. "Dover Beach"（〈多佛海濱〉）. Poetry Foundation.

Augustine of Hippo（聖奧古斯丁）. *The City of God*（《上帝之城》）. Trans. Marcus Dods. 1887. Rev. and ed. by Kevin Knigh. New Advent. <https://www.newadvent.org/fathers/1201.htm>.

Barnard, Mary, trans. *Sappho*. Berkeley: U of California P, 1958.

Barnstone, Willis, trans. *Greek Lyric Poetry*. New York: Bantam, 1962.

Battersby, Christine. *Gender and Genius: Towards a Feminist Aesthetics*. Bloomington: Indiana UP, 1990.

Beckett, Samuel（貝克特）. *Krapp's Last Tap*（《克拉普最後的錄音帶》）. *Collected Shorter Plays of Samuel Beckett*. London: Farber and Farber, 1984. 53-63.

Bentley, Joseph. "Some Notes on Eliot's Gallery of Women." Brooker 1988: 39-45.

Berger, John（約翰・伯格）. *Ways of Seeing*.《觀看的方式》。吳莉君譯。台北：麥田，2005.

Blake（布雷克）, William. "Auguries of Innocence"（〈純真的預兆〉）. Poetry Foundation.

---. "Introduction to the Songs of Innocence"（《純真之歌》序詩）. Poetry Foundation.

---. "The Sick Rose"（〈生病的玫瑰〉）. Abrams 2: 55.

Bloch, Ariel, and Chana Bloch, trans. *The Song of Songs: A New Translation with an Introduction and Commentary*. Berkely: U of California P, 1995.

Bloom, Harold. *The Visionary Company: A Reading of English Romantic Poetry*. 1961; Ithaca and London: Cornell UP, 1971.

---. *The Western Canon: The Books and School of the Ages*."《西方正典》。共二冊。高志仁譯。新北：立緒，1998。

Borges（波赫士）, Jorge Luis. *The Craft of Verse*（《談詩論藝》）. Ed. Calin-Andrei Mihailescu. Cambridge, MA.: Harvard UP, 2000。

Brooker, Jewel Spears. *Approaches to Teaching Eliot's Poetry and Plays*. New York: The Modern Language Association of America, 1988.

---. "When Love Fails: Reading *The Waste Land* with Undergraduates." Brooker 1988: 103-8.

Brooks（布魯克斯）, Cleanth. "Teaching 'The Love Song of J. Alfred Prufrock.'" Brooker 1988: 78-87.

---, and Robert Penn Warren. *Understanding Poetry*. 4th ed. Fort Worth, Tx: Harcourt Brace College Publishers, 1976.

Brown, Thomas Edward. "When Love Meets Love." *The Oxford Book of Victorian Verse*. Ed. Arthur Quiller-Couch. Oxford: Clarendon, 1922. <http://www.bartleby.com/336/362.html>.

Browning, Elizabeth Barrett. *Aurora Leigh and Other Poems*. London: Penguin, 1995. <http://digital.library.upenn.edu/women/barrett/aurora/aurora.html>.

---. "From 'Catarina to Camoens.'" *The Library of the World's Best Literature*. 30 vols. Ed. C. D. Warner, et al. New York: Warner Library Co., 1917. <http://www.bartleby.com/library/poem/941.html>.

--. "The Lost Bower." *The Complete Poetical Works of Elizabeth Barrett Browning*. Internet Accuracy Project. <https://www.accuracyproject.org/t-BarrettBrowning-TheLostBower.html>.

---. "The Romance of the Swan's Nest." *Women Poets of the Nineteenth Century*. Ed. Alfred H. Miles. London: George Routledge, 1907. <https://www.bartleby.com/293/75.html>.

---. *Sonnets from the Portuguese*. London: Caradoc Press,1906. Project Gutenberg.

---. "The Tempest." *Prometheus Bound and Miscellaneous Poems*. London: A. J. Valpy, 1833. 81-92.

Browning, Robert. *Dramatic Romances and Lyrics*. 1845. Robert Browning. <https://www.telelib.com/authors/B/BrowningRobert/index.html>.

Bush, Douglas. *English Poetry: The Main Currents from Chaucer to the Present*. 1952; New York: Methuen, 1961.

Calame, Claude. *The Poetics of Eros in Ancient Greece*. Princeton: Princeton UP, 1992.

Campbell, David A., ed. and trans. *Greek Lyric*. 4 vols. Loeb Classical Library. Cambridge, MA.: Harvard UP, 1982-1993.

Campbell, Joseph（約瑟夫・坎伯）. *The Hero with a Thousand Faces*（《千面英雄》）. 1949; Princeton: Princeton UP, 1968.

Carpenter, Thomas H. *Dionysian Imagery in Fifth-Century Athens*. Oxford: Clarendon Press, 1997.

Chaucer, Geoffrey（喬叟）. *Canterbury Tales*（《坎特伯里故事集》）. Harvard's Geoffrey Chaucer Website. Cambridge, Mass.: Harvard U. <https://chaucer.fas.harvard.edu/pages/text-and-translations>.

Chekhov, Anton（契訶夫）. *Uncle Vanya*（《凡尼亞舅舅》）. Project Gutenberg.

---. *Uncle Vanya: Scenes from Country Life in Four Acts*（《凡尼亞舅舅》）. Plays by Anton Chekhov. Trans. Marian Fell. New York: Charles Scribner's Sons, 1916. Revised and notes added 1998 by James Rusk and A. S. Man. <https://www.ibiblio.org/eldritch/ac/vanya.htm>.

Clarke（科拉克）, Michael. *Flesh and Spirit in the Songs of Homer: A Study of Words and Myths*（《荷馬詩中的肉身與精神》）. Oxford Classical Monographs. Oxford: Clarendon P, 1999.

Crashaw（克瑞修）, Richard. "The Flaming Heart"（〈心焰〉）. All Poetry. <https://allpoetry.com/The-Flaming-Heart>.

Darnton, Robert. *The Great Cat Massacre and Other Episodes in French Cultural History*.《貓大屠殺：法國文化史鈎沉》。呂健忠譯。台北：聯經，2005。

Dante（但丁）. 見 Princeton Dante Project（2.0）.

"Descent of Inanna, The"（《伊南娜入冥》）. *Inanna, Queen of Heaven and Earth: Her Stories and Hymns from Sumer*. Trans. Diane Wolkstein and Samuel Noah Kramer. New York: Happer & Row, 1983. 51-89.

Donne, John. "Ecstasy"（〈出神〉）. Abrams 1: 1192-3.

---. "Ecstasy"（〈出神〉）. Poetry Foundation.

Dryden（德萊登）, John. "Alexander's Feast, or the Power of Music: An Ode in Honor of St. Cecilia's Day"（〈亞歷山大的慶功宴，又名音樂的力量：聖則濟利亞節讚頌〉）. Abrams 1: 1751-5.

Edmonds, John Maxwell, ed. *The Fragments of Attic Comedy*. 3 vols. Leiden: Brill, 1957-61.

---, ed. and trans. *Greek Elegy and Iambus*. 2 vols. Loeb Classical Library. Cambridge, MA.: Harvard UP, 1931.

"Egyptian Love Poetry from the New Kingdom." *Love Poetry of the World*. <https://www.love-poetry-of-the-world.com/Egyptian-Love-Poetry-Poem2.html>.

Eliot（艾略特）, T. S. *The Complete Poems and Plays*. London: Faber and Faber, 1969.

---. "Choruses from *The Rock*." Poetry Nook. <https://www.poetrynook.com/poem/choruses-%C3%B4%C3%A7%C2%A3the-rock%C3%B4%C3%A7%C3%B8>.

Evans, Dylan. *Emoton: The Science of Sentiment*.《情感，來自演化？──看科學家如何發現情感的祕密》。張勤譯。新北：左岸，2005。

Evans, Ifor. *A Short History of English Literature*.《英國文學史略》。呂健忠譯。台北：書林，1995。

Fantham, Elaine. *Ovid's Metamorphoses*. Oxford Approaches to Classical Literature. Ed. Kathleen Coleman and Richard Rutherford. Oxford: Oxford UP, 2004.

Forman, H. Buxton, ed. *The Complete Works of John Keats*. 5 vols. New York: Thomas Y. Crowell & Co., 1900-1901.

Frazer, James（弗雷澤）. *The New Golden Bough*（《金枝新編》）. Ed. Theodor H. Gaster. New York: New American Library, Inc. 1959.

Frost（佛洛斯特）, Robert. *Complete Poems of Robert Frost*. 1967. 重印本。台北：敦煌。

Gide（紀德）, André. *Two Legends: Oedipus and Theseus*. Trans. John Russell. New York: Random, 1950.

Gimbutas, Marija. *The Language of Goddess*. London: Thames & Hudson, 1989.

Graves, Robert. *The Greek Myths*. 2 vols. 1955; Harmondsworth: Penguin, 1960.

Grene, David, trans. *The Theban Plays: Oedipus the King, Oedipus at Colonus, Antigone*. Sophocles. Introd. Charles Segal. Notes by James Hogan. Everyman's Library. 1942; London: David Campbell Publishers, 1994.

Harris, William. "Archilochus: First Poet after Homer." Fordham University, 2002. <https://research.library.fordham.edu/cgi/viewcontent.cgi?article=1047&context=phil_research>.

Haste, Helen. *The Sexual Metaphor*. Hertfordshire: Harvester Wheatsheaf, 1993.

Hausmann, Franz J., Oskar Reichmann, Herbert E. Wiegand, and Ladislav Zgusta. *Dictionaries: An International Encyclopedia of Lexicography*. 3 vols. Berlin, New York: Walter de Gruyter, 1991.

Herodotus. *The History of Herodotus*. Trans. George Rawlinson. Adler 5: 1-341.

Hesiod（赫西俄德）. *Hesiod, The Homeric Hymns, and Homerica*. Trans. H. G. Evelyn-White. Cambridge, MA: Harvard UP, 1914.

Hinds, Stephen. "Landscape with Figures: Aesthetics of Place in the *Metamorphoses* and Its Tradition." *The Cambridge Companion to Ovid*. Ed. Philip Hardie. Cambridge, UK: Cambridge UP, 2002. 122-49.

Hoffman（霍夫曼）, Joel M. *And God Said: How Translations Conceal the Bible's Original Meaning*（《翻譯如何隱匿聖經原意》）. New York: St. Martin's Press, 2010.

Holy Bible, The（《聖經》）. Authorized King James Version（欽定本）. Cleveland and New York: The World Publishing Company, n. d.

Jonson（江森）, Ben. "Song: To Celia"（〈歌贈席莉雅〉）. Abrams 1: 1226-7.

---. "To the Memory of My Beloved Master William Shakespeare." Abrams 1:1228-30.

---. *Volpone; Or, The Fox*（《胡禮》）. Project Gutenberg.

Karlin, Daniel. *The Courtship of Robert Browning and Elizabeth Barret*. Oxford: Oxford UP, 1985.

Keats（濟慈）, John. *Lamia*（《蕾米雅》）. Abrams 2: 671-686.

---. *Lamia*（《蕾米雅》）. Poems by John Keats. <http://keats-poems.com/poems/lamia/>.

---. "Sharing Eve's Apple"（〈分享夏娃的蘋果〉）. Stillinger 167-8.

Kerényi, Carl（凱瑞尼）. *Dionysos: Archetypal Image of Indestructible Life*（《酒神原型意象》）. Trans. Ralph Manheim. Princeton: Princeton UP, 1976.

Kramer, Samuel Noah, ed. *Mythologies of the Ancient World*. Garden City, NY: Doubleday & Company, Inc., 1961.

Laity, Cassandra, and Nancy K. Gish, eds. *Gender, Desire, and Sexuality in T. S. Eliot*. Cambridge, UK: Cambridge UP, 2004.

Lattimore, Richmond, tr. *Greek Lyrics*. 2nd ed. Chicago: U of Chicago P, 1960.

Laumann, Maryta M., 總策劃。《圖解服飾辭典》。輔仁大學織品服裝學系編委會編、繪。台北新莊：輔仁大學織品服裝學系，1985。

LeDoux, Joseph（約瑟夫・李竇）. *The Emotional Brain: The Mysterious Underpinnings of Emotional Life*.《腦中有情：奧妙的理性和感性》。洪蘭譯。台北：遠流，2001。

Leighton, Angela. *Elizabeth Barrett Browning*. Brighton, Sussex: Harvester, 1986.

Lewis, C. S. *The Discarded Image: An Introduction to Medieval and Renaissance Literature*. 1964; Cambridge: Cambridge UP, 2012.

Lichtenberger, H.《浮士德研究》。李辰冬譯。台北：東大圖書公司，1976。

Lowell, Amy（艾美・羅威爾）. "A Decade"（〈十年〉）. Academy of American Poets.

Marlowe（馬婁）, Christopher. *The Tragedy of Doctor Faustus*（《浮士德博士》）. Ed. David Scott Kastan. A Norton Critical Edition. New York: Norton, 2005. 54-122.

---. *Tamburlaine the Great*（《帖木兒大帝》）, *Part 1 and 2*. Ed. David Fuller and Edward J. Esche. *The Complete Works of Christopher Marlowe*. Six Vols. Oxford: Clarendon Press, 1998. 5: 1-283.

---. *Tamburlaine*（《帖木兒大帝》）. Perseus Digital Library.

---. *Hero and Leander*（《希蘿與李安德》）. *The Works of Christoher Marlowe*. 3 vols. Ed. A. H. Bullen. Project Gutenberg.

Marvell（馬佛爾）, Andrew. "The Definition of Love"（〈愛情的定義〉）. Poetry Foundation.

---. "The *Garden*"（〈庭園〉）. Poetry Foundation.

---. "To His Coy Mistress"（〈致怯情人〉）. Poetry Foundation.

Maynard, John. *Browning's Youth*. Cambridge: Harvard UP, 1977.

Mays, J. C. C. "Early Poems: From 'Prufrock' to 'Gerontion.'" Moody 108-20.

Melville, A. D., tr. *Ovid: Metamorphoses*. Introduction and Notes by E. J. Kenney. Oxford World's Classics. Oxford: Oxford UP, 1986.

Mermin（莫爾民）, Dorothy. *Elizabeth Barret Browning: The Origins of a New Poetry*. Chicago: U of Chicago P, 1989.

Mills, Sophie. *Theseus, Tragedy and the Athenian Empire*. Oxford: Clarendon, 1997.

Milton（米爾頓）, John. *Comus*. Ed. A. W. Verity. Cambridge, UK: Cambridge UP, 2017.

---. *Paradise Lost*（《失樂園》）. Ed. Scott Elledge. A Norton Critical Editon. New York: Norton, 1975.

Moody, A. David,. ed. *The Cambridge Companion to T. S. Eliot*. Cambridge: Cambridge UP, 1994.

Neumann, Erich.《丘比德與賽姬：陰性心靈的發展》。呂健忠譯注。修訂版。*Amor and Psyche: The Psychic Development of the Feminine*. Princeton: Princeton UP, 1971. Trans. Ralph Manheim. *Amor und Psyche: ein Beitrag zur seelischen Entwicklung des Weiblichen*. 台北：獨立作家，2014。

---. *The Origins and History of Consciousness*（《意識的起源與歷史》）. Trans. R. F. C. Hull. Princeton: Princeton UP, 1970.

Nietzsche（尼采）, Friedrich. *The Birth of Tragedy*（《悲劇的誕生》）. 1886. *The Birth of Tragedy and The Case of Wagner*. Trans. Walter Kaufmann. New York: Vintage, 1967. 15-144.

Paton, W. R., trans. *The Greek Anthology*. 5 volumes. Loeb Classical Library. Harvard, MA. Harvard UP, 1916-1918.

Pender, E. E. "Sappho and Anacreon in Plato's *Phaedrus*." *Leeds International Classical Studies* 6.4（2007）. White Rose Research Online. <https://core.ac.uk/download/pdf/51248.pdf>.

Perloff（裴洛夫）, Marjorie. "The Avant-Garde." *T. S. Eliot in Context*. Ed. Harding Jason. Cambridge: Cambridge UP, 2011. 252-61.

Perrine（波瑞恩）, Laurence. *Sound and Sense: An Introduction to Poetry*（《音義合體：詩歌引論》）. 3rd ed. New York: Harcourt, Brace & World, 1969.

Perseus Digital Library. Ed. Gregory R. Crane. Tufts U. <https://www.perseus.tufts.edu/hopper/>.

Petrarch（佩脫拉克）, Francesco. *The Canzoniere*. Trans. A. S. Kline. <https://petrarch.petersadlon.com/canzoniere.html>.

Plato（柏拉圖）. *Plato in Twelve Volumes*. Trans. Harold N. Fowler. Perseus Digital Library. Ed. Gregory R. Crane. Tufts U. <https://www.perseus.tufts.edu/hopper/>.

Poetry Foundation. <https://www.poetryfoundation.org/>.

Pollack, Rachel. *The Body of the Goddess*. Shaftesbury: Element, 1977.

Pope（波普）, Alexander. *An Essay on Criticism*（《論批評》）. Abrams 1: 2141-54.

Potter（波特）, Rachel. "T. S. Eliot, Women, and Democracy." Laity and Gish 215-33.

Powell, Jim, trans. *Sappho: A Garland: The Poems and Fragments of Sappho*. New York: 1993.

Princeton Dante Project（2.0）. Ed. Giorgio Petrocchi. Milan, Italy: Mondadori, 1966-67. Princeton University. <http://etcweb.princeton.edu/dante/pdp/>.

Project Gutenberg. <https://www.gutenberg.org/>.

Raleigh（瑞里）, Sir Walter. *Poems by Sir Walter Raleigh*. Ed. John Hannah. London: George Bell & Sons, 1892. <http://www.bartleby.com/257/14.html>.

Rehm, Rush. *Greek Tragic Theatre*. Theatre Production Studies. Ed. John Russell Brown. London: Routledge, 1992.

Representative Poetry Online. University of Toronto. <https://rpo.library.utoronto.ca/>.

Robbins, Robin. *The Poems of John Donne: Volume One*. London: Routledge, 2008.

Roche, John Broderick. *The First Twenty-Eight Odes of Anacreon: In Greek and in English*. London: Sherwood, Gilbert, and Piper, 1827.

Santos, Sherod. *Greek Lyric Poetry: A New Translation*. New York: Norton, 2005.
Sappho（莎芙）. *Sappho and Alcaeus*. Ed. and trans. David. A. Campbell. *Greek Lyrics*. 4 vols. Cambridge, MA: Cambridge UP., 1982. 1: 2-205.
Schulkins, Rachel. *Keats, Modesty and Masturbation*. London: Routledge, 2016.
Scofield, Martin. *T. S. Eliot: The Poems*. Cambridge: Cambridge UP, 1988.
Scottish Poetry Library. <https://www.scottishpoetrylibrary.org.uk>.
Segal, Charles. "Death and Love, Hades, and Dionysus." *Sophocles*. Ed. Harold Bloom. New York: Chelsea House, 1990. 161-206.
Shakespeare（莎士比亞）, William. *Anthony and Cleopatra*（《安東尼與克琉珮翠》）. Oxford School Shakespeare. Ed. Roma Gill. Oxford: Oxford UP, 1997.
---. *As You Like It*（《皆大歡喜》）. Ed. Michael Hattaway. The New Cambridge Shakespeare. Cambridge: Cambridge UP, 2000.
---. *A Midsummer Night's Dream*（《仲夏夜之夢》）. Ed. R. A. Foakes. The New Cambridge Shakespeare. 1984; Cambridge: Cambridge UP, 2003.
---. *Hamlet*（《哈姆雷特》）. Ed. Harold Jenkins. The Arden Shakespeare. London: Methuen, 1982.
---. *Macbeth*（《馬克白》）. Ed. A. R. Braunmuller. The New Cambridge Shakespeare. Cambridge: Cambridge UP, 1997.
---. *The Merchant of Venice*（《威尼斯商人》）. Ed. M. M. Mahood. The New Cambridge Shakespeare. Cambridge: Cambridge UP, 1987.
---. *The Sonnets*（十四行詩）. Ed. Blakemore Evans. The New Cambridge Shakespeare. Cambridge: Cambridge UP, 1996.
---. *The Tempest*（《暴風雨》）. E. David Lindley. The New Cambridge Shakespeare. Cambridge: Cambridge UP, 2002.
---. *The Winter's Tale*（《冬天的故事》）. Ed. J. H. P. Pafford. The Arden Shakespeare. London: Methuen, 1963.
---. *Twelfth Night*（《第十二夜》）. Ed. Roger Warren and Stanley Wells. Oxford World's Classics. Oxford: Oxford UP, 1994.
Shelly（雪萊）, Percy Bysshe. "Love's Philosophy"（〈愛情之道〉）. Academy of American Poets.
---. "Ode to the West Wind"（〈西風頌〉）. Abrams 2: 540-4.
Smith, Grover. "Prufrock as Key to Eliot's Poetry." Brooker 1988: 88-93.
Song of Songs, The（〈雅歌〉）. 見 Bloch and Bloch.
Sophocles. *Antigone*（《安蒂岡妮》）. *Sophocles*. 2 vols. Ed. and trans. F. Storr. Loeb Classical Library. Cambridge, Mass.: Harvard UP, 1912. 1: 309-419.
---. *Oedipus the King*. Trans. David Grene. *Sophocles I*. Chicago: Chicago UP, 1942. 9-76.

Staten（司帖屯）, Henry. *Eros in Mourning: Homer to Lacan*（《愛樂傷逝》）. Johns Hopkins UP, 2001.

Steiner, George. *Antigone*. Oxford: Clarendon, 1984.

Stillinger, Jack, ed. *Complete Poems of John Keats*. Cambridge, Mass.: The Belknap Press of Harvard UP, 1982.

Stone, Lawrence（勞倫斯・史東）. *The Family, Sex and Marriage in England 1500-1800*.《英國十六至十八世紀的家庭、性與婚姻》。刁筱華譯。共二冊。台北：麥田，2000。

Stone, Marjorie. *Elizabeth Robert Browning*. Women Writers. London: MacMillan, 1995.

Stone, Merlin. *When God Was a Woman*. San Diego: Harcourt Brace & Company, 1976.

Tennyson（丁尼生）, Alfred. "Tithonus"（〈提壽納斯〉）. Poetry Foundation.

Tepper, Michele. "'Cells in One Body': Nation and Eros in the Early Work of T. S. Eliot." Laity and Gish 66-82.

Thucydides（修昔狄底斯）. *The History of the Peloponnesian War*（《伯羅奔尼撒戰史》）. Trans. Richard Crawley. Rev. R. Feetham. Adler 5: 343-616.

Torrens, James, S. J. "Eliot's Essays: A Bridge to the Poems." Brooker 1988: 46-51.

Van Ghent, Dorothy. *Keats: The Myth of the Hero*. Rev. and ed. Jeffrey Cane Robinson. Princeton, NJ.: Princeton UP, 1983.

Verity, A. W. *Milton's Arcades and Comus: With Introduction, Notes and Indexes*. Cambridge, UK: Cambridge UP, 2015.

Vries, Ad de. *Dictionary of Symbols and Imagery*. Amsterdam: North-Holland, 1974.

Ward, David. *T. S. Eliot between Two Worlds: A Reading of T. S. Eliot's Poetry and Plays*. London: Routledge & Kelan Paul, 1973.

Waugh, Arthur. "The Folklore of the Merfolk." *Folklore* 71.2（1960）: 73-84. University of Nebraska–Lincoln. <https://whitmanarchive.org/>.

West, M. L. "Other Early Poetry." *Ancient Greek Literature*. Ed. K. J. Dover. Oxford: Oxford UP, 1980. 29-49.

Whitman（惠特曼）, Walt. *Leaves of Grass*（1891-92）（《草葉集》易簣版）. The Walt Whitman Archive. Ed. Matt Cohen, Ed. Flosom, and Kenneth M. Price. Center for Digital Research in the Humanities. <https://whitmanarchive.org/>.

Wilbye（衛爾比）, John. "Love Not Me for Comely Grace"（〈愛我別因為婉麗〉）. *The Second Set of Madrigales*. 1609. Facs. ed. Amsterdam: Theatrum Orbis Terrarum, 1973. Representative Poetry Online.

Wordsworth, William. "My Heart Leaps up."（〈我心雀躍〉）. Abrams 2:174.

---. "Inside King's College Chapel, Cambridge"（〈參觀劍橋大學國王學院教堂有感〉）*Ecclesiastical Sketches*. 1822. Representative Poetry Online.

---. "Lines Composed a Few Miles above Tintern Abbey, On Revisiting the Banks of the Wye during a Tour, July 13, 1798." Abrams 2:120-3.

---. "Ode: Intimations of Immortality from Recollections of Early Child." Abrams 2:176-81.

---. *The Prelude: or, Growth of a Poet's Mind*. 1805. Ed. Ernest De Selincourt. London: Oxford UP, 1933. Representative Poetry Online.

Yeats, W. B. "After Long Silence"（〈久無音訊之後〉）. *The Winding Stair and Other Poems*. New York: Simon & Schuster. 1933.

---. "The Coming of Wisdom with Time"（〈歲月長智慧〉）. *Responsibilities and Other Poems*. New York: Macmillan, 1916. <https://www.bartleby.com/147/index.html>.

---. "A Drinking Song"（〈飲酒歌〉）. Poetry Foundation.

---. "He Wished for the Cloths of Heaven"（〈望天衣〉）. Scottish Poetry Library.

---. "Leda and the Swan"（〈麗妲與天鵝〉）. Poetry Foundation.

---. "When You Are Old"（〈桑榆暮景〉）. Scottish Poetry Library.

詞彙雙語索引

粗黑體表示該頁碼有術語釋義。

A

亞大山大詩行；亞大山大體 Alexandrine verse　477, 486, 488, 494, 496-7, 499, 501, 511, **517**

託寓 allegory　12, 336, 451

頭韻 alliteration　3, **15**, **286**, 304, 307-8, 340, 358, 390, 431, 487-8, 496-7, 501-3, 511

多義 ambiguity　352, 468

抑揚抑格 amphibrach　70

抑抑揚格 anapest　**113-4**, 264, 330, 354, 541

行首重複 anaphora　80, 184, 410, 464

呼告 apostrophe　55, 58, **272**, 307, 350

原型 archetype　83, 111, 151, 156, 158, 180, 182, 190, 286, 395, 398-9, 413, 453, 480, 489, 523, 556

旁白 aside　400, **404**, 423, 449, 515

晨歌 aubade　111

雙管笛 aulos　120, 153, 157

B

民謠格律 ballad meter　**226**

啟悟小說 Bildungsroman　99

無韻詩 blank verse　17, **217**, 330, **390**, 417

C

節拍 cadence　13, 54, 112, 265, 291, 341, **464-8**, 491, 541

行中停頓 caesura　15, 17, 107, 112, **218**, **298**, 330, 340, 349, 355, 357, 390, 393, 401, 426, **467-8**, 517, 575

「把握當下」 carpe diem　**196**, 222, 234, 242, 263-4

淨化作用 catharsis　307

截尾格 catalexis　229, **234**, 264, 574

說唱故事 chant-fable　88

交錯配列 chiasmus　**507**

對句 closed couplet　**17-8**, 216-7, 264, 291, 308, 354, 378, 509

諧韻 consonance　**71**

雙行體 couplet　**17**, 64, 94, **284**, 308, 410, 464, 545

宮廷愛情 courtly love　16, 21-2, 30, 32, 88-9, 111, 515, 522

D

揚抑抑格 dactyl　113

易簀版 death-bed edition　**339**

教誨詩 didactic poem　94, 185, **248**, 538

酒神頌 dithyramb　185

戲劇獨白（體） dramatic monologue　78, 82, 91, **246**, 328, 341-2, 532, 563-4

E

物象描述 ekphrasis　368, 504

哀歌雙行體 elegiac couplet = elegiacs　**20**

哀歌 elegy　14, **20**, 570

移情作用 empathy　153, 307, 404, 532, 563-4

行尾韻 end rhyme   13, 15-7, 64, 67, 69, 71, 88, 106, 114, 226, 251, 284-5, 291, 297, 307, 313, 344, 357, 368, 458, 464-5, 479, 494, 497, 543, 548, 555, 557, 561, 574-5

結句行 end-stopped line   67, 217, **297**, 330, **467-8**

跨行 enjambment = run-on line   64, 98, **218**, 256, 297, 326, 330, **340**, 355, **468**, 541

史詩 epic   54, 153, 249, 382, 391, 400, 415-7, 465, 483, 486, 497, 520-8

書信體小說 epistolary novel   95

箴銘詩 epigram   28, 60, 169, 193

墓誌銘 epitaph   3, 27, 44, 58-60, 154, 193-4, 231-2, 317, 518

描述詞 epithet   36, 60, **78**, 126, 132, 136, **142**, 144, 172, 186, 324-6, **422**, 486, 492, **512**, 514

外在結構 external structure   13

目視韻 eye rhyme   **69**, 106

F

象喻語 figurative language   269, 307

陰性韻 feminine rhyme   **70**, **291**, 297, 313, **509**

音步 foot   13, 20, 37, 39, 62-3, 70, **112-4**, 132, 137, 217, 229, 251, 259-60, 264-5, **285**, 330, 340, 353-4, 357-8, 388-90, 422-3, 431, **464-6**, 477, 483, 491, 496-7, 499, 509, 512, 541, 574

形式，體裁 form   13, 100, 221, 355, 416, 423, 477, 511, 522, 543

自由詩 free verse   13, 17, 284-5, 373, 375, 563, 566

H

英雄雙行體；英雄對句 heroic couplet   17, **217**, 308

六音步體；六步格 hexameter   20, 185, 203, 486, 517

誇飾 hyperbole   54, 96, 258, 293, 373, 394

I

抑揚格 iamb（短長格） 16, 70, 112-4, **121**, 217, 251, 259, 260, 264, 284, 286, 330, 340, 353-4, 357, 388, 390, **464**, 466, 477, 541, 574

抑揚五步格 iambic pentameter   16-7, 63, 70, 72, 112-3, 217, 234, 324, 327, 330, 353, 357, 379, 387, **390-1**, 417, 477, 509, 512, 514, 574

短長格體詩 iambic poetry   121

抑揚四步格 iambic tetrameter   251, **264**

唯心論 Idealism   47, 482, 590

意象 imagery（單數可數名詞為 image） 161, 372

意象主義 Imagism   18, **372**, 536

曲折變化 inflection   326

內心獨白 interior monologue   78, 341, 533, **562**

內在結構 internal structure   13

反諷 irony   91, 96, 184, 221, 233, 395, 491, 498, 500, 506, 515, 522, 530, 532, 537, 545, 555-7, **561-3**

K

抱琴 kithara   120, 151, 153, 157, 488

KJV (King James Version) = Authorized Verrsion 欽定本（《聖經》） 242, 266, 312, 314, 391

悲歌對唱 kommos   184-5

L

敘事短詩 lay   88

文人史詩 literary epic 154, 164, 194
「勝境佳地」 locus amoenus 201, 313
理體思維 logocentrism 189, 294, 317, 482, 516, 526
七弦琴／抱琴 lyra 23, 54, 116, 152-3
抒情詩 lyric 11-3, 16, 18-21, **23**, 44-5, **54**, 59, 75, 93, 110, 114, 116, 120, **153**, 185, 249, 251

M

適唱詩 melic 116, 157, 185, 193
心境蛻變 metamorphosis of mind 97, 378, 399
形上詩 metaphysical poem 78, **248-50**, 263, 270, 281, 561
格律 meter 258, 260, 262, 264, 267, 269, 284, 324, 357, 373, 413, 419, 477, 514, 561, 573-5
轉喻 metonymy 74, **272**, 308, 448
雄渾詩行 mighty line 217, 251, 340, 390, 400
現代主義 Modernism 18, 372-3, 560-4
獨白 monologue 15, 26, 78, 176, 220, 285, 391, 530, 533-4, 546, 557, 563, 566, 569, 572
道德劇 Morality play 202, 394, 400
密教 Mysteries 53, 130, 153, 159, 176, 188, 190, 250, 315, 378, 413

N

自戀心理 narcissism 90, 316
敘事詩 narrative poem 16-7, 35, 185, 216-7, 298, 489, 522
自然主義 Naturalism 97, 508
負面能耐 Negative Capability **398**
新古典主義 Neoclassicism 11, 17-8, 85, 112, 217, 232, 249, 253-4, 265, 317, 399, 404, 413

O

客觀投影 objective correlative **563**
應景詩 occasional poem 251
八行段 octave 64, 97, 226, 296-7
矛盾修辭 oxymoron 496

P

莎草紙 papyrus 120
矛盾雋語 paradox 257, 267-70, 508
平行結構 parallel structure **79**, 237, 426, 443, 454
諧擬 parody 88, 321, 394, 522
田園小說 pastoral novel 116, 172, 191, 194, 368
五步格 pentameter 16-7, 20, 63, 70, 72, 112-3, 217, 234, 284, 291, 297, 324, 327, 330, 353, 357, 379, 387, 390-1, 417, 477, 483, 492, 509, 512, 514, 574
人格面具 persona **48**, **121-2**, **221**, 373, 537
擬人化 personification 27, 37, 58, 106, 108, 118, 146, 162, 188, 228, 259, 261, 267-9, 296, 315, 328, 351, 356, 422, 431-2, 440, **454**, 485, 514, 524, 535-6, 547
陽物理體中心 phallogocentrism 82, 174, 178-82, 189, 299, 481, 492
詩作特許 poetic license **285**, 388, **491**
詩體論 prosody 70, 113, 372, 390, 477
虛擬墓銘詩 pseudo-epitaph 19, **44**, 59-60
文字遊戲；雙關語 pun 23, **138**, 191, 195, 277, 280, 305, 505, 538

Q

四行段 quatrain 17, 64, 67, 70, 94, 98, 226, 243, 291, 296-7, 306-7

R

重複；疊句；類疊 repetition **368**, 454, 468, 534, 543-4, 550, 564

修辭 rhetoric 13, 15, 26, 60, 64, 96, 98, 124, 138, 153, 178, 182, 195, 225, 256, 258-9, 277, 286, 297, 305-7, 354, 368, 373, 379-80, 394, 403, 410, 413, 426, 454

修辭等效 rhetorical equivalence 98, 218, 464

設問句 rhetorical question **297**, 367, 486, 552

皇家韻詩節 rhyme royal stanza **16-7**

節奏 rhythm 13, 17, 24, 107, 112-4, 218, 225, 248, 251, 262, 264-5, 281, 285, 294, 297, 330, 340, 353, 481

環狀結構 ring composition 111, **160**, 172, **182**, 184, **286**, 306, 410, 448

浪漫主義 Romanticism 18, 44, 92, 221, 223, 266, 281, 291, 314, 318, 331, 404, 413, 417, 419, 518, 520, **522**, 525

浪漫運動 Romantic movement 11, 35, 124, 222-3, 274-5, 384, 399, 413, 519, 523, 527

S

格律分析 scansion 13, 14, 63, 112-4, **285**, **465-7**, 483, 573-4

六行段 sestet 64, 78, 97, 296

十四行詩；商籟體 sonnet 15, 17, 21-2, 41, 45, 50, 64, 256, **296-7**, 307-8, 378, **557**

智士 sophist 52, 115, 157, 397, 516, 521, 541

說話者 the speaker **48**, 121-2, **153**, 263, 269, 272, 281, 286, 310, 314, 324, 328, 340, 357, 367, **373**, 386, 430, 434, 454, 532-59

心靈自傳 spiritual autobiography 412

揚揚格 spondee 63, **113**, 114, **464-6**, 483, 496, 512

詩節 stanza 284-5

詩節韻 stanza rhyme 17, **106**, 114, **561**

定位唱曲 stasimon **173**, 180

獨白 soliloquy **403-4**

十四行詩聯套 sonnet cycle = sonnet sequence 17, 32, 64, **94-8**, 284, 382, 559

意識流 stream of consciousness 304, 535-6, 538, 544, **549**, 556, 562-3

結構 structure 12

狂飆運動 Sturm und Drang 222, 413

象徵 symbol 13, 373, 456, **469**

T

三行段 tercet 297, 557

四步格 tetrameter **113-4**, 226, 284, 466

理型論 Theory of Ideas = Theory of Forms 482

三一律 three unities **232**

語氣；語調 tone 62-3, 70, 95, 98, 242, 248, 256, 258, 264, 269, 285, 304, 340-1, 349, 354, 373, 482, 498, 532, 555, 564, 575

超越主義運動 transcendental movement 337

翻譯 translation 12-4, 79, 164, 170, 204, 217, 222, 251, 265, 344, 352-8, 368, 434, 464-9, 477

揚抑四步截尾格 trochaic tetrameter catalectic **229-30**, **234**, **264**, **574**

揚抑三步截尾格 trochaic trimeter catalectic 266

揚抑格 trochee 113-4

作家、作品及評介索引

公元前	作家	作品
約 1900-1600		《伊南娜入冥》1
約 10-5 世紀	《舊約》	〈創世記〉1.3; 2.18; 4.1; 6.3; 8.20-9 〈約伯記〉8.9 〈耶律米書〉9.1-3
約 800	荷馬	《伊里亞德》6.215-31; 11.670-84; 23.186-7; 24.486-806 《奧德賽》1.118; 5.63-74; 6.160-7; 12.184-91; 17.292
約 700	赫西俄德	《神統記》120 《歲時記事》287-92, 582-7
約 7-6 世紀	《擬荷馬詩讚》	〈黛美特讚美詩〉8
7 世紀	塞莫尼德斯	〈女人風〉1, 115-8
約 680– 約 640	阿基洛科斯	心弦千千結
約 630– 約 570	莎芙	至愛最美 火苗 殘篇 26、47、48、51、102、130 殘篇 50, 138 莎芙與阿凱俄斯 瓶繪引文
約 620 生	阿凱俄斯	星星火熱 殘篇 283.3-6, 426
約 6-3 世紀	《舊約》	〈雅歌〉1.5, 6, 16; 2.1-2; 3.4, 20; 7.2; 8.5
6 世紀	泰奧格尼斯	漂流船
約 570– 約 485	阿納克瑞翁	人生有趣

評論或介紹	頁碼
	175, 362, 367, 455
	154, 172, 230, 242, 257, 263, 275, 276, 290, 317, 400, 411, 426, 455, 487, 535
	400
	548
	25, 26, 27, 36, 45, 47, 50, 51, 54, 58, 59, 85, 111, 116, 118, 120, 122, 124, 126, 132, 136, 138, 144, 148, 152, 153, 154, 156, 157, 158, 161, 168, 172, 182, 186, 188, 190, 205, 206, 243, 254, 286, 293, 294, 296, 298, 307, 320, 326, 327, 328, 329, 330, 367, 368, 382, 386, 387, 395, 465, 476, 504, 559
	26, 27, 38, 45, 48, 50, 54, 55, 58, 59, 66, 78, 90, 111, 118, 120, 124, 126, 142, 151, 152, 154, 156, 159, 163, 166, 168, 173, 174, 178, 182, 186, 196, 202, 203, 204, 208, 217, 243, 253, 254, 284, 294, 298, 308, 320, 321, 324, 327, 328, 330, 334, 357, 358, 367, 382, 386, 391, 400, 455, 476, 483, 485, 506, 508, 518, 533, 559
	27, 122, 152, 162, 166, 168, 182, 183, 185, 248, 538, 556
	121, 248, 538
	315, 316, 378
	205
	118, 120, 121
阿基洛科斯小傳	120
	36, 49, 58, 132, 153, 154, 160
	40, 47, 50, 53, 54, 55, 118, 153, 154, 164
虛擬莎芙抒情自傳：心靈史的觀點	44
	49, 56, 124, 132
	27, 29, 37, 49, 56, 122, 124-126, 134, 146, 151, 160, 193, 352
阿凱俄斯評傳	124
	37, 124
	74, 92, 132, 172, 183, 196, 258, 290, 298, 299, 313, 314, 454, 519, 520, 525
	128
	130, 151

公元前	作家	作品
		愛樂夢 戀愛的感覺 眼神的俘虜 弦歌改調 愛情淬煉、癡情、潛愛波 車夫、向心途 追憶愛樂 致春燕 愛情狂想曲 殘篇 358.6-8 《阿納克瑞翁詩集》27.5-8, 33.24-32, 45.1-2, 48.9-10
556– 約 476	席莫尼德斯	聖美峰 〈觀 Praxiteles 的愛樂石雕像〉 殘篇 47, 593, 598（論詩歌）
525/524 - 456/455	埃斯庫羅斯	《阿格門儂》62 自撰墓誌銘 《懇求女》895 《奠酒人》
約 496 - 406	索福克里斯	愛樂頌（《安蒂岡妮》781-800） 《伊底帕斯王》1386-90 《安蒂岡妮》569, 591-3 《艾阿斯》79
485 - 407	尤瑞匹底斯	《米蒂雅》16, 429-30 《奧瑞斯》1287
約 460 - 400	修昔狄底斯	《伯羅奔尼撒戰史》
約 445 - 約 385	亞里斯多芬尼斯	《蛙》53-4 〈愛樂頌〉
427-347	柏拉圖	《蘇格拉底答辯辭》 《理想國》 《會飲篇》189c-193d 《斐德羅篇》

評論或介紹	頁碼
	132, 151, 152
	59, 134, 151, 154, 161, 164, 172, 208, 302, 479, 506
	136, 155, 158
	138, 158
	140
	142
	144, 146, 163
	146, 163, 496
	148, 164
虛擬阿納克瑞翁抒情自傳：移琴別戀說愛魂	150
	153
	150, 155, 158, 160
席莫尼德斯簡介	12, 75, 166, 169, 267, 316
	168
	28, 169
	114, 164, 168
	37
	194
	524
	62, 120, 298, 524
讀〈愛樂頌〉解愛樂	170, 173, 180-187, 191, 192, 200, 205, 206
	173
	118, 175
	186, 342
	499
	28, 164, 310, 469
	168
	344
	188
	43, 147, 173, 180-187, 191, 192, 200, 205, 410, 522
	27, 399, 412
	190, 482
	316, 522
	56, 150

公元前/後	作家	作品
384-322	亞里斯多德	《修辭學》1.9.20
342 - 約 292	米南德	殘篇
約 320 生	阿斯克列皮阿德斯	黑美人、有請三思 情場勝地
約 295 - 215	阿波羅尼俄斯	愛在心裡口難開（《阿果號之旅》3.1008-24）
2-1 世紀	梅列阿葛	酒杯開懷、愛樂賞
2-1 世紀	安提帕特	虛擬莎芙墓誌銘
約 84 – 約 54	卡特勒斯／ 卡圖盧斯	〈戀刑〉，〈以愛維生〉 〈曾經〉
公元前 43 – 公元後 17	奧維德	〈大河戀〉與〈水體交合〉（《變形記》5.572-641; 4.285-388 《變形記》1.463-5; 4.316; 7.452 《愛情故事》1.13.40
公元後 1 世紀	《新約》	〈馬太福音〉14.3-11 〈約翰福音〉11.1-44 〈路加福音〉16.19-31
354-430	聖奧古斯丁	《懺悔錄》 《上帝之城》
8 世紀	《貝奧武夫》	
1265-1321	但丁	《神曲·冥界》1.7; 27.61-6 《神曲·淨界》19.1-33; 30.46-8 《神曲·天界》33.85-90
1304-1374	佩脫拉克	十四行詩 18.7-8, 9, 12-4; 189.3
1313-1375	薄伽丘	《十日談》
1342-1400	喬叟	《坎特伯里故事集·總序》1-4, 127-31, 162 《卓伊樂與柯瑞襲》
1552-1618	瑞里	〈沉默的情人〉1-6
1564-1593	馬婁	一瞥見真情（《希蘿與李安德》167-76） 美為何物（《帖木兒大帝》上篇 5.1.160-73） 就是這張臉《浮士德博士》（5.1.98-117）

評論或介紹	頁碼
	27, 56
	14, 33
	196, 222
	198
	164, 192, 200, 202, 204, 205
〈愛在心裡口難開〉賞析：上古浪漫愛情的典範	202
	208-211, 224, 233
	27, 44, 58, 154, 193
速寫安提帕特	60
	52, 75, 234
	532
	12, 20, 63, 194, 204, 236, 314, 484, 506, 511, 518
	21, 176, 204
	396
	548
	551
	551
	46, 382, 412
	21
	15
	446, 530
	32
	410
	22, 528
	249, 519
	125, 570
	16, 17, 88
	270
〈〈致怯情人〉賞析：失戀餘話——情到深處寡言時〉	263
	214, 216, 217, 220, 222, 249, 284, 395
〈一瞥見真情〉賞析：鍾情餘話	216
	384, 391, 393, 394, 528
	208, 386, 390, 395

公元後	作家	作品
		《帖木兒大帝》1.2.174-7; 2.7.18-29; 5.1.530 《浮士德博士》5.2.134b-5; 5.3.133-44, 167-81, 192 《希蘿與李安德》666
1564-1616	莎士比亞	眼中情（《威尼斯商人》3.2.63-72） 默思法庭（十四行詩第三十首） 歸塵的路（《馬克白》5.5.18-27 《威尼斯商人》3.2.73-4 《皆大歡喜》2.7.139-42; 3.5.26-7; 3.6.18 《哈姆雷特》2.2.192, 202-4; 3.1.56, 128-9; C413.2.17-19, 24; 3.2.247 《冬天的故事》4.1.7-8, 16-7; 5.3.27 《暴風雨》5.1.183 《馬克白》1.1.11; 1.3.38, 128-9; 1.5.60-4; 1.7.5-6; 3.4.20-2, 127; 5.1.50; 5.2.20-2; 5.3.22-3; 5.5.9-15, 16-7 《第十二夜》1.1.1-3, 4 《哈姆雷特》1.2.146; 1.5.196, 197; 2.2.192, 202-4, 243; 3.1.56,136-41, 144-6, 152; 3.1.128-9, 2.17-24, 2.247; 4.5.48-55; 4.7.165 《仲夏夜之夢》1.1.16-9, 134; 3.1.175; 4.1.16-7; 5.1.4-8; 5.1.183 《亨利四世上》 《卓伊樂與柯瑞襲》 十四行詩 18.7-8, 12 ; 18.9, 12, 13-4; 20.1, 6, 12-4; 35.2; 71.1-3, 5-8; 73.13; 129.14; 130.1 《魯克麗絲受辱記》 《維納斯與阿多尼斯》 《安東尼與克琉珮翠》
1572-1631	鄧恩	出神

評論或介紹	頁碼
馬婁雄渾詩行的美感磁場與莎士比亞劇場的傳奇人生	390
	384, 390, 391, 394
	208, 386, 390, 395
	103, 217, 249, 395
	218, 220, 221
〈眼中情〉探微：情感個人主義的徵兆	220
	12, 15, 17, 304, 307, 354
〈默思法庭〉賞析：莎體十四行詩	307
	12, 15, 166, 230, 400, 404, 405, 465
馬克白的歸塵路：悲劇英雄變調曲	402
	220
	214, 220, 233
	337, 546, 554, 404
〈網路一景〉後記：記憶在時光陰影中顯像	378
	261, 336, 378, 379, 380, 398, 508
	104, 231, 379, 380, 398, 520
	166, 396, 400, 401, 402, 403, 424, 510, 549, 567
	380, 528, 542
	221, 337, 404, 508, 546, 554, 565, 566, 567
	104, 159, 178, 379, 380, 432
	553
	16, 17, 88
	22, 41, 111, 118, 161, 256, 273, 304, 350, 351, 378, 379, 528
	17
	216, 217, 249, 298, 489, 518
	515
	13, 91, 97, 188, 208, 236, 238, 341, 385, 442, 452, 453, 465, 538, 562
愛樂魂出竅	248

公元後	作家	作品
		〈跳蚤〉8
		〈早安〉14
1572-1637	江森	歌贈席莉雅
		且來體驗情可歡(《胡禮》3.7.196-213)
		〈緬懷摯友莎士比亞大師〉17, 22, 23
		墓誌銘
1574-1638	衛爾比	愛我別因為婉麗
1577-1640	勃屯	《憂鬱剖析》
1608-1674	米爾頓	《失樂園》4.269-70, 4.490-1; 8.529-30, 546-550, 598-601
1613-1649	克瑞修	〈心焰〉92
1621-1678	馬佛爾	致怯情人
		〈庭園〉17-8, 25, 47-8, 57-64
		〈愛情的定義〉5-16, 29-32
1631-1700	德萊登	〈亞歷山大的慶功宴〉9-15, 60, 96, 108, 115, 147-50, 160, 169-70
1660-1731	狄福	《莫兒・法蘭德絲》
1688-1744	波普	虛擬牛頓墓誌銘
		《論批評》365
1749-1832	歌德	《浮士德》第二部 12100-1
1757-1827	布雷克	生病的玫瑰
		〈純真的預兆〉1-4
		《純真之歌》序詩 19-20
1770-1850	華滋華斯	我心雀躍
		參觀劍橋大學國王學院教堂有感
		《序曲:詩人心靈的成長》1.305-32
		《永生賦》57-8, 59, 202-5
		〈亭潭寺〉1-8, 22-49
		《抒情歌謠集》再版序
1792-1822	雪萊	愛情之道

評論或介紹	頁碼
	245, 246, 248, 263, 281, 285
	65, 96, 111, 208, 239, 248, 249, 250, 263, 285, 316, 522
情感個人主義的春雷：醉情可掬	224, 232
	228, 230, 233, 234, 427
	231
	231
	231, 232
	96, 310
	521
	30, 32, 33, 86, 99, 231, 263, 265, 315, 316, 528
	271
〈致怯情人〉賞析：詩人失戀三部曲	271, 284, 285, 536, 542, 550
	263
	263, 365
	263, 267, 270
	252, 253, 254
情塚英雄魂：德萊登的音樂之道	217
	25
	317
	112
	167
布雷克素描	111, 272, 275, 427, 477
	274
	274
	274
華滋華斯評介：自然的啟示	12, 125, 406, 410, 411, 412, 445, 454, 511
	12, 408, 419
	410
	417
	412, 454
	414, 417
	413, 414
〈愛情之道〉賞析：情懷自然浪漫	12, 203, 204, 236, 312, 314, 318, 511
	314

公元後	作家	作品
		〈西風頌〉6, 7. 8, 10, 69-70
		《阿多奈斯：悼濟慈之死》
1795-1821	濟慈	分享夏娃的蘋果
		《蕾米雅》選譯
		自撰墓誌銘
		〈伊莎蓓拉〉
		《恩迪米翁》1
		〈無情美女〉
		〈希臘古甕頌〉1-4, 11-20, 49-50
		《許佩瑞翁的殞落》2.228-9
1806-1861	伊莉莎白・勃朗寧	《葡萄牙人十四行詩》選譯
		第五首：捧起沉鬱的心
		第六首：請離開我
		第十三首：無聲保剛毅
		第十四首：如果非愛不可
		第二十一首：要一說再說
		第二十二首：人生福地
		第二十四首：世界的鋒利像摺刀
		第二十九首：我想念你
		第四十三首：我怎麼愛你
		〈暴風雨〉85-90
		〈天鵝巢的傳奇〉95-102
		〈失落的綠蔭〉54.5, 73.1-2, 74.5
		〈卡塔瑞娜致卡莫恩斯〉33-6
		《葡萄牙人十四行詩》16.12-4, 27.8
		《奧蘿拉・賴伊》2.60b-4; 4.1; 5.15-6; 7.1188-1202; 8.38-44, 797; 9.982
1806-1904	契訶夫	《凡尼亞舅舅》
1809-1892	丁尼生	永悲吟（〈提壽納斯〉1-10, 64-76）
		〈提壽納斯〉11-2, 22, 27, 33, 38, 40-2, 48-9, 52, 55-7 60, 63
		〈尤里西斯〉51-2, 57
1812-1870	狄更斯	

評論或介紹	頁碼
	125, 378, 379, 380
	518
	273, 276, 280, 314
〈分享夏娃的蘋果〉賞析：羞怯心理解剖	280
	474
《蕾米雅》賞析：浪漫實情	518
	518
	519, 521
	520, 522
	521
	167, 504, 527, 528
	528
	62
	62
	64
	66
	68
	70
	72
	74
	76
	78
勃朗寧夫人評傳：一則愛情傳奇	81
	87
	88
	89-91
	93
	96, 97
	99-103
	24, 366, 572
	324, 328, 469
〈永悲吟〉賞析：黎明神宮不死情	328
	328, 329
	367
	412

公元後	作家	作品
1812-1889	羅伯特・勃朗寧	夜間幽會 清晨分離
1813-1883	華格納	《崔斯坦與伊索德》
1819-1892	惠特曼	〈雙鷹調情〉 滾滾人海一水滴 〈我歌頌帶電的身體〉第五首 〈自我之歌〉第五首 擺動不停的搖籃 〈自我之歌〉1.1-3, 6.1-7, 21.1-6, 52.9-16 〈我聽到博學的天文學家〉
1822-1888	馬修・阿諾德	多佛海濱
1828-1906	易卜生	《海妲・蓋博樂》 《海洋女兒》 《復甦》 《羅斯莫莊園》 《野鴨》
1830-1897	柏朗	愛慾果
1854-1900	王爾德	《莎樂美》
1860-1904	契訶夫	《凡尼亞舅舅》
1865-1939	葉慈	麗妲與天鵝 飲酒歌 望天衣 久無音訊之後 桑榆暮景 歲月長智慧 〈航向拜占庭〉8

評論或介紹	頁碼
	13, 106, 110, 111, 112, 114, 372
	13, 108, 110, 111, 113, 114, 372
尋愛餘響:羅伯特・勃朗寧小品兩首賞析	110
	573
	153, 284, 285, 291, 450, 452, 561
〈雙鷹調情〉賞析:詩體解放	284
	12, 334, 336, 337, 450, 452, 556
〈滾滾人海一水滴〉譯後感:人潮湧浪聚水珠	336
	422, 452
	426, 453
	12, 454, 455, 456, 556
民主詩人惠特曼	450
	338, 426, 451, 452, 453
	528
	13, 179, 284, 291, 340
	18
	536
	103, 556, 571
	184, 381, 515, 571
	184, 515
	508, 564, 571
	70, 288, 290, 291, 297, 427
〈愛慾果〉賞析:愛慾情	290
	548
	24, 366, 572
	153, 292, 296, 297, 316, 354, 469, 477
〈麗妲與天鵝〉賞析:人神之戀的真相	296
	346, 352
	346, 352, 357
	348, 353, 354
	350, 356, 357
相見時難未必百花殘:葉慈情詩譯後感	352
	355
	167, 355

公元後	作家	作品
1867-1936	皮蘭德婁	《六個尋找作者的劇中人》 《亨利四世》
1871-1922	普魯斯特	《追憶逝水年華》
1874-1925	艾美・羅威爾	十年
1874-1963	佛洛斯特	看不遠也望不深 雪夜林畔小駐 沒走的路 火與冰
1888-1953	歐尼爾	《榆樹下的慾望》
1888-1965	艾略特	普儒夫若克的情歌 《荒原》41-2, 424-5 "Choruses from *The Rock*" 3.12-3
1867-1936	皮蘭德婁	《六個尋找作者的劇中人》 《亨利四世》
1905-1980	沙特	《無路可出》
1906-1989	貝克特	《克拉普最後的錄音帶》
1926-2016	達里歐・弗	《一個無政府主義者的意外死亡》

評論或介紹	頁碼
	401, 559
	559, 569
	25, 304
意象詩之美：〈十年〉賞析	370, 372, 373
	372
佛洛斯特的意境：情景交融蘊哲理	12, 360, 362, 366
	12, 364, 366, 367, 368
	364
	12, 458
	72, 98, 218, 462, 464, 466, 467, 468, 469
〈火與冰〉賞析與英詩中譯的修辭等效原則	464
	18, 515
〈普儒夫若克的情歌〉賞析：荒原之愛	13, 14, 18, 284, 342, 381, 519, 527, 530, 560, 561, 562, 563, 569, 573, 574, 575
	560
	561, 572
	399
	401, 559
	559, 569
	330, 562
	25
	569